Lord of Light
Roots

© Pat Langdon

Science-Fantasy Roman

Dieses Werk darf ohne die Genehmigung des Autors weder teilweise noch vollständig kopiert oder in sonstiger Weise vervielfältigt werden.

„Wirklich gut bist du nur, wenn du einmal mehr aufstehst, als du gefallen bist."
  (Pat Langdon)

Zeitreise in die Vergangenheit

Am 7. Juli 1947 beherrschten Schlagzeilen aus den Vereinigten Staaten von Amerika die Weltpresse: „UFO über Roswell/New Mexiko abgestürzt!"

Bei vielen Menschen in aller Welt löste diese Meldung Begeisterung als auch die wildesten Spekulationen aus. Gab es endlich einen Beweis, dass wir nicht allein im Universum waren?

Während die Menschheit diskutierte, beschäftigten sich US-Soldaten emsig damit, sämtliche Beweisstücke zum Luftwaffenstützpunkt Nelles zu bringen. Nelles, irgendwo in der Wüste Nevadas, fernab und ungestört jedweder Zivilisation gelegen, ist besser bekannt als Area 51.

Gerüchten zufolge hatten die Einsatzkräfte nicht nur Wrackteile zur Area 51 gebracht. Es hieß, dass sie ebenso mehrere Leichen und einen Überlebenden fanden, der kurze Zeit danach seinen Verletzungen erlag. Tage später dementierte die US-Regierung den Absturz und versuchte die Menschen davon zu überzeugen, dass es sich um die Überreste eines Wetterballons gehandelt habe. Sie erklärte die Vorkommnisse in Roswell zu einer Angelegenheit der nationalen Sicherheit und warf den Mantel des Schweigens über die Ereignisse. Diese Begebenheit fand, wie alle anderen, welche die nationale Sicherheit betrafen, ihren Eintrag in das ‚Blue Book'. Jenes geheime Buch, das dem jeweiligen Präsidenten zugänglich, und ausschließlich seinen Augen vorbehalten blieb.

Die Gerüchteküche verstummte nie. Das Weltgeschehen in den 1960er-Jahren sorgte jedoch dafür, dass die Menschen Roswell vergaßen und ihre Augen sorgenvoll auf Kuba richteten. In den Wirren und Ängsten jener Zeit gefangen, entging der Weltbevölkerung, dass nicht jeder Meteorit, der am nächtlichen Abendhimmel einen wunderschönen Hitzeschweif hinter sich herzog, tatsächlich einer war.

Die meisten dieser vermeintlichen Abstürze blieben unentdeckt. Die Überlebenden vereinigten sich auf dem Staatsgebiet der USA.

Von alldem ahnte die sechzehnjährige Jenny Alvarez nichts, als sie im Sommer 1980 nicht einschlafen konnte. Auf dem Bett in ihrem kleinen, karg und lieblos eingerichteten Zimmer wälzte die Jugendliche sich hin und her. Das zierliche Mädchen mit langen blonden Haaren und blaugrauen Augen unterdrückte ihre Tränen. Obwohl noch jung an Jahren kannte sie in ihrem Leben bereits die grausame Bedeutung von physischer und psychischer Gewalt. Der Hunger hielt sie wach. Ihr Rücken schmerzte von den Prügeln, die sie Stunden zuvor grundlos bezogen hatte. Seit ewiger Zeit schon ließ sie niemanden mehr an sich heran, blieb introvertiert und drohte an ihrem Schicksal zu zerbrechen.

Nirgendwo gab es einen Ort, an dem sie sich geborgen fühlte. In der Schule war das schmächtige Kind ein Außenseiter, das nie mitreden konnte, wenn es um Teenie-Angelegenheiten ging. Wurden im Sportunterricht Teams gewählt, rief man Jennys Namen zu allerletzt. Keiner wollte jemanden im Team, der gehandicapt war und nicht schneller lief als ein Achtzigjähriger. Jenny hatte keine Freunde. Selbst wenn es welche gegeben hätte, niemals wäre ihr erlaubt worden, sie nach Hause mitzubringen. Wenn sie aus der Schule kam, war es ihre Pflicht, den nicht enden wollenden Kampf gegen die ewig nachrückenden Heere von Staubwollmäusen, aufzunehmen. Zu kochen, aufzuräumen und all die Dinge zu tun, die Teenager nicht mögen. Sie lebte allein mit ihrem Vater im Süden von Richfield im Bundesstaat Utah. Ein kleines verschlafenes Nest mit 6789 Einwohnern, das man auf dem Weg von Los Angeles nach Denver fand. Das schon baufällige und stark heruntergekommene Holzhäuschen lag abgeschieden weit abseits des Ortes. Jenny konnte nie mit anderen Menschen reden oder sich irgendwem anvertrauen. Dieser Umstand ließ ihr keine andere Wahl, als in diesem ungeliebten, kaltherzigen Zimmer, dessen Wände kein einziges Bild schmückte, zu verweilen und ihr trostloses Dasein zu fristen. Wenn er nur nicht immer so ausrasten würde, wenn er getrunken hatte ..., dachte sie. Und seine Freunde erst. Bei diesem Gedanken fröstelte es sie sofort und ihr Körper überzog sich gänzlich mit Gänsehaut.

Sie kam all ihren Pflichten nach und die einzige winzige Freude, die ihr blieb, war der Musik zu lauschen, die sie ein wenig träumen ließ von einer besseren Welt. Doch die reale Welt, in der sie lebte, hatte sie früh gelehrt, dass Gefühle zeigen sie angreifbar und verwundbar sein ließ. Deshalb hatte sie sich angewöhnt, ihre Empfindungen nicht mehr nach außen dringen zu lassen. In sich gekehrt, nagte die Einsamkeit unablässig an ihr. Ich wünschte, ich wäre an einem anderen Ort und müsste nie zurückkehren, dachte Jenny zum gefühlten tausendsten Mal. Genauso oft trug sie sich mit dem Gedanken, einfach abzuhauen. Diesen grausamen Mann, der sich Vater nannte, - der jedoch kaum mehr war, als der von ihr abgrundtief verhasste Erzeuger -, hinter sich zu lassen und zu vergessen. Doch wohin sollte sie? Ohne Geld kam sie nicht weit, das wusste sie. Auch wenn Jenny stark bezweifelte, dass dieser Mensch sie vermissen oder nach ihr suchen würde. Traurig schloss sie ihre Augen und versuchte etwas Ruhe zu finden.

Plötzlich spürte Jenny, dass etwas anders war als sonst. Ganz vorsichtig, minimal blinzelnd, öffnete sie ihre Augen, um sie sofort wieder aufeinander zu pressen. Ihr Herzschlag verdreifachte sich in Sekunden und ihre Kehle vertrocknete schlagartig. Das muss ein Traum sein! Das gibt es ganz sicher nicht!, zweifelte sie. Jenny gehörte nicht gerade zu den mutigsten Menschen und hätte man sie gefragt, so hätte sie wohl geantwortet: „Mein Selbstbewusstsein füllt kaum einen Eierbecher und mein

Wissen über die Welt passt auf das obere Drittel einer Briefmarkenrückseite." Ängstlich öffnete sie erneut ihre Augen und stellte fest, dass sie sich an einem Eingang befand. Zurückhaltend und verwirrt stand Jenny dort und wusste nicht, wie sie sich verhalten sollte. Ihre Beine zitterten leicht. Die Arme verkrampft um ihren Oberkörper geschlungen, ganz so, als könne sie sich selbst festhalten, hörte sie das Rauschen ihres Blutes, das ihr Herz jetzt zehnmal schneller durch den Körper schießen ließ, als es üblich war. Wie gelähmt, wagte sie es kaum zu atmen. Jenny schoss kurz die Augen. Ganz ruhig, sagte sie sich. Ist es nicht das, was du dir immer gewünscht hast? Du wolltest doch von Zuhause fort, dann trau dich jetzt auch. Los! Letztendlich siegte die Neugier über ihre Angst und sie begann, bewusst ihren Blick wandern zu lassen.

Das Mädchen befand sich in einem Raum, dessen Wände ein hellblau leuchtendes Licht abgaben und es schien ihr, als pulsierten sie. Nach oben hin schlug der Raum einen hohen Bogen, ähnlich eines Brückenbogens. Möbel, wie Jenny sie kannte, gab es keine. Die absolute Stille empfand Jenny als unheimlich, fast als erdrückend. Sie spürte, wie sich ihr Magen krampfhaft zusammenzog und sich ihre Härchen an den Armen aufbäumten. Zögerlich ging sie auf die vor ihr befindliche Wand zu, deren gleichmäßiges Pulsieren sie magisch anzog. Vorsichtig legte sie eine Hand an die Wand. Zu ihrem Erstaunen fühlte sie sich warm und weich an. Ein Lächeln huschte über ihr Gesicht, als sich diese wohlige Wärme auf sie übertrug. Ein ungewohntes Gefühl für sie.

„Hallo Jenny", vernahm sie eine sanft und ruhig klingende Stimme. Erschrocken wirbelte Jenny herum.

„Wer sind Sie und wo bin ich?"

„Ich bin Maél und du befindest dich an einem sicheren Ort", sprach der Fremde mit ruhig, freundlich weich klingenden Worten.

Misstrauisch beäugte Jenny Maél. Er sah ungewöhnlich anders aus. Maél war 1,97 m groß, besaß keine Haare und dort wo die Ohrmuscheln hätten sein sollen, befand sich lediglich ein Loch von der Größe eines 1-Cent-Stückes. Sein Körper schimmerte durch ein langes, bis zum Boden reichendes Gewand, leicht bläulich-gelb. Diese imposante Erscheinung schüchterte Jenny derart ein, dass sie es zunächst nicht wagte, nach dem ‚Wer und Wie' zu fragen.

„Es besteht kein Grund zur Furcht Jenny."

Sprachlos stand Jenny eine ganze Weile wie angewurzelt da und starrte Maél an. Sie holte tief Luft und überwand ihre Starre.

„Wer sind Sie und wie komme ich hierher?"

„Du bist hier, weil du mich gerufen hast. Was deine zweite Frage nach dem Wie betrifft: Weißt du, was Teleportation ist?"

„Nein, keine Ahnung." Jenny schüttelte aufgeregt mit dem Kopf. „Ich soll Sie gerufen haben? Ich kenne Sie doch gar nicht! Dann ist es also kein Traum?" Jennys Stimme überschlug sich fast.

„Doch Jenny, wir kennen uns, - du hast es nur vergessen. Ich versichere dir: Es ist kein Traum."

„Aber woher?", fragte Jenny nachbohrend.

„Es ist nicht an der Zeit, diese Frage zu beantworten und es bedarf der förmlichen Anrede nicht. Du solltest dich setzen." Jenny setzte sich mit größtmöglichem Abstand zu Maél in eine Art Sessel, der sich ihrem Körper unverzüglich perfekt anpasste.

„Es ist mir nicht erlaubt, dir zu erklären, wer ich bin, wer du bist und wohin dich dein Weg noch führen wird. All diese Dinge wirst du selbst auf deinem soeben erst begonnenen Weg, deiner noch sehr lang andauernden Reise herausfinden müssen." „Wenn Sie mir nichts sagen dürfen, warum bin ich dann hier?", fragte Jenny missmutig.

„Weil es für den Augenblick wichtiger ist, dir etwas zurückzugeben, dass du verloren hast: Hoffnung!"

„Hoffnung? – Hoffnung ist was für Träumer", erklärte Jenny verächtlich und unterstützte ihre Worte durch eine abwertende Handbewegung. „Zum Träumen hab ich keine Zeit! Ich möchte viel lieber aufwachen aus diesem Albtraum, aber nicht mal das gelingt mir! Aber was wissen Sie schon davon."

„Niemandem sollte widerfahren, was dir widerfährt und dieses Leben, das du derzeit gezwungen bist zu leben, war niemals für dich vorgesehen. Umso wichtiger ist es nun für dich, deine Stärken zu entdecken, damit du dich aus deiner Zwangslage befreien kannst." Obwohl Maél ruhig mit ihr sprach, beobachtete Jenny ihn misstrauisch. Er hat eine merkwürdige Art sich auszudrücken, dachte sie.

„Ach, und wie soll ich das bitte anstellen? Ohne Geld kommt man in meiner Welt nicht allzu weit, - und wo sollte ich schon hin? Was heißt, es war nicht für mich vorgesehen? Was kann ich schon ausrichten gegen Erwachsene, die viel stärker sind als ich?"

„Im Augenblick kannst du sicherlich nichts gegen deine Peiniger tun, doch ich versichere dir, dass du einen Weg finden wirst, dir euer Zahlungsmittel zu besorgen. Wenn du in seinen Besitz gelangt bist, wirst du fortgehen. Du bist etwas ganz Besonderes, dessen musst du dir bewusst werden. Die Kraft, die du brauchst, sie liegt in dir. Wohin du gehen wirst? Nun, für den Moment bist du bei mir. Doch ich will dir einen kleinen Ausblick auf einen Ort gewähren, an dem du einmal sein wirst."

Maél bewegte seinen linken Arm in einem hohen Bogen von unten rechts nach links. Wenige Augenblicke später erschien ein holografisch dargestelltes Planetensystem.

„Kennst du es?", wollte Maél wissen.

„Das ist der Andromedanebel", platzte es aus Jenny staunend heraus. „Richtig! Innerhalb dieses Nebels gibt es einen Planeten Namens Sodion. Dort wirst du in noch fernerer Zukunft sein." Jenny zog die Augenbrauen hoch und kräuselte die Stirn.

„Mhm, das soll ich glauben? Das meinen Sie doch nicht ernst?"

Doch Maéls Schweigen zeigte Jenny, dass er meinte, was er gesagt hatte. „Sie werfen für mich mehr Fragen auf, als Sie mir beantworten. Bis die Menschen in der Lage sind, dort hinzufliegen, bin ich längst auf einer ganz anderen Art im Universum. Wenn Sie ein Kind hätten und ihm von einer solchen Reise erzählen würden, würden Sie ernsthaft erwarten, dass es Ihnen glaubt?"

Maél schmunzelte leicht.

„Ich erinnere nicht, gesagt zu haben, mit wem oder wie du nach Sodion gelangst. Mein Sohn Lísan würde es mir ohne jeden Zweifel glauben, denn er kennt diese Welten bereits."

Jenny schmunzelte. Ahh, er hat also einen Sohn namens Lísan, ging es ihr durch den Kopf.

„Ist Ihre Welt so wie meine?", wollte Jenny wissen.

„Jetzt begibst du dich auf den dir vorbestimmten Weg! Es ist wichtig, dass du die Dinge in einem größeren Zusammenhang siehst. Lerne und beginne zu verstehen. Die Erde ist nur ein winziger Teil des Gesamten und sie ähnelt nicht im Geringsten meiner Welt. Meine Heimat ist friedlich. Niemals zieht es einer von uns in Betracht, einem Anderen Gewalt anzutun oder ihn aus unserer Gemeinschaft derart auszuschließen. Wir fühlen uns mit unserer Welt verbunden, die in violettes Licht getaucht ist und die für uns sorgt. Wir sorgen füreinander und sind mental miteinander verbunden. So wie du und ich es von nun an sind. Ich werde dich entführen in unser Universum, dir zeigen, dass es mehr gibt, als nur die bloße Existenz."

Ungläubig lauschte Jenny seinen Worten. Sie hibbelte dabei auf ihrem Sitz herum und wusste nicht wohin mit ihren Händen. Gleich werde ich wach und alles war nur ein Traum! Das ist einfach zu schön, um wahr zu sein!, dachte Jenny zweifelnd. Doch dem war nicht so. Unbeirrt begann Maél mit seinen Erzählungen. Jenny wagte es nicht, ihn zu unterbrechen.

Während Maél ihr von Dingen erzählte, von denen sie nie zuvor gehört hatte, die sie in Erstaunen versetzten, wurde das sonst so schüchterne Mädchen ruhiger. Mit verstreichender Zeit sorgte der gleichmäßige Klang seiner Stimme dafür, dass Maél

Jenny vertrauter erschien und sie sich sogar bei ihm geborgen fühlen konnte.

Aufmerksam hörte sie zu. Kein Wort sollte ihr entgehen, während Maél ihr von einem friedlichen Planetensystem erzählte, das es irgendwo in den Weiten des Universums gab. Er vermied es, Namen und Daten zu nennen. Jenny versank in der aus Worten gezeichneten Bilderflut einer ihr fremden Welt.

Maél vermied es, weitere persönliche Informationen preiszugeben. Doch er erzählte Jenny von Einem, der kommen, und sie auf den ihr vorbestimmten Weg zurückführen würde.

„Es ist unerlässlich, dass du diese Dinge nicht vergisst! Dein Leben wird sich an einem ganz bestimmten Tag grundlegend ändern. Du musst durchhalten, um jeden Preis! Niemals darfst du vergessen: Warte auf jenen, der eins sein wird mit dir. Er wird kommen! Du musst auf ihn warten, gleich, wie lange es dauert!", mahnte Maél eindringlich.

„Woher soll ich wissen, welcher Tag es ist? Können Sie mir nicht wenigstens sagen, wie er heißt und wer es ist? Wie sieht er denn aus?" „Ich sagte, es ist mir nicht erlaubt, dir mehr preiszugeben. Du wirst ihn erkennen. Er wird dich finden. Lerne zu vertrauen, Jenny." „Irgendwie finde ich das alles äußerst merkwürdig, Maél. Sie können in die Zukunft sehen und sie mir zeigen, aber Sie dürfen mir keine Namen nennen? Ich weiß echt nicht, was ich davon halten soll."

Maél schwieg.

„Ich kann wirklich nicht hierbleiben?", fragte Jenny traurig, fast flehend und begann heftig zu schlucken. Fürchtete sie doch den Verlust ihres neu gewonnenen Freundes und die Rückkehr in ihren unsichtbaren Kerker der Einsamkeit.

Maél lächelte sie an, nahm ihre Hand, streichelte sie sanft. Jenny spürte eine wohlige Wärme auf sich übergehen, die sie durchflutete.

„Dein Weg hat soeben erst begonnen. Dies ist noch kein Ort, an dem du auf Dauer verweilen darfst!"

„Dann werden wir uns niemals wiedersehen?" Das zierliche Mädchen schluckte erneut und war den Tränen nahe.

„Doch das werden wir, vertraue darauf!"

Maél besuchte Jenny wie versprochen regelmäßig, was nichts daran änderte, dass ihr Leben ein Albtraum blieb. Ihr Vertrauen zu ihm wuchs und manches Mal schlief sie in seiner Obhut ein. Während ihrer Treffen lernte Jenny viel von Maél. Wissen, das ihr niemand nehmen konnte. Obwohl ihr des Öfteren der Kopf nur so rauchte, sog sie all das Neue gierig auf wie ein ausgetrockneter Schwamm das Wasser. Maél eröffnete ihr eine Welt, die den traurigen Alltag ihres erbärmlichen Lebens erträglicher werden ließ und den sie noch geschlagene zwei Jahre durchhielt. Sie diskutierten häufig und lange. Nur, wenn sie über die Menschen sprachen, stritten sie heftig und wurden sich nie einig.

Zwei Jahre verstrichen langsam. Jenny nutzte sie, um heimlich Geld zu verdienen und es gut zu verstecken, damit ihr Vater es nicht fand. Ständig dem Rausch des Alkohols verfallen, bekam er von ihren geheimen Aktivitäten nichts mit. Insgeheim malte sie sich in den schillerndsten Farben aus, was sie wohl alles tun könnte, wenn sie ihr Gefängnis endlich hinter sich lassen konnte. Sie begann zu lesen und den Inhalt der Bücher in sich aufzusaugen. Plötzlich gefiel es ihr, zu lernen und das Gelernte umzusetzen.

Jenny hatte abermals die ganze Nacht wach gelegen. So sehr sie es sich auch wünschte, Maél erschien seit zwei Monaten nicht mehr. Dieser Umstand verschlimmerte ihre Lage und sie wurde von Tag zu Tag verzweifelter. Als die Jugendliche das erste Tageslicht an diesem Frühsommermorgen im Jahr 1982 wahrnahm, packte sie leise eine kleine Tasche. Aufgeregt, das Herz bis zum Hals pochend, holte das ersparte Geld aus seinem Versteck und schlich auf Zehenspitzen aus dem Haus. Vor Wochen schon hatte sie einen Fahrplan der Greyhound-Buslinien besorgt. Der Busbahnhof lag einige Kilometer entfernt. Sie musste laufen, erschien ihr Trampen doch zu gefährlich. Jenny drehte sich nicht um, denn: ‚Wer sich umdreht, kehrt zurück'. Das war das Letzte, was sie wollte.

Der Weg war lang und beschwerlich. Abermals zeigte ihr ihre Gebehinderung Grenzen auf. Doch aufgeben kam für sie keinesfalls infrage. So lief sie langsam, mit gleichmäßigen Schritten, gleich eines tickenden Schweizer Uhrwerks, die Straßen entlang. Der Geruch von Freiheit trieb sie unvermindert an und die Hoffnung auf ein besseres Leben, fort von ihrem einstigen Gefängnis. Gegen 12 Uhr mittags erreichte sie endlich den Busbahnhof, in dem es von Menschen nur so wimmelte. Jenny versuchte das laute Stimmengewirr zu ignorieren und arbeitete sich, in der Warteschlange stehend, bis zum Schalter vor.

„Ein Ticket nach New York bitte."

„Hin und Rück, Miss?"

„Nein, Sir. Bitte nur One Way." „Macht 85 Dollar, Miss."

Jenny beglich die geforderte Summe wortlos. Der vollbärtige Ticketverkäufer stempelte ihr Ticket, schob es ihr zu, ohne sie eines Blickes zu würdigen.

„Bahnsteig Sieben, Miss. Sie müssen sich beeilen. Ihr Bus geht in vier Minuten."

„Ich danke Ihnen", sagte Jenny höflich und lief los. Gerade noch rechtzeitig erreichte sie den komfortablen Greyhound-Bus. Erschöpft, aber zutiefst erleichtert, es geschafft zu haben, ließ sich Jenny in einen, der mit rotem Samt überzogen Sitze fallen. Während ihre Beine vor Erschöpfung zu zittern begannen, fuhr der Bus, der etwa vier Tage unterwegs sein würde, um die 2247 Meilen zurückzulegen, endlich los. Noch hatte Jenny keinen Blick für die Schönheit der Landschaft. Sie dachte nach.

Die Bronx gehörte wahrlich nicht zu den beliebtesten und angenehmsten Bezirken New Yorks. Doch der Schmelztiegel aller sozialen Schichten und Rassen war groß genug, um darin unterzutauchen und nicht gefunden zu werden. Für den Fall, dass jemand nach ihr suchen sollte, was eher unwahrscheinlich war, würde niemand sie dort vermuten.

85 Dollar, dachte Jenny. Bleiben mir noch 200. Nicht gerade viel für einen Neuanfang. Wird schon irgendwie gehen, versuchte sie sich aufzumuntern.

Jenny ignorierte die anderen Menschen im Bus, sie wollte mit niemandem reden. Ihre Tasche mit den wenigen Habseligkeiten fest umklammert, schlief sie schließlich ein. Die Erschöpfung forderte ihren Tribut. Der Bus hielt nur zweimal am Tag sowie ein weiteres Mal in der Nacht, an den auf dem Weg liegenden Diners. An den Haltestellen konnten sich die Fahrgäste die Beine vertreten und etwas essen. In der Zwischenzeit wechselten die Fahrer und der Bus wurde aufgetankt.

Vier Tage darauf hielt der Bus am Busbahnhof in der Bronx. Jenny stieg aus, streckte ihre Glieder und holte tief Luft. Sie hatte es geschafft!

Neugierig sah sie sich um. Wo sollte sie jetzt hin?

Zunächst ohne Ziel lief Jenny los, sah sich die Gegend an. Die Straßen waren verdreckt, überall quollen die Mülleimer über und Jenny überkam leichter Ekel, aber da musste sie jetzt durch. Graffitis in grellen Farben schrien das Elend der Bewohner der Bronx unverhohlen heraus. Es schien, als wollten die abgemagerten und ausgezerrten Junkies, die sich an dieselben Mauern lehnten, ihren Wahrheitsgehalt noch unterstreichen.

Heiß und kalt zugleich durchfuhr es Jenny. Die Geister, die ich rief ..., dachte Jenny, presste ihre Tasche noch näher an ihren Körper und eilte schnelleren Schrittes davon. Zwanzig Meter über ihr donnerte die Hochbahn mit quietschenden Rädern in die letzte Linkskurve vor der Einfahrt in den nächsten Bahnhof. Ein Geräusch, an das sie sich erst noch gewöhnen musste.

Schließlich erreichte sie nach einiger Zeit ein weißes Haus auf dem Southern Blvd., in dessen Schaufenster ein ‚Room to rent' Schild ein kleines Zimmer anbot. Jenny nahm all ihren Mut zusammen und ging in die Kanzlei des dort ansässigen Strafverteidigers.

„Verzeihung Sir. Mein Name ist Jenny Alvarez. Ich habe gesehen, dass Sie ein Zimmer vermieten. Darf ich fragen, was es kostet?"

„Guten Tag Miss Alvarez. Ich bin Jack, Jack Thomson", begrüßte er sie mit einem Lächeln.

Jenny lächelte unsicher zurück.

„Das Zimmer kostet 25 die Woche. Ist nichts Besonderes, aber vielleicht reicht es Ihnen für den Anfang", erklärte ihr Jack, dem Jennys Reisetasche nicht entgangen war. „Kommen Sie, ich zeige es Ihnen gern."

Jenny nickte und folgte Jack unsicher und misstrauisch. Doch da ihr Körper förmlich nach einem weichen, gepolsterten Bett schrie, überwand sie ihre Scheu.

Eine Treppe höher angekommen öffnete Jack die quietschende Zimmertür, die ihre besten Jahre längst hinter sich hatte.

„Bitte treten Sie ein."

Jenny betrat verhalten das Zimmer. Ein Bett, Waschbecken mit Spiegel, ein Einbauschrank, ein kleiner Fernseher, ein winziger Tisch, auf dem zwei Kochplatten standen. Der Mief abgestandener Luft schlug ihr entgegen. Nur das, durch das große Fenster einfallende, wärmende Sonnenlicht ließ das Zimmerchen freundlicher erscheinen.

„25 ja?"

Jack schwieg.

„Sagen Sie, Mr. Thomson, wissen Sie vielleicht, wo ich hier Arbeit finden kann?"

„Wenn Sie die Schreibmaschine beherrschen und mit Mandanten freundlich umgehen können, dann versuchen Sie es doch bei mir."

Jenny traute ihren Ohren nicht. Sollte sie wirklich derartiges Glück haben? Wie gut, dass sie ihr Geld in der Schulbibliothek erarbeitet und währenddessen Schreibmaschineschreiben gelernt hatte.

„Wirklich?"

„Ich kann Ihnen allerdings nur 150 die Woche zahlen."

Jenny verlor für einen Augenblick ihre Gesichtsfarbe. 600 Dollar sind nicht viel, um einen ganzen Monat zu bestreiten, überlegte sie. „Sagen wir, das Zimmer ist mit drin?" Jenny schlug ein. Es war ein guter Anfang und es alles Weitere würde sich finden.

„Schön, dann geht es morgen los. Hier sind die Schlüssel. Willkommen - und einen schönen Tag noch. Ach ja, bevor ich es vergesse: Zwei Minuten von hier entfernt befindet sich der großzügig angelegte Zoo der Bronx. Wenn Sie also eine Oase zum Abschalten suchen ..."

„Vielen Dank Mr. Thomson. Sie glauben nicht, wie dankbar ich Ihnen bin." „Schon gut, und sagen Sie einfach Jack zu mir."

Jack verließ das Zimmer, und Jenny setzte sich auf das knarrende Bett. Sie konnte es kaum fassen.

„Yes!", rief sie laut.

In den darauffolgenden Wochen richtete Jenny ihr Obdach behaglich ein. Die Arbeit ging ihr gut von der Hand. Obwohl ihr die Mandanten ihres Chefs nicht geheuer waren und sie manchem von denen nicht im Dunkeln beggnen wollte, blieb Jenny stets höflich und zuvorkommend. Wenn ihr dennoch einmal einer von ihnen zu nahe kam, wurde aus ihrer höflichen Art eine etwas bestimmtere und ihr Ton eindringlicher. Eine Art Selbstschutz, von dem Jenny schnell merkte, dass er ihr half. Noch immer versuchte sie, anderen Menschen gegenüber möglichst keine Gefühle zu zeigen. Wann immer es ihre Zeit erlaubte, hielt sie sich im Zoo auf. Am liebsten saß Jenny im Regenwaldbereich. Sie genoss das Gezwitscher der Vögel, die bunte Vielfalt an Blumen und Bäumen und entspannte, während sie ihr mitgebrachtes Mittagessen einnahm. Das einfallende Sonnenlicht wärmte sie. Hier fühlte sie sich frei und unbeschwert.

Zwei Jahre zogen ins Land. Jenny war zufrieden. Jack hatte sich als guter Chef erwiesen, und da seine Kanzlei weitaus besser lief, hatte er Jennys Gehalt erhöht. Doch obwohl Jack freundlich zu Jenny war, blieb sie verschlossen und in sich gekehrt, denn ihre Vergangenheit verweilte stets zugegen.

Im Herbst 1984 saß Jenny wie oft zuvor im Regenwaldbereich und starrte gedankenverloren vor sich hin.

Ein Mann setzte sich ungefragt neben sie.

„Hallo Jenny, war nicht leicht, dich zu finden!"

Wie unverschämt ist der denn?, dachte Jenny innerlich erzürnt über die unerwünschte Störung durch den Fremden.

„Junge, wenn das ,ne Anmache werden soll, geht sie gerade voll in die Hose. Soll heißen: Verpfeif dich, aber zügig!", fuhr Jenny den Unbekannten an, ohne ihn eines Blickes zu würdigen.

„Aber Jenny erkennst du mich nicht?"

Erst jetzt sah Jenny genauer hin, doch das freundliche Gesicht und das gesamte Aussehen des Mannes sagten ihr nichts.

„Sollte ich?"

„Ich weiß nicht genau, wie ich es dir erklären soll, aber ich war stets in deiner Nähe. Bis vor zwei Jahren jedenfalls."

Jenny stutzte. „Wohl kaum!", zischte sie ungehalten.

„Ich bin Drago, und da du dich nicht mehr erinnern kannst. Wir haben einen gemeinsamen Freund: 1,97 m groß, keine Haare, fehlende Ohrmuscheln, langes Gewand und die Übersetzung seines Namens bedeutet: der Prinz."

Jenny wirbelte herum.

„Wo immer du das herhast, es ist Vergangenheit, also lass mich in Frieden."

„Bitte beruhige dich! Es geht nicht um die Vergangenheit, sondern um die Zukunft. Wir brauchen deine Hilfe!"

„Wer ist wir?"

„Es würde jetzt zu weit führen, dir all dies zu erklären. Für uns, aber auch für dich ist es wichtig, dass du mich begleitest! Bitte."

Jenny dachte eine Weile nach. Wie konnte dieser Mann von Maél wissen? Ihrem Freund, von dem sie zugeben musste, lange nicht an ihn gedacht zu haben, und dessen Stimme sie plötzlich in sich vernahm: ´An einem ganz bestimmten Tag wird sich dein Leben verändern. Du wirst wissen, welcher es ist´.

Misstrauisch versuchte sie Drago abzuschätzen, der scheinbar entspannt auf der Bank saß und sie erwartungsvoll ansah. Sie schätzte, dass er um die 1,80 m groß sein mochte. Sein Gesicht, mit weichen Zügen, umrahmt von kurz geschnittenen blonden Haaren und kristallklaren saphirgrünen Augen, strahlte eine wohlwollende Ruhe aus, die Jenny anzog. Er hatte etwas an sich, das sie nicht genau benennen konnte, ihr dennoch gefiel.

Obwohl ihr nicht wohl dabei war, nickte sie Drago zu.

„Wo soll's denn hingehen? Ganz abgesehen davon, dass ich meine Sachen holen muss."

„Deine Sachen befinden sich bereits in meinem Wagen. Ich habe mir erlaubt, Jack eine kleine Abfindung zu zahlen."

Jenny musterte Drago und dachte, ganz schön dreist.

„Das beantwortet meine Frage nicht!"

„Es ist wesentlich einfacher, es dir zu zeigen, statt es zu erklären Jenny. Bitte schenke mir ein wenig Vertrauen. Ich gebe dir mein Ehrenwort! Es wird nicht dein Schaden sein."

Jenny zog die Augenbrauen hoch, während sie noch darüber grübelte, woher sie Drago kennen sollte. Schließlich gab sie ihren anfänglichen Widerstand auf und folgte ihm.

Die große Erleichterung war Drago anzusehen, als Jenny in seinen Wagen stieg und er endlich mit ihr abfahren konnte.

„Entspann dich! Unsere Fahrt wird einige Tage dauern!" „Einige Tage …", wiederholte Jenny, ohne eine genauere Erklärung zu erwarten.

Während Drago in Schweigen gehüllte, sein Wagen fast lautlos über die Straßen glitt, musterte sie ihn erneut, als wolle sie ihre erste Einschätzung seiner Person abermals bestätigt wissen.

Insgesamt strahlte seine Erscheinung etwas Beruhigendes aus, deshalb ließ sie sich in den weichen Sitz zurücksinken und die Landschaft vorbeigleiten.

Jenny zweifelte an sich: Hatte sie die richtige Entscheidung getroffen, dem Fremden zu folgen? Woher kannte sie ihn, und was ließ ihn derart vertraut erscheinen? Warum schwieg er sich aus und verweigerte ihr die Antworten? Woran sollte sie sich erinnern?

In den darauffolgenden Tagen redeten die beiden über alle möglichen Dinge. Wirtschaft, Politik, die Menschen allgemein. Doch Drago blieb verschwiegen, was das Fahrtziel und seine Absichten betraf. Trotzdem fühlte sich Jenny in seiner Gegenwart zunehmend wohler. Auch sie schwieg sich aus, wenn Drago Dinge aus ihrer Vergangenheit wissen wollte.

Er benutzte gering befahrene Straßen und nur an den verschiedenen unumgänglichen Mautstellen erkannte Jenny, dass sie etliche Bundesstaaten durchquerten. Nach wenigen Tagen erkannte Jenny, dass das Ziel sie in den Bundesstaat Arizona zu führte. In den darauffolgenden Tagen fanden die Reisenden zueinander, und es gelang ihm sogar dann und wann, Jenny zum Lachen zu bringen.

David

Es war weit fortgeschrittene Nacht. Jenny schlief, als Drago im Bundesstaat Arizona von der Landstraße abbog, um auf unwegsamem Gelände die letzte Strecke der Reise zurückzulegen. Immer tiefer fuhr er in die menschenleere Wüste hinein. Während Jenny träumte, konnte er bereits den großen Felsen sehen, der ihm den Weg nach Hause wies. Drago drückte auf einen Knopf auf seinem Armaturenbrett. Er sendete damit ein Signal. Wie aus dem Nichts erhob sich aus dem Staub ein breites Rechteck, welches Ähnlichkeit mit einem Container aufwies. Langsam fuhr Drago hinein, während sich das Tor hinter ihnen schloss, stellte er den Motor ab. Mit gleichbleibend langsamer Geschwindigkeit verschwand der Transporter erneut im Erdboden und brachte seine Gäste etliche Stockwerke tiefer, bis er schließlich sanft stoppte.

Vorsichtig berührte Drago Jenny am Arm.

„Wir sind da."

„Wie spät ist es?", fragte sie etwas verschlafen und rieb sich die Augen.

„Es ist späte Nacht, wird zwei Uhr sein, denke ich. Komm, ich zeige dir, wo du in Zukunft wohnen wirst!"

Jenny folgte der Aufforderung, stieg aus und folgte Drago durch die Tür, die sich vor ihnen öffnete. Sie standen mitten auf dem, mit Kupfer ausgekleideten Gang, dessen Wege nach links und rechts führten, auf denen keine Menschenseele zu sehen war. Jenny klopfte darauf und sah Drago fragend an.

„Gut gegen fremde Ohren", meinte er nur und wies ihr den Weg, bis sie vor einer Tür stehen blieben. „Du musst deinen Daumen auf den Scanner legen!"

Jenny folgte Dragos Anweisung und wenige Augenblicke später öffnete sich die Tür, indem sie in das Innere der Wand zur Rechten gezogen wurde. Neugierig betrat Jenny den Raum und sah sich um. Er war zweckmäßig eingerichtet und bot das Notwendigste: ein Bett, einen Schrank zu Jennys Rechten; dahinter seitlich versetzt Toilette und Dusche. Jennys Blick wanderte auf die andere Seite: ein Schreibtisch mit einem bequem aussehenden Sessel dahinter und ein überdimensional großer, an der Wand befestigter Flachbildschirm. Fragend sah sie Drago an.

„Fernsehen kann man damit ebenfalls", grinste er. „Ich werde dir morgen alles erklären. Jetzt solltest du dich erst einmal ausruhen und ankommen."

„Ich würde gerne wissen, …"

„Morgen Jenny, morgen!", wiederholte Drago und verließ mit einem ‚Gute Nacht' Jennys neues Zuhause. Sie ließ sich auf ihr Bett fallen und starrte mit ausgebreiteten Armen an die Decke. Ob das alles so richtig ist?, überlegte sie.

Am nächsten Morgen war Jenny bereits angezogen, als Drago sie zum Frühstück abholte. Er hatte es in seinem, im Vergleich zu Jennys wesentlich kleinerem Quartier vorbereitet.

„Wer hat all das gebaut, und wo sind wir überhaupt?", fragte Jenny wissbegierig, während sie den herrlich duftenden, heißen Kaffee genoss.

„Diese Anlage war schon vor uns da. Wir haben sie nur ein wenig ausgebaut und für unsere Zwecke eingerichtet." „Ist das ein ehemaliges Militärgelände?"

„Nein", erwiderte Drago kurz angebunden. „Es wäre im Augenblick zu viel, dir alles zu erklären!"

„Aber was soll ich hier? Oder würde das jetzt auch zu weit führen, diese Frage zu beantworten?"

„Du wirst am Anfang deine Zeit in deinem Quartier verbringen und lernen!" Drago überging einfach ihre Provokation, ohne zu übersehen, dass sie die Augen genervt nach oben verdrehte.

„Dieses Quartier hat nicht einmal ein Fenster", beschwerte sich Jenny, doch Drago reagierte nicht darauf.

„Wenn du die Fernbedienung deines Bildschirms benutzt, wird er dich durch eine Bibliothek führen. Die Bereiche und Unterkapitel, enthalten Wissen, das wir für dich zusammengetragen haben und das du lernen wirst. Wenn du Fragen hast, stehe ich dir jederzeit gerne zur Verfügung. Du kannst auftauchende Fragen auch direkt eingeben, indem du mit deiner Hand über die Ablage auf deinem Schreibtisch fährst. Dann erscheint eine holografische Tastatur. - Falls ich dir einen guten Rat geben darf: Vergiss, was du bei den Menschen gelernt hast und sei offen für alles."

„Du wirst mir gerade unheimlich! Das soll jetzt mein Leben sein? Lernen, - nur lernen? Was darf ich denn sonst noch tun? Falls die Frage erlaubt ist?"

„Du wirst nichts anderes tun! Vorerst jedenfalls. Glaube mir, wenn ich dir sage, dass du vollends beschäftigt sein wirst!"

Jenny hob die Augenbrauen. Voll ätzend, dachte sie, unterließ es aber, weitere Fragen zu stellen.

In der darauffolgenden Zeit war Jenny tatsächlich nur mit Lernen beschäftigt.

Bereiche wie Technik und Physik bereiteten ihr Schwierigkeiten, doch aufgeben stand für sie, schon allein, um Drago zu ärgern, nicht zur Debatte. Mit jedem erlernten Gebiet wurde ihr Ehrgeiz mehr und mehr angefacht. Denn das Erlernte bezog sich auf Planeten, Sternenkonstellationen, Raumfahrt und nährte ihre Neugierde. Nur, dass sie von etlichen Planeten, Monden und Sternbildern nie zuvor gehört hatte, deshalb bombardierte sie Drago förmlich mit Fragen. Drago beantwortete Frage um Frage mit einer Geduld, die ihresgleichen suchte. Wenn sie ihn jedoch fragte, ob sie an die Oberfläche darf, verneinte Drago dies vehement. Jenny glaubte, keine andere Wahl zu haben als jene, sich zu fügen, also lernte sie weiter.

Die Zeit verflog. Es vergingen Wochen um Wochen, Monate um Monate, Jahre um Jahre. Dekaden, in denen Jenny ihr Gedächtnis trainierte und ihr Gehirn unentwegt auf Hochtouren lief. Mit der Zeit fiel es ihr wesentlich leichter, all die Dinge über Navigation, Schiffsbautechniken und deren Bedienung aufzunehmen.

Drago erwies sich zunehmend als guter Freund, und wenn sie, sich die Haare raufend, kurz vor der Verzweiflung stand, richtete er sie wieder auf. Er brachte sie zum Lachen und in den Lernpausen betrachtete Jenny das Weltgeschehen im Fernsehen an. Ab und zu gönnte sie sich den Spaß, menschliche Wissenschaftsshows anzusehen und lächelte in sich hinein. Wenn die wüssten ..., dachte sie, denn sie hatte längst begriffen, dass das Wissen, mit dem sie beschäftigt war, nicht von dieser Welt stammte. Doch bei allem Spaß bereitete ihr manch aktuelles Ereignis in der Welt draußen ernsthafte Sorgen.

Mitt Romney verlor 2012 gegen Barack Obama. 2017 wurde der Milliardär Donald Trump zum Präsidenten gewählt. Mit seinem Populismus gewann er zwar die Wahlen, jedoch nicht die Herzen der Amerikaner. Besorgt betrachtete die Weltbevölkerung sowie die Regierungen Europas sein Treiben, griffen jedoch nicht ein. Von diesen Ereignissen abgelenkt, verhallten die eindringlichen Worte des ersten deutschen Interpolchefs Jürgen Stock. Er warnte vor einem zu großen Erstarken der Salafisten, die er nach wie vor als extreme Bedrohung ansah und von denen er bereits zu diesem Zeitpunkt ahnte, da sie vom `Islamischen Staat`, IS, unterstützt wurden. Doch seine Warnungen blieben trotz der Anschläge in Berlin, Paris und der Türkei fast ungehört.

Jennys Selbstbewusstsein wuchs mit jedem neu erlernten Fachbereich, mit jedem Erfolg, der ihr beschieden war. Drago sparte nicht mit Lob, denn ihre Aufnahmefähigkeit und die Geschwindigkeit, mit der sie all das Wissen aufsaugte, imponierten ihm und übertrafen seine Erwartungen bei Weitem. Nur mit den merkwürdig anmutenden Sprachen, die sie lernte, tat Jenny sich wesentlich schwerer. Doch nach einiger Zeit überwand sie auch diese Hindernisse. Der Knoten in ihrer Zunge löste sich, sodass sie ‚Sitoratisch', ‚Katedonisch', ‚Quqerian', ‚Eturidori' sowie viele weitere, schließlich fließend sprach. Obwohl sie zu diesem Zeitpunkt stark bezweifelte, einen dieser verknotenden Zungenbrecher jemals zu benötigen. Sie trug ihr blondes Haar inzwischen kurz geschnitten, war stolze 1,87 m hochgewachsen und liebte lässige Kleidung. Jeans und T-Shirts, dazu leichte Sneakers. Auf Äußerlichkeiten wie Schminke und Schmuck, legte sie überhaupt keinen Wert. Außerdem bevorzugte Jenny die chinesische Küche und ließ es sich oft nicht nehmen, die vegetarischen Gerichte persönlich zuzubereiten. Begierig las sie die uralten chinesischen Schriftrollen, die sie in den buddhistischen Glauben eintauchen und verweilen ließ. Hier fand ihre Seele etwas Frieden und es schien, als könne Jenny sich mit ihrer Vergangenheit etwas versöhnen.

Viele Jahre zogen ins Land. Dekade um Dekade verrann. Doch sie fand keine Erklärung dafür, dass sie nicht mehr alterte. Ein Umstand, der ihr schwer zu schaffen machte, warf er doch unablässig die Frage nach dem ‚wer und was bin ich' auf. Immer öfter saß Jenny in ihrem Quartier und grübelte.

„Woran denkst du gerade?" „

Drago, wird es mir wohl ein einziges Mal in meinem Leben vergönnt sein, dich anklopfen zu hören?"

„Komm schon Jenny, du willst doch wohl nicht behaupten, du hättest mich nicht gehört! Außerdem beantwortet das meine Frage nicht!"

„Ich denke darüber nach, warum ich mit über fünfzig aussehe, wie fünfundzwanzig und wozu das, was ich tue, gut ist."

„Warum denkst du über Dinge nach, auf die du keinen Einfluss nehmen kannst?"

„Ach komm schon. Hast du dich etwa noch nie gefragt, wozu das, was du tust, gut ist? Wohin es führt?"

„Diese Frage stellt sich für mich nicht! Ich erfülle eine Aufgabe. Zeit ist dabei der unwichtigste aller Faktoren."

Fragend sah Jenny Drago an, doch ihr treuer Gefährte ließ nichts weiter verlauten. „Da du offensichtlich über zu viel Zeit verfügst, bitte ich dich mir zu folgen. Ich möchte dir etwas zeigen."

„Gehen wir endlich nach oben?", fragte Jenny jubelnd, während sie aufsprang.

„Nein!"

„Och Drago, wann kann ich endlich …"

„Nicht jetzt!"

Jenny presste ihre Lippen zusammen und folgte Drago schweigend einen langen Weg. Als sie endlich den Ort erreichten, den Drago für wichtig hielt, standen sie vor einer verschlossenen Tür.

„Was jetzt?"

„Diesen Raum gab es bereits, als wir hier ankamen. Er hat eine besondere Sicherung. Keiner von uns ist in der Lage, diese Tür zu öffnen und ich dachte, ein Versuch deinerseits kann zumindest nicht schaden."

„Irgendeine Vermutung, was dahinter ist?"

Drago sah Jenny mitleidig lächelnd an.

„Jaja, schon gut", sagte sie, während ihr Blick bereits auf den vor ihr befindlichen Glaskasten fiel.

Da sie ihn für einen einfachen biometrischen Scanner hielt, legte sie ihre Hand darauf. Einen Wimpernschlag später befand sich Jenny inmitten eines hellblau scheinenden Lichtkegels, der sie gut zwei Minuten einhüllte und ihre biometrischen Daten sowie ihre DNA erfasste. Fasziniert von dem warmen Licht, sah Jenny nach oben. Sie konnte keine Quelle ausmachen. Es schien einfach aus dem Nichts zu kommen, und obwohl sie nicht wusste, was jetzt genau vor sich ging, spürte sie so etwas wie Vertrautheit. Die Wärme dieses Lichtes ließ keinen Platz für Furcht. Kurz darauf verschwand der Lichtkegel.

„Zutritt wird gewährt", hörten beide eine freundlich, männlich klingende Stimme, während sich die Tür öffnete. Vorsichtig, wenngleich mit großer Neugierde, betrat Jenny den dunklen Raum, während Drago im Türrahmen stehenblieb und die eigene Wissbegierde zu bremsen versuchte.

„Siehst du irgendwo einen Lichtschalter, ich ...? – Ohh, wow!" Das Licht hatte sich eingeschaltet, bevor Jenny den Satz beenden konnte. „Tja, und was jetzt? Sieht so aus, als wären wir in der Abstellkammer gelandet. Schränke aus Stahl? Aber wo befinden sich die Griffe zum Öffnen? Komisch."

Beide wollten keinesfalls glauben, dass es in einem derart gesicherten Raum nichts anderes geben sollte, als belanglose Schränke. Erwartungsvoll sah Drago Jenny an.

„Du hast absolut keine Ahnung, was du tun musst?"

„Nö, woher sollte ich? Du hast schließlich schon vor mir hier gewohnt, also müsstest du mir doch was sagen können."

„Nur dass mir der Zutritt stets verweigert wurde."

Jenny sah sich erneut um.

„Halloooo, einer zuhause?"

Drago lachte kopfschüttelnd und legte den Kopf grinsend auf den im Türrahmen abgestützten Ellenbogen.

„Not macht erfinderisch!", grinste sie ihn an.

„Ich lassen dich besser allein, du machst das schon", meinte Drago und verschwand mit einem Augenzwinkern, ehe Jenny ihn davon abhalten konnte. Die Tür verschloss sich unverzüglich hinter ihm.

„Na Super! Ich hasse Überraschungen!"

Jenny suchte mit ihren Augen langsam jeden Winkel des Raumes ab und schließlich fiel ihr ein Zeichen auf. Klein und unscheinbar schien es eingraviert zu sein. Ohne die Bedeutung zu kennen, drückte Jenny vorsichtig darauf. Doch es tat sich nichts. Zweiter Versuch, diesmal presste Jenny mit wesentlich größerem Kraftaufwand. Sie schob das Zeichen tief in die Wand hinein. Kaum war es verschwunden, ertönte ein Surren. Aus der vermeintlichen Wand rechts von ihr erschien ein Board, ein in die Wand eingelassener, überdimensionaler Bildschirm wurde ebenfalls sichtbar. „Aha, da kommen wir der Sache doch schon näher", murmelte sie und betrachtete die Eingabetastatur genauer. „Noch ein Scanner?", flüsterte sie, während sie mutig und zugleich erwartungsvoll ihre rechte Hand darauf legte. Nach kurzer Zeit leuchtete der Bildschirm bläulich auf, doch zu sehen gab es nichts.

„Willkommen!", hörte Jenny dieselbe Stimme sagen, die ihr zuvor den gewährten Zutritt verkündet hatte. Verdutzt kniff Jenny die Augen leicht zu, runzelte die Stirn und verzog den Mundwinkel.

„Ja, äh … danke. Aber wer spricht mit mir?", fragte Jenny zögerlich.

„Na ich!"

„Wer bitte ist ich?"

„Na ich eben!"

Ah ja, dachte Jenny. Jetzt bin ich gleich wesentlich schlauer. „Ähm, wer oder was bist du?", fragte sie. Ich muss vollkommen verrückt sein, mit einer Tastatur zu reden, dachte sie kopfschüttelnd.

„Ich bin eine selbstlernende Kommunikationsverbindungseinheit und ich stehe Ihnen zur Verfügung."

„Wozu? Was soll ich mit dir machen?"

„Was immer Sie wünschen!"

„Was immer ich wünsche?", wiederholte Jenny.

„Das ist korrekt!"

Leicht genervt fragte Jenny: „Verfügt dieser Raum eigentlich nur über Stehplätze?"

„Bitte definieren Sie ‚Stehplätze'." Jenny huschte ein hauchdünnes Lächeln übers Gesicht, kam sie sich doch auf den Arm genommen vor. Wer konnte so dumm sein und nicht wissen, was ein Stehplatz war? Aber sie spielte mit.

„Ich würde gerne sitzen und nicht hier herumstehen. Dazu benötige ich etwas, auf das ich mich setzen kann. Falls du verstehst, was das ist."

Zu Jennys Erstaunen erschien binnen weniger Augenblicke ein Sessel, der allerdings nach einer holografischen Darstellung aussah.

„Das ist doch wohl ein Scherz!"

„Bitte definieren Sie ‚Scherz'." Jenny runzelte die Stirn und unterdrückte krampfhaft den Drang, lauthals loszulachen. Sie streckte ihre Hand nach dem Sitz aus und erwartete, durch ihn hindurchgreifen zu können. Der Schmerz, den sie spürte, als sie eine Kante traf, belehrte sie eines Besseren. Vorsichtig ließ sie sich in den Sessel gleiten, jederzeit in der Erwartung, einen Wimpernschlag darauf auf dem Boden zu landen.

Echt bequem, dachte Jenny. Wie auf einem Luftkissen. „Hey du, bist du noch da?"

„Selbstverständlich!"

„Wie machst du das?" „Durch die mir eingegebenen Parameter ist es möglich ...", legte er los und schien kein Ende finden zu wollen.

Jenny verstand von alldem nicht das Geringste. Mehrfach kratze sie sich am Kopf und zog einige Grimassen während seines Vortrages. Sie wusste nicht, was sie davon halten sollte.

„Danke, das reicht erstmal!"

Sofort verstummte die Stimme. Nachdenklich sah sich Jenny um und der Sessel drehte sich, ohne ihr Zutun, mit ihr.

„Ich gehe davon aus, dass wir intensiv und dauerhaft miteinander arbeiten werden. Da ich nicht gewillt bin, dauernd ‚Hey du' zu sagen, werde ich dir jetzt einen Namen geben."

Jenny überlegte eine Weile.

„Von heute an lautet dein Name: David."

Die Newcomer

Einige Monate zogen ins Land und Jenny verbrachte sie damit, David eingehender zu studieren. Bisher hatte sie nie etwas für Technik und Computer übrig gehabt. David war so anders, er schien lebendig zu sein. Er faszinierte sie. Was immer Jenny wissen wollte, David schien auf alles eine Antwort zu haben. Drago gewöhnte sich widerwillig daran, dass Jenny nicht gewillt war, ihm Auskünfte über David zu geben. Er vertraute darauf, dass ‚seine' Jenny schon wusste, was sie tat.

Abermals saß sie in dem Raum, in dem sich Davids Steuerungseinheit befand.

„David kannst du mir sagen, was über uns ist?"

„Sie können es sich ansehen, wenn Sie möchten!"

„Kannst du nicht endlich mal diese förmliche Anrede weglassen? Das nervt!"

„Wie Sie wünschen."

Der Bildschirm vor ihr zeigte unbewohntes, grenzenloses Land, Steppe, Sand und ein paar karge Felsen. Weit und breit war kein menschliches Leben zu entdecken.

„Hast du da oben Kameras?"

„Nein, ich benutze die Satelliten der Menschen."

„Was machst du, wenn sie das merken?"

„Werden sie nicht! Meine Technik ist der ihren weit überlegen, wie du bereits festgestellt haben wirst. Warst du etwa noch nie oben?"

„Nein, obwohl ich mir nichts mehr wünsche, aber Drago lässt mich nicht."

„Das liegt nicht in seinem Ermessen Jenny. Er hat nur eine einzige Aufgabe: dich zu schützen, gleich, wo du dich befindest!"

Nachdenklich sah Jenny auf den Bildschirm. Warum sollte es Dragos Aufgabe sein, sie zu beschützen? Meinte David damit, sie solle sich Drago etwa widersetzen? Undenkbar, das konnte sie sich einfach nicht vorstellen.

„Wo sind wir, und wem gehört das Land?"

„Wir befinden uns im Gebiet der Wüste Sonora. Sie gehört zu den Vereinigten Staaten von Amerika, Bundesstaat Arizona."

„Aber wem gehört dieses Stück Land auf dem wir leben?" „Die Sonora ist Wüstenland, sie ist in diesem Bereich unbewohnt und gehört niemandem."

„Wir können hier tun und lassen, was wir möchten?" „Woran denkst du?"

„An noch nichts Konkretes, im Augenblick jedenfalls. Wobei mir im Zusammenhang von eingesperrt sein einfällt: Ich möchte nicht ewig in diesem Raum eingepfercht sein, um mit dir zu arbeiten. Können wir nicht auf eine andere Art und Weise zusammenarbeiten?" „An welche Art dachtest du?"

„Ich möchte, dass du ein Gesicht und einen Körper besitzt. Hältst du das für möglich?"

„Wozu sollte das dienlich sein?"

„Ganz einfach: Ich müsste nicht immer mit einer Wand reden und du könntest mich begleiten. Hierdurch hätten wir die Möglichkeit, überall miteinander zu kommunizieren. Und ganz ehrlich, ich käme mir dann nicht mehr so blöd vor."

„Eine holografische Darstellung ist kein Problem, aber dich begleiten?"

„Für den Anfang reicht es mir, dass du antwortest, wenn du deinen Namen hörst. Hilf mir, einen Kommunikator zu entwickeln, den ich an beziehungsweise bei mir tragen kann."

Auf dem Board vor Jenny leuchtete einer der vielen grünen Knöpfe auf.

„Wenn es weiter nichts ist. Drück auf den leuchtenden Knopf." Sie tat wie ihr geraten und eine der Schranktüren öffnete sich. Sie nahm einen der dort aufgereihten runden, flachen Gegenstände in die Hand. Sieht ja nicht gerade nach viel aus, dachte Jenny. Ein schwarzer Kreis mit weißem Hintergrund. Eine goldfarbene Eins darin, zierte das kleine Teil von der Größe eines Silberdollars und genauso dünn war es. Ihrer Schätzung nach wog es nicht mehr als fünf Gramm. Mehr konnte sie von außen nicht erkennen.

„Bevor du ihn benutzt, muss ich dir etwas sagen: Einmal angelegt, kannst du ihn nicht mehr entfernen. Nie mehr! Er verbindet dich mit mir, du kannst jederzeit mit mir reden. Ich kann hören, was du sagst, und sehen, wo und in welcher Situation du dich befindest. Zu jeder Tages- und Nachtzeit. Also überlege es dir gut, bevor du dich entscheidest!"

Nachdenklich blickte Jenny auf den Kommunikator. Tag und Nacht beobachtet werden? Will ich das? Andererseits kann es nicht schaden, David bei mir zu haben. Im Prinzip kann ich nur gewinnen, ... hoffe ich jedenfalls, sprach Jenny gedanklich mit sich selbst. Noch in Gedanken versunken, legte sie die kleine runde Scheibe direkt oberhalb der Brust knapp über dem Herzen an. Als das leichte Metallstück Jennys Haut berührte, schoss ein stechender Schmerz durch ihren Körper und überflutete ihn mit Adrenalin. Jenny schnappte nach Luft, japste leicht und wollte instinktiv mit der Hand die Schmerzquelle berühren, als einen Wimpernschlag später das Missgefühl verschwand. Der Kommunikator verschmolz mit der Haut, sodass er kaum sichtbar war.

„Verdammt David! Spinnst du? Warum hast du mich nicht gewarnt!«

„Du hättest fragen können."

„Ich werde es mir merken! Verlass dich drauf!"

Jenny rieb sich die Stelle, an der sie weiterhin ein leichtes Ziehen spürte. Sie blies ihre Wangen leicht auf und ließ die Luft anschließend stoßartig wieder entweichen.

„Das hätten wir. Kommen wir nun zu deinem Aussehen." Jenny beschrieb David das äußere Erscheinungsbild der Person, von der sie wünschte, dass sie sie dauerhaft begleiten sollte.

„Während du dabei bist, dich dreidimensional zusammenzusetzen, beantworte mir eine Frage, die mich jetzt schon seit Monaten beschäftigt: Wer hat dir gesagt, dass ich die richtige Person bin, mit der du zusammenarbeiten darfst?"

„Deine DNA!"

„Was hat meine DNA damit zu tun?"

„Diese Information steht im Augenblick nicht zur Verfügung!"

Ungläubig starrte Jenny auf den Monitor unmittelbar vor sich.

„Woher hast du meine DNA?"

„Auch diese Information steht zurzeit nicht zur Verfügung."

„Wer hat dir gesagt, was zulässig ist und was nicht?" „Mein Schöpfer. Er legte die Grundparameter fest, die du von jetzt an weiterentwickeln kannst."

„Hm, und dein Schöpfer ist wer?"

„Diese Information ist zurzeit nicht verfügbar." Verärgert blies Jenny Luft aus und zog die Augenbrauen hoch. Mit ihren Fingern spielte sie auf der Ablage Luftklavier.

„Dann muss ich mich für den Augenblick wohl damit zufriedengeben, und derweil mit Drago reden", seufzte Jenny.

„Jenny, eine Frage gibt es da noch: Die Person, in deren Gestalt ich in Zukunft holografisch erscheinen soll; wer ist sie und ist sie etwas Besonderes für dich?"

Jenny drehte sich ruckartig um: „Diese Information ist zurzeit nicht verfügbar!"

Schmunzelnd verließ sie den Raum und begrüßte Drago, der auf dem Flur bereits auf sie wartete. Sie hatte ihn seit einigen Tagen nicht mehr gesehen.

„Was gibt's?"

„Wir haben ein Problem oder genauer gesagt, sind es gleich mehrere!"

„Wir? Schon wieder Drago? Willst du mir nicht endlich sagen, wer ‚wir' ist? Was muss ich tun, damit du mir endlich vertraust?" Verärgert schüttelte Jenny mit dem Kopf. Diese Heimlichtuerei war ihr schon lange zuwider.

Erschrocken sah Drago sie an.

„Jenny, ich vertraue dir mein Leben an. Ich wollte nur nicht, dass ..." Drago sah Jennys missbilligenden Blick.

„Also gut, hör zu: Seit 1947 hat es etliche von außerhalb gegeben, die versehentlich abstürzten. Später kamen noch andere, die Zuflucht gesucht haben, hinzu."

„Los, los Weiter", drängelte sie.

Drago stutzte, hatte er doch eine andere Reaktion von Jenny erwartet.

„Naja", druckste er rum. „Sie befinden sich alle in dieser Anlage, doch leider vertragen sie sich nicht miteinander. Sie sind einfach zu unterschiedlich. Wir haben bereits einige durch diese ewigen Streitigkeiten verloren und diesmal ist es besonders schlimm. Ich dachte, du könntest vielleicht ..."

„Ich? Wieso ausgerechnet ich? Was kann ich schon ausrichten, wenn du sie nicht mehr im Griff hast! Tszz, als wenn sie auf mich hören würden! Außerdem: Wie komm ich denn dazu? Du siehst 45 Jahre keine Notwendigkeit, mich zu informieren und jetzt soll ich dir die Kastanien aus dem Feuer holen? Du schließt mich Jahrzehnte lang aus und plötzlich haben ‚wir' ein Problem? Na vielen Dank auch!"

„Jenny bitte. Ich habe doch nur geschwiegen, weil ich befürchtete, dass du mir nicht glaubst, wenn ich dir von Außerirdischen erzähle.«

„Man Drago, ich finde extrem bedauerlich, dass du mich für derart kleingläubig hältst!", tadelte Jenny und warf ihm einen vorwurfsvollen Blick zu. „Ich habe noch nie an diesen ‚die Menschen sind die Krönung der Schöpfung' Schwachsinn geglaubt. Wären die Menschen allein im Universum, wäre es die größte Platzverschwendung aller Zeiten. Davon abgesehen wird nicht eine einzige Sprache, die du mich hattest lernen lassen, auf diesem Globus gesprochen. Du musst mich echt für reichlich verblödet und naiv halten."

„Bitte Jenny; ich weiß nicht mehr weiter. Hilf mir bitte!", flehte Drago.

„Sind sie bewaffnet?" „Nein. Nicht mehr jedenfalls. Aber diese verschiedenen Spezies besitzen bestimmte Fähigkeiten, die sie nutzen, und die sie zum Teil gefährlich bleiben lassen."

„Ich soll da jetzt einfach reinmarschieren und du glaubst, dass sie auf wundersame Weise tun, was ich ihnen sage?"

Jenny sah Drago kopfschüttelnd an. „Deine Fantasie möchte ich haben, Drago, ehrlich!"

Sie lehnte sich an die Tür und dachte einen Augenblick nach. „Warte hier. Bin gleich zurück!"

„David?"

„Ja Jenny?"

„Sag mal bitte; du verfügst nicht zufällig über Waffen?"

Kaum hatte Jenny ausgesprochen, da öffnete sich schon die Tür zu einem Nebenraum. Der etwa 25 qm große Raum war bis an den Rand vollgestopft mit feuerkräftigen Utensilien, wie sie eine schlagkräftige Armee nicht besser hätte unterstützen können. Geräte verschiedenster Art und mit einem Aussehen, das Jenny nie zuvor gesehen hatte. Sie sah sich eine Weile hilflos um, bis sie registrierte, dass David das Licht auf eine bestimmte Handfeuerwaffe mit Gürtel gerichtet hatte. „Diese da soll ich jetzt nehmen, ja?"

„Sie ist für dich und für deine Zwecke am besten geeignet."

„Woher weißt du das schon wieder?"

„Ich erklärte dir doch: Ich bin überall zugegen und höre mit!"

„Wie funktioniert dieses Teil?", lenkte Jenny von ihrer Verwunderung ab. „Warum ausgerechnet diese hier?"

„Sie ist leicht zu handhaben, vor allem aber ist sie DNA-gesteuert. Du allein kannst sie abfeuern, niemand anderes!"

„Ah ja, und wird sie mich stechen wie der Kommunikator?", fragte Jenny vorsichtig.

„Nein."

Jenny legte den Gurt um, nahm die Waffe und betrachtete sie. Von extremer Leichtigkeit lag perfekt in ihrer Hand; wie geschaffen für sie.

„An der Unterseite befindet sich ein Sensor. Du musst ihn mit der linken Hand berühren, während sie in deiner rechten liegt."

Jenny folgte Davids Anweisungen, bekam einen heftigen Stromschlag von etwa

45 Volt und fühlte ein Kribbeln, das sie an die Berührung eines elektrisch aufgeladenen Pullovers erinnerte.

„David verflucht! Du hast doch gesagt ..."

„Du wirst lernen müssen, deine Fragen präziser und eindeutig zu stellen."

„Sehr witzig David, herzlichen Dank auch!"

„Jenny, ich habe eine Frage, bevor du gehst: Das Hologramm funktioniert inzwischen, aber wie soll das mit der Begleitung funktionieren?"

„Sagtest du nicht unlängst, du seist eine selbstlernende Einheit? Lerne und finde es heraus!"

Jenny schmunzelte und verließ den Raum.

Jenny und Drago gingen eine Weile den langen Gang entlang, während Drago ihr ein paar Dinge über die anderen erzählte: Nur die Spezies, die mit Drago hier angekommen war, verfügte über ein menschenähnliches Aussehen. Nur wer wusste, dass diese Spezies nicht von der Erde stammte, hätte die wenigen Winzigkeiten entdecken können, die sie von den Menschen unterschied. So waren Drago und dessen Gefährten die Einzigen, die in der Lage waren, sich unter den Menschen frei zu bewegen. Sie arbeiteten, verdienten somit Geld und kauften Lebensmittel für die Gemeinschaft. Die anderen verblieben zwangsweise in der Anlage, um den Menschen nicht aufzufallen und ihre Anwesenheit nicht zu verraten. Sie waren vor allem gezwungen, den Militärs aus dem Weg zu gehen. Denn seit 1947, nach dem Ereignis in Roswell, gab es spezielle Einheiten, die ausschließlich dazu dienten, außerterrestrische Lebensformen aufzuspüren und nach Nelles zu verbringen. Dort wurden sie untersucht und studiert. Streng geheim und unter größtmöglichen Sicherheitsvorkehrungen. Einmal von diesen Einheiten eingefangen, war es nur Wenigen gelungen, ihren Häschern zu entkommen und die rettende Anlage in der Sonora zu erreichen. Die meisten der gestrandeten Lebensformen blieben eingesperrt, extrem unzufrieden und ließen ihren Unmut aneinander aus.

Als Drago und Jenny endlich vor der Tür des großen Saales standen, holte Jenny tief Luft. Sie sah ihren Freund wortlos an, und dachte ‚wenn das Mal gutgeht'!

Im Saal übertönte lautes Stimmengewirr wie in einer Bahnhofshalle, ihre Ankunft. Jenny staunte nicht schlecht, als sie all die vielen verschiedenen Gestalten sah. Sicherlich hatte sie an die Existenz anderer Lebensformen geglaubt, - eine derartige Vielfalt und Menge hatte sie hier nicht erwartet. Es mussten an die Fünfhundert sein, wenn nicht mehr, die lauthals miteinander stritten. Jenny ließ ihren Blick über diese Geschöpfe schweifen, machte auf Anhieb dreißig unterschiedliche Arten aus, die seit den letzten siebzig Jahren unterhalb der Sonora zwangsinterniert waren. Sie zog die Augenbrauen an und seufzte. Wie eigenartig sie aussahen. Manche besaßen vier Arme, andere drei Augen. Weitere verfügten über sechs Füße, die einer Spinne ähnlich seitlich angeordnet waren. Die Hautfarbe der verschiedenen Spezies erschien in Rot, Gelb, Grün sowie in Violett und Azurblau. Eine Farbenpracht und Vielfalt, die Jenny sofort faszinierte. Manche Gestalt unter ihnen empfand sie als eher unansehnlich. Um nicht zu sagen, geradezu hässlich – waren sie teilweise von Warzen, triefendem Schleim und Ähnlichem gezeichnet. Jenny unterdrückte ihren kurzfristigen Anflug von Ekel und ließ sich nichts anmerken. Erneut wanderte ihr Blick über die Menge und das Erste, was ihr einfiel, war der Begriff ‚Newcomer'. Für sie eine passende Bezeichnung für all jene, die nach Drago gekommen waren. Sie beschloss, die Außerirdischen von nun an so zu nennen.

„Was jetzt?", fragte Jenny halblaut.

„Sag endlich was!"

Jenny versuchte es mit einem zaghaften: ‚Ruhe bitte', aber niemand reagierte. Ganz im Gegenteil. Die Anwesenden begannen, sich körperlich zu attackieren, schubsten und bedrängten einander. Die Situation drohte mehr und mehr zu eskalieren.

„Siehst du, sie hören nicht auf mich! Hab ich doch gleich gesagt. Warum sollten sie auch!" Kopfschüttelnd sah Jenny dem aggressiven Treiben zu.

„Wenn du nicht bald etwas unternimmst, wird es Tote geben! Bitte Jenny sorge dafür, dass es aufhört!"

Jenny sah nachdenklich bedrückt auf den Boden und hielt einen Moment inne. Sie hasste es, unter Druck zu stehen und fürchtete zu versagen. Nicht zuletzt hingen erstmals von ihrem Tun Leben ab, was die Angelegenheit zusätzlich erschwerte.

„Larocha chineé", brüllte Jenny urplötzlich mit ungekannt harter Stimme.

Das Stimmengewirr im Saal verstummte schlagartig. Alle Streitigkeiten endeten und sämtliche Anwesenden erstarrten in ihren Bewegungen.

Ups, dachte Jenny. Volltreffer!

„Jenny, was bedeutet das?", wollte Drago flüsternd wissen.

„Keine Ahnung! Nicht wirklich jedenfalls."

„Bist du verrückt?", fragte Drago vorwurfsvoll.

„Nein, ich improvisiere!"

„Jenny ..."

„Nicht jetzt!"

Alle starrten sie schweigend an und Jenny erwiderte ihre Blicke, hielt ihnen stand. Langsam, mit dem Anschein von Souveränität, schritt sie durch die unverhofft respektvoll gebildete Gasse. Sofort erkannte Jenny, dass es zwei Lager gab, die sich uneins waren. Bloß keine Schwäche zeigen, raste ihr durch den Kopf. Ohne ein Wort fixierte sie allein durch ihre Art, mit der sie den gesamten Raum durchschritt, alle

Anwesenden auf ihre Person. Allerdings war Jenny nicht bewusst, woran das lag. Ruckartig drehte sie sich um, stemmte ihre Hände an die Hüften und rief: „Dürfte ich wissen, worum es bei dieser Auseinandersetzung geht?" Keiner antwortete ihr. „Ich frage euch, warum ihr streitet, – und ich will eine Antwort! Jetzt!"

Die Anwesenden sahen verdutzt einander an. So hatte zuvor noch niemand mit ihnen gesprochen. Nach einigen Schrecksekunden trat der Erste vor und meinte: „Die beleidigen uns! Sagen, wir sind hässlich; sollen sie doch woanders hingehen."

„Euer Anblick ist für uns unerträglich! Wie ihr schon riecht! Igitt, einfach abscheulich", tönte es von der anderen Seite. Sofort rumorte es auf dieser. Jenny sah sich um und wandte sich an die andere Seite.

„Soso, die sind also hässlich, ja?", provozierte sie und deutete mit einer winkenden Bewegung ihres Daumens hinter sich. „Was ist mit euch? Ihr seid dann die Dummen oder wie?" Jetzt rumorte es in beiden Lagern. „Ich meine, hässlich oder nicht, liegt im Auge des Betrachters! Findet ihr nicht? Wegen eines solchen Firlefanzes seid ihr bereit, einander an die Gurgel zu gehen? Ja Tatsache, ihr seid ohne Ausnahme die Dummen!"

Jenny legte bewusst eine kleine Pause ein und versuchte währenddessen die Reaktionen zu deuten. Leider gaben die Blicke, die ihr entgegenschlugen, keine eindeutige Auskunft. „Ist euch aufgefallen, dass ich nicht richtig laufen kann? Ich sehe anders aus als du und du oder du. Na und? Da ihr wild darauf seid, jemanden zu verprügeln: also los, nur zu! Wer von euch will mit mir anfangen?"

Niemand rührte sich. „Was ist los? Ist euch die Lust vergangen oder habt ihr etwa einfach Angst vor einem ‚Mädchen'?"

Einige in der Menge legten ihre Köpfe etwas schief, blieben jedoch stumm.

„Du!", blieb sie vor einem der Newcomer stehen. „Sag mir deinen Namen!"

„Shalcrac."

Jenny sah ihn an. „Shalcrac, hm, soso", sinnierte Jenny. „Ich sag dir was: Dein Name ist noch potthässlicher als dein Gesicht!"

Shalcrac ging grummelnd einen bedrohlichen Schritt auf Jenny zu, doch sie wich nicht zurück.

„Was willst du jetzt tun? Mich verprügeln?", fragte Jenny ohne den Blick von ihm abzuwenden. „Versuche es!"

Drago indes wurde zusehends unruhiger und biss auf seine Unterlippe, obwohl Shalcrac unschlüssig stehen blieb. „Ich bin sicher, jeder wird an seinem Gegenüber etwas auszusetzen finden! Gibt bestimmt ‚ne super Massenkeilerei! Cool! Worauf wartet ihr noch?" Fragende Gesichter auf beiden Seiten starrten Jenny an. „Oh, ich verstehe, das ist euch noch nicht genug! Sag, Shalcrac, habe ich dich beleidigt?"

„Ja", grunzte er grimmig zurück und der Unmut in seinem Gesicht sprach Bände.

„Guut!", zog Jenny lang und kehrte Shalcrac kurz den Rücken zu, um sich ihm ruckartig sofort erneut zuzuwenden. „Hier! Töte mich!", brüllte sie ihn an, während sie ihre Waffe mit Wucht in dessen Hand schlug. Shalcrac wusste nicht, wie ihm geschah; diese Aufforderung verunsicherte ihn. „Was ist? Warum zögerst du? Soeben warst du doch noch ganz wild darauf, mir deine Stärke zu beweisen! Was ist mit euch anderen? Jemand Bedarf? Ich könnte allen eine Waffe in die Hand drücken! Ich bin sicher, es würde euch ohne Zweifel gelingen, euch innerhalb von drei Minuten gegenseitig über den Haufen zu schießen und einander auszulöschen! Prima! Ihr wärt alle tot - und ich hätte meine Ruhe!"

Die Anwesenden wichen einen Schritt auf der jeweiligen Seite zurück und blickten erwartungsvoll auf Shalcrac. Er spürte unweigerlich den Druck der Blicke. Betreten gab er Jenny die Handfeuerwaffe zurück. Sie steckte die Waffe wortlos ein und vermied es, sich ihre Erleichterung anmerken zu lassen. Als wäre sie die Lässigkeit in Person, klemmte sie den rechten Daumen bis zum ersten Gelenk zwischen Gürtel und Hose.

„Habt ihr eigentlich keine anderen Probleme, als euch zu bekämpfen? Ist es nicht schon schlimm genug, dass wir hier festsitzen? Sollten wir nicht besser gemeinsam daran arbeiten, diese Situation, in der wir uns alle befinden, zu verändern, zu verbessern?"

Niemand wagte es, Jenny zu unterbrechen, und in den bewusst gewählten Redepausen hätte man die Flöhe husten hören können. „Will etwa keiner von euch nach Hause? Ich für meinen Teil mag alles dafür geben, diesen Planeten zu verlassen! Ihr könntet mir dabei helfen, einen geeigneten Weg zu finden! Oder ihr helft mir nicht; dann bleibt ihr eben hier! Ganz wie ihr wollt! Eure Entscheidung!"

Jenny verstummte und eine Weile blieb es totenstill. Auch Drago, der jetzt an Jennys Seite stand, schwieg. Er bewunderte seine kleine Jenny in diesem Augenblick, ohne zu ahnen, wie es tatsächlich in ihr aussah.

„Du bist also Jenny? Hast du eine Möglichkeit gefunden, diese Hölle zu verlassen?", hörte sie eine Stimme aus der Menge fragen.

„Ja, ich bin Jenny und nein, zum jetzigen Zeitpunkt gibt es diese Möglichkeit noch nicht! Aber wenn wir einen Weg finden wollen, unser Gefängnis zu verlassen, dann müssen wir uns aufeinander verlassen können. Aufeinander eingeschworen sein! Persönliche Differenzen dürfen dem nie mehr im Weg stehen. Der Einzelne ist nichts, ohne die Gemeinschaft, und die Gemeinschaft ist nichts ohne den Einzelnen. Es gibt mit Sicherheit einen Weg, aus dieser Zwangsgemeinschaft eine funktionierende Gesellschaft zu formen, aber das kann ich unmöglich allein bewältigen! Jeder von euch muss seinen Teil dazu beitragen, ein Gemeinwesen zu schaffen. Es liegt in euren Händen!"

„Was ist mit denen, die nicht nach Hause dürfen, weil sie Ausgestoßene sind?", rief einer fragend von ganz weit hinten.

„Dann werden wir uns einen eigenen Planeten suchen, auf dem wir friedlich miteinander und in Freiheit leben können! Doch dazu müssten wir logischerweise zunächst von hier wegkommen. Gehen wir ein Problem nach dem anderen an!", entgegnete Jenny.

Müde und erschöpft sah sie Drago an.

„Für heute reicht's! Gute Nacht!"

Drago verließ mit ihr den Saal. Als die Tür sich hinter ihnen schloss, lehnte sich Jenny seufzend dagegen. Viele Eindrücke waren in den letzten Stunden auf sie eingeströmt. Mit etwas Derartigem hatte sie nicht gerechnet. Erst jetzt bemerkte sie, dass ihr vom Schweiß durchtränktes T-Shirt an ihr klebte und ihre Haare von Selbigem patschnass waren. „Ich hasse Überraschungen!", stieß sie laut aus. Sie zweifelte daran, alldem gewachsen zu sein.

„Tu das nie wieder, Drago! Nie wieder!"

In einer weit entfernten Galaxy

Die Welt schrieb das Jahr 2023. Donald Trump begann das dritte Jahr der zweiten Amtszeit. Abermals lieferte sie sich heftige, politische Wortgefechte in seiner unflätigen Art mit Raul al Said, um die Straße von Hormus für Öltanker freizubekommen, ohne einen Atomkrieg heraufzubeschwören.

Keiner von beiden ahnte auch nur im Entferntesten, dass es sechzehntausendfünfhundert Lichtjahre von der Erde entfernt eine Planetenkostellation gab, welche den Namen Doran-System trug.

Bestehend aus vier Planeten, die um die zwei Sonnen sowie zwei Monden, die um die Planeten kreisten, bot dieser Teil der Galaxie einer hochentwickelten Spezies ihren Lebensraum, die es verstand, sich ihm perfekt anzupassen. Eine der Sonnen gab bläulich-violettes Licht, die andere ein hellbläulich-gelbes ab. Sie erwärmten die Welten und Monde auf angenehme 23,8 Grad Celsius. Da sich die Planetenseiten immer im wärmenden Bereich einer der Sonnen befanden, gab es keine unterschiedlichen Jahreszeiten. Sauerstoff und Wasser sorgten auf in diesem System für üppige Vegetation, in der sich die heimische Tierwelt wohlfühlte.

Der größte Planet dieses System war dreieinhalbmal größer als die Erde und wurde Doran genannt.

Die Doraner waren in ihrer Gestalt dem Menschen ähnlich. Von schlanker Statur zeigten sie fast alle eine stolze Größe von 1,97 m. Ihre azurblauen Augen mit den vertikalen Pupillen stachen aus dem aschpfahl-weißlichen Gesicht hervor. Doch ihnen fehlten Haare und Ohrmuschel. Im Gegensatz zu den Menschen aßen und tranken sie nicht. Nur das feingliedrige Adersystem und einige innere Organe erinnerten an die längst vergangene Zeit, als sie noch der Nahrung bedurften. Sie bestanden zur überwiegenden Mehrheit aus Lichtenergie, die ihnen von ihren Häusern zugeführt wurde, mit denen sie in Symbiose lebten. Diese Gebäude ragten mehrere hundert Meter weit in den Himmel. An deren Ende stach ein Gebilde hervor, das einem Drachenkopf mit gefächertem Kragen ähnelte und auf den ersten Blick bedrohlich anmutete. Kopf und Kragen richteten sich stets nach dem Stand der Sonnen aus, filterten deren Licht und führten es seinem Bewohner zu, wann immer es ihn danach verlangte.

Seit Millionen von Jahren lebten die Doraner in diesem System und niemals hatten sie ihre evolutionäre und technische Weiterentwicklung unterbrochen. Sie wussten nur zu gut, dass sie im Universum nicht allein waren. Stets und ständig waren Hunderttausende von ihnen in den Galaxien unterwegs. Wenn es Spannungen gab, waren sie es, die gerufen wurden, um kriegerische Auseinandersetzungen zu verhindern. Aufgrund ihrer effektiven Diplomatie verhinderten sie manchen Krieg und die Völker, denen sie zur Hilfe eilten, nannten sie überall respektvoll ‚Die Wächter des Lichts'.

Versagte deren hochgeschätzte Diplomatie doch einmal, suchten die Doraner sich Verbündete, die für sie kämpften, um den Frieden wiederherzustellen. Diese grazilen Wesen kämpften niemals selbst, gleichwohl erreichten sie stets ihre Ziele.

Das Zusammenleben der Doraner war, wie bei uns, durch Gesetze geregelt. Die Logik bestimmte das Verhalten. Gefühle waren seit Jahrtausenden nicht erwünscht, weshalb sie sich diese abgewöhnten. Mental blieben alle Doraner innerhalb eines Gemeinwesens miteinander verbunden. Zu jeder Zeit hörte ein Doraner die Stimmen des Konzils, sodass er niemals seinen Gedanken allein überlassen blieb. Es galt das System der beruflichen Kasten, deren jeweilige Mitglieder nicht geringer geachtet wurden, als die einer anderen. Wer innerhalb einer Kaste geboren war, übte den entsprechenden Beruf aus. Seit es das System des Gemeinwesens gab, hatte es niemals eine Abweichung hiervon gegeben. Die Kasten wurden im Rahmen eines Konzils vertreten, dessen ständiger Rat aus dreißig Mitgliedern bestand. Sollten es die Umstände erfordern und Eile geboten sein, konnte die ‚kleine Zusammenkunft', bestehend aus fünf berufenen Mitgliedern, alle notwendigen Entscheidungen treffen. Die Ehrfurcht vor dem Konzil sowie dem Gemeinwesen band die Doraner derart stark aneinander, dass es nie einen Einzigen unter ihnen gab, der diese Entscheidungen auch nur ansatzweise infrage stellte.

So friedlich das Zusammenleben auch war, das doranische Volk blieb dennoch nicht sorgenfrei. Im Gegenteil. Sie belastete ein Problem, das ihre Existenz bedrohte:

Ihnen blieb der Nachwuchs aus.

Ein Doraner war weder weiblich noch männlich, er war beides. Obwohl eine androgyne Lebensform, bevorzugten sie das maskuline ‚Er'. Die Zweigeschlechtlichkeit erlaubte es ihnen, sich nach dem zweiten Innosan zu reproduzieren und das eigene Wissen an das Kind zu vererben. Doch obwohl das Wissen vererbt wurde, oblag es dem Elternteil, sich um die Erziehung und den weiteren Werdegang zu kümmern und dem Kind somit die Möglichkeit auf eine eigene Persönlichkeitsentwicklung zu geben. Es gab 160 Milliarden Doraner, und obwohl diese lichtenergetischen Wesen zig Tausend Jahre alt wurden, bereitete es dem Konzil zusehends Sorge, dass das letzte Kind vor sechzig Jahren geboren worden war.

„Ich grüße dich, Daán. Das Konzil wünscht sofortige deine Anwesenheit."

Im Haus des Daán flimmerte die holografische Darstellung Qeígons.

„Ich werde sie unverzüglich aufsuchen", teilte er mit, und Qeígons Hologramm verschwand. In aller Ruhe begab er sich in einen Nebenraum, setzte sich auf einen speziellen Stuhl. Ein Perscriptor sorgte ohne Eingabe dafür, dass Gespräche aufgezeichnet und sein Hologramm in den Raum projiziert wurde, in dem sich die anderen Mitglieder des Konzils befanden.

„Wir grüßen dich, Daán." Daán erwiderte den Gruß. „Du wirst dich mit einigen von uns auf die Suche nach einer Lösung unseres Problems begeben. Deine Aufgabe ist es, die Legende des Chandunah zu überprüfen!"

„Die Legende ist Millionen Jahre alt. Wie sollte es mir nach so langer Zeit gelingen, den Lebensraum unseres Urahnen und damit den Ursprung unserer Art zu finden? Welchen Spuren soll ich folgen?"

Daán gehörte zur Kaste der Diplomaten. Ein besonderes Hobby von ihm war die Geschichte seines Volkes und dessen Legenden.

„Du wirst mit allem ausgestattet werden, was den positiven Ausgang deiner Mission erfordert. Das Konzil zweifelt nicht an deinem Erfolg, einen Weg zu finden, und so du ihn erreicht haben wirst, werden wir dir folgen."

Daán zögerte kurz.

„Wird es mir erlaubt, ‚ihn' zu suchen?"

„Das Konzil hatte von dir erwartet, dass du dich deinem Schicksal endlich fügst, Daán! Du wirst dich ausschließlich auf deine Mission konzentrieren!"

Bei der Art, wie ihm dies gesagt wurde, fühlte Daán sich unwohl. Dieses Unwohlsein konnte er nicht verbergen. Für alle Anwesenden wurde sichtbar, wie sich seine Gesichtsfarbe veränderte. Seine Lebensadern hervortraten, während sein Kopf sich langsam von schräg rechts nach unten links bewegte. Auch dem Führer des Konzils, Kórel, entging das Verhalten seines Freundes nicht.

„Er weilt nicht mehr unter uns, Daán, du wirst dich damit abfinden. Niemand von uns vernimmt noch seine Gegenwart im Gemeinwesen!"

„Ich spüre seine Anwesenheit. Ich weiß, dass er lebt!"

Die anderen Mitglieder des Konzils schwiegen. Endlos lange, quälende zehn Minuten, sprach niemand. Kórel wandte sich an Daán: „Wir sind uns nicht einig; dennoch sprechen wir mit einer Stimme, die es dir erlaubt, nach ihm zu suchen. Doch wird es deine vordringliche Aufgabe sein, eine Lösung unseres Problems zu finden."

„Ich danke dem Konzil für sein in mich gesetztes Vertrauen!" Daán verneigte sich.

„Das Konzil wird dein Handeln mit größtem Interesse verfolgen."

Die Abreise sollte in vierzehn Doranen erfolgen, etwa einer Woche irdischer Zeitrechnung. Somit war die Mehrheit des Gemeinwesens damit beschäftigt, die Vorbereitungen entsprechend den Anweisungen des Konzils detailgenau auszuführen. Keiner wollte einen Fehler begehen, denn allen war bewusst, dass ein einziges Missgeschick zum Scheitern der Mission führen konnte. Die geringste Unachtsamkeit könnte ihr Schicksal besiegeln.

Währenddessen begab sich Daán auf einen der doranischen Monde. Er wollte allein sein, wandern, Kraft schöpfen und nachdenken. So sehr er sich durch das ausgesprochene Vertrauen des Führungsgremiums geehrt fühlte, so hatte es ihm eine nicht zu unterschätzende Verantwortung auferlegt. Es würde eine sehr lange Reise werden. Daán fürchtete die möglichen Gefahren dieser Aufgabe nicht, bot sich ihm doch nun endlich die Gelegenheit, nach seinem Kind zu suchen.

Sein Blick richtete sich nach Nord-Ost in Richtung des kleinsten aller doranischen Planeten, den sie Valori nannten. Kein Doraner durfte ihn betreten, wollte er sein Leben behalten und nicht aus dem Gemeinwesen ausgeschlossen werden. Daán dachte daran, dass es in den Legenden hieß, dass dies der Planet des Wissens sei. Es dort die allwissende Pyramide der Weisheit geben sollte. Geschrieben stehen sollte dort, so hieß es jedenfalls, was gewesen war, was ist, und auch das, was sein wird. Zu gerne hätte Daán gewusst, wo er die Suche beginnen sollte und wohin sie ihn führen würde. Doch das Konzil gestand niemandem eine Ausnahme zu; auch ihm nicht! Stand doch ebenfalls in den Schriften, dass jeder, der versuchte, all das dort verzeichnete Wissen in sich aufzunehmen, dem Wahnsinn verfiele. Und wer wollte schon das Schicksal derart herausfordern. Während seiner langen Wanderungen in den Wäldern des Mondes, dachte Daán an sein Kind, das er Daór genannt hatte. Es wurde in schwierigen Zeiten im doranischen System und seinen Kolonien geboren. Die Verbündeten der Doraner wandten sich damals gegen sie und es drohte ihnen der erste Krieg seit Jahrtausenden. Da die Doraner nicht über eine Kaste der

Verteidiger verfügten, hielt Daán es damals für besser, sein Neugeborenes dem Schutze vier treuer Gefährten anzuvertrauen. Sie sollten es auf dem entlegensten Außenposten der doranischen Kolonien behüten und beschützen. Nachdem die Krise überstanden war, wollte er es endlich in seine Obhut zurücknehmen, fand er jedoch nur die Wrackteile des verrotteten Shuttles. Die Wandlung seiner Gefährten auf die nächste Ebene hatte das Gemeinwesen damals gespürt, doch von dem Kind fehlte jede Spur. Kein Mitglied des Gemeinwesens hatte je die Anwesenheit Daórs gespürt, mit Ausnahme von ihm. Seit sechzig Jahren lebte er nun mit dieser unerträglichen Ungewissheit. Den Anfeindungen seiner Gefährten, die ihn stets wissen ließen, dass sie die Anwesenheit Daórs nicht spürten, und er sich mit diesem Schicksal versöhnen müsse. Allen voran Gódei, der unermüdlich blieb, ihn schmerzhaft daran zu erinnern. Dabei musste gerade Gódei wissen, wie es war, ohne Wurzeln aufzuwachsen. War er doch selbst ein Findelkind und entstammte der Spezies der Soraner, entstanden aus der evolutionären Trennung der doranischen Spezies. Eintausend Jahre hatten sie nach den Eltern Gódeis gesucht, bis sie letztendlich aufgaben und ihn aufzogen, als sei er einer der ihren.

Die Soraner hingegen waren eingeschlechtlich. Bis auf die braune Augenfarbe und der horizontalen Pupille glich ihr Aussehen dem der Doraner. Gleichwohl unterschied sich ihr Verhalten gewaltig voneinander.

Daán dachte erneut an Daór. Würde er wissen, wohin er gehörte? Verfügte er überhaupt über das Wissen seiner Ahnen, wenn sein Licht vor dem Gemeinwesen verborgen blieb? Ging es ihm gut dort, wo er jetzt war? Fragen über Fragen, die Daán keine Ruhe ließen, doch endlich gab für ihn die Gelegenheit, nach Daór zu suchen. Wer weiß, vielleicht wird das Schicksal mir eine zweite Chance gewähren, ihm jenes Leben zu schenken, das ihm vorbestimmt ist und das ich ihm versprach, dachte er. Oder war es etwa nicht so vorgesehen? Von Anfang an? Folgte das Schicksal seinem eigenen Weg und ich dem Weg des Schicksals? Trotz dieser Ungewissheit und der Anspannung konnte man Daán eines während seiner Wanderungen regelrecht ansehen: seine scheinbar unerschütterliche Zuversicht.

Eine Woche später waren alle Vorbereitungen planmäßig abgeschlossen und Daán kehrte zurück. Die Einsamkeit auf dem Mond Elerisian hatte ihm gutgetan. Er fühlte sich wie neugeboren, steckte voller Tatendrang und unerschöpflicher Hoffnung. So sehr er sich auf die bevorstehende Reise freute, seine Heimat würde ihm fehlen, dessen war er sicher. Die Verabschiedung von seinen Freunden in Anwesenheit Kórels, dauerte bis in die späte Nacht. Daán betrat als Letzter das Mutterschiff, das für jeden sichtbar, majestätisch über Doran schwebte und im tiefen Schwarz des Universums leuchtete wie ein Leuchtturm am Rande des unendlichen Ozeans.

Imposant zeigt sich das Schiff den zurückbleibenden Doranern: 1307 Decks erstrecken sich über etliche Kilometer Länge und Breite. Vom Heimatplaneten aus betrachtet, vermittelt es den Eindruck, es sei eine platte Flunder, was allerdings täuschte. Ausgestattet mit allerneuester Technik, schimmerte es hellblau gelblich und schickte unzählige Lichtimpulse in den Weltraum. Das Pulsieren war ein sicheres Zeichen dafür, dass es alle Systeme selbstständig hochfuhr. Trotz seiner majestätischen Größe war es in der Lage, die Lichtgeschwindigkeit mehrfach zu übertreffen.

Daán hatte seine privaten Habseligkeiten in der, für doranische Verhältnisse, durchaus luxuriösen Unterkunft verstaut und befand sich auf dem Weg zum Besprechungsraum des Konzils. Kurz bevor er den hermetisch abgeschirmten und durch Drohnen gesicherten Raum erreichte, staunte er nicht schlecht: „Kórel - du?!"

„Hattest du etwa geglaubt, ich überließe dir dieses alles entscheidende Abenteuer allein?", schmunzelte Kórel und wies seinem Freund den Weg in den Besprechungsraum. Dort sah Daán jene Mitglieder des Konzils, die von nun an über die Zukunft der Doraner entschieden:

Kórel, Führer des Konzils, Daán aus der Kaste der Diplomaten und Kórels Stellvertreter, Qeígon aus der Kaste der technischen Wissenschaften, Náran aus der Kaste der medizinischen Wissenschaften sowie Gódei, Vertreter des Gemeinwesens und Daáns Stellvertreter.

„Möge das Schicksal es fügen, dass uns Erfolg beschieden sein wird", sprach Kórel andächtig und nickte Qeígon zu.

„Hauptprotokoll initiieren!"

Sekunden später hörten man auf dem Schiff die Stimme des Hauptperskriptors: „Initiiere Startsequenz. Start in 3...2...1. Start ist erfolgt." Kaum spürbar setzte sich das Mutterschiff in Bewegung. Daán, der am Hauptfenster stand, das durch eine Technik erzeugt wurde, die die Doraner ‚energetische Spiegelung' nannten, konnte sehen, wie sie einen Stern nach dem anderen passierten und höhere Geschwindigkeit aufnahmen.

So beginnt es wohl. Von nun an gibt es kein zurück. Ja, so beginnt es!, dachte er.

Der Gefallen

Einige Monate waren seit Jennys erstem Zusammentreffen mit den anderen vergangen. Wollte sie ihr Versprechen halten, brauchten sie Geld. Viel Geld! Zwar verfügte David über einen gewissen Vorrat an Materialien, die sich für den Außenschiffsbau eigneten, aber es fehlte an Material für die Innenausstattung. Die gestrandeten Newcomer hatten ihre Shuttles in deren Bestandteile zerlegt und sie überwiegend für den Ausbau der Anlage verwandt, in der sie jetzt lebten.

Jenny befürchtete, dass es Jahre, wenn nicht gar Jahrzehnte dauern würde, um solche Massen Geldes zu verdienen, selbst wenn sechshundert paar Hände dabei halfen. Deshalb gründete sie die Firma ‚United Security Services', USS, und ließ als Firmeninhaber Callum David eintragen, dessen Identität Jenny nach außen hin annahm. Wenn zwei Dinge sicher waren auf dieser Welt, dann war es die Furcht der Menschen, gewonnene Macht und Reichtum verlieren zu können sowie deren Begabung, von einer Krise in die nächste zu geraten. Jenny würde diese Gewissheit für ihre Zwecke nutzen. Aber sie hatte noch ein anderes Problem. Sie vermisste ihre Freiheit und die Wärme des Sonnenlichtes, das sie jetzt schon Jahrzehnte entbehrte. Ihre kalkweiß bleiche Haut erinnerte sie täglich daran und es zehrte an ihr.

„Drago, ich muss unbedingt raus hier. Ich brauche endlich frische Luft!"

„Du kannst nicht nach oben, das ist viel zu gefährlich für dich!"

„Wir werden aber nicht weiterkommen, wenn ich mich nicht frei bewegen kann. Es wird so oder so schon eine halbe Ewigkeit dauern, bis wir mit der Sicherheitsfirma ausreichend Geld verdienen. Und wer weiß, ob und wann wir an die gut betuchten Kunden kommen. Ich brauche ein Auto beziehungsweise zwei! Für hier unten und eines für oben."

„Kein Auto wäre sicher genug für dich Jenny, obwohl ich dich durchaus verstehen kann. Es sind einfach zu wenige, die dich auf der Oberfläche begleiten und schützen können. So, wie die Mehrheit von uns aussieht, wären sie viel zu verräterisch."

„Wenn es eine Möglichkeit gäbe, das Aussehen dauerhaft zu verändern? Wärst du damit zufrieden?"

„Wie stellst du dir das vor? Hast du eine Idee?"

„Bau mir meine Autos und ich werde mich um das äußere Erscheinungsbild kümmern."

„Es gibt da noch etwas, das ich dir sagen sollte. Die Newcomer sind der Ansicht, dass sie jemand führen muss!"

„Na mach doch! Tu dir keinen Zwang an, meinen Segen hast du!"

„Sie wollen nicht mich, Jenny; sie wollen dich!"

Entsetzt entglitten Jenny sämtliche Gesichtszüge.

„Oh nein, mein Freund! Kommt gar nicht infrage! Ich bin nicht zum Führen geboren und die allerschlechteste Wahl, die ihr treffen könnt. Da werdet ihr euch einen anderen suchen müssen; nicht mit mir! Ohne mich!"

„Die Entscheidung ist bereits gefallen!"

Fassungslos starrte Jenny ihren Freund an.

„Ohne mich zu fragen?", empörte sich Jenny. „Sag mal Drago, geht's dir noch gut? Wer oder was gibt dir das Recht, ständig für mich Entscheidungen zu treffen? Ich denke, es ist an der Zeit, dass du mir ein paar Antworten gibst! Woher kanntest du Maél? Wieso bin ich hier? Damit meine ich nicht nur hier bei euch. Ich meine auf diesem Planeten. Wenn man mein Alter und mein Aussehen versucht in Verbindung zu bringen, ist es wohl unbestritten, dass ich kein Mensch bin. Woher komme ich also? Bin ich mit einem von euch abgestürzt?" Jenny redete sich in Rage.

Drago schwieg.

„Ich warte Drago!"

„Ich kannte Maél nicht!"

„Was?" Jenny stockte der Atem.

„Meine Spezies, Jenny, sie hat eine enge Bindung an das Schicksal. Wenn das Schicksal es für notwendig erachtet, gewährt sie einem von uns den Erhalt einer Botschaft aus einer anderen Ebene."

„Ich kann dir nicht ganz folgen, Drago."

„Mein Vater erhielt eine derartige Botschaft von Maél, seinem langjährigen Freund. Eines Tages kehrte mein Vater von einer Reise zurück und brachte dich mit. Damals warst du gerade ein paar Tage alt. Mein Vater hätte dich zu gern großgezogen, aber der Lord, dem wir damals dienten, wollte dich nicht in seiner Nähe. Deshalb schickte er dich mit mir und zehn anderen fort."

„Ich glaub's ja nicht. Da bringst du mich ausgerechnet hier hin?" Jenny schnappte nach Luft und spürte, wie ihr das Blut in den Kopf stieg. Aufsteigende Wut ließ sie erstarren und gleichzeitig erzittern.

„Glaubst du, mir gefällt es hier zu sein? Dieser Planet und seine Spezies? Seit Jahrzehnten bin ich von meiner Heimat fort, aber mein Vater hat diese Anweisung nun mal gegeben. Er sagte, er habe die Anweisungen aus der Botschaft befolgt und dein Aussehen würde der hier lebenden Spezies im Laufe der Zeit gleichen!"

„Na, wie schön; und du hattest nichts Besseres zu tun, als mich bei diesem saufenden, prügelnden, sadistischen Psychopathen und seinen Freunden unterzubringen? Wieso gerade bei dem?"

„Wie hätte ich dich aufziehen sollen? Ich war selbst noch jung und diese Anlage bot nichts, das einem Kind hätte gerecht werden können. Damals war gerade eine Handvoll von uns hier und keiner wusste, wie man ein Kind großzieht. Es blieb nichts anderes, als dich in ein Krankenhaus auf dem Land zu bringen. Eine Frau hatte soeben im Krankenhaus ihr Kind verloren. Da sie das aber noch nicht gesagt bekommen hatte, habe ich dich ausgetauscht und die Angestellten bestochen."

„Du lügst!", fauchte Jenny.

„Ich konnte doch nicht ahnen, dass sie ebenfalls einen Tag darauf an dieser merkwürdigen Infektion verstirbt. Jenny, ich kann nicht in die Zukunft sehen. Ich dachte, es geht dir gut. Es tut mir leid!"

„Hattest du bei unserer ersten Begegnung nicht gesagt, du wärst immer in meiner Nähe gewesen? Weißt du Drago, ich hätte nie von dir verlangt, in die Zukunft zu sehen. Deine Augen in der Gegenwart hätten mir vollends gereicht! Warst du blind? Ich bin zutiefst enttäuscht von dir. Wie viele Jahre kennen wir uns nun schon - und du hattet nicht die Absicht, aufrichtig zu mir zu sein?"

Jenny sprang auf, lief schnellen Schrittes zur Tür. Wütend trat mit Anlauf gegen einen dort stehenden Stuhl, der polternd zu Boden krachte, während sie den Raum verließ und einen nachdenklichen Drago zurückließ. Er verstand, dass es ihr nicht gut ergangen war, aber den eigentlichen Inhalt ihrer Worte verstand er nicht. Gewalt gegen einen der eigenen Art war ihm fremd.

Aufgewühlt und voller Zorn besuchte Jenny David. Eine ganze Weile saß sie schweigend da und suchte zu erfassen, was Drago ihr soeben erzählt hatte. Ihre Hände mit den ungewöhnlich langen, schlanken Fingern, zitterten wie Espenlaub. Jennys Herz pochte aufgeregt und eine Träne, die es wagte, sich ihren Weg über ihre Wangen zu suchen, wischte sie eilig fort. Ihre Augen nach unten gerichtet, ließ sie ihre Finger in die Haare greifen und den Kopf stützen. Für einen kurzen Augenblick schloss sie die Augen und zwang sich, den Wunsch des Weinens zu besiegen. Traurig versuchte sie, den Schleim durch Hochziehen aus der Nase zu entfernen. Mehrmals schluckte sie, als David ihre Gedanken unterbrach.

„Du warst lange nicht hier."

„Es gab viel zu tun, wie du weißt. Sag mal, verfügt einer der anwesenden Spezies über eine Technik, die ein komplett anderes Aussehen vortäuschen kann?", wechselte Jenny eilig das Thema.

„Wozu sollte das dienlich sein?"

„Mit ihrem derzeitigen Erscheinungsbild können sie unmöglich an die Oberfläche! Was braucht es, ihr Aussehen auf Dauer zu verändern?"

„Die Kalderer benutzen ein Implantat, das mit der DNA ihrer Feinde versehen, unter ihre Haut eingepflanzt wird. So unterwandern sie ihre Feinde. Aber wo willst du solche Massen DNA herbekommen?"

Wie passend, sinnierte Jenny.

„DNA gibt es auf diesem Planeten endlos. Lass das meine Sorge sein. Ich danke dir."

Geschlagene eineinhalb Jahre blieb Jenny damit beschäftigt, Regeln für das künftige Zusammenleben auszuarbeiten. Kleine Vorschriften, von denen Jenny hoffte, dass sie geeignet waren, sich des Führers entledigen zu können, denn sie fühlte sich nicht dazu berufen. Außerdem benötigte jeder der Newcomer einen menschlichen Namen. David half ihr, Hunderte von Namen auszusuchen, diese mit

Nummern zu versehen, welche mit denen auf den Kommunikatoren identisch waren. Er speicherte alle Fotos, die Angaben, die die Newcomer bei ihrer Ankunft auf der Erde gemacht hatten sowie die dazugehörigen fingierten Daten, der zu jeder Person erfundenen Legende. Jenny lernte sämtliche Bilder, Namen und Daten auswendig. Nur die Nummer ‚zwei' der Kommunikatoren ließ Jenny unbesetzt und vergab sie nicht.

Drago indes war ebenfalls nicht untätig geblieben.

„Die Uniformen sind soweit fertig. Die roten sind für meine Leute, die ausschließlich für deine Sicherheit verantwortlich sind. Weiß, mit blauen Streifen am Arm, sind die Weißgardisten. Der Sicherheitsdienst für uns. Den, den du ASD genannt hast Blau für die Techniker und Ingenieure. Grün für die Piloten, und die Streifen der jeweiligen Dienstgrade sind gelb abgesetzt. Ich verstehe allerdings nicht, warum du alle Rassen miteinander vermischen willst?"

„Sie werden von nun an ihr menschliches Aussehen dauerhaft tragen und die Uniformen werden sie vergessen lassen, wer zu welcher Spezies gehört; ebenso die damit verbundenen Feindschaften. Für wen ist die Weiße?"

„Sie gehört dir! Nur du wirst Weiß tragen!"

„Viel zu auffällig! Ich bin nicht beim menschlichen Militär. Nur die Galauniform der Navy ist weiß. Ansonsten trägt keine Waffengattung der Menschen diese Farbe ohne besonderen Anlass. Weiß, dachte Jenny, die Farbe der Unschuld. Das passt nicht zu mir!

„Dann werden sie sich daran gewöhnen, dass du es tust. Wir haben es so entschieden! Außerdem wirst du den Rang des Commanders innehaben!"

Zum ersten Mal sah Drago, wie Jenny ihren Kopf von schräg rechts nach links drehte, konnte diese Bewegung jedoch nicht zuordnen. Jenny missfielen diese Entscheidungen, aber ändern konnte sie diese nicht.

So schwärmten sechshundertachtzig uniformierte Sicherheitsleute der United Security Services aus, jene zu beschützen, die sie eigentlich als ihre Feinde betrachteten.

„Sag, wie steht es eigentlich um meine Autos?", wollte Jenny wissen.

„Alle anderen sind unterwegs und mich willst du weiterhin hier unten festhalten?"

„Es ist fertig!"

„Echt? Worauf wartest du? Los, zeig schon!", drängelte Jenny ungeduldig.

Sie folgte Drago auf einen Gang, in dem ein kleiner Gleiter, der den Boden nicht berührte, auf sie wartete. Innerhalb von eineinhalb Minuten brachte er geräuschlos beide zum neuerrichteten Hangar des Fuhrparks. Eine Strecke, für die Jenny eine halbe Stunde hätte laufen müssen.

Sie stand staunend in der Halle, sah sich ihren nagelneuen Flitzer an und ließ eine Hand sanft über den Kotflügel gleiten.

„Erinnert mich an einen Ferrari, nur viel flacher, eleganter", meinte sie grinsend. „Fühlt sich aber nicht an wie Stahl oder Aluminium. Woraus ist er?"

„Aus den Resten unseres letzten Shuttles!"

Jenny hob eine Augenbraue an und kräuselte die Stirn.

„Ich sehe gar keinen Tank. Womit fährt er?"

„Er fährt mit reiner Lichtenergie, die er unbegrenzt speichern kann. Die Sitze sind aus den ehemaligen NASA-Shuttles, die wir gekauft haben."

„Du warst in Washington? Ohne mich?"

„Jenny." „Schlüssel!" „Es gibt keine - und Jenny: Ich fahre!"

Macho, dachte Jenny und grinste innerlich.

Die weich gepolsterten Sitze ließen es an Bequemlichkeit nicht fehlen, während die Flügeltüren automatisch schlossen.

„Willkommen. Bitte identifizieren Sie sich!", forderte Davids Stimme auf.

„Leg deine Hand auf den Scanner", bat Drago Jenny und sie tat es.

„Willkommen Commander. Ich wünsche Ihnen eine angenehme Fahrt."

Leise schnurrend startete der Motor, nachdem eine Bühne sie mit gleichmäßiger Geschwindigkeit an die Oberfläche gebracht hatte.

„Der Fuhrpark muss nach oben verlegt werden", sagte Jenny. „Das dauert im Notfall zu lang!"

„Der gesamte Fuhrpark kann auf diese Weise befördert werden. Dauert im Ernstfall 87 Sekunden. Unten ist er zumindest absolut sicher vor Erdbeben und sonstigen äußeren Einflüssen. Wir wollen doch nicht zu viel Aufsehen erregen. Oder hatte ich dich da missverstanden."

Jenny schwieg. Sie genoss die ersten warmen Sonnenstrahlen seit Jahrzehnten und sog die frische Luft tief ein, während Drago ihr die Funktionen im Einzelnen erklärte. Jenny hörte ihm kaum zu. Sie betrachtete die Vielfalt der Landschaft, denn die Wüste Sonora bestand nicht ausschließlich aus Sand. Skurrile Felsformationen zeigten, dass es hier vor Jahrtausenden Wasser gegeben haben musste, das nun kilometerweit unterhalb der sandigen Schicht dahinfloss. Was die Funktionen des Gefährts betraf, würde sie später David danach fragen können.

„Sämtliche Wagen sind vom Kennzeichen her durchnummeriert. Sag mal, warum wolltest du eine Abhöreinheit in jedem Wagen?", unterbrach Drago ihre träumerischen Gedanken.

„Die Eins an diesem Wagen habe ich gesehen und die Abhöreinheiten wollte ich, weil Wissen Macht und Einfluss bedeutet. Wenn die Menschen, die wir beschützen sich sicher fühlen, reden sie unbeschwert. Glaub mir, es ist schwer, ein Geheimnis zu schaffen, aber es ist noch schwieriger, es zu bewahren. Besser wir wissen es als andere!"

„Verstehe", behauptete Drago. „Die anderen Newcomer waren ebenfalls nicht untätig", lenkte er ab. „Wir übernehmen ab sofort die meisten Aufgaben des Secret Service; hervorragend bezahlt wird es auch!"

„Drago, der Präsident ist niemals bereit, solche Aufgaben anderen zu übertragen!" Warum sollte sie das tun? Das glaub ich nicht."

„Doch hat er! Wenn auch nicht ganz freiwillig!"

„Nicht ganz ‚freiwillig'? Was hat ihn umgestimmt?"

„Sieh mal in das kleine Kästchen in der Ablage unten rechts!"

Jenny holte das Kästchen heraus, das sich mit einem Scann ihres Daumenabdrucks öffnen ließ. Darin befand sich ein etwa vier Zentimeter, stabförmiger, aus einem Glaspolimer bestehender Obelisk, den sie in die Abspielvorrichtung am Kontrollbord einschob. Wenige Augenblicke darauf sah Jenny mit ungläubigem Staunen die ersten Szenen der Aufzeichnungen.

„Seid ihr jetzt vollkommen durchgeknallt? Das ist das ‚Blue Book' der Vereinigten Staaten! Er wird es um jeden Preis zurückhaben wollen und uns bis ans Ende der Welt jagen!"

„Würde er, wenn er wüsste, dass du es hast! Also verrat es nicht!"

„Wie in aller Welt seid ihr da ran gekommen?"

„Das willst du nicht wissen, Jenny! Übrigens, wir haben das Original frisiert. Sämtliche Aufzeichnungen der Zukunft landen automatisch bei uns! Ist wirklich äußerst praktisch, wenn auch eine Präsidentin mit der digitalen Zeit geht und ein Buch kein Buch mehr ist!"

„Das wird ja immer schöner. Wenn das Mal gutgeht", seufzte Jenny und sah schweigend aus dem Fenster.

Wie sollte sie derartige Informationen verwenden, ohne erkennen zu lassen, dass ihr der Inhalt des Blue Books bekannt ist? Auf Geheimnisverrat stand weiterhin in allen Bundesstaaten der USA die Todesstrafe. Sie wusste, dass der ‚United States Secret Service', USSS, am 5. Juli 1865 gegründet worden war. Die Agents dieses Services, die den Präsidenten der Vereinigten Staaten von Amerika oft nur P.O.T.U.S nannten, gaben ihr Leben, um seines zu schützen und seinen Willen umzusetzen. Koste es, was es wolle. Abgesehen davon verfügten sie über viele rechtliche, wenngleich umstrittene Vollmachten, die die Verfassung bereit war zu geben. Die Informationen des Blue Books waren nur für die Augen des jeweiligen Präsidenten vorgesehen. Mit der kleinsten Andeutung würde sie sich verraten. Jennys Magen begann unweigerlich, zu grummeln. Sofort lief ein Film vor ihren Augen ab: Im Auftrag des Secret Service würde das FBI sie finden, mit einem Fisa-Beschluss, einem im Geheimen erlassenen Haftbefehl, verhaften. Von einem ebenfalls geheimen Gericht, dem FISC (Foreign Intelligence Court), ausgestellt und codiert, enthielt er nicht mal ihren Namen. Selbiges Gericht, hinter verschlossenen Türen tagend, verurteilte Jenny zum Tode durch ‚Entmaterialisierung', wie die Amerikaner den zum Tod führenden Beschuss mit einem Hochleistungslaser nannten. Sie sah sich im miefigen, fensterlosen Keller des Gebäudes still und heimlich an das vom Volk gefürchtete Gestell aus Holz gebunden. Jenes x-förmige Gebilde, das von allen nur ‚das Kreuz' genannt wurde. Von ihr würde nichts weiter übrig bleiben, als ein kleines Häufchen Asche, das man respektlos in den nächsten Gully entsorgen würde.

„Nicht auszudenken …", murmelte sie leise und schluckte mehrfach, während sie ihre schweißgetränkten Handinnenflächen unbewusst an den Hosenaußenseiten abwischte. Ein eiskalter Schauer lief ihr über den Rücken und ihre Nackenhärchen bäumten sich auf. Ihr ging das eindeutig zu weit, doch jetzt war es zu spät und über die Heimlichtuerei war sie alles andere als erfreut. Sie fragte sich, was die Newcomer noch alles vor ihr verbargen.

Drago bemerkte ihren Unmut und drückte ein paar Knöpfe.

„Na dann wollen wir dich mal ein bisschen aufmuntern."

Wenige Sekunden darauf setzten sie ihre Fahrt andersartig fort und Jennys Ängstlichkeit wich unbändiger Freude. Die Karosserie des Wagens hob vom Boden ab, die Räder wurden nach innen eingezogen, während gleichzeitig zu beiden Seiten X-Flügel ausfuhren. Sie gewannen an Höhe und sah Jenny, wie der Abstand zum Boden mehrere Hundert Meter erreichte.

„Na? Hasst du immer noch Überraschungen? Ist dir das Freiheit genug?"

Jenny grinste und freute sich wie ein kleines Kind, das zum ersten Mal bewusst Weihnachten erlebte und mit leuchtenden Augen vor dem glitzernden Christbaum stand.

Den restlichen Tag verbrachten sie damit, Jenny das Fahren ihres Neuwagens beizubringen. So mancher Anfängerfehler sorgte zur späten Nachmittagsstunde in der Sonora für ein widerhallendes Echo.

Die Sonora war zum größten Teil unbewohnte Wüste und mit einer Größe von 320.000 km bestand keine Gefahr, entdeckt zu werden. Nur selten überflog die US-Air-Force vom Luftwaffenstützpunkt Davis aus diesen Teil amerikanischen Gebietes. Zur Sicherheit hielt David für den Fall der Fälle Wache.

Die United Security Services hielt in den darauffolgenden Jahren und Jahrzehnten, was ihr Name versprach. In den höheren Kreisen erarbeitete sie sich einen hervorragenden Namen. ‚USS' wurde zum Synonym für Sicherheit. Jenny sammelte all die kleinen Rücksitzgeheimnisse, ohne sie zu verwenden. Das gewonnene Vertrauen der Obrigkeit zahlte sich in barer Münze aus, die sich auf den von Jenny in verschiedenen Ländern angelegten Konten sammelten. Um kein Aufsehen zu erregen, ließ Jenny David Geburts- und Sterbeurkunden fälschen und bei den Behörden eintragen. Hierbei benutzte Jenny den Umstand, dass die Amerikaner ihren Kindern gern denselben Namen mit dem Anhängsel ‚I., II., III.', gaben. Aus Jenny Alvarez war im Jahr 2086 mittlerweile Jenny Alvarez III. geworden. Weiterhin sah Jenny aus wie fünfundzwanzig. Sie nahm diese Begebenheit hin, doch sie nagte an ihr, fand sie doch keine plausible Erklärung dafür. Obwohl oft mit dieser Frage beschäftigt, holte sie die sie fordernde Realität zügig aus ihrer Nachdenklichkeit.

„Hast du die Nachrichten verfolgt, in denen es um diesen Ben Goren geht?", fragte Drago.

„Hab ich", antwortete Jenny. „Warum?"

„Die Presse vermutet, dass der Senator, der sich zum Gouverneur wählen lassen will, in irgendwelchen Schwierigkeiten steckt. Ich weiß aber nicht in welchen!" „Was ist so wichtig daran für uns?"

„Du hast eine Einladung von ihm erhalten!"

Jenny sah Drago fragend an.

„Sollten wir uns da einmischen? Ich meine, das ist nicht irgendein ‚Teenieschwarm', der am Kometenhimmel blitzartig aufsteigt, um rasch wieder in der Versenkung zu verschwinden! Er ist Politiker und steht im Licht der Öffentlichkeit. Für wann ist die Einladung?"

„Für heute Abend! Ich hab ihn überprüfen lassen. Nichts Negatives. Ist verheiratet mit Nancy Goren und hat einen neunjährigen Sohn namens Eric. Die Eltern des Senators leben in der Nähe von Pensacola. Sein Bruder Robert ist ebenfalls Senator – und sein Zwilling."

„Oh, gleich zwei von der Sorte", scherzte Jenny.

Am selben Abend stand Jenny vor dem Spiegel und rückte ihre weiße Uniform, die mittlerweile mit zig Auszeichnungen versehen war, zurecht. Die Orden auf der linken Seite ihrer Uniform gaben jedem Militär zu verstehen, dass jemand von hohem Rang vor ihm stand. Doch trotz der vielen vergangenen Jahre zog Jenny es weiterhin vor, das Implantat zu benutzen, das ihr das männliche Erscheinungsbild von Callum David gab.

„Es werden zehn Mann draußen für deine Sicherheit sorgen und weitere vier drinnen!"

„Drago bitte! Ich glaube kaum, dass das eine Einladung zu meiner eigenen Hinrichtung ist. Du übertreibst es wieder maßlos!"

„Keine Widerrede Jenny. Wir kennen zwar alle Anwesenden, aber weiß man's? Was, wenn du doch dem Tod begegnest, was würdest du tun, stünden wir nicht draußen?"

„Ihm sagen: ‚Nicht heute!', abgesehen davon, dass er mich längst vergessen hat."

Jenny strich in aller Seelenruhe über den Kragen ihres Kleidungsstückes und zog die Jacke leicht nach unten, um sie zu straffen.

„Jenny kannst du nicht einmal ernst bleiben? Wenn was passiert, holen wir dich da sofort raus! Ohne jede Diskussion!"

„Sir, jawohl Sir!", grinste sie Drago an und salutierte vor ihm. „Jetzt lass uns endlich fahren, Drago. Goren hasst Unpünktlichkeit. Jedenfalls sagt die Presse das, und ich mag Zuspätkommen ebenfalls nicht!"

Fünfzehn Minuten später fuhr Jennys Wagen durch die Einfahrt des in der 1664, 31st. NW, in Georgetown, Washington D.C. gelegenen Grundstücks. Wie viele Gebäude in Georgetown, stand auch Ben Gorens Anwesen aus dem 18. Jahrhundert unter Denkmalschutz und seine imposante Erscheinung im viktorianischen Baustil zeugte von großem Reichtum.

„Na dann wollen wir mal", seufzte Jenny, während Drago klingelte.

„Guten Abend, Commander David. Bitte treten Sie ein", begrüßte sie ein Butler.

Jenny ging durch den Flur direkt in den großzügig angelegten Garten, in dem sich etwa hundert Menschen befanden. Bei deren Anblick wurde Jenny leicht mulmig. Sie mochte keine Menschenansammlungen. Die Offiziere, denen sie begegnete, salutierten und traten respektvoll zur Seite.

„Commander David", sprach General Harper Davis, Namensgeber des gleichnamigen Luftwaffenstützpunktes, Jenny an. Sie musterte den General, der an seiner Uniform goldglänzende vier Sterne trug, von schlanker Statur war, und dessen leicht ergrautes Haar ihn alt erscheinen ließ. Sein aufgesetztes, gekünsteltes Lächeln fiel ihr sofort auf und verärgerte sie.

„Darf ich Ihnen Senator Ben Goren vorstellen!"

„Senator, es ist mir eine Ehre, Sie persönlich kennenzulernen!" Jenny salutierte vor ihm. Eine unauffällige Möglichkeit, Berührungen zu vermeiden.

„Es ist mir eine Freude, Sie in meinem Haus begrüßen zu dürfen, Commander David. Bitte fühlen Sie sich ganz wie zu Hause. Wenn es Ihnen keine Umstände bereitet, bitte ich Sie zu einem späteren Zeitpunkt zu einem privaten Gespräch ein."

„Wie Sie wünschen, Senator, stets zu Ihrer Verfügung."

Ben Goren nickte mit einem Lächeln und wandte sich wieder den anderen Gästen zu. Leicht Abseits stehend beobachtete sie ihn eine Weile. Er hatte Charisma und verstand es, die Menschen in seinen Bann zu ziehen. Groß gewachsen stand er dort im maßgeschneiderten Anzug, der seinen durchtrainierten Körper gewollt umschmeichelte. Der sanfte spätsommerliche Windhauch spielte mit den igelkurz geschnittenen, blonden Haaren. Mit den kristallklaren himmelblauen Augen studierte er aufmerksam jede Regung seines Gegenübers. Seine butterweiche Stimme fesselte die Gäste und er unterstützte seine Ausführungen mit einer hervorstechenden, eleganten Gestik. Dieser Mann überließ nichts dem Zufall.

Jenny sah sich einige Zeit die Menschen um sie herum an. Ein jeder tat, als sei er außerordentlich wichtig und viele waren es auch. Sie mochte jene nicht, die nur anwesend waren, damit sie sich zum Dunstkreis eines mächtigen und in Zukunft wohl noch mächtiger werdenden Mannes zählen durften. Schleimer eben, wie es sie zu jeder Zeit und überall gab, wo die Macht zuhause war. Jenny kannte den Großteil von ihnen, denn sie hatten schon fast alle die USS in Anspruch genommen.

Leicht angewidert begab sie sich ins Haus und betrachtete die Einrichtung und Bilder an den Wänden.

Geschmack hat er ja, dachte sie und entdeckte ein überdimensionales, hinter dickem Panzerglas gerahmtes Papyrus. Es erzählte den ägyptischen Mythos von Harsiesis. Von Isis, die einst ihren Gatten Osiris tötete, ihn aus Reue wieder zum Leben erweckte und er aus Dankbarkeit ein Kind mit ihr zeugte. Harsiesis, der Liebling der Götter, ewig im Streit mit seinem Bruder Seth, der ihn um seine Stellung beneidete. Na, wenn das bloß kein Omen ist, überlegte Jenny.

„Schön, nicht wahr?", riss Ben Goren sie aus ihren Gedanken.

„Oh ja! Hoffentlich keine Familienchronik", scherzte Jenny und lachte dabei.

„Nein", lächelte Ben zurück. „Ganz so schlimm ist es nicht. Lassen Sie uns in mein Arbeitszimmer gehen, dort sind wir ungestört."

„Bitte, nach Ihnen Senator."

„Also, warum ich Sie hergebeten habe, ist …"

„Ist dieser Raum abhörsicher, Sir?", unterbrach Jenny ihn unerwartet. Hiervon irritiert bejahte der Politiker die Frage.

„Sicher?"

„Außer mir hat niemand Zutritt, nicht mal meine Familie."

Jenny holte ein kleines Gerät, nicht größer als eine Streichholzschachtel, aus ihrer Tasche.

„Darf ich Sir …"

Der Senator trat zur Seite.

Jenny ging wortlos zum Telefon, in dem sie die erste Wanze fand. Unter dem Fenstersims fand sie eine Zweite und eine Letzte fand sie im Parteiabzeichen am Revers des Anzuges des Senators. Alle Punkte auf Jennys Tablet erloschen.

„So! Ich würde sagen, jetzt können wir reden Senator." „Ich weiß nicht, was ich sagen soll. Aber das erklärt einiges."

„Als da wäre?"

„Vor drei Tagen wurde mein Sohn Erik entführt!" Ben schluckte.

Er erzählte von Anfang an und Jenny hörte aufmerksam zu, während David das Gespräch unbemerkt aufzeichnete. Angst und schiere Verzweiflung blieben unverkennbar. Immer wieder unterbrach er seine Worte und war den Tränen nahe. In diesem Augenblick erinnerte nichts mehr an den sonst souverän ruhigen und ausgeglichenen Politiker, den sie zuvor im Garten beobachtet hatte. Seine Stimme zitterte und ständiges Schlucken würgten die Tränen in ihm ab. Jenny gingen seine Schilderungen nahe, sodass sie sich ebenfalls zwang, die Beherrschung zu bewahren. Gelegentlich sah sie betroffen zu Boden und holte tief Luft.

„Sie verlangen kein Geld. In drei Monaten sind Gouverneurswahlen, sie fordern meinen Rücktritt von der Kandidatur. Ansonsten wollen sie … Mein Gott, Eric ist doch erst sechs Jahre alt … Ich will nicht auf diese Erpressung eingehen, aber ich will meinen Sohn zurück! Unbedingt und vor allem unbeschadet!" Der 27 Jahre junge Vater blickte flehend zu Jenny.

„Versuchen Sie sich ein wenig zu beruhigen, Senator. Was glauben Sie, wer dahintersteckt? Wer hätte einen Nutzen davon?"

„Ich weiß es nicht, Commander. Seit Tagen zermartere ich mir darüber das Hirn. Ich kenne niemanden, der dermaßen grausam ist und ein unschuldiges Kind für politische Zwecke missbrauchen würde. Werden Sie mir helfen? Bitte! Bringen Sie mir meinen Sohn zurück!"

„Das Verfahren mit den Entführern?"

„Ich wünsche keine Zeugen in dieser Angelegenheit! Falls Sie verstehen, was ich meine …"

„Oh, ich verstehe schon, aber sind Sie sich absolut sicher, dass Sie die Täter nicht der Justiz überantworten wollen?" Jenny wusste genau, was das bedeutete. Der ausgesprochene Tötungsbefehl schlug ihr sofort auf den Magen. Ein leichtes Grummeln bestätigte ihr Unbehagen.

„Ich will meinen Sohn zurück, und ich wünsche keine Zeugen!"

Für ein paar Augenblicke blieb es still im Raum. Dann stand Jenny auf und ging zum Senator.

„Würden Sie bitte Ihr Jackett ausziehen und den linken Ärmel hochkrempeln."

Während Ben ihre Anweisungen befolgte, heftete Jenny ein mitgebrachtes Parteiabzeichen an das Revers des Nadelstreifenanzuges. „Eine von uns und absolut ortungssicher", versicherte sie.

Jenny holte eine Impfpistole, die kleiner als eine Handfläche war, aus ihrer Tasche.

„Es wird ein bisschen wehtun."

„Noch eine?"

„Nein, nicht direkt. Es ist ein Implantat, das uns Ihre Vitalfunktionen und Ihren aktuellen Standort mitteilt. Es ist für Sie unschädlich und wird, wenn alles vorbei ist, von uns wieder entfernt werden. Es wird in den nächsten zehn Minuten dorthin wandern, wo es sein muss."

„Wohin?"

Jenny tippte an ihre Schläfe.

„Muss das sein?"

„Ich gehe gern auf Nummer sicher Sir!"

„Also gut, machen Sie schon."

„Zunächst brauche ich etwas, das ich Eric zeigen kann, wenn ich ihn gefunden habe. Ich vermute, dass er seine Entführer entweder kannte oder dass sie ihn mit einem Trick dazu brachten, mitzugehen. Er wird niemandem mehr vertrauen, den er nicht kennt."

Ben überlegte eine Weile, stand auf und ging zur Vitrine, die sich rechts von ihm befand.

„Das ist die Uhr meines Großvaters. Er schenkte sie einst meinem Vater, und mein Vater schenkte sie mir, als ich in Anapolis bestanden hatte. Eric weiß, wie viel sie mir bedeutet. Er wird sie sofort erkennen!"

Jenny nahm die aufklappbare Taschenuhr und ließ sie in der Brusttasche ihrer Uniform verschwinden.

„Falls Sie mich zu irgendeinem Zeitpunkt erreichen müssen, wählen Sie diese Nummer. Es ist eine sichere Leitung. Lernen Sie die Telefonnummer auswendig und vernichten Sie den Zettel. Was die Bezahlung betrifft: Irgendwann, vielleicht aber auch nie, werde ich Sie um einen Gefallen bitten, den Sie gewähren müssen. Was immer es ist!"

Ben nickte.

„Wenn ich dazu in der Lage bin. Aber was ist, wenn mein Sohn nicht lebend ... Ich darf gar nicht daran denken." „Kein Sohn, kein Gefallen. Wir sind keine Anfänger, Senator! Sie sollten daran glauben, dass es Ihr Sohn sein wird, der Ihnen diese Uhr zurückgeben wird. Versuchen Sie ein wenig zu schlafen. Einem müden Kopf unterlaufen Fehler! Ich kann nur ahnen, was in Ihnen vorgeht. Versuchen Sie es trotzdem. Ihrem Sohn zuliebe! Ansonsten hat dieses Gespräch niemals stattgefunden. Zu niemandem ein Wort! Auf Wiedersehen, Senator Goren!"

Jenny gab Ben die Hand, nickte ihm aufmunternd zu und verließ das Anwesen.

Gewissenskonflikt

Jenny ließ sich schweigend in den Beifahrersitz sinken. Unglaublich, dachte sie.

Mehrfach fuhr sie mit den langen schlanken Fingern ihrer rechten Hand durchs Haar.

„Er ist was Besonderes. Er hat das Präsidentengen", meinte Jenny nachdenklich.

„Du glaubst, er wird mal Präsident? Na das wäre was!", antwortete Drago überrascht.

„David bitte prüfe, ob das Implantat schon funktioniert. Außerdem sag der ersten Garde Bescheid. Sie sollen vierundzwanzig gemischte Doppelteams bilden und genauso viele Ersatzteams. Die Teams sollen Ben, Nancy und Robert Goren sowie die Eltern in Pensacola, überwachen. Lückenlos und mit stündlichem Bericht. Anrufe von Ben Goren haben absolute Priorität!"

„Befehle erteilt! Teams werden in zehn Minuten ihre Positionen einnehmen."

„Weiß Goren eigentlich, was es mit dem Implantat auf sich hat?", wollte Drago wissen.

„Er weiß, was er wissen muss." „Warum dieses Risiko Jenny? Ich dachte immer, du magst die Menschen nicht!" „Ja, richtig, ich mag sie nicht. Aber ich kann auch nicht so tun, als ginge mich die Entführung des Kindes an. Ich möchte wissen, wer derart dreist ist, einen Dreikäsehoch zu benutzen, um politische Ansichten, beziehungsweise seinen Willen durchzusetzen. Bei der Überprüfung des Senators habe ich nichts gefunden, was gegen ihn und seine Politik sprechen spricht. Warum das Ganze also?" „Aber was haben wir davon? Was wirst du von ihm verlangen?"

„Zum einen können wir ungehindert testen, ob das Implantat einwandfrei funktioniert und zum anderen hätte ich gerne ein Stückchen Freiheit für uns alle. Und jetzt lass mich schlafen!"

Die erste Garde, wie Jenny den Allgemeinen Sicherheitsdienst, ASD, nannte, durchleuchtete in den folgenden vier Tagen die Vergangenheit aller Gorens und rekonstruierte Erics letzte Schritte in Freiheit. Dabei stellte sich heraus, dass Eric am Tag der Entführung von zwei Männern aus der Schule abgeholt worden war. Eric hatte die Behauptung, seinem Vater sei etwas zugestoßen, geglaubt. Bereitwillig war er in den schwarzen SUV gestiegen, der ihn angeblich zum Krankenhaus bringen sollte. Mehr hatte seine Rektorin nicht mitbekommen und danach verlor sich Erics Spur. Es gab keine Anhaltspunkte dafür, dass Erics Entführer mit dem privaten Umfeld Ben zu tun haben könnten. Dennoch ließ Jenny alle Gorens weiterhin überwachen.

Die 26-jährige Nancy Goren war, wie ihr Mann, extrem unruhig und verängstigt. Bei jedem Telefonklingeln zuckte sie zusammen. Bei jedem Läuten an der Tür stürmte sie dorthin und schlich jedes Mal enttäuscht zurück. Stundenlang lief die brünette grazile Frau und einstige ‚Miss America' panisch umher. Flehend sah sie aus dem Fenster, als könne Eric jeden Augenblick zurückkommen. Beide vergaßen in dieser Zeit die Bedeutung von Schlaf und ihre Nerven waren zum Zerreißen angespannt.

„Bitte Ben, gib ihnen doch einfach, was sie wollen! Du kannst doch ein anderes Mal kandidieren! Bitte Ben, ich flehe dich an!" Nancy stand vor ihrem Gatten und streichelte sanft dessen Wange.

„Ich habe genauso viel Angst, wie du, und ich will Eric auch wiederhaben, aber ich kann dieser Erpressung nicht nachgeben. Sie würden es doch jedes Mal wiederholen, wenn sie etwas von mir wollen!"

Ruckartig stieß die Senatorengattin Ben von sich weg.

„Verdammt Ben! Ich will meinen Sohn zurück!", schrie sie ihn an. Weinend drehte sie sich um und hielt sich die zitternden Hände vors Gesicht.

„Er ist auch mein Sohn!"

„Aber deine Karriere ist dir anscheinend wichtiger! Was, wenn sie ihn, ...". Ben nahm Nancy liebevoll in den Arm und hielt sie sanft fest.

„Nicht, Nancy! Das darfst du nicht mal denken!", versuchte er seine weinende Frau zu trösten.

„Willst du denn gar nichts unternehmen? Ich schwöre dir, wenn Eric was passiert, dann ... Ich hasse dich!", stieß sie ihn abermals schreiend weg und rannte weinend zur Tür. „Eric wird wieder nach Hause kommen, daran müssen wir beide glauben!"

Doch Nancy hörte diese Worte nicht mehr.

Ben setzte sich an seinem Schreibtisch und vergrub das Gesicht in den Händen. Er zweifelte an der Entscheidung, die USS eingeschaltet zu haben. Was wenn sie versagten? Nicht auszudenken. Aber rückgängig machen konnte er es jetzt nicht mehr, und so blieb ihm nur die Hoffnung. Die Hoffnung stirbt zuletzt, dachte er.

Drei Tage darauf klingelte das Telefon in Ben Gorens Arbeitszimmer.

„Sie scheinen Ihren Sohn nicht sonderlich zu lieben, Senator!", höhnte die Stimme am anderen Ende. Wie elektrisiert sprang Ben aus seinem Sessel.

„Geht es ihm gut? Kann ich mit ihm reden?"

„Wir warten auf Ihre öffentliche Erklärung, dass Sie für die Wahlen nicht mehr zur Verfügung stehen. Erst wenn wir diese Erklärung hören, dürfen Sie mit ihm reden! Sie haben doch nicht etwa das FBI eingeschaltet, oder?"

„Nein natürlich nicht. Ich habe keine Behörde eingeschaltet. Bitte können wir uns nicht irgendwie anders einigen! Ich zahle Ihnen, was Sie wollen."

„Die Erklärung, sofort, - oder Ihr Sohn stirbt!"

Das Knacken in der Leitung verriet Ben, dass das Gespräch beendet worden war. Wenn er doch nur mit Eric hätte reden können.

Ich muss den Commander anrufen, schoss es ihm durch den Kopf und wählte die Nummer, die er auswendig kannte.

„Commander, ich ha ..."

„Wissen wir. Wir haben den Anruf zurückverfolgen können", würgte Jenny ihn sofort ab.

„Aber er war doch nur kurz!"

„So wenig Vertrauen Mr. Goren? Sie sollten uns nicht unterschätzen. Noch etwas Senator! Versuchen Sie nie wieder, mit denen zu verhandeln. Die werden nicht nachgeben und Sie tun es ebenfalls nicht! Wenn die Entführer haben, was sie wollen, besteht kein Grund mehr, Ihren Sohn am Leben zu lassen! Haben Sie das verstanden? Wir verhandeln nicht mit Terroristen!"

Jenny gab David ein Zeichen, die Leitung zu kappen. Sie blieb sauer über Bens Verhandlungsversuch, obwohl sie ihn gut verstehen konnte. Wenn das mein Kind wäre, ich würde nichts unversucht lassen, beschwichtigte sie sich.

„Was hat die Peilung ergeben?"

„Sie haben ein Satellitentelefon benutzt. Gut für uns. Der Anruf kam aus einer verlassenen Gegend etwas außerhalb Washingtons."

„Vier Teams sollen sich bereit machen; in voller Ausrüstung."

„Jawohl Sir. ASD Ende."

„David zeig mir, wo's hingeht."

Sekunden später zeigte das Satellitbild das Haus, aus dem der letzte Anruf gekommen war.

„Vergrößern!"

Was Jenny sah, gefiel ihr nicht. Ein völlig abgeschiedenes Anwesen, umgeben von Wald. Das Ganze schien einfach zu sein. Zu einfach für ihren Geschmack.

„Stimmt etwas nicht?", wollte David wissen.

„Ich weiß nicht. Könnte eine Falle sein."

„Es gibt keine offensichtlichen Anhaltspunkte dafür."

„Unterschätze niemals deinen Feind, David. Bei den Menschen ist nichts, absolut nichts, wie es zu sein scheint! Sie sind unberechenbar und das Einzige, worauf du dich stets verlassen kannst, ist ihre Hinterhältigkeit. Das ist noch eine sehr höfliche Umschreibung dieser Spezies."

Jenny unterbrach ihr Gespräch mit David für einen Augenblick und sah sich auf den Satellitenbildern nach Auffälligkeiten um.

„ASD."

„Ich benötige eine Pionier-Einheit. 50 Mann im Umkreis von eineinhalb Meilen. Diese Teams müssen mit der Umgebung verschmelzen. Vorschläge?"

„Die Formwandler Sir. Sie können sich allem anpassen." „Fragen Sie bitte nach Freiwilligen!"

„Sie haben mitgehört, Sir und befinden sich in Sektor C, Halle 1."

Jenny begab sich dort hin, und sie staunte nicht schlecht, als sie 105

Formwandler, alle in Formation angetreten, dort stehen sah.

„Sie sind sicher, dass Sie dieses Risiko eingehen wollen, Ladys und Gentlemen?"

„Sind wir Commander", donnerte es zurück. Erneut war Jenny verblüfft über die Einstimmigkeit, die Bereitwilligkeit unaufgefordert Haltung anzunehmen, nur weil sie mit ihnen sprach.

„Commander, darf ich offen sprechen?"

„Sie dürfen, Jeran, obwohl es dieser Frage nicht bedarf!" „Wir alle sind bereit zu gehen. Aber nicht wir sind es, die ein Risiko eingehen. Mein Bruder Ilran und ich fühlen uns geehrt, diesen Einsatz leiten zu dürfen."

Jeran war der Führer der Formwandler. Er überragte die 1,87 m große Jenny um eine Kopfgröße. Sein freundliches Wesen wusste sie stets zu schätzen und sein Umgang mit seinen Gefährten imponierte ihr. Das Aussehen, das Jenny ihm damals gab, entsprach einem etwa dreißigjährigen Mann, von athletischer Figur. Sein schmales Gesicht zierte eine kurze Stupsnase, dunkles Haar und knopfbraune Augen. Sein Bruder Ilran indes wirkte mehr wie ein zarter Jüngling, dem man das angegebene Alter von 25 bei Weitem nicht ansehen konnte. Auch er sah sportlich aus, hatte rötlich schimmerndes Haar und blaue Augen. Niemand hätte vermutet, dass es sich hier um Brüder handelte.

„Nur nicht leichtsinnig sein, Jeran. Immer schön vorsichtig! Teilen Sie Ihre Leute in Fünfergruppen ein und erkunden sie die Gegend weiträumig."

Wenige Minuten später meldete David, dass die Pioniere abfahrbereit waren. So sah Jenny zum ersten Mal ihre Leute in einen Einsatz abrücken, der für sie gefährlich werden konnte.

„Ich hab da ein ganz mieses Gefühl!"

„Das ist nur die Anspannung Jenny!"

Eine halbe Stunde verging und Jenny lief ohne Pause unruhig im Raum auf und ab. Alle mussten mittlerweile vor Ort sein. Aber warum meldeten sie nichts? Ich werde ihnen noch zehn Minuten geben. Wenn ich dann nichts von ihnen gehört habe, werde ich mich auf den Weg machen, um sicherzugehen, dass alles in Ordnung ist, ging ihr durch den Kopf.

„Pioniere an Commander. Kommen!", riss Jerans Stimme sie aus ihren Gedanken.

„Höre Sie laut und deutlich, Jeran", antwortete Jenny sichtlich erleichtert.

„Das Gelände ist vermint. Etwa alle drei Meter eine. Sprengfallen, Stolperdrähte und Lichtschranken im Radius von fünfzig Metern zum Zielobjekt. Außerdem zwanzig Wachleute mit MP 5 und Glock 9. Ohrstecker und Mikro im Revers. Sieht ganz nach Offiziellen aus, Sir."

Kleine Sturmgewehre, dachte Jenny, militärisch gut organisierte Absicherung. Wer betreibt einen solchen Aufwand? Wer besitzt die Möglichkeit, Agents oder

Militärs für eine solche Aktion zu benutzen, ohne befürchten zu müssen, dass er auffliegen könnte? „Können Sie die Lichtschranken überbrücken, ohne bemerkt zu werden?"

„Positiv!"

„David zeig mir bitte noch mal die Wärmesignaturen."

„Vier Zielpersonen und der Kleine", murmelte Jenny vor sich hin. Vierundzwanzig Menschen, dachte sie. Das grenzt schon an Massenmord! Ob der Senator sich wohl des Umfangs der Lösung des Zeugenproblems bewusst gewesen war, als er den Befehl gab, jeden zu liquidieren?

„Entschärfung ist erfolgt! Wir können jetzt auf die Zielobjekte zugreifen."

„Negativ! Kein Zugriff! Wiederhole: kein Zugriff! Warten Sie, bis ich vor Ort bin!", befahl Jenny.

„Verstanden; warten auf weitere Befehle."

„Ich halte das für keine gute Idee Jenny", gab David zu bedenken. „Ich verstehe dein Zögern nicht."

„Ich muss unbedingt dahin David. Wenn wir jetzt alle eliminieren, kriegen wir zwar den Jungen, werden aber nie erfahren, wer sonst noch dahinter steckt. Abgesehen dessen, ob ich die Menschen mag oder nicht: Es sind trotzdem vierundzwanzig Menschenleben." Jenny zweifelte an ihrem Vorgehen und tippte nervös mit dem Zeigefinger auf die Tischplatte.

„Du hast Mitleid mit ihnen?"

„Nein, aber es ist ein Unterschied, ob man sie zum Teufel wünscht oder sie tatsächlich direkt zu ihm schickt!"

„Ich verstehe."

„Ist nur ein Gefühl. Richte den Satelliten so aus, dass wir das Gelände aus einer Höhe von zehn Metern beobachten können. Ich werde dort hinfahren. Wir warten mit dem Angriff bis morgen früh."

Kurz darauf saß Jenny in ihrem Wagen und verließ die Sonora in Richtung Washington. Als sie am Einsatzort ankam, stieg sie kurz aus, um sich von Jeran ins Bild setzen zu lassen. Eine Weile saß sie danach im Auto und verfolgte die Wachleute auf ihrem Monitor. Als die Dunkelheit einsetzte, ließ sie ihren Sitz zurückgleiten und schlief ein.

„Jenny?"

Sie schreckte hoch, stieß sich den Kopf und saß senkrecht in ihrem Sitz, als sie Davids Hologramm neben sich auf dem Beifahrersitz sitzen sah.

„Man David! Musst du mich so erschrecken?"

„Du wolltest, dass ich dich begleite und überall zugegen bin!"

„Ja David, trotzdem, hättest du mich nicht wenigstens vorwarnen können?", stöhnte Jenny, während sie sich die aufkommende Beule am Kopf rieb.

„Entschuldigung", bat David. „Ich hoffe, es schmerzt nicht zu sehr."

Jenny verzog den Mundwinkel zu einer Grimasse.

„Es gibt da etwas, das du dir ansehen solltest!"

Jenny bewegte ihren Kopf von links nach rechts und streckte ihre Glieder, während David die Satellitenbilder einspielte.

„Ein Wagen nimmt Kurs auf das Zielobjekt!"

„Es ist nicht irgendein Wagen Jenny. Er trägt das Emblem der Regierung auf der Fahrertür. Das Fahrzeug wird in zwei Minuten das Haus erreichen.

„Nicht dein ernst! Vergrößern und verfolgen. Leute, wir kriegen Besuch!"

„Kann ihn sehen Commander! Nähert sich mit hoher Geschwindigkeit!"

Das Regierungsfahrzeug hielt etwa fünf Meter vor dem Haus und Jenny traute ihren Augen nicht, als sie sah, wer aus dem Wagen stieg. „Das glaub' ich nicht! Ben Goren? So ein verdammter Schweinehund!", fluchte Jenny. »Das kann doch nicht wahr sein!«

Jenny stand regelrecht unter Strom, während sie den Senator mit einem der Zielobjekte reden sah. Sie schloss für einen Augenblick die Augen: Wie dreist ist das denn bitte!, dachte sie und öffnete die Augen. Jenny sah, wie die beiden Personen spazieren gingen und sich dabei unterhielten, als sei die Situation, in der sie sich befanden, die normalste der Welt.

„Abgebrühter geht's wohl kaum! Können wir das Gespräch mithören?"

„Bedaure Jenny." „Mist! Den kauf' ich mir, der kann was erleben", fluchte sie, öffnete die Wagentür und wollte soeben aussteigen, als sie aus dem Augenwinkel etwas sah, das sie stutzig werden ließ.

„Hast du das aufgezeichnet?", fragte sie und ließ sich zurück in den Sitz sinken.

„Sicher; warum?" „

Spiel mir die letzten drei Minuten noch mal ein. Angefangen mit der Ankunft des Wagens. Stark vergrößert bitte."

Nachdem Jenny die Sequenz wiederholt angesehen hatte, meinte sie: „Ich glaube, das ist nicht Ben Goren. Er bewegt sich anders. Er hat eine andere Haltung und er würde nie mit dir reden und dabei seine Hand in der Hosentasche behalten. Sieh dir diese Gestik an. Das ist nicht seine Art. Das ist er nicht! Orte ihn! Sofort!"

Es vergingen ewig wirkende fünfundvierzig Sekunden, ehe sich David erneut meldete.

„Der Senator befindet sich im Repräsentantenhaus in Washington, D.C."

„Wusst ich's doch!"

Ben und Robert Goren waren Zwillingsbrüder, und wer da spazieren ging, war kein Geringerer als Robert.

„Zugriff?", meldete sich Jeran.

„Nein, noch nicht. Bereithalten, aber auf keinen Fall eingreifen. Ich möchte warten, bis Robert außer Reichweite ist!"

Während Jenny die Situation weiter beobachtete, dachte sie nach: Den Bruder des zukünftigen Gouverneurs töten? Wem würde sein Tod nutzen? Eric hatte ihn möglicherweise gesehen oder an irgendeinem Umstand erkannt; an seiner Stimme vielleicht. Würde Ben den Tod seines eignen Bruders wollen? Wäre es nicht besser, ihm zu verschweigen, wer hier mitspielte? Die Familie wäre andernfalls vollkommen zerstört. Würde er damit leben können? Wenn sie Robert am Leben ließ, müsste sie es ihm doch irgendwann sagen. Würde er nicht schon genug an dem Wissen zu knabbern haben, wozu sein Zwilling fähig war? Dieser Zwilling, der ihm zwar äußerlich wie ein Ei dem anderen glich, aber charakterlich ganz und gar nicht ähnlich war. Außerdem gab es immer noch den unbekannten Dritten, denn Robert hatte durch sein Amt keinen Zugriff auf Einheiten, gleich welcher Behörde. Wen gab es also im Hintergrund, der die Fäden zog? Robert konnte sie zu ihm führen, deshalb würde es besser sein, ihn vorläufig am Leben zu lassen. Bei den schwer bewaffneten Männern konnte es sich nur um Militärs handeln. Auf wessen Befehl agierten sie? Es musste jemand ganz weit oben sein. Jemand, der nicht fürchten musste, gestürzt zu werden.

Nach einer Weile sah Jenny, wie Robert in das Regierungsauto stieg und davonfuhr. Um sicherzugehen, dass er nichts von den bevorstehenden Ereignissen mitbekam und sich möglicherweise absetzte, wartete sie noch ein paar Minuten. Fünf gefühlt dahinschleichende Minuten, in denen es Jenny schwerfiel, sich zu bremsen. Ihre Gedanken kreisten um Eric.

„Jeran?"

„Alles ruhig. Wagen außer Sichtweite. Drei Zielpersonen in der Nähe des Päckchens."

„Was immer auch geschieht, Sie werden den Kleinen in den Wagen bringen und ihn sofort aus der Gefahrenzone schaffen!"

„Verstanden! Ilran wird mir Deckung geben!"

„Nicht vergessen: Eigensicherung und der Schutz des Päckchens haben Priorität. Liquidieren Sie alle Bedrohungselemente. Wiederhole: alle!"

Jennys Anspannung stieg. Sie verließ ihren Wagen und Drago begleitete sie an den Waldrand. „Wenn das mal gut geht!", murmelte sie.

„Du solltest mehr Vertrauen zu ihnen haben! Dem Jungen wird schon nichts passieren!"

Jenny und Drago sahen zu, wie Jerans Einheit in Windeseile vorrückte und sie einen Wachmann nach dem anderen lautlos liquidierten. Perfekt mit der Umgebung verschmelzend und kaum sichtbar, rückten sie so schnell und unbemerkt vor, dass nicht ein Schuss fiel. Das Wachpersonal wusste nicht, wohin es schießen sollte, denn Jerans Einheit verschmolz mit den Bäumen, dem Haus, sogar mit dem Sand davor. Lautlos töteten die Formwandler einen nach dem anderen der vor dem Haus befindlichen Bewacher.

Jeran sah nochmals kurz auf seinen Scanner. Er gab Ilran ein Zeichen, bevor er die Tür aufriss und beide sofort auf die drei erwachsenen Personen schossen. Noch bevor diese ihre Glock 9 entsichert hatten, fielen sie tödlich getroffen zu Boden.

Eric Goren lag geknebelt, gefesselt und mit verbundenen Augen auf der Pritsche und zitterte am ganzen Körper. Er wusste, dass etwas vorging, doch seine Panik lähmte jegliche Bewegung. Erik spürte, wie sein Urin an seinen schmächtigen Beinen herunterlief. „Ganz ruhig Kleiner! Ich werde dich jetzt losbinden!", hörte Eric eine fremde Stimme, doch aus lauter Panik versuchte er Jeran abzuwehren und trat mit den soeben befreiten Beinen nach ihm. „Schscht, ganz ruhig. Es ist alles vorbei. Du hast es überstanden, Junge."

Erik stand noch immer unter Schock. Er konnte nicht aufhören zu zittern und zu weinen. „Ich hab mir in die Hose gemacht", schluchzte er und weinte noch heftiger. „Ich weiß, wie peinlich dir das ist. Das ist mir auch schon passiert, aber bald ist alles wieder gut. Versuche dich zu beruhigen. Weißt du was: Ich habe in meinem Wagen eine schicke kleine Uniform für dich, die du anziehen kannst. Ich wette, sie wird dir perfekt passen und danach werden wir dich nach Hause bringen!"

„Das kann jeder sagen! Vielleicht lügen Sie mich an", schrie Eric Jeran in neu aufkommender Panik. Jeran blieb ruhig und griff in seine Seitentasche. „Schau! Dein Vater hat mir etwas für dich mitgegeben."

Zögerlich starrte Eric auf die Taschenuhr.

„Das ist die alte Taschenuhr meines Urgroßvaters. Dad hat sie noch nie aus der Vitrine genommen!", stammelte Erik weinerlich, nahm die goldene Uhr in seine vor Aufregung zitternden Händchen und fuhr mit seinen kleinen Fingern über den Deckel der Uhr.

Mit einem leichten Lächeln im Gesicht wartete Jeran geduldig. Er freute sich, dass Erik sich etwas beruhigte.

Jenny war in der Zwischenzeit mit Drago zum Wagen zurückgekehrt und vor das Haus gefahren.

„Kann ich jetzt endlich heim? Wirst du mich jetzt nach Hause bringen?", bettelte Eric.

„Ja, du hast recht, es ist Zeit zu gehen. Ich werde dich jetzt nach draußen tragen und ich möchte, dass du deine Augen ganz fest zukneifst, hörst du. Öffne sie bitte erst, wenn ich es dir sage. Willst du das für mich tun? Du darfst aber nicht schummeln."

Erik nickte zaghaft und klammerte sich an seinen Befreier. Jeran wollte nicht, dass er all die Toten sah, die vor dem Haus und in der Umgebung lagen. Erik hatte während der letzten Tage schon genug gelitten.

„Ich komme mit dem Kleinen jetzt raus!", gab Jeran durch und hob Erik auf seinen Arm. Der Sechsjährige hielt die Augen geschlossen und Ilran ging hinter ihnen her; mit der Hand an der Waffe. Jeran setzte ihn behutsam in den Wagen und nahm direkt neben ihn Platz. Ilran warf die Wagentür zu, um auf der anderen Seite einzusteigen.

Aus dem Augenwinkel sah Jenny, wie einer der am Boden liegenden Wachleute seine am Fußknöchel verborgene Waffe zog, sich mit letzter Kraft aufrichtete und zielte.

„Iiiiilraaaaaaan!", schrie Jenny so laut sie nur konnte und griff hastig nach ihrer Waffe. Doch bevor sie feuern konnte, hatte der Wachmann seine letzten Atemzüge dazu benutzt abzudrücken, und sein Schuss donnerte durch die Stille. Das tödliche Geschoss traf Ilran in Brusthöhe. Ungläubig starrte er auf die violette Flüssigkeit an seiner Hand, mit der er sich instinktiv an die Brust gefasst hatte.

„Jeran! Jeran, was ... hilf mir." Langsam sackte er zusammen, fing am Boden liegend, leicht an zu hüsteln. Jenny hob seinen Kopf und streichelte sein Gesicht, während Jeran aus dem Wagen sprang.

„Ilran, bitte, nicht sterben, hörst du? Bitte nicht", flehte Jenny ihn an und sah mit Tränen in den Augen zu Jeran, der leicht mit dem Kopf schüttelte. Er kniete sich hin und begann seinen Bruder ebenfalls liebevoll zu streicheln, hielt seine andere Hand und flüsterte ihm ein paar Worte in seiner Sprache zu. Unmittelbar darauf schloss Ilran seine Augen. Wenige Augenblicke später löste sich sein Körper in violettes Licht auf und verschwand in die Weiten des Himmels.

„Nein, nein, nein. Wieso konnte ich das nicht verhindern", schluchzte Jenny. Jeran versuchte, sie festzuhalten.

„Sie hätten nichts mehr für ihn tun können, Commander! Er wird glücklich sein dort, wo er jetzt hingeht und er wird einen Ehrenplatz in den Reihen unserer Ahnen erhalten. Ich weiß es ganz sicher!"

Jenny ließ Sand durch ihre Finger rinnen und sah dem violetten Licht nach, obwohl es längst außer Sichtweite war. Sie nickte Jeran zu und stand langsam auf.

„Ich war nicht schnell genug! Einfach nicht schnell genug!"

„Niemand wäre schnell genug gewesen, Commander."

Wortlos holte Jenny tief Luft, schluckte mehrfach und setzte sich auf die Beifahrerseite, während Jeran sich zurück zu Eric setzte.

Ende gut, alles gut?

Während Eric froh war, Jerans Hand halten zu können, kamen ihnen mehrere Wagen entgegen. Drago erwiderte die Lichthupenzeichen. Sogenannte Cleaner waren auf dem Weg zum Haus. Ihre Aufgabe bestand darin, sämtliche Spuren beseitigen, die Leichen irgendwo tief zu vergraben, wo kein Mensch wiederfinden konnte. Sie räumten auf, beseitigten die vorhandenen Fingerabdrücke. Nicht eine einzige Fußspur im Sand konnte erspäht werden, nachdem die Virtuosen der Spurenvernichtung ihren Job mit höchst penibler Gründlichkeit ausgeführt hatten.

Die Aufräumarbeiten dauerten bis zum späten Abend. Niemand sagte ein Wort, aber alle dachten an Ilran. Sein Tod ließ den alten Hass auf die Menschen abermals aufkeimen und sie würden warten, bis sich eine Gelegenheit bieten würde, es ihnen heimzuzahlen. Doch im Augenblick taten sie ihre Arbeit gewissenhaft und mit der Präzision eines Schweizer Uhrwerks. Nichts entging ihnen. Als sie endlich fertig waren, zogen sie die Tür hinter sich zu, sahen sich noch einmal um, verwischten ihre eigenen Spuren im Sand vor dem Haus und fuhren zurück zur Basis.

Jenny und Drago konnten sich hundertprozentig auf die Cleaner verlassen, ohne sie kontrollieren zu müssen. Die zwei in Schutzanzügen gekleideten Spezialisten, wandten sich der Aufgabe zu, Eric nach Hause zu geleiten.

Eine Dreiviertelstunde später erreichten Jenny und die anderen das herrschaftliche Anwesen der Gorens. Kaum hatte der Wagen gehalten, riss Eric die Wagentür auf und rannte auf Ben und Nancy Goren zu.

„Mom, Dad!", schrie er voller Freude, doch zu mehr kam er nicht, denn seine Eltern pressten ihn an sich.

„Eric", hauchte Nancy, „Eric endlich!", küsste ihren Sohn überschwänglich und umklammerte ihn sofort, sodass sie Drago und Jenny gar nicht wahrnahm. Ben stellte sich zu Nancy und Erik und fuhr ihm sanft über den Kopf.

Erst nach einigen Minuten registrierte sie Jenny und ging auf sie zu.

„Oh, Commander David, wie unhöflich von mir", begrüßte sie Jenny mit einem festen Händedruck. Doch dann übermannte sie ihre Gefühle und aus Dankbarkeit nahm Jenny in den Arm.

Jenny erstarrte zur Salzsäule. Sie stand regungslos da, die Luft anhaltend, die Lippen krampfhaft zusammengepresst, dass sie ihre Farbe verlogen und zu weißen Strichen mutierten. Der Schock traf Jenny wie ein Vorschlaghammer. Sie riss die Augen weit auf, streckte beide Arme weit von sich und war unfähig, ein Wort zu sagen. Nie zuvor hatte ein Mensch sie umarmt und war ihr derart nahe gekommen. Zögerlich berührte sie Nancy mit ihren Fingerspitzen am Rücken. Dann endlich erlöste Nancy Jenny aus ihrer misslichen Lage und trat einen Schritt zurück.

Alle gingen ins Haus und Nancy hielt Eric fast krampfartig an der Hand.

„Wie können wir Ihnen nur unsere Dankbarkeit beweisen?", wollte Nancy wissen.

„Ihr Gatte hat bereits für alles gesorgt. Darf ich Ihnen Drago Solar und sein Freund Jeran Santos. Sie haben die wesentliche Arbeit geleistet."

Erics Eltern bedankten sich bei den verlegen dreinblickenden Männern.

„Wir ziehen uns jetzt zurück. Sicher haben Sie eine Menge zu besprechen!", sagte Jenny und gab den anderen ein Zeichen.

„Aber ich muss die Uniform noch ausziehen und zurückgeben!", rief Eric aufgeregt.

„Du darfst sie behalten Eric. Du bist jetzt mein kleiner Ehrengardist!"

Fragend sah Eric zu seinem Vater auf, der zustimmend nickte.

„Cool. Werden wir uns wiedersehen?"

„Vielleicht, irgendwann. Wer weiß!" Jenny zwinkerte mit ihrem rechten Auge und Ben verstand.

Im Vorgarten des Anwesens angekommen atmete Jenny tief ein und seufzte: „Uaaah, wie ich Berührungen hasse!" „Gibt es etwas, das du nicht hasst?", spöttelte Drago.

Als sie einen fröhlich pfeifenden Robert die Einfahrt hochschlendern kommen sah, wechselte Jennys Gesichtsfarbe schlagartig in Feuerrot. Sie biss derart verkrampft auf ihre Unterlippe, dass es sie schmerzte. Drago berührte sie am Arm.

„Nicht Jenny, nicht jetzt!", bat er.

Sie schluckte ihren Zorn runter und gab einen undefinierbaren Laut von sich, als Robert sie erreichte.

„Commander. Ich sehe Sie schon zum dritten Mal im Hause meines Bruders! In welcher Beziehung stehen Sie überhaupt zu ihm?"

Roberts Arroganz stachelte Jennys Wut noch weiter an, doch sie beherrschte sich. Nur zu gerne würde sie in wenigen Augenblicken sein Gesicht sehen, wenn er ins Haus gehen und Eric vorfinden würde. Ein Gedanke, der Jenny etwas besänftigte. Doch einen bitterbösen Blick konnte sie sich nicht verkneifen.

„Nun, wenn Sie der Bruder von Ben sind, dann bin ich sein weitreichender Schatten."

Irritiert sah Robert Jenny an. Er verstand ihre Anspielung nicht, denn die frappierende Ähnlichkeit sprang jedem sofort ins Auge.

„Nur, damit keine Missverständnisse aufkommen, Robert. Sie sollten nicht einmal ansatzweise in die Nähe dieses Schattens kommen!"

„Drohen Sie mir etwa Commander?"

„Wie könnte ich? Nein Robert, ich bin um Ihre Sicherheit besorgt, fürchte ich doch, dass Sie sich im Rampenlicht Ihres Bruders verlaufen und nie wieder auftauchen könnten, Seth!"

Währenddessen klopfte sie Robert freundschaftlich anmutend auf dessen linke Schulter. Unbemerkt befestigte sie einen stecknadelkopfgroßen Nanosender unter dem Kragen seines Anzuges, der völlig durchsichtig eins mit dem Stoff wurde. Kopfschüttelnd über die für ihn unverständliche Anrede ‚Seth' und mit einem mitleidigen Lächeln auf den Lippen, ließ er die drei achtlos stehen und ging ins Haus. Was für ein Spinner, dachte er lachend.

Sein arrogantes Lächeln gefror bis in den letzten Winkel, als er Eric erblickte. Nur mühsam konnte er grade noch die völlige Entgleisung seiner Gesichtszüge verhindern.

„Eric! Aber wie ...? Oh Nancy, Ben, wie ich mich für euch freue!", heuchelte er und Jenny stieg, seine Worte noch hörend, mit einem breiten Grinsen in den Wagen und fuhr davon.

Drago sah Jenny an.

„Seth?"

„Ja, Seth! Passt doch, wenn ich an den Papyrus denke, der in Ben Gorens Wohnzimmer hängt. Ich mag Robert nicht. Bring uns einfach nach Hause." Die restliche Fahrt über schwiegen sie. Alle drei waren mit ihren Gedanken bei Ilran.

Zurück in ihrem Quartier ließ sich Jenny in den Sessel vor ihrem Schreibtisch fallen und schloss die Augen. Doch sie fand die ersehnte Ruhe nicht. Zigmal sah sie, wie Ilran tödlich getroffen zu Boden sank. Sein ungläubig, entsetzter Blick. Seine nach Hilfe flehenden Augen. Jenny riss die Lider wieder auf und starrte auf den Monitor ihr gegenüber. Plötzlich fegte sie mit einer heftigen Armbewegung all ihre Sachen von ihrem Schreibtisch, die mit lautem Getöse zu Boden polterten. „Scheiße!", fluchte sie laut und schlug mit der Faust auf den Schreibtisch. Hätte ich doch nur schneller reagiert!, kreiste wie ein Mantra in ihrem Kopf. In den darauffolgenden Stunden beobachtete Jenny Robert. Er verhielt sich unauffällig. Da an Schlaf nicht zu denken war, beschloss sie, mit dem Wagen ein wenig durch die Wüste zu fahren. Nach einer Stunde hielt sie mitten im Nirgendwo an, ließ das Verdeck des Wagens herunterfahren, lehnte sich zurück und sah den leuchteten Vollmond an.

Jenny dachte an Maél. Er fehlte ihr. Seine ruhige Art, in der sie sich einst so geborgen gefühlt hatte. Die Welt schrieb das Jahr 2084. Seit einhundertzwanzig Jahren wandelte sie, beziehungsweise vielmehr irrte sie nun auf dieser Welt umher, und weiterhin fehlten ihr viele Antworten. Warum lebte sie noch? Warum veränderte sich ihr Aussehen nicht? Wozu sollte all dies gut sein? Würden sie jemals von diesem Planeten fortkommen? Sie sollte warten, doch der, der kommen sollte, hatte es nicht getan. So viele Jahrzehnte waren vergangen und noch immer wusste sie nicht, wie sie ein Raumschiff bauen konnte. Es von den Menschen unbemerkt starten und in den Weltraum bringen sollte. Würde sie ihr Versprechen den anderen gegenüber überhaupt einhalten können?

Ihre Gedanken kehrten zu Maél zurück. Wo mochte er jetzt sein? Was er wohl gerade tat? Zu gerne hätte sie ihn um Rat gefragt, doch leider das war nicht möglich. Warte auf den, der kommen wird; der eins mit dir ist!, hörte sie seine Worte im Innern. Wer sollte das sein? Wie lange sollte sie noch warten? Wie und woran würde sie ihn erkennen? Eins mit mir, sinnierte Jenny. „Niemand ist eins mit mir! Niemand!", schrie sie in die Dunkelheit.

Sie dachte an Ilran. „Wenn ich nur mit dir tauschen könnte", seufzte sie leise, startete ihren Wagen und fuhr zur Basis zurück.

Fünf Tage später sendete der eingesetzte Satellit immer noch Bilder vom Haus und der Umgebung, wo Eric gefangen gehalten worden war. Jenny saß in Davids Raum und bastelte an Konstruktionsplänen für ein mögliches Raumschiff. Sporadisch fiel ihr Blick auf die Satellitenbilder vor ihr. Doch plötzlich haftete ihr Blick wie Klebstoff am Bildschirm: „Vergrößere das mal David!"

Ein Wagen näherte sich mit rasender Geschwindigkeit dem Haus und hielt an.

Es war Robert, der aus dem Auto stieg und sich in alle Richtungen umsah. Offenbar befürchtete er, beobachtet zu werden. Jenny sah, wie er ins Haus ging und nach einer Weile zurückkam. Abermals blickte er sich prüfend um, ging zu seinem Wagen und lehnte sich fassungslos mit dem Kopf schüttelnd dagegen.

„Jaja", murmelte Jenny. „Es zieht einen eben immer wieder an den Ort des Verbrechens zurück. Irgendwann krieg ich dich! Irgendwann, und dann gehörst du mir!"

Währenddessen stieg Robert in seinen Wagen und raste davon.

Noch am selben Tag traf er sich mit seinem Komplizen und Jenny hörte mit. Von nun an ließ sie auch seinen Komplizen rund um die Uhr beschatten.

Drei Wochen darauf bat Jenny in ihrem Quartier: „David stell mir bitte eine Verbindung zu diesem Server herstellen. Das sind die Passwörter."

„Das ist der Account eines Warlords. Woher kennst du ihn?"

„Ich kenne ihn nicht persönlich; aber ich kannte einst seinen Großvater. Allerdings war der zu seiner Zeit nur ein kleiner Waffenschieber. Er wurde von einem Rechtsanwalt vertreten, für den ich früher gearbeitet habe. Jetzt stell bitte die Verbindung her und verschließ die Tür zu meinem Quartier."

David schloss Jenny ein und stellte die Verbindung her. Eine monoton und blechern klingende Stimme meldete: „Willkommen. Wie kann ich Ihnen behilflich sein?"

„Ich suche ein Gewehr mit höchster Treffsicherheit und Reichweite."

„Verfügbar: Gettling A 730, Gewicht 12,3 kg, Reichweite: ..."
„Zu schwer."
„Verfügbar: AK 53 C, Gewicht 10,2 kg Reichweite 1300 m."
„Zu auffällig und zu schwer."
„Verfügbar: Smith & Wessen T 600, Reichweite 1500 m."
„Zu kurze Reichweite."
„Verfügbar: Remington 309 win C, Kaliber 30-06, Zielfernrohr, Intelligence Bullit, Plot, GPS/Laser Range Finders, Gewicht 3,4 kg, Reichweite, 1986 m."
„Zeigen." „Zielfernrohr mit integriertem Nachtsichtgerät?" „Modifizierung möglich."
„Gekauft!"
„Die Lieferung erfolgt nach Zahlung innerhalb von drei Tagen am üblichen Treffpunkt für Kunden. Wie möchten Sie bezahlen?" „Abbuchen vom Schweizer Konto."

Eine Weile blieb es still.

„Der Kaufpreis von 19.900 US-Dollar wurde erfolgreich transferiert. Wir danken Ihnen und wünschen einen angenehmen Tag."

Drei Tage später holte Jenny einen Koffer mit dem Remington 309winC aus einem Schließfach eines Bahnhofs ab.

„Bist du absolut sicher, dass man das Gewehr nicht zurückverfolgen kann, Jenny?", wollte Drago wissen.

„Wird man nicht. Das 309winC ist die verbesserte Version des 308win in dritter Generation. Es wird ausschließlich von der amerikanischen Armee verwendet. Dieses gute Stück wird man nicht mehr suchen. Es wurde erstmals 2067 im europäischen Salafistenkrieg verwendet und angeblich waren es Salafisten, die 300 dieser 309er 2068 aus Versehen vom Laster fielen ließen. Du siehst hier eines davon."

„Wer hat sie denn tatsächlich vom Laster geschubst?"

„Ein paar Waffenschieber aus der Army wollten sie nach Ruanda verscherbeln. Der Riesendeal ging schief und zehn Kisten verschwanden auf unerklärliche Weise. Glaubt man den Gerüchten, sind viele davon in der Bronx aufgetaucht. Irgendeine Bande hat sie sich unter den Nagel gerissen. Ein Mafiosijungspund namens Jaden ... irgendwie. Komm nicht mehr drauf. Ist ja auch egal."

„Es wäre mir lieber, dich heute Abend zu begleiten! Du solltest das nicht alleine tun!"

„Zwei sind zu auffällig. Also bleibst du hier! Vertrau mir Drago. Ganz Amerika wird heute Nacht den 4. Juli mit einem gewaltigen Feuerwerk begrüßen. Wenn die Massen sich danach zum Feiern auf die Straßen begeben, werde ich in ihnen untertauchen und verschwinden!"

Zu fortgeschrittener Stunde erreichte Jenny das Hochhaus, das David für sie ausgesucht hatte. Mit seinen dreiundvierzig Stockwerken lag es etwas abseits vom Regierungsbezirk. Vollkommen in Schwarz gekleidet, mit geschwärztem Gesicht, wies David ihr den Weg durch die Tiefgarage an den Überwachungskameras vorbei. Am Lastenaufzug angekommen, spielte David eine Aufzeichnungssequenz ein, und Jenny erreichte unbemerkt das Flachdach. Nur das schwach schimmernde, rötlich blinkende Licht der Flugsicherungsleuchten gab etwas Licht ab und wies ihr den Weg zum Rand des Daches. Es war trocken und windstill, Wolken verdeckten den Mond. Ideale Bedingungen für das, was Jenny vorhatte.

Sie begann in aller Ruhe, die Einzelteile des Remington 309 nacheinander zusammenzusetzen.

Um 23.50 Uhr lag es mit aufgeschraubtem Schalldämpfer vollständig vor ihr. Sie legte sich flach auf den Boden, klappte den Plot aus und visierte durch das Zielfernrohr ihr Ziel an. Das Zielobjekt befand sich mit mehreren Freunden im Garten und feierte ausgelassen und nichts ahnend von seinem baldigen Dahinscheiden, in geselliger Runde.

23:56 h.: Jennys Blick sah prüfend zur amerikanischen Flagge, die bewegungslos am Fahnenmast hing. Sie spürte, wie der Adrenalinspiegel in ihrem Körper anstieg.

23:58 h.: Sie sah ihr Zielobjekt durch den Sucher des Zielfernrohres. Ein Klick nach rechts, einen halben nach links. Unbarmherzig zoomte das Zielfernrohr das Ziel heran, bis es zum Greifen nahe schien. Jenny atmete ruhig, gleichmäßig und flach. Deine Atmung muss sich deinem Herzschlag anpassen, erinnerte sie sich. Das Projektil benötigte für diese Distanz eine Flugzeit von etwa elf Sekunden. Jenny spannte den Abzug leicht an, als das Fadenkreuz mitten auf die Stirn des Opfers zeigte. Ein kleines grünes Licht blinkte kurz auf. Das in der US Forschungseinrichtung DARPA entwickelte Projektil, auch Exacto-Munition genannt, hatte sein Ziel erfasst. Selbst wenn der anvisierte Mensch jetzt noch fliehen würde, würde die Kugel ihr Ziel finden.

23:59 h: ein letzter Blick zur Fahne. Weiterhin Windstille. Der Sucher zeigte ihr eine Entfernung von 1896 Metern. Etwas mehr als eine amerikanische Meile. Eine Distanz, die das Scharfschützengewehr an die Grenzen seiner Belastbarkeit brachte. Jenny war bewusst, dass alles von ihrer Konzentration abhing. Jetzt nur keinen Fehler machen! Sie holte tief Luft und hielt den Atem an. Das gleichmäßige Rauschen ihres Blutes, das sie im Innern vernahm, ließ sie den Herzschlag wahrnehmen. Zielen, Luft anhalten, schießen, ging es ihr durch den Kopf.

0:00 h.: Gleichmäßig und ruhig zog sie den Abzug durch. Begleitet von einem leisen `Pffft´ raste das mit Leichtpapier ummantelte, speziell angefertigte Projektil durch die Stille der Nacht, während im nächsten Augenblick die ersten

Feuerwerksraketen laut kreischend den 4. Juli begrüßten. Außer dem Nanochip, der irgendwo ungesehen zu Boden fallen würde, würden die Ermittler keinen Beweis dieser Munition finden. Jenny atmete aus und spähte durch den Sucher. Gehirnmasse klebte an der Hauswand, umrahmt von einer gewaltigen Blutmasse, die in Rinnsalen die Wand herunterlief. Das Zielobjekt lag tödlich getroffen am Boden.

„Happy Independence Day, Arschloch!"

Jenny baute das Gewehr auseinander, hob die ausgeworfene Hülse auf, und verschwand ungesehen, wie sie gekommen war. Zwei Straßen vom Gebäude entfernt, stieg sie in ihren Wagen und fuhr mit der vorgeschriebenen Geschwindigkeit zum Washingtoner Bahnhof. Jenny wollte auf keinen Fall riskieren, von einer Polizeistreife angehalten zu werden. Alles verlief wie geplant. Am Bahnhof angekommen verstaute sie den Koffer im Schließfach Nummer 777, gab den vereinbarten Zahlencode ein und verließ den Bahnhof einen Blick zurück.

Jenny befand sich noch auf dem Heimweg zur Basis, als ein gut gekleideter Mann den Koffer aus dem Schließfach holte, damit zu einer Stahlfabrik außerhalb Washingtons fuhr und ihn ungehindert in den Schmelztiegel des Hochofens warf. Abwartend sah der Unbekannte in die Glut, in die der Koffer träge versank. Erst als der Koffer vollständig in ihr versunken war, ging der Mann zum Eingang zurück, drückte dem Vorarbeiter ohne ein Wort ein Bündel 100 Dollar Scheine in die Hand und verschwand.

Ungeduldig lief Drago auf und ab, bis er schließlich erleichtert das Licht der Scheinwerfer sehen konnte. Wenige Minuten später stieg Jenny aus ihrem Wagen.

„Sie bringen es auf allen Kanälen. Das musst du dir unbedingt ansehen", meinte Drago, während er Jenny in ihr Quartier begleitete.

„Wir unterbrechen unser Programm für eine Sondermeldung: General Harper Davis wurde soeben Opfer eines Attentats. Um Mitternacht wurde der hochdekorierte General von einem tödlichen Geschoss mitten in die Stirn getroffen. Nach ersten Angaben der Behörden gibt es noch keine Hinweise auf den Täter. Die Ermittlungen nach dem oder den Mördern dauern an. Der Viersterne-General und Leiter einer Sondereinheit des Pentagons befand sich mit seinen Gästen im Garten seiner Villa, als ..."

„Das hast du wirklich gut gemacht Jenny. Ganz ausgezeichenet!", lobte Drago sie.

Entsetzt starrte Jenny ihn an.

„Wirklich gut? Ausgezeichnet? Ich habe soeben einem Menschen das Leben genommen und du nennst es `wirklich gut´?", bölkte sie ihn an.

„Aber es war notwendig."

„Jaja, aber das macht es nicht `gut´. Sie werden alles daransetzen, den Mörder ausfindig zu machen. Ich kann nur beten, dass ich keine Spuren hinterlassen habe. Jetzt lass mich allein!"

Drago verließ betroffen schweigend Jennys Quartier, während sie sich in den Sessel sinken ließ und die Tränen unter ihren Händen zu verbergen suchte, nachdem sich die Tür geschlossen hatte.

Eine Woche lang berichteten die Medien ununterbrochen über das Leben des Generals und dessen gewaltsamen Tod. Das Staatsbegräbnis auf dem Heldenfriedhof in Arlington wurde live übertragen. Danach kehrte wieder Ruhe ein und die Ermittlungen verliefen nach einiger Zeit im Sande. Nur Robert Goren beschäftigte das Thema weiterhin. Noch Wochen nach der Beerdigung von Harper Davis wachte er nachts schweißgebadet und schreiend auf. Er grübelte darüber, ob er der Nächste sein würde.

Auch Jenny dachte nach, ohne zur Ruhe zu kommen. Albträume quälten sie, deren Bilder sie zitternd und kreidebleich hochschrecken ließen. Zwar belastete sie der Long-Distanz-Kill von Davis noch, aber in ihren Träumen ging es um andere Dinge. Der Inhalt war jedoch derart wirr, dass sie ihn nicht zu deuten vermochte. Immer öfter verließ sie die Basis, ohne Drago zu informieren. Gelegentlich verschwand Jenny sogar für mehrere Tage in Chinatown.

Der Preis

Acht Monate waren ins Land gezogen, seit Jenny Eric wohlbehalten nach Hause gebracht hatte. Äußerlich hatte er das Erlebte gut weggesteckt, aber in mancher Nacht nässte er ein, und schreckte nach seinen Eltern schreien hoch.

Auch an diesen nagten die vergangenen Ereignisse. Ben Goren saß nachdenklich in seinem Arbeitszimmer. Der Commander hatte ihn über die Einzelheiten und Hintergründe im Unklaren gelassen. Die Frage, wer diesen feigen Anschlag auf seine Familie verübt hatte, bohrte in ihm. Auch wenn die Botschaft durch die Tötung des Generals bei ihm angekommen war, war er nicht sicher, ob damit tatsächlich alle Mitwisser ausgeschaltet worden waren. Die Frage, warum und wieso der General ein Interesse gehabt hatte, seine Kandidatur zum Gouverneur zu verhindern, blieb für ihn unbeantwortet. Der Commander ließ nichts von sich hören. Ben versuchte, die neuen Aufgaben zu bewältigen, die das vor vier Monaten angetretene Amt als Gouverneur von Arizona ihm auftrugen.

Nancy fand das Vertrauen zu ihrem Mann zurück und stand ihm bei öffentlichen Auftritten zur Seite. Nach außen hin zeigte sie sich als die perfekte Gouverneursgattin, die stets ein Lächeln auf ihren Lippen trug. Doch sie hatte sich verändert. Nachts plagten sie Albträume und tagsüber blieb die Angst um Eric allgegenwärtig spürbar. Obwohl der Gouverneurssitz mit allen erdenklichen Mitteln geschützt wurde und Ben sogar Personenschutz für Eric hatte einrichten lassen, beruhigte das Nancy nicht. Zwar sagte ihr der Verstand, dass Eric nie wieder allein unterwegs und gut geschützt war, doch ihre innere Stimme gab keine Ruhe und schürte Panik. Sobald sich Eric auch nur um ein paar Minuten verspätete, lief sie von Unruhe getrieben im Haus herum und wurde zur Sklavin ihrer Uhr. Jedes Mal zuckte sie erschreckt zusammen, wenn das Telefon klingelte. Sie hätte gerne mehr Zeit mit ihrem Sohn verbracht, doch das Amt ihres Mannes zwang sie zu unzähligen Auftritten, die ihre Zeit mit Eric auf wenige Stunden am Tag verringerten. Dieser Stress und die zerfressende Angst ließen sie nach außen zu einer hervorragenden Schauspielerin werden. Wer genauer hingesehen hätte, dem wäre aufgefallen, dass es nur noch eine Frage der Zeit war, bis die sie geißelnde Panik ihren Tribut forderte. Doch es sah niemand genauer hin.

Jenny indes war in den letzten acht Monaten damit beschäftigt gewesen, den Lebensraum für die Newcomer zu vergrößern. Sie hatte in einem der von David gekennzeichneten Räume goldfarbene Kugeln von etwa einem Meter Durchmesser gefunden. Die Aktivierung erfolgte durch Drehung und auf den Boden gelegt oder an der Wand befestigt, schufen sie weitere Gänge nach unten oder zur Seite. Trotz der Ablenkung durch die Arbeit blieb die Vergangenheit auch bei ihr allgegenwärtig. Außerdem bereitete ihr die Begebenheit, dass auffallend mehr Newcomer kamen und von David zur Basis dirigiert wurden, große Sorgen. Dieses unterirdische Leben konnte auf die Dauer keine Lösung mehr sein. Wäre es nach Jenny gegangen, hätte sie die Basis längst verlassen. Aber sie hatte, wenn auch nicht ganz freiwillig, die Verantwortung für die Newcomer übernommen und aufgeben, kam für sie nicht infrage. Nicht zuletzt war sie genauso abhängig von ihren Gefährten, wie diese von ihr. Ihre Sehnsucht, diesen Planeten endlich verlassen zu können, die Sterne und fremde Welten zu ergründen, wuchs ins Unermessliche. Jenny arbeite unermüdlich bis an den Rand der Erschöpfung. Für sie gab es die dringlichsten aller Fragen zu klären: ‚Wer bin ich?', ‚woher komme ich?' und ‚wo gehöre ich hin'.

Unter den neu geschaffenen Bereichen befand sich ein Sektor, der innerhalb der Anlage außergewöhnlich gut gesichert war. Nicht einmal Drago wusste von diesem Bereich, den nur ausgesuchte Konstrukteure, Ingenieure, Techniker, Elektroniker und Computer- und Waffenspezialisten betreten durften. Jenny hatte sie handverlesen, zur Verschwiegenheit verpflichtet und sogar deren Quartiere nach unten verlegen lassen. Niemand außer ihr durfte den rot gekennzeichneten Sektor verlassen. Doch da Jenny ihre helfenden Hände gut versorgte und sie Spaß an ihrer neuartigen Tätigkeit hatten, nahmen sie diese Einschränkungen gerne in Kauf. Jedes noch so kleine Detail wurde mindestens fünfmal überprüft und bei Bedarf von David verändert.

Es verstrichen vier Monate, ohne dass Jenny in dieser Zeit ein einziges Mal Tageslicht auf ihrer Haut spüren durfte. Sie wusste, dass sie Geduld haben musste; doch Geduld gehörte nach wie vor nicht zu Jennys Stärken. Sie wurde zusehends unruhiger und jede Verzögerung, jedes misslungene Bauteil regte sie auf. Jenny schlief kaum und falls doch, unruhig. Sie träumte, konnte aber den Inhalt dieser Träume nicht deuten. Jenny verstand nicht, warum sie wieder und wieder die gleichen Bilder von einer zerstörten Welt sah. Auch wenn sie sich nach außen nichts anmerken ließ, eine beunruhigend größer werdende Furcht nahm von ihr Besitz, und diese trieb sie an.

Zwei Wochen darauf stieg Jenny spontan in ihren Wagen und fuhr ziellos durch die Weiten der Sonora. Mit offenem Verdeck fahrend genoss sie die Wärme der Sonne auf ihrer Haut. Trotz der hohen Geschwindigkeit, mit der ihr Wagen dahinglitt, entging ihr die Schönheit dieser Wüstenlandschaft nicht. Plötzlich trat Jenny mit Wucht auf die Bremse. Die Reifen schleuderten den Sand unter ihnen zur Seite und ihr Gefährt drehte sich halb um die eigene Achse. Jenny ließ ihren Blick über die Landschaft schweifen. „Das ist es!", murmelte sie. Eilig wendete sie und fuhr in Richtung Washington. Ben Goren war allein in der Wohnung, die er nutzte, wenn er längere Zeit in Washington zu tun hatte. Als es an der Tür klingelte und er öffnete, erschrak er für einen Moment. Doch dann überwog die Freude, den Commander wiederzusehen. „Bitte, Commander treten Sie ein", bat er mit einem Lächeln.

„Verzeihen Sie, Gouverneur, wenn ich hier ohne Voranmeldung reinplatze. Ich hoffe, ich störe nicht?!"

„Sie sind mir immer herzlich willkommen! Nehmen Sie bitte Platz."

Jenny setzte sich und wartete bis Ben ebenfalls saß.

„Nun, Sir. Warum ich hier bin ...", begann Jenny zögerlich. „Der Gefallen, richtig?", unterbrach Ben Jenny.

„Sie haben mir nie erzählt, was damals wirklich passiert ist und ich möchte es jetzt gerne wissen."

„Wollen Sie nicht, Gouverneur!" „Doch, Commander, ich will!"

Jenny sah Ben prüfend an und zögerte. Doch dann erzählte sie ihm alle Vorfälle im Zusammenhang mit Erics Entführung, ohne die Rolle Robert Gorens oder dessen Namen zu erwähnen. Der Gouverneur hörte ihr ohne Unterbrechung aufmerksam zu. Als Jenny ihre Ausführungen beendet hatte, schwiegen beide fast fünf Minuten.

„Es wurden wirklich alle Zeugen ausgeschaltet?"

„Alle bis auf einen!"

Fragend sah Ben Jenny an, die etwas auf einen Zettel schrieb und ihn zu ihm über den Tisch schob.

„Er war der Initiator!", versicherte Jenny ruhig.

Ben nahm den Zettel, drehte ihn um und erblasste vor Entsetzen. Seine Hand, die das Papierstückchen hielt, zitterte und er starrte darauf.

„Robert? Nein, nicht Robert. Das ist ein Irrtum!"

„Während Eric gefangen gehalten wurde, kreuzte er dort auf. Drei Tage nach Erics Befreiung tat er es ein zweites Mal. Unmittelbar danach telefonierte er mit General Davis, dessen Leute Robert zu Erics Bewachung benutzt hatte." „Aber warum sollte er so etwas tun? Er hat doch überhaupt keinen Nutzen davon."

„Kommen Sie nicht von selbst darauf? Ihr Bruder hatte Vorkehrungen getroffen. Wären Sie von der Kandidatur zurückgetreten, hätte er unmittelbar danach ungehindert Ihren Platz einnehmen können!"

„Das alles nur, um ... Niemals hätte ich ihm so was zugetraut. Ich werde ihn sofort verhaften lassen und beten, dass die Richter die Schlüssel zu seiner Zelle wegschmeißen."

„Werden Sie nicht! Er wird nicht reden und es ist besser, wenn er im Ungewissen bleibt. Sie sollten Ihren Bruder in Zukunft auf Abstand halten. Sorgen Sie dafür, dass er nur den nötigsten Umgang mit Ihnen und Ihrer Familie pflegt. Er darf in Zukunft keinen Zugang zu Informationen haben, mit denen er Ihnen irgendwann schaden kann."

Mit traurigen, glasig werdenden Augen sah Ben Jenny an.

„Danke, dass Sie ihn nicht ... Aber wie soll ich jetzt mit ihm umgehen? Wie kann ich je vergessen, was er getan hat?"

„Tun Sie einfach das, was alle Politiker gerne tun, schauspielern Sie! Aber sorgen Sie dafür, dass es bühnenreif ist!" Bedrückt sah Ben zu Boden. „Sie schaffen das schon!", munterte Jenny ihn mit sanfter Stimme auf.

Ein paar Minuten blieb es ruhig im Raum.

„Aber nun zur Einlösung Ihres Wunsches Commander. Welchen Gefallen bin ich Ihnen schuldig?"

„Schenken Sie mir den Landstrich der Wüste Sonora! Einschließlich aller Hoheitsrechte zu Lande, zu Wasser und in der Luft!"

„Die Sonora? Das geht nicht; ein Teil dieses Landes liegt auf mexikanischem Hoheitsgebiet. Außerdem, was wollen Sie mit einem wertlosem Stück Wüste? Da ist nichts, abgesehen von einer Handvoll Oasen, jeder Menge Felsen und noch mehr Sand!"

„Der amerikanische Teil reicht mir. Die Mexikaner interessieren mich nicht."

Ben überlegte eine Weile. „Also gut, der amerikanische Teil der Sonora gehört Ihnen. Allerdings ist es besser, wenn die Öffentlichkeit hiervon nichts erfährt. Sollte dies notwendig sein, ziehe ich es vor, sie persönlich zu informieren."

„Das kommt mir sehr gelegen, Gouverneur."

„Ich benötige zur Abwicklung noch einige Daten von Ihnen."

Jenny übergab ihm ein vorgefertigtes DIN-A-4 Blatt, auf dem alles stand, was Ben wissen musste und sie bereit war preiszugeben.

„In achtundvierzig Stunden gehört die Sonora Ihnen. Sonst noch was?"

„Ja", sagte Jenny. Sie schmunzelte, als sie das leichte Entsetzen in Bens Gesicht sah, obwohl er sich bemühte, es zu verbergen.

„Laden Sie mich zum Essen ein, ich hab einen mordsmäßigen Hunger!" Ben fiel ein Stein vom Herzen und seine Erleichterung war ihm anzusehen. Seine Gesichtsmuskeln entspannten sich und sein Lächeln strahlte Jenny an.

Nach drei Stunden ausgiebigen Essens und Redens saß Jenny in ihrem Wagen und befand sich auf dem Heimweg zur Basis. Sie grinste unentwegt vor sich hin und stellte die Musik lauter. Bester Laune pfiff sie die Melodien im Radio mit. David blieb der Einzige, der von der Eigentumsüberschreibung wusste. Diese Überschreibung erleichterte Vieles. Von nun an konnten sie die außerirdische Technik dazu nutzen, große Teile der Sonora zu bewässern, um zum Selbstversorger zu werden. Niemand musste mehr befürchten, vom Militär entdeckt oder anderweitig verfolgt zu werden. Die Hoheitsrechte, die Ben überschrieben hatte, garantierten ein Überflugverbot sowie das Betreten des übertragenen Gebietes.

Wenn nichts gelingt

„So vertieft?"

Es war Kórel, der das Holodeck betretend, Daán aus seinen Gedanken riss. Daán saß vor einer holografischen Darstellung der umliegenden Planeten, in deren unmittelbarer Reichweite sie sich gerade befanden.

„Ich frage mich, warum wir noch immer nicht den geringsten Anhaltspunkt gefunden haben. Fast scheint es, als sei Chandunah niemals gewesen! Wie soll ich mich ohne Hinweise für den richtigen Planeten entscheiden?" „Er war mit Sicherheit hier. Die Legende beschreibt es, und wir verlassen uns darauf, Daán!"

„Einige von uns zweifeln bereits an dem Erfolg unserer Reise. Ich kann ihren Unmut deutlich wahrnehmen."

„Bist du dir sicher, dass es nicht dein eigener Unmut ist? Ich vernehme nichts Derartiges."

„Viele teilen die Ansicht des Konzils nicht, dass es zum jetzigen Zeitpunkt erforderlich ist, den Schriften nachzugehen. Andere unter uns nennen es eine Provokation des Schicksals, die unsere Lebensart in ihren Grundfesten erschüttere!"

„Das Konzil hat entschieden", sprach Kórel mit fester Stimme, „und es nimmt seine Entscheidung unter keinen Umständen zurück." „
Was wird sein, wenn wir herausfinden, dass es unsere eigene Lebensart ist, die uns daran hindert, den Erhalt unserer Spezies zu sichern?"

„Worauf willst du hinaus, Daán?"

„Was, wenn der Weg, für den wir uns vor Jahrmillionen entschieden haben, der falsche war, Kórel?"

„Falls du den Weg der alten Riten ansprechen willst, Daán, sieh dich vor! Das Gemeinwesen sieht es nicht gern, wenn sie zur Sprache gebracht werden, und es ist keinesfalls bereit, einem Irrweg zu folgen. Eine Umkehr zum alten Weg ist ausgeschlossen!"

„Ich bin mir wohl bewusst, dass wir die Evolution nicht umkehren können. Doch was, wenn wir im Laufe unserer Suche erkennen, dass die Trennung von den Soranern die falsche Entscheidung gewesen ist?"

„Selbst wenn dem so sein sollte, können wir es nicht mehr ändern. Unsere beiden Spezies haben sich zu unterschiedlich entwickelt. Wir haben uns entschieden, den mentalen Weg der Weiterentwicklung zu folgen, während die Soraner sich weiterhin auf dem Pfad des Krieges und in vielen Dingen in Unwissenheit befinden. Würdest du es etwa vorziehen, dich kriegerisch auseinandersetzen zu wollen und stets auf den Handel mit anderen angewiesen zu sein?"

„Unsere Unabhängigkeit kostet jedoch den Preis der Isolation, denn keine Spezies ist wie unsere. Hast du schon einmal darüber nachgedacht, dass unsere Unabhängigkeit den gleichen Preis fordern könnte, den einst die Soloni bezahlen mussten?"

„Wenn glaubst du, dass auch unsere Spezies dem Untergang geweiht ist, warum rietest du uns, dass es sinnvoll ist, den Spuren Chandunahs zu folgen, um den Ursprung unserer Spezies zu finden, Daán?"

„Weil es einen Teil in unserer Legende gibt, der davon spricht, dass Chandunah einst ein Soloni gewesen sei und sein Volk einem anderen entsprang!"

„Dieser Teil der Legende ist jedoch nie bestätigt worden und vermutlich eine Erfindung des Schreibers, der ihn niederschrieb. Diesen Gedanken solltest du alsbald vergessen mein Freund, führt er uns doch nur ins Nichts!" „Wenn dem jedoch so wäre, könnte sich der Kreis der Evolution schließen und einen neuen beginnen. Ich halte es für verfrüht, diese Gedanken auszuschließen, befinden wir uns doch erst am Anfang unseres Weges."

„Ich bezweifle, dass das Gemeinwesen diesen Überlegungen folgen wird, wenn du sie ihm offenbarst, Daán."

„Was wäre die Alternative mein Freund? Weder unsere Unabhängigkeit, noch die Achtung, die wir uns bei den Spezies im Universum erwarben oder all unsere technischen Errungenschaften, werden ein Aussterben unserer Spezies verhindern können. Wir werden einst selbst zu einer Legende werden oder gar gänzlich in Vergessenheit geraten. Wird das der letztendliche Wille des Schicksals sein?"

„Noch ist es nicht so weit, Daán! Wir verfügen über genügend Zeit, einen geeigneten Weg zu finden." „Dennoch spüre ich, dass im Gemeinwesen etwas vorgeht. Es ist Unruhe, die ich vernehme, obgleich ich sie nicht zu erklären vermag."

Kórel ging nicht darauf ein. Er spürte nichts dergleichen und sah Daáns Spürsinn mit Skepsis.

„Für den Augenblick solltest du dir mehr Gedanken über ein Mitglied innerhalb des Konzils machen!"

„Erkläre das."

„Du weißt nur zu gut, dass Gódei auf eine Gelegenheit wartet, deinen Platz im Konzil einzunehmen. Hältst du es für ratsam, derart mit ihm umzugehen?"

„Gódei ist jung und impulsiv. Vergiss nicht, dass er ein Soraner ist und er wird es immer bleiben. Dass er bei uns aufgewachsen ist und sich an unsere Lebensweise anpassen konnte, ändert nichts daran. Auch wenn er erlernt hat, den Willen unseres Gemeinwesens zu erspüren, so macht ihn dies dennoch nicht zu einem Teil davon. Niemand von uns weiß, was er wirklich denkt oder wozu er fähig ist. Gódei hat sich sicherlich angepasst und sich unser Vertrauen erworben. Ein Vertrauen, das ihm einen Platz im Gremium einbrachte, doch führen wird er das Konzil niemals. Seine Gier nach Macht entspricht seiner Spezies, doch ändern wird er unsere Gesetze nicht."

„Das weiß Gódei sicherlich, aber er scheint es dennoch regelrecht darauf anzulegen, dass das Gemeinwesen dir sein Vertrauen entzieht. Er scheint dir noch immer nachzutragen, dass du es warst, der einst dem Konzil empfahl, die Suche nach seinen Eltern einzustellen. Sieh dich vor mein Freund, denn ich werde nicht immer zugegen sein!"

„Wenn es dein Wunsch ist, will ich versuchen, behutsamer mit ihm umzugehen. Vielleicht gelingt es uns gemeinsam, seinen Drang nach Geltung etwas unter Kontrolle zu bringen."

Drei Wochen später befand sich Daán in seinem Quartier und versuchte, Entspannung zu finden. Nach wie vor hatte er keine brauchbaren Ergebnisse vorzuweisen. Das doranische Mutterschiff glitt ruhig durch den Raum und hatte Kurs auf die Außensektoren des doranischen Einflussbereiches genommen, als Daán von Schmerz getrieben aus seiner Ruheposition aufschreckte. Er spürte den Verlust von Tausenden Doranern aus dem Gemeinwesen. Aber wie sollte das möglich sein? Noch bevor Daán einen klaren Gedanken fassen konnte, hörte er den durchdringlich schrillen Signalton durch das Mutterschiff gellen, der alle an Bord wissen ließ, dass ein Notfall eingetreten war. So schnell er es vermochte, eilte Daán in den Konferenzraum des Konzils, in dem nach und nach die anderen Mitglieder eintrafen. Unter ihnen Sórei

„Was tust du hier, Sórei? Mit wessen Erlaubnis wagst du es, in Friedenszeiten die Schärpe des Kriegsministers zu tragen?"

Kórel tadelte Sórei betont ungehalten. Auch die anderen im Raum warfen ihm entsetzte und scheltende Blicke zu.

„Wir befinden uns im Krieg!", erklärte dieser aufgeregt.

Krieg!, jagte es allen durch den Kopf, trieb ihnen das blanke Entsetzen in ihre Gesichter. Violettes Pulsieren verriet ihre Aufgeregtheit, gepaart mit einhergehender Ungläubigkeit. Seit Jahrtausenden bestand die Aufgabe der Doraner darin, als Friedensbringer in den Weiten der Galaxien unterwegs zu sein. Jetzt sollten sie plötzlich persönlich davon betroffen sein? Doraner, eine Kriegspartei? Unmöglich! Alle Anwesenden schauderte es bei diesen Gedanken und ließ sie erstarren. Der junge Sórei konnte nur einem bedauerlichen Irrtum unterliegen. Oder etwa nicht? Daán fasste sich als Erster und hauchte: „Wer?"

„Die Soraner. Sie haben heute Morgen mit ihren Verbündeten unsere Außenbezirke angegriffen. Ohne jede Vorwarnung! Entsprechend hoch sind unsere Verluste, wie auch ihr gespürt haben werdet."

Betretenes Schweigen setzte ein und jeder versuchte, im Gesicht des anderen eine Antwort auf das Unmögliche zu finden.

„Wieso gleich Krieg?", hakte Kórel nach.

„Die Teilung unserer beiden Spezies habe sie ins Verderben geführt, und während wir in Wohlstand leben, existierten die Soraner nur am Rande des Möglichen." „Die Teilung?" Daán starrte Sórei ungläubig an. „Aber diese Teilung hat vor Millionen von Jahren stattgefunden."

Noch immer fixierte Daán ihn, als habe er ein Gespenst gesehen, doch das Tragen der Schärpe ließ keinen Zweifel an Sóreis Worten.

Mittlerweile redeten alle Mitglieder aufgeregt durcheinander und jedem fiel etwas anderes ein.

„Sie erheben Anspruch auf alle technischen Errungenschaften.«

„Wir haben sie ihnen doch nicht verwehrt. Sie waren es, die unsere Unterstützung zu ihrer Entwicklung damals ablehnten."

„Kämen wir jedoch jetzt ihrem Ansinnen nach, versetzten wir die Soraner in die Lage, die Galaxien zu vernichten oder zu beherrschen."

„Einfach unglaublich!"

„Nicht auszudenken!"

„Außerdem die uneingeschränkte Nutzung unserer Handelswege, wozu soll das gut sein?"

„Ihr Lebensraum liegt doch Lichtjahre von unserem entfernt. Nie zuvor äußerten sie einen derartigen Wunsch" „Sie beanspruchen ferner die doranischen Monde, ein Niederlassungsrecht auf all unseren Außenposten sowie den kleinsten unserer Planeten."

„Das geht entschieden zu weit!"

Valori! Die allwissende Pyramide steht dort, schoss es Daán durch den Kopf. Sie würde den Soranern unbegrenzte Macht verleihen.

„Selbst wenn wir ihnen entgegenkämen und die Nutzung unserer Handelswege erlaubten, unsere Spezies sind in ihren Lebensgewohnheiten derart unterschiedlich, dass ein Zusammenleben mittlerweile ausgeschlossen ist."

Die Beratung geriet zunehmend zu einem Tumult und einem Stimmengewirr ungewohnter Lautstärke. Sórei beobachtete verunsichert das Treiben seiner Gefährten. Nie zuvor hatte er die Mitglieder des hohen doranischen Rates in solcher Aufregung und mit undiszipliniertem Verhalten gesehen.

„Ruhe bitte", versuchte er zaghaft, die aufgebrachten Gemüter zu besänftigen. Doch seine Bitte wurde vom lauten Gerede übertönt. „Insa chalre!"

Totenstille!

Diese uralten Worte ‚schweigt und folgt', ließ die Anwesenden innerhalb eines Wimpernschlags erstarren. Vor Jahrtausenden zuletzt ausgesprochen, stand dieser Befehl nur dem Kriegsminister zu. In diesem Moment begann Sórei, sich als solcher zu beweisen. Einschließlich Kórel beugten alle Doraner leicht ihr Haupt vor ihm und hielten inne.

„Unsere Verbündeten stellen sich ihnen bereits entgegen", verkündete Sórei etwas ruhiger.

„Ich befürchte, dass die Soraner vor einer Besetzung Dorans nicht zurückschrecken werden", warf Qeígon ein. „Das werden sie nicht wagen", behauptete Náran. „Seit das Doran-System bewohnt wird, ist es niemals besetzt worden."

„Auch in meinen Überlegungen obsiegt diese Befürchtung. Wir müssen zurück", erklärte Daán.

„Das werden wir unter keinen Umständen tun! Wir würden durch unsere Rückkehr nichts an der gegenwärtigen Situation ändern. Im Gegenteil. Wer weiß, wie viele Doraner durch diesen Krieg der Wandlung unterliegen werden. Umso wichtiger ist in diesem Augenblick unsere Mission, die uns nun zwingend zu einem Erfolg führen muss." Kórels Worte ließen keinen Zweifel daran, dass er es ernst meinte.

„Dennoch werdet ihr diesen Sektor umgehend verlassen müssen. Es wird nicht allzu lange dauern, bis die Soraner dieses Gebiet erreicht haben", erklärte Sórei.

Daán durchfuhren diese Worte wie ein Stromschlag. Die Soraner befanden sich vor ihnen. Die Schriften der Legende forderten die Durchquerung dieses Sektors in Richtung der jetzt auf sie zukommenden Soraner. Wenn sie diesen Sektor aber verlassen mussten, bedeutete dies – in entgegengesetzter Richtung?, dachte er schockiert. Nein! Das durfte nicht sein! Das würde all seine bisherigen Bemühungen zunichtemachen.

„Wir sind uns nicht einig, dennoch sprechen wir mit einer Stimme. Wir werden unsere Suche in entgegengesetzter Richtung fortsetzen. Das Konzil erteilt dir das Recht der freien Entscheidung Sórei. Doch beende diese unsägliche Auseinandersetzung umgehend. Was du benötigst, sei dir gewährt!"

Kórel berührte Sórei leicht an der Schulter. Eine Geste, die der Führer des obersten Gremiums nur selten sehen ließ. „Das Konzil wird stets bei dir sein und das Gemeinwesen steht hinter dir."

Während Sórei das Mutterschiff verließ, befand sich Daán in einem Schockzustand. Wie konnten die Soraner derart grausam sein? Wie tief musste ihr Hass sitzen, dass sie imstande waren, Tausende von wehrlosen Doranern ohne jedwede Gnade niederzumetzeln. Ein aufgezwungener Krieg ohne die geringste Ausweichmöglichkeit und Vorwarnung. Einen Hass, den sie bislang offenbar gut zu verbergen wussten. Sórei war noch so jung. Als man ihn zum Kriegsminister ernannt hatte, war dies mehr proforma geschehen. Schließlich hatte es seit ewigen Zeiten keine kriegerische Auseinandersetzung mehr gegeben. Ob er dieser Aufgabe wirklich gewachsen war? Obgleich er heute außerordentliche Stärke bewiesen hatte, denn nur selten forderte ein Kriegsminister unbedingten Gehorsam. Daán erinnerte, dass es der 1786ste Vater Sóreis gewesen war, der das ‚Insa chalre' ausgesprochen hatte. Zwar verfügte Sórei über das Wissen seiner Ahnen, dennoch verfügte er über keine eigene Erfahrung. Konnte er seiner Aufgabe überhaupt gerecht werden? Plötzlich wurde Dáan das gesamte Ausmaß der Tragödie bewusst. Spontan wandte er sich an Kórel: „Sollten wir unsere Entscheidung nicht überdenken und doch zurückkehren?"

„Genug, Daán! Wir können auf Doran nichts bewirken. Unsere Rückkehr kann diesen unsäglichen Krieg nicht beenden. Was also gedachtest du zu tun? Willst du es etwa vorziehen, wie die anderen die Wandlung vollziehen und in die große Leere eintreten zu müssen?"

„Unsere Anwesenheit würde das Gemeinwesen stärken." „Ich habe das Gemeinwesen bereits bezüglich dieser Frage zurate gezogen. Mein Befehl war eindeutig, Daán. Es war der Wille des Gemeinwesens, der ihn mich geben ließ und ich bin mehr als erstaunt, dass du es wagst, seinen Willen in Zweifel zu ziehen. Ich will zu deinen Gunsten annehmen, dass dein Verhalten eine einmalige Ausnahme darstellt!"

Daán spürte, dass er zu weit gegangen war und insgeheim ärgerte er sich über sich selbst. Es war unklug, mit Kórel aneinander zu geraten und konnte seine Position im Konzil gefährden. Hätte Gódei seine Worte gehört, wäre dies die Gelegenheit für ihn gewesen, den Augenblick der Schwäche auszunutzen. Allein der Gedanke bereitete Daán Unbehagen und so neigte er seinen Kopf von schräg rechts nach links, während sich seine Farben veränderten. Befürchtete Daán doch auch, seine Heimat niemals wiederzusehen.

„Kórel, ich bitte dich um Verzeihung. Mein Verhalten ist sicherlich inakzeptabel."

„Ich will deine Worte nicht gehört haben, mein Freund. Führe diese Mission zu ihrem Erfolg. Alles Weitere wird sich finden."

Daán nickte, verließ den Raum und suchte sein Quartier auf.

Wenige Augenblicke später beobachtete er an den vorüberziehenden Sternen das Wendemanöver des Mutterschiffs. Er war überzeugt, dass die Suche in den jetzt angesteuerten Sektoren zu keinem Ergebnis führen würde und die Mission zum Scheitern verurteilt war. Ganz zu schweigen davon, dass es ihm unmöglich sein würde, sein Kind zu finden, lag doch der Außenposten, auf dem er einst sein Kind hätte finden sollen, jetzt in der anderen Richtung.

Mein Leben ist verflucht! Es ist verflucht!, dachte er und wandte sich erneut den Dateien der Legende zu. In diesem Augenblick wünschte sich Daán nichts sehnlicher, als in den geschriebenen Worten eine Winzigkeit übersehen zu haben, die die neu eingeschlagene Flugrichtung rechtfertigte.

Apophis – Bote des Todes

Obwohl Jenny glücklich darüber war, dass Ben Goren sein Wort gehalten hatte und die Eigentumsübertragung der Sonora erfolgt war, veränderte sie sich immer mehr. Die Bilder der Albträume, die sie nachts heimsuchten, verfolgten sie jetzt auch tagsüber. Noch immer ergaben diese Bilder von Erdbeben, Sintfluten und ausbrechenden Vulkanen für sie keinen Sinn. Obwohl die Raumtemperatur innerhalb der Anlage konstante 21,5 °Celsius beibehielt, fröstelte ihr ständig.

Die Welt schrieb den 13. Januar des Jahres 2088 und litt unter einem außergewöhnlich harten Winter. Sogar im sonst so sonnigen Florida bibberten die Menschen bei Minustemperaturen und eine Besserung war nicht in Sicht.

Jenny erhob nach wie vor keinen Anspruch darauf, sämtliche Entscheidungen treffen zu wollen. Sie hatte dafür gesorgt, dass ein Gremium eingerichtet wurde, das dazu diente, Entscheidungen zum Wohle aller zu treffen. Der ‚Rat der Dreißig' bestand aus gewählten Vertretern einer jeden Spezies. Dieser Rat tagte für sie in einem speziell dafür eingerichteten Raum und verfügte über eine direkte Bildschirmverbindung zu David. Bei Abstimmungen zeigten seine Mitglieder die Stimme ‚Ja' durch das Ablegen einer leuchtenden Kugel auf dem runden Tisch und ein ‚Nein' durch deren Fehlen an. Konnte keine Einigung erzielt werden, stimmte Jenny als einunddreißigste Stimme ab.

Obwohl das Zusammenleben nahezu reibungslos verlief und die angenommenen Regeln befolgt wurden, hatte sich der Rat entschieden, im Falle eines gravierenden Fehlverhaltens ein Tribunal einzuberufen. Jenny hielt dessen Einrichtung für überflüssig, akzeptierte aber die Entscheidung. Zu ihrer Freude musste es bis dato jedoch nicht in Anspruch genommen werden.

Um etwas abschalten zu können, suchte Jenny immer häufiger den Holoraum auf, dessen holografische Darstellungen durch entsprechenden Aufruf des Anwesenden geändert werden konnten. Jenny hatte David ein Programm gestalten lassen, das jene Räumlichkeit wiedergab, in der sich Jenny damals mit Maél befunden hatte. Hier fand sie ein wenig Ruhe und Geborgenheit.

An diesem 13. Januar 2088 befand sie sich wieder einmal dort und meditierte bereits mehrere Stunden, als die Bilder, die ihr Sorgen bereiteten, erneut auftauchten. Doch diesmal waren sie klarer und deutlicher. Ruckartig öffnete sie die Augen und rief David: „In Chile steht das European Southern Observatory. Kannst du das Leistungsfähigste ihrer Teleskope anzapfen und ihre Ausrichtung so verändern, dass es unser Sonnensystem beobachtet, ohne dass jemand es merkt?"

„Für maximal eine Stunde. Wenn ich eine Schleife ziehe und sie in das System einspeise. Wonach suchst du?"

„Ich weiß es noch nicht, es ist so ein Gefühl."

Ungeduldig wartete Jenny. Es kam ihr wie eine Ewigkeit vor, bis David endlich die Bilder in den Holoraum projizierte und sie praktisch mittendrin saß. Sie suchte nach Anomalien, doch es gab nichts, was ihre Aufmerksamkeit erregte.

„Nichts, absolut alles normal. Gibt es irgendwelche Kometen, die im Anflug sind?"

„Nein."

„Zieh trotzdem weitere Schleifen und melde, wenn sich etwas verändert."

Doch in den nächsten sechs Wochen gab es nichts, was eine Meldung wert gewesen wäre.

Der digitale Kalender zeigte den 30. März, 23.54 Uhr an, als David Jenny weckte und ihr von erhöhten Aktivitäten der NASA und ESA berichtete. Eilig zog sie sich an und suchte den Holoraum auf, in dem David bereits die aktuellen Bilder hochgeladen hatte.

„Die Weltraumbehörden befürchten eine Kollision mit dem Erdbahnkreuzer Apophis."

„Apophis? Der kreuzt uns doch ständig. Kannst du seine Flugbahn simulieren?"

David spielte die Simulation ein. Offenbar hatte eine Kollision mit einem anderen Asteroiden die ursprüngliche Laufbahn verändert, sodass er jetzt direkten Kurs auf die Erde hielt.

„Das darf nicht wahr sein. Es darf einfach nicht! Wie kann er denn derart an Masse gewonnen haben?", stieß Jenny aus.

„NASA sowie ESA gehen von mehrfachen Kollisionen mit anderen Asteroiden aus, die seine Masse vergrößerten. Sie glauben, dass einer von denen derartig gewaltig gewesen sein muss, dass er Apophis aus der regulären Umlaufbahn warf."

„Wenn der uns in dieser Größe trifft, – na dann ‚Gute Nacht'." Jenny raufte sich die Haare. Die Aufregung spülte das Adrenalin in ihren Körper und ihr Herzschlag raste.

Apophis, oder auch Erdbahnkreuzer 99942, besaß einen Durchmesser von 270 Metern und eine Masse von 27 Millionen Tonnen. Für seinen Umlauf um die Sonne benötigte er 323 Tage und zwölf Stunden. Zuletzt war er am 13. April 2029 bis auf 32000 km Entfernung an die Erde herangekommen. Bereits damals hatte es Bedenken über die geringe Nähe zur Erde gegeben, obwohl man aufgrund seiner Größe keine existenzielle Gefahr für die Erde sah. Zum damaligen Zeitpunkt betrug die Vorwarnzeit für eine rechtzeitige Abwehr zehn Jahre. Mehrere Abwehrmodelle waren für derart kritische Situationen für den Erdorbit erdacht worden und man hatte sich für die Entwicklung des kinetischen Impaktors entschieden. Dieser lebensrettende Impaktor kreise mittlerweile dauerhaft im Orbit. Im Ernstfall sollte durch einen zielgerichteten thermonuklearen Schock ein Teil der Masse verdampfen. Der hierdurch erzeugte Schub lenkte das jeweilige Objekt in eine andere Umlaufbahn. Bisher hatte es keine Notwendigkeit gegeben, diese Abwehrwaffe einzusetzen. Erstmals befanden sich die Techniker in höchster Alarmbereitschaft und die Panik stand ihnen ins Gesicht geschrieben. Zig tausendmal hatten sie solch eine Situation simuliert, doch ihre heftigen Diskussionen verrieten ihre Unsicherheit. Stand die gesamte Menschheit vor dem Aus? Kam buchstäblich das biblische Armageddon unaufhaltsam auf sie zugerast? Verfehlte der Impaktor seine Wirkung, konnte ein Einschlag des Apophis jetzt das Ende allen Lebens auf der Erde bedeuten.

„Glaubst du, dass es funktioniert David?"

„Die Berechnungen der Wissenschaftler sind korrekt. Ja, es könnte funktionieren." „Das ist ein ´Könnte´ zu viel. Wir brauchen einen Plan B. Wie überleben wir im Falle eines Einschlages, und wie sicher sind wir hier unten?" „Wir befinden uns 7,54 km unter der Erde. Die Anlage ist sicher genug, um Erdbeben und andere Katastrophen unbeschadet zu überstehen. Solange die Erde nicht aus ihrer Umlaufbahn geworfen wird, sind wir hier absolut geschützt. Im Gegensatz zu den Menschen über uns."

„Ich berufe den Rat ein. Wir können die Menschen, so verhasst sie auch vielen von uns sind, nicht einfach im Stich lassen. Von den 279 Tagen, die uns noch bleiben, werden wir jede Sekunde ausnutzen müssen, um unser Überleben auf Jahre zu sichern."

Jenny berief den Rat ein. Diese Entscheidung wollte sie keinesfalls allein treffen, betraf es doch die gesamte Gemeinschaft. Erstmals war sie froh, dass es diesen Rat gab und diese Verantwortung nicht allein auf ihren Schultern lag. Nach stundenlangen Diskussionen stand schließlich die Entscheidung: 30:1. Gegen Jenny. Klatsch!

Dieses Votum traf Jenny wie ein Faustschlag ins Gesicht. Sie verlor schlagartig jedwede Gesichtsfarbe. Den Atem verschlagen, rang sie nach Luft. Kein sinnvolles Wort fiel ihr ein. Absolutes Vakuum in ihrem Gehirn. Nichts! Kein Gedanke!

Plötzlich spürte Jenny, wie sich alle Härchen auf ihrer Haut aufrichteten. Adrenalin durchflutete ihren Körper, ließ ihr Herz rasen. Befreite sie aus ihrer Schockstarre. Genozid!, schoss es ihr durch den Kopf. Unzählige Gedanken jagten sich jetzt gegenseitig. Entscheidung unbeachtet lassen? Menschen retten! Uns retten! Wie? Was kann ich tun? Doch sie bekam nur eine Antwort auf ihr innerliches Zwiegespräch: ‚Nichts'. Jenny ließ ihren Blick durch die riesige Runde schweifen. Sie sah Zufriedenheit, eine, die sie erneut entsetzte. Wütend sprang sie auf, stieß mit dem Fuß gegen den Stuhl und eilte zur Tür. Wütend stürzte Jenny aus dem Raum.

„Ich könnt im Dreieck kotzen! Verflucht!", stieß Jenny aus, schlug mit der Faust gegen die Wand und zog sich wütend in ihr Quartier zurück. Einen kurzen Augenblick überlegte sie, ob sie sich einfach über diese Entscheidung hinwegsetzen sollte. Was würde passieren, wenn sie es täte? Das Raumschiff wurde sprachgesteuert, aber sie konnte es nicht allein fliegen und wäre auf die Hilfe der anderen angewiesen. Wie benommen verwarf sie diesen Gedanken.

Einige Zeit später traf Drago in ihrem Quartier ein und er vergaß, die Tür zu schließen.

„Du musst sie verstehen, Jenny!"

„Was muss ich verstehen? Dass ihr bereit seid, 9,75 Milliarden Menschen sinnlos zu opfern? Nur um des Hasses willen? Wozu soll das gut sein? Ich mag sie ja auch nicht sonderlich, aber das Risiko einzugehen, dass eine ganze Spezies einfach ausgelöscht wird? Ist euch Rache derart wichtig, dass ihr sie opfert? Vielleicht wären sie ja auch dankbar?" Jennys Stimme überschlug sich und sie wurde immer lauter. Aufgeregt rannte sie in Panik hin und her.

„Dankbarkeit gehört nun wirklich nicht zu den Stärken dieser Spezies. Hast du dir mal die Aufnahmen im Blue Book angesehen? Die über Nelles meine ich. Schau Sie dir an und danach verstehst du, warum wir ihnen nicht helfen wollen!"

Jenny stoppte ihr Rumgerenne mitten im Raum und schrie Drago an: „Was immer da drauf ist, rechtfertigt ein solches Handeln nicht und ..." Jenny redete sich in Rage und schimpfte ohne Unterlass wie ein Rohrspatz. Wenige Augenblicke später spürte sie die klatschende Ohrfeige in ihrem Gesicht, die sie sofort verstummen ließ. Entsetzt starrte sie Drago an. Impulsiv griff sie nach ihrer Waffe. Was Drago in diesem Augenblick jedoch noch mehr erschreckte, war die abrupte Leere in Jennys Augen. Er ging drei Schritte auf Jenny zu.

„Jenny bitte, es tut mir ..." Doch er kam nicht mehr dazu, seine Entschuldigung zu formulieren. Er spürte ihre Waffe direkt an seinem Bauch, deren leises Surren verriet, dass sie sich auflud. Jenny schwieg, doch ihre Augen vermochten in diesem Augenblick tausendfach zu töten. Es war diese zum Zerreißen angespannte Stille, die Drago verriet, dass er lediglich ein Fingerzucken vom Ende seines Lebens entfernt stand. Sekunden später tat Drago, was er zuvor nur einmal in seinem Leben getan hatte, als er einst um das Leben seines Vaters gefleht hatte: Er sank auf die Knie, senkte seinen Kopf, bis dieser mit der Stirn den Boden berührte. Auf alles gefasst, behielt er diese Position inne, während sein bisheriges Leben vor seinem inneren Auge ablief. Irritiert von seinem Verhalten, sah Jenny auf Drago, aber nicht auf ihn herab. Ihre Wut verflog und sie verspürte Mitleid mit Drago. Sie holte tief Luft und steckte ihre Waffe zurück ins Holster.

„Geh!", befahl lautstark Jenny und ging zu ihrem Schreibtisch, auf den sie verärgert stützte.

Langsam erhob sich Drago und verneigte sich vor Jenny, die seine Geste nur aus dem Augenwinkel wahrnahm. Als er an der Tür angekommen war, sagte sie: „Bis auf Weiteres wird Elia deinen Platz an meiner Seite einnehmen! Drago: Wage das kein zweites Mal!"

Betroffen nickte Drago und verließ schweigend Jennys Quartier.

Bis in die tiefsten Winkel ihrer Seele zerriss Jenny der Schmerz, den Millionen einschneidender Scherben einer zerbrechenden Freundschaft ihr zufügten.

„David zeig mir das Filmmaterial aus Nelles."

„Du solltest dir das nicht antun Jenny!"

„Wie soll ich lernen sie zu verstehen, wenn ich nicht weiß, was sie wissen und was in ihnen vorgeht David? Mach schon!"

Acht Stunden lang sichtete Jenny das Material aus Nelles, nur unterbrochen vom

Holen einiger Kaffeekannen. Doch je mehr sie von den Aufnahmen sah, desto schlechter ging es ihr. Die Bilder zeigten eingepferchte Newcomer und die Experimente an ihnen. Operationen an jenen, die es nicht rechtzeitig geschafft hatten, sich vor den Menschen in Sicherheit zu bringen. Zum Entsetzen sah sie, dass einige noch lebten und sich bei vollem Bewusstsein befanden, während man sie untersuchte, bis sie schließlich qualvoll starben.

Jenny kämpfte mit dem einsetzenden Würgereiz, den sie nur schwer unterdrücken konnte. Unaufhörlich schluckte sie, bis sie sich letztlich angewidert abwandte. Sie vergrub das Gesicht in ihren Händen und schwieg. Fassungslos über diese Aufzeichnungen spürte sie den alten Zorn auf die Menschen erneut in sich aufkeimen.

Nachdenklich verbrachte sie zwei Tage in ihrem Quartier, ohne es zu verlassen oder mit jemandem zu reden. Plötzlich ging ein Ruck durch ihren Körper, riss sie aus ihrer Lethargie. Eilig hastete sie über den Flur, sodass Elia Mühe hatte, mit ihr Schritt zu halten. Ihr Ziel war der Raum mit den imposanten, drei Meter Durchmesser habenden Taico-Trommeln. In der Mitte des Raumes lagen 1,50 m lange Stäbe, vor die sich Jenny setzte und zunächst nichts tat. Sie schloss die Augen und versuchte zur Ruhe zu kommen. Schließlich stand sie auf, schlug die beiden Stäbe gegeneinander und begann sich rhythmisch zu bewegen, als habe sie eine bestimmte Melodie im Kopf. Mit anfangs langsamen Bewegungen schlug sie auf die Trommeln, die im schneller werdenden Takt und Anschlag ihre Klänge zu einer Melodie formten.

Jenny versank in diesen Klängen, und im Geiste rezitierte sie die Worte Maéls:
Im Zorn liegen viele Mysterien.
Warum erschlug Kain seinen Bruder Abel?
Wenn du nur glaubst, dass die Kerze brennt,
dringt kein Licht in die Dunkelheit.
Wenn die Kerze brennt, ist das Mahl bereits bereitet.
Die Zeit verging und die Klänge der Trommeln wurden fließender. Kein Wehen und kein Klagen,
Kein Lächeln und kein Weinen,
Kein Schmerz und kein Leid.
Kein Himmel und keine Erde,
Kein Licht und kein Schatten,
Kein Wort und kein Gedanke.
Keine Wärme und keine Kälte,
Kein Hoffen und kein Bangen,
Kein Laut und kein Leise.

Kein Kopf und keine Augen,
Keine Nase und keine Ohren,
Kein Körper und kein Geist.
Kein Wille und kein Handeln,
Kein Raum und keine Zeit,
Kein Anfang und kein Ende;
Wenn die Seele wandert – zurück zu ihrem Ursprung.

Mehrere Stunden schlug Jenny die Taicos, rezitierte das Gebet wieder und wieder. Schweiß der Erschöpfung mischte sich mit den Tränen, die sie nicht zu unterdrücken vermochte, und rannen ihr den Körper hinunter. Sie schmeckte die salzige Flüssigkeit auf ihren Lippen und rang mit ihren zeternden Muskeln, die ihre Ausdauer letztendlich doch in die Schranken wies. Erschöpft und fast atemlos vor Anstrengung schlug Jenny die Taicos langsamer an, legte die Klöppel behutsam ab und kniete nieder. Für einen kurzen Augenblick hielt sie inne. Ihr Kopf senkte sich und ihre erhitzte Stirn berührte den kalten Boden. Ohne ein Geräusch tropften unaufhaltsam Tränen auf den Boden, doch ihre Seele schrie, berstend vor Gram ob des bevorstehenden unaufhaltsamen Unheils. Langsam richtete Jenny sich auf. Eilig wischte sie die Tränen fort. Elia sollte sie auf keinen Fall weinen sehen. Wortlos erhob sie sich und verließ den Raum.

Jenny erfüllte trotz der Vorkehrungen der NASA ein ungutes Gefühl. Deshalb entschied sie, eigene Maßnahmen zu ergreifen. Die Aktivitäten der USS stellte sie ein und alle Newcomer waren jetzt damit beschäftigt, die Anlage in ihrer Breite auszubauen, Humusboden aus aller Welt zusammenzutragen und unterirdische Gärten und Plantagen und kleine Süßwasserseen anzulegen. Falls der Impaktor versagen sollte, würde ihnen die Sonora bestenfalls noch eine gute Ernte schenken. Zu wenig, um alle für einen längeren Zeitraum ernähren zu können. Deshalb kauften sie Saatgut und Lebensmittel ein. Außerdem lebende Nutztiere, kleine Bäume, Pflanzen, Sträucher. Heimisches Wild und andere Kleintiere wurde eingefangen, das später wieder ausgewildert werden sollte.

Die Monate verflogen und Jenny beschlich immer wieder das Gefühl, noch irgendetwas Wichtiges vergessen zu haben.

Am 26. Oktober 2088 saßen die Menschen aller Nationen angespannt, teils in Todesangst betend, vor den Bildschirmen und beobachtete die NASA-Übertragung der bevorstehenden Zündung des Impaktors. Alle Regierungen trafen für den Fall der Fälle Vorsorge. Weltweit wurden alte Atombunker reaktiviert. Obwohl es Zahlreiche gab, stand schnell fest, dass sie nicht Platz für die gesamte Bevölkerung boten. Die Volksvertreter beschlossen, dass in jedem Land die Regierung und ihre Angehörige sowie weitere durch Los ermittelte Menschen in ihnen unterkommen würden.

Medizinern, Krankenschwestern, Technikern und Ingenieuren wurde ein Platz zugesichert. Listen und Sammelplätze für den Transport waren ausgegeben worden. Jetzt konnten alle nur hoffen, dass die Vorkehrungen nicht greifen mussten.

David strahlte die Übertragung im großen Versammlungsraum aus und auch hier war die Anspannung aller zu spüren.

Ein Sprecher der NASA zählte den Countdown herunter, während der Impaktor seine endgültige Position einnahm und beibehielt. „Zündung!" Die Welt hielt den Atem an, während sich die thermonukleare Kraft der Atomsprengköpfe entfaltete und Apophis langsam in eine andere Umlaufbahn schob.

Überall auf dem Globus ertönte Jubel und schloss sich dem aus dem NASA-Zentrum tosenden Beifall an. Plötzlich wich die Freude und blankes Entsetzen verbreitete sich. Totenstille!

Drei riesige abgesprengte Teile von Apophis bewegten sich rasend schnell auf die Erde zu. Menschen allerorts hielten die Hände vor das Gesicht, Tränen flossen ohne Scham. Ohne den Nachbarn tatsächlich zu kennen, fielen sich die Menschen in die Arme und versuchten einander festzuhalten, als könnten sie so das auf sie zukommende Unheil abwenden. Die Weltregierungen reagierten unverzüglich: Noch betriebene Atomkraftwerke wurden runtergefahren und abgeschaltet; der zivile Flugverkehr eingestellt und der Luftraum ausschließlich für Transportmaschinen des Militärs freigegeben. Maximal drei Wochen würden ihnen laut den Berechnungen der Wissenschaftler noch verbleiben. Doch bereits vor den Einschlägen forderte Apophis die ersten Todesopfer, denn die genaueste Planung konnte die Panik unter den Menschen nicht verhindern. Gierige Hamsterkäufe der panischen und verzweifelten Bevölkerung, bei denen jeder sich selbst der Nächste war sowie Plünderungen beherrschten auf allen Kontinenten das Straßenbild, derer die Armee nicht Herr wurde.

Wer keinen lebensrettenden Platz im schützenden Bunker ergatterte, hatte kaum eine Überlebenschance, als die Boten des Todes schließlich einschlugen.

Der erste Einschlag erfolgte in der Arktis, der Zweite in Küstennähe des Schwarzen Meeres und der Dritte schließlich irgendwo in den Weiten der Sahara. Millionen Tonnen von Gestein und Staubpartikel wurden in den Orbit geschleudert und kehrten aufgeheizt als Feuerball auf die Erde zurück. Feuerstürme sogen die menschlichen Körper mit brutaler Gewalt in die Luft und schmetterten sie als Kohlestücke zurück auf den Boden.

Erdbeben mit der Stärke 10,5 auf der nach oben offenen Richter-Scala erschütterten die Erde. Vulkane brachen aus und die Sonne verdunkelte sich durch die Massen an Staub und ausgestoßener Vulkanasche. Viele Menschen, die Feuer,

Wasser und herabstürzende Fassadenteile überlebt hatten, starben nun den grausamen Kälte-, Hunger- und Erstickungstod. Feinste Aschestaubpartikel kleisterten ihnen die Lungen zu und wurden durch den Speichel zu einer betonartigen Masse. Der einsetzende nukleare Winter ließ die Temperaturen rasch auf Minus 86 °Celsius sinken. Es gab kaum noch ein Gemäuer, das ihnen Schutz bieten konnte. Überall auf der Welt zeigte sich dasselbe Bild: qualvoll erstickende, von Asche bedeckte und in bizarrer Gestalt erfrorene Menschen.

Als David nach etwa eineinhalb Jahren die ersten klaren Bilder vom neuen Angesicht der Erde lieferte, schauderte es Jenny, und manches Ratsmitglied bereute nun seine Entscheidung, die es einst getroffen hatte. Ganze Landstriche und viele Inseln waren im Meer versunken. Überall erblickten sie Ruinen, menschliche und tierische Skelette, sodass Jenny sich nicht vorstellen konnte, dass überhaupt jemand in diesem Chaos hätte überleben können. Doch sie irrte sich. Von den einstmals 9,75 Milliarden Menschen hatten viereinhalb Milliarden überlebt und weitere drei Monate später, im Sommer des Jahres 2090, öffneten sich die Bunkertüren.

Aufgrund der extrem veränderten Gegebenheiten wurden provisorische Regierungen eingesetzt. Im Verlauf der nächsten Jahre bildeten die europäischen Nationen die ‚Vereinigten Staaten von Europa'. Die östlichen Staaten verbanden sich zu einer Freihandelszone, deren Oberhaupt im Zehnjahresturnus wechseln sollte und dessen Regierungssitz sich in Kiew befand. Auf der anderen Seite des Atlantiks schlossen sich die Vereinigten Staaten von Amerika mit den südamerikanischen Staaten zu einem Staatenbündnis zusammen. Die USA stellen das Regierungsoberhaupt. Es begann eine neue Zeit, in der die Menschen überwiegend damit beschäftigt waren, wiederaufzubauen und zu überleben. Einige Jahre blieb es friedlich, doch da der Erhalt benötigter Güter nun vom Handel mit den einzelnen Zonen und deren jeweiligem Wohlwollen abhängig war, traten zum Ende des Jahrtausends erste Spannungen auf.

Ein frohes neues Jahr

An diesem Neujahrsmorgen des Jahres 2100 hieß der Bewohner des neu errichteten Weißen Hauses, Ben Goren. Er war mit seiner Frau Nancy und seinem inzwischen zwanzigjährigen Sohn Eric vor drei Monaten dort eingezogen. Durch eine Verfassungsänderung wurde er nicht mehr vom Volk gewählt, sondern vom Kongress ernannt. Seine Amtszeit war nicht länger auf acht Jahre beschränkt, und auch die Gesetzgebung unterlag nicht mehr einer Kongressmehrheit. Der Präsident blieb der Oberbefehlshaber der Streitkräfte, doch hatte der Kongress einstimmig das

Kontrollorgan des ‚First-High-Commanders' eingeführt, um dem Präsidenten keine absolute Macht zu geben. Der FHC wurde von den Militärs und ausgewählten Mitgliedern des Kongresses hinter den verschlossenen Türen des E-Rings im Pentagon gewählt. Die Identität dieser Person blieb dem Präsidenten unbekannt. Nur im Fall eines Machtmissbrauchs sollte der FHC in Erscheinung treten und konnte den Präsidenten absetzen oder einen kriegerischen Einsatz des Militärs verweigern.

Auf der anderen Seite des Atlantiks stand Juri Antonow der Freihandelszone vor. Seit vier Jahren festigte der klein gewachsene und etwas dicklich wirkende Mann, im Alter von 57 Jahren bereits seine Macht. Im Gegensatz zu dem besonnenen Oberhaupt der USA war er aus einem ganz anderen Holz geschnitzt. Antonow mischte fleißig mit im Schwarzmarktgeschäft; nichts ging ohne sein Wissen und seine Lakaien. Das Schwarzgeld steckte er in den Erhalt und Ausbau der Armee, die ihm, dank hervorragender Besoldung, treu ergeben war. Die Rohstoffe, die die Amerikaner dringend benötigten, ließ er sich überteuert bezahlen. Dass die Bevölkerung der Freihandelszone diese hohen Schwarzmarktpreise kaum bezahlen konnte, störte ihn genauso wenig, wie der Umstand, dass die Zone weiterhin einer Ruinenlandschaft glich.

Auch in den Staaten prägten Ruinen das Landschaftsbild, denn es fehlte nicht nur an Material, sondern genauso an Menschen und deren Fachwissen. Obwohl die Verluste an Menschenleben durch Hunger weiterhin zahlreich blieben, zeigten die Bewohner der Staaten ein größeres Interesse am Wiederaufbau. Sie ergaben sich nicht ihrem Schicksal, versuchten einander zu helfen, wo es nur ging, und die Hoffnung auf eine bessere Welt spornte zusätzlich an. Der ‚Amerikanische Traum' lebte erneut auf.

Konnten die Menschen an dem Umstand, dass die Ernten nicht genügend Ertrag einbrachten, nichts ändern, so hielt sie das nicht davon ab, die ‚New Space Ways' zu gründen. Im allgemeinen Sprachgebrauch NSW abgekürzt, war sie die Nachfolgeorganisation der NASA. Im Gegensatz zu früher befand sich die Firma in privater Hand.

Ursprünglich Kampfjetpilot, sammelte ihr Besitzer Liam McAllen, Piloten und Techniker aus aller Welt um sich. Mit seiner Freundin und früheren Kampfgefährtin Lilly Andersen versuchte der 1,73 m große, schlanke und stets freundliche Mann mit braunen Haaren und Augen, eine Möglichkeit zu finden, die ISS wiederzubeleben. Obwohl beide erst fünfunddreißig Jahre alt waren, zogen sie die Menschen in ihren Bann und lenkten sie von den alltäglichen Problemen ab.

„Ich wünsche Ihnen ein frohes neues Jahr, Mr. President." „Das wünsche ich Ihnen auch, Marcus. Bitte nehmen Sie Platz."

Marcus Evens, Stabschef und engster Vertrauter Bens, nahm in der weißen

Softledergarnitur Platz und wartete.

„Also Marcus, wie schätzen Sie die Lage ein?"

„Nun, Sir, glaubt man den Umfragen, dann steigt der Lebensstandard der Menschen in den Städten leicht an, während er in den Außenbezirken weiterhin katastrophal bleibt und die Menschen dort immer noch Hunger leiden. Sie können sich die Lebensmittelpreise einfach nicht leisten."

„Ich weiß, Marcus, aber die Ernten hierzulande einbringen noch nicht genügend Ertrag und zu kaufen gibt es nicht allzu viel. Aber das wissen Sie ja selbst, warum wollten Sie mich also sprechen?"

„Sie sicherten Liam McAllen zu, dass er starten dürfe, falls es ihm gelingt, flugfähige Shuttles zu bauen!"

„Ja, ich erinnere mich und weiter? Lassen Sie sich doch nicht alles aus der Nase ziehen."

„Die NSA hat bestätigt, dass er zwei flugfähige Shuttles besitzt. Während wir hier miteinander reden, stoßen sie auf die ‚Genesis' und die ‚Nemesis' an. Eine beachtliche Leistung, wenn man bedenkt, dass der dazugehörige Weltraumbahnhof ebenfalls fast fertig ist."

„Ich sehe noch nicht, wo das Problem liegt, Marcus." „Naja. Wir wissen nicht genau, welche Personen wir da auf die ISS lassen, weil uns mit der Katastrophe um Apophis die meisten Personendaten verloren gegangen sind." „Soweit ich das aus den Akten entnehmen konnte, hatte mein Vorgänger diesem Aufkauf der Shuttles zugestimmt. McAllen und Andersen dienten als Navy-Piloten auf der USS-Bill-Clinton. Sie setzten nach der Wiedereröffnung der Börse vor drei Jahren auf das richtige Pferd und sind reich geworden."

„Na und? Wenn es den Shuttles gelingt, an die ISS anzudocken und da oben wieder die Lichter angehen, wird es den Menschen hier unten neue Hoffnung geben. Außerdem wird sie das von ihren alltäglichen Problemen ablenken. Meinen Segen hat er! Noch was?"

„Als Ihr Vorgänger Präsident Farlow diesem Verkauf zustimmte, gab es Antonow noch nicht!"

„Wieso? Was hat er für ein Problem? Will er eingebunden werden?"

„Nicht direkt. Er stimmt einer Wiederaufnahme des Shuttleprogramms zu, wenn er dafür 100 Tonnen Weizen, verschiedene andere Lebensmittel und aufbereitetes Wasser erhält."

„Oh wie nett, dass er zustimmt! Mir war nicht bewusst, dass ich ihn vorher hätte fragen müssen. Geben Sie ihm trotzdem, was er will. Wenn er dann glücklich ist."

„Er verlangt es pro Monat, von heute an!"

Ben zuckte zusammen und starrte seinen Stabschef entsetzt an. „Ist er verrückt geworden? Jeden Monat? Wo soll das herkommen? Was würde passieren, wenn wir ihn einfach ignorieren?"

„Er deutete an, alles abschießen zu wollen, was sich in Richtung Weltraum bewegt. Außerdem droht er, den Handel mit uns einzustellen."

„So dumm wird er nicht sein. Damit würde er den Menschen in seiner Zone mehr schaden, als uns."

„Ich glaube, das ist ihm egal, Sir."

„Reden Sie mit McAllen. Er soll die Starts um, sagen wir, zwei Jahre verschieben!"

„Haben wir schon versucht, Sir. Er lässt sich auf nichts ein. Sagt, es sei ein privat finanziertes Unternehmen, bei dem die Regierung kein Mitspracherecht hat. Sein Projekt gewinnt immer mehr Anhänger."

„Gibt es kein Gesetz, mit dem ich ihn zum Abbruch zwingen kann?"

„Unter Berufung auf die Notstandsgesetze ginge das. Vorausgesetzt, Sie möchten es riskieren, politischen Selbstmord zu begehen. Die Mehrheit der Amerikaner wünscht sich diesen Start als Sinnbild für den Aufbruch in eine neue Zeit."

„Verdammt! Als hätte ich nicht schon genug Probleme."

Ben lief unruhig im Oval Office umher.

„Was denken Sie, wie lange wird er noch brauchen, um starten zu können?"

„Wenn es ihm gelingt, den Raketentreibstoff von Antonow oder aus anderen Quellen zu kaufen, ein halbes Jahr, vielleicht zwei, drei Monate mehr."

„Dann wollen wir hoffen, dass es zeitlich länger dauert. Ich brauche unbedingt Zeit! Hm, es könnten doch plötzlich kleinere, technische Probleme auftreten; wäre doch möglich, finden Sie nicht?"

Marcus Evens nickte und verließ den Raum.

Ben setzte sich in seinen Sessel vor den reich verzierten Ebenholzschreibtisch und drehte ihn zum Fenster. Nachdenklich fiel sein Blick auf den Springbrunnen vor dem Weißen Haus, der mit Salzwasser gespeist wurde, da Süßwasser zu kostbar geworden war.

„Das fängt ja gut an", seufze er und sah auf seine Uhr, die Schlag neun anzeigte. Zeit für das Familienfrühstück.

Zu blöd, dachte er, während er den Privatbereich im Weißen Haus aufsuchte.

Als er im Esszimmer ankam, erwarteten ihn bereits Nancy, sein Bruder Robert und Eric. Letzterer trug eine Uniform, die ihn als Kadetten der Navy-Akademie Anapolis auswies.

„Guten Morgen allerseits."

„Ich hab gesehen, dass Marcus Evens dich aufgesucht hat. Stimmt was nicht?", begrüßte Robert ihn.

„Mein Bruder das allsehende Auge", erwiderte Ben sichtlich verärgert. „Lass uns bitte einfach in Ruhe frühstücken, okay?"

„Sag schon."

„Es reicht, Robert!"

„Was immer es ist, – du bist einfach zu weich!" „Ich bin mir bewusst, dass du meine Art dieses Amt zu führen, nicht schätzt und sie für falsch hältst, doch das ändert nichts daran, dass ich der Präsident bin und du mein Wirtschaftsminister! Mehr musst du im Augenblick nicht wissen!"

Ben hasste diese Art seines Bruders, die ihm wiederholt bewies, dass er noch immer von Neid zerfressen war.

„Jungs! Bitte nicht heute!", versuchte Nancy die Streithähne zu beschwichtigen.

Lustlos kaute Ben an seinem Brötchen und dachte an vergangene Zeiten. Ihre gemeinsame Kindheit war von Geborgenheit und Liebe geprägt, was sie unzertrennlich werden ließ. Alles hatten sie miteinander geteilt. Da sie als Zwillinge kaum auseinanderzuhalten waren, hatten sie sich oft einen Spaß daraus gemacht, sich für den jeweils anderen auszugeben. Während sich Ben in seiner Schul- und Studienzeit mehr für die ägyptische Kultur interessierte, wusste Robert alles über die Kultur der Indianer. Sie besuchten dieselben Schulen, dieselbe Universität, an der sie gemeinsam Politikwissenschaft studierten. Ihren Wehrdienst leisteten sie in verschiedenen Waffengattungen ab. Während Ben als Offizier auf der USS-Barack-Obama diente, leistete Robert den seinen in einer Spezialeinheit der Marines. Soweit glichen sich ihre glanzvollen Karrieren wie die Zwillinge selbst, doch dann geriet die Einheit durch kriminelle Machenschaften ihrer Offiziere in Verruf. Inwieweit Robert in diese illegalen Aktivitäten verstrickt war, konnte im Nachhinein nicht genau geklärt werden. Doch der Makel der Unehrenhaftigkeit blieb an Robert kleben, wie die Feder am Teer. Lediglich der väterliche Einfluss des Senators Edward Goren hatte ihn und seine Offiziere damals vor einer unehrenhaften Entlassung bewahrt. Die Begebenheit, dass Ben den Senat zwei Jahre früher erreichte, entzweite die Brüder und Robert begann, ihn zu beneiden. Zwar folgte ihm Robert, aber man verglich und maß ihn stets mit seinem hervorragend etablierten Bruder. Die anderen Senatoren ließen ihn bei jeder Gelegenheit spüren, dass er sich nur im Schatten des Erstgeborenen aufhalten durfte.

Ben dachte an Erics Entführung. Wie pharisäisch Robert sich seitdem verhalten hat. Um den Schein zu wahren, unterstütze Ben ihn, nachdem er Präsident geworden war. Um ihn besser im Auge behalten zu können, berief er ihn zum Wirtschaftsminister. Kein Wort hatte er über Roberts Machenschaften bei der Entführung verloren, aber verzeihen konnte er sie ihm nie. Er war sein Bruder und als solchen liebte er ihn, doch Gemeinsamkeiten gab es keine mehr. Heute saßen sie sich oft gegenüber und schwiegen sich an. Traurig griff er nach der Kaffeetasse und trank einen Schluck daraus.

Auch Juri Antonow hatte diesen Jahreswechsel nachdenklich erlebt. Er saß allein im Wohnzimmer seines Privatbereichs im neu errichteten Tolstoipalast in Kiew, starrte aus dem Fenster und dachte an die Vergangenheit.

Fünfundzwanzig Jahre vor der großen Katastrophe war er mit seiner Frau Jelena in die Staaten ausgewandert. Ihr gemeinsamer Traum von Wohlstand und Freiheit schien endlich in Erfüllung gegangen zu sein, als sie nach so vielen Jahren des Wartens endlich in die Staaten einreisen durften. All ihre Ersparnisse hatten sie in ein kleines Haus am Strand von Miami investiert und Jelena hatte es mit viel Liebe zum Detail behaglich eingerichtet. Da sein russischer Abschluss nicht anerkannt worden war, studierte er an der Dade-University von Miami erneut Chemie. Der im Anschluss gefundene Job sicherte beide gut ab und im Vergleich zu früher, führten sie jetzt ein durchaus luxuriöses Leben.

Juri erinnerte sich daran, wie gerne seine Jelena mit ihm gelacht hatte. Wie sie gemeinsam barfuß über den Strand gelaufen waren und die Wärme der Sonne auf der Haut genossen hatten. Ihr Glück schien perfekt zu sein, als ihm Jelena eines Abends während eines traumhaften Sonnenunterganges am Strand, freudestrahlend wissen ließ, dass sie in der dritten Woche schwanger war. Nach vielen Jahren des Wartens und Hoffens auf eine Schwangerschaft war er jetzt unterwegs, der kleine Alexej. In Windeseile hatte Juri das Kinderzimmer an das für drei Personen zu kleine Haus angebaut. Alles sollte perfekt sein.

Als Jelena im vierten Monat schwanger war, beschlossen beide, noch einmal eine Reise nach Japan zu unternehmen, weil Jelena dieses Land so sehr liebte. Zwei Wochen lang genossen sie diese so fremdartige, dennoch wunderschöne Kultur in all ihren Facetten.

Wenn ich das nur vorher gewusst hätte, dachte Juri wohl schon zum hundertsten Mal, als er am Fenster stehend an seinem synthetischen Wodka nippte. Nie wären wir gefahren. Drei Tage, nachdem sie zurück waren, erkrankte Jelena. Sie litt an SARS III, dem dritten Virusstamm des ‚Schwere Akute Respiratorische Syndroms'. Eine durch Tröpfcheninfektion übertragene Lungenerkrankung, die erstmals 2002 in Guangdong/China pandemisch auftauchte und 1031 Todesopfer forderte. SARS II tauchte in den arabischen Staaten auf, forderte im Jahr 2036 bereits 3000 Todesopfer. Diesmal hatte ein weitaus aggressiverer Stamm die Vereinigten Staaten von Amerika heimgesucht. Obwohl Juri sie sofort ins Krankenhaus gebracht hatte, verweigerte man ihr den Impfstoff, da sie nicht versichert war. Jurys Wut steigerte sich mit dem Gedanken, dass derjenige, der den eilig entwickelten und völlig übertuerten Impfstoff bezahlen konnte, ihn zuerst erhielt. Ihn fröstelte bei dem

Gedanken an diese damals unbarmherzig begangene Ungerechtigkeit.

Als er Wochen später endlich das Geld zusammengeliehen hatte, war es für seine wunderschöne und einst so lebenslustige Jelena bereits zu spät. Durch die Macht des Reichtums verlor Juri, was er am meisten liebte. Seitdem frönte er dem Alkohol und versuchte seine Trauer zu ertränken. Juri spürte die Träne, die sich ihren Weg durch die tiefen Furchen seines gezeichneten Gesichtes zu bahnen suchte. Hastig wischte er sie mit der Hand fort und nippte erneut am Wodka. Tausendfach hatte er diese gierigen Amerikaner an diesem Tag verflucht. Niemals würde er ihnen verzeihen, denn die Zeit hatte bewiesen, dass sie nicht alle Wunden zu heilen vermochte. Juri spürte, wie der alte Hass zurückkehrte und von seiner Seele Besitz ergriff. Es gierte ihn nach Rache. Er würde ihnen schon noch zeigen, was es bedeutete, alles zu verlieren. Es war an der Zeit, den Amerikanern eine Lektion zu erteilen.

Im Konferenzraum neben dem Oval Office erhob sich der gesamte Stab, als Ben Goren eintrat.

„Ladys und Gentlemen, ich erwarte Ihre Vorschläge zum Ernährungsproblem. Ich bin ganz Ohr!"

Erwartungsvoll sah er in die Runde.

„Aus dem Gesundheitsministerium werden Stimmen nach einer Geburtenkontrolle laut."

„Was? Wie die Chinesen im 20. Jahrhundert dafür sorgen, dass zu viele Männer auf zu wenige Frauen kommen?", wischte der Präsident den Vorschlag beiseite. „Wo soll das dann bitte hinführen: Kontrolle, Zwangssterilisation? Warum beseitigen wir nicht auch gleich die Alten unter uns, die haben ihr Leben schließlich bereits gelebt?" Ben verlor etwas die Fassung, gewann sie aber zügig zurück. „Das ist völlig inakzeptabel!"

„Wieso bezahlen wir die Weizen- und Fleischlieferungen aus der Sonora, Sir? Die Sonora ist amerikanisches Staatsgebiet!"

„Die Sonora unterliegt einem Sonderstatus! Außerdem kosten uns die Lieferungen aus diesem Gebiet nichts. Commander David überlässt uns, was er abgeben kann, ohne die dortige Versorgung zu gefährden!"

„Food Dynamics entwickelte im letzten Jahr Maschinen, die synthetische Getränke herstellen können. Der Vorstand hat versichert, dass es in kürzester Zeit möglich wäre, auch Lebensmittel dieser Art herzustellen."

„Wird das besser schmecken, als es klingt? Deren Martini ist an Grausamkeit kaum zu überbieten!"

Gelächter brach aus, denn den meisten der Anwesenden war dieser Genuss noch in schlechtester Erinnerung.

„Reden Sie weiter Marcus."

„Im Hinblick auf Geschmack und Aussehen soll es keinen Unterschied geben. Mr. Peters versichert, dass alle Bedürfnisse des menschlichen Körpers abgedeckt werden können."

„Gibt es Nebenwirkungen?"

„Keine, Sir!"

„Klingt so weit gut, aber ist es das auch? Die Menschen wollen wissen, was sie essen und ich bin mir nicht sicher, ob man sie davon überzeugen kann."

„Wir könnten seine Geräte schrittweise einführen. Sozusagen als Nahrungsergänzung, und wer weiß, vielleicht wird es ja besser angenommen, als wir denken. Wenn dadurch niemand mehr hungern muss, sollten wir es versuchen, Sir!"

Ben hörte zu, doch sein Kopfkino drehte mit ihm durch. Stellte er sich doch ein Steak in grüner Wackelpuddingform und Flüssigbohnen in Rot vor, sodass ihm unweigerlich flau im Magen wurde und angeekelt schluckte. Uäääh, dachte er. Doch welche Wahl hatte er? Noch immer hungerten Tausende Menschen, und er trug die Verantwortung.

„Na schön. Laden Sie diesen Mr. Peters ein. Ein Gespräch kann nicht schaden. Marcus bringen Sie mir alles, was wir über ihn haben! Ich danke Ihnen allen."

Ben stand am Fenster, des im Westflügel gelegenen Oval Office und sah nachdenklich hinaus. Alles sah wundervoll friedlich aus. Am liebsten würde er jetzt gerne eine Runde im Park joggen gehen, aber da gab es noch dieses andere Problem namens Juri Antonow. Was bezweckte er nur mit dieser Erpressung? Der wirtschaftliche Tauschhandel war in den letzten Jahren für beide Seiten gut gelaufen; warum also dieses Machtspielchen?

Er ging zu seinem Schreibtisch und drückte den Knopf der Gegensprechanlage.

„Gina geben Sie mir bitte eine sichere Leitung nach Kiew." „Kommt sofort, Mr. President", bestätigte Gina und stellte die gewünschte Verbindung her.

„Guten Tag Mr. Antonow. Ich wünsche Ihnen ein frohes neues Jahr", gab sich Ben in ausgesuchter Höflichkeit. „Das wünsche ich Ihnen auch Mr. Goren. Was verschafft mir die Ehre Ihres Anrufes?"

„Ich will direkt zur Sache kommen, Mr. Antonow. Mir wurde berichtet, dass Sie die Lieferung von 100 Tonnen Weizen und anderer Lebensmittel wünschen. Bedauerlicherweise sehe ich mich außerstande, diesen Wunsch erfüllen."

„Wer spricht denn von `Wünschen´, Mr. President? Ich bin sicher, Ihnen stehen genügend Lebensmittel zur Verfügung. Schließlich haben Sie genug Geld, um ein Weltraumprojekt zu starten."

„Dieses Projekt liegt in privater Hand, Mr. Antonow. Wie Sie wissen, bin ich jederzeit bereit Ihnen zu helfen, aber diese Menge an Lebensmitteln kann ich unmöglich monatlich aufbringen."

„Mr. President, die Elektronik und andere Dinge, die wir bisher im Tausch für Weizen lieferten, verhalfen Ihrem Land offenbar zu größtem Wohlstand, während mein Volk weiterhin hungert und Not leidet. Lassen Sie uns einfach daran teilhaben. Teilen Sie mit uns und alles ist gut!"

„Der Preis des Weizens ist nur deshalb so horrend, weil wir nicht genügend davon besitzen. Erfülle ich Ihrer Forderungen, verurteile ich die Menschen meines Landes zum Hungertod."

„Mr. President, Sie wollen die ISS wiederbeleben und das gibt Ihnen später die Möglichkeit, Edelmetalle und Erze aus Asteroiden zu gewinnen. Dafür waren unsere Tauschgüter nicht gedacht und was bleibt uns dann noch?"

„Ein simpler Start zur ISS führt uns noch längst nicht zum Status Quo der Zeit vor Apophis! Sollten wir diese Möglichkeiten je wieder erreichen, wird dies nicht Ihr Schaden sein; darauf haben Sie mein Wort. Doch im Augenblick ist es mir völlig unmöglich, Ihrem Ansinnen nachzukommen, Mr. Antonow."

Ben sah auf das Bild seiner Frau, während er ungeduldig mit dem Montblancfüller zwischen seinen Fingern hin und her wippte.

„Nun Sir, wenn Sie meinen Rat hören wollen. Ich rate Ihnen eindringlich, meine Forderungen zu erfüllen. Ich bin mir sicher, es wird der Tag kommen, an dem Sie es sonst bereuen!"

„Wollen Sie mir drohen, Mr. Antonow?"

„Aber nicht doch, Mr. President. Wie käme ich dazu, dem mächtigsten Mann der westlichen Welt zu drohen. Es ist vielmehr ein Versprechen! Eines, von dem Sie sicher sein können, dass es eingehalten und erfüllt werden wird! Ich wünsche Ihnen einen angenehmen Tag!"

Wütend warf Ben den Hörer auf die Gabel. »Verflucht!«

Replikatoren

Zwei Monate später hatte Juri Antonow noch immer keine Lieferung erhalten. Glücklicherweise sah und hörte man nichts von ihm. Seine exorbitante Forderung schien sich erledigt zu haben.

Ohne die Öffentlichkeit zu informieren, wurde ein Treffen zwischen Ben Goren und dem Präsidenten von Food Dynamics, William Peters, arrangiert.

Aufgeregt stand Will Peters vor dem Spiegel und kontrollierte sein Aussehen. Seine schlanke Gestalt zeigte sich im Spiegelbild im adrett sitzenden dunkelblauen Zweireiher, dessen linkes Revers der Sticker der amerikanischen Fahne schmückte. Er zupfte sein kurz geschnittenes braunes Haar noch ein wenig zurecht, glättete eitel seine Augenbrauen und betrachtete sich selbstverliebt, während er nachdachte. Food Dynamics war sein gelungenes Meisterstück. Obwohl erst dreißig, würde er in weniger als einer Stunde ein gemachter Mann sein, denn er hatte das Patent auf seinen Namen und nicht auf den der Firma eintragen lassen. Die Menschen waren auf seine Replikatoren angewiesen und sie würden zahlen. Millionen, nein Milliarden, würden in den nächsten Jahren in seine Taschen fließen. Dieser Reichtum würde es ihm erlauben, ganz oben in der Liga mitzuspielen und Einfluss auf die Politik dieses Weichei-Präsidenten zu nehmen. In zehn Minuten würde die Limousine der USS vorfahren und ihn zum Weißen Haus bringen. In drei Tagen würde er das riesige Anwesen im früheren Embassy Row kaufen, dem Nobelvorort von Washington, das einst Sitz der Botschaften aus aller Welt gewesen war.

Mit einem breiten Grinsen und dem Ausdruck aufgeblähten Stolzes im Gesicht eilte er zur Tür, als der Fahrer der Limousine klingelte.

„Bitte nehmen Sie Platz, Mr. Peters."

„Vielen Dank, Mr. President. Es ist mir eine Ehre."

„Mr. Peters, Sie wissen, worum es geht", begann der Präsident nach der Begrüßung. „Die Versorgungslage ist außerordentlich schwierig und muss unverzüglich verbessert werden. Doch leider ist die Wetterlage weiterhin instabil. Die Winter sind zu hart und die Sommer zu heiß, was die Erträge der Ernten schrumpfen lässt. Doch die Menschen brauchen ausreichende Nahrung. Die Mitarbeiter meines Stabes haben mich darüber informiert, dass Ihnen eine Erfindung gelungen ist, die unser Ernährungsproblem weitestgehend lösen kann. Ich bin also ganz Ohr!"

„Unsere grandiose Erfindung löst dieses Problem nicht nur weitestgehend, sondern vollständig Mr. President. Ich habe Ihnen einen unserer Prototypen mitgebracht und würde es Ihnen gerne demonstrieren, wenn Sie erlauben, Sir."

„Nur zu. Bitte."

Aufgeregt, wie ein kleiner Schuljunge am ersten Schultag, ging Will Peters zu dem Automaten und befüllte ihn mit einer grünen, gelben und zuletzt mit einer roten breiartigen Flüssigkeit. Nicht größer als eine veraltete Heißluftfritteuse, vermittelte das Gerät einen unscheinbaren Eindruck. Drei verschiedenfarbige Knöpfe zierten sein Äußeres und nur das Glitzern des auf Hochglanz polierten Stahls ließ die kleine Wunderkiste nobel aussehen.

Er nahm einige Einstellungen vor und einige unüberhörbare Gurgellaute und Wasserdampfgeräusche später signalisierte das Gerät durch einen leisen Piepton seine Einsatzbereitschaft.

„Mr. President, wenn ich Sie dann bitten dürfte …"

Ben stand auf, stellte sich neben Will Peters und sah ihn erwartungsvoll an.

„Nach Drücken dieses Knopfes sagen Sie bitte deutlich Ihren Namen, Sir."

Ben tat, wie ihm geheißen.

„Bitte wiederholen Sie die Spracheingabe", forderte ihn eine weiblich klingende Stimme auf.

„Ben Goren."

„Spracherkennung abgeschlossen! Guten Tag, Mr. Goren, was darf ich Ihnen anbieten?"

Fragend sah Ben zu Will Peters.

„Sagen Sie ihr, was Sie essen möchten", bat Will Peters Ben, während er einen Teller in das Gerät stellte.

Zögerlich bestellte Ben: „Steak mit Bohnen bitte."

Der Automat schloss die Luke, in dem sich der Teller befand, und gab ihn wenige Augenblicke später wieder frei.

Staunend stand Ben vor dem ersten künstlich hergestellten Steak mit Bohnen.

„Sind Sie sicher, dass man das essen kann?", fragte er misstrauisch.

„Bitte Sir, probieren Sie es", erwiderte Will Peters und reichte dem Präsidenten Messer und Gabel.

„Wenn das so schmeckt, wie Ihr Martini, lasse ich Sie wegen Mordversuchs zu lebenslänglich verurteilen!", scherzte Ben.

Will Peters schluckte und lächelte gequält zurück.

Während Ben sich setzte, schnupperte er vorsichtig an der Mahlzeit und runzelte die Stirn.

Noch mit innerlichem Misstrauen schnitt er das Stück künstlichen Fleisches an und schob es in den Mund. Er kaute vorsichtig darauf, hielt inne, bis schließlich ein leichtes Lächeln über sein Gesicht huschte.

„Sieht nicht nur gut aus, schmeckt auch so!"

Genauso zögerlich versuchte er sich nun an den Bohnen und das Gemüse schmeckte, wonach es aussah.

„Das ist ja unglaublich! Wie funktioniert das?"

Will Peters atmete erleichtert auf.

„Mit den Einzelheiten möchte ich Sie nicht langweilen, Mr. President. Was ich ihnen versichern kann, ist, dass die Entwicklung des Food 3000 auf den neuesten wissenschaftlichen Erkenntnissen beruht. Proteine, Eiweiß, Vitamine. Alles, was der unser Körper braucht. Mehr muss der Verbraucher nicht wissen. Die Zunge schmeckt eben, was das Auge sieht."

„Und hat dieses Zeug auf Dauer irgendwelche Nebenwirkungen?"

„Unsere Tests haben keinerlei Nebenwirkungen auf den menschlichen Organismus ergeben. Im Gegenteil! Die von uns durchgeführte Studie ergab, dass die Menschen sich sogar wesentlich besser fühlten im Vergleich zu den herkömmlichen Nahrungsmitteln. Auch wenn wir aufgrund der Zeitnot nur Gelegenheit hatten, eine einzige Studie durchzuführen. Doch vorrangig war für uns die Versorgung aller."

„Was kostet dieses Wunderwerk der Technik den amerikanischen Bürger?", wollte Ben wissen, während er weiter aß.

„Eine Durchschnittsfamilie mit einem Kind muss für die Versorgung monatlich etwa 1.000 US-Dollar veranschlagen. Wartung und Lieferung selbstverständlich inbegriffen."

Ben blieb der Bissen buchstäblich im Halse stecken.

„Ist Ihnen bewusst, dass eine Durchschnittsfamilie, wie Sie sagen, diesen Preis wohl kaum aufbringen kann? Haben Sie sich in letzter Zeit mal draußen umgesehen? Die Menschen sind froh, wenn sie ein Dach über dem Kopf haben, das sie im Winter beheizen können. Für ihre Arbeit bekommen sie einen Mindestlohn, von dem nicht viel übrig bleibt!"

„Qualität hat eben ihren Preis!"

„Haben Sie genügend Apparate, um die gesamte Bevölkerung zu versorgen?", fragte Ben und sah Will Peters prüfend an.

„Wenn man zugrunde legt, dass es zurzeit 100 Millionen Amerikaner gibt, würde ich sagen: In drei, spätestens vier Monaten sind alle mit dem Food 3000 und Nahrung versorgt."

„Soweit ich mich weiß, sind es augenblicklich etwas mehr als 102 Millionen Amerikaner, Mr. Peters. Könnte es sein, dass Sie in Ihrer Rechnung die Obdachlosen und Sozialdienstleistende vergessen haben?"

„Obdachlose, Sozialdienstleistende?", wiederholte Will Peters. Er konnte das Entsetzen in seiner Stimme nicht verbergen. „Verzeihung, Mr. President, aber meine Rechnung beruht auf der Anzahl der Amerikaner, die ..." „... sich Ihr System leisten können?", setzte Ben Wills Satz fort, ohne sein Missfallen zu verschleiern.

„Nun ja. Die Herstellung des Food 3000 ist sehr kostenintensiv und dazu die Kosten für die Produktion der Proteinnahrung."

Der Präsident hörte dem Fabrikanten kaum zu. Stattdessen überlegte er, ob er es wagen konnte und sollte, diese Maschinen auf die Menschheit loszulassen. Der Mann, der vor ihm stand, hatte es vermieden, Details preiszugeben. Andererseits grassierte weiterhin der Hunger und quälte die amerikanische Bevölkerung.

„Also gut, Mr. Peters. Sie haben mich von der Tauglichkeit Ihres Food 3000 überzeugt! Die US-Regierung wird Ihnen unverzüglich die Summe einer halben Milliarde US-Dollar anweisen ..."

Noch bevor der Herr des Weißen Hauses den Satz vollenden konnte, sah er das

Lächeln, das über Will Peters Gesicht huschte.

„... dafür werden Sie jeden amerikanischen Haushalt für drei Jahre kostenfrei versorgen!"

„Drei Jahre? Aber Mr. President ...", stammelte der Inhaber von Food Dynamics entsetzt.

„Dabei wollen wir natürlich die Obdachlosenküchen, die sofort in jedem amerikanischen Viertel eingerichtet werden, nicht vergessen! Die Sozialdienstleistenden erhalten für ihren Dienst an der Gesellschaft keine Entlohnung, deshalb belohnen wir sie mit kostenloser Nahrung aus Ihrem Gerät für ebenfalls drei Jahre. Die Rechtsabteilung des Weißen Hauses wird den Vertrag unverzüglich aufsetzen. Aber Will, nicht dass wir uns da missverstehen: Für etwaige Nebenwirkungen, die es selbstverständlich nicht gibt, werden Sie und Ihre Firma persönlich haften!"

„Verzeihung, Mr. President, aber dieser Betrag deckt nicht einmal die Hälfte der Kosten, die für die Entwicklung angefallen sind. Und wenn man alle gemeldeten Haushalte berücksichtigt, wie soll meine Firma damit ..." „Gewinn machen? Ich will Ihnen was sagen. Wir leben in schwierigen Zeiten. Wie soll ich dem amerikanischen Volk verkaufen, dass es nicht hungern müsste, wenn es nur genügend Geld aufbrächte, um den Food 3000 zu bezahlen? Sie haben ohne Zweifel eine hervorragende Möglichkeit geschaffen, dieses Elend zu beseitigen. Sollte es nicht jedem zur Verfügung stehen?"

Sein Gegenüber rang nach Fassung.

„Mr. President, ich bin sicher, dass wir zu einer für beide Seiten angenehmeren Lösung kommen werden."

„Oh, Entschuldigung, Mr. Peters, mein Fehler. Soweit ich informiert bin, haben Sie mit Eröffnung der Börse einige Millionen gemacht. Ist das korrekt?"

„Ja sicher, aber der größte Teil des Geldes ist in die Entwicklung des Food 3000 geflossen."

„Dann haben Sie doch jetzt in dieser Hinsicht keinerlei weitere Ausgaben. Ist es ebenfalls korrekt, dass Sie das frühere Anwesen der britischen Botschaft in Embassy Row mit einer Million angezahlt haben?"

„Auch das ist korrekt, Mr. President, aber ..."

„Sind Sie ein Patriot?"

„Selbstverständlich, Mr. President. Ich würde alles für mein Land tun!", beteuerte er übereifrig.

Das Oberhaupt der Vereinigten Staaten ging auf den Präsidenten der Nahrungsmittelfirma zu und legte freundschaftlich den Arm um dessen Schulter.

„Sie würden ´alles´ tun, um Ihrem Land zu helfen?" „Selbstverständlich, Mr.

President. Nur die Firma benötigt dringend ..."

„Hervorragend! Nun, da ich Sie als wahren Patrioten kennengelernt habe und Sie alles für das Wohlergehen des amerikanischen Volkes zu tun bereit sind, was in Ihrer Macht steht ..."

Will Peters nickte eifrig, ohne ein Wort zu sagen.

„Sie glauben ja gar nicht, wie sehr mich Ihr Entgegenkommen freut! Dass Sie Ihren Mitmenschen Ihr Produkt die Dauer von drei Jahren vollkommen kostenfrei zur Verfügung stellen werden. Andernfalls kann mir durchaus in den Sinn kommen, nach dem Patriot Akt zu verfahren und Ihre bombastische Firma dem amerikanischen Volk zu übereignen. Doch das wird sicher nicht notwendig sein, denn Sie sind ein Vorbild für alle Firmen in dieser schwierigen Zeit, nicht wahr?" Ben legte bewusst eine kleine Pause ein. Will Peters litt unter plötzlich auftretender Atemnot und verharrte regungslos.

„Großartig! Sie sind ein wahrer Pionier und wir werden Ihnen auf ewig dankbar sein! Seien Sie sich dessen gewiss!"

Will Peters schluckte unaufhörlich.

„Wie soll ich das dem Vorstand erklären? Er wird diese Verluste nicht hinnehmen."

„Ach Will, mein Freund! Sagen Sie dem Vorstand, dass Sie nicht gewillt waren, Ihre Firma, nur wegen dieses kleinen Kastens enteignen zu lassen, um dann trotzdem kostenfrei liefern zu müssen. Machen Sie denen klar, dass Ihre, finanziell gesehen, stattliche Firma, die immerhin auf stabilen zehn Milliarden Dollar ruht, nicht auf dieses mickrige Angebot einer weiteren läppischen halben Milliarde angewiesen ist. Ihr Entgegenkommen ist unglaublich nobel, Mr. Peters, und die Dankbarkeit unserer Nation nicht in Gold aufzuwiegen. Selbstverständlich wird die Nationalgarde Ihnen bei Ihrem logistischen Problem zur Seite stehen, sodass der Food 3000 innerhalb von dreißig Tagen in jedem amerikanischen Haushalt verfügbar sein wird, nicht wahr? Sollten wider Erwarten Probleme auftauchen, wenden Sie sich vertrauensvoll an meinen Stab. Er steht Ihnen jederzeit Rat gebend zur Verfügung!"

Ben legte eine kurze Pause ein, um auszutesten, ob von seinem Nebenmann eine Reaktion kommt, doch Will Peters war wie benommen. Er konnte nicht glauben, was er soeben gehört hatte. Doch er wusste, dass es in diesem Moment nicht den Hauch einer Chance für ihn gab.

„Ach Will, bevor Sie gehen und ich es vergesse: Die Öffentlichkeit wird auf der morgigen Pressekonferenz mit unermesslicher Freude vernehmen, dass Sie das Patent des Food 3000 der amerikanischen Regierung übertragen!"

„Mr. President. – Ich weiß nicht, was ich sagen soll ... ich ..."

„Schon gut Will! Glauben Sie mir, auch ich bin von Ihrer Großzügigkeit völlig überwältigt! Sie haben das Richtige getan und im Namen aller Amerikaner danke ich Ihnen für Ihre hervorragende Kooperation!"

Wie in Trance verließ der Gesprächspartner des Präsidenten ohne ein Wort das Oval Office und das Weiße Haus. Als er in der Limousine saß, die ihn nach Hause brachte, ärgerte er sich maßlos über sich selbst. Er hatte diesen Präsidenten unterschätzt, und dieser Fehler kam ihn jetzt teuer zu stehen. Wie hatte das nur passieren können? Hatten ihm doch alle Analytiker versichert, leichtes Spiel mit diesem viel zu weichen Präsidenten zu haben, der angeblich noch nicht in seinem Amt angekommen war. Welche Möglichkeiten habe ich?, überlegte Will. Die Anweisung ignorieren? Die eines Präsidenten der USA? Nein, denn dann verliere ich alles. Womöglich bringt er es noch fertig und klagt mich wegen Hochverrats an. Drei Jahre kostenlos! So ein verfluchter Mist! Das kostet mich Milliarden. Mir muss etwas einfallen, um den Schaden zu begrenzen. Unbedingt. Ich lasse mir mein Herzstück nicht wegnehmen. Die Firma ist mein Lebenswerk und sie muss profitabel bleiben!, überschlugen sich seine Gedanken förmlich. Wie ein geprügelter Hund starrte er aus dem Fenster, ohne die vorbeiziehende Landschaft wahrzunehmen. Mein Gott, wie dumm bist du eigentlich?, tadelte er sich. Lässt dir von ihm die Worte in den Mund legen, und dich wie ein kleines Kind bevormunden. Wut kochte in Will hoch und eine Viertelstunde lang überlegte er, wie er seinen Rache- und Profithunger stillen konnte. Sollen sie die Nahrung für drei Jahre haben! Leicht verdünnt und etwas gestreckt. Wenn ich im Labor bin, werden wir als Erstes die Rezeptur und die Mengenangaben ändern. Dann kann er seinen Vertrag haben. Zufrieden lehnte er sich die restliche Zeit der Fahrt zurück. Seine Mitarbeiter hielten sich an seine Anweisungen.

In den darauffolgenden dreißig Tagen zogen Tausende von Nationalgardisten durch ganz Amerika und verteilten Notstromgeneratoren der Armee. Auf die Bitte des Präsidenten hin hatte der Generalstab zugestimmt, alte Panzer abzuwracken. Den Stahl einzuschmelzen und daraus Container für die Obdachlosen herzustellen, die ihnen bis auf weiteres Obdach bieten sollten.

Anfangs taten sich die Menschen schwer mit diesem Blechkasten, der von nun an für ihre Ernährung sorgte. Doch nach ein paar Monaten verflog ihr Misstrauen und sie gewöhnten sich an ‚McBlech', wie sie den Food 3000 nannten. Da niemand Erfahrung mit künstlicher Nahrung hatte, bemerkten die Verbraucher den Betrug durch Wills Verwässerung nicht. Der kleine Blechkasten wurde zum Bestandteil des täglichen Lebens und die amerikanischen Farmer freuten sich zum ersten Mal seit der Katastrophe auf die nächste Ernte. Da sie gut versorgt waren, konnten sie die Ernte zu guten Festpreisen an die Regierung verkaufen, die sie in riesigen Silos speichern würde. Fleisch und Gemüse wurden eingefroren.

Mit diesem Erfolg endete das erste Amtsjahr Ben Gorens und die Amerikaner waren ihm zutiefst dankbar. Zum ersten Mal seit ewiger Zeit sahen sie zuversichtlich auf das kommende Jahr. Vor allem aber: Niemand hungerte mehr!

Am Silvesterabend saß der Stabschef des Präsidenten, Marcus Evens, mit selbigem zusammen und beide genossen den synthetischen Whisky.

„Na Marcus, ich glaube, das war ein sehr erfolgreiches Jahr, finden Sie nicht?"

„Ja Sir, außerordentlich erfolgreich. Die Menschen sind zufrieden."

„Sie nicht?"

„Doch, sicher ich auch. Aber wenn ich fragen dürfte …" „Nur zu, Marcus!"

„Diese zahlreichen Silos und Kühlhäuser. Woher kommt das Geld dafür, und wie viele sollen es noch werden, Sir?"

Lächelnd nippte Ben an seinem Glas und sah sein Gegenüber an. Marcus war drei Jahre jünger als er und sein treuester Weggefährte. Der athletische, eher klein gewachsene Mann mit braunem Haar und seinen braunen Knopfaugen, hatte in den vergangenen Jahren eine außergewöhnliche Ausdauer bewiesen. Jedes Hindernis für ihn aus dem Weg geräumt und sich nie über die katastrophalen Umstände beklagt. Sein sympathisches Lächeln entwaffnete neben seiner gut ausgefeilten Rhetorik jeden Gegner. Wie oft hatte Marcus schon seine Schwächen mit Charme und Witz überspielt und über manches hinweggesehen. Nur wenigen Menschen in seiner Umgebung traute Ben so wie ihm.

Ben seufzte zufrieden und erst nach geraumer Zeit sprach er weiter.

„Woher das Geld kommt? Vor langer Zeit gewann ich einen Freund, der erst mir und dann ich ihm einen Gefallen tat. Erfreulicherweise hat er mich in diesen schweren Zeiten nicht vergessen!", antwortete er und nahm einen weiteren wohltuenden Schluck aus seinem Glas.

„Denken wir an dieselbe Person in weißer Uniform?" Ben nickte.

„Er tut genau das, was wir gerade tun: Bunkern! Soviel es nur geht! Oder haben Sie wirklich geglaubt, dass ich unser Wohlergehen allein diesem Mr. McBlech anvertraue? Will Peters ist ein habgieriger, schleimiger Gauner. Er zieht seine Geschäfte in Europa durch, koste es, was es wolle. Ohne Rücksicht auf Verluste sieht er zu, wie dort noch Millionen hungern. Einfach widerlich! Ich wünschte, ich könnte das stoppen."

Marcus zupfte am linken Ohrläppchen herum. Eine Gestik, die Ben stets verriet, dass es noch etwas Unangenehmes gab.

„Nun rücken Sie schon raus damit!"

„Werden wir Antonow bezahlen?"

„Ich weiß, dass man mich für ein Weichei hält, Marcus, aber ich lasse mich ganz sicher nicht erpressen! Solange McAllen nicht startet, wird er vermutlich die Füße stillhalten. Was wissen wir inzwischen über McAllen?"

Der Stabschef holte das Dossier hervor.

„Liam McAllen stammt, soweit das noch ermittelt werden konnte, aus einer hochdekorierten Soldatenfamilie. Fast alle aus seiner Familie waren Mitglieder des US-Marine-Corps. Ausgezeichnet mit dem Silver Star und dem Purple Heart. Liiert mit Lilly Andersen, ebenfalls Kampfjetpilotin. Ein echter Held, ansonsten nichts Auffälliges."

„Gut so. Dann lassen wir unseren Helden gewähren und mit seinen technischen Schwierigkeiten kämpfen. Wenn sich die Lage stabilisiert hat, lassen wir ihn starten."

Marcus nickte und nippte ebenfalls an seinem Glas.

„Wessen Dossier haben Sie noch?"

„Sein Name ist Ronald Rivera. Hat sich beim Secret Service beworben, aber ich bin mir nicht sicher, ob wir ihn holen sollen."

„Warum? Taugt er nichts?"

„Im Gegenteil. Er hat eine Karriere hingelegt, die sich sehen lassen kann. Ist seit zehn Jahren beim FBI und äußerst zuverlässig. Er duldet keine Widerworte von seinen Untergebenen und hat bereits viele schwierige Fälle gelöst. Aber er ist karrieregeil, egozentrisch und wie es scheint auch ein wenig selbstverliebt. Familiäre Hintergründe und der Werdegang zuvor konnten nicht ermittelt werden. Die Unterlagen sind leider mit Apophis in Rauch aufgegangen."

„Aha, das FBI füllt ihn also nicht mehr aus. Ist er gewissenhaft, bei dem, was er tut?"

„Er ist geradezu pedantisch, und er strebt stets nach Höherem, was ich für nicht ganz ungefährlich halte. Aber er war Jahrgangsbester in Quantico. Hat sich letztes Jahr für Senator McLiroy eine Kugel eingefangen."

„Solch hoher Einsatz sollte belohnt werden. Stellen Sie ihn ein und teilen Sie ihn der First Lady zu. Wir werden sehen, ob er tatsächlich so gut ist und wie es um seine Loyalität bestellt ist. War's das?"

„Nicht ganz, Sir. Ich habe noch eine dringende Angelegenheit. Der Secret Service ist chronisch unterbesetzt. Wir müssen unbedingt neue Agents bekommen und die ursprüngliche, sicherere Struktur wiederherstellen."

„Marcus, der Secret Service ist seit Apophis stark reduziert, na und?"

„Mr. President, nur zum Vergleich: Wenn ich Rivera ins Boot hole und ihn der First Lady zuteile, ist sie besser geschützt, als der Präsident selbst. Das geht nicht! Außerdem kann der Chief of Staff nicht alle Positionen und Funktionen in einem übernehmen. Wer überlastet ist, begeht Fehler!"

„Ach was. Sie sehen das Mal wieder viel zu schwarz. Denken Sie nicht, dass die

Menschen gerade andere Probleme mit sich rumschleppen, als auszutüfteln, wie sie mich am effektivsten umbringen könnten?"

„Mit Verlaub, früher gab es allein in den Vereinigten Staaten 150 Niederlassungen des Secret Service. Heute sind es gerade noch 20. Der Service sollte von einem Direktor und einem Deputy Assitent Director geleitet werden und nicht vom Chief of Staff."

„Aber die Agents laufen doch ständig vor und hinter mir her, das wird doch wohl reichen."

„Vor Ihrer Zeit fuhr dem Präsidentenwagen ein Gleicher voraus und drei ebenfalls identische hinterher. Heute fahren zwei Kräder der Military Police Brigade vorweg und nur ein Wagen hinter Ihnen her. Geradezu eine Einladung Sie anzugreifen!"

„Ich bin ganz froh, dass mir nicht dauernd ein Agent durch den Türspion dabei zusieht, wie ich frühstücke. Wäre es wie früher, könnte ich mich des Eindrucks nicht erwehren, er wolle von meinem Frühstück etwas abhaben, so oft, wie die Agents früher da durchgelinst haben."

Marcus ließ von seinem Glas ab, lächelte bei dem Gedanken, ein Agent könne sich am Frühstück des Präsidenten bedienen. Seinem Idol warf er einen leicht vorwurfsvollen Blick zu.

„Meine Überlegung ist, ehemalige Marines für den Service zu rekrutieren und dienen zu lassen, bis die Akademie ihren Dienst aufnehmen kann und wieder leistungsfähige Agents hervorbringt."

„Marines, hm. Keine schlechte Idee. Sie sind es gewohnt, Befehle zu befolgen, patriotisch und immer auf Zack. Also gut, meinen Segen haben Sie, Marcus. Aber nur ehrenhaft entlassene Marines."

„Selbstverständlich, Sir!"

„Halten Sie mich auf dem Laufenden. Jetzt aber genug der Arbeit. Lassen Sie uns gemeinsam den Jahreswechsel genießen!"

Zufrieden lächelnd stießen beide an und lehnten sich zurück.

Von Neugier und Freude

Während die Replikatoren die Welt eroberten, riss der Strom der Neuankömmlinge in der Basis nicht ab. Unzählige Male rechnete Jenny durch, wie viele Raumschiffe sie bauen musste, um alle unterbringen zu können, wenn sie die Erde verließen. Es bereitete ihr Sorgen, nicht genau zu wissen, ob tatsächlich genügend Bauteile vorhanden waren. Zudem werden zusätzliche Raumschiffe zusätzliche Zeit benötigen. Viele von ihnen werden bereits ungeduldig, dachte sie oft. Dank Davids Hilfe gelangten die neuen Newcomer unversehrt und unerkannt zur

Basis. Aufmerksam lauschte Jenny den Erzählungen, ließ Berichte verfassen und Sternenkarten anfertigen, die sie an David weitergab. Die ausführlichen Schilderungen nährten ihre Sehnsucht, diese fremden Welten mit eigenen Augen sehen zu können, aber auch die Hoffnung, ihre eigenen Wurzeln irgendwo dort draußen zu finden. Fernab von dieser Welt, die sich durch Apophis derart verändert hatte und die sie schon längst hatten verlassen wollen.

Am 12. März des Jahres 2101 saß Jenny abermals über die unzähligen Niederschriften gebeugt und suchte nach der Ursache für die zahlreichen Neuankömmlinge. Doch sie fand keine.

Elia, der sich stets grazil bewegte und dessen Stimme die Sanftmut höchstpersönlich war, war zu ihrem treuen Begleiter geworden und ein guter Ersatz für Drago. Zwar hatten Jenny und Drago ihre Unstimmigkeiten beigelegt, doch noch immer spürte Jenny den Schmerz der verratenen Freundschaft. Um sie abzulenken, hatte Elia ihr gestern erst von den Ursprüngen Rotgardisten erzählt. Immer wieder dachte sie darüber nach. Die Rotgardisten sahen äußerlich aus wie Menschen. Ohne zu wissen, wer sie tatsächlich waren, konnte man sie von der irdischen Spezies nicht unterscheiden. Ursprünglich ein nicht sesshaftes Söldnervolk, das sich in den Weiten des Alls als Krieger verdingte und sich dem meistbietenden zu Diensten stellte, berichtete die Legende der Rotgardisten von einer evolutionären Veränderung. Der einstige Führer des stolzen Kriegervolkes, dessen rotes Gewand das Wappen mit einem roten Drachen zur Rechten und zur Linken zierte und in der Mitte zwei sich kreuzende Schwerter in Goldfarben enthielt, begegnete mit 20 weiteren seiner Gefährten in einem nächtlichen Gefecht einem kleinen Jungen. Aus der Ferne sahen sie einem Ereignis zu, von dem alsbald ein jedes Wesen voller inbrünstiger Ehrfurcht berichtete: Von seinen Feinden umringt und den Tod auf sich zukommen sehend, flehte der Knabe um die Gunst der Sterne und um seine Rettung. Weit streckte er seine kleinen, dürren Arme zitternd in den Himmel. Sein Blick zum hellsten aller Sterne des Mar-Systems aufgerichtet, brach wenige Augenblicke darauf ein tosender Sturm das Kampfgetümmel auf. Blitze schossen vom Himmel herab und vernichteten die meisten seiner Feinde. Doch auch der Jüngling blieb von den Gewalten nicht verschont und sein zierlicher Körper drohte von ihnen zerschmettert zu werden. Obwohl im Dienst der Feindesseite, ergriff den stolzen Krieger nie zuvor gespürtes Mitleid. Seinen Gefährten ein Zeichen gebend, lenkten sie ihre Kampfgleiter zu ihm, schützten ihn mit einem gleißend roten Strahl vor den Urgewalten am Boden und holten ihn an Bord. Den von Brandwunden und klaffenden Einschnitten übersäten Knaben brachten sie eilig zum dritten Mond des Mar-Systems und pflegten ihn versteckt in einer Höhle gesund. Monate darauf, als das Mar-System bereits an die feindlichen Mächte verloren schien, kehrte der Junge, den keine einzige Narbe verunstaltete, mit seinen neuen Gefährten zurück. Vollständig in Rot gekleidet, umringten sie ihren neuen und von nun an ultimativen Herrn, schützend. Durch den einzig freien Bereich um die Augen, fixierten sie ihre Feinde, nahmen die energetische Kraft ihres Gebieters in sich auf und vernichteten dessen Feinde, ohne verwundet zu werden. Aus Dankbarkeit für seine Rettung nannte der neue Herrscher und erste Lord of Light, wie man ihn von nun an namentlich ehrte, den dritten Mond seines Herrschaftsgebietes ‚Adamu' auf dem sich seine Garde niederließ. Doch da ‚Adamuri`, die in Rot gekleideten, für viele Spezies im Universum kaum auszusprechen war, nannte man sie umgangssprachlich einfach die ‚Rotgardisten', die von ihrem Sharin geführt wurden. Der Sharin unterstand ausschließlich direkt dem Lord.

Durch die Macht des Lords of Light veränderte sich ihre Genetik, ließ sie unverwundbar werden und nur durch die Hand ihres Gebieters sterben. So wurden aus einst 20 Rotgardisten mit der Zeit viele Tausende. Noch eine Kleinigkeit änderte sich an ihnen: Jeder ihrer Nachfahren wurde blond und hatte saphirgrüne Augen. Fast unsterblich, kam Jenny in den Sinn, als sie Elia gelauscht hatte. Man, und ich finde 150 Jahre schon grausam. Wie gut, dass ich nicht unsterblich bin. Zu beneiden sind sie nicht, dachte sie.

Für Jenny erklärte diese Legende so manches. Zum Beispiel warum ihr die Rotgardisten stets folgten, sie zu beschützen suchten. Was ihr jedoch nicht einleuchten wollte, war der Umstand, warum die Rotgardisten ausgerechnet in ihr etwas Besonderes sahen, das es zu schützen galt. Elia, dessen sanfte Art Jenny stets berührte, war ihr diese Antwort schuldig geblieben und hatte nur verlegen zu Boden gesehen, als sie danach gefragt hatte. Es steckt wohl einfach in ihnen, gab sich Jenny eine Antwort.

„Jenny! Du musst kommen! Sofort, schnell!", platzte Elia in ihre Gedanken. Aufgeschreckt fuhr Jenny hoch.

„Was ist los?"

„Nun komm endlich! Das musst du sehen! Los mach schon!", überschlug sich Elias Stimme.

„Wohin fahren wir?", fragte sie den völlig aufgelösten Elia, als sie den kleinen Wagen bestiegen.

„Zu Drago."

„Ist ihm was zugestoßen? Geht's ihm gut? Nun sag schon!"

Die Angst, dass ihrem einst engsten Freund etwas zugestoßen sein könnte, stand ihr deutlich im Gesicht geschrieben. Vergessen waren alle Unstimmigkeiten.

„Keine Sorge, dem geht's bestens. Lass dich einfach überraschen!", beruhigte er sie lächelnd. „Pst, du musst ganz leise sein", flüsterte Elia, bevor sie Dragos Quartier betraten. Jenny sah Drag am Bett seiner Gefährtin Kila sitzen. In deren Arm lag, Jenny verschlug es die Sprache und sie traute ihren Augen kaum, ein winziges, noch reichlich zerknautscht aussehendes Neugeborenes. Von Ehrfurcht ergriffen, konnte Jenny kein einziges Wort finden. Inmitten dieser wirren und gefährlichen Zeit war das erste Baby in der unterirdischen Anlage geboren worden. Und ich hab nichts davon mitbekommen. Wie unaufmerksam von mir, tadelte sich Jenny innerlich. Auf Zehenspitzen näherte sie sich dem Bett, um den Winzling besser anschauen zu können, und fragte Kila flüsternd: „Geht es euch gut?"

Die frischgebackene Mama nickte, obgleich ihr die Erschöpfung anzusehen war. Der Knirps hingegen blickte seine Mama mit seinen großen blauen Kulleraugen vertrauensvoll an und umklammerte mit seinen winzigen Fingern ihren kleinen Finger. Zufrieden gab er glucksende Laute von sich. Im Gegensatz zu menschlichen Kindern können die Säuglinge der Rotgardisten vom ersten Tage an alles erkennen, was sie umgibt.

„Wie soll er denn heißen? Habt ihr schon einen Namen für ihn gefunden?"

„Sein Name soll Saros sein, so wie mein Vater."

„Der Name bedeutet Geschenk, wenn ich deine Sprache richtig im Kopf habe, oder?"

Drago und Kila nickten.

„Meinen herzlichsten Glückwunsch an euch beide! Wie wundervoll in dieser so tristen Anlage neues Leben zu bestaunen. Lasst mich euch zu diesem Anlass ebenfalls ein Geschenk bescheren. Das erste Kind in unserer Mitte muss gebührend gefeiert werden."

Jenny setzte sich zu Kila ans Bett und streichelte das Baby ganz sanft und vorsichtig am kleinen Händchen. Wie samtig weich sich seine Haut anfühlt. Noch weicher als die eines Menschen, kam ihr in den Sinn. Sie seufzte leicht. Familie!

„Mir fehlen die Worte, so niedlich, wie er ist."

Eine Weile redeten sie noch leise miteinander. Dann verließ Jenny mit Elia das Quartier. In den Slipper eingestiegen, verpasste Jenny Elia eine leichte Kopfnuss.

„Au, wofür war das denn?"

„Fürs Verschweigen!", grinste Jenny.

Eine Woche später fand das erste Fest in der Basis statt. Die Willkommensfeier für den kleinen Saros wurde nach den Wünschen der Eltern ausgerichtet. Die gesamte Anlage war festlich geschmückt. Überall prangte das Banner der Rotgardisten, der rote Drache mit den gekreuzten Schwertern in der Mitte. Es wechselte sich ab mit je einem Banner der einzelnen Völker. Alle Gefährten hatten Geschenke für den kleinen Saros besorgt und auch seine Eltern wurden verwöhnt und mit Glückwünschen nur so überhäuft. Von jedem umsorgt verschlief der Kleine den größten Teil seines Ehrenfestes. Drei Tage und Nächte feierten sie die Geburt des Kindes. Ganz so, wie es auf Dragos Heimatplaneten seit jeher üblich gewesen war, erzählten sie sich Legenden und Fabeln. Verlasen die Namen ihrer Ahnen und ein mancher unter ihnen sang sie sogar. Sie tanzten und lachten. Eine ungewöhnlich ausgelassene Stimmung und fremdartig klingende Musik durchflutete die gesamte Anlage. Ein Fest, an das sie sich noch nach vielen Jahren erinnern würden.

Die folgenden fünf Monate verbrachte Jenny allein in der Sonora. In einer von Davids Schatzkammern, wie sie die Räume nannte, hatte sie eine Art Lichtschranke gefunden. Die von David als Sturmsonden bezeichneten und in ihrer Länge flexiblen Stäbe strahlten sowohl senkrecht als auch waagerecht, nachdem man sie in den Boden eingelassen hatte. Im Abstand von einhundert Metern versenkte Jenny jeweils eine dieser Sturmsonden in den Boden, bis sich schließlich ein Rechteck von zweihundert Mal hundertfünfzig Kilometern ergab. Dabei folgte sie Davids Anweisungen genau und es war tiefste Nacht, als sie die Letzte ihrer Sonden einließ. Müde und erschöpft legte sich Jenny in den Sand und sah zu den Sternen. In dieser Vollmondnacht funkelten sie besonders hell.

„Ich glaube, das war's David. Versuchen wir, ob es funktioniert!"

Ähnlich einer Landebahnbeleuchtung erstrahlte nacheinander das Licht eines jeden Stabes, bis sie schließlich alle aufleuchteten. Jenny verfolgte das aufleuchtende Rechteck, soweit ihre Sicht reichte, doch nur aus dem Weltall war für den Betrachter der komplett absichernde, riesige Käfig erkennbar.

„Alle Sonden sind funktionsfähig. Sicherungssystem einsatzbereit und aktiviert", meldete David.

„Dann wollen wir hoffen, dass die untere Anlage genauso funktioniert! Das wird eine schöne Überraschung." Jenny grinste.

Zwei Tage später versammelten sich 6500 Newcomer auf Jennys Bitte hin im Sektor D 900, wie David ihn bezeichnet hatte und den sie mit den Sonden abgesteckt hatte. Alle Anwesenden schwiegen und sahen Jenny erwartungsvoll an.

„Einige von euch haben sich schon gefragt, was in dem gesperrten roten Sektor vor sich gehen mag. Genau genommen befinden wir uns gerade genau darüber."

Fragend blickten die Newcomer auf den Sand vor ihnen, als erwarteten sie, dass sich der Boden unter ihren Füßen jeden Augenblick öffnete.

„Dieser Bereich ist besonders gesichert und nur wer einen unserer Kommunikatoren trägt, erhält Zutritt. Wer keinen besitzt und sich Zutritt verschaffen möchte, dem wird das hier passieren ..." Jenny nahm einen mittelgroßen Stein und warf ihn in Richtung der Lichtschranken. Beim Auftreffen auf die Lichtschranken zerbröselte der Stein sofort zu feinstem Staub, der zu Boden rieselte. Ein Raunen ging durch die Menge.

„Aber wozu diese Absicherung? Kein Mensch hat sich bisher hierhin verirrt!", rief eine Stimme aus der Menge fragend.

„Kann losgehen David", meinte Jenny, ohne auf die Frage einzugehen.

Wenige Augenblicke danach hörten die Gefährten Motorengeräusche. Gespannt sahen sie dabei zu, wie der Sand wie von Geisterhand angesaugt wurde. Erschreckt wich die Menge einige Schritte nach hinten. Ein Raunen erfüllte die Luft. Der Sand wurde sichtlich weniger. Die knirschenden und karrenden Geräusche wurden lauter, bis das letzte Sandkörnchen verschlungen war und sich ein riesiges Loch vor ihnen auftat. Respektvoll staunend sahen die Newcomer einander an. Einige Minuten darauf wurden die ersten Umrisse des nach oben transportierten Objekts sichtbar. Nach einer weiteren halben Stunde hatte es vollständig die Oberfläche erreicht. Wie von Zauberhand schloss sich das Loch und der zuvor abgesaugte Sand wurde wieder sanft nach oben gepustet.

Ein paar Zentimeter über dem Grund schwebend, sahen Jenny und ihre Gefährten ein rundliches Raumschiff, das im Sonnenlicht leicht bläulich schimmerte. Mehr als zweitausend Lichter begannen auf den dreihundertneunzig Decks zu leuchten und zu pulsieren und ließen erkennen, dass es eigenständig seine Funktionen hochfuhr.

Wie angewachsen stand die staunende Menge zunächst da und schwieg. Leicht geschockt stellten sie fest, dass sie das Ende des Raumschiffes nicht sehen konnten. Gleiches galt für die Höhe. Alle blickten in den Himmel und verrenkten sich die Hälse. Es besaß zwar eine äußerlich feste Form, erweckte aber sofort den Eindruck von Geschmeidigkeit und Flexibilität. Nicht nur, dass das Pulsieren zu hören war, man konnte es auch sehen. Wie das feine Venensystem beim Menschen zogen sich fast unendlich lange feinste Gefäßwege durch das gesamte Schiff. In ihrem Dunkelblau hoben sie sich deutlich vom Gesamtbild des Sternenkreuzers ab. Jenny erkannte in vielen Gesichtern unsagbare Freude, in anderen spiegelte sich Furcht. Offenbar hatten sie ein derartiges Schiff noch nie zuvor gesehen. Auch sie war schwer beeindruckt, das Gemeinschaftswerk erstmals an der Oberfläche zu sehen.

„Was ist denn los? Dieses Schiff haben wir im Geheimen gebaut. Gefällt sie euch, die ´Saros´? Keine Lust reinzugehen? Es ist euer Raumschiff! Worauf wartet ihr noch?", forderte Jenny auf.

„Saros?", fragte Drago erstaunt?

„Natürlich Saros", wiederholte Jenny. „Sie ist doch ein Geschenk für uns alle", grinste sie.

Ihre Worte lösten die Starre in den Newcomern, fasziniert von der Schönheit des Schiffes, ehrfürchtig staunend begannen, den Sternenkreuzer in Besitz zu nehmen. Während sie dies taten, begann die Saros die Sonnenenergie umzuwandeln, aufzunehmen und zu speichern.

Im Innern pulsierte warmes bläulich-gelbes Licht und Jenny fuhr zufrieden mit einer Hand langsam an der Wand entlang, die sich weich und warm anfühlte. Drago und Elia folgten ihr und klopften leicht gegen die Wand.

„Schön vorsichtig, es könnte zurückklopfen!"

„Willst du damit sagen, dass sie lebt?"

„David sagt, sie ist ein lebender Organismus, der von Sonnenlicht und unserem ausgeschiedenen Atem lebt." „Womit wird das Schiff angetrieben?", wollte Drago wissen.

„Es fliegt mit Sonnenenergie."

„Im Weltraum ist es dunkel!", wandte Elia zweifelnd ein. „Keine Sorge Elia. Die Saros kann denken. Sie berechnet selbstständig die benötigte Energie, und wenn sie welche benötigt, steuert sie die nächste Sonne an, um dort aufzutanken. Uns wird der Saft schon nicht ausgehen. Allerdings muss sie jetzt erst mal reichlich davon aufnehmen."

„Du kannst sie doch nicht einfach hier oben stehen lassen. Was, wenn sie von den Menschen entdeckt wird?" „Kommt, begleitet mich nach draußen."

Beide folgten Jenny.

„David Tarnmodus bitte."

Einen Wimpernschlag darauf war die Saros optisch verschwunden.

Ihre beiden Gefährten staunten nicht schlecht und Jenny setzte das begonnene Gespräch fort: „Das Allerbeste daran ist, dass sie niemand sieht und sie sich trotzdem weiterhin aufladen kann."

„Können wir die Erde jetzt endlich verlassen?"

„Nein Drago leider nicht. Wir sind mittlerweile derart viele geworden, dass die Saros nicht allen Platz bieten kann. Die Saros bietet Platz für maximal 2500 Passagiere. Wir werden noch weitere Raumschiffe bauen müssen. Aber da wir jetzt wissen, wie's geht, wird es ein bisschen schneller gehen, denke ich."

„Wann können wir die Saros endlich ausprobieren?", wollte Elia voller Ungeduld wissen.

„Die Saros wird sich in drei Tagen vollständig aufgeladen haben. Das gibt euch die nötige Zeit, mit ihr vertraut zu werden. David wird euch dabei helfen. Ich habe noch eine Bitte an euch: Erklärt ihr den anderen das Platzproblem und wählt die Crew auswählt. Ich mag nicht entscheiden, wer nicht mitfliegen darf."

„Na Klasse! Jetzt haben wir ein einziges winziges Schiff. Was soll denn das Jenny? Du weißt doch genau, wie viele wir sind. Wie lange soll es noch dauern, bis wir hier endlich verschwinden können? Bei diesem Umfang benötigen wir mindestens drei weitere. Warum hast du nicht gleich mehrere bauen lassen? Wer mit darf und wer nicht? Wir alle haben Sehnsucht nach Freiheit, vom Heimweh ganz zu schweigen", beschwerte sich Drago.

„Bitte Drago, die meisten von ihnen sind Piloten und haben von Konstruktionen genauso wenig Ahnung wie ich. David muss mir erst alles haarklein erklären und ich kann leider nicht zaubern. Es braucht seine Zeit. Ich kann's nicht ändern!"

„Jenny du bist auf dem besten Wege, den Rat gegen dich aufzubringen. Nicht nur, dass sie ungeduldiger werden; ihnen ist ebenfalls nicht entgangen, dass du den Amerikanern Geld und Lebensmittel zur Verfügung stellst."

„Wie es scheint, bringe ich aber vor allem dich gegen mich auf, Drago! Der Bau von weiteren fünf Schiffen in dieser Größe wird voraussichtlich ein oder zwei Jahre in Anspruch nehmen. Es sei denn, du möchtest einen Großteil von uns zurücklassen und in der Saros eingequetscht leben wie in einer Sardinenbüchse. Wir besitzen genügend Lebensmittel für etliche Jahre, während die Menschen gehungert haben. Wir haben geholfen, dass die Amerikaner keinen Hunger mehr leiden müssen. Wie du unschwer erkennen kannst, vermögen sie durchaus, sich selbst zu helfen, doch dazu brauchten sie Geld. Auch das haben wir dank der United Security Services im Überfluss. Willst du es mitnehmen, wenn wir die Erde verlassen? Kennst du eine Spezies im Weltraum, die US-Dollar als Währung akzeptiert?"

„Noch weitere zwei Jahre?" Drago starrte Jenny geradezu entsetzt an. „Das werden die anderen nicht akzeptieren!" „Hör auf, Drago", versuchte Elia ihn zu besänftigen.

Jenny blieb abrupt stehen und wirbelte zu Drago herum.

„Es reicht! Meine Kapazitäten sind begrenzt und der Tag hat leider nur 24 Stunden. Ich habe nie darum gebeten, Commander zu sein, und ich werde dich nicht davon abhalten, diese Stellung zu übernehmen. Dann wirst du es aber auch sein, der die restlichen Schiffe baut. Wenn du das schneller und besser hinbekommst, bitte nur zu! Ich bringe den Rat gegen mich auf? Es war nicht meine Idee, Apophis auf die Erde fallen zu lassen. Weißt du, wie schwer es seitdem geworden ist, an so etwas Simplen wie Glasfaserkabel oder andere Dinge heranzukommen? Da hilft mir alles Geld dieser Welt nichts."

„Jenny, bitte", versuchte Elia zu schlichten.

„Wenn du dich derart danach sehnst, in deine Heimat zurückzukehren und deinem Lord zu dienen, bitte. Ich bin weder mächtig, noch jemand, dem man dient. Die Saros ist einsatzbereit und ich werde dich und die anderen 2499 Besatzungsmitglieder nicht daran hindern, eures Weges zu ziehen!"

Wütend verließ Jenny schnellen Schrittes den Außenbereich des Schiffes.

„Du bist so ein Idiot Drago!", schimpfte Elia kopfschüttelnd und folgte Jenny.

„Er hat es nicht so gemeint Jenny."

„Doch Elia hat er. Jetzt lass mich bitte eine Weile allein."

Nachdenklich betrat Jenny ihr Quartier und legte sich aufs Bett. Vor Wut und Enttäuschung rannen ihr einige Tränen übers Gesicht.

David meldete sich.

„Würdest du sie wirklich gehen lassen?"

„Natürlich David! Reisende soll man nicht aufhalten."

„Es ist nicht vorgesehen, dass ein anderer als du die Schiffe befehligt."

„Dann schreib das Protokoll auf Drago um!"

„Auch das ist nicht vorgesehen."

„Dann sieh es gefälligst so vor! Jetzt lass mich einfach in Ruhe!"

Vier Tage später hatte Drago die Besatzungsmitglieder ausgewählt, und so startete die Saros am 17. August 2101 zu ihrem Jungfernflug.

David hatte das Schiffsprotokoll geschrieben. Zigmal ließ Jenny es im Holoraum durchlaufen, um sich mit den Startsequenzen und den Flugmanövern vertraut zu sein.

Der erneute Streit mit Drago und den Zweifeln an ihren Führungsqualitäten traf Jenny schwer und nährten ihre Selbstzweifel. Es war der zweite Angriff Dragos auf ihre Person und es fiel ihr schwer, ihn zu verwinden und hinter sich zu lassen. Das über viele Jahrzehnte mühselig erarbeitete Selbstvertrauen schwand. Dennoch freute sie sich auf diesen Flug. Bereits drei Nächte zuvor konnte sie vor Aufregung nicht schlafen. Jede Nacht begab sie sich nach draußen, schaute freudig gen Himmel und dachte bald ist es so weit. Zum ersten Mal in ihrem Leben bekam sie die Gelegenheit, die Erde vom Orbit aus und die Planeten in ihrer Umlaufbahn zu betrachten. Die Sterne zum Greifen nah!

Obwohl es ihm missfiel, gelang es David, das Protokoll derart umzuformulieren, sodass auch Drago die Kommandos geben konnte. Ungeachtet ihres Streites überließ sie Drago die Einleitung der Startsequenz.

„Initiiere Startsequenz. Start erfolgt in 3...2...1. Start ist erfolgt."

Nervös blickte Jenny auf den Bildschirm, der die Umgebung der Sonora zeigte. Wie ein aufgeregtes Kleinkind rutschte sie in ihrem Sessel hin und her. Ihr Herz schlug bis zum Hals und sie bekam ganz feuchte Hände. Sie ließ ihren Blick über die Brücke wandern. Die Crew schien die Ruhe selbst. Überall blinkten rote Lichter auf, die anschließend in ein Grün übergingen. Langsam, sanft und gleichmäßig gewann die Saros an Höhe und Geschwindigkeit. Es geht los, es geht los, schoss Jenny durch den Kopf. Als sich die Saros mehrere hundert Meter über dem Boden befand, veränderte sie den Steigungswinkel. Sie legte sich schräg nach oben und schoss wenige Augenblicke später die Weiten des Weltalls.

„Langsame Fahrt voraus. Schön vorsichtig", befahl Drago. „Langsame Fahrt voraus, aye.

Jenny gab Elia ein Zeichen. Beide begaben sich auf das zehnte Oberdeck, das Jenny zur Erholung eingerichtet hatte. Das Besondere an diesem Deck war seine alles überspannende Kuppel aus virtuellem Glas, die einen ungehinderten Blick in alle Richtungen auf das Dunkelblau des Universums bot und seine Unendlichkeit nur erahnen ließ. Das Erholungsdeck bot Platz für die Hälfte der Besatzung. Elia und Jenny blieb genügend Raum, etwas abseits der anderen zu sein. Jeran hatte Drago gebeten, alle Formwandler mit auf die Reise zu nehmen. Zum einen war es Belohnung für die Leistung, zum anderen konnten sie im All ihren Ritus vollziehen, um Ilran zu gedenken. Die Weißgardisten säumten den südlichen Teil des Decks und die Rotgardisten schlossen sich westlich an sie an. Etliche Meter weiter schlossen sich die Techniker und Ingenieure in ihren blauen Uniformen an. Ein merkwürdig anmutendes Bild von Weiß, Rot und Blau. In diesem Augenblick waren alle anwesenden Gefährten vereint, ihren Blick nach oben gerichtet und ein jeder in seine eigenen Träume versunken. Jenny ahnte, dass sie an ihre Heimat dachten.

Elia staunte nicht schlecht, als er sich neben Jenny auf den künstlichen Rasen legte.

„Sieh dir das an Elia. Wie verzaubernd die Sterne sind. Nur schade, dass sie hier nicht so funkeln, wie beim Anblick von der Erde aus." Sie schwieg eine Weile. Von hier aus sehen sie viel größer und noch strahlender aus. Offenbar liegen sie auch viel näher beieinander, ging ihr durch den Kopf. Wie viele es wohl gibt? Da zeigen sich Sternbilder, die ich von der Erde aus noch nie gesehen habe. Wo ich wohl zuhause bin? Jenny ließ die Aussicht auf sich wirken. Dann sah sie unseren Planeten und stieß Elia aufgeregt an: „Und die Erde selbst. Sieh doch nur! Von hier oben sieht sie so unglaublich erhaben und schön aus. Ein bisschen grauer ist sie seit Apophis geworden, aber sie ist weiterhin meine ‚blaue Murmel'. Ich hätte nie gedacht, dass ich unsere Planeten mal aus unmittelbarer Nähe sehen würde. Fast kann ich sie greifen, so nah wirken sie. „In ein paar Minuten müssten wir den Saturn sehen können." Einige Minuten hielten sie staunend inne und genossen das imposante Schauspiel, das sich ihren Augen bot. „Wie klein und unbedeutend komme ich mir grad vor, bei diesem atemberaubenden Anblick. Einfach unglaublich! Alles wird nichtig in Anbetracht dieser Unendlichkeit." Jenny war zutiefst ergriffen und schwieg. Bis Elia fragte: „Wird die Saros auf der Erde bleiben?" „Nein. Es ist zu gefährlich, sie auf der Erde zu lassen. Wir haben Mannschaftsshuttles entwickelt, die sich im östlichen Teil des Schiffes befinden. Wir werden die Saros in den Ringen des Saturns parken und mit den Mannschaftsshuttles zurückfliegen."

„Ein großartiges Schiff hast du geschaffen Jenny!"

„War ich nicht allein. Es gibt kein ‚ich' in einer Gemeinschaft. Ich habe lediglich die Konstruktionen mit David erarbeitet. Aber leider ist es zu klein. Von David weiß ich, dass er noch Material für sechs weitere kleinere Schiffe hat. Leider passen sie nicht, um ein einziges großes bauen zu können." Jenny entwich ein Seufzer. Sie dachte an den Streit mit Drago.

„Ich frage mich, wer diese Anlage, in der wir leben, wohl geschaffen hat. Wie hat derjenige all diese Dinge unbemerkt auf die Erde bringen können?" Elia sah Jenny fragend an.

„Das fragst du dich nicht allein. Ich bin genauso lange hier wie du und habe noch keine Antworten gefunden. David redet nur von seinem Schöpfer, schweigt sich aber ansonsten darüber aus. Oder er weiß es einfach nicht." „Es gibt bestimmt einen Grund, warum du sechs kleine und nicht ein einziges großes Schiff bauen sollst. Wenn das Schicksal es so will, dann muss es halt so sein!" „Schicksal? Elia ich glaube nicht, dass es das Schicksal war, das uns diese Anlage samt Inhalt wie von Geisterhand gezaubert hat."

„Wirst schon sehen, alles ergibt einen Sinn!", versicherte Elia. Jenny betrachtete Elia. Woher nimmt er nur diese Gelassenheit und Ruhe? Ich beneide ihn, dachte sie.

Während die beiden auf dem Rücken liegend sich erneut der Schönheit und der Weite des Alls widmeten, seufzte Jenny auf und meinte: „Ich kann immer noch nicht glauben, dass ich wirklich hier bin! Aber ja: Ich bin tatsächlich im All. Wenn wir doch nur hierbleiben könnten!"

Von Trauer und Verzweiflung

Auch für die nach ihren Wurzeln suchenden Doraner zogen viele Jahre ins Land. Jahr um Jahr suchten Sonden die Umgebung in der Nähe des doranischen Mutterschiffes ab, scannten Planeten und kartografierten deren Oberfläche. Auf keinem dieser Planeten gab es jedoch auch nur das kleinste Anzeichen früheren Lebens und schon gar nicht auf das ihres Urahnen Chandunah. Die von Logik dominierten Doraner vertrauten darauf, dass die Ausdauer ihres Handels letztendlich zum Ziel führen würde. Deshalb störten sie sich nicht an den erlittenen Misserfolgen. Doch nicht allen war es möglich, die Monotonie des Alltags an Bord gelassen hinzunehmen.

Daán stand auf der Komandobrücke. Die Rundumverglasung erzeugt durch die energetische Spiegelung, ermöglichte ihm eine freie Sicht ins Universum. Er sah die Sterne und Planeten langsam an sich vorüberziehen. In den letzten Wochen und Monaten war er sehr nachdenklich geworden. Zwar verlief das Leben an Bord erwartungsgemäß reibungslos und diszipliniert, doch in dem sonst so zuversichtlichen Daán breitete sich zunehmend Hoffnungslosigkeit aus. Nicht nur, dass sich die Doraner in einem für ihn völlig unverständlichen Krieg befanden, sondern auch die Tatsache, dass sie deshalb in die entgegengesetzte Richtung fliegen mussten, machte ihm arg zu schaffen. Mehr, als er je offen zugeben würde.

Warum setzte Kórel diese Mission überhaupt fort? Jahrzehnte waren sie jetzt unterwegs, ohne den geringsten brauchbaren Hinweis gefunden zu haben. Welch eine Zeitverschwendung, dachte Daán. Oder fürchtete Kórel sich nur vor dem Übergang auf die nächste Ebene und wollte deshalb so weit wie möglich vom Kriegsschauplatz entfernt bleiben?

Daán dachte an seine Heimat. Ihn plagte unendliches Heimweh. Vor seinem inneren Auge malte er Doran in all seiner Pracht und Schönheit. Er sehnte sich nach dem wärmenden violetten Licht der Sonnen und der üppigen Vegetation, in der er so gerne unzählige Male gewandert war. In seinen Gedanken versunken, ging er jetzt dort spazieren und versuchte auf diese Art innere Ruhe zu finden. Schon als Kind war er, wenn auch verbotenerweise, in den Bergen von Kalre herumgeklettert und hatte dort später das längst vergessene Ritual des Kalredaan vollzogen.

Zwar besaß jeder Doraner das Wissen um das Kalredaan, doch seine Spezies beschritt nun den Weg des Wissens und hatte den Weg der alten Riten verlassen. Warum hatte sich sein Volk eigentlich von diesem Weg abgewandt? Auch wenn er diese Riten nur im Geheimen vollziehen durfte, so hatten sie ihm stets Kraft gegeben. Daán wanderte in diesem Augenblick in den Bergen von Kalre. Seine Hautfarbe spiegelte ein buntes Farbenspiel bis hin zur Durchsichtigkeit, während ihn ein wohlig warmes Gefühl durchströmte.

„So vertieft mein Freund?", riss ihn Kórel aus seinen Gedanken.

Er zuckte ertappt zusammen.

„Sórei ist soeben eingetroffen. Hast du das Signal nicht gehört? Sie erwarten uns bereits im großen Saal."

Daán nickte ohne ein Wort und folgte Kórel.

„Wir grüßen dich, Sórei, und hoffen, dass du diesmal bessere Nachrichten überbringen wirst."

Sórei zögerte, fürchtete er doch die Reaktion des Konzils.

„Wie vom Konzil gewünscht, habe ich mich mit Sonral, dem Sprecher der Soraner getroffen."

„Werden sie diese leidvolle Auseinandersetzung endlich beenden?", fragte Daán ungeduldig.

„Ich bedaure dem Konzil mitteilen zu müssen, dass ein Frieden mit den Soranern ausgeschlossen bleibt. Sie beharren weiterhin auf ihren inakzeptablen Forderungen. Trotz meiner Bemühungen zeigte Sonral nicht das geringste Entgegenkommen."

„Mit welchem Recht glauben sie, diese ungeheuerlichen Forderungen aufrechterhalten zu dürfen? Vielleicht liegt es aber auch nur an deiner Unfähigkeit!", fuhr Gódei ihn forsch an.

Hilfe suchend sah der amtierende Kriegsminister Daán an.

„Ich bin sicher, Sórei würde es uns mitteilen, so du ihm die Gelegenheit dazu gewähren würdest", gab Daán zurück, während er dem Minister aufmunternd zunickte.

„Sonral hat im Namen seiner Regierung Folgendes erklärt: Da sie seit Anbeginn der Zeit ein Teil von uns seien, stehen ihnen alle geforderten Rechte zu. Es sei an der Zeit, das unausgeglichene Verhältnis der Entwicklung entsprechend auszugleichen."

„Äußerte er sich darüber, was sein wird, wenn wir ihren Forderungen nicht nachkommen?", wollte Kórel wissen. „In diesem Fall wollen sie kämpfen, bis auch der Letzte von uns diese Ebene verlassen hat."

Betretenes Schweigen erfüllte den Raum. Niemand der Anwesenden hatte mit einer derart ultimativen Konsequenz gerechnet.

„Ihren Forderungen nachzugeben, ergäbe auf lange Sicht gesehen, dasselbe Ergebnis. Die vollkommene Auslöschung unserer Art."

„Außerdem sind die soranischen Truppen bereits ins Ganra-System vorgedrungen. Wie es scheint, haben sie unserem Treffen aus taktisch-zeitlichen Gründen zugestimmt und es zum Vorrücken ausgenutzt."

„Dieses System ist gerade einmal fünf Lichtjahre von unserem entfernt. Wie konnten sie derart schnell vordringen, ohne unter uns einen Verbündeten gefunden zu haben?", fragte Qeígon.

„Wie kannst du es wagen, Qeígon! Niemals würde ein Doraner sein eigenes Volk verraten!", entrüstete sich Gódei lautstark.

„Dieser Gedanke erscheint mir ebenfalls äußerst unwahrscheinlich", begann Kórel. Die anderen konziliaren Mitglieder nickten zustimmend.

„Wie gedenkst du weiter vorzugehen?"

„Ich habe bereits den Legonianern einen Teil unserer Waffentechnik zur Verfügung gestellt. Sie werden all ihre Schiffe damit ausstatten und ich bin zuversichtlich, dass es ihnen gelingen wird, die Soraner eine Weile aufzuhalten. Doch auf Dauer werden diese Waffen in ihrer Schlagkraft nicht ausreichend sein."

„Quógei und Qeígon werden von nun an all ihre Anstrengungen darauf ausrichten, neue Waffensysteme zu entwickeln, die denen der Soraner überlegen sein werden. Diese werden dir zur uneingeschränkten Verfügung stehen. Wir danken dir für deinen Bericht und das Konzil bittet dich eindringlich, dich keinem weiteren persönlichen Risiko auszusetzen. Wir wissen deinen Einsatz zu schätzen, sei dir dessen gewiss!", versicherte Kórel.

Sórei nickte erleichtert.

„Daán, wenn ich dich auf ein persönliches Wort sprechen dürfte."

Daán hörte die plötzlich auftauchende Traurigkeit in Sóreis Worten und ihn überkam ein ungutes Gefühl, als er mit ihm den Raum verließ.

„Daán, ich ...", zögerte Sórei. „Ich bedaure dir sagen zu müssen, dass dein Freund Lísan bei einem Waffentransportflug ..." Erneut brach Sórei ab, denn ihm versagte die Stimme. Bedrückt sah er zu Boden. „Ich bedaure zutiefst, dir diese Nachricht übermitteln zu müssen."

„Lísan! Ich verstehe. Sórei, ich danke dir für deine Anteilnahme."

Daáns Hautfarbe wechselte in ein pulsierendes Violett und zeigte seine starke Erregung an.

„Eigenartig. Ich habe sein Verlassen unseres Gemeinwesens nicht wahrgenommen." Daán blieb unterkühlt, durfte er seine wahre Empfindung nach außen hin nicht zeigen. Auch wenn er Sórei hatte aufwachsen sehen, so wusste er, dass Sórei nicht zu jenen gehörte, die heimlich den Weg der alten Riten beschritten.

„Vielleicht, weil es in letzter Zeit einfach zu viele von uns in die unendliche Leere gewandelt sind. Ich bedaure deinen persönlichen Verlust zutiefst, sei dir dessen gewiss."

„Ich danke dir für deine Worte, Sórei, und ich hoffe, dass wir uns bald unter glücklicheren Umständen wiedersehen werden."

Sórei nickte und ging zu seinem Shuttle.

„Sórei."

Der junge Kriegsminister drehte um.

„Du bekleidest dieses ungeliebte Amt mit der angemessenen Würde. Trotz deiner erst geringen Anzahl an Lebensjahren, erweist du dich durch dein besonnenes Handeln mehr als berufen."

„Ich danke dir, Daán. Ich kann nur hoffen und danach streben, dass das Leid schnellstmöglich ein Ende findet. Möge auch deiner Mission alsbald Erfolg beschieden sein."

Beide legten jeweils ihre linke Hand an die rechte Schulter und verneigten sich leicht voreinander. Anschließend verließ Sórei das Mutterschiff und Daán suchte eilig sein Quartier auf.

Währenddessen fand im Beratungssaal eine ungewöhnlich undisziplinierte Diskussion statt:

„Es ist mein ausdrücklicher Wunsch, dass ihr alle Anstrengungen daran setzt, Sórei zu geben, wonach es ihm verlangt. Unverzüglich werdet ihr neue Waffensysteme entwickeln."

„Aber Kórel, wir sehen uns außerstande, diesem Wunsch nachzukommen. Wir verfügen nicht über die nötigen Materialien. In den Anstrengungen für unsere erfolgreiche Mission war ein solches Unterfangen nicht vorgesehen, wie du weißt. Bauen könnten wir neue Systeme sicherlich, aber woraus sollen wir die benötigte Energie gewinnen, die derart gewaltig sein muss, dass sie die Feuerkraft der Soraner übertrifft. Zudem sollten die Waffen die Soraner nicht nur aufhalten können. Ein halbherzig in aller Eile entwickeltes System wird unsere Feinde zwar aufhalten, uns jedoch an anderer Stelle büßen lassen, was wir jetzt und hier versäumen, um deinem Ansinnen gerecht zu werden."

Quógei und Qeígon sahen Kórel fragend an, wohl wissend, dass sie soeben erstmals eine Entscheidung des obersten Führers des Konzils anzuzweifeln wagten.

Kórel neigte seinen Kopf und bewegte ihn anschließend von schräg rechts unten nach links. Dabei pulsierte in ihm sichtbar jedwede Lebensader und seine Farbe wechselte in ein selten zu sehendes Rosadunkelblau.

„Wir werden dementsprechend einen weiteren Umweg in Kauf nehmen müssen und nach Sodion fliegen, damit ihr erhaltet, wonach euch verlangt!", beendete Kórel die Diskussion verärgert und verließ den Saal ohne ein weiteres Wort.

Zur selben Zeit stand Daán inmitten seines Quartiers und kam sich verloren vor. Nur schwer hatte er sich in der Gegenwart Sóreis nichts weiter anmerken lassen können. Wie hatte ihm die Wandlung seines besten Freundes nur entgehen können? Tief betroffen und sich schwach fühlend, sank er in seinen Stuhl und lehnte sich zurück. Wenige Augenblicke darauf begann bläulich-gelbes Licht auf Daán herab zu rieseln, bis es ihn gänzlich umgab. Binnen weniger Wimpernschläge verschmolz er mit der Energie, bis nur noch kreisförmig fließendes Licht im Raum zu sehen war.

Während Daán die lebensnotwendige Energie aufnahm, dachte er an die gemeinsam verbrachte Zeit mit Lísan. Obwohl Lísan in die Kaste der forschenden Wissenschaft geboren worden war, war er genau wie Daán schon als Kind von der Geschichte, den alten Riten und Mythen seines Volkes begeistert gewesen. Von Kindesbeinen an waren beide unzertrennlich und hatten heimlich die alten Riten erforscht. Durchtränkt von tiefster Trauer berief Daán eine Begebenheit aus ihrer gemeinsamen Kindheit ins Gedächtnis zurück. Eines Tages beschlossen sie, in den Bergen von Kalre klettern zu gehen. Sie wollten herausfinden, ob an dem Mythos, dass der Ritus des Kalredaan Urenergie zu spenden vermochte, zutraf. Viele Stunden waren sie an diesem Tag gewandert, bis sie schließlich am Fuße des Kalredaan angekommen waren. Um den Ritus zu erfüllen mussten sie bis ganz oben hinauf. Ein recht schwieriges Unterfangen für zwei so zierliche Jungen. Der Aufstieg war beschwerlich und verlangte den Knaben all ihre Kräfte ab. Lísan kam als Erster an einem Felsvorsprung an. Daán befand sich einen Schritt hinter ihm, doch ausgerechnet beim letzten Schritt rutschte er ab. Geistesgegenwärtig griff der

Freund nach Daáns Hand und hielt sie unnachgiebig fest umklammert, bis er wieder Halt gefunden hatte.

„Nach oben, Daán, nicht nach unten", scherzte Lísan lächelnd, während er die pure Angst, die in Daáns Augen geschrieben stand, lesen konnte. Doch sein Freund verlor niemals ein einziges Wort über die gesehene Furcht. Dann kletterten sie mehrere Stunden langsam bergauf, als sei nichts geschehen. Ein jeder in sich gekehrt meditierend, wie es die Regeln vorschrieben, erklommen sie Stück für Stück den Kalre. Als sie endlich den Gipfel erobert hatten, lehnten sie beide, Hand in Hand, an einen kleinen Felsen, der sie davon abhielt, vor Erschöpfung hinterrücks umzufallen. In ihnen pulsierte Aufregung, Stolz und Freude, aber auch die Besinnung auf die bewusst entwickelte eigene Kraft. Gefühle, die ihnen bisher verboten waren, stärkten in diesem Augenblick ihre tief empfundene Freundschaft. Ohne es auszusprechen, dachten beide gleich. Plötzlich geschah das Unfassbare. Beide Sonnen von Doran bewegten sich aufeinander zu, vereinten ihre Kräfte und strahlten die Kinder an, bis sie im gleißenden Licht nicht mehr zu erkennen waren. Die Energie der Sonnen drang in sie und durchflutete Knaben.

Nach vier Minuten war alles vorbei und die Jungen schauten einander begeistert an.

„Wenn dieser alte Ritus derart viel gibt, warum ist er dann verboten?", fragte Daán.

„Ich weiß es nicht. Doch jetzt, da wir um seine Richtigkeit wissen, lass uns diesen Weg gemeinsam weitergehen. Lass uns schwören, dass alles, was wir herausfinden, unser Geheimnis bleiben wird. Freunde wollen wir sein, bis ans Ende unserer Existenz. Keine Ebene danach soll uns je trennen können."

Feierlich standen sich beide gegenüber, streckten ihre Handinnenflächen nach oben und nach unten zeigend dem Gegenüber entgegen, bis sie aufeinanderlagen. Es war die früher gebräuchliche doranische Art, Gefühle des einen auf den anderen zu übertragen, ohne dass es eines Wortes bedurfte. Hierdurch fühlte jeder von ihnen den Stolz und die Zuneigung zum anderen. Während dieses Vorgangs wechselte ihre normalerweise blasse Gesichtsfarbe in ein buntes Farbenspiel, das selbst durch ihre Kleidung sichtbar war. „Freunde bis ans Ende aller Existenz", schworen sie sich feierlich. Lachend, voller Freude und mit dem Gefühl etwas Großartiges geleistet zu haben, begaben sie sich anschließend auf den Heimweg.

Dass doranische Kinder gelegentlich auszogen, ohne sich zu erklären, war nichts Besonderes. Solange sie lernten, was ihnen gelehrt wurde, ließ man ihnen diese Freiheit. Zu gerne hätte er seinem Vater vom Erlebten erzählt, doch er hielt sein Versprechen und schwieg. Allerdings unterschätzte Daán die Innigkeit der Vater-Sohn-Beziehung. Der Vater eines doranischen Kindes besaß ein feines Gespür für jedwedes Empfinden seines Kindes. Er konnte fühlen, in welchem Gefühlszustand sich sein Kind befand. Ein Überbleibsel aus jener Zeit, als Gefühle für die Doraner noch bestimmend waren. Heute jedoch noch bei all jenen stark ausgeprägt, die den geheimen Weg der alten Riten gingen. Doch das konnte Daán natürlich nicht ahnen, beschritt er diesen Weg doch erst seit diesem Tag.

„Geht es dir gut, Daán?", fragte abends sein Vater Dílan. „Ja Vater, es geht mir gut."

Dílan sah seinen Sohn prüfend an, denn seine innere Stimme verriet ihm, dass sein Kind etwas Wichtiges beschäftigte. Sanft legte er die Hand seines Jungen in die seine.

„Es gibt nichts, dass du mir nicht anvertrauen kannst, mein Sohn. Was immer es sein mag, fürchte dich nicht, mich teilhaben zu lassen."

Daán zögerte noch eine Weile. Was sollte er jetzt tun? Schließlich vertraute Lísan auf das gegebene Wort.

„Vater, warum sind die Vergangenheit und ihre Riten für uns nicht mehr maßgebend?"

„Die Vergangenheit und all das Wissen, das sie in sich birgt, sind das Wichtigste überhaupt. Wären sie unwichtig, hättest du die Erfahrungen deiner Ahnen nicht mit deiner Geburt erhalten. Lerne aus ihnen und nutze das Erlernte auf deinem Weg in die Zukunft."

„Aber was, wenn ich sie fehlinterpretiere und alles falsch ist, was ich tue?"

Dílan stellte sich Daán genau gegenüber.

„Sieh mich an, mein Sohn."

Doch dieser sah zu Boden, denn er hatte das Gefühl, die falsche Frage gestellt zu haben und schämte sich.

„Sieh mich an, mein Sohn!", forderte Dílan erneut, während er Daáns Kinn mit seinem Zeigefinger sanft anhob, sodass er ihn ansehen musste. „Du sollst aus dem Erbe deiner Ahnen lernen. Das schützt dich jedoch nicht davor, eigene Fehler zu begehen. Auch aus ihnen lerne." „Aber wenn ich später als Diplomat unser Volk vertreten werde und mir schwere Fehler unterlaufen, dann ..." „Korrigiere das unverzüglich, Daán. Nicht später wirst du Diplomat sein. Wenn mich Morgen das Schicksal auf die nächste Ebene beruft, wirst du unverzüglich meinen Platz im Konzil einnehmen."

„Verzeih, Vater!"

„Je mehr du dich fürchtest Fehler zu begehen, umso mehr werden dir unterlaufen. Deshalb fürchte dich nicht!" „Sag, gibt es jemanden unter uns, der noch nie einen Fehler gemacht hat?"

„Gib mir deine Hand und folge mir."

Daán folgte seinem Vater auf den großen Platz vor dem Haus und setzte sich neben ihn.

„Sieh nach oben. Siehst du die Sterne?"

Daán nickte.

„Die Anzahl der Sterne könnte ohne Weiteres die Anzahl aller Fehler darstellen, die je gemacht worden sind. Ich kenne keinen, der frei von ihnen ist."

„Aber Chandunah war bestimmt perfekt!"

„Glaubst du das? Ich bin mir wohl bewusst, wie sehr du dich für die Geschichten und Legenden unseres Volkes interessierst. Obwohl das Konzil meine Freizügigkeit in diesem Punkt spürbar missbilligt, will ich dir heute von dieser Legende erzählen. Vor langer Zeit, als wir noch zum Volk der Soloni gehörten, zogen zwei Brüder aus, das Universum zu erkunden und den Ursprung allen Seins zu finden. Beide Brüder verfügten über dasselbe Wissen, doch sie legten es unterschiedlich aus. Uratmah, einer von beiden, vertrat die Ansicht, dass es nur einen Weg geben könne, den Frieden des Universums zu sichern und dessen Völker zu vereinen. Nur einer dürfe das Sagen haben, und wenn eine Lüge dem Wohle aller dienlich sei, sei sie erlaubt. Das Gemeinwohl stehe schließlich über dem des Einzelnen. Auch das Mittel der Täuschung sei erlaubt. Das Volk der Soloni, musst du wissen, war zu jener Zeit ein friedliches Volk, das sich der Anthropologie widmete. Durch ihre Erkenntnisse über fremde Wesen wurden sie zu den Wächtern des Lichts und Bewahrer des Friedens. Deshalb vertrat sein Bruder eine Chandunah gegenteilige Ansicht. Er folgte der Meinung, dass bereits eine nur halb gesagte Wahrheit eine Lüge sei. Dass eine wohlbedachte ausgeübte Täuschung nichts anderes sei als eine Lüge, aufgrund derer niemals der Frieden eines Gemeinwesens beruhen könne."

„Was passierte dann? Wurden sie sich einig?", drängelte Daán, den die Geschichte sichtlich interessierte.

„Lerne Geduld, mein Sohn! Immer wieder stritten sie und im Laufe der Zeit wurde der Konflikt weitaus heftiger. Bis sie schließlich begannen, sich zu bekämpfen, in dem sie sich öffentliche Wortgefechte lieferten."

„Wer hat gewonnen?"

„Wie war das doch gleich mit der Geduld?" Dílan schmunzelte. Als er die leuchtenden Augen seines Sohnes sah, fuhr er fort: „Der Streit unter den beiden blieb somit nicht länger unbemerkt. Die Auseinandersetzung spaltete das Volk der Soloni. Der eine Teil hielt zu Uratmah, der andere zu Chandunah. So kam es, wie es kommen musste. Eines Tages standen beide Kontrahenten einander gegenüber und kämpften mit Waffen gegeneinander. Erloschen war die einstige brüderliche Liebe und vergessen ihre gemeinsame Abstammung. Irgendwo, hoch oben in den Sternen, kämpften sie auf Leben und Tod. Das Schicksal sollte entscheiden, wer recht behalten und weiterleben solle."

„Hat Chandunah gewonnen?", drängelte Daán abermals. „Nun, die Legende berichtet, dass Chandunah Uratmah schwer verletzt besiegte. Doch dass er den Bruder nicht töten wollte. Er ließ von ihm ab und zog aus, den Ursprung allen Wissens und der Weisheit zu suchen. Damals verfügten wir noch über die Kaste der Verteidiger. Chandunah verbot die Heimsuchung des anderen Teils unseres Volkes. Viele hielten das für falsch, doch sie hielten sich an seine Worte. Wenn er es nicht vermochte, den Tod zu geben, sollte es niemand von uns tun."

„Was geschah mit Uratmah?"

„Es heißt, dass er der Gründer des Volkes der Soraner sei, aber bald darauf auszog, einen besseren Platz zu finden, der seinen Ansichten gerecht werden würde."

„Aber dann war Chandunah doch weise; und irgendwie auch perfekt."

„Weise, mein Sohn, wäre es gewesen, die Liebe zum eigenen Bruder über das des Rechthabens zu stellen. Perfekt wäre es gewesen, wenn es niemals zur Spaltung unseres Volkes gekommen wäre."

„Aber wir sind doch immer noch die Wächter des Lichts!" „Es steht geschrieben, dass, solange unser Volk den richtigen Weg beschreitet, seine Nachfahren so zahlreich sind, wie es Sterne am Himmel zu finden gibt. Doch eines Tages würde es erneut zum Kampf zwischen den Völkern kommen und es würde sich beweisen müssen, ob wir unserem Wege treu geblieben seien."

„Aber wäre es dann nicht besser, in die Zukunft zu sehen? Um diesen Krieg zu vermeiden, meine ich."

„Wir erweisen dem Schicksal Respekt, indem wir genau das nicht tun, mein Sohn. Fordere es niemals heraus! Dass wir einst der Kaste der Verteidiger entsagten, brachte uns großes Ansehen und Respekt ein. Alle achten uns, weil wir uns für sie und den Frieden einsetzen. Sollte es dennoch jemand wagen, unser Volk anzugreifen, müssen wir uns und unseren gegangenen Weg überprüfen. Wenn wir etwas Wesentliches übersehen haben, müssen wir zu unseren Wurzeln und dem richtigen Weg zurückkehren. Vergiss das nie!"

Dílan umarmte seinen Sohn, der sich sofort an ihn schmiegte. Nachdenklich blickten sie beide zu den Sternen. Er legte die kleine Hand Dáans auf die Innenfläche der seinen und sofort durchflutete den Sohn die wohlige Wärme seines ihn liebenden Vaters. Als seien ihnen die Sterne wohlgesonnen, sahen beide im nächsten Augenblick zwei Sternschnuppen am Horizont. Verträumt genossen beide das gemeinsame Schweigen. Doch dann fiel Daán noch etwas ein und fragte: „Was ist mit den Riten, Vater? Warum sind sie nicht mehr wichtig für uns?" „Den Riten? Woher weißt du von ihnen?"

„Ich hab davon gelesen. Warum werden sie nicht mehr gelehrt und vollzogen?"

„Sieh an, gelesen hast du also von ihnen. Da frag ich mich, wie es deinem Händchen gelungen sein mag, die Identifizierung an meinem Perskriptor zu überwinden!"

Daán druckste rum.

„Och, der mag mich halt."

„Soso, tut er das?", grinste Dílan.

Daán sah zu Boden, denn er wusste nur zu gut, dass er am Perskriptor seines Vaters nichts zu suchen hatte.

„Nun, da du von den alten Riten gelesen hast, will ich dir Folgendes sagen. Natürlich gehören sie zu unserer Vergangenheit, und ich halte sie für äußerst wichtig. Bedauerlicherweise teilt das Gemeinwesen meine Ansicht nicht. Unser Volk ist den Weg des Wissens und der Logik gegangen. Es strebt nach der mentalen Vollkommenheit und hält daher die alten Riten für nicht mehr zeitgemäß. Das Gemeinwesen ist der Ansicht, dass diese Riten Gefühle erzeugen; und Gefühle seien hinderlich, die Geschicke unseres Universums zu lenken."

„Deshalb sind sie verboten und falsch?"

„Das Gemeinwesen hat so entschieden und wir sind gehalten, uns dem zu fügen." „Welch sinnloses Unterfangen! Es entbehrt jedweder Logik!"

„Sieh dich vor!", wies ihn Dílan zurecht. „Sage dem Gemeinwesen niemals direkt, dass es im Unrecht ist!" „Aber wie soll es mir möglich sein, Vollkommenheit zu erlangen, wenn ich mich meiner eigenen Seele verschließe?"

Dílan sah Daán tief in die Augen und lächelte milde.

„Oh!", entwich es Daán, als er endlich begriff, dass er genau das nicht tun sollte.

Daán schwieg eine Weile und dachte an sein heutiges Erlebnis mit Lísan.

„Warst du heute wieder mit Lísan unterwegs?"

Daán nickte.

„Willst du mir etwas sagen?"

„Verzeih, Vater, aber ich gab mein Ehrenwort."

„Dann soll es so sein, denn es ist wichtig, dass du stets zu deinem Wort stehst. Deshalb achte darauf, wem du es gibst."

„Dann bist du mir nicht böse?"

„Wie könnte ich? Deine Freundschaft zu Lísan ist wie die meine zu Maél. Auch wir sind unseren Weg gegangen und gehen ihn weiterhin."

„Werden wir dieses Wissen an unsere Erben weitergeben, obwohl der Weg untersagt ist?"

„Natürlich werdet ihr das. Genauso wie Maél und ich es einst an dich und Lísan weitergaben. Es lag tief in euch, nur war es euch nicht bewusst. Doch beachte:

Genauso wie wir, seid auch ihr gehalten, euer Geheimnis stets zu bewahren, so ihr keine Feinde fürchten wollt."

Dílan sah die Unsicherheit in Daáns Augen und fühlte sein Unbehagen.

„Es besteht kein Grund zur Furcht. Das Schicksal wird wissen, warum es uns auf diesen Pfad führt. Gehe deinen Weg!"

Dílans Worte hallten in Daán nach, während er in seinem Quartier in seinem Stuhl lag. An die zahlreichen Abenteuer dachte er, die sie einst bestritten hatten und über die sie beide kein Wort verloren. Von schmerzender Trauer ergriffen, überwältigten ihn diese Erinnerungen regelrecht. Plötzlich schreckte er entsetzt hoch. Konnte es sein, dass er die Wandlung seines Kindes ebenso wenig mitbekommen hatte, wie die seines besten Freundes. Pure Panik durchströmte ihn jetzt. Alles in seinem Körper kribbelte und die Farbe seiner Haut wechselte in ein burgunderrot. Habe ich versagt, fragte er sich zweifelnd. Daán blickte auf die ungewohnte Farbe seiner Haut. Behielt das Gemeinwesen recht, da es die Anwesenheit Daórs nicht mehr spürte?

„Mein Leben ist verflucht", murmelte Daán vor sich hin. Bestürzt sah er sich um und wollte seine Augen soeben erneut schließen, als er die fast durchsichtig bläulich schimmernde Gestalt seines Freundes Lísan erkannte.

„Lísan? Das kann nur eine Täuschung sein!", stieß Daán aus und wollte sich schon wieder zurücklehnen.

„Deine Traurigkeit vernebelt deine Sinne. Wie du siehst, ist uns das Schicksal wohlgesonnen. Keine Ebene trennt uns, wie wir es einst schworen. Doch für einen Augenblick nur kann ich bleiben."

Daán sprang auf, eilte auf Lísan zu und versuchte ihn berühren, aber es gelang ihm nicht. Er griff durch ihn hindurch. Erschrocken und verunsichert wich er einige Schritte zurück.

„Das geht nicht mein alter Freund, doch höre meine Worte. Daór, er ist nicht hier!"

„Ist er ganz sicher nicht bei dir?", wollte sich Daán vergewissern.

„Wenn ich es dir sage! Er ist nicht hier! Doch eile dich, er befindet in höchster Not und Gefahr! Du bist auf dem rechten Weg, mein treuer Weggefährte."

„Wir fliegen in die entgegengesetzte Richtung! Wie kann ich da auf dem richtigen Weg sein, Lísan?"

„Auf Sodion wirst du finden, wonach du dich verzehrst! Vertraue auf den Weg des Schicksals, den es dir zeigen wird. Wir werden uns bald wiedersehen, alter Freund. Vertraue darauf! Auf bald", sprach Lísan, während seine Gestalt verschwand.

Nachdenklich blieb Daán zurück. War das wirklich möglich? Hatte er soeben mit Lísan gesprochen? Wenn dem so war, wie sollte er Kórel überzeugen, nach Sodion zu fliegen? Was ihm aber noch dringlicher zu klären schien: Wenn Daór sich nicht mit Lísan auf derselben Ebene befand; wo war er? Die angedeutete Not und Gefahr wirbelten Daáns Gedanken vollends durcheinander. Welche Not? Welche Gefahr? Was wenn ich zu spät komme? Ich muss einen Weg finden. Unverzüglich!, schoss es ihm durch den Kopf.

Aufgeregt und reichlich verstört suchte er eilig Kórels Quartier auf.

„Verzeih meine Störung, Kórel."

„Ich habe bereits von deinem bedauerlichen Verlust gehört. Ist alles in Ordnung mit dir? Wie kann ich dir helfen, mein Freund?" „

Kórel, ... ich weiß nicht, wie ich es dir sagen soll."

„Sage mir, was du denkst, danach werden wir sehen", ermutigte Kórel Daán mit behutsamer Stimme.

„Ist dir schon einmal der Gedanke gekommen, dass Chandunahs Reise nicht bei uns endete, sondern bei uns begann?"

Kórel, der bislang am Fenster seines Quartiers gestanden hatte, ging auf einen Sessel zu und nahm platz. Er bewegte seinen Kopf leicht kreisend und die Finger an seiner rechten Hand ließ er grazil sich langsam aufrichten und wieder beugen.

„Ich vermag dir nicht folgen."

Daán überlegte kurz, wie er seinem Gegenüber seine Gedanken schonend beibringen konnte, ohne sich und das zuvor Erlebte zu verraten.

„Was wäre, wenn unser Volk einst Chandunah gefolgt ist und sich auf Doran niedergelassen hätte? So wie sich die Soraner weit hinter uns im Norden niedergelassen haben!"

„Du denkst an eine Völkerwanderung? Wir, mit Chandunah? Du glaubst, Doran sei der Endpunkt seiner Reise und nicht der Beginn gewesen?"

Daán nickte.

„Das steht nirgendwo geschrieben. Nicht ein einziges Wort deutet darauf hin. Wie kommst du nur darauf?" „Würde es dir vorläufig genügen, wenn ich dir sage, es ist ein Gefühl?"

Misstrauisch sah Kórel Daán an. „Würdest du mir sagen, dass du ein solches ‚Gefühl' hättest, was selbstverständlich vollkommen ausgeschlossen ist, zu welcher Einsicht würde es dich tragen? Rein hypothetisch gefragt, wie du weißt!"

„Rein hypothetisch befänden wir uns dann auf dem richtigen Weg!", erklärte Daán vorsichtig. „Außerdem müssten wir unbedingt nach Sodion fliegen! Rein hypothetisch natürlich!"

„Sodion?", wiederholte Kórel verwundert, während er seinen Gesprächspartner nicht aus den Augen ließ. „Du erstaunst mich doch sehr, Daán! Wir befinden uns seit Zweizehntel Doranen auf dem Weg nach Sodion! Diese Entscheidung habe ich soeben erst getroffen. Woher wusstest du davon?"

Verzweifelt suchte Daán nach einer wahrheitsgemäßen Antwort, die einem Führer des Konzils angemessen erschien; Kórel war sein Freund, den er nicht belügen wollte und durfte. Diesmal war er es, der seine Finger in derselben Art wie zuvor Kórel bewegen ließ.

„Es ist nicht dein Wunsch, das zu wissen!", entschied er mit sanfter Stimme zu antworten.

„Wie kannst du es wagen?"

„Ich bitte dich inständig um dein Vertrauen, als mein Freund!", versuchte Daán ihn eilig zu beschwichtigen, sich sehr wohl bewusst, die Grenze des Ungehorsams überschritten zu haben.

„Ist deine Zuversicht zurückgekehrt? Nun, wenn dem so ist, dann will ich sie gerne mit dir teilen! Wir werden sehen, wohin sie uns führt."

Erleichtert atmete Daán aus und schloss für einen kurzen Moment seine Augen. Kórel sah Daáns deutliche Mimik, doch er ließ es dabei bewenden.

So nah und doch so fern

Daán befand sich im Holodeckbereich des Mutterschiffes und wanderte nachdenklich durch die holografisch dargestellte Landschaft seiner Heimat. Er machte sich schwere Vorwürfe. Nicht nur, dass er im Gespräch mit Kórel unvorsichtig geworden war, er fragte sich auch, wie ihm diese Möglichkeit der anders verlaufenen Reise Chandunahs hatte entgehen können. Erneut dachte Daán an das Gespräch mit seinem Vater. Woher hatte er gewusst, dass er mit Lísan begonnen hatte, den verbotenen Weg zu gehen? Woher hatte er von diesem Krieg, den es jetzt gab, wissen können? Was hatte er mit dem Satz gemeint: ‚Du wirst es nicht sein, der den Frieden bringt, doch du wirst an der Seite desjenigen stehen, der das Licht zurück in die Dunkelheit tragen wird!' Daán hatte seinen Vater stets bewundert und geachtet, aber wie sollte er um all diese Dinge gewusst haben, wenn er nicht gegen alle Regeln des Konzils verstoßen und in die Zukunft gesehen hatte? Hatte er? Oder hatte ihm das Schicksal einfach nur den richtigen Weg gewiesen?

Für einen kurzen Augenblick war Daán versucht herauszufinden, ob er die Fähigkeit besaß, in die Zukunft zu sehen. Könnte er doch sehen, ob seine Mission, die nun von existenzieller Wichtigkeit war, von Erfolg gekrönt werden würde, und zudem die Antwort finden, wo sich Daór befand. „Könnte ich?", fragte er murmelnd.

‚Fordere das Schicksal niemals heraus, Daán', hörte er im nächsten Augenblick die mahnenden Worte seines Vaters. Eilig verwarf er den Gedanken und widerstand der Versuchung. Das Schicksal wird wissen, wozu es dienlich ist!, dachte er und wanderte weiter.

Weit vom doranischen Mutterschiff entfernt, hatte die Saros das Planetensystem der Erde hinter sich gelassen. Nachdenklich wanderte Jenny mit Elia durch die großzügig angelegte Gartenanlage des zehnten Decks.

„Worüber denkst du nach Jenny?"

„Ich denke über den Frieden nach Elia, und wie lange er uns wohl noch erhalten bleibt!"

„Wir leben doch friedlich miteinander!"

„Ist das so, Elia? Aus einigen Hundert, zu der Zeit als ich in der Sonora ankam, sind mittlerweile mehrere Tausend geworden. Ist dir entgangen, dass nicht alle von ihnen zu einer Notlandung gezwungen waren? Sie schweigen sich über den Grund ihrer Ankunft aus. Auch wenn wir jetzt endlich im All sind und die Möglichkeit besteht, dass die Ersten von uns die Erde verlassen können, kann ich ihren Unmut deutlich spüren!"

„Du siehst Gespenster, Jenny!"

„Dann ist Drago also ein Gespenst, ja?" „Drago! Komm schon, Jenny. Er hat es doch nicht so gemeint. Er leidet nur unter Heimweh. Das ist alles!"

„Es stimmt mich traurig, zu sehen, wie sehr er sich verändert hat. Aus unserem vertrauten Miteinander scheint eher ein gegeneinander geworden zu sein. Ich frage mich, was ich falsch gemacht haben könnte. Was hat ihn derart verärgert, dass er sich gegen mich stellt!" „Aber das tut er doch nicht. Niemals würde er dir schaden wollen."

„Da bin ich mir nicht sicher. Schau dir Calrisian an, der mit seinem Sohn Ishan und seinem Bruder vor einem Jahr in unsere Basis gekommen ist. Ich habe seinen Bruder nie gesehen und er schweigt sich weiterhin darüber aus, wo er sich befindet. Auch über seinen Heimatplaneten Soran will er mir keine Auskunft geben. Er sieht fast menschlich aus, nur ohne Haare und Ohrmuschel. Ganz ehrlich, ich finde nicht nur den Blick seiner braunen Augen bedrohlich. Er hat etwas an sich, das ihn gefährlich erscheinen lässt, ohne dass ich es erklären kann."

Jenny schwieg eine Weile. Oft schon war der Versuch gescheitert, mit Calrisian zu reden oder weitere Informationen zu bekommen. Stets beschlich Jenny der Eindruck, dass er und sein Sohn ihr nur Verachtung entgegen brachten. Ein leichter Seufzer entwich ihr bei diesen Gedanken, bevor sie sich wieder Elia zuwandte.

„Seitdem er da ist, weicht Drago ihm kaum von der Seite. Ich frage mich, warum ein Rotgardist ihm derart viel Aufmerksamkeit schenkt. Im Prinzip ist das nicht weiter schlimm, doch es irritiert mich, dass sich Vater und Sohn weigern, das Implantat zu tragen, das ihnen menschliches Aussehen verleiht. Zudem ist Calrisian der Initiator des Gesetzes, das eine Verbannung aus unserer Gemeinschaft ermöglicht. Dazu noch mit einem Implantat, das die Erinnerung des Verbannten löscht. Welch ein Irrsinn. Wozu das, wenn wir alle gemeinsam die Erde verlassen wollen?"

„Das ist doch nur als Vorsichtsmaßnahme gedacht. Zu unserem Schutz."

„Wozu bedarf es dieses Schutzes, wenn wir tatsächlich harmonisch miteinander leben, alles in bester Ordnung ist und die Erde bald verlassen wird?"

Elia schwieg. Jennys Worte ließen ihn nachdenklich werden.

„Sag, Jenny", versuchte er vom Thema abzulenken. „Hast du schon einmal über besondere Fähigkeiten nachgedacht?"

Jenny stutzte.

„Du meinst, so etwas wie in die Zukunft sehen? Sich der Umgebung perfekt anpassen können, wie unsere Formwandler oder durch Wände zu gehen wie die Kelraner? Ja, nachgedacht habe ich schon darüber. Warum?"

„Ich frage mich schon geraume Zeit, über welche besonderen Fähigkeiten du wohl verfügst!"

Jenny begann, herzhaft zu lachen.

„Lass uns auf der Brücke nachsehen, was Drago dort treibt", ging sie der Antwort aus dem Weg.

Dort angekommen stellte Jenny beruhigt fest, dass alles seinen geordneten Gang ging. Jeder war konzentriert mit seinen Aufgaben beschäftigt. Zufrieden blickte sie in die Runde. Jenny setzte sich in den leeren Sessel neben Drago, der sie bereits seit ihrem Eintreten auf der Brücke beobachtete. Kaum zu glauben, dass dieses Wunderwerk der Technik noch vor wenigen Monaten aus Zigtausend Einzelteilen bestanden hatte. Nun glitt die Saros lautlos dahin, dachte Jenny, während sie ihren Blick erneut schweifen ließ. Die kreisförmig angelegte Brücke wirkte jetzt noch größer auf sie. Jeder konnte mit dem anderen aus der Crew sofort Blickkontakt aufnehmen und Absprachen treffen. Während Jenny mit Drago direkt in der Nähe des Eingangsbereiches saßen, reihten sich die wichtigsten Crewmitglieder ihnen zur Linken und zur Rechten im inneren Kreis. Im äußeren Kreis arbeiteten die Techniker, Nachrichtenoffiziere und der interne Sicherheitsdienst. Ein dreidimensionaler beweglicher Bildschirm über dem Steuerkreis zeigte die komplette Außenansicht aus allen Winkeln. Jeweils am Rand des Kamerablickwinkels wurden Daten in verschiedenen Farben eingeblendet. Rot forderte zur Befehlseingabe auf, Gelb, dass ein eingegebener Befehl soeben ausgeführt wird und Grün stand für den Hinweis, dass die bereichsbezogenen Daten optimal waren.

Zutiefst beeindruckt sah Jenny zu Drago, der gerade einige Daten eingab. Ob er genauso denkt wie ich?, fragte sich Jenny. Geduldig wartete sie, bis er seine Eingaben beendete.

„Drago sag schon, wie lässt sie sich führen?"

Drago schmunzelte und verzog seine Mundwinkel. „Finde es heraus!"

„Was ich? Drago, David hat mich zwar die Theorie gelehrt, - mehr aber auch nicht!"

„Die Praxis ist wesentlich leichter Jenny. Die Saros ist ein hervorragendes Schiff. Versuche es, du wirst schon sehen!"

Noch bevor Jenny etwas erwidern konnte, hörte sie Drago sagen: „Commander übernimmt die Brücke!"

Zögerlich legte Jenny ihre Hand auf den Scanner. „Also gut. Mal sehen. Wie war das doch noch gleich, hm", murmelte Jenny. „Lass uns mal ausprobieren, wo die Grenzen der Saros liegen. Ich möchte zu gern wissen, wie schnell sie ist." Jenny schmunzelte. „Mr. Fleet, setzen Sie Kurs auf den Andromedanebel und gehen Sie auf Höchstgeschwindigkeit!"

„Aye Sir, Kurs auf Andromeda, Geschwindigkeit wird angepasst!"

Binnen weniger Wimpernschläge legte die Saros an Fahrt zu und rauschte an den Sternen und Planeten nur so vorbei.

„Wow!", stieß Jenny aufgeregt aus.

„Andromeda ist ein sehr schönes Ziel. Gibt es einen besonderen Grund?", wollte Drago wissen.

„Ich möchte sehen, ob er so wunderschön ist, wie es die Bilder der Menschen vermuten lassen. Abgesehen davon hat mir einst ein guter Freund prophezeit, dass ich eines Tages dort sein werde. Wer bin ich, dass ich ihn Lügen strafe?" Jenny schmunzelte und dachte an Maél. Ob er wohl genauso stolz wäre, wie ich es gerade bin?, kam ihr in den Sinn.

„Wir werden sechs Wochen unterwegs sein", stellte Drago fest.

„Sechs Wochen? Wohl eher vierzehn Tage will ich meinen!" „Du träumst Jenny. Ich kenne kein Schiff dieser Größe, das in der Lage ist, in den Interdimensionsflug überzugehen. Günstigstenfalls schaffen wir die dreieinhalbfache Lichtgeschwindigkeit. Das dauert eben seine Zeit."

„Interdimensionsflug, ah ja. Du meinst, die Aufhebung der Begrenzung von Raum und Zeit, um in einer geraden Linie von A nach B zu gelangen, sei für die Saros ein unüberwindbares Hindernis?"

„Vereinfacht ausgedrückt – aber ja, so ist es!"

„Dann erkläre mir, wieso wir seit zehn Minuten mit einer Geschwindigkeit von 10,9 Lichtjahren fliegen. Wobei sie gerade erst warmläuft", provozierte Jenny Drago grinsend, während sie die Anzeige mit ihrer Handfläche abdeckte.

„Das kann nicht sein, Jenny. Du musst das falsch abgelesen haben."

„Ups! Ja, stimmt, verzeih. Denn es sind 10,9783, um genau zu sein."

„Aber es ist ein physikalisches Gesetz. Das kann nicht sein."

„Nach diesen Gesetzen solltest du besser David fragen. Sicher ist, dass sie nur so lange gültig bleiben, bis ein anderer etwas anderes beweist. Wie du siehst, ist die Saros schnell, klein und wendig."

Erstaunt sah er Jenny an.

„Jetzt lass uns diesen Flug einfach genießen, Drago."

Etwa zur selben Zeit lief Daán über die verschiedenen Decks seines Mutterschiffs und beobachtete seine Gefährten. Auch hier ging jeder seinen Aufgaben nach und es ergab sich ein Bild, das Ruhe vermittelte. Doch durch die mentale Verbundenheit mit seinen Gefährten wusste er nur zu gut, dass es ein trügerisches Bild war. Das Gemeinwesen war aufgewühlt und verunsichert. Er spürte noch etwas anderes, dessen er sich aber nicht sicher war.

„Wo bist du nur mit deinen Gedanken, Daán?"

Daán zuckte leicht zusammen, als er Kórels Stimme vernahm.

„Lass uns ein Stück gemeinsam gehen und reden. Quógei ist zuversichtlich, dass er auf Sodion alles finden wird, was er benötigt, um Sórei mit neuen Waffensystemen unterstützen zu können."

„Wo wird uns diese Entwicklung hinführen, Kórel? Wie du weißt, halte ich nichts von Aufrüstung."

„Was wolltest du stattdessen tun, um die Soraner in ihre Schranken zu weisen? Ziehst du es etwa vor, unendlich auf sie einzureden, bis sie kriegsmüde sind?"

„Die Soraner sind uns in der Kriegskunst ohne Zweifel weit überlegen und es mag notwendig sein, unsere Verbündeten mit Waffen zu unterstützen. Aber das Mutterschiff bewaffnen? Das geht zu weit, Kórel, siehst du das denn nicht? Seit Millionen von Jahren hat unser Volk den Tod niemandem mehr gegeben. Das sollte auch so bleiben! Sind diese Waffen erst einmal installiert, werden wir irgendwann gezwungen sein, sie einzusetzen."

„Ich stimme deinen Zweifeln zu, doch wir befinden uns in einer Situation, die außergewöhnliche Maßnahmen erfordert. Uns allen missfällt dieser Umstand." Kórel nickte seinem Freund zustimmend zu. Sein Gesprächspartner konnte die Leichtigkeit, mit der Kórel diese Worte sprach, kaum fassen. Unabsichtlich veränderte sich Daáns Farbenspiel und zeigte Kórel sein Entsetzen. Daán blieb abrupt stehen. Damit hatte Kórel nicht gerechnet und ging zwei Schritte weiter.

„Wir entsagten einst der Gewalt, weil wir erkannten, dass wir sie nicht kontrollieren können. Wir wollten niemals sein wie die Soraner, aber dennoch tun wir es ihnen jetzt gleich? Stellt diese Umkehr nicht alles bisher Erreichte infrage? Uns selbst inbegriffen?"

„Wenn der Frieden erst einmal wieder hergestellt ist, werden wir sie nicht mehr benötigen."

„Wenn er durch diese Mittel wiederhergestellt worden sein wird, haben wir uns bereits verändert, Kórel. Eine Veränderung, von der ich befürchte, dass wir an ihr zerbrechen könnten!"

„Du siehst Dinge, die unmöglich sind, Daán. Unser Gemeinwesen ist stark!"

„Dennoch ist es verunsichert und in Aufruhr. Abgesehen davon sieht das Protokoll des Mutterschiffes keine Bewaffnung vor. Es verbietet es ausdrücklich!"

„Das Protokoll hat auch keinen Krieg vorgesehen. Einen Krieg, in dem wir uns dennoch befinden."

Nachdenklich schwiegen beide eine Weile. Es bedurfte keines Wortes, doch beide dachten dasselbe. Für die konziliaren Mitglieder war es nichts Besonderes, miteinander zu schweigen, aber diesmal wurde die Stille mit jedem Schritt unerträglicher.

„Welch unsägliche Entwicklung!" „Dem stimme ich uneingeschränkt zu und es wird unser beider Aufgabe sein, die Sicherheit im Gemeinwesen wiederherzustellen." „Als ich vorhin durch die Gänge schritt, glaubte ich, so etwas wie Angst gespürt zu haben."

Kórel blieb abrupt stehen und sah Daán strafend an.

„Korrigiere deine Wahrnehmung unverzüglich; bevor ich gezwungen bin, es zu tun!"

Daán sah Kórel fragend an.

„Ich verbiete dir jedes weitere Wort diesbezüglich! Sieh dich vor! Dein Verlust um Lísan entschuldigt nicht alles. Sei gewarnt!"

Daán nickte wortlos und verbarg sein Unbehagen. Doch sein Schweigen sorgte auch bei Kórel für Unwohlsein. Erneut fand er es eigenartig, dass sein Freund etwas zu spüren schien, das ihm selbst verborgen geblieben war, falls dem tatsächlich so war. Kórel zweifelte daran; war seine Spezies doch seit Jahrtausenden darauf bedacht, sich über den Intellekt zu entwickeln und zu definieren. Er hatte von seinem Vater gelernt, dass es in dieser Entwicklung keinen Platz geben konnte für Dinge, die nicht einhundertprozentig definierbar und hinderlich waren. Nach all seinen Erfahrungen waren Gefühle hinderlich für die Wächter des Lichts.

„Wir werden in 7,8 Doranen den Andromedanebel erreichen", unterbrach Kórel die unerträglich gewordene Grabesstille. „Wenn uns das Schicksal wohlgesonnen ist, wird es vielleicht nicht mehr notwendig sein, gegen das Protokoll zu verstoßen."

Kórel nickte zustimmend. Doch Daán wusste, dass seine Worte lediglich dem Zweck der Beruhigung dienten. Er kannte seinen Freund gut genug, um zu wissen, dass dieselben Zweifel und die gleiche Besorgnis in ihm kämpften.

Die Saros indes wies in den vergangenen zwölf Tagen keinerlei Schwächen auf.

Wenn Jenny sich bei langsamer Fahrt nicht die Sterne und Planeten ansah und deren Schönheit genoss, ging sie ihrer Lieblingsbeschäftigung nach und las. Zwischendurch hielt David sie mit den neuesten Nachrichten auf dem Laufenden.

„Irgendwas Wissenswertes?", hörte sie Elias Stimme an der Tür.

„Komm rein und setz dich. Nichts Besonderes. Außer, dass Robert Goren soeben als Wirtschaftsminister zurückgetreten ist und verkündet hat, dass er sich aus der Politik vollständig zurückzieht. Kein Verlust für die Welt!"

„Ich werde ihn sicher nicht vermissen."

„Sag schon, was führt dich zu mir?"

„Mir geht unser Gespräch über ein mögliches Ausscheiden aus der Gemeinschaft nicht mehr aus dem Kopf. Warum glaubst du, dass derjenige zum Tode verurteilt wäre?"

„Weil das Blue Book Szenen aus Nelles enthält, die mich an dem Begriff der Menschlichkeit doch sehr zweifeln lassen. Die Menschen sind von Natur aus neugierig und untersuchen alles. Was sie aber glauben fürchten zu müssen, zerstören sie. Furcht war schon immer ein schlechter Ratgeber. Abgesehen davon; wenn du über keine Erinnerung mehr verfügst, wie willst du in dieser Welt zurechtkommen? Du kennst niemanden, du weißt nicht wohin …"

Elia nickte nachdenklich.

„Du könntest das neue Gesetz doch einfach aufheben!" „Ich soll dem Tribunal meinen Willen diktieren? Nein! Eventuell kommt es gar nicht so weit. Wir müssen eben gut aufeinander achtgeben."

Nachdenklich sah Jenny Elia hinterher, als dieser ihr Quartier verließ. Sie wusste nicht, ob es ihr gelungen war, Elia zu beruhigen, doch offensichtlich war sie nicht mehr die Einzige, die sich Sorgen machte, die Gemeinschaft könne zerfallen.

So beginnt es wohl, dachte sie.

Nur wenige Lichtjahre von Andromeda entfernt, stand Daán nachdenklich in seinem Quartier und starrte in das tiefdunkelblau des Universums. Seine Gedanken galten dem geführten Gespräch mit Kórel. Warum hatte er seine Gedankengänge derart barsch unterbunden? Fürchtete er die Wahrheit? Daán dachte an Lísan und das Ereignis in den Bergen von Kalre. Er war sicher, dass es gerade der Austausch jener intensiven Gefühle gewesen war, der ihre Freundschaft dermaßen in die Tiefe gehen ließ, dass selbst die Wandlung, offenbar kein Hindernis darstellte.

Daán begann erneut mit dem Studium der Legende. Er wollte auf andere Gedanken kommen und er hatte nur noch eine Achtel Dorane Zeit dafür. Übermorgen würden sie Sodion erreichen.

Als der vierzehnte Reisetag begann, betrat Jenny etwas verschlafen und müde die Brücke der Saros. Jeran hatte das Kommando auf dem Sternenkreuzer, und als er Jenny die Brücke betreten sah, wollte er das Kommando sofort übergeben. Doch sie gab ihm Zeichen, dass er Platz behalten sollte.

„Wie weit sind wir?"

„Noch 150000 km."

„Wie ich sehe, haben Sie heute besonders gute Laune, Mr. Fleet. Gibt es einen besonderen Grund dafür?", wollte sie vom Navigationsoffizier wissen. Tatsächlich hieß er Kenjoreuna und war einer der wenigen unter den Newcomern, die zuvor bereits auf einem Sternenkreuzer gedient hatten. Da ihn seine Erfahrung stets flink handeln ließ und er die hohe Geschwindigkeit liebte, nannte Jenny ihn ‚Mr. Fleet'. Für ihn war dieser Name eine Auszeichnung und ihm allemal lieber als die Abkürzung seines Namens in ‚Kenjo'.

„Naja, es fühlt sich einfach gut an, der Heimat ein Stück näher zu sein."

„Schon verstanden. Gehen Sie auf Achtelimpuls und zeigen uns die besondere Schönheit Ihrer Heimatstrecke." „Aye! Ein Achtel liegt an."

Kaum ausgesprochen, verlangsamte die Saros die Geschwindigkeit und zeigten die Spiralgalaxie in ihrer vollen Pracht. Im Vergleich zur Milchstraße, die circa 100000 Lichtjahre im Durchmesser umfasst, ist der Andromedanebel 40000 Lichtjahre größer.

„Ist er das, Jeran?"

„Ja, Sir, das ist Andromeda."

Wie angewurzelt verharrte Jenny auf der Brücke und starrte mit leicht geöffnetem Mund staunend nach vorne. Die Bilder, die sie auf der Erde gesehen hatte, erfassten nicht ansatzweise einen Bruchteil dieser unbeschreiblichen Schönheit. Ein einziges Funkeln, Flimmern und Glitzern aus Rot und Blau, in einem unendlich erscheinenden spiralförmigen Meer aus Sternen. Soweit ein Auge sehen konnte, gab es diesen wundervollen Anblick. Der Andromedanebel hat etwa einen Durchmesser von 140000 Lichtjahren. In ihm befinden sich unzählige Kugelsternhaufen und ganze Planetensysteme. Jenny erinnerte sich daran, dass man Kugelsterne so nannte, weil sie mehrere Hunderttausend Sterne als eine Kugel sichtbar verbanden. Je nach der Art und Zusammensetzung der Sterne ergab sich das Farbspiel, das in diesem Augenblick alle an Bord gefangen nahm.

„Da möchte man am liebsten nie wieder zur Erde zurückkehren, nicht wahr Commander?"

„Ja Mr. Fleet, da wird doch der Hund in der Pfanne verrückt!"

Alle lachten und ließen ihrer Freude freien Lauf. Nur selten hatte Jenny die Newcomer derart ausgelassen gesehen. Sie sah dem unbekümmerten Treiben zu. Offenbar schien ihre Anwesenheit hier der Besatzung neue Hoffnung zu geben.

Nachdenklich betrachtete sie die rötlich schimmernden Wasserstoffteile, die sich mit bläulich leuchtenden Planeten abwechselten und ein anmutiges Bild des Lebens zeichneten, wie es schöner nicht hätte gemalt werden können. Bei diesem Anblick bekam Jenny ebenfalls Fernweh und fragte sich, ob sie jemals ihrer Herkunft auf die Spur kommen, und ihre Heimat finden würde.

Plötzlich flüsterte sie: „Spürst du das auch Drago?"

„Was soll ich spüren, Jenny?"

„Wir sind nicht allein!"

Drago stutzte und sah sie fragend an.

„Jenny da draußen ist weit und breit nichts zu sehen. Wovon redest du?"

Irritiert starrten die anderen auf der Brücke sie an.

„Tarnmodus David, sofort! Finde dich unverzüglich auf der Brücke ein!"

„Du spinnst Jenny! Da ist nichts!", fuhr Drago sie an, während David auf der Brücke erschien.

Wenige Sekunden später ertönte auf dem gesamten Schiff ein Alarmsignal und alle auf der Brücke nahmen eilig wieder ihre Plätze ein. Jenny sah Davids Holobild an, das sich direkt neben ihr befand.

„Es hält direkten Kurs auf uns und wird in drei Minuten hier eintreffen", gab David bekannt.

Unerträgliche Stille ließ die folgenden drei Minuten endlos erscheinen. Furcht breitete sich auf den Gesichtern der Mannschaft aus. Nervös starrten alle auf den Bildschirm, der die Außenbereiche zeigte. Nichts zu sehen! Einige warfen sich Blicke zu, die ihre Unsicherheit erkennen ließen. Leichtes Kopfschütteln bei anderen. Noch immer nichts zu sehen! Jenny sah, wie sich das ein oder andere Crewmitglied angespannt die Haare raufte. Sie spürte die fragenden, zweifelnden Blicke auf sich lasten. Jenny zählte innerlich von 10 auf 0 zurück.

„Da sind sie", flüsterte Jenny. Ein leises Raunen erfüllte die Brücke.

„Ist das riesig, seht euch das an", hauchte Mr. Feet ehrfürchtig ergriffen. „So eines habe ich noch nie zuvor gesehen."

„Können sie uns hören, David?"

„Nein."

„Da passen wir gut und gerne viermal rein!", äußerte Jenny, während das doranische Mutterschiff majestätisch auf sie zu glitt.

„Sieht fast aus wie unseres", rief Jeran, „nur eben ein bisschen größer."

„Wohl die Untertreibung des Tages! Ich hab da ein ganz mieses Gefühl!", murmelte Jenny und nickte David zu, während sie spürte, wie sich ihr Magen zusammenzog und krampfte. Sofort begann er, das fremde Raumschiff zu scannen, während es seine endgültige Position einnahm.

„Bewaffnung?"

„Keine Erkennbare, Jenny."

„Dann sollten wir uns vielleicht zeigen", meinte Drago. „Was nicht erkennbar ist, kann trotzdem da sein. Wer sagt uns denn, dass sie friedlich sind? Wenn sie bewaffnet und nicht friedlich sind, verspeisen sie uns zum Frühstück. Warten wir erst ab, was sie tun."

Zur selben Zeit standen Kórel und Daán auf der Brücke ihres Schiffes.

„Siehst du, Daán, wir haben unser Ziel unbeschadet erreicht. Nun liegt es an dir, die Legende zu beweisen." „Niemand erinnert mehr, wann der Letzte von uns hier gewesen ist. Eigenartig, dass uns unser Weg ausgerechnet an den Ort führt, an dem auch unsere Sternenkarten enden; findest du nicht?"

„Ich vermag allerdings noch immer nicht erkennen, warum du unbedingt nach Sodion wolltest."

„Eine der Schriften der Legende weist darauf hin, dass Chandunah während seiner Reise auf einen Nebel traf, dessen spiralförmig angeordneten Planeten von rotem und blauem Licht umgeben sind. Der größte der Planeten, nahe Sodion, sei für eine Weile seine Heimat gewesen."

Daáns Arm bewegte sich im Bogen von rechts nach links. Einen Augenblick später zeigte sich holografisch die Andromedagalaxie. Er tippte mit dem Finger auf Sodion, der unverzüglich vergrößert dargestellt wurde und unentwegt kreiste.

„Wenn dieser Ort der richtige ist, dann müsste es ..."

Daán brach seinen Satz ab. Seine Hautfarbe wechselte in schnellster Abfolge.

„Das gefällt mir nicht", meinte zur selben Zeit Jenny auf der Saros, während sie sah, dass viele kleine Shuttles das fremde Schiff verließen und auf einen Planeten zusteuerten. „Lasst uns hier verschw...", brach Jenny ab und taumelte. Jeran fing sie auf.

„Alles in Ordnung, Commander?", fragte er besorgt, doch sie reagierte nicht.

Daán hingegen reagierte umso heftiger; das Farbenspiel, das jetzt seinen Körper vollständig durchflutete, verriet jedem, wie aufgeregt er war.

„Erkläre dich, Daán", forderte Kórel ihn besorgt auf. Doch Daán reagierte nicht auf seine Worte. Langsam bewegte er seinen Kopf von schräg rechts nach unten links, während seine Erscheinung fast durchsichtig wurde.

Jenny fing sich wieder: „Mr. Fleet, langsame Schleichfahrt zurück. Bringen Sie uns unbemerkt von hier weg."

„Aber, Commander, sollten wir nicht ..."

„Ich diskutiere nicht mit Ihnen!", fuhr sie ihn barsch an. „Aye! Schleichfahrt zurück, liegt an!"

„Jenny ...", wollte Drago eine Frage beginnen, doch Jenny hob nur drohend ihren

Zeigefinger, der Drago verstummen ließ.

„Fliegen Sie uns langsam zurück, Mr. Fleet. Drago übernimmt die Brücke", befahl Jenny kurz angebunden, verließ schnellen Schrittes die Brücke und suchte ihr Quartier auf.

Rache ist ...

Nachdenklich stand Robert Goren am Terrassenfenster der wiederaufgebauten einstigen deutschen Botschaft im Embassy-Row-Viertel und trank einen Kaffee. Wie sehr sich doch diese Welt verändert hatte. Robert dachte an seinen Großvater, der im Salafistenkrieg in Europa gefallen war. Wie hatte er ihn bewundert. Sein Großvater war ein SEAL gewesen und damit ein Teil der härtesten Elitekampftruppe der Welt. Voller Überzeugung, das Richtige zu tun, war er wieder in seine Uniform geschlüpft und hatte sich zum Dienst gemeldet, obwohl er sich längst im Ruhestand befand. Aufgrund seiner langjährigen Erfahrungen aus vorangegangenen Kriegen wurde er zum Rear Admiral befördert und in Europa eingesetzt. Eigentlich war dies für den betagten Seal ein fast sicherer Einsatz, bei dem er als Offizier gut geschützt sein sollte. Doch auch hier gab es keine Sicherheit. Eines Tages betrat ein in Galauniform der Navy gekleideter Konvertit, unter dem Vorwand eine dringende Nachricht überbringen zu müssen, den Besprechungsraum der Offiziere. Noch bevor den Offizieren die unangemessene Kleidung sowie dass es eine gefälschte Uniform handelte, auffiel, sprengte sich der Attentäter in die Luft und riss alle Anwesenden mit in den Tod. Robert erinnerte sich noch gut an jenen Tag, als zwei hochdekorierte Offiziere in der Galauniform der Navy vor der Tür seiner Eltern standen. Damals war er sieben Jahre alt gewesen und noch lange danach hatte er gehofft, sein geliebter Großvater käme dennoch zurück. Dabei hatte damals vor fünfzig Jahren, in Europa alles vermeintlich harmlos begonnen. Die Salafisten traten in der Öffentlichkeit auf, hielten Versammlungen ab und gewannen mehr und mehr Anhänger. Sie verschenkten in Massen den heiligen Koran und machten mit aufsehenerregenden Aktionen auf sich aufmerksam. Zwar wurden sie von den Verfassungsschützern des jeweiligen Landes, beobachtet, doch man ließ sie gewähren. Das sollte sich später als ein Fehler herausstellen. Während sie mit ihren voluminösen Bärten und langen weißen Gewändern die Blicke der Öffentlichkeit auf sich zogen, unterwanderten radikalisierte Islamisten unbemerkt die wichtigsten Behörden. Jene, die keine auffälligen Bärte und Gewänder trugen. Jene, die rauchten, tranken, mit Ungläubigen sexuell verkehrten und stets gut gekleidet auftraten. Ein Mittel der Täuschung, das, wie sie zu Unrecht glaubten, im heiligen, großen Dschihad durch den Koran erlaubt war. Nach und nach gelangten sie im Laufe der

Jahrzehnte in wichtigste Positionen, in denen ihnen militärische Routen, Geheimcodes und Einrichtungen mit der höchsten Sicherheitsstufe zugänglich waren.

Auch im öffentlichen Leben gewannen die radikalen Salafisten zunehmend an Einfluss. Zunächst eroberten sie die Herzen verwahrloster jugendlicher Europäer. Neben den Lehren des Korans, den sie auslegten, wie sie es gerade brauchten, gaben sie vor allem den Jugendlichen ein neues Zuhause. Sie bauten ihre Basis aus und ließen sich in die kommunalen, später in die Landesparlamente wählen. Aus den arabischen Staaten flossen Gelder in rauen Mengen. Meistens handelte es sich dabei um geschmuggeltes Drogengeld, aber auch die reichen Scheiche unterstützten die Unterwanderung. Sie bereisten alle Länder und hatten stets Millionen US-Dollar in ihrem diplomatischen Gepäck. Nach und nach schafften es immer mehr Konvertiten in die europäischen Parlamente. Die politisch aktiven Islamisten nutzten jedes nur erdenkliche Schlupfloch in den europäischen Gesetzen und wandten die demokratischen Regeln gegen ihre Erschaffer. Als ihre politische Macht gefestigt war, sie durch Mehrheiten in der Lage waren, Gesetze zu erlassen, verboten sie nach und nach christliche Riten und führten islamische ein. Mädchen war der Schulbesuch nur noch bis zur vierten Klasse erlaubt und die Arbeitserlaubnis für Frauen stark eingeschränkt. Der Islam wurde Religionspflichtfach in den Schulen. Alkohol wurde verboten und das Gesetz der Sharia wurde zumindest inoffiziell ausgeübt und deren Strafen vollzogen. Politische Gegner wurden bedroht, und wenn dies nicht ausreichte, sorgte ein sorgsam ausgearbeitetes Attentat für deren Ableben. Mehr und mehr arbeiteten die radikalislamischen Führer Europas mit den islamischen Staaten zusammen. Ihnen fehlte nur noch eines: die Präsidentschaft im EU-Parlament der Vereinigten Staaten von Europa. Als im Jahr 2075 erneute Wahlen anstanden, kandidierte Connor Leroy für dieses Präsidentenamt. Connor war gebürtiger Ire und ein charismatisch begnadeter Politiker. Erst vierzig Jahre jung, hatte er eine politische Karriere sondergleichen vorzuweisen. Reich, gebildet, hochintelligent, hatte er so manch außergewöhnliche Ausbildung genossen. Was die Öffentlichkeit jedoch nicht über ihn wusste, war die Tatsache, dass er eine Spezialausbildung bei der ‚IS' (Islamischer Staat) genossen hatte. Extrem radikalisiert plante er die Übernahme ganz Europas, zur Not auch mit Waffengewalt. Seine Schergen warteten bereits auf ihren Einsatz, als die Umfragewerte ihm einen Sieg voraussagten. Die wichtigsten Politiker sollten noch in der Nacht der Machtübernahme ausgeschaltet werden. Dann endlich würde es vollbracht sein. Nur noch eine Woche, bis ihr Traum in Erfüllung gehen würde.

Als der amerikanische Auslandsgeheimdienst CIA Hinweise bekam, dass Attentate auf hochrangige Persönlichkeiten kurz bevorstünden, die Europäer aber alle Warnungen in den Wind schlugen, befahl Präsident Henry Gardener den sofortigen Einmarsch in Europa. Er wollte die Attentate verhindern, doch es war genau dieser Befehl, der den Krieg auslöste; was die Amerikaner natürlich anders sahen. Sie wollten helfen. Zudem war für die Amerikaner ein radikalisiertes, islamisches Europa direkt vor ihrer Haustür einfach undenkbar.

Was war der Dank? Die Vereinigten Staaten von Europa beriefen geschlossen ihre Botschafter ab und kündigten das Bündnis, da sie die Ansicht vertraten, die Amerikaner hätten sich wie ein Elefant im Porzellanladen benommen. Die USA hätten gegen geltendes internationales Recht verstoßen. Europa ohne plausiblen Grund den Krieg erklärt.

Kein Recht, dachte Robert. So ein Schwachsinn!

Robert nippte erneut an seinem Kaffee. Sein Vater war damals Senator und hatte dem Rückzug der Soldaten aus Europa zugestimmt. Eine Entscheidung, die Robert seinem Vater immer noch verübelte und nachtrug. „Jetzt sitzt noch so ein Weichspüler im Weißen Haus! Zum Kotzen!", fluchte er vor sich hin. Entschlossen griff er zum Hörer seines Telefons und drückte auf eine Kurzwahltaste.

„Hallo Finn. Sag Mal, hast du noch Kontakt zu den anderen?"

„Ja natürlich, warum fragst du?"

„Ich möchte, dass ihr euch allesamt beim Secret Service bewerbt. Meine Kontakte werden dafür sorgen, dass ihr angenommen werdet."

„Ist nicht gerade ein Traumjob in diesen Zeiten! Was hast du vor?"

„Das erkläre ich dir später und glaub mir, diesen Job wirst du lieben! Tut einfach, was ich euch sage und wenn ihr drin seid, treffen wir uns an einem sicheren Ort."

„Okay, du bist der Boss!"

„Danke, Finn!"

Robert legte den Hörer auf, trank genüsslich seinen Kaffee und über sein Gesicht huschte ein Grinsen, das höhnisch anmutete.

Zur selben Zeit saßen Nancy und Ben beim gemeinsamen Frühstück, das wie so oft in letzter Zeit schweigend ablief. Nancy hatte sich in den vergangenen Jahren stark verändert. Im zweiten Jahr der Präsidentschaft ihres Mannes war sein Amt keineswegs leichter geworden. Stets musste er verfügbar sein. Flog mit dem Navy One zu dieser Sitzung oder zu jener. Oft zählte sein Arbeitstag mehr als 20 Stunden. Nur noch selten konnte er sich in der gemeinsamen Wohnung im Weißen Haus aufhalten, denn Konferenzen, Staatsbesuche und Gespräche mit Gouverneuren, Senatoren zwangen ihn oft tagelang außer Haus.

Nancy blieb allein zurück. Die Aufgaben der First Lady füllten sie längst nicht mehr aus. Während sie über ihre Einsamkeit nachdachte, sah sie durch Ben hindurch. Sie hatten sich kaum noch etwas zu sagen. Wenn sie doch miteinander sprachen, endete es meistens im Streit. Zudem war da dieses Schreckgespenst der ständig gegenwärtigen Angst, das sie fest umklammert hielt, das sie verfolgte, - ihr den Drang der Freiheit nahm. Zwar lag Erics Entführung Jahre zurück, aber es war ihr nicht gelungen, die Ereignisse zu überwinden. Die Tatsache, dass Eric sich auf dem Wege befand, Offizier zu werden, gab dieser Angst noch weitere Nahrung. Obwohl Eric unbeschadet heimgekehrt war, hatte Nancy begonnen, ihre Furcht in Alkohol zu ertränken. Als ihr dies nicht mehr gelang, ging sie dazu über, Beruhigungsmittel hinzuzufügen. Krampfhaft versuchte sie sich über Wasser zu halten, und sie begann zu hassen. Erst das Präsidentenamt, danach den, der es innehatte und zuletzt sich selbst.

Ben fühlte die Blicke seiner Frau. Was war nur aus seiner Frau geworden? Früher war ihr nichts wichtiger gewesen als ihr Aussehen. Zweimal in der Woche zum Friseur, damit ihr wallendes braunes Haar stets perfekt saß. Termine für Massagen, Masken und der Nail-Designerin füllten ihren Terminkalender. Ihre wunderschönen langen Beine hatte sie, so wie den Rest ihres Körpers trainiert, auf dass kein Gramm zu viel an sie käme. Als könnte sie in ihrem mittlerweile leicht fortgeschrittenen Alter noch einmal ‚Miss America' werden. Dagegen verunstaltete sie nun ein immer stärker aufgedunsenes Gesicht, tiefe Augenränder und Sorgenfalten zeichneten ihre Stirn. Ihre zittrigen Hände fanden stets den Weg zum Glas, aber längst nicht mehr jenen zum Nail-Designer. Ihre einst wunderschön duftenden langen Haare hingen heute meist nur noch herunter und waren von Spliss durchsetzt. Ben störte es nicht, dass sich die eine oder andere, süße leicht ergraute Strähne hineingemogelt hatte. Doch früher wäre sie ihr ein Graus gewesen, den sie sofort beseitigt hätte. Ihre einst strahlenden Augen spiegelten allzu oft nur noch Hoffnungslosigkeit wider. Wo war nur die lebenslustige Frau geblieben, die er so sehr liebte? Wie oft hatte er versucht, ihr zu helfen. Ungezählte Male untersuchten sie Ärzte, die ihr weitere Pillen verschrieben, die sie selbstverständlich nicht nach Vorschrift einnahm. Heimlich durchsuchte er gefühlte hundertmal ihr Zimmer, um den angelegten Tablettenvorrat aufzuspüren und zu vernichten. Nancy, die sich als sehr einfallsreich erwies, fand stets neue Wege, ihn auszutricksen. Sie spielten Katz und Maus miteinander, und während es ihn zutiefst verletzte, machte es ihr Spaß, die vermeintliche Gewinnerin zu sein.

„Nancy, warum sagst du nicht einfach, was du loswerden willst?"

„Ach ...", erwiderte Nancy, während sie an ihrem morgendlichen Drink provokant nippte. „Hört, hört, der mächtigste Mann der Welt erbarmt sich, anhören zu wollen, was ich zu sagen habe!"

„Nancy, bitte. Lass uns bitte ein einziges Mal ganz normal miteinander reden."

„Zu gnädig, Mr. President. Wirklich äußerst gnädig."

„Das bringt uns nicht weiter, Nancy. Bitte."

„Wie konntest du ihn gehen lassen, Ben? Wie konntest du nur!"

„Wen? Robert? Es war seine eigene Entscheidung zurückzutreten."

„Robert?", Nancy lachte höhnisch. „Nein, Ben, ich rede nicht von deinem Bruder, den du mit deiner überheblichen Art aus dem Haus getrieben hast. Ich rede von unserem Sohn!"

„Nancy, du solltest dich etwas beruhigen. Eric ist erwachsen. Es ist normal, dass er eigene Wege gehen will."

„Ein Weg, der ihn schnurstracks in die Arme der Navy getrieben hat. Wie konntest du das nur zulassen Ben?"

„Es war sein eigener, ausdrücklicher Wunsch."

„Blablabla", winkte voller Hohn abwertend Nancy ab. „Du hättest es ihm verbieten müssen! Was wird sein, wenn es Krieg gibt? Wirst du dann seelenruhig dabei zusehen, wie sie ihn töten? Unseren Sohn? Unseren einzigen Sohn, Ben", schrie sie ihn an.

„Aber Nancy, wir leben doch in Friedenszeiten und nichts, absolut nichts deutet auf einen Krieg hin. Solange ich es verhindern kann, wird es auch keinen geben!"

„Was, wenn es mal nicht so läuft, wie es Mr. Allmächtig beliebt? Was wirst du dann tun?"

„Das führt doch zu nichts, Nancy."

„Ich habe dich etwas gefragt!", brüllte sie ihn an.

„Eric wollte zum Militär. Er hat mich nicht gefragt, sondern es entschieden. Das ist sein gutes Recht!"

„Nur weil er diesen ominösen Commander unentwegt angehimmelt hat und er zu seinem Vorbild wurde! Was weißt du denn schon über den?!"

„Vor allem weiß ich, dass er unseren Sohn zurückgebracht hat. Selbst nach so vielen Jahren steht er uns weiterhin zur Seite, ohne dass ich ihn je darum bitten musste! Offensichtlich hast du seinen Verdienst in deinem ewigen Suff längst vergessen!"

„Wie könnte ich! Seit jenem Tag hieß es nur noch: Commander David hier und Commander David da ... An diesem Tag habe ich den Einfluss auf unseren Sohn verloren. Wie wohl könnte ich das vergessen?" Verachtend drehte sich Nancy weg und kehrte ihm den Rücken zu.

„Wundert dich das? Was hat er denn danach von dir gehabt? Was für eine Mutter warst du seitdem für ihn? Die Starke, die an seiner Seite stand, die er gebraucht hat oder die ewig Ängstliche, die ihn keinen Schritt mehr allein gehen ließ? Oder mehr die, die er täglich trinkend und torkelnd sah und die ihre Probleme zu seinen werden ließ? Sollte er sich diese Mutter zum Vorbild nehmen?"

Einen Wimpernschlag später klatschte ein halb gefülltes Glas mit voller Wucht gegen die Wand und zersplitterte.

„Verfluchtnochmal, Ben. Was hätte ich denn tun sollen. Du warst nie da! Niemand hat mir geholfen, mit meiner Angst fertig zu werden. Und wie oft hab ich dich angefleht, ihn von seiner Aufnahme in die Akademie abzuhalten. Nun habe ich niemanden mehr." Nancy drehte sich weg und starrte mit glasigen Augen aus dem Fenster. Ben stand auf und ging auf sie zu. Sanft berührte er ihre Schultern. „Wage es nicht, mich anzufassen", fauchte sie ihn an. Erschrocken und betroffen zugleich zuckte ihr Ehemann zurück, ging langsam mit gesenktem Haupt zu seinem Platz und setzte sich.

„Du bist der Präsident der Vereinigten Staaten von Amerika! Du hättest dafür sorgen müssen, dass seine Aufnahme in Anapolis rückgängig gemacht wird. Aber nein, das hast du nicht!"

„Und das aus gutem Grund: Zum einen war es sein Wunsch und zum anderen: Was glaubst du wohl, wie hätte er den Spot seiner Kameraden ertragen, wenn er gehört hätte: Verweichlichtes Muttersöhnchen kehrt heim zu Daddy."

Einen Augenblick darauf reuten ihn seine harten Worte bereits und der sonst so starke Präsident spielte mit dem Kaffeelöffel, den er auf der weißen Tischdecke kreisen ließ. Er suchte nach beschwichtigenden Worten. „Was hätte ich denn tun sollen, Liebes. Unser kleiner Eric von damals ist heute ein erwachsener Mann. Als Vater fällt es mir genauso schwer, ihn ziehen zu sehen, doch er muss seinen eigenen Weg finden und gehen. Das ist nun mal der Lauf der Dinge und ich werde mich seinen Wünschen nicht entgegenstellen."

„So'n Quatsch! Es geht dir doch einzig und allein nur um dein Image!"

„Es reicht!", brüllte Ben die Fassung verlierend in Richtung Nancy. Wütend warf er den Kaffeelöffel, mit dem er zuvor gespielt hatte, quer über den Tisch. Lautes Klirren und Scheppern zerbrechenden Glases und Porzellans begleiteten seine Worte. Ich gebe dir einen Monat Zeit, dich in den Griff zu kriegen. Andernfalls werde ich dafür sorgen, dass du ein Sanatorium aufsuchen wirst, in dem man dir helfen wird. Denn, Nancy: Du brauchst eindeutig Hilfe, die ich nicht in der Lage bin zu leisten! Freiwillig oder nicht; ich habe lange genug zugesehen, wie du dich langsam zugrunde richtest. Ich kann es nicht mehr ertragen. Es zerreißt mir das Herz."

„Ach darauf läuft es hinaus? Du willst mich abschieben! Wie praktisch", spottete sie.

Doch noch, bevor Ben etwas erwidern konnte, stand Marcus Evens im Türrahmen, dessen Klopfen er während ihres lautstarken Streites überhört hatte.

„Mr. President."

„Einen Augenblick noch", bat Ben und gab ihm winkend zu verstehen, die Tür von außen zu schließen.

„Kommt ja wie gerufen, dein geliebter Marcus. Erlöst dich wie immer im passenden Augenblick."

Ben holte tief Luft und man sah ihm an, wie sehr ihm der Streit zusetzte. Noch einmal versuchte er, seine Frau umzustimmen.

„Ich liebe dich wie am ersten Tag, aber du machst es mir nicht leicht. Bitte lass dir helfen!" „Geh zum Teufel, Ben Goren!"

Er stand bereits an der geöffneten Tür, als er sich noch einmal zu seiner Frau umdrehte.

„Unserem Sohn geht es gut. Er macht sich hervorragend und er wird in vier Wochen sein Offizierspatent erhalten. Wenn du dich schon nicht meinetwegen ändern willst, dann tue es wenigstens ihm zuliebe. Ich bin sicher, du wirst sehr stolz auf ihn sein, wenn du ihn bei der Abschlussfeier siehst."

Bevor Nancy etwas erwidern konnte, hatte Ben den Raum verlassen.

Im Oval Office angekommen, sah Ben den Chef des Generalstabes, Henry Jackson, neben Marcus Evens sitzen.

„Meine Herren, was ist denn so dringend, dass es nicht warten kann?", fragte er, vom vorausgegangenen Streit noch immer aufgewühlt.

„Mr. President, es gibt ein Problem oder eigentlich sind es zwei."

„Machen Sie es nicht so spannend, Henry. Was ist los?" „Juri Antonow droht unverhohlen mit Vergeltung, wenn wir ihn nicht endlich bezahlen. Er hat uns lange genug Bedenkzeit gegeben und erwartet die umgehende Lieferung von Fleisch und Getreide."

„Das sagt er doch schon seit eineinhalb Jahren. Was hat sich geändert?"

„Antonow droht der Machtverlust. Durch die Missernten in den letzten zwei Jahren leiden die Menschen in der Freihandelszone Hunger. Unter anderem auch, weil sie die Replikatoren und deren Befüllung nicht mehr bezahlen können."

„So einen wie Antonow braucht kein Mensch. Wenn sie ihn stürzen wollen, sollen sie doch!"

„Das wird er nicht zulassen. Er hat bereits das Militär in Bewegung gesetzt. Die Reservisten sind einberufen, alle Kriegsschiffe weisen erhöhten Funkverkehr auf. Seine Bodentruppen bewegen sich auf die Grenzen zu. Er wettert gegen uns, was das Zeug hält."

„Henry glauben Sie wirklich, er wäre bereit, einen Krieg gegen uns zu führen?"

„Die derzeitige Situation ist schwer einzuschätzen, Mr. President. In gewisser Weise ist er unberechenbar. Schwer zu sagen, ob es einfach nur ein Bluff oder tatsächliches Säbelrasseln ist."

Alle schweigen einige Zeit.

„Ein Krieg ist undenkbar. Geben wir ihnen offizielle humanitäre Hilfe. Dann wird sich die Lage beruhigen." „Bedauerlicherweise sind wir dazu nicht imstande, selbst wenn wir wollten!"

„Wovon reden Sie? Die Speicher im Land sind randvoll! Das reicht für die nächsten Jahre."

„Das wären sie, wenn Ihr Bruder Robert nicht als seine letzte Amtshandlung deren Inhalt freigegeben und an das amerikanische Volk verschenkt hätte."

„Er hat was? Das ist doch wohl ein schlechter Scherz!" „Bedaure, aber es ist nichts mehr da. Sämtliche Silos sind bis auf den letzten Krümel leergefegt." Ben beugte sich nach vorn und vergrub sein Gesicht in den Händen.

„Lassen Sie ihn suchen und verhaften! Auf der Stelle!", schrie er und schlug mit der Faust auf seinen Schreibtisch.

„Aufgrund welcher Straftat? Seine Verfügung als Wirtschaftsminister war rechtens."

„Verfluchtnochmal!" Ben sprang auf und lief im Raum aufgeregt auf und ab. Er faste sich mit beiden Händen an den Kopf und presste sie gegen den Schädel. „Dann kaufen Sie, was immer Sie kriegen können! Sorgen Sie dafür, dass die neue Ernte in zwei Monaten wieder in die Silos wandert; und bringen Sie mir endlich etwas Handfestes über diesen Antonow. Wenn er auch nur hüstelt, will ich das wissen. Haben Sie mich verstanden!", brüllte Ben.

Verdutzt sahen sich Marcus und Henry an. Derart wütend und aufgebracht hatten sie ihren Präsidenten nie zuvor gesehen. „Worauf warten Sie noch meine Herren? Die Zeit ist kostbar, - nutzen wir sie!", scheuchte er die beiden auf, die aufgeschreckt aufsprangen und unverzüglich das Oval verließen.

Wieder allein ließ sich Ben nachdenklich in seinen Sessel sinken. Wie hatte Robert ihm das nur antun können? Wie abgrundtief musste Robert ihn hassen, dass er sein Amt als Wirtschaftsminister dazu missbrauchte, ihn derart ins offene Messer laufen zu lassen? Sein eigener Bruder! Ben schlug die Hände vors Gesicht und schloss seine Augen.

Auf der anderen Seite des großen Teiches saß Juri Antonow bei seinem Frühstück, das aus Wodka und etwas Brot mit Beluga Kaviar aus seiner privaten Zucht bestand. „Jevgeni, mein Freund", begrüßte er General Jevgeni Sarow.

„Juri, wir müssen reden! Der größte Teil unseres Volkes hungert, da sie die Replikatoren nicht bezahlen können und der Schwarzmarkt gibt auch nicht mehr viel her." „Dieser unersättliche Will Peters! Typisch amerikanisch. Wie ich das hasse! Nichts anderes im Sinn, als Dollar zu zählen."

„Aber ist es wirklich klug, einen Krieg zu provozieren? Den Amerikanern werden die Bewegungen unserer Truppen nicht entgangen sein. Möglicherweise könntest du sie bewegen, humanitäre Hilfe zu leisten."

„Ich habe sie äußerst höflich darum gebeten, Jevgeni, das kannst du mir glauben. Aber nein, was tun sie stattdessen? Sie sitzen mit ihren vollgefressenen Ärschen auf ihren randvoll gefüllten Speichern. Ich habe nicht die Absicht Krieg zu führen, denn wie du weißt, kämpfen hungrige Soldaten nicht gut. Die Amerikaner sollen nur denken, dass wir bereit sind, ihn zu führen. Ich brauche noch etwas Zeit, die du mir verschaffen musst, Jevgeni." „Zeit? Aber wofür, wenn du keinen Krieg vorbereiten willst?"

„Es ist August Jevgeni, und die nächste Ernte steht kurz bevor. Geben wir ihnen eine letzte Gelegenheit, ihre versteinerten Herzen zu erweichen. Liefern sie nicht, werde ich ihnen eine Lektion erteilen, die sie niemals vergessen werden. Glaub mir, Jevgeni – bis an ihr Lebensende nicht!"

Jevgeni Sarow nickte und verließ den Raum. Er sah nicht mehr, wie Juri Antonow ein hämisches Grinsen über das Gesicht fuhr.

Einige Wochen später bekam Marcus Evens, was er wollte: Der Secret Service war um 300 Männer und Frauen aufgestockt worden. Aufgrund seines mit Auszeichnung bestandenen Abschlusses und seiner vermeintlich blütenreinen Dienstakte hieß der neue Direktor des Secret Service Colonel Finn Galleway, Deputy Assistant Director wurde Major Derrick Foster. Beide dienten vor Jahren in der 3. Delta Force. Offiziell bekannt als 202nd. Logistic Unit, Bravo Company, jener Einheit, deren Kommandeur Robert Goren damals hieß. Neben 30 weiteren Mitgliedern dieser Einheit, bekam auch Ronald Rivera seine Chance und wurde, dem Wunsch des Präsidenten entsprechend, der First Lady zugeteilt.

Drei Tage später standen Drago und Elia auf der Saros vor Jennys Quartier und versuchten verzweifelt Einlass zu finden, doch es gelang ihnen nicht. Seit fünfzehn Tagen hatten sie ihren Commander weder gesehen noch gehört.

„Hab ich auch schon vergeblich versucht Drago. Aber es tut sich nichts!"

„David öffne die Tür zu Jennys Quartier!", befahl Drago. „Zutritt verweigert!"

„Mach diese Tür auf! Es ist die Aufgabe der Rotgardisten, Jennys Leben zu schützen. Also öffne sie gefälligst!"

„Es geht ihr den Umständen entsprechend gut, Commander Solar."

„Das ist nicht meine Frage gewesen. Wenn du diese scheiß Tür nicht endlich öffnest, zerleg ich dich in deine Einzelteile!"

„Ihre reichlich unbeholfene Drohung versetzt mich in Erstaunen, Commander Solar. Ist Ihnen entgangen, dass ich ausschließlich Befehle von Jenny entgegennehme? Was die von Ihnen zitierte Aufgabe des Schutzes betrifft; sind Sie sicher, dass Sie ihr bisher nachgekommen sind?"

„Was meint er damit, Drago?", wollte Elia wissen.

„Vergiss es und lass uns gehen."

Beide gingen in Elias Quartier. „Nun sag schon: Was meint er damit?"

„Ich kann es nur ahnen. Als wir Jenny damals auf die Erde brachten, fiel mir nichts Besseres ein, als sie bei einer menschlichen Familie aufwachsen zu lassen. Ich weiß nicht, was ihr während dieser Zeit zugestoßen ist. Aber im Nachhinein denke ich, dass es ein schwerer Fehler war."

Elia sah ihn entsetzt an.

„Wie kannst du das nicht wissen? Warst du denn nicht bei ihr?"

„Wie hätte ich das machen sollen, ohne aufzufallen? Ich habe regelmäßig nach ihr gesehen. Mehr ging eben nicht."

„Du hast sie alleine gelassen", stellte Elia nüchtern fest. „Aber ich hab sie doch abgeholt und zu unserer Basis in die Sonora gebracht", versuchte sich Drago zu verteidigen.

„Ja hast du. Nachdem sie was auch immer erlebt hat!"

Beschämt sah Drago zu Boden und schwieg eine Weile. Bis er schließlich flüsternd zugab: „Das weiß ich selbst!"

Um ihn auf andere Gedanken zu bringen und etwas abzulenken fragte Elia: „Sie ist meiner Frage, ob sie besondere Fähigkeiten besitzt ausgewichen. Das ist dann wohl ein Nein."

Erstaunt sah Drago Elia an. „Das glaubst du?"

„Ich weiß nicht. Hast du je welche bei ihr gesehen? Ich frage mich, warum dein Vater damals überzeugt war, dass sie der neue Lord of Light ist", ließ Elia seinen Gedanken freien Lauf.

„Wage es nicht, die Entscheidung meines Vaters infrage zu stellen! Was ihre Fähigkeiten betrifft, haben wir sie alle gesehen."

„Ach ja?«

„Erinnere dich, Jenny wusste bereits drei Minuten vorher, dass das fremde Raumschiff auftauchen würde. Drei Minuten, bevor David dessen Ankunft signalisierte. Woher wusste sie das?"

Elia nickte nachdenklich.

„Glaubst du, dass sie in die Zukunft sehen kann?"

Nachdenklich strich sich Drago durch seine blonden Haare und fuhr anschließend mit seinen Fingern das Kinn entlang, ehe er mit einer Gegenfrage antwortete: „Wie kommst du denn jetzt darauf Elia?"

„Hast du nicht bemerkt, wie ernst sie in letzter Zeit geworden ist? Sie zieht sich mehr und mehr zurück. Jenny ist davon überzeugt, dass es innerhalb unserer Gemeinschaft Ärger geben wird. Speziell, dass das Zerwürfnis von Calrisian ausgehen wird."

„Calrisian! Er wettert doch nur gegen sie, weil so viel Zeit vergangen ist und wir die Erde noch nicht verlassen haben. Nicht unbedingt zu Unrecht. Einhundert Jahre für ein einziges und dazu noch winziges Raumschiff!", schimpfte Drago und ging aufgebracht auf und ab.

„Du bist ungerecht. Uns wären mit Sicherheit siebzig davon erspart geblieben, wenn du sie früher mit David zusammengebracht hättest. Die Ratsentscheidung über Apophis war der Sache ebenfalls nicht gerade dienlich. Findest du nicht?"

„Hinterher ist man immer klüger", gab Drago zu. „Aber mein Sohn wächst auf einem fremden Planeten auf. Er hat seine Heimat noch nie gesehen. Ganz zu schweigen von seiner Familie! Jetzt will sie auch noch fünf weitere kleine Schiffe bauen. Wieder werden Jahre vergehen. Jahre, in denen Saros erwachsen werden wird. Er sollte auf seinem Heimatplaneten erwachsen werden! Unter seinesgleichen."

Elia schwieg. Es erschien ihm sinnlos, die Diskussion fortzusetzen. Aber er verstand Jennys Worte über Drago besser.

Lichtjahre von beiden entfernt, saß ein von Rache beseelter und tieftrauriger Mensch in seinem Labor. Er versuchte seit einigen Wochen, weit zurückliegendes Wissen in sein Gedächtnis zurückzuholen. Voller Elan war im Begriff, eine Substanz zusammenzumischen, die in der Lage sein würde, seinen Wunsch nach Vergeltung zu erfüllen. Tag um Tag, Woche um Woche saß er dort in seinen geheim gehaltenen unterirdischen Räumen und jeder Schritt, der ihn der Substanz näher brachte, erfüllte ihn mit Stolz und innerer Zufriedenheit. Erfüllt von Hass und Verbitterung dachte er an vergangene Zeiten, den erlittenen Verlust, der ihn schmerzte wie am ersten Tag.

Es sollte ihnen weh tun, richtig weh, sie bis ins Mark erschüttern. Sie sollten denselben Schmerz spüren wie er. „Wie gut, dass ich Chemiker geworden bin", sprach er mit sich selbst. „Zahlt es sich das Studium endlich einmal aus." Kurz dachte er an Will Peters. Diesen gierigen Schleimer, dem er vertrauensvoll alle Forderungen erfüllt hatte. Was war das Resultat seiner Großzügigkeit? Das Volk in der Freihandelszone hungerte. Er würde es diesen von Dollar besessenen Amerikanern schon zeigen.

An diesem Morgen des 23. August 2101 hatte sich die First Lady noch immer nicht im Griff. Wie auch, denn die vergangenen Jahre hatten ihre Spuren hinterlassen und ihr ausgezehrter Körper verlangte weiterhin nach seinen Drogen. Auch heute trank sie wieder mehr als sie aß. „Nancy", begann Ben, „du weißt, ich liebe dich, aber du lässt mir keine andere Wahl!"

„Keine Wahl im Hinblick auf was?"

In diesem Augenblick betrat Doktor Lenard, begleitet von zwei Secret Service Agents den Raum. Irritiert sah Nancy erst zu dem Arzt, danach erneut zu ihrem

Mann.

„Das wagst du nicht! Ich bin die First Lady! Untersteh dich!", begann sie zu schreien, als sie endlich begriff, was vor sich gehen sollte.

„Du wirst wieder die First Lady sein, wenn es dir besser geht!", versuchte er sie zu beschwichtigen.

„Fassen Sie mich nicht an! Wie können Sie es wagen?", schrie sie aufgeregt und empört zugleich, während die Männer ihr, mit festem Griff an ihren Oberarmen, unmissverständlich zu verstehen gaben, dass sie ihnen folgen sollte.

„Bitte, Mrs. Goren. Machen Sie es mir und sich selbst nicht so schwer. Glauben Sie mir, es ist besser für Sie, wenn Sie uns begleiten", versuchte nun auch noch der Arzt zu vermitteln. Es war schon etwas besonders die Frau des Präsidenten in ein Sanatorium zwangseinweisen zu lassen. Eine Besonderheit, derer sich alle Anwesenden bewusst waren und bei der keinem wirklich wohl war. Eine äußerst heikle Situation, die es nie zuvor in der amerikanischen Geschichte gegeben hatte.

„Das kannst du mir doch nicht antun Ben! Ben?", flehte Nancy ein weiteres Mal.

„Ich muss, - gerade weil ich dich liebe, Nancy. In ein paar Monaten wird es dir besser gehen!"

„Bitte Ben. Bitte tu das nicht. Ich schaffe das, ganz sicher. Bitte, bitte tu das nicht!", bettelte sie herzergreifend.

Aber ihr Mann schüttelte mit dem Kopf. Seine Frau so zu sehen, brach ihm das Herz, doch er wusste, dass er unbedingt standhaft bleiben musste.

„Ich hasse dich! Ich hasse dich, Ben Goren! Verflucht sollst du sein!", schrie sie, während sie hinausgeführt wurde.

„Ich liebe dich, Nancy", flüsterte er kaum hörbar, während er schluckend mit den Tränen kämpfte.

Von den vorangegangenen Szenen erschüttert, sank er allein zurückgeblieben auf den Stuhl und zweifelte an sich. Hatte er die richtige Entscheidung getroffen? War sein Amt das wirklich wert? Seine Familie war zerbrochen. Würden sie je wieder zusammenwachsen?

„Mr. President, Sir!", riss ihn sein Stabschef aus seinen Gedanken.

„Was?", stieß er missmutig aus.

„Ihre Rede vor dem Senat. Der Wagen wartet."

Ben stieß einen tiefen Seufzer aus.

„Jaja, ich komme gleich! Fahren Sie schon vor, Marcus. Ich benötige noch ein paar Minuten."

Marcus sah Bens erbärmliche Verfassung. Obwohl es völlig unüblich war, dass er nicht mit dem Präsidenten in einem Wagen fuhr, gehorchte er dem Befehl seines Dienstherren. Er benutzte einen anderen Wagen aus dem Fuhrpark des Weißen

Hauses, um zum Senat zu gelangen. Heute wird der Präsident eine Ansprache vor dem Senat halten und die Nation auf einen neuen Weg einschwören. Ausgerechnet jetzt zermürbt ihn dieser Streit mit Nancy, dachte Marcus.

Weil der Secret Service weiterhin unterbesetzt war, hatte Finn Galleway entschieden, dass zum Schutz des Präsidenten zwei Kradfahrer voraus und zwei SUVs hinter dem Präsidentenwagen fuhren. Da dies ein ganz besonderer Tag werden würde, bestand das komplette Team, das heute für den Schutz des Präsidenten zuständig war, aus seiner alten Einheit. In den SUVs, die dem Präsidenten folgten, saßen schwer bewaffnete Agents, die ihre Aufgabe mit Sicherheit erfüllen würden. Zwölf Minuten später stieg Ben von zwei Agents begleitet in den bereitgestellten SUV. Die Agents grüßten höflich und hielten eine Hand unmittelbar an ihrer Waffe. Aufmerksam beobachteten sie die vorbeiziehende Umgebung und blickten zwischendurch immer wieder auf Ben. Doch dieser nahm ihre Blicke nicht wahr, denn gedanklich befand er sich bei Nancy. In drei Wochen würde Eric mit der Anker und Adler Zeremonie sein Offizierspatent erhalten. Wenn Nancy bis dahin stabil genug war, würde er sie für diesen besonderen Tag aus dem McNamara-Sanatorium holen und nach Anapolis zur Abschiedsfeier mitnehmen. Dieses Erlebnis würde ihr Kraft geben für den schweren Weg, der vor ihr lag.

Ben sah nach einer Weile aus dem Fenster.

„Das ist nicht der Weg zum Senat. Fahren Sie ..."

Er kam nicht mehr dazu, seinen Satz zu beenden. Im nächsten Augenblick zog der Secret Service Agent neben ihm eine Spritze aus der Tasche und rammte sie ihm blitzschnell mit voller Wucht in den Oberschenkel.

„Was zum T ...", wollte Ben noch sagen, doch die Umgebung um ihn herum begann zu verschwimmen. Bens Körper sackte in sich zusammen und kippte zur Seite, als er das Bewusstsein verlor.

„Nimm ihm die Sender ab", befahl der Secret Service Agent, der dem anderen gegenübersaß.

Eilig entfernte er Bens Uhr, den Montblancfüller, der sich in der Innenseite seines Jacketts befand sowie das Parteiabzeichen, das an seinem Revers steckte.

„Vergiss nicht den im Schuhabsatz und die Uhr muss auch weg!"

Der Agent klappte den Schuhabsatz des rechten Schuhs um, holte den darin befindlichen Sender heraus, ließ das Seitenfenster der Limousine herunterfahren und übergab alle Gegenstände dem bereits wartenden Polizisten auf dessen Krad. Unverzüglich gab der Kradfahrer Vollgas und fuhr mit laut tönender Sirene davon. Die restliche Eskorte folgte ihren Kollegen.

„Wir haben nicht viel Zeit, bis er wieder wach wird!"

Eine halbe Stunde später schleiften sie Ben in den Keller eines baufälligen

Bürogebäudes, das schon seit geraumer Zeit nicht mehr genutzt wurde. Wenig zimperlich hievten sie den bewusstlosen Körper auf das vorbereitete rostige Bettgestell, das unter der Last zu quietschen begann. Als sie sein linkes Bein an die drei Meter lange Kette gekettet hatten, gingen sie zufrieden zur Tür. Einer von ihnen drehte sich noch einmal um: „Schlaf schön in deinem neuen Weißen Haus, Drecksack!", höhnte er und verließ breit grinsend mit seinem Komplizen den Raum und verriegelte das zuvor angebrachte Balkenschloss.

Ein anderer hielt unterdessen die geplante Rede vor dem Senat. Schwor die Amerikaner auf eine Zeit des Verzichtes ein und auf einen möglichen Krieg mit der Freihandelszone. Seine flammenden Worte unterbrach nur der donnernde Applaus der Senatsmitglieder.

„Was ist das denn?", fragte Marcus Evens Henry Jackson, der neben ihm saß. „Das ist nicht die Rede, die ich ihm geschrieben habe! Was soll denn das?"

„Scheint so, als wolle er endlich mal aufräumen. Ist längst überfällig!"

„Da stimmt doch was nicht!", begehrte Marcus auf, dem die veränderte Haltung seines Dienstherren nicht entgangen war.

„Was ist Marcus? Bist du etwa beleidigt, weil er dich nicht eingeweiht hat? Seit wann bist du denn zimperlich? Endlich zeigt er diesem Antonow, wo's langgeht!"

Marcus Evens schüttelte nur den Kopf. Das war nicht der Präsident, den er kannte. Wieso hatte er ihn nicht eingeweiht und woher kam dieser plötzliche Sinneswandel? Die Rede vor dem Senat wurde live übertragen und die Inhalte waren damit unwiderruflich. Was war nur in ihn gefahren? Misstrauisch ließ Marcus seinen Blick über die Menge wandern, die in ihrem Jubel kaum zu bremsen schien.

Auch in der Freihandelszone vernahm man die Rede des Präsidenten, doch hier wurde sie nicht mit donnerndem Applaus belohnt. Das blanke Entsetzen stand den Menschen ins Gesicht geschrieben. Krieg? Warum sollte es plötzlich Krieg geben? Sicher, Juri Antonow war nicht der schillerndste Präsident der Freihandelszone und Beliebtheit konnte er sich auch nicht auf die Fahne schreiben. Aber er hatte auf seine Art versucht, für die Menschen zu sorgen. Warum löste seine Bitte nach humanitärer Hilfe ein lautstarkes Säbelrasseln aus, das nur einen Katzensprung von einem Krieg entfernt zu sein schien.

„Meine geliebten Mitbürger der Freihandelszone", begann Juri Antonow einige Stunden später seine Rede. „Wie ihr soeben vernehmen konntet, wünschen die Amerikaner keinen Handel mehr mit uns. Obwohl wir bettelarm sind, wollen sie uns das Wenige auch noch nehmen. Sagt mir: Ist das gerecht? Sind nicht wir es, die hungern? Trotz aller widrigen Umstände haben wir es mit vereinten Kräften vollbracht, wieder aufzustehen. Wir erhoben uns wie einst der Phönix aus der Asche." Donnernder Applaus unterbrach seine Rede. „Ich werde keinen Krieg mit den

Amerikanern beginnen! Nicht, weil ich schwach bin, nicht, weil wir schwach sind, denn das sind wir nicht! Wir lassen uns nicht provozieren! Nichts liegt uns näher als der Frieden! Wir werden nicht der Aggressor sein, der die Welt nur in ein weiteres Chaos stürzt!"

Begleitet von Applaus und Jubelrufen, verließ Juri den Plenarsaal und fuhr zum Tolstoipalast, in dem er bereits von vier ihm treu ergebenen Gefolgsleuten erwartet wurde.

Auch sie begrüßten ihn klatschend.

„Eine wirklich hervorragende Rede, Juri! Ganz ausgezeichnet!"

„Ich danke euch. Unser Geheimdienst fand heraus, dass die Silos der Amerikaner leer sind. Deshalb will der Vorstandsvorsitzende von Food Dynamics, der sich zurzeit in Kiew aufhält, sein Glück in Amerika erneut versuchen. Dabei werden wir ihn natürlich unterstützen, denn er wünscht euch mit nach Amerika zu nehmen, da ihr euch in seiner Firma sehr verdient gemacht habt. Ihr begleitet ihn und werdet ihm jeden Wunsch von den Augen ablesen. Erregt auf keinen Fall sein Missfallen. Macht euch unentbehrlich und vergrößert sein Vertrauen. Wenn dies gelungen ist, erhaltet ihr neue Befehle von mir. Ich muss nicht betonen, wie wichtig ihr seid, oder?"

Zwei Stunden später saßen die Vier neben Will Peters in der Maschine, die sie nach Amerika flog. Unbehelligt passierten sie den Zoll und betraten amerikanischen Boden. Will Peters war guter Dinge, hatte er sich doch in der Freihandelszone als wahres Verkaufsgenie bewiesen. Unvergessen war die Schmach, die ihm der Präsident einst zugefügt hatte, doch jetzt gab es für ihn die Gelegenheit, es ihm heimzuzahlen. Jetzt waren sie auf ihn angewiesen und die Amerikaner würden ihm zu Füßen liegen. Vor allem aber würden sie zahlen!

Wer das Unglück vorhersieht, erleidet es zweifach!

Drago und Elia standen nur wenige Meter von Jennys Quartier entfernt und waren besorgt. Mit zunehmender Zeit wurden beide immer ungeduldiger. Sicher, Drago hatte sie nach ihrer Ankunft auf der Basis jahrzehntelang in der Anlage eingeschlossen, ohne dass sie an die Oberfläche durfte; doch dass sie sieben Tage von keinem Rotgardisten gesehen wurde, gab es vorher nicht. Zudem ärgerte Drago die Halsstarrigkeit von David. Wie hätte er auch ahnen können, dass der Computer, diese sich selbststeuernde und lernende Einheit bereits in der Lage war, Dinge zu bewerten, zu beurteilen und zu verurteilen. David weigerte sich weiterhin die Tür zu öffnen, ohne eine Erklärung dafür zu geben. Jenny hatte den ersten Streit zwischen Drago und ihr längst vergessen, als es darum ging, dass Drago sie bei den

Menschen untergebracht hatte. Doch David hatte ihn nicht vergessen. Er war nicht in der Lage etwas zu vergessen. Nach wie vor nahm er es Drago übel, dass er Jenny nicht ausreichend geschützt hatte, wie es seine Aufgabe gewesen wäre. Sein analytischer Verstand und seine künstliche Intelligenz hatten ihn zu dem Schluss kommen lassen, dass Drago sich hätte vergewissern und eingreifen müssen. Da Drago allerdings nichts dergleichen unternommen hatte, befand er es für richtig, sich allein um Jenny zu kümmern. Während der langen Zeit des Schlafes in ihrem Quartier war sie angreifbar und hilflos. Da David niemandem außer Jenny tatsächlich traute, garantierte er durch die Abschottung ihre Sicherheit.

„Vielleicht sollten wir einfach mal anklopfen?!"

„Ich weiß nicht, ob das eine gute Idee ist; offensichtlich will sie nicht gestört werden."

„Aber was wenn es ihr nicht gut geht?"

„Wenn es ihr nicht gut ginge, hätte David es uns wissen lassen."

„Komm schon, Drago, es kann doch nicht schaden, wenn wir …"

„Kann es sein, dass du neugierig bist, Elia?" „Du etwa nicht?"

„Nein!"

Drago sah ein leichtes Lächeln in Elias Gesicht.

„Falls ich es doch wäre, mein junger Freund, würde ich es dich ganz sicher nicht wissen lassen."

„Nein, natürlich nicht! Wozu auch, wo es doch offensichtlich ist." Elia grinste und zwinkerte mit dem Auge.

Drago entfernte sich ein paar Schritte von Elia.

„Wo willst du denn hin?"

„Willst du da etwa Wurzeln schlagen, Elia? Wolltest du nicht soeben noch an ihre Tür klopfen?"

„Was wenn sie sauer wird?" „Sie wird dich am Leben lassen, Elia."

„Sicher?"

„Elia!"

Zögerlich standen beide vor der Tür und sahen einander an.

„Nun mach schon, Elia."

„Du zuerst!"

„Oh Elia, wann wirst du endlich erwachsen", seufzte Drago kopfschüttelnd mit einem Grinsen im Gesicht. Er hob seinen rechten Arm, um an Jennys Tür zu klopfen, als diese sich wie von selbst öffnete. Jenny stand unmittelbar vor ihnen und musterte die beiden Männer erstaunt.

Irritiert sahen sich Drago und Elia an.

„Geht es dir gut, Jenny?"

„Warum sollte es mir nicht gut gehen, Drago? Was soll diese Frage?

„Was hast du denn die ganze Zeit in deinem Quartier gemacht?"

„Seit wann interessiert es dich, was ich in meiner Wohneinheit tue?", fragte Jenny etwas irritiert. „Wenn du es genau wissen willst, ich habe geschlafen."

„Geschlafen?", wiederholte Drago und sein Zweifeln war unüberhörbar.

„Ja weißt du, Drago, das ist der Zeitabschnitt, den Menschen regelmäßig benötigen, um …"

„Danke Jenny, ich weiß, was Schlaf für eine Funktion hat!" „Prima! Hättet ihr dann die Güte mich durchlassen?"

Verdutzt traten Drago und Elia jeweils zur Seite, während Jenny ein paar Schritte auf den Flur hinaus trat.

„Jenny, du kannst uns hier doch nicht einfach stehen lassen!"

Sie drehte sich um und runzelte mit hochgezogenen Augenbrauen, die Stirn.

„Was hast du für ein Problem, Drago?"

„Du willst uns ernsthaft im Glauben lassen, dass du nur geschlafen hast?"

„Ja hab ich; und? Was ist so schlimm daran zu schlafen?" „Jenny, schlafen ist ja schön und gut. Aber sieben Tage und Nächte?"

„Was? Ich soll sieben Tage durchgeschlafen haben?"

„Ja, Jenny, ganze sieben Tage!" „Das ist ja krass." Jenny kratzte sich nachdenklich am Kopf und ging ein paar Schritte weiter. Dann drehte sie sich plötzlich noch einmal um und meinte: „Hm, fragt sich, nach welcher Zeit ihr das berechnet habt, Erdzeit?"

Drago und Elia sahen sich verdattert an, während Jenny bereits auf dem Weg zur Brücke war.

„Seit wann fragt sie nach der Art der Zeitrechnung?"

„Frag mich was Leichteres. Jedenfalls ist sicher, dass sich etwas geändert hat. Bis wir genau wissen was, werden wir gut auf sie achtgeben. Wir dürfen sie nicht mehr aus den Augen lassen."

Sie hatte die Brücke erreicht und sah sich im Raum um.

„Wo befinden wir uns, Mr. Fleet?"

„Vor uns liegt Setoris 7 und wir befinden uns an dessen Rückseite, Sir."

Jenny nickte zustimmend, sie hatte während ihrer Studien in der Basis ein Bild vom Setoris-System gesehen. Kommt ja wie gerufen, dachte Jenny. Genau, wie ich es grad brauchen kann. Hinter ihr öffnete sich der Brückenzugang und Drago und Elia betraten die Brücke. Sie grüßte nur kurz durch ein Nicken.

„Was hast du vor, Jenny?"

Sie schmunzelte, denn es gefiel ihr, dass noch niemand hinter ihre Absichten gekommen war. Insgeheim freute sie sich über Dragos Unwissenheit.

„Es wird Zeit, dass wir unsere Gleiter testen."

„Gleiter?"

„Drago, was hast du gemacht, während der sieben Erdentage in denen ich geschlafen habe? War es nicht deine Aufgabe, euch mit dem Schiff vertraut zu machen?" „Ja schon, aber ..."

„Ich dachte, das hättet ihr längst getan. Ist etwa keinem von euch Dreck 23 aufgefallen? Hast du wirklich geglaubt, Drago, wir würden uns ins All wagen, ohne durch Kampfgleiter geschützt zu sein? Warum wohl heißt die Kampfgleitereinheit ‚Dragon'? Also worauf wartest du, Dragon-Commander?"

Drago nickte und verschwand mit gesenktem Kopf, während Elia bei Jenny blieb.

Jenny tippte auf ihren Kommunikator.

„David, auf die Brücke bitte. Langstreckenscann und Sicherung."

„Keine anderen Lebensformen auf dem Planeten und keine weiteren Raumschiffe in Scanreichweite!"

„Prima! Mr. Fleet, bringen Sie uns mit Schleichfahrt zurück zu Andromeda."

Während Mr. Fleet sämtliche Befehle eingab, die zur Rückkehr nach Andromeda erforderlich waren, gab Jenny David klare Anweisungen: „David, die Dragoner sollen Starten, Landen, Geleitschutz, Abfang und Angriff üben." Davids Hologramm durchflutete jedes Mal eine leichte Wellenbewegung. Ein Zeichen dafür, dass er die gegebenen Befehle verarbeitete. Mit der letzten von Jenny gegebenen Order verschwand David.

Jenny hatte die Gewissheit, dass die Saros tat, was man ihr befahl, doch nun befand sie es an der Zeit, die Gleiter und die Reaktion ihrer Piloten zu testen. Sie ging auf das Steuerpult von Mr. Fleet zu, der mit dem Schiff inzwischen derart vertraut war, als hätte er es selbst gebaut.

„Das ist wirklich ein tolles Schiff, Commander. Sie haben etwas ganz Großartiges geschaffen. Ich fühle mich geehrt, sie fliegen zu dürfen."

Jenny wurde verlegen bei diesen Worten, nickte dankend und klopfte ihm leicht auf die Schulter.

„Gibt es wirklich nichts, was sie nicht tun würde?"

„Doch, Mr. Fleet. Sie würde nicht ohne Grund ein anderes Schiff angreifen oder etwas tun, was ihrem Protokoll widerspricht. Dafür hat David gesorgt als er es schrieb." Einige Minuten später hörte die Besatzung über die Lautsprecher der Saros wie die einzelnen Dragoner-Staffeln starteten. Bereits kurz darauf umgab eine eindrucksvolle Flotte von 400 Kampfgleitern die Saros. Wie ein Bienenschwarm den Bienenstock umkreisten sie von allen Seiten das ihnen jetzt noch größer vorkommende riesige Schiff. Jenny hatte sich in der Zwischenzeit von David die Startzeiten durchgeben lassen und sagte: „Drago, deine Staffeln benötigten 9

Minuten 45 Sekunden. Für den ersten Versuch schon ganz brauchbar, aber fünf wären besser."

„Jenny, fünf Minuten ist ..." „... durchaus im Bereich des Möglichen, Drago, also übe."

„Verstehe, Commander."

Wie befohlen rief Drago seine Gleitergruppe, die David zwecks Erkennung mit Blau markiert hatte, zu sich. Die andere Gruppe war mit Rot markiert. Sie sammelte sich hinter dem Schiff. Für die Angriffs- und Abwehrübungen verfügte das Laserwaffensystem über Treffermarkierungen, sodass alle Beteiligten sehen konnten, wer wo getroffen worden war. Nach jedem abgewehrten Angriff sollten die Gleiter landen und wieder starten. Ohne Vorwarnung stürzten sich die roten Kämpfer sich auf die blauen. Sofort nach dem Angriff, dem die Ersten blauen zum Opfer fielen, drehten sie nach rechts, links, oben und unten scharf wieder ab, um einen neuen Angriff durchzuführen. Doch die blaue Gruppe schlug hart zurück und flog teils halsbrecherische Flugmanöver. Bei einigen von ihnen hatte die Crew auf der Brücke den Eindruck, die aufeinander zu steuernden Flieger würden jeden Augenblick miteinander kollidieren. Natürlich wussten die Piloten, was sie taten und so entstand in rasender Geschwindigkeit ein wildes Getümmel aus Rot und Blau. Einer der blauen Flieger raste mit einer solchen Geschwindigkeit und Nähe an der Saros vorbei, dass David für einige Sekunden Kollisionsalarm auslöste, aber alles ging gut. David stellte alle Treffer, Fehlschüsse und Dauer bis zum jeweiligen Angriff grafisch dar und seine Analyse ergab, dass beide Gruppen noch zu lange brauchten.

Im Ernstfall könnte ein verzögertes Manöver Gefahr für die Besatzung und die Saros bedeuten, deshalb ließ Jenny nicht locker. Unzählige Male versuchten sie, das vorgegebene Zeitlimit zu erreichen. Genauso oft schlugen ihre Versuche fehl und nach einiger Zeit war es nicht nur Drago, der vor sich hin fluchte, ohne zu ahnen, dass Jenny mithören konnte.

Der 47ste fehlgeschlagene Versuch verleitete Drago dazu Jenny zu fragen: „Dragon-Commander an Commander: Könnten wir nicht Morgen die Übung ..."

„5 Minuten, Dragon-Commander, 5 will ich haben!" „Verstanden, Sir!", gab seufzend Drago zurück und begrub ungesehen kopfschüttelnd, sein Gesicht in seinen Händen, während Jenny auf der Brücke leicht schmunzelte.

Jenny sah zu David: „Warum habe ich das Gefühl, das sie das alles nicht wirklich ernst nehmen? David mach ihnen ein bisschen Feuer unterm Hintern: Drohnenbeschuss."

„Aber, Sir!", protestierte Mr. Fleet erschrocken.

„Einwände, Mr. Fleet?"

„Es sind unsere Leute."

„Sie sollten lernen, genauer zuzuhören, ich sagte Beschuss und nicht Abschuss; oder trauen Sie David keine präzise Ausführung zu?"

„Doch natürlich Sir, natürlich!"

Kaum ausgesprochen standen die zuerst gestarteten Gleiter auch schon unter Beschuss, was die anderen Staffeln etwas in Panik versetzte und sie sich schneller sammeln ließ. Da ihnen nicht bewusst war, dass sie auf einen Trick hereinfielen, ordentlich durchgeschüttelt wurden, hielten sie es jetzt für den Ernstfall. Einige Versuche und tausend Flüche später sagte Jenny: „Siehst du, David, und schon werden sie flinker!" Anschießend wandte sie sich an Drago: „6:30 Minuten. Gut, aber noch nicht gut genug, Dragon-Commander."

Vier quälende Stunden danach, flehte Drago die Sterne an, dass diese für alle extrem belastende Übung, endlich ein Ende finden möge.

„Nicht gut genug, Dragon-Commander. Alles auf Anfang!"

Drago ließ den Kopf auf seine auf das Schaltpult gestützten Arme sinken. Seit acht Stunden übten sie nun schon dieses Angriff- und Abfang-Manöver und es wollte ihnen einfach nicht gelingen. Jedem Piloten stand der Schweiß auf der Stirn, und die Mündigkeit ins Gesicht geschrieben.

„Dragon-Commander an Commander: Wir sollten wirklich eine Pause machen. Wir sind erschöpft."

„Negativ, Dragon-Commander!"

„Jenny, gottverflucht nochmal, hol dich der Teufel", murmelte Drago vor sich hin.

„Oh - wie dumm von mir Drago, entschuldige bitte. Wie konnte ich nur vergessen, dem Teufel eine Mitfahrgelegenheit zu geben, Verzeihung!", witzelte Jenny und grinste. „Du wirst dich wohl mit mir begnügen müssen! Sorry! Tut mir wirklich leid!"

Drago biss sich verkrampft auf die Unterlippe, sodass es ihn schmerzte und klopfte mit der rechten Faust auf den Steuerstick. Er verdrehte die Augen und sah fast flehend die Decke seines Gleiters an. Das durfte doch nicht wahr sein. Sie hatte all seine Kommentare und Flüche mitgehört. Drago hätte eigentlich wissen müssen, dass Jenny nichts dem Zufall überließ. Obwohl die Piloten erschöpft waren, mobilisierten sie ihre Reserven. Drago verzog die Mundwinkel. Seine leichte Verärgerung förderte seinen Kampfgeist: „Du willst es also unbedingt! Kannst du kriegen!" Dragos Bemühungen, die Manöver in den Griff zu bekommen scheiterten; sie schafften es einfach nicht unter sechs Minuten. Offenbar verlangte Jenny das Unmögliche von ihnen.

„Ach man, so wird das nix", gab Jenny leicht verärgert von sich und sah David an. „Mr. Fleet, erhöhen Sie die Geschwindigkeit auf Dreiviertel Impuls!"

„Aye Sir, Dreiviertel Impuls liegt an!"

„David, vertritt mich bitte."

David nickte und Jenny begab sich auf Deck 8. Nachdem sie sich über den Iris-Scanner identifiziert hatte, öffnete sich die Tür zum Hangar, in dem sich ihr eigener Gleiter befand. Dieser Gleiter unterschied sich von den anderen: Er war größer und verfügte über eine andere Ausstattung. Auch von außen sah er anders aus, und da ihn noch kein Besatzungsmitglied gesehen hatte, konnte Jenny sicher sein, dass die blaue und rote Gruppe sie nicht sofort erkennen würde. Jenny stand vor ihrem Gleiter, der hellblau-gelblich und etwas silbern im Flutlicht der Saros schimmerte. Sie ging zum Seiteneingang des Fluggeräts, das seine Flügeltüren bereits öffnete, als sie sich noch zwei Meter von ihm entfernt befand. Sie betrat die Rampe und gelangte wenige Sekunden darauf ins Innere des Gleiters.

„Start-Modus, Simulation Alpha-Centaury!" „Stimmenidentifizierung abgeschlossen. Willkommen an Bord, Commander."

„Danke, David."

Jenny setzte sich in den Linken der zwei vorderen Sitze. Ihre rechte Hand bewegte sich im Bogen von links nach rechts. Unverzüglich erschien ein Display vor ihr. Jenny tippte einige Symbole an; im gleichen Augenblick spürte sie, wie der Gleiter vom Boden abhob. Sie nahm das kleine Dreieck aus der Frontkonsole, die sich zu ihrer Linken öffnete und sofort wieder schloss. Nachdem sie es sich an die rechte Schläfe geheftet hatte, legte sie ihre rechte Hand auf den Scanner zu ihrer rechten. Als hätte sie noch nie etwas anderes in ihrem Leben getan, lief ihr Startmanöver innerhalb von dreißig Sekunden ab und weitere zehn Sekunden später befand sich ihr Gleiter im All.

Warteposition, befahl Jenny denkend und ihre Gedanken übertrugen sich automatisch auf den Steuerungscomputer, der ihr Shuttle sanft in der gewünschten Position verharren ließ. Glaubst du, ich bin zu hart zu ihnen?, dachte Jenny und David antwortete: „Nein, denn nur auf diese Weise lernen sie, sich aufeinander und die Gleiter verlassen zu können. Es erscheint vielleicht hart, aber im Ernstfall bedeutet der Zeitverlust ihren Tod".

Hm, ich fürchte der ein oder andere verflucht mich gerade bis zum Sanktnimmerleinstag. Was tun sie gerade?, gab Jenny an David gedanklich weiter. „Sie bringen sich in die Neustartpositon", hörte Jenny über den Bordlautsprecher. „Sie starten in 15,...14,...13,..."

Protokoll Alpha-Centaury starten in 3,...2,...1, übertrugen sich Jennys Gedanken und ihr Gleiter setzte sich frontal zur Saros in Angriffsposition, sodass sich die Startbahnen direkt vor ihr befanden.

Während Jenny diese Position einbehielt, starteten die ersten Gleiter erwartungsgemäß sehr langsam.

Jenny konzentrierte sich; es durfte ihr kein Fehler unterlaufen.

Sie dachte: Feuer! Dauerbeschuss auf alle Startbahnen. Feuer!

Blitzlichter flackerten auf und auf den Startbahnen der Saros schien es, als fingen diese Feuer.

Sie wies ihren Gleiter an, zu wenden und Kurs auf die anderen Gleiter zu nehmen. Gezielte Lasertreffer ließen die getroffenen Shuttles wackeln und den Beschuss echt erscheinen. Jenny flog teilweise haarsträubende riskante Manöver. Es machte ihr Spaß, zwischen den anderen umher zu flitzen und sie in Panik zu versetzen. Währenddessen versuchte Drago seine Dragoner in Windeseile in die Luft zu bekommen, um den aggressiven Angreifer abzuwehren. Er musste Jenny und die Saros beschützen; der Ernstfall war eingetreten; glaubte er jedenfalls.

Kurz darauf befanden sich erneut 400 Gleiter im All und versuchten, den fremden Gleiter zu jagen, zu stellen und abzuschießen. Trotz einer wilden Verfolgungsjagd gelang es ihnen nicht, denn Jennys Gleiter hatte bereits das Weite gesucht und sich ungesehen zurück an Bord der Saros begeben.

„Wow", rief Jenny laut, die Faust ballend. „Yes!, genau so muss es laufen!" Jenny lächelte, als sie ihren Gleiter verließ und durch eine Handbewegung die Rampe einfahren ließ. Sie begab sich zur Brücke, auf der David sie erwartete. Jenny sah David fragend an und er übermittelte ihr seine Daten auf ihr Display der Kommandokonsole. Jenny zeigte keinerlei Regung; sich sehr wohl der Blicke aller Anwesenden bewusst. Kurz darauf kehrten die anderen Gleiter auf die Saros zurück, deren schweißgebadeten Piloten lautstark verärgert fluchten.

„Dragon-Commander an Commander: Es tut mir leid, Sir, aber wir konnten diesen Angriff des unbekannten Gleiters unmöglich vorhersehen. Ich bedaure zutiefst versagt zu haben Sir."

„Unverhofft kommt oft! Es tut Ihnen leid, Dragon-Commander?"

Alle Anwesenden auf der Brücke sahen Jenny fragend an. Noch nie hatten sie ihren Commander so mit Drago reden hören.

„Ja Commander! Ich bedaure, aber ..."

„Soso, Sie bedauern es, dass Sie es in 3.54 Minuten vollbrachten, die Saros zu beschützen. Erklären Sie mir das bitte, Dragon-Commander?"

„Ja also ich ...", stammelte Drago, sich nicht bewusst, was ihm soeben gesagt worden war.

Jenny freute sich wie ein Schneekönig, dass Drago und seine beiden Gruppen es geschafft hatten, das nahezu Unmögliche möglich zu machen. Zum ersten Mal seit ewiger Zeit lachte Jenny wieder einmal. Nicht zuletzt war sie unglaublich stolz auf Drago. Da ihr bewusst war, dass alle Piloten vollkommen erschöpft und am Ende ihrer Kräfte waren, wiederholte sie noch einmal: „Drei Minuten, vierundfünfzig Sekunden! Wiederhole: 3:54 Minuten! Meinen Glückwunsch Dragon-Commander! Hervorragende Leistung!"

Bevor Drago verinnerlichen konnte, was er vollbracht hatte, hörte er den Jubel seiner Dragon-Fighter und Sekunden darauf, den mit einstimmenden Jubel aller Besatzungsmitglieder, die dieses Manöver mitverfolgt hatten, und dessen Last jetzt von ihnen abfiel. „Dragon-Commander, melden Sie sich auf der Brücke!" Jenny sah David an.

„Du hast wie immer recht behalten, David. Ich danke dir!" David nickte.

„Stets zu deiner Verfügung!"

Drago erschien auf der Brücke. Alle Blicke richteten sich nun auf ihn.

„Dragon-Commander meldet sich wie befohlen Sir." „Wirklich klasse, Dragon-Commander! Hervorragende Leistung!" Die Brückenbesatzung brach lautstark in Jubel aus und sie spendete ihm stehend Applaus, was dem Dragon-Commander sichtlich peinlich zu sein schien.

Jenny beobachtete Drago aufmerksam. Sie gönnte ihm den gebührenden Jubel von ganzem Herzen. Er, der Dragon-Commander, der sie wenige Atemzüge zuvor noch verflucht hatte, er war der Held des Tages und er sollte diesen Augenblick genießen.

Jenny tippte auf ihren Kommunikator: „Meinen Dank an alle für diese hervorragende Leistung. Vielen Dank und ruht euch aus. Beim nächsten Mal schleift euch euer Dragon-Commander! Alle Piloten erhalten als besondere Belohnung drei Tage Urlaub."

Sie sah Drago mit wohlwollendem Lächeln an und nickte. Drago verstand ihren Blick auch ohne Worte.

„Commander verlässt die Brücke, Jeran übernimmt das Kommando", sagte Drago, bevor er sich zu Jenny gesellte, um die Brücke mit ihr zu verlassen. Bevor Jenny die Tür erreichte, hörte sie den Applaus ihrer Mannschaft. Sie drehte sich kurz um und sah in die Runde. Dann tat sie etwas, das sie noch nie zuvor getan hatte: Sie salutierte und alle Anwesenden erwiderten ihren Gruß.

In ihrem Quartier angekommen fiel Jenny aufs Bett. Sie war hundemüde und zugleich aufgewühlt. Hatte Drago recht? Hatte sie tatsächlich sieben Tage und Nächte geschlafen? Warum war ihr das nicht bewusst? Wie war das möglich? Was war in diesen sieben Tagen geschehen? Jenny war sich sicher: Sie musste zurück zum Andromedanebel. Nur dort würde Antworten finden.

Wird das nie ein Ende nehmen?, dachte Jenny. Werde ich mein ganzes Leben immer auf der Suche nach Antworten verbringen, nur weil ich dazu verdammt bin, zu warten? Zu warten auf den Einen, den ich finden soll? Wie lange soll das noch so weitergehen? Wo werde ich ihn finden; hier im All vielleicht? Oder sollte ich doch auf der Erde auf ihn warten? Lohnt es sich überhaupt auf ihn zu warten?

Jenny sah mit starrem Blick an die Decke ihres Quartiers.

Was wenn ich ihn niemals finde? Bin ich wirklich an dieses Versprechen gebunden, das ich vor fast 150 Jahren gab? Ich bin so müde! Unendlich müde!, dachte Jenny und schlief ein.

Acht Tage später befand sich die Saros erneut im Bereich des Andromedanebels. Auf der Brücke bewunderte Jenny erneut, wie Wasserstoffteilchen ein bläulich schimmerndes Licht wiedergaben. Hier und da war ein blauer, dann ein roter Planet zu sehen. Sie genoss dieses außergewöhnliche Lichtfarbspiel in vollen Zügen. Sie sog diesen Anblick förmlich in sich auf, als könne sie ihn auf diese Art für immer festhalten. Sie fühlte sich sichtlich wohl, obwohl sie niemanden an ihren Gedanken teilhaben ließ. In diesem Augenblick gehörte die Vollkommenheit Andromedas ihr allein. Sie dachte an Maél, der einst gesagt hatte, sie sei das Kind der Sterne. Damals hatte sie ihn nicht verstanden, aber in diesem Augenblick überkam sie der Hauch einer Ahnung.

Jenny tippte wieder auf ihren Kommunikator.

„David auf die Brücke bitte!" David erschien. „Frage die Besatzung, ob schon mal jemand hier war? Wenn ja, dann möge derjenige sich auf der Brücke einfinden."

David tat wie ihm geheißen und kurz darauf erschienen zu Jennys großem Erstaunen fünf Mitglieder der Crew auf der Brücke.

„Gleich fünf? Was können Sie mir über diese Planeten erzählen?" „Sir, wir geben zu bedenken, dass wir nicht derselben Rasse angehören und aus unterschiedlichen Beweggründen hier waren."

„Zur Kenntnis genommen! Ich weiß, wer Sie sind, dass Sie nicht ein und derselben Rasse angehören und ich hoffe, Sie haben in den letzten Jahren gelernt, dass Ihre Herkunft, so wie die meine, keine Rolle spielt!"

„Ich bitte um Verzeihung!"

Die Fünf sahen einander kurz an und nickten einem zu, der das Wort ergriff: „Viele verschiedene Kulturen waren aus den verschiedensten Beweggründen bereits hier. Im Großen und Ganzen liefen ihre Bemühungen auf eines hinaus: dem Abbau von Sodiomit. Es wird an der Oberfläche abgebaut, aber die Gewinnung und die Lagerung sind gefährlich und erfordern höchstentwickelte Technik und entsprechendes Wissen. Weil es derart gefährlich ist, nutzte man lange Zeit, - wie soll ich sagen? - Arbeiter, die dort nicht freiwillig arbeiteten."

„Sie meinen Sklaven?"

Solam, der Sprecher der Fünf, sah reichlich beschämt zu Boden.

Wie ähnlich sich doch fremde Welten sein können, dachte Jenny, sich an die

Geschichte der Menschen erinnernd. „Commander, bitte, wir sehen unseren Fehler ein, aber der Abbau von Sodiomit ist derartig gefährlich, dass es damals für uns besser war ..."

„Ich verstehe schon. Wozu ist es gut, dieses Zeug?" „Sodiomit wird benötigt, um effektive Waffensysteme herzustellen, deren Einzelschusswirkung etwa der Hiroshimabombe entspricht."

Solam zögerte etwas.

„Weiter", forderte Jenny gereizt.

„Die Wirkung ist wesentlich verheerender, wenn man die Menge vergrößert, es verflüssigt oder es mit einer Strahlenwaffe benutzt."

„Wie verheerend?", wollte Jenny wissen, wobei sie immer ungehaltener wurde. „Die Menschen verfügen über tausende Atomwaffen, mit denen sie sich hundertfach in ihrer Gesamtheit vernichten können. Würde man zum Vergleich, lediglich zehn Gramm Sodiomit in einem Waffensystem unserer Strahlenwaffentechnik verwenden, wäre alles Leben auf der Erde für Millionen Jahre vernichtet."

Jenny schluckte, blies ihre Wangen auf und ließ die Luft entweichen. Noch gefährlicher als Atomspaltung. Heftig, dachte sie. Dieses Zeug will ich ganz sicher nicht auf meinem Schiff. Warum wollen es die Fremden, fragte sie sich. „Ich verstehe", bestätigte Jenny nachdenklich. „Wird der Abbau hier im Andromedanebel noch weiterhin betrieben?"

Ihre Gesprächspartner sahen Jenny schuldbewusst an.

„Die Sodiomit-Waffen wurden vor etwa 300 Jahren geächtet und der Abbau eingestellt. Zumindest offiziell. Seitdem sind auch die umliegenden Planeten, auf denen Leben möglich ist, unbewohnt."

Wenn der Abbau des Sprengstoffs illegal ist und die Fremden es sich trotzdem geholt haben, kann das nichts Gutes bedeuten, befürchtete Jenny. Sie überkam ein flaues Gefühl im Magen und sah ihre Gegenüber an und wandte sich zu Gerion. Als rechte Hand von Mr. Fleet war er für das Scannen der Umgebung zuständig und sicherte so die Saros vor weiteren unerwarteten Besuchen.

„Können Sie anhand der restlichen Energiesignatur feststellen, wohin das fremde Raumschiff geflogen ist?" „Das hängt von der Beschaffenheit des fremden Schiffes ab, aber ich kann es versuchen."

„Geben Sie Ihr Bestes."

Es dauerte einige Minuten, bis Gerion sich zu Wort meldete: „Es gibt leichte Energiesignaturen, die zum Planeten Sodion führen, Sir."

„David, eine Darstellung bitte."

Kurz darauf erschien in der Mitte der Brücke eine Holografie der Planeten, in dessen Mitte sich Sodion befand.

Jenny sah die Fünf fragend an. „Können Sie mir etwas zu diesem Planeten sagen?"

„Sodion ist einer der sechs Minenplaneten."

Jenny überlegte eine Weile. Sie musste auf den Planeten, um Antworten auf ihre Fragen zu finden. Warum hatte Máel sie auf Sodion gesehen? Hatten die Fremden Sodiomit abgebaut? Aber einfach so auf einen Minenplaneten zu landen, war sicher nicht ungefährlich. Jenny spürte die Angst in sich hochkriechen, versuchte aber, sich nichts anmerken zu lassen. Als sie bemerkte, dass ihre Hände schweißnass wurden, versteckte sie beide kurzerhand in den Hosentaschen. Es blieb ihr nichts anderes übrig, sie musste vor Ort sein.

„David bekommen wir da unten genügend Luft?"

„Die meisten Besatzungsmitglieder können dort ohne Probleme atmen. Der Sauerstoffgehalt ist wesentlich geringer als auf der Erde. Du bist das nicht gewohnt, deshalb wird dir nach einiger Zeit schwindelig sein. Schlimmstenfalls könntest du Holuzinationen bekommen oder bewusstlos werden ."

„Dann werden wir da runter fliegen und uns umsehen. Ich möchte zu gerne wissen, was die Fremden von dem anderen Raumschiff dort wollten."

Jenny verließ die Brücke und bereitete sich auf den bevorstehenden Flug vor. Ihre Angst war nicht gewichen und sie war froh, dass sie nicht allein auf Sodion sein würde. Sie flog mit ihrem Gleiter inmitten der ihr Geleitschutz gebenden Dragonerstaffel. Als sie zur Landung ansetzte, waren ihre Schutztruppen bereits außerhalb ihrer Gleiter. Es dauerte eine Weile, bis der Suchtrupp die ersten Spuren fand und sie das Zeichen zum Halt gab. „Siehst du das, Drago?"

„Es sind etwa dreihundert Lebensformen hier gewesen und sie haben sich geteilt."

„Das sehe ich selbst. Aber siehst du den Unterschied? Unsere Spuren drücken sich viel tiefer ein. Wir sind also schwerer und größer als die anderen. Ihre Spuren sind nur hauchdünn eingedrückt. 1,20 m groß, 20 bis 25 kg schwer; in etwa jedenfalls. Auffällig ist ebenfalls, dass sie offenbar viele kleine Schritte machen, um voranzukommen."

Drago nickte unsicher.

„Dass sie möglicherweise klein und leicht sind, bedeutet nicht, dass sie ungefährlich sind."

„Commander, hier teilen sich die Fußspuren", rief Solam von Weitem. Jenny sah Drago an und beide folgten dem Ruf Solams.

„Offensichtlich sind etliche von ihnen mit schwerem Gerät hier zur linken Seite gegangen. Nur zwei gingen diesen Weg zur Rechten."

Jenny sah die tieferen Spuren und überlegte eine Weile. Ihr war die Situation nicht geheuer.

„David wir brauchen hier noch weitere bewaffnete Einheiten. Nur zur Sicherheit."

Sie kniete sich zu den vor ihr befindlichen Spuren und fuhr mit einem Finger deren Ränder entlang. Ein seltsames Gefühl überkam Jenny, ohne dass sie es genau benennen konnte. Sie fuhr mit Daumen und Zeigefinger an ihrem Kinn entlang und rieb sich mit der Hand die Wange.

„Solam, Sie werden auf die anderen Schutztruppen warten und dann mit ihnen diesen Spuren folgen. Wenn Sie nichts finden, kehren Sie zu diesem Ausgangspunkt zurück. Was immer Sie auch vorfinden, Sie werden sich auf nichts einlassen! Haben Sie das verstanden?"

„Ja, Commander, verstanden."

„Drago und ich werden den anderen Spuren folgen." „Jenny, du solltest lieber …"

„Zu Hause im Schaukelstuhl sitzen, Drago? Vergiss es! Ich werde tun, was ich tun muss. Ich will wissen, was sie hier gemacht haben."

„Commander?"

„Ja Solam, was ist?"

„Ich danke Ihnen für Ihr Vertrauen, Commander, Sir!" „Vergessen Sie's, Solam. Fehler machen wir alle, aber enttäuschen Sie mich nicht erneut!" Dabei dachte Jenny in diesem Augenblick an Ilran, den Solam bei Eric Gorens Befreiung hätte sichern sollen.

Während er den linken Spuren nachging, folgten Jenny und Drago den rechten, die zu einem Höhlensystem führten. Sie untersuchten die Spuren, die ohne Unterbrechung direkt in den Berg hinein führten. Rostbraune Wände säumten ihren Weg. Als sie tiefer ins Höhlensystem gelangten, blieb Jenny verdutzt stehen. Sie stand vor einer Malerei, die uralt sein musste. Abgebildet waren Szenen von Lebensformen unter Knechtschaft, die eine Art Joch um den Hals trugen. Gekrümmt, schwer beladen und stets den Blick nach unten gesenkt, hatte hier der Maler detailgetreu ein Zeugnis des Grauens hinterlassen. Andere Szenen, die Jenny sah, verstand sie hingegen nicht. Langsam und vorsichtig erkundeten sie die Höhlen und sie sahen nach einer Weile die ersten Höhlenmalereien, die sie in Erstaunen versetzten.

Begleitet von den Weißgardisten, die ihre Waffen stets griffbereit im Anschlag hielten, gingen sie weiter in das Höhlensystem hinein und folgten den Spuren, die im feinstaubigen Sand erkennbar waren. Jenny fuhr mit ihrer Hand an den Zeichnungen entlang, ohne deren Inhalt auslegen zu können, aber sie fühlte sich mit ihnen verbunden.

„Weißt du Drago, irgendwie erinnert mich das an die Höhlenmalereien der Ureinwohner Australiens. Sie haben einst, wie viele Völker, alles in Bildern festgehalten. Nur dass diese hier viel präziser sind."

„Aber es gibt sie nicht mehr", gab Drago zu bedenken. „Ich weiß, ich behaupte ja nicht, dass sie je hier waren. Die Bilder erinnern mich nur an sie. Diese Zeichnungen und Symbole, sie sind den ihren verblüffend ähnlich. Wenn ich nur wüsste, was sie bedeuten!"

Jenny begab sich in die Mitte der großen Höhle und sah sich um. Seit einer Stunde waren sie nun hier und hatten noch immer nichts Bedeutendes herausgefunden. Zweifelnd sah sie in die Runde der Gesichter, die sie fragend und erwartungsvoll ansahen. Was sollte sie jetzt tun? Sollte sie einfach wieder gehen? Aber es musste einen Grund geben, warum die Fremden hier gewesen waren, denn diese Höhe zeigte keinerlei Bergbauspuren, wie sie sie hätte aufweisen müssen, wäre Sodiomit abgebaut worden. Warum also waren die Fremden hier gewesen?

„Würdet ihr mich bitte alleine lassen!", bat sie spontan.

Erneut bat Drago inständig, bei ihr bleiben zu dürfen. ‚Der Sicherheit wegen', wie er betonte. Doch Jenny blieb hart.

„Ich möchte mich nur ein bisschen umsehen. Ich kann besser denken, wenn ihr nicht alle um mich rumwuselt. Los geht schon."

Nochmals versuchte er, Jenny umzustimmen. Drago spürte eine Gefahr, konnte sie aber nicht in Worte fassen. Er war für ihre Sicherheit verantwortlich. Unweigerlich dachte er an die sieben Tage, in denen er nicht wusste, was vorgegangen war. Drago wusste, dass Jenny immer gern ihren eigenen Kopf durchsetzt, aber er konnte nicht zulassen, dass sie sich einer Gefahr aussetzte, die er nicht einzuschätzen vermochte.

„Jenny, bitte sei doch vernünftig", versuchte er es ein letztes Mal. Egal, Jenny blieb unnachgiebig.

„Vertrau mir einfach, Drago. Geh!"

Drago hörte ihre Worte und wies die anderen nur widerwillig an, den Ausgang der Höhle aufzusuchen, vor dem sie sich positionierten. Doch ihm war nicht wohl dabei. Er setzte sich in den Sand vor die Höhle. An ihm nagte dieses ungute Gefühl und er fühlte sich in diesem Augenblick machtlos. Unruhig sah er auf seine Uhr. Neunzig Minuten konnten arg lang sein, und dieses Mal sollten sie ihm vorkommen wie eine Ewigkeit.

Jenny hingegen folgte den leicht eingedrückten Spuren im sandigen Boden der Höhle, und sie fand weitere Malereien, die ihr fremdartig, aber doch vertraut vorkamen. Ohne darüber nachzudenken, ließ sich Jenny immer tiefer in das Höhlensystem führen. Sie gelangte schließlich in eine weit abgelegene Höhle, in der die Wandmalereien endeten.

Jenny sah sich um. Hier schien es nichts zu geben, was es zu betrachten galt.

Alles umsonst, dachte sie. Hier ist absolut nichts. Sie sah die Spuren der anderen, die offensichtlich an dieser Stelle beschlossen hatten, umzukehren. Jenny war ebenfalls geneigt aufzugeben und den Ausgang aufzusuchen. Sie wollte bereits gehen, als sie im letzten Augenblick ein Zeichen sah, das ihre Aufmerksamkeit erregte. Sie drehte sich noch einmal um und ging auf dieses Zeichen zu. Es war kaum zu erkennen; verwittert von den Spuren der Zeit. Jenny wischte vorsichtig mit ihrer Hand darüber, um es vom feinkörnigen Sand zu befreien. Langsam wurde ein Stein sichtbar, der ein ihr unbekanntes Symbol trug und ihre Neugier weckte. Wer hatte es dort hinterlassen und warum? Ihr wurde etwas flau in der Magengegend, weshalb sie eine Weile zögerte. Doch ihre Neugierde überwog schließlich. Ach, was soll's, dachte Jenny. Was kann es schon schaden?

Kraftvoll drückte sie auf den geheimnisvollen Stein und wenige Augenblicke später öffnete sich ein Steinbogen, der schwerfällig, mit lautem Knirschen zur Seite rückte. Abgestandene, uralte und miefige Luft schlug ihr entgegen. Jenny rümpfte angewidert die Nase. Durch die Bewegung des Felsens hatten sich zahlreiche Staubpartikel gelöst und waren aufgewirbelt worden, die ihr das Atmen erschwerten. Jenny hustete. Dunkelheit tat sich vor ihr auf und ließ sie zögern einzutreten. Aber die Neugier siegte. Vorsichtig ging sie einige Schritte und tastete sich vor. Kaum hatte sie den Raum betreten, wurde er von bläulich-violettem Licht erfüllt. Jenny atmete immer noch schwer, doch ihre Furcht verflog. Während sie sich umsah, erkannte sie weitere Malereien, die sich von denen außerhalb unterschieden. Eigenartig, dachte Jenny.

Vor ihr befand sich das riesige Abbild eines Mannes, den sie nicht kannte. Aber um ihn herum gab es Zeichnung von Personen, die sie erkannte. Sie sah Moses, Jesus, Mohammed, Schiwa, Buddha und einige andere große Persönlichkeiten der Menschheit. Nur wusste sie nicht, was sie damit anfangen sollte. Sollte der Unbekannte etwa schon einmal auf der Erde gewesen sein? Auf der daneben liegenden Wand befanden sich Zeichnungen ihr gänzlich unbekannter Wesen. Befremdlich sahen sie aus, jedoch ohne bedrohlich zu wirken. Waren dies fremde Lebensformen? Jenny dachte an ihre erste Begegnung mit den Newcomern. Auf der gegenüberliegenden Wand sah Jenny ein Sonnenbildnis, das den Hieroglyphen der alten Ägypter ähnelte, aber es waren auch Zeichen vorhanden, die Jenny nicht kannte oder zu deuten vermochte. Diese Abbildung zog sie magisch an. Als sie unmittelbar davor stand, betrachtete sie das Bild eingehender. Schließlich erkannte sie im gedämpften Licht einen Handflächenabdruck, der ihrer Meinung nach nicht dorthin gehörte. Sie sah auf ihre Hand. Zögerlich legte sie diese Hand in die gezeichneten Umrisse. Kaum geschehen, schloss sich der Eingang mit dem gleich lauten Knirschen und Rumpeln wie schon zuvor. Panik ergriff von Jenny Besitz. Ihr

Herz begann zu rasen, ihre Atmung erhöhte sich. Sie drohte zu hyperventilieren. Schweißperlen bildeten sich auf der Stirn und rannen über ihre Wangen, obwohl es im Raum eher kühl war. Ruckartig riss sie ihre Hand zurück. Nach wenigen Sekunden sank Jenny entkräftet zu Boden, denn der geringere Sauerstoffgehalt in der Atemluft nahm ihr die Kraftreserven. Sie begann ihre anfängliche Neugier zu bereuen und zweifelte daran, hier je wieder lebend rauskommen. Wie lange würde die Atemluft wohl ausreichen, bis sie qualvoll ersticken würde? Drago würde ihre Schreie nicht hören, deshalb unterließ sie den Versuch. Abgesehen davon würde sie durch Rufen und Schreien den begrenzten Sauerstoff noch schneller verbrauchen. Sollte dies die Stunde sein, in der der Tod sie zum letzten Tanz aufforderte?

Dumm gelaufen. In diesem Augenblick zog Jennys bisheriges Leben vor ihren Augen an ihr vorüber.

Wenn ich schon sterben muss, dachte Jenny, dann wenigstens nicht auf der Erde. Dieser Ort hat doch was! Hier stirbt man doch gerne!

Jenny lächelte über ihren eigenen Galgenhumor, was sie etwas gelassener werden ließ.

Schon merkwürdig, dachte Jenny. Ich glaubte immer, dass mich der Tod plötzlich und unerwartet treffen würde. Jetzt soll ich darauf warten, dass ich elendig ersticke? Wie lange das wohl dauert? Ersticken ist grausam und qualvoll, schoss es ihr durch den Kopf. Sie zwang sich, der aufkommenden Panik Herr zu werden. Bloß nicht hyperventilieren! Sauerstoff einteilen!, befahl sie sich.

Sie begann ruhig und gleichmäßig zu atmen, während sie versuchte, sich an den Gedanken ihres bevorstehenden Endes zu gewöhnen. Jenny dachte an Maél. Schlagartig wurde aus dem Gefühl des sich Abfindens blanke Wut. Ist es das, Maél? Ist es das, worauf ich warten sollte. Hast du mich all die Jahrzehnte am Leben erhalten, um mich jetzt sterben zu lassen? Ohne zu wissen, wofür es gut war? All die Jahre unter diesen Monstern? Sagtest du nicht: ‚Warte auf den, der eins sein wird mit mir?'. Aber mein Freund, niemand ist gekommen. Niemand, nicht ein Einziger, der mir ein Zeichen gab! Jenny wurde trauriger und kauerte sich an die Mauer. „Man verdammt noch mal. Ich hab das nicht verdient; das ist nicht gerecht. Ich hab das nicht verdient!", wiederholte sie erneut und schlug verzweifelt mit der linken Hand gegen die Wand direkt neben sich, wobei sie unbewusst das Abbild des Sonnengottes Ra traf. Jenny wurde immer schwächer und sie murmelte vor sich hin: „Hilf mir Maél! Maaaaéeeel", schrie sie mit letzter Kraft, so laut sie konnte.

„Inchula Chandunah, Chinlaa iudurah!", hörte Jenny eine Stimme, ohne ihre Herkunft sofort zuordnen zu können. Jenny sank noch tiefer in sich zusammen, als sich vor ihr plötzlich eine Gestalt zeigte. Der gesamte Raum wurde überflutet von bläulich-gelblichem Licht, das jetzt auch Jenny umhüllte. Fast bewusstlos folgte ihr

Gehör den Worten jenes Fremden, dessen Abbild sie nie zuvor gesehen hatte; der ihr ein Rätsel nach dem anderen aufgab, indem er unablässig redete. Der ihr derart viele Bilder in schneller Abfolge zeigte, dass sie sie kaum aufzunehmen wusste und dessen Sprache sie nicht verstand. Er sprach offensichtlich von Maél und es erwies sich im Nachhinein als klug, David zuvor angewiesen zu haben, alles aufzuzeichnen. Vielleicht würden die Worte und Bilder des geheimnisvollen Fremden zu einem anderen Zeitpunkt einen Sinn ergeben. Sie konnte es sich nicht erklären, aber diese Erscheinung gab ihr durch die Weichheit seiner Stimme neue Hoffnung. Jenny sah die Gestalt an: „Was immer du da redest, ich hab nicht die geringste Ahnung, was es bedeutet und was ich damit anfangen soll!"

„Chinlaa iudurah chenuie malich chunah." „Chinlaa iudurah malich chonaie Uratmah! Chinaui iuna anonie Soloni."

Jenny schüttelte ihren Kopf. Sie konnte kaum noch einen klaren Gedanken fassen. Der Sauerstoffmangel benebelte ihre Sinne. „Ich verstehe nur Uratmah", murmelte Jenny. „Wer ist das jetzt wieder?"

Wie von Geisterhand bekam Jenny neuen Sauerstoff, den sie tief in sich aufsog und der sie wieder klarer denken ließ. Doch was die Gestalt ihr zeigte, ließ sie schier verzweifeln. „Was sollen all diese Bilder bedeuten?" Flehend, bittend und fragend, suchte sie die Antwort im Anblick der fremdartigen Gestalt. Doch sein Abbild verschwand, und er ließ Jenny allein in der Stille zurück.

„Na super! War's das jetzt? Hm."

An der Stelle, an der zuvor Chandunah in holografischer Gestalt erschienen war, ragte ein kleines, silbern glänzendes Kästchen aus dem Boden. Jenny erhob sich langsam und sah es sich genauer an. Warm fühlte es sich an, und es schimmerte von innen leicht Bläuliches. Sie fuhr behutsam mit ihrem Zeigefinger über den Deckel, drückte den an der rechten Seite befindlichen kleinen Knopf. Im nächsten Augenblick gab das Kästchen seinen Inhalt frei. Jenny stutzte. Aufgeregt, mit zittrigen Fingern zog sie vorsichtig ein silbrig glänzendes Kettchen heraus, an deren Ende ein Amulett mit einem Durchmesser von 12 Zentimetern hing. Jenny legte es in ihre linke Hand und betrachtete es eine Weile.

Eigenartige Schriftzeichen! Winkel, Haken und Halbkreise, die nicht, wie sie es von den Menschen kannte, in einer Lesezeile angebracht waren. Sie verteilten sich ohne erkennbaren Zusammenhang auf dem Amulett. Was sie wohl bedeuten mögen?, dachte Jenny. Sollte sie es zurücklegen oder vielleicht doch behalten? Für wen war es hier hinterlegt worden? Oder sollte es tatsächlich für sie bestimmt sein? Sie erinnerte sich an Maéls Worte: ‚Dort auf Sodion wirst du einmal sein'.

Jenny zögerte, entschied aber dann, es zu behalten, und legte es sich um den Hals. Ein wenig schien es ihr, als würde das Amulett bläulich schimmern. Jenny lächelte leicht. Fühlt sich warm und gut an!, dachte sie und ließ das Amulett unter ihrer Uniform verschwinden, während sich im nächsten Augenblick der Ausgang öffnete.

„Ich bin gerettet!", jubelte Jenny lauthals.

Leicht benebelt bewegte sich Jenny, so schnell sie es vermochte zum Ausgang, fürchtete sie doch, er könne sich erneut schließen, bevor sie sich in Sicherheit befand. Kaum draußen angekommen schloss sich hinter ihr die schwerfällige Felsentür. Jenny lehnte sich erschöpft gegen die Wand. Nachdenklich sah sie auf den Boden.

„Merkwürdig", murmelte sie, „wirklich sehr eigenartig!" Jenny taumelte zum Ausgang der Höhle, wo Drago und die anderen auf sie warteten. Ihre Gedanken waren wirr und sie glaubte Dragos Worten, dass es der Sauerstoffmangel sei, der sie sich dies alles einbilden ließ.

Auf der Saros angekommen, hätte Drago gerne mehr erfahren, doch Jenny zog es vor, sich in ihr Quartier zurückzuziehen. Erschöpft ließ sie sich auf ihr Bett fallen, sah nachdenklich an die Decke, während ihre Finger mit dem Amulett spielten. War die Botschaft wirklich für sie bestimmt gewesen oder hatte sie einfach nur zur falschen Zeit am falschen Ort befunden? Wenn diese Worte tatsächlich sie aufgezeichnet worden waren: Warum verstand sie dann ihren Inhalt nicht? Wer waren diese Soloni und die anderen, von denen er sprach? Für wen sollte sie was tun? Warum hatte Maél das vorausgesehen und warum ausgerechnet sie? Fragen über Fragen, auf die sie, wie so oft, keine Antworten bekam. Doch letztlich siegte die Müdigkeit und Jenny schlief ein.

Eigentore

Während die Saros sicher in die heimische Milchstraße zurückkehrte und nach vierzehn Tagen ihre Parkposition in den Ringen des Saturns fand, war Jenny in sich gekehrt und nachdenklich geblieben. Wie geplant starteten die Mannschaftsgleiter, um den Hauptteil der Besatzung zur Erde zurückzubringen, während 600 Newcomer auf der Saros verblieben. Jenny nahm zwar wahr, wie sich die anderen im Gleiter angeregt über die Ereignisse im Andromedanebel unterhielten, aber sie hörte nicht hin. In Gedanken versunken dachte sie über ihr einschneidendes und sie merkwürdig ergreifendes Erlebnis in jenem Raum nach, das sie innerlich aufwühlte. War das alles wirklich geschehen? Hatte sie all das tatsächlich gesehen und gehört oder war es doch eher dem Sauerstoffmangel zuzuschreiben?

Hatte sie sich all diese Dinge vielleicht nur eingebildet? Verunsichert ertastete sie erneut das Amulett, wie sie es in den Tagen zuvor wiederholt getan hatte. Es war noch da, also keine Einbildung.

Chandunah, dachte sie. Was für ein eigenartiger Name. Jenny war sicher, diesen Namen nie zuvor gehört zu haben. Hatte ihr Gehirn ihr vielleicht nur einen bösen Streich gespielt oder würden jene Dinge, die sie gesehen hatte, wirklich auf sie zukommen? Für einen kurzen Moment schloss sie ihre Augen, holte tief Luft. Eher aus der Ferne nahm sie wahr, dass sie soeben in der Sonora gelandet waren und die Mannschaftsgleiter ihre Parkpositionen in den unterirdischen Hangars einnahmen.

Da sie das Bedürfnis nach Ruhe hatte, zog sie sich ohne viele Worte in ihr Quartier auf der Basis zurück, doch ihr Schlaf war in dieser Nacht unruhig und ganz und gar nicht erholsam. Das Erlebte verfolgte sie und sie war außerstande, ihre Gedanken in eine andere Richtung zu lenken.

Doch Jenny war nicht die Einzige, die keinen Schlaf fand und ununterbrochen grübelte.

Ben Goren saß am 21sten Tag seiner Gefangenschaft auf einer Pritsche und sah sich um. Sein Verlies mochte vielleicht sechs Quadratmeter messen, bestenfalls sieben. Es gab kein Tageslicht, das in den Raum hätte einfallen können und das künstlich erzeugte Licht ermüdete seine Augen. Die Wände waren schalldicht abgedichtet worden. Er sah zur Tür, die aus massivem Stahl bestand. Er vermutete, dass er sich in einem alten Heizungskeller befand, denn in der Luft lag ein leichter Heizölgeruch. Seinen Bewacher sah er nur, wenn der ihm dreimal täglich das Essen brachte. Wortlos, ohne jede Gemütsregung stellte er es vor seinen Häftling in sicherer Entfernung ab und verschwand. Ben versuchte oft mit ihm zu reden, doch jeder Versuch etwas zu erfahren, nur ein einziges menschliches Wort zu erhaschen, blieb erfolglos. Was Ben aber viel größere Sorge bereitete, war der Umstand, dass sein Bewacher nicht vermummt zu ihm kam. Deshalb lautete die Frage nicht, ob man ihn töten würde, sondern wann. Würde der Secret Service, der sicherlich bereits das gesamte Land nach ihm durchkämmte, ihn noch rechtzeitig finden? Da das künstliche Licht nie erlosch, hatte Ben jegliches Zeitgefühl verloren. Sein einziger Anhaltspunkt für die eventuelle Tageszeit waren seine Mahlzeiten und die Striche, die er mit einem Steinchen mühsam in die Wand gekratzt und dabei seine Finger blutig hatte werden lassen. Für jeden Tag gab es einen Strich. Mahlzeiten, dachte Ben. Wenn man die überhaupt so nennen konnte.

Er war zur Zeit der großen Katastrophe bei der Navy gewesen. Dort hatten sie karge Notsituationen während einer Gefangenschaft trainiert. Da Apophis viel zerstört hatte, und Amerika, wie die anderen Staaten auch, im Chaos versunken war, hatte es in den ersten Jahren danach nicht allzu viel zu Essen gegeben. In den zwei Jahren im Bunker gab es ausschließlich Notrationen, da damals niemand wusste, wie lange sie dort bleiben mussten. Aber er hatte überlebt und trotz seiner derzeitigen misslichen Lage, war er froh darum. Missmutig sah er auf das vor ihm stehende

Essen: Drei Scheiben Toastbrot, die sich bereits bogen, eine Scheibe vertrockneten Schinken, eine Käsescheibe. Er hasste Käse. Angewidert baute er einen Doppeldecker aus allem. Stirnrunzelnd hielt er ihn hoch, sah ihn an und seufzte: „Seit 21 Tagen immer das gleiche." Doch dann lächelte er still in sich hinein: Ladys und Gentlemen, das Buffet ist eröffnet. Genießen Sie heute ausgesuchte erlesene Kanapees aus den verschiedensten Ländern, redete er innerlich mit sich selbst. Ben seufzte erneut. Irgendwo am Arsch der Welt, dachte er und aß das Sandwich auf. Auf seiner Pritsche mit der stark verdreckten Matratze liegend, starrte er an die Decke seines Verlieses und dachte an seine Frau Nancy. Wie es ihr jetzt wohl gerade ging? Was tat sie gerade? Litt sie sehr unter diesem erneuten Schicksalsschlag? Eine zweite Entführung in der Familie! Konnte sie die erneute Belastung überhaupt ertragen? Ben dachte an ihren Streit und den letzten Tag, den sie gemeinsam verbracht hatten. Wie hatte es nur so weit kommen können? Ben vermisste seine Frau. In diesem Augenblick wurde ihm schlagartig bewusst, wie sehr er sie trotz ihrer Schwächen liebte. Er begann, heftig zu schlucken. Würde er sie je wiedersehen? Würde sie überhaupt noch etwas von ihm wissen wollen? Viele schwierige Situationen hatten sie zusammen gemeistert. Die große Katastrophe, die schweren Jahre, die folgten. Die Entführung Erics, die Berufung zum Präsidenten. Hatte Nancy recht?, fragte er sich. Habe ich das Wesentliche aus den Augen verloren? Wie konnte mir nur entgehen, dass es ihr derart schlecht ging? Oder habe ich es einfach nur nicht sehen wollen? Es hatte zahlreiche Probleme gegeben, die er als Präsident hatte bewältigen müssen und keines von ihnen war ein leichtes gewesen. War es doch der Rausch der Macht, der ihn dazu verleitet hatte, darüber hinweg zu sehen, dass seine Ehe immer mehr den Bach runter gegangen war. Oder hatte ihn die Situation selbst überfordert? Auch ihm hatte die Entführung Erics schwer zugesetzt. Das Wissen darum, dass ausgerechnet sein Bruder hinter allem gesteckte, machte es ihm nicht leichter, die Ereignisse zu verarbeiten. Ein Wissen, das er nicht mit Nancy hatte teilen dürfen und das unablässig schwer an ihm nagte. Ben dachte an Eric. Er musste in der Zwischenzeit sein Offizierspatent erhalten haben. Zu einem stattlichen jungen Mann war er herangereift. Wie gerne wäre ich dabei gewesen, dachte Ben. Wieder etwas, das ich verpasst habe! Wie so viele Ereignisse, wurde ihm bewusst. Dabei war Eric ein guter Sohn. Schon früh hatte er auf viele Dinge verzichten müssen. Vor allem auf mich, dachte Ben. Da waren die Schulaufführungen, sein Highschool-Abschluss, das College. Eric schien nie böse auf mich gewesen zu sein, Ben lächelte bei diesem Gedanken. ‚Mein Dad wird mal Präsident', hatte er stets voller Stolz gesagt, wenn sich sein Vater abermals für sein Fehlen entschuldigt hatte. Du egoistischer Idiot, tadelte Ben sich. Eric ist ein starker Junge, dachte er mit Stolz. Der im Verlies eingekerkerte Vater ließ die letzten drei Jahre seines Sohnes an sich vorüberziehen.

Anapolis! In gerade mal drei Jahren! Das hab nicht mal ich hingekriegt! Stolz und Trauer teilten sich in diesem Augenblick den Raum seines Herzens.

Er dachte an den Commander, der ihm damals geholfen hatte. Natürlich hatte Eric ihn bewundert. Schließlich war er es gewesen, der ihn aus der bis dahin schlimmsten Situation seines Lebens unbeschadet herausgeholt hatte. Vielleicht war jene Bewunderung für den uniformierten Retter, Erics Art der Verarbeitung gewesen. Eric hatte nie über die Stunde geredet, die er während seiner Befreiung mit dem Commander allein gewesen war. Nie hatte er ein Wort darüber verloren, was der Commander ihm gesagt hatte. Aber es muss ihm wohl geholfen haben, sonst würde er ihn nicht derart bewundern.

Ben spürte, wie ihm Tränen über die Wange kullerten, doch er schämte sich nicht dafür. Wenn ich das hier überlebe, werde ich nochmal von vorne anfangen. Mit Nancy und Eric. Nur wir drei! Ich muss überleben! Nein, ich werde überleben!

Ben dachte erneut an den Commander: wenn er doch jetzt hier wäre. Wenn es doch nur eine Möglichkeit gäbe, ihn zu erreichen. Der Commander war stets distanziert gewesen. Anscheinend mochte er Menschen nicht besonders und schon gar keine Politiker. Trotzdem hatte er ihm geholfen. Würde der Commander es wohl nochmals tun, wenn er von der misslichen Lage des Präsidenten wüsste? Ben seufzt und schloss seine Augen. Mit seinen Gedanken bei Eric und Nancy schlief er ein.

Weit entfernt von der Erde befand sich Daán in seinem Quartier und dachte ebenfalls nach. Die beträchtliche Menge Sodiomits, die abgebaut worden war und jetzt waffenfähig gemacht wurde, beunruhigte ihn sehr.

Das reicht, um das gesamte Universum zu vernichten, dachte er. Das kann nicht der richtige Weg sein! Doch solange er keinen besseren Weg aufzeigen konnte, waren ihm die Hände gebunden. Außerdem war der Schwächeanfall vor fast zwei Monaten seinem Ansehen keinesfalls dienlich gewesen. Gerüchte verbreiteten sich, er sei nicht in der Lage seine Mission zu erfüllen. Daán war froh, dass Náran das Konzil hatte wissen lassen, dass er keinerlei Krankheit in sich trug. Wenn ich nur wüsste, was es gewesen ist, dachte er. Seit jenem Tag war er nicht mehr zur Ruhe gekommen. Obwohl er die Ursache für seinen plötzlichen Zusammenbruch nicht kannte, glaubte er, dass dieser etwas zu bedeuten hatte. Hatte er etwas übersehen? Er würde zu gerne erneut an jenen Ort zurückkehren. Aber er würde das Konzil wohl kaum überzeugen können. Wie auch; hatte er doch nichts Handfestes. Erneut vergrub sich Daán in die Lehren und Legenden um Chandunah. Doch so sehr er sich bemühte etwas zu finden, es wollte ihm einfach nicht gelingen.

Nancy Goren saß zur selben Zeit im Garten des McNamara-Sanatoriums, weit außerhalb Washingtons. Sie ahnte nichts von der Bedrängnis, in der sich ihr Mann befand. Viel zu sehr beschäftigte sie ihre eigene Situation. Verbittert, wie sie war, dachte Nancy nicht einen einzigen Augenblick an Ben oder Eric. Drei Wochen war sie nun schon hier und sie hasste dieses Sanatorium abgrundtief. Jeder Anwesende wusste, wer sie war, auch wenn ihr Zimmer abgeschirmt und gut bewacht vom Secret Service, abseits von den anderen Stationen lag. Für das Personal des McNamara-Sanatoriums war sie einfach nur Nancy und nicht die First Lady. Zigmal ließ sie das Personal durch ihre überhebliche Art bitterböse spüren, dass sie sich für etwas Besonderes hielt. Ihr Mann schließlich der Präsident der Vereinigten Staaten. Es half jedoch nichts.

Standen ihr in den letzten Jahren stets alle Türen dieser Welt offen, so blieben die des Sanatoriums nach außen für sie verschlossen. Sie wollte nicht einsehen, dass sie für das Personal nur eine Patientin war, die Hilfe benötigte und sie auch bekommen sollte. Nach zwei Wochen war Nancy derart ausgerastet, das die Ärzte es für notwendig hielten, sie zu fixieren und in dieser Position verblieb sie einige Tage. Da der Secret Service nichts unternahm und die Ärzte gewähren ließ, verfluchte Nancy ihren Mann, der sie hierher hatte bringen lassen, noch heftiger. Aber nicht nur ihn, sondern auch Gott und die Welt und alle, die ihr sonst noch einfielen. Nur auf sich selbst kam sie nicht. Seit drei Tagen durfte sie sich endlich im Garten des Sanatoriums frei bewegen. Ihre einzigen Begleiter, wenn auch in angemessenem Abstand, blieben ihre beiden Agents des Secret Service. Nancy saß an diesem schönen Sonnentag im Oktober des Jahres 2101 auf einer Bank im Garten und nahm die Agents des Secret Service kaum noch wahr. Sie waren zwar anwesend, aber sie redeten nicht. Sie redeten nie mit ihr. Wie herzlos von ihnen, dachte Nancy. Sie wurden ihr mit der Zeit gleichgültig. Diese Fremden in ihren schwarzen Anzügen mit dem Knopf im Ohr und dem Mikro im Revers, die ihre Augen stets hinter einer Sonnenbrille verbargen.

An diesem Tag war Nancy nur von einem einzigen Gedanken beseelt. Er haftete an ihr wie Sekundenkleber. Sie winkte den ausschließlich ihr zugeteilten Pfleger zu sich. Es musste einfach einen Weg geben, ihn für sich und ihre Zwecke zu gewinnen.

„Was kann ich für Sie tun, Ma'am?"

„Hätten Sie vielleicht Lust, ein wenig mit mir zu plaudern?"

Sean Cliry sah prüfend zu den Agents, die in gebührendem Abstand die Umgebung beobachteten. Der starkgewichtige, 35 Jahre alte Mann, dessen Geheimratsecken sein Aussehen verunstalteten, fürchtete sich.

„Kümmern Sie sich nicht um die. Sie beißen nicht."

„Ich weiß nicht, Ma'am. Eigentlich ist es nicht erlaubt." „Ach kommen Sie, Mr. Cliry, nur ein paar Minuten, bitte." „Also gut, Ma'am, wenn Sie wünschen."

„Arbeiten Sie schon lange im McNamara-Sanatorium?" „Morgen sind es genau elf Jahre."

„Oh, dann haben Sie sicher schon so einiges erlebt. Sie sind Ire, nicht wahr?"

„Ja Mrs. Goren, aber ich bin hier geboren."

„Erzählen Sie mir ein bisschen über sich. Was tun Sie, wenn Sie nicht für mich sorgen?"

„Ich studiere Chemie an der Abendschule. Nur noch zwei Semester, dann bin ich fertig", erzählte er voller Stolz.

„Und was wollen Sie danach tun?"

„Wenn ich einen guten Abschluss schaffe, hoffe ich, bei Food Dynamics eine gute Anstellung zu bekommen." „Verdienen Sie genug, um sich das Studium zu finanzieren?"

„Ein bisschen knapp ist es schon, aber es geht."

„Ich könnte Sie unterstützen, wenn Sie wollen."

Verdutzt sah Sean die First Lady an.

„Was müsste ich denn dafür tun, Ma'am?"

„Nicht viel, Sean, nur keine Sorge! Es wäre vollkommen ausreichend, wenn Sie mir jeden Abend von Ihrem letzten Rundgang zu mir, eine Flasche Wasser vorbeibringen. Ich meine ein besonderes Wässerchen. Sie verstehen?"

Nancy schwieg bewusst eine Weile und blickte Sean tief in die Augen, um seine Reaktion auf ihre Worte auszuloten. Mit dem Gedanken an die Agents hinter ihm spürte er die Furcht erneut in sich hochschleichen, schluckte ein paar Mal und antwortete: „Verzeihung, Ma'am, aber ich halte das für keine gute Idee. Sie wollten doch gesund werden, und wenn mich die Agents dabei erwischen ..."

„Aber, Sean, Sie sind doch ein kluger Junge! Lassen Sie sich was einfallen. Ich werde Ihnen helfen, versprochen! Ich schwöre Ihnen auch hoch und heilig, dass ich mir nur ein oder zwei Schlückchen gönne. Das wird niemand merken."

Unsicher sah Sean Cliry auf den Boden und schwieg. Sein hin und her wandernder Blick verriet, dass er gedanklich nach einer Lösung suchte. „Sie dürfen von heute an ein sehr spendables Leben führen, wenn Sie mir diese kleine Gefälligkeit erweisen, Sean", fügte sie eilig hinzu, als Cliry aufstand.

Der Pfleger ging ein paar Schritte und dann stand sein Entschluss fest. Er drehte sich zur First Lady um.

„Wie Sie wünschen, Ma'am. Ich werde Ihnen heute Abend zwei Flaschen Wasser auf Ihr Zimmer bringen. Kann ich sonst noch etwas für Sie tun?"

„Nein danke, Sean. Ich bin rundum zufrieden!" Sie nickte ihm aufmunternd zu.

Sean Cliry entfernte sich mit einem höflichen „Ma'am". Auf dem Weg zum Haupthaus von McNamara jagte bereits eine Idee die andere, wie er seine neue Aufgabe bewältigen konnte, ohne erwischt zu werden.

Nancy erlag ihrem unzähmbarem Verlangen. Heimlich still und leise schmuggelte Sean Cliry allabendlich eine versiegelte grüne, mit Wodka gefüllte Wasserflasche in ihr Zimmer. Da Sean wusste, dass die Agents vor ihrer Tür stets die Versiegelung prüften, hatte er sich eigens eine Vorrichtung gekauft, die eine Flasche erneut versiegeln konnte.

Beide beherrschen ihr Versteckspiel, sodass es weder den Ärzten noch dem Personal auffiel, dass ihnen eine Patientin durch die Maschen schlüpfte. Niemand bemerkte ihre Alkoholfahne. Da es ihr nicht erlaubt war, das Sanatorium zu verlassen, wurde sie nie auf Alkohol getestet. Ihre auffallend gute Stimmung deutete man als Therapieerfolg, und auch in den Gesprächen mit den Psychologen ließ sie sich nichts anmerken. Durch deren Überlastung fiel ihnen nicht auf, was ihnen hätte auffallen müssen.

Nancy begann, ihr Leben im McNamara-Sanatorium regelrecht zu genießen. Sean Cliry wurde ihr bester Freund und Helfer. Nie hätte er gewagt zu glauben, dass sich die Agents derart leicht austricksen ließen. Mit der Zeit fiel es ihm moralisch wesentlich leichter, seine Schutzbefohlene zu versorgen. Nicht zuletzt wurde er mit jeder Woche um Etliches reicher.

Der First Lady war ausdrücklich jedweder Besuch, mit Ausnahme ihrer Familienangehörigen untersagt worden. Telefonieren durfte sie, soviel sie wollte. Selbstverständlich ließ sie niemanden wissen, wo genau sie sich befand, denn für die Öffentlichkeit befand sie sich auf einer Reise mit familiärem Hintergrund. Einer ihrer langjährigen Freunde erklärte sich bereit, ihr über die Western Union Bank Bargeld zukommen zu lassen, welches Cliry mit Vollmacht selbstverständlich abholte. Nancy hatte ihren Bargeldwunsch damit begründet, dass die Presse sie ausfindig machen könnte, wenn sie ihre Kreditkarte benutzen würde. Dies wollte sie vermeiden, um die Privatsphäre ihrer Familie zu schützen. Und wer glaubte schon, dass eine First Lady lügen würde?

Sean Cliry mochte seine First Lady. Obwohl er gelegentlich an seinem Tun zweifelte, so genoss er es doch, im Mittelpunkt zu stehen. Wenn Nancy zu viel intus hatte, erzählte sie ihm Dinge, die außer dem Präsidenten niemand hätte wissen sollen. Aber das war ihr egal. Sie wollte einfach nur mit jemandem reden, und da kam ihr Sean gerade recht. Er verhielt sich ihr gegenüber stets unterwürfig und enttäuschte sie nicht. Sean hörte ihr zu, schwieg, übernahm Sonderschichten. Er begründete dies gegenüber seinem Vorgesetzten mit finanziellen Schwierigkeiten, in denen er sich durch das Studium befände und die er hierdurch ausgleichen könne. Gemeinsam führten sie alle an der Nase herum: Ärzte, Psychologen, das diensthabende Personal sowie die Agents des Secret Service, die ihrem Vorgesetzten Ronald Rivera regelmäßig keine besonderen Vorkommnisse meldeten.

Ronald Rivera war jener Ehrgeizling, den der Präsident vor einem Jahr ins Team geholt hatte, obwohl er zum FBI gehörte. Doch da er sich gut in seine neue Aufgabe, die First Lady zu beschützen, eingefügt hatte, gewann er auch das Vertrauen des Präsidenten. Rivera hatte im vergangenen Jahr durchaus den Absturz seiner First Lady bemerkt. Doch da man ihn zu Beginn seines Dienstes beim Secret Service dahingehend angewiesen hatte, über dieses und jenes innerhalb der Präsidentenfamilie beflissentlich schweigend hinwegzusehen, schwieg er. Obgleich es ihm missfiel. Wie hätte er auch den mächtigsten Menschen der Welt darauf hinweisen sollen, dass sich seine Frau im freien Fall auf den Abgrund zusteuerte? Ganz gleich, wie gerne er eingeschritten wäre, - es stand ihm nicht zu.

Regelmäßig sah er aus der Entfernung nach der First Lady, denn die Ärzte hatten ihn angewiesen, größtmöglichen Abstand zu halten, damit sich Nancy auf sich selbst konzentrieren konnte. Dabei war er der Meinung, dass es ihr mehr half, wenn er mit ihr sprach. Im vergangenen Jahr hatten sie manch vertrautes Gespräch geführt und er hatte stets das Gefühl gehabt, dass es ihr guttat. Doch jetzt waren ihm die Hände gebunden.

Er hatte erhebliche Schwierigkeiten mit dieser Situation umzugehen, denn Ron hasste Alkoholiker.

In ärmliche Verhältnisse hineingeboren, wuchs er nach der Katastrophe in Spanisch-Harlem auf, immer spürend, dass er nie als echter Amerikaner angesehen wurde. Oft hatte er nach der Katastrophe Hunger gelitten, bei der seine Mutter umgekommen war. Der kleine Ron war gezwungen, allein bei seinem Vater aufzuwachsen. Dieser hatte sich um nichts gekümmert; außer um sich selbst. Ronald wuchs mehr auf der Straße auf, unter anderen Hispano-Kindern, denen das Leben genauso schlechte Karten zugeteilt hatte, wie ihm. In der Clique der Straßenkinder gab es für ihn regelmäßiges Essen und auch ein wenig Geborgenheit. Gelegentlich kehrte er nach Hause zurück, nur um dann direkt die nächste Tracht Prügel zu kassieren. Irgendwann begann sein Vater Schnaps zu brennen, obgleich man das Gebräu, das er herstellte, kaum so nennen konnte. Das machte nur noch alles schlimmer, denn anstatt den Fusel wie geplant zu verkaufen, trank er ihn selbst. Manche Menschen schlafen einfach ein, wenn sie genügend intus haben. Andere bleiben ruhig und friedlich. Aber Rons Vater gehörte zur Gattung jener unausstehlichen Menschen, die aggressiv wurden, wenn sie den Kanal voll hatten. Er ließ seine unbändige Wut unkontrolliert an seinem damals achtjährigen Sohn aus.

Ron erinnerte sich an die unzähligen Male, die er in der Nacht nach seinem Vater gesehen hatte, der schlafend mit der Zigarette in der Hand in seinem schmierigen von Brandlöchern übersäten Sessel lag. Bestimmt hundertmal hatte er ihm die noch glimmende Zigarette vorsichtig aus dessen Hand genommen und ausgedrückt. Doch all das hielt seinen Vater nicht davon ab, ihn sinnlos zu quälen und gnadenlos zu verprügeln. Irgendwann hatte es Ron gereicht. Eines Tages, nachdem sein Vater ihn mal wieder übel zugerichtet hatte, lief er für immer davon. Von dieser Zeit an ersetzte ihm die Clique seine Familie. Sie stahlen und raubten, was immer sie kriegen könnten. Kleidung, Schmuck, Geld; vor allem aber Essen, das sie gerecht teilten. Es gab eine Art Rangordnung, aber stets kümmerte sich der eine um den anderen. Er fand bei den zehn Jungs die ersehnte Geborgenheit. Sie gaben ihm Halt und machten ihm Mut, dass eines Tages alles besser werden würde. In vielen Nächten lag er dennoch einsam auf seiner verdreckten Matratze. Leise vor sich hin schluchzend hielt er das einzige vergilbte und zerknitterte Foto seiner Mutter, an dem die obere rechte Ecke fehlte, in Händen. Wenn auch die Farben bereits verblasst waren, immer lächelte sie ihm zu, als wolle sie sagen: „Gib nicht auf, mein Sohn, gib niemals auf!" Ron wollte nicht aufgeben, aber er vermisste seine Mutter. Sie, dessen war er sich sicher, sie hätte ihm die ersehnte Anerkennung gegeben, die ihm sein Vater stets verweigert hatte.

 Ron lernte schnell. Hilf dir selbst und warte nicht darauf, dass es ein anderer tut! Die harte Schule der Straße stählte Ronald, härtete ihn ab und seine Intelligenz half ihm von ganz unten, nach oben zu gelangen. Er fand alte Bücher, die nach der Katastrophe keine Beachtung mehr fanden. Er las und lernte. Gierig verschlang er, was immer ihm Lesbares in die Hände fiel. Da die höheren Schulen, nachdem sich das Chaos gelegt hatte, den Privilegierten vorbehalten blieben, nutzte Ron seine gewonnenen Verbindungen. Er fälschte kurzerhand seine Abschlüsse und Diplome, die ihm dazu verhalfen, beim FBI unterzukommen. Dadurch, dass er über das nötige Wissen verfügte, flog sein Schwindel nicht auf. Es existierten nach der Katastrophe kaum noch Papiere, die über die Einzelne Auskunft geben konnten. Aus dem einstigen Harlem-Boy wurde der FBI-Agent Ronald Rivera, der jetzt beim Secret Service für das Wohlergehen der First Lady sorgte.

 Es war kurz vor Weihnachten 2101, als Ron nachdenklich an seinem Schreibtisch saß. Zum wiederholten Mal hatten Sean Clirys Vorgesetzten ihn über dessen Sonderschicht informiert. Das ließ Ron stutzig werden. Wie kann man nur so viel arbeiten? Hat der denn keine Freunde?, fragte er sich. Er dachte an seine Vergangenheit. Weihnachten stand vor der Tür, zehn Tage bis zum vermeintlichen Fest der Liebe.

 In den letzten Jahren hatte sich die Zahl der Mitglieder seiner Clique arg dezimiert. Zu den restlichen drei oder vier Kumpanen hatte er kaum noch Kontakt. Er würde das Weihnachtsfest, wie in all den Jahren zuvor allein verbringen müssen. Rons Unzufriedenheit steigerte sich mit jedem Tag. Nicht alles, was in den Kreisen des Secret Service über ihn geredet wurde, gefiel ihm. Obwohl die Agents aus verschiedenen militärischen Kreisen rekrutiert wurden, dauerte ihre weitere

Ausbildung für den Secret Service gerade einmal 48 Tage. Allein deshalb verstand Ron ihre Überheblichkeit nicht. Doch ganz gleich, woher die Agents stammten, nur selten wurde einer vom FBI in die Truppe aufgenommen. Für seine Kollegen blieb er nur ein ›Fed‹, denn sie hielten sich für etwas Besseres. Er gehörte nach all der Zeit noch immer nicht zu ihnen, und sie ließen es ihn spüren. Ron hatte einerseits gehofft, innerhalb des neuen Dienstes auch neue Freunde zu finden. Andererseits fehlte ihm die Aufregung, der Nervenkitzel, den er bei seinen Fällen beim FBI durchaus geliebt hatte. Endlich war sein Wunsch aufzusteigen in Erfüllung gegangen, aber hier passierte absolut nichts. Nichts Aufregendes jedenfalls.

Frustgeladen und da er nichts Besseres zu tun hatte, beschloss Ron zu joggen. Sein Büro lag in der Nähe des McNamara-Sanatoriums. Es war eine schöne, begrünte Gegend, die er beim Joggen schon oft genossen hatte. Die frische Luft würde ihm guttun.

Ron joggte durch den sonnigen Dezembermorgen bei klirrender Kälte. Der Schnee, der in der vergangenen Nacht gefallen war, knirschte unter der Last seines Körpergewichtes, glitzerte in der Sonne und ließ die Sonne wärmer erscheinen, als sie es tatsächlich war.

In der Zwischenzeit hatte er so viel erreicht, doch er haderte mit sich und er fragte sich oft, ob es nicht noch mehr gab. Etwas, das nur auf ihn zugeschnitten sein könnte. Ständig forderte ihn seine innere Stimme diesbezüglich. Seine Vorgesetzten nannten es karrieregeil, obgleich die Triebfeder nur sein unersättlicher Hunger nach Leben war.

Mit diesen Gedanken flammte sein alter Ehrgeiz erneut auf, von dem Rivera nicht wusste, wie er ihn befriedigen sollte. Sein sehnlichster Wunsch, den Präsidenten persönlich kennenzulernen, hatte sich trotz des verronnenen Jahres nicht erfüllt. Natürlich war es eine besondere Ehre für die First Lady sorgen zu dürfen, aber diesen Job empfand er für seinen Geschmack, als etwas zu seicht. Zumal sich die Präsidentengattin nun schon seit Monaten in McNamara aufhielt und Ron lediglich die Agents einzuteilen hatte. Ronald Rivera liebte die Action und hier fand er sie nicht; dachte er jedenfalls.

Eine Stunde lief er nachdenklich den Weg entlang, der ihn unweigerlich zum Park des McNamara-Sanatoriums führte. Eine gute Gelegenheit mal nach ihr zu sehen, dachte er und stapfte den Hügel hoch, der vor dem Hauptgebäude des Sanatoriums lag. Da ihm während des Spazierganges kalt geworden war, beschloss er, entgegen der ärztlichen Anweisung, persönlich nach Nancy zu sehen und falls ihr danach war, würden sie etwas plaudern und gemeinsam einen wärmenden Kaffee trinken. Die diensthabenden Agents grüßten ihn und nach seinem Klopfen hörte er von innen ein

„Herein bitte."

„Guten Morgen, Ma'am. Darf ich eintreten?" „Agent Rivera, welche Freude, Sie hier zu sehen. Bitte, bitte, kommen Sie nur herein."

„Vielen Dank, Ma'am. Wirklich sehr freundlich von Ihnen. Ich wollte nach Ihnen sehen. Dachte ich mir, wir könnten, falls Sie mögen ein wenig plaudern. Wie geht es Ihnen Ma'am?"

„Agent Rivera, was für eine schöne Überraschung und willkommene Abwechslung! Kommen Sie setzen Sie sich zu mir. Es geht mir hervorragend, und obwohl es sich für eine First Lady sicher nicht geziemt: ich habe unsere angeregten Unterhaltungen vermisst."

Nancy war bester Laune, da sie bereits stark angeheitert war. Sie hatte den speziellen Inhalt ihrer Wasserflasche mit dem Kaffee in der Thermoskanne vermengt, um morgens möglichst nicht aufzufallen. Doch die Freude über Ronalds Besuch ließ sie das vergessen.

„Möchten Sie einen Kaffee mit mir trinken? Bitte bedienen sie sich."

„Vielen Dank, Ma'am, ausgesprochen nett von Ihnen. Ist fürchterlich kalt draußen, obwohl es die Sonne kaum vermuten lässt."

Ron nahm sich eine Tasse, schenkte sich ein, setzte sich in den Sessel neben Nancy und trank einen Schluck.

Stutzend und etwas verunsichert nahm er einen Zweiten.

Nancy entging sein Verhalten nicht. Plötzlich wechselte ihre Gesichtsfarbe zu aschfahl, während ihr durch den Kopf schoss, oh mein Gott.

Vollkommen gelassen stellte Ron die Tasse beiseite.

„Ma'am, es wäre gut, wenn wir über Ihren Kaffee reden könnten."

„Agent Rivera – Ron, bitte", begann sie zu stammeln. „Ma'am, Sie hatten doch schon so lange durchgehalten, was hat Sie gehindert, den begonnenen Weg weiterzugehen?«

„Sie verstehen das nicht. Es ist so schwer und ich bin einsam. Weder mein Mann noch mein Sohn haben sich ein einziges Mal bei mir gemeldet und ...", versuchte sie sich zu rechtfertigen.

„Ma'am, ich denke, ich verstehe mehr, als Sie es für möglich halten. Sie hätten mich rufen lassen können; wir hätten reden können. Dafür bin ich doch da. Ich bin immer für Sie da!"

Ron sprach mit ruhiger und wohlwollender Stimme. Obwohl seine eigenen Erfahrungen ihn Alkoholiker hassen ließen, hatte er in diesem Augenblick größtes Mitgefühl mit der First Lady.

„Was werden Sie jetzt tun, Ron? Bitte, bitte, auf keinen Fall darf mein Mann davon etwas erfahren oder an die Öffentlichkeit gelangen. Bitte, Ron, bitte, ich flehe Sie an. Ich werde mich jetzt sofort beim diensthabenden Arzt melden und noch mal ganz von vorne anfangen. Aber bitte, Sie müssen mir helfen", flehte Nancy und drückte dabei Rons Hand fest. „Bitte", hauchte sie erneut.

Ron sah Nancy an und blickte in glasige Augen voller Tränen.

„Es wäre mir ein persönliches Bedürfnis und eine Ehre, Sie zum Klinikleiter begleiten zu dürfen, Ma'am. Was den Präsidenten und die Öffentlichkeit betrifft, so dürfen Sie selbstverständlich darauf vertrauen, dass ich das zu Ihrer vollsten Zufriedenheit regeln werde."

„Oh, Ron, Sie glauben nicht, wie dankbar ich Ihnen bin. Aber wie wollen Sie das regeln?"

„Ma'am, es liegt ein schwerer Weg vor Ihnen und es wäre mir eine außerordentliche Freude, Sie genesen zu sehen. Belasten Sie sich nicht mit Dingen, die ich für Sie selbstverständlich diskret, zu regeln weiß. Verwenden Sie bitte all Ihre Kraft ausschließlich auf Ihre Genesung."

„Sie haben sicher recht, aber ich ertrage einfach diese Einsamkeit nicht. Wozu da nüchtern sein?"

„Der Alkohol, Mrs Goren, macht Sie nur noch einsamer, glauben Sie mir bitte!"

„Aber was wird der Abteilungsleiter sagen? Er ist ein schrecklicher Mensch, wissen Sie. Er sieht auf mich herab jedes Mal, wenn wir uns begegnen. Ich kann den Gedanken nicht ertragen, dass er mich verhöhnt. Vielleicht nicht laut, aber innerlich ganz bestimmt. Könnten wir nicht doch alles so lassen, wie es ist, Ron?" „Mrs. Goren, ich kann nachempfinden, wie Sie sich fühlen. Es ist sicher schwer, die First Lady zu sein! Aber wenn Sie jetzt aufgeben, wie wollen Sie dann ihrem Gatten eine Hilfe sein? Er braucht Sie doch! Die Menschen dort draußen brauchen Sie! Sie haben einen wunderbaren Sohn und ich bin sicher, dass er stolz auf Sie ist, wenn Sie jetzt die Größe beweisen, den gemachten Fehler einzugestehen. Fehler zu begehen ist nicht schlimm, Mrs. Goren. Erkennen Sie ihn und lernen Sie daraus. In den vergangenen Jahren haben Sie bewiesen, dass Sie eine sehr starke Frau sind. Werden Sie es wieder und erobern Sie die Herzen der Amerikaner zurück."

„Aber ..."

„Trauen Sie sich ruhig! Ich werde Ihnen zur Seite stehen! Und auch den Abteilungsleiter dürfen Sie getrost mir überlassen!" „Ich danke Ihnen, Ron. Das werde ich Ihnen niemals vergessen!"

Ronald Rivera kippte die Thermoskanne sowie sämtliche Wasserflaschen in den Ausguss des Waschbeckens und spülte alle Flaschen, Gläser und die Kanne aus. Akribisch beseitigte er alle Spuren. Nichts sollte darauf hinweisen, was vorgefallen war.

„Darf ich bitten, Ma'am? Nach Ihnen", sprach Ron mit sanfter Stimme und einem freundlichen Lächeln. Nancy nickte und so begaben sie sich auf den Weg zur

Klinikleitung.

Noch am selben Abend suchte Ronald Rivera den Abteilungsleiter Dr. Neely unvorangemeldet in seiner Villa auf.

„Wieso suchen Sie mich zu Hause auf, Agent Rivera. Die Klinikleitung hat mich bereits über das erneute Versagen der First Lady informiert! Also was ist, machen Sie's kurz?!", fragte der Arzt ungehalten.

„Ach, Sie haben also keine Zeit. Ich möchte mit Ihnen über die First Lady und ihre erneute Entgiftung reden. Wie konnte es dazu unter Ihrer Leitung kommen? Ist es denn zu viel verlangt, dass Sie sich um Ihre Patienten kümmern? Es war Ihre gottverdammte Pflicht, Mrs. Goren davon abzuhalten zu trinken, sie zu beschützen. Haben Sie vergessen, warum sie hier ist oder ist es Ihnen einfach scheißegal?"

Der Arzt stand wortlos da und wusste nicht, was er sagen sollte, während Ron immer wütender werdend im Raum umherlief.

„Hören Sie, Agent Rivera. Wir haben hier dermaßen viele Patienten und wir verfügen nicht genügend qualifiziertes Personal, um alles und jeden überwachen zu können. Uns fehlt einfach die Möglichkeit dazu!"

„Soll ich das etwa dem Präsidenten sagen? Ist das alles, was Sie dazu zu sagen haben: Wir haben keine Zeit?" „Agent Rivera, bitte, Sie sollten sich etwas beruhigen! Wenn die First Lady nicht vertrauenswürdig ist, wer dann? Wir setzen in diesem Sanatorium auf die Kooperation des Patienten. Jeder Patient muss für sich selbst entscheiden, welchen Weg er gehen will! Wenn er nicht bereit ist, den richtigen Weg zu wählen, sind wir außerstande ihm zu helfen. Wie gesagt: Uns fehlt Personal und Zeit! Außerdem: Was die Information des Präsidenten über diesen Vorfall betrifft – das lässt sich doch bestimmt auch anders regeln oder, Agent Rivera?"

Stocksauer sah Ron Dr. Neely an. Am liebsten hätte er ihn an Ort und Stelle auseinandergenommen. Aber genau das durfte er jetzt auf keinen Fall tun, - die Kontrolle über die Situation verlieren. Es würde ihn unglaubwürdig erscheinen lassen, erreichte diese Angelegenheit die Ohren des Präsidenten. Wenn er zugeben müsste, die Kontrolle verloren zu haben, würden sie ihn zum Sündenbock machen. Unter allen Umständen musste er das verhindern, wollte er nicht als der Versager schlechthin dastehen. Er wäre für immer gebrandmarkt und würde nie wieder nach oben kommen. Ronald Rivera sammelte sich etwas, obwohl seine noch andauernde Wut unverkennbar war.

„Nun, Dr. Neely", sprach Ron, sich selbst beruhigend, „ich bin sicher, dass sich das auch anders regeln lässt! Ich werde eine Weile darüber nachdenken müssen, und mich danach erneut bei Ihnen melden." Jetzt vollkommen ausgeglichen und ruhig ergänzte er: „Ich würde Sie, im Interesse der nationalen Sicherheit bitten, bis dahin Stillschweigen zu bewahren!"

„Selbstverständlich, Agent Rivera. Ihr Vorschlag kommt mir ebenfalls entgegen."

Ron verließ nickend ohne ein weiteres Wort das Haus des Dr. Neely. Irritiert sah er dem ungeliebten Special Agent des Secret Service nach. Er sehnte bereits den Tag herbei, an dem die First Lady entlassen und mit all ihren nervigen Agents verschwinden würde. Sie brachten den gesamten Tagesablauf in der Klinik mit ihren ständigen Kontrollen durcheinander. Und jetzt auch noch das! Dr. Neely ärgerte sich zwar über den spätabendlichen Besuch, dachte aber, was kann der schon machen.

„Ich kann schließlich nicht überall sein", murmelte er beim Schließen der Haustür. Einen Augenblick hielt er inne. Er sollte in wenigen Tagen seine Ernennung zum Professor erhalten und die Klinikleitung übernehmen. Alles war bereits vorbereitet und fast nichts konnte dies noch aufhalten. Allerdings wäre das Bekanntwerden dieses Vorfalls dem nicht unbedingt förderlich, deshalb sah er das verlangte Stillschweigen als die perfekte Lösung an. Kopfschüttelnd ging Harmon Neely ins Wohnzimmer zurück: Was bildete sich dieser Secret Service Agent überhaupt ein? Kann ich etwas dafür, wenn die First Lady nicht erkennt, was gut für sie ist? Etwas beunruhigt war er schon und er überlegte kurz, ob er einige Anrufe tätigen sollte. Nur so zur eigenen Absicherung. Er hatte über all die Jahre, die er in McNamara tätig war, gute und wichtige Kontakte geknüpft, bis in die höchsten Kreise hinauf. Aber er verwarf diesen Gedanken wieder. Die Stationsärzte hatten Mrs. Goren erneut zur Entgiftung fixiert und man würde ein Auge auf sie haben. Wenn sie es erneut nicht schaffen würde; was konnte er schon dagegen ausrichten? In gewisser Weise waren sie doch selbst schuld, diese Säufer und Süchtigen. Was konnte er anderes tun, als sie zu beaufsichtigen. Seine Funktion, so dachte er, war die Effektivität der Klinik zu steigern und ihre finanzielle Sicherheit zu gewährleisten. Genau das hatte er in den letzten zehn Jahren getan. Er hatte vor zehn Jahren einen Auftrag erhalten: Der Klinik, deren Übernahme für ihn kurz bevorstand, zu altem Ruhm zu verhelfen. Rentabel musste sie sein und er sollte dafür sorgen, dass eventuelle Fehlschläge unter keinen Umständen nach außen gelangten. All diese Kriterien hatte er in diesen Jahren erfüllt und auch dieser kleine Rückschlag würde nicht an die Öffentlichkeit gelangen. Schließlich unterlagen Angelegenheiten, die den Präsidenten oder die First Lady betrafen, automatisch der nationalen Sicherheit.

So ein kleiner Wichtigtuer, dachte Dr. Neely, bevor er es sich in seinem Lieblingssessel bequem machte. „Was kann der schon tun? Ein kleines Rad im Getriebe! Was soll's", wiederholte er. Da keine äußeren Umstände dagegen sprachen, ging Dr. Neely in den drauffolgenden drei Tagen wie gewohnt seiner Tätigkeit nach und er vergaß den Vorfall.

Ronald Rivera indes vergaß niemals. Unruhig lief er in seinem Loft umher und dachte nach. Er musste schnellstens eine endgültige Lösung finden, bei der ihm auch nicht der kleinste Fehler unterlaufen durfte. Andernfalls würde es ihn seinen Kopf kosten. Schließlich hatte er der First Lady sein Wort gegeben und sie vertraute darauf, dass er es hielt.

Loyalität, dachte Ron, Loyalität. Immer wieder lief es daraus hinaus. Nachdenklich wanderte hin und her und blieb plötzlich vor dem großen Fenster stehen: Nur den Arzt feuern zu lassen, würde nicht genug sein! Er würde auf ewig erpressbar sein, wenn er nicht vorsorgte! Er musste vor allem aber die First Lady und deren Integrität schützen.

Vollkommen ruhig griff Ron Rivera zum Telefon. Fünf seiner Freunde waren noch übrig. Fünf Menschen, die ohne Fragen zu stellen, loyal hinter ihm standen, obgleich viel Zeit vergangen war. Ron hatte immer gut für sie gesorgt. Jene Fünf, die noch übrig geblieben waren, hatten zwischenzeitlich mit seiner Hilfe hohe Positionen eingenommen. Sie würden ihn nicht im Stich lassen; nein, auf keinen Fall! Einen kurzen Moment hielt er noch inne, holte tief Luft. Er forderte nur ungern einen Gefallen ein, war er doch meistens mit einer Gegenleistung verbunden. Aber jetzt ging es nicht anders, und eventuell würden sie doch keine Gegenleistung einfordern. Ein weiterer Augenblick verging, bis er seine Selbstsicherheit zurückgewann. Entschlossen tippte er auf die Kurzwahltaste 1 und freute sich, eine ihm wohlvertraute Stimme am anderen Ende zu hören. Sein Freund, den er lange nicht gehört hatte, setzte ihn sofort ins Bild.

Ron traute seinen Ohren nicht. Er hatte fünf Freunde erwartet und die Stimme am anderen Ende des Telefons erklärte ihm, dass es viele mehr gab. War er doch nicht so allein, wie er immer gedacht hatte? Trotzdem könnte er nicht einfach Forderungen stellen. Er war seinen Freunden eine Erklärung schuldig, und da er ihnen vertraute, würde er sie ihnen geben; jedoch nicht am Telefon.

„Ich benötige zwei SUVs, zwei Driver, ein Cleaner-Team, zwei Beobachter und die übliche Standardausrüstung." „Die Einzelheiten besprechen wir in einer Stunde bei mir. Alle werden anwesend sein. Du kannst dich auf uns verlassen, mein Freund. Bis später also!"

Noch ehe Ron etwas erwidern konnte, hörte er das Klicken, das das Gespräch beendete. Er wartete einen Augenblick und sah auf die Uhr vor sich: 21.45 Uhr. Erneut griff er zum Hörer seines Telefons.

„Guten Abend, Mr. Cliry; ich hoffe, ich störe Sie nicht?", fragte Ron, obwohl es ihm völlig egal war, ob er störte oder nicht.

Sean Cliry war irritiert. Der nächtliche Anruf des Secret Service Agents verstörte ihn regelrecht.

„Nein, nein, Sir, was kann ich für Sie tun?"

„Die First Lady hat mir gegenüber einige Wünsche geäußert, die ich unbedingt noch mit Ihnen persönlich besprechen möchte. Da die First Lady Sie derart lobend erwähnt hat, sollten wir uns über Ihre weitere Zukunft unterhalten! Würden Sie bitte zum See am McNamara-Sanatorium kommen?"

„Natürlich, wann?"

„Heute um 23.50 h an der gegenüberliegenden Seite von McNamara!"

„Heute noch, Sir? Aber es ist Weihnachten?!"

„Sie wissen doch, Cliry, der Secret Service schläft nie! Was könnte wichtiger sein als die First Lady und Ihre Zukunft?" „Sicher Sir, Sie haben absolut recht, ich meinte ja auch nur."

„Seien Sie pünktlich, Cliry, Sie wissen, ich hasse Unpünktlichkeit."

„Selbstverständlich, Sir, ich werde pünktlich sein. Verlassen Sie sich darauf; ich werde da sein!"

Ron vernahm seine Worte und legte wortlos auf.

Während Ron zu seinen Freunden aufbrach, um rechtzeitig vor Ort zu sein, dachte Sean Cliry noch eine Weile nach, bevor er aufstand: Die First Lady hatte ihn also lobend erwähnt. Sie hatte Wort gehalten und es konnte seiner weiteren Karriere nur förderlich sein. Hatte sie ihn etwa beauftragt, ihn zum Dank bei Food Dynamics zu empfehlen?

Frohen Mutes begab sich Sean Cliry wenig später auf den Weg, obwohl das Thermometer gnadenlose 20 Grad minus anzeigte. Aber was machte die Kälte schon aus, es ging schließlich um seine Zukunft.

Ronald Rivera indes sah sich gründlich um. Keine Menschenseele war zu sehen. Alle Menschen schienen bei ihren Familien zu sein. Schließlich war Weihnachten. Von Weitem sah er paar Lichter aus den Fenstern des McNamara-Sanatoriums leuchten, hinter denen sich menschliche Silhouetten ganz schwach sichtbar abzeichneten. Aber sonst war weit und breit niemand zu sehen. Er sah auf seine Uhr. Noch fünf Minuten! Würde Cliry kommen? Unruhig stapfte Rivera im Schnee; schlug mit seinen Händen auf seine Arme, um sich warmzuhalten. Aufmerksam beobachtete er seine Umgebung. Er spürte das Adrenalin in sich aufsteigen, konnte es fast riechen mit jeder weiteren Sekunde, die verging.

Kurz dachte er an seinen Vater. Als der Verkauf seines Gebräus nichts mehr einbrachte und er nicht mehr in der Lage war, neuen Fusel zu produzieren, hatten ihm seine vermeintlichen Freunde finanziell oft ausgeholfen. Immer wieder; bis Ron eines Tages nach Hause kam, um noch einige Anziehsachen aus dem Trailer zu holen. Er war achtzehn, als er seinen Vater leblos auf dem Boden liegen sah. Geschockt und regungslos stand Ron vor dem Leichnam seines Vaters, dessen Brustbereich zwei Einschusslöcher aufwies. Auf der Stirn sah er ein weiteres Loch.

Dieses Mahl war unverkennbar und Ron wusste sofort, dass sein Vater hingerichtet worden war. Wofür sein Vater auf diese grausame Art bestraft wurde, sollte er nie erfahren, denn noch am selben Tag verschwand er endgültig aus dem Trailer-Park.

23.55 h. Konnte dieser Kerl nicht ein einziges Mal pünktlich sein? Rivera stapfte weiter mit seinen Füßen im Schnee, als er aus der Ferne Lichter aufblinken sah: zweimal kurz, zweimal lang. Cliry kommt also doch, dachte er zufrieden. Seine rechte Hand griff nach hinten an seinen Hosenbund. Beruhigt spürte er den Griff seiner Glock 9. 23.58 h stand Sean Cliry endlich vor ihm.

„Guten Abend, Sir. Ich wünsche Ihnen frohe Weihnachten."

Etwas unsicher, aber voller Hoffnung sah er Ronald Rivera erwartungsvoll an.

„Cliry, ich hasse Unpünktlichkeit!", fuhr Ron ihn an und überging dessen Höflichkeiten.

„Tut mir wirklich leid, Sir, aber ich hab die Stelle nicht gleich gefunden."

Cliry stapfte unruhig mit seinen Füßen im Schnee. Er war nervös.

„Sie hätten einen Ort im Warmen wählen sollen, ist verdammt kalt hier draußen."

„Ja, das mag sein, dass es hier draußen kalt ist, aber ich habe diesen Ort bewusst gewählt. Wissen Sie warum?"

Stumm schüttelte Sean den Kopf. Ronald hatte sowieso keine Antwort erwartet und fuhr fort: „Man hat Ihnen eine Ehrenkodex-Aufgabe übertragen. Sie wurden zum Pfleger der Ehefrau des wichtigsten und mächtigsten Mannes auf dieser Welt ernannt. Ist Ihnen das eigentlich bewusst?"

In Clirys Kopf kreisten die Gedanken. Wohin steuerte dieses Gespräch? Der Pfleger schreckte zusammen, als er vernahm:

„Aber nein, was tun Sie? Sie helfen ihr auch noch, an das Zeug ranzukommen. Haben Sie nicht einen Augenblick darüber nachgedacht, dass Sie ihr auf diese Art nicht helfen, sondern ihr nur schaden?"

Geschockt stand Sean da und überlegte fieberhaft, was er antworten sollte.

„Sie müssen das verstehen. Sie ist die First Lady!"

„Wenn Sie den Auftrag erhalten, sie zu beschützen, wem, Mr. Cliry, sind Sie verpflichtet: der First Lady oder dem Geld, das Sie von ihr in großen Mengen erhalten haben. Wie viel war es doch gleich? Ach ja, knapp 35000 Dollar in drei Monaten. Nicht schlecht. - Für dermaßen viel Grausamkeit, einem bereits am Boden liegenden Menschen beim Sterben zuzusehen. Ich habe Ihnen vertraut! Also sagen Sie mir, Cliry, wem hätte wohl Ihre Loyalität gelten müssen?"

Schuldbewusst sah Sean Cliry kurz zu Boden.

„Es tut mir leid, Sir! Ich sehe es ja ein. Ich habe versagt; aber es wird mit Sicherheit nie wieder vorkommen. Ich versichere es Ihnen!"

„Wissen Sie, Cliry, ich bedaure es ebenfalls und ich bin absolut sicher, dass es sich niemals wiederholen wird."

„Ich gebe Ihnen mein Ehrenwort, Sir." Sean hob unterstützend die drei Finger zum Eid. Einige Sekunden vergingen, in denen Ron zögerte und schwieg. Sean Cliry sah ihn erwartungsvoll an. Hatte er jetzt alles überstanden?

Ron Rivera sah den Blick Clirys und griff unbemerkt mit seiner rechten Hand hinter sich.

„Ich wünsche Ihnen frohe Weihnachten, Mr. Cliry, aber es gibt eben Fehler, die man auf keinen Fall begehen darf!"

Kaum ausgesprochen traf Sean Cliry die Kugel aus Ronald Riveras Waffe mitten in die Stirn. Das Entsetzen in die erstarrten Augen eingebrannt, sank Sean Cliry zu Boden und dunkles blutrot zeichnete in bizarren Formen das Ende seines Lebens in das unschuldige Weiß frisch gefallenen Schnees.

„Idiot", murmelte Ron vor sich hin, während er mit einem Fußtritt überprüfte, dass jeder Hauch von Leben aus seinem Gegenüber gewichen war. Ron gab mit seiner Taschenlampe zwei lange, danach zwei kurze Signale und entfernte sich ungesehen. Um alles Weitere würden sich seine Freunde kümmern.

Keine zwei Minuten danach fuhr ein schwarzer Van vor. Vier in Schwarz gehüllte Männer stiegen schweigend aus. Zwei von ihnen hievten Clirys Leiche in den Van, die anderen beiden sicherten die Umgebung. Einer von ihnen goss heißes Wasser auf den rot gefärbten Schnee, um danach mit seiner Schuhsohle frischen weißen Schnee auf dieselbe Stelle zu schieben und ihn dann festzutreten. Mit einem abgebrochenen Tannenast verwischte er die sichtbaren Fußspuren, warf den Ast zur Seite ins Unterholz. Wenige Augenblicke später fuhren sie schweigend zum nahe gelegenen Stahlwerk, in dessen Hochofen sie die Leiche verschwinden ließen. Keiner von ihnen verlor ein einziges Wort über die Ereignisse.

Abgesehen davon, dass jeder von ihnen am nächsten Tag um 20000 Dollar reicher war, wussten sie nur zu genau, dass Ronald Rivera ihnen von nun an etwas schuldete. Sie konnten sich darauf verlassen, dass er, wann auch immer er um einen Gefallen gebeten werden würde, bezahlen würde. Irgendwann.

Genau zur selben Zeit befand sich der frisch ernannte Professor Dr. Neely auf dem Heimweg. Er hatte mit seinen Kollegen und Freunden sowohl die Professur, die Klinikübernahme und Weihnachten ausgiebig gefeiert. Obwohl in den USA, außer in Hampshire, absolutes Alkoholverbot am Steuer galt, fuhr Neely mit seinem Wagen. Um diese Zeit waren kaum noch Menschen unterwegs und auch die Polizei würde Weihnachten feiern wollen. Langsam fuhr er auf den unbeschrankten Bahnübergang zu, der nur durch ein blinkendes Rotlicht gesichert war. Es wies ihn an, halten zu müssen, deshalb stoppte er. Normalerweise wäre er, wie es viele taten, langsam einfach rübergefahren, da Güterzüge sehr lang sein konnten und es dauern würde, bis er weiterfahren konnte. Doch aufgrund seines alkoholisierten Zustandes wollte er nichts riskieren. Geduldig wartete er, kurbelte das Fenster herunter und sog die frische Nachtluft ein. Eine Meile von ihm entfernt hockte ein, in Schwarz verhüllter, Mann im Dickicht der Nadelhölzer. Ausgestattet mit einem Nachtsichtgerät und einem Funkgerät. Er konnte bereits die Lichter des herannahenden Zuges sehen, deshalb griff er zum Funkgerät.

„1800 m", gab er durch.

„Bin startklar", hörte er die Stimme am anderen Ende der Verbindung.

„1000 m."

Der Güterzug fuhr schneller als erlaubt. Auch der Lokführer wollte endlich nach Hause zu seiner Familie.

„500 m, - jetzt!"

Der IT-Techniker am anderen Ende der Leitung gab einige Befehle in seinen Computer ein. Zehn Sekunden später erlosch das Rotlicht am unbeschrankten Bahnübergang, Neely startete den Motor und fuhr auf die Schienen.

Viel zu spät vernahm er die Lichter des heranrasenden Zuges und dessen lautes Horn, das die Stille der Nacht zerriss. Da der Zug von links kam, erfasste er mit voller Wucht Neelys Wagen auf der Fahrerseite, schleifte ihn weit über einen Kilometer mit. Berstender Stahl sprühte Funken, kreischende Bremsen des Zuges zerrissen die Stille der Nacht. Harmon Neely war auf der Stelle tot.

„Zielobjekt hat den Zug genommen", gab der zweite Beobachter trocken durch.

Zwei Minuten später saßen beide Beobachter in ihrem SUV und fuhren zum ausgemachten Treffpunkt.

Die Presse gönnte diesem tragischen Unfall eine kleine Erwähnung auf Seite fünf. Ron hatte seine Probleme gelöst. Die Polizei ging davon aus, dass es sich um ein Fehlverhalten seitens des Fahrers handelte und ermittelte nicht weiter. Schließlich war es in den Staaten leider üblich, dass das Lichtzeichen oft keine Beachtung fand und die Fahrer langsam über die Gleise fuhren, obwohl das warnende Rotlicht blinkte.

Wenn niemand hinsieht ...

Das Jahr 2102 brach an.

Zwar waren viele Amerikaner der Meinung, dass die härtere Gangart gegenüber der Freihandelszone durchaus angemessen war, doch die meisten, wie auch der Rest der Welt, hoffte, dass der Kelch des Krieges an ihnen vorüberziehen würde. Noch immer war niemandem aufgefallen, dass im Weißen Haus der falsche Präsident auf dem mächtigsten Stuhl der Welt saß. Robert Goren genoss das Gefühl unbegrenzter

Macht, die er sich skrupellos angeeignet hatte. Was konnte ihm schon passieren? Nancy war, wie er dachte, gut versorgt, und auch Eric Goren würde ihm nicht dazwischenfunken können. Da Robert die allgemeine Mobilmachung befohlen hatte, war Eric als frischgebackener Offizier damit beschäftigt, Rekruten auszubilden. Er hatte in den letzten neun Monaten keine Zeit gefunden, seine Eltern zu besuchen. Durch die Mobilmachung bestand Urlaubssperre. So glaubte Eric, dass es ihnen gut ging.

Robert saß im Oval Office und grinste vor sich hin, während er aus dem Fenster sah. Er war mit Liam McAllen verabredet, dem es gemeinsam mit seiner Truppe endlich gelungen war, ein neues Shuttle zu bauen. Das Schiff bot Platz für zehn Besatzungsmitglieder. Die großzügige Ausstattung erlaubte einen langen Aufenthalt im All. Geplant wurden mehrere Flüge zur ISS und nach getaner Arbeit sollte die Raumstation in neuem Glanz erstrahlen.

Liam war nur noch fünf Minuten vom Weißen Haus entfernt. Endlich, dachte er, endlich ist es so weit! Schon vor Wochen hatte er die Starterlaubnis beantragt, und jetzt würde er sie vom Präsidenten persönlich erhalten. Er freute sich wie ein kleines Kind, als die Limousine links in die Pennsylvania-Avenue einbog und er die Silhouette des Weißen Hauses sehen konnte.

Ein Ehrengardist in der Galauniform der Marines öffnete die Tür seines Wagens und im Innern des Weißen Hauses angekommen, sah sich McAllen neugierig um. Ihm gefiel, was er sah, und er lächelte vor sich hin. Er war sehr darauf bedacht, sich dem Anlass entsprechend zu verhalten. In diesen altehrwürdigen Hallen freute man sich nun mal nicht wie ein kleines Kind. Zumindest lässt man es sich nicht anmerken, dachte Liam. Doch innerlich machte sein Herz riesige Freudensprünge.

Nachdem er sämtliche Sicherheitskontrollen und zuletzt den eindringlich piepsenden Metalldetektor, geduldig über sich ergehen ließ und überstanden hatte, stand er wenige Augenblicke später vor der Eingangstür zum Oval Office. Nervös zupfte an seinem Jackett und rückte seine Krawatte zurecht. Zwei weitere Ehrengardisten öffneten ihm, ohne jede Gesichtsregung, jedoch mit Salut, die Flügeltür und schlossen sie unverzüglich hinter ihm.

Liam sah Marcus Evens zu seiner Rechten und nickte ihm zu, der wiederum grüßend zurücklächelte.

„Liam", begrüßte Robert freundlich. „Bitte nehmen Sie Platz!"

„Mr. President, es ist mir eine Ehre, Sie kennenlernen zu dürfen, Sir."

Liam McAllen war krampfhaft bemüht, seine Aufregung zu verbergen. Ich bin im Oval Office, hörte er seine Stimme immer wieder. Im Oval.

„Sie haben es also tatsächlich geschafft, ja?"

„Ja, Sir! Nach so vielen Jahren haben wir es endlich vollbracht. Wir können loslegen Sir. In zwei Wochen könnten wir bereits …"

„Es freut mich sehr das zu hören, doch Sie müssen verstehen, dass sich unser Land in einer schweren Krise befindet. Es wird daher keinen Flug ins All geben!"

Robert sprach diese Worte, doch Liam wollte ihren Inhalt nicht verstehen.

„Mr. President, wir haben es geschafft, dass die Shuttles ohne Trägerrakete zur ISS starten können und …"

„Ich sagte, es wird keinen Start geben, Mr. McAllen!", fuhr Robert ihn an.

Liam sah Hilfe suchend zu Marcus Evens. Liams Freude in der Schaltzentrale der absoluten Macht zu sein, erstarb brachial.

„Mr. President, Sie haben Liam bereits vor einem Jahr Ihre Unterstützung zugesagt und …"

„Halten Sie sich gefälligst da raus, Marcus. Wenn ich Ihre Unterstützung benötige, werde ich es Sie wissen lassen!"

Fragend sahen sich Liam McAllen und Marcus Evens an.

„Ist sonst noch was, Gentlemen? Worauf warten Sie; ich habe zu tun!"

Wie geprügelte Hunde verließen beide das Oval Office.

Fassungslos den Kopf schüttelnd lehnte sich Liam an die Wand direkt neben die Tür. Kurz starrte er auf den rot gemusterten Teppich. Doch der anfängliche Schock wich schnell der Wut und so wandte sich Liam an Marcus Events.

„Was war das denn, Marcus? Ich dachte, es geht alles klar!"

„Er hat mir nichts davon gesagt. Bitte glauben Sie mir, ich war genauso überrascht wie Sie."

„Sie als sein Stabschef wollen mir allen Ernstes weismachen, Sie hätten nichts von seiner Richtungsänderung gewusst?"

Liam redete sich immer mehr in Rage und wurde dabei lauter.

„Liam bitte."

„Das werden wir ja noch sehen, wer hier das letzte Wort behält!", drohte Liam wütend, als er das Weiße Haus verließ.

Doch da im White House alle Wände Ohren besaßen, entging Robert Liams Wutausbruch nicht. Robert hatte sich noch am selben Abend die üblichen Aufzeichnungen angehört. Grinsend saß er in seinem Sessel, lehnte sich entspannt zurück und berührte dabei die rechts von ihm stehende Fahne mit dem Emblem des Präsidenten. Ich sitze am längeren Hebel, du Idiot, dachte Robert und ließ die Abendstunden zufrieden verstreichen.

Sein Bruder indes saß jetzt bereits seit Monaten in Kerkerhaft irgendwo im Nirgendwo und versuchte sich selbst zu ermutigen, nicht aufzugeben. Da niemand mit ihm sprach, träumte er oft von einem glücklicheren Leben mit Nancy und Eric. Da es ihm aber auf Dauer zu langweilig war, mit sich selbst zu reden und seine innere Stimme zu hören, erfand er sich einen imaginären Freund, den er Harry nannte. Mit ihm gemeinsam vertrieb er sich die Zeit mit endlosen Diskussionen, die zumindest dazu führten, dass Ben viele seiner Fehler einsah und nicht vollends durchdrehte.

Zum gefühlten tausendsten Mal saß er vor seiner kargen Mahlzeit. Einem lauwarmen Süppchen mit wenig Inhalt und einer steinharten Scheibe Brot dazu. Seine von kleinen Löchern zerfetzte Kleidung war verdreckt und verschwitzt, denn er trug noch immer dieselben Sachen wie am Tage seiner Entführung. Seine sonst so gepflegten Haare strotzten nur so vor Fett. Erstmals war er gezwungen einen Bart zu tragen, der das Gesicht noch älter aussehen ließ. Überall juckte es ihn, sodass er sich derart oft kratzen musste, dass es ihm beizeiten wehtat.

Sie scheinen es zu genießen, mich leiden zu sehen, dachte Ben. Aber diese Genugtuung werde ich ihnen nicht geben, Harry. Ich werde nicht aufgeben! Ums Verrecken nicht! Und wenn ich noch so sehr zum Himmel stinke!

Er hob seine Scheibe Brot und winkte damit zur Tür: „Eine Diät der besonderen Art! Vielen Dank auch meine Herren", sprach er in ihre Richtung, als könnten sie ihn hören. Doch während dieser Geste spürte er die Tränen, die sein Gesicht langsam herunterliefen und er war heilfroh, dass ihn seine Peiniger nicht zu sehen vermochten. Die dauerhafte Isolation, ohne ein einziges Wort seiner Geiselnehmer, nagte schwer an ihm. Seine Kleidung schlotterte mittlerweile an seinem ausgezehrten Körper. Die Hände knochig, das Gesicht eingefallen, prägten hervorstechende Wangenknochen und tiefe Augenhöhlen sein Aussehen.

Stetes Wasser höhlt den Stein! Also tunk den Felsen schon in die Pissbrühe. Du sollst positiv denken, du Idiot. Stell dich gefälligst nicht so an, pöbelte Harry. „Du hast vollkommen recht, Harry. Wenigstens ist diesmal kein Schimmel dran."

Nancy Goren saß in ihrem Zimmer und sah aus dem Fenster. Sie hatte die erneuten Entgiftungstage gut überstanden, doch Weihnachten und Neujahr waren vergangen, ohne dass Ben oder Eric sie besucht hatten. Es machte ihr schwer zu schaffen, dass nicht einmal ein Gruß gekommen war; von beiden nicht! Nicht mal einer vom Weißen Haus über Dritte. Was war geschehen? Hatten beide sie einfach vergessen? Wollten sie mit ihr nichts mehr zutun haben? Wie sollte es weitergehen? Würde sie jetzt für die restliche Dauer der Amtszeit ihres Mannes hierbleiben müssen, um ihm eventuelle Peinlichkeiten zu ersparen? Oder hatte Agent Rivera sein Wort gehalten? Nur zu gerne würde sie jetzt eine Zeitung lesen oder Nachrichten sehen. Doch aufgrund ihres Rückfalls galt seitens der Ärzte die Anordnung, dass ihr weder das eine, noch das andere zugänglich sein durfte. Diese Isolation zehrte schwer an ihr, doch sie hatte auch ihr Gutes. Nancy dachte in diesem Augenblick an die Vergangenheit. An bessere Tage, die sie mit Ben und Eric verlebt hatte.

Zwischendurch holte sie immer wieder tief Luft und schluckte. Wie hatte es nur so weit kommen können? Sie waren doch einmal glücklich gewesen und nun? „Nun sitze ich hier, – von allen verlassen! Nicht einmal die Ärzte reden mit mir, außer einem ‚Guten Morgen, Ma'am, wie geht es Ihnen heute?', und der Secret Service sitzt nur noch vor der Tür. Zum Kotzen!"

Während Nancy an ihrem Wässerchen ohne Kohlensäure nippte, dachte sie an Ben. Wie glücklich waren sie doch gewesen. Wie sehr hatte sie sich für ihn gefreut, als er Senator, Gouverneur und schließlich sogar Präsident geworden war. Unendlich stolz war sie auf ihn gewesen. Sie, die sie die First Lady an seiner Seite sein durfte. Wie viele unzählige und schwere Katastrophen hatten sie zusammen gemeistert, ihnen getrotzt. Nichts und niemand hatte sich ihnen in den Weg stellen können.

Nancy sah ihr Glas an bis auf den verdammten Alkohol, der es geschafft hat, dich kleinzukriegen, du dämliche Kuh, haderte sie mit sich selbst. Wütend auf sich, warf sie ihr Glas spontan gegen die Wand. Während es klirrend in zig Teile zerschellte, lehnte sie sich danach traurig in ihren Stuhl zurück. Tief atmete sie ein und seufzte laut. Es war der Gedanke an Eric, der sie bedrückte. Was er jetzt wohl gerade machte? Wie er wohl aussah in seiner schmucken Galauniform? Immer schon war sie dagegen gewesen, dass Eric zum Militär ging. Zutiefst hatte es sie verletzt, als er es, trotz ihrer Ablehnung und schwerer Bedenken, getan hatte! Nie zuvor hatte sie mit ihrem Sohn gestritten. Zu jeder Zeit war sie stolz auf ihn und er war stets gehorsam gewesen. Nur dieses eine Mal hatte er nicht einsehen wollen, dass es die pure Angst einer liebenden Mutter um ihn war, die ihn nicht gehen lassen wollte. Wie sehr sie jetzt diesen Streit bereute! Sie hatte seine ‚Anker und Globus' Zeremonie verpasst. Das würde sie sich nie verzeihen. Nancy vermisste ihren Sohn schrecklich, und so erschuf sie sich die Zeremonie vor ihrem inneren Auge. Träumte sich in sie hinein, sah sich auf der Ehrentribüne sitzen. Vor ihr marschierte Eric salutierend in seiner schmucken Offiziersuniform im Gleichschritt zur Blasmusik im Gleichschritt. Nancy hörte den tosenden Applaus und konnte die mit Stolz erfüllte Luft förmlich schmecken und riechen. Vor ihren Augen lief die gesamte Feierlichkeit ab, als wäre sie in diesem Augenblick real. Auch wenn sie das Militär verabscheute, in diesem Moment erfüllte sie der Gedanke an ihr Kind mit Stolz, während ihr Mutterherz vor Sehnsucht blutete und fast zerbrach.

Liam McAllen war vom Weißen Haus nach Cap Kennedy zur Basis seines Teams zurückgekehrt. Seine Wut über die Absage des Präsidenten war noch längst nicht verflogen. Er saß in seinem Büro und dachte darüber nach, wie er es den anderen beibringen sollte. Was sollte er jetzt tun? Sie alle hatten lange und hart gearbeitet. Niemand von ihnen würde je durch diese Arbeit reich werden. Jeder von ihnen dachte nur an eines. Sie wollten den Sternen so nahe sein wie nur möglich. Die Erde, die sie liebten, vom All aus bewundern. Es hatte ihnen allen nie gereicht, nur darüber zu lesen, wie es früher einmal gewesen war. Die Starts der Shuttles auf Bildern zu sehen und die Perspektive von der ISS aus, war einfach nicht dasselbe. Zumal es nur noch wenige Abbildungen gab, die Apophis verschont hatte. Die meisten von ihnen kannten den Geschwindigkeitsrausch, mit der Super Hornet F19 mit Mach 10 zu starten und durch die Wolken zu jagen. Doch ein Flug ins All, davon waren ihre Herzen und ihre Träume erfüllt. Jeder aus der Mannschaft war bereit gewesen, jede verlangte Entbehrung willig hinzunehmen. Kein Teammitglied hatte aufbegehrt. Niemals verlautete ein böses Wort. Wie sollte er sich jetzt verhalten?

Liam raufte sich die Haare. Wie sag ich's meinem Kinde, dachte er. Gab es denn gar keinen Ausweg? Sollte er die Wahrheit sagen oder sie einfach weitermachen lassen?

Nein, dachte er, das kannst du ihnen nicht antun, sie haben die Wahrheit verdient! Er ging zum Waschbecken, schüttete sich mit den Händen Wasser ins Gesicht; er musste kühlen Kopf bewahren. Liam fürchtete sich vor der Reaktion der anderen, wenn sie die Wahrheit erfahren würden.

In der großen Halle angekommen, in der die Shuttles Genesis und Nemesis standen, wartete die Mannschaft bereits auf ihn. Vierhundert Menschen, die alles daran gesetzt hatten, ihren und auch seinen Traum von einem Neuanfang zu verwirklichen. In der ersten Reihe standen die Piloten, dahinter die Techniker, Mechaniker, Ingenieure und all die vielen Logistiker, ohne deren Organisationstalent all dies nicht möglich gewesen wäre. Wie oft hatten sie herzlich über ihre Art und Weise des Organisierens gelacht, wäre doch jeder von ihnen, hätte man sie erwischt, auf unendliche Zeit im Knast verschwunden. Derart viel Einfallsreichtum hatten sie darauf verwandt Dinge zu beschaffen, die es kaum mehr gab. Risiken waren sie eingegangen; hatten sogar ihr Leben riskiert, wenn sie in die Freihandelszone gereist waren und ihr Diebesgut herausschmuggelten.

Liam McAllen nahm sich eine Transportkiste, stellte sich darauf und tippte dreimal kurz gegen das Mikro.

„Typisch", sprach er ins Mikrofon, „nicht mal ein anständiges Podium konntet ihr organisieren."

Gelächter brach aus.

Liam sah die in der Halle Sehenden an. Er sah Lilly Andersen an, die beste aller seiner Piloten und gleichzeitig seine Freundin, die seinen Blick lächelnd erwiderte. Unsicher sah er in die Runde ihn erwartungsvoll anblickender Gesichter.

„Der Präsident der Vereinigten Staaten, der uns vor über zwei Jahren seine Zustimmung gegeben hatte, hat heute", Liam schluckte, „den Start der Shuttles unmissverständlich und unwiderruflich untersagt!"

Ein Raunen des Entsetzens erfüllte die Halle. Einige drehten sich, ihr Gesicht in ihren Händen verbergend, zur Seite. Liam McAllen sah so manche Träne nicht, die in diesem Augenblick hemmungslos floss, aber er erahnte sie.

„Ihr könnt mir glauben, ich bedaure diese Entscheidung des Präsidenten zutiefst ...", Liam schluckte erneut und zögerte eine Weile. Die Zwischenrufe in der Halle übertönten seine Worte. „Aber wir werden diese Entscheidung nicht gelten lassen! Wir nehmen das nicht hin! Wir starten! Heute in drei Wochen!", verschaffte er sich erneut Gehör. Die Menge im Shuttlehangar traute ihren Ohren kaum. Wagte sich dieser Mann wirklich, sich gegen den mächtigsten Mann der Welt zu stellen? Gegen den Präsidenten der Vereinigten Staaten?

„Könnten Sie das bitte wiederholen", rief einer der Männer, der hinten in der Halle stand.

Im nächsten Augenblick herrschte Totenstille in der Halle.

Liam McAllen rückte das Mikrofon näher zu sich heran.

„Ich sagte, wir akzeptieren diese Entscheidung des Präsidenten nicht! Sie ist ein Fehler! Wir sind zu weit gekommen, um jetzt aufzugeben. Wir werden in drei Wochen mit der Genesis und der Nemesis starten!"

Ohrenbetäubender Jubel und Applaus brachen aus. Pfiffe waren zu hören. Die uniformierten Anwesenden und jeder, der sonst noch eine trug, warf seine Mütze vor Freude in die Luft. Sie würden fliegen, koste es, was es wolle.

Marcus Evens saß spät in der Nacht in seinem Büro und auch er dachte nach. Was war nur in seinen Präsidenten gefahren? Nicht genug dass er bei seiner Rede vor dem Kongress mit den Säbeln gerasselt hatte, ohne ihn zurate zu ziehen, er schien ihn auch noch zu ignorieren. Zwar hatte sich Marcus bereits Gedanken gemacht, weil der Präsident ihn nur noch mit ‚Mr. Evens' anredete statt des üblichen `Marcus`. Doch seine Kollegen hatten ihm zigmal abschätzig darauf hingewiesen, dass es das Privileg des Präsidenten sei, wen er wie anredete, wann und wen er ins Vertrauen zog.

Aber ich bin doch sein Stabschef, dachte Marcus kopfschüttelnd. Er kann mich nicht einfach außen vor lassen! Oder doch? Wozu bin ich dann überhaupt noch sein Stabschef? Marcus überlegte, welchen Fehler er begangen haben konnte, der den Präsidenten bewog, ihm sein Vertrauen zu entziehen. Ihm ging so Vieles durch den Kopf, doch ihm fiel keine Situation ein, in der er seinen Präsidenten enttäuscht haben könnte. Er dachte daran, dass er schon an der Seite Ben Gorens gestanden hatte, als dieser noch ein einfacher Congressman gewesen war. Er hatte immer an geglaubt und ihm bei allen Schwierigkeiten zur Seite gestanden. Was hatte er falsch gemacht? Sollte er ihm jetzt seinen Rücktritt vom Amt des Stabschefs anbieten? Wartete er vielleicht sogar darauf? Marcus sah sich um. Er hatte es weit gebracht.

Verglichen mit dem kleinen Wahlkampfbüro 2086 in Arizona war das hier ein Palast. Ein Jahr nach der Katastrophe hatten sich beide durch Zufall in den Wirren von Chaos und Verzweiflung wiedergefunden und gemeinsam hatten sie beschlossen, durch dick und dünn zu gehen. Was auch kommen würde, zwei Freunde hatten beschlossen, ihrem Land wieder auf die Füße zu helfen. Während Ben bereits verheiratet war und einen Sohn hatte, war er Single geblieben und in seiner Arbeit für Ben aufgegangen. Jetzt, vierzehn Jahre später, saß er hier und verstand dessen Handeln nicht mehr.

„Wenn du je mit meinem Handeln nicht zurechtkommen solltest, ich gegen all meine verstoßen Prinzipien oder dich vergessen sollte, dann tritt mir mit Anlauf in den A ...!", hatte Ben damals gesagt, aber jetzt ließ er ihn kaum noch in seine Nähe. Wenn doch, dann war er abweisend und kurz angebunden. Erneut ließ Marcus seinen Blick durch sein Büro schweifen. War es jetzt an der Zeit Abschied zu nehmen? Er sah auf die unbeschriebene Seite des Briefblocks, der vor ihm lag und der im oberen Drittel das ovale Logo des Weißen Hauses zeigte. SEAL - President of the United States of America und darunter, `In God we trust!`, stand dort in kleinen Buchstaben geschrieben. Marcus holte tief Luft. Wenn wir das nur tun würden, wir beide!, seufzte er und sein Blick fiel auf den vor ihm stehenden Bilderrahmen, der die Präsidentenfamilie zeigte: Ben, Nancy und Eric, die in den letzten Jahren auch zu seiner eigenen Familie geworden waren. Marcus starrte regelrecht auf dieses Bild.

„Natürlich!", sprach er laut vor sich hin und griff früh um 6.00 Uhr zu seinem Telefonhörer: „Guten Morgen Henry! Hätten Sie vielleicht Lust, sich mit mir den Sonnenaufgang am Lincoln-Memorial anzusehen?"

„Marcus sind Sie das? Oh man, ich schlafe noch!"

Doch schnell unterdrückte der General seinen Ärger über den unliebsamen Weckruf, denn einer höflich gestellten Frage des Stabschefs widersetzte man sich in Washington D.C. nicht.

„Na dann werden Sie schnell wach. Es wartet eine Menge Arbeit auf Sie. Wir treffen uns in einer halben Stunde am Lincoln-Memorial!"

„In einer halben Stunde? Ich bin noch nicht mal angezogen!"

„Wenn Sie weiter quatschen, werden Sie nie dort ankommen! In einer halben Stunde also!", sagte Marcus und legte auf.

Verärgert knallte der General den Hörer auf den Nachttisch. Ein Tag, der so beginnt, kann einfach nicht gut werden, fluchte er innerlich und erhob sich reichlich schwerfällig und missmutig aus seinem Bett.

Fünfundzwanzig Minuten später saß Marcus auf den Stufen des Lincoln-Memorials und sah Abe Lincoln bittend an: „Wünsch mir Glück alter Freund, wünsch mir Glück." Er hob seinen Coffee to go prostend in Richtung Abraham Lincoln, als könne er ihn hören. Auf den Stufen sitzend wartete Marcus, bis endlich eine Gestalt in Uniform erschien, während die hellroten Wölkchen am Himmel den Sonnenaufgang ankündigten. In Olivgrün gehüllt, teilten bereits die Abzeichen auf seiner Uniform jedem Gegenüber mit, dass sein Träger etliche Kriege und Wirren des politischen Alltags in Washington überlebt hatte. Noch etwas anderes sagte diese Uniform aus: Stell keine Fragen, wenn du nicht gefragt wirst und vor allem, ‚stell dich mir niemals in den Weg'. Jener hochdekorierte General setzte sich noch etwas schläfrig zu Marcus und nippte lässig an seinem mitgebrachten Kaffee.

„Also mein Freund, was gibt es so Wichtiges, dass Sie mich dafür aus dem Bett klingeln?"

„Wir sind nie hier gewesen, sicher?" Marcus musste sich vergewissern, dass dieses Gespräch geheim blieb, denn durch den Einbezug des mächtigen Mannes neben ihm, riskierte er Kopf und Kragen.

Er sah den General nicht an, blickte zur aufgehenden Sonne.

„Die Vorzüge meines Alters und Ranges sind unter anderem, dass ich bis neun Uhr schlafen darf. Normalerweise jedenfalls! Warum sollte es heute anders sein?"

„Ich suche Eric Goren", sagte Marcus etwas zögerlich.

„Eric?" Der General sah Marcus begriffsstutzig an. „Sie sind der Stabschef des Präsidenten; also was wollen Sie von einem kleinen Lt.- Commander?"

„Können Sie sich noch an die Entführung von vor 15 Jahren erinnern?"

„Natürlich Marcus, wer könnte das je vergessen?"

„Es gab einen Commander in weißer Uniform, der sich sehr von den anderen Militärs unterschied. Der mit dem Präsidenten sprach und Eric schließlich heimbrachte!"

„Ja ich kann mich erinnern. Aber was wollen Sie von Eric?"

Marcus zögerte eine Weile, doch dann platzte es aus ihm heraus: „Ich glaube, dass der Mann, der zurzeit im Oval Office sitzt, nicht der Präsident der Vereinigten Staaten ist. Das ist nicht Ben Goren!"

„Sind Sie von allen guten Geistern verlassen? Sie glauben doch nicht etwa, dass …"

„Doch, Henry, genau das glaube ich. Nein, ich bin sogar fest davon überzeugt! Ich denke, dass Robert seinen Platz eingenommen hat. Weiß der Teufel, wie er das eingefädelt hat!"

„Ich weiß nicht! Wie sollte Robert das hinbekommen haben? Die beiden sind doch Brüder."

Eine Weile dachte der General nach. Die Lage hatte sich tatsächlich verändert und der Präsident hatte anders gehandelt, als man es von ihm je erwartet hätte. Außerdem war es längst kein Geheimnis mehr, dass sich die Brüder nicht mehr wie früher verstanden. Aber das?

„Man!", stieß er laut aus und pfiff leise durch die Zähne. „Das wär ja ein Ding!"

Eine Weile saßen sie schweigend da und sahen in die aufgehende Sonne. „Mal angenommen es wäre so, wie Sie sagen. Was wollen Sie von Eric?"

„Jener Commander war mit Eric einige Stunden alleine. Vielleicht weiß er, wie man ihn erreichen kann. Wenn jemand die Wahrheit herausfinden kann, dann ist es dieser Commander! Wenn Ben ihm vertraut hat, können wir es auch! Ich muss ihn irgendwie erreichen und vielleicht kann Eric mir sagen, was ich dafür tun muss!"

Grinsend sah der General Marcus an: „Och, das kann ich Ihnen auch sagen!"

Verdutzt sah Marcus Henry an: „Sie wissen, wo er ist?"

„Nein, Marcus, ich weiß nicht, wo er sich in diesem Augenblick befindet; ich sagte nur, dass ich weiß, wie Sie ihn erreichen können!"

„Nun hören Sie schon auf mit Ihren Wortspielereien, Henry! Was muss ich tun?"

„Seine Telefonnummer liegt im Safe des E-Rings im Pentagon. Allerdings nur für extreme Notfälle. Glauben Sie mir, wenn Sie nicht absolut überzeugend sind, kann das böse für Sie ausgehen! Andererseits, wenn Sie recht haben, bin ich überzeugt, dass es für jemand anderen böse ausgehen wird!"

Marcus nickte. „Ich muss es einfach versuchen! Kann ich mit Ihrer Unterstützung rechnen, wenn es so weit ist?" „Können Sie. Ich hoffe nur, dass dies nicht mein letztes Abenteuer in Washington wird!"

Henry erklärte Marcus, was er tun musste, damit Callum David sich mit ihm traf. Marcus, der über ein hervorragendes Gedächtnis verfügte, merkte sich alles, ohne sich eine einzige Notiz. Niederschriften, waren sie auch noch so winzig, konnten gefährlich sein, im Haifischbecken von D.C.. Es ist nicht so einfach, diesen geheimnisvollen Commander zu erreichen und mit ihm umzugehen, dachte er. Warum ist er nur so geheimnisumwoben? Egal ich brauche ihn jetzt!

Marcus hielt sich an Henrys Anweisungen und hoffte inständig, dass der geheimnisvolle Commander sich melden würde.

Zum gefühlten millionsten Mal hatte Daán versucht, neue Hinweise in der Legende zu finden, die ihm hätten weiterhelfen können, und erneut blieb dieser Versuch unerfüllt. Daán war nicht wie viele andere seiner Gefährten. Er spürte die Verunsicherung sowie die Verzweiflung innerhalb des Gemeinwesens, doch er gehörte nicht zu jenen, die versucht waren, zu verzweifeln. Doch sollte er wirklich das Konzil einberufen? Seit Monaten flog das doranische Mutterschiff durch das Universum. Keine Sonde, die sie ausgesandt hatten, übermittelte Hinweise, welcher Weg der Geeignete war, ihr Ziel zu erreichen. Er musste irgendetwas übersehen haben, dessen war er sich mittlerweile sicher. Aber konnte es schädlich für ihn sein, das Konzil davon zu unterrichten, dass ihm etwas entgangen war, er einen Fehler gemacht hatte? Würden sie ihm dann weiterhin vertrauen? Würden sie sein Urteil und seine Erkenntnisse trotzdem noch schätzen? Das Konzil duldete keinerlei Fehler. Er lief Gefahr, aus dem Konzil ausgeschlossen zu werden. Er war sich dessen nur zu gut bewusst. Daán erinnerte, dass das Konzil des Öfteren von jenen, die versagt, und damit dem Gemeinwesen geschadet hatten, deren unwiderrufliche Wandlung forderte. Obwohl ein derartiger Befehl seitens des Konzils bereits Hunderte von Jahren zurücklag, erfüllte ihn Unbehagen. Er sah am Fenster die Sterne vorüberziehen. Niemand von seinen Gefährten konnte nachvollziehen, was gerade in ihm vorging, denn sie hatten nicht das erlebt, was er erlebt hatte. Er, der stellvertretende Führer des Konzils und damit des gesamten Gemeinwesens, hatte vor inzwischen einhundertvierundfünfzig Jahren ein Kind geboren. Das letzte seiner Art und er hatte es wieder verloren. Als es geboren worden war, ahnte niemand, dass es das letzte Kind sein würde, obwohl die Umstände seiner Geburt mehr als eigenartig gewesen waren. Jeder seiner Gefährten war der festen Überzeugung, dass es nicht mehr lebte. Deshalb hatte Daán schließlich jegliche Versuche der Überzeugung aufgegeben, ohne jedoch vom Glauben abzuweichen, dass sein Kind noch lebte. Er konnte die Anwesenheit Dáors im Gemeinwesen spüren, doch in diesem Augenblick, in dem er am Fenster seines Privatquartiers stand, übermannte ihn schiere Verzweiflung. Sein Freund Lísan hatte stets die Wahrheit gesprochen, aber war sie es in diesem Fall ebenfalls? Hatte dies alles noch einen Sinn, falls dem nicht so war? Die Soraner waren im Kampf bestens geschult. Sie schienen die doranischen Verbündeten einfach zu überrennen. Die Regeln des Gemeinwesens besagten, dass, wenn es dem Gemeinwesen dienlich war, das einzelne Individuum nicht zählte und es zum Wohle des Gemeinwesens, den Übergang in die ewige Leere verlangen konnte. Wobei jene, die den alten Riten entsagten, von der `ewigen Leere` sprachen. Jene, die daran glaubten, sprachen von der `Wandlung` auf die nächste Ebene, schwiegen aber darüber, da die alten Riten verpönt waren. Daán jedenfalls glaubte daran.

Mein Leben ist verflucht, dachte Daán. Es ist einfach verflucht!. Glaubte er dem Gemeinwesen, unterlag seine Wahrnehmung von der fortwährenden Existenz seines Kindes nur einer Täuschung! War sie das? Wie gerne wäre er jetzt bei seinem Kind! Wenn es wirklich bereits in die nächste Ebene übergegangen war, wäre es dann nicht besser, bei ihm zu sein?

Daán sah immer noch aus dem Fenster, als er etwas Eigenartiges an sich bemerkte. Eine ihm unbekannte Flüssigkeit lief über sein Gesicht. Vorsichtig fuhr er mit dem Finger daran entlang und betrachtete es. Das ist wohl der Anfang vom Ende, dachte er, konnte er sich diese Begebenheit trotz des Wissens seiner Ahnen doch nicht erklären. Dann ist es wohl so weit. Seine Gedanken galten in diesem

Augenblick, da das Konzil offenbar seine Wandlung forderte, seinem Kind. Er hatte es nicht aufwachsen sehen, ihm nicht die Besonderheiten seines Lebens mitteilen dürfen. Niemals hatte es seine Liebe zu ihm spüren dürfen. Es war ihm versagt geblieben, ihm all die Dinge, die das Gemeinwesen zwar verbot, die er dennoch erlebt hatte, mitzugeben. Wie gerne hätte er ihm spüren lassen, dass es mehr gab, als nur das Kollektiv!

Daán prüfte erneut seine Wahrnehmung! Ganz schwach spürte er die Anwesenheit seines Kindes, doch konnte er seinem Gespür noch vertrauen?

Diese merkwürdige Flüssigkeit, die aus seinen Augen herausgetreten war, ob dies ein Zeichen war, dass das Gemeinwesen seine Wandlung forderte? Ja, dachte er, es kann nicht anders sein. Das Konzil fordert meine unverzügliche Wandlung! Da ich mein Kind nicht behüten konnte, wie sollte es mir da gelingen, das gesamte Gemeinwesen beschützen?

Während dieser Überlegung spürte er, wie die ersten Teilchen seiner Energie aus ihm wichen. Mit verstreichender Zeit nahm dieser Energieverlust weiter zu und wurde für ihn deutlich sichtbar. Kleinste Teilchen bläulich-gelber Energie verbreiteten sich im Raum. Geschwächt vom Verlust setzte er sich auf seinen Stuhl, doch diesmal forderte er in der liegenden Position keine Energie an. Er war bereit zu gehen! Er konnte nur hoffen, dass es seinem Kind gelungen war, die nächste Ebene zu erreichen und nicht in der ewigen Leere verschwunden war. In wenigen Stunden würde aus der ihn verzehrenden Sehnsucht Gewissheit. Ein Gefühl, das keiner seiner Gefährten nachvollziehen konnte. Sie hatten vor Jahrtausenden jegliche Regung, jedwedes Gefühl aus ihrem Leben verbannt. Daán träumte bereits von einem Wiedersehen mit Daór. Fünfundvierzig Prozent seiner Energie waren bereits entwichen, als er erneut jene unbekannte Flüssigkeit über sein Gesicht laufen fühlte. Dílan hatte ihn gelehrt, die Wandlung nicht zu fürchten, so wie Dílans Vorfahren es vor ihm getan hatten. Doch Daáns Unsicherheit blieb und wandelte sich langsam zur Furcht.

„Kehre um, Daán! Du musst umkehren!"

Daán, geschwächt vom Energieverlust, glaubte, sich bereits auf der nächsten Ebene zu befinden, als er die Stimme seines Vaters vernahm.

„Kehre um, mein Sohn, kehre um! Glaubst du wirklich, alles sei vergebens gewesen?" Noch geschwächt richtete sich Daán auf: „Ich habe versagt, Vater, und das Konzil, es …"

Daán blieben die Worte im Halse stecken, denn er sah nicht nur seinen Vater Dílan, sondern neben ihm noch zwei weitere: „Chandunah? Maél?"

„Mein Sohn, glaubtest du wahrlich, wir ließen dich die alten Wege der Riten gehen, ohne auf dich zu achten? Ohne dass wir wüssten, was wir tun?"

Verwundert sah Daán in den Raum seines Quartiers. War das die Wandlung? Würde sein Leben an ihm vorüberziehen? Aber warum redeten sie dann mit ihm?

„8997 Jahre zählt dein Leben, mein Sohn. Hast du denn noch immer nicht gelernt auf den Weg, den du gegangen bist, zu vertrauen? Sieh dich nur an, Daán. War das alles, was du erreichen wolltest?"

Daán erhob sich, legte seinen Kopf etwas schief und versuchte in den Gesichtern der anderen zu lesen. Träumte er?

„Das Konzil verlangt meine Wandlung zur nächsten Ebene. Wie könnte ich mich dieser Forderung widersetzen?"

„Chinlaa iudurah", sprach Chandunah und sah Daán an. „Wir kommen in Frieden", bedeutet auch, dass Frieden herrscht, überall im Universum! Sieh dich um, Daán! Siehst du Frieden um dich herum? Leuchten die Sterne unbekümmert und spenden sie ihr Licht denen, die ihr Dasein in der Dunkelheit fristen?"

Verlegen und betroffen blickte Daán zu Boden.

„Wer bin ich, Chandunah, dass ich all diese Dinge ändern könnte. Niemand wird auf mich hören, so sehr ich mir auch den Frieden wünsche!" Noch immer wagte es Daán nicht, sein Haupt zu erheben.

„Derart leichtfertig bist du gewillt aufzugeben, Daán?" Diesmal war es Maél, der ihn ansprach. „Willst du dein Kind niemals wiedersehen? Hast du nicht vor wenigen Momenten noch seine Anwesenheit vernommen? Glaubst du, Daór sei nur von dir geboren, um in der ewigen Dunkelheit sein Ende zu finden? Vieles hast du gelernt, Sohn meines Freundes Dílan, doch lerne von nun an, genauer hinzusehen und auch genauer hinzuhören! Wir, die wir dich begleiten, raten dir dies gut!"

„Daór lebt wirklich noch?" Wie elektrisiert richtete sich Daáns Blick auf Maél.

„Ist es etwa dein Wunsch zu erklären, dass du dich irrtest, Daán?", sprachen alle drei aus einem Munde.

„Ich bin mir sicher, dass er noch lebt, doch niemand glaubt mir. Ich fühle mich allein. Die Stimmen des Konzils vermögen meinen Schmerz nicht zu überdecken. Niemals würden sie mir glauben!" Während Daán dies sprach, spürte er, wie die zuvor verloren gegangene Energie in ihn zurückkehrte, wie sie ihm neue Kraft gab. Noch etwas ungläubig sah er die drei Gestalten an, die vor ihm standen.

„Erinnere, was ich dir von Uratmah, dem Lügner erzählte." "Erinnere, wie ich dir einst sagte: Unterstütze jenen, der ihm begegnen wird, gekleidet im Gewand des Drachens. Nun mein Sohn, warum zögerst du dennoch? Gehe deinen Weg, wie du es immer tatest, denn du hast deinen Weg soeben erst begonnen!"

„Daór. Was ist mit ihm? Werde ich ihn wiedersehen?"

„Zweifle nicht an dir! Es ist vom Schicksal vorbestimmt, dass ihr gemeinsam diesen Weg vollenden werdet!"

„Das Konzil wird mir nicht folgen!"

„Das Konzil, mein junger Freund, wird den Weg gehen, der zum Frieden führt. So fürchte dich nicht, deinen Gefährten und dem Führungsgremium den Weg zu weisen."

„Chandunah, es liegt Weisheit und Wahrheit in deinen Worten. Doch ich bin nur ein Teilchen des Ganzen und ich fürchte, dass sie deine Gedanken nicht teilen werden!" Daán äußerte dies mit fester, wenngleich unsicherer Stimme. Noch nie hatte er Chandunah, abgesehen von einer uralten Zeichnung, gesehen und sein Antlitz flößte ihm Ehrfurcht und Respekt ein.

Alle drei blickten schweigend auf Daán, der ihren Blick unsicher erwiderte.

Dílan und Maél nickten Chandunah zu, wobei ihre Köpfe tief gesenkt blieben: „Ich vernehme Ehrfurcht und Respekt aus deinen Worten, Daán; wie es dich deine Ahnen einst gelehrt haben. Doch höre meine Worte: Wer vor Ehrfurcht erstarrt, wird seinen Weg nicht fortsetzen können, und wer aus Respekt zurückweicht, wird nicht finden, was er sucht! Bist du bereit, diesen schweren Weg zu gehen? Wirst du dein Kind führen, wider aller Umstände, allen Beschwernissen zum Trotze? Wirst du es führen zum Wege des Lichtes, dorthin, wohin es gehört?"

„Wie könnte ich es Daór je versagen, wenn er dazu bestimmt ist und das Schicksal es wünschst?"

„Sodann höre meine Worte: Daán, da du nun überzeugt bist, dass du diesen beschwerlichen Weg auf dich nehmen willst: Von tiefer Dunkelheit umgeben befindet sich das Kind des Lichtes im tiefsten Zweifel. Umgeben von einem Verräter, ist es nicht in der Lage, sich selbst zu erkennen. Gepeinigt von Erlebnissen der Vergangenheit ist es die Liebe zu anderen, die es nicht wahrnehmen lässt, von Verrätern umgeben zu sein. Seines Zwiespaltes nicht bewusst ist es ihm versagt, zu erkennen, wofür es bestimmt ist. Seiner Ahnen nicht bewusst, ist es ihm versagt zu erkennen, wohin und zu wem es gehört. Von großem, unermesslichem Schmerz gepeinigt, voller Sehnsucht in dem Willen geführt, die nächste Ebene zu erreichen, fürchtet es sich; ewig auf der Suche nach unendlicher Ruhe und Frieden! Freundlich und doch verschwiegen. In sich gekehrt, von Dunkelheit umgeben wird es versuchen, die Wahrheit vor dir zu verbergen, um weiteres Leid von dir fernzuhalten. Ungeahnt, nie da gewesen, widerspenstig, voller Misstrauen wird es die Wahrheit verschweigen, im Willen, sein eigenes Leid endlich beenden zu können und den Weg zur Wandlung zu finden! Wirke dem entgegen! Führe dein Kind behutsam auf seinen Weg und wende an, was du gelernt hast. Doch lerne, dass nicht alle Wege, die du bisher kennst, zum Ziel führen. Beschreite neue Wege und fürchte jene nicht, die du als Widersacher erkennen wirst. Lerne Geduld und den Klang nicht gesprochener Worte zu hören."

Verwundert und ein wenig benebelt sah Daán seinen Vater Dílan an.

„Ich höre die vielen Worte unseres großen Urahnen, Vater, aber wie soll ich all dies bewältigen?"

„Mein Sohn", begann Dílan mit wohlwollender Stimme zu ihm. „Vertraue auf das Gelernte und lerne hinzu. Vor langer Zeit schon hast du erkannt, dass du anders bist. Nichts hat dich aufgehalten, deinen Weg zu gehen. Nichts hast du gefürchtet, wider jeden Rates, bist du vorangegangen. Nun da du dir bewusst bist, Lísan verloren zu haben, glaubst du dich alleine? Sei dir gewiss: Nicht alle, die dir vermitteln, du gingest den falschen Weg, sind tatsächlich dieser Überzeugung! Doch hüte dich vor Neidern, die deinen Weg gern gehen würden und sich es doch versagen. Frage dich, mein Sohn: Wie will ich Daór, mein Kind führen, wenn ich auf mich selbst nicht vertraue! Solltest du je an eine Grenze stoßen, an der du geneigt bist, dein Kind zu zwingen, deinen Weg zu gehen, so erinnere, dass es meine Liebe zu dir war, die dich jene, vermeintlich verbotenen Wege gehen ließ. Immer im Vertrauen darauf, dass du das Schicksal, das dir vorherbestimmt ist, erfüllen wirst!"

Dílan sah die zweifelnden Blicke seines Kindes. Daán überfluteten die wildesten Gedanken. Überschüttet von Eindrücken und wirkenden Worten, vermochte er es kaum, klar zu denken.

„Sieh dich an, mein Sohn. Du bist diesen mühsamen Weg so weit gegangen, wie es niemand von uns je zu hoffen gewagt hätte. Willst du jetzt aufgeben? Willst du Gódei, deinem stetigen Widersacher, den Weg bereiten, auf das er der Gehilfe der Dunkelheit werde und der Sterne Licht erlischt? Prüfe dich Daán und korrigiere deine Wahrnehmung. Du bist nicht ein Teilchen des Ganzen. Daór und du, ihr werdet das Ganze sein! Ihr werdet, so du gewillt bist, dein Denken völlig zu verändern, den Sternen, die bereits verloschen sind, zu neuem Erstahlen verhelfen! Doch wenn du aufgibst, wird Dunkelheit herrschen. An dem Tag, an dem es erkennt, dass ihm der Weg der gewählten Wandlung offensteht, ist alles verloren. Es wird Dunkelheit herrschen für alle Zeit! Nichts wird leben und nichts wird sein. Also warum machst du dir Gedanken um die Gedanken des Konzils? Ein sinnloses Unterfangen, das dich im Kreise laufen lässt. Es gibt Wichtigeres für dich zu tun, als nur dem Willen der Führung des Gemeinwesens zu folgen! Doch eile dich, mein Sohn, denn die Zeit, in der du dein noch Kind zu retten vermagst, verrinnt!"

„Die Zeit ist begrenzt?", entwich Daán entsetzt.

Nie wäre er auf die Idee gekommen, die Zeit könne eingeschränkt sein, - sein Kind war doch noch so jung.

„Es wird viel Zeit benötigen, das Konzil zu überzeugen. Ich bin nicht sicher, ob ich sie überzeugen kann! Was wenn es mir nicht gelingt?", fragte Daán selbstzweifelnd, den Dreien seinen Blick zugewandt.

„Ich habe Daór befohlen, auf dich zu warten und er ist sich dessen bewusst. Doch er hat die Hoffnung, dass jener kommen wird, verloren! Es ist mir in meiner derzeitigen Erscheinung, da ich mich auf der nächsten Ebene befinde, nicht mehr möglich, ihn zu erreichen und zu unterrichten. Was also bleibt, als dass du dich eilst und ihn führst? Was das Konzil betrifft: Es mag entschieden. Was auch geschieht, sei dir gewiss, wir werden dich begleiten und stets bei dir sein! Vergiss das nicht, Daán!", schloss Maél.

Ehe Daán etwas erwidern konnte, waren die Drei verschwunden.

Daán lehnte sich zurück. All dies zeigte sich für ihn sehr befremdlich und war ermüdend gewesen, obwohl er spürte, dass die verlorene Energie zurückkehrte. Mehr noch. Er vernahm eine Kraft in sich, wie er sie nie zuvor gespürt hatte. Es erfüllte Daán eine wohlige Wärme und in Gedanken an sein Kind rann wieder jene Flüssigkeit über sein Gesicht, von der er sich fragte, was es war und was es zu bedeuten hatte. Morgen, dachte Daán, Morgen werde ich das Konzil einberufen. Er lehnte sich gerade entspannt zurück, als Kórel ungebeten sein Quartier betrat. „Daán, was ist mit dir?"

Daán, der den Eintritt Kórels nicht wahrgenommen hatte, erschrak und richtete sich sofort auf. „Erkläre du mir deine Frage, Kórel", sprach Daán mit gleichbleibend monotoner, dennoch freundlicher Stimme.

„Ich soll dir erklären?" „Daán, ich bitte dich. Das gesamte Gemeinwesen hat soeben deine Entscheidung gespürt, die große Leere aufzusuchen. Obwohl dies uns unerklärlich ist, war es dennoch unser Bestreben dich davon abzuhalten, hast du das denn nicht wahrgenommen. Wenn du dich nicht vor dem Gemeinwesen erklären willst, das dich mit Wohlwollen erwartet, so erkläre dich hier und jetzt vor mir!"

Verwirrt starrte Daán den Führer aller Doraner an. Das Konzil war es nicht, wer hat dann den Übergang gefordert, fragte er sich. Wie soll ich ihm die Wahrheit sagen?

„Kórel, du bist seit Anbeginn mein Freund gewesen, aber nur zu oft hast du mir keinen Glauben schenken wollen. Was wäre, würde ich dir voller Überzeugung erneut sagen, dass mein Kind Daór lebt. Dass ich mir sicher bin, dass er, den niemand im Gemeinwesen für anwesend hält, der Schlüssel zum Tor der Lösung all unserer Probleme ist?"

„Daán", ließ Kórel irritiert verlauten, „ist dir bewusst, was deine Worte bedeuten und was du von mir verlangst?"

„Nie war ich mir meiner Worte bewusster", erklärte Daán, während seine rechte Hand zur Mitte seines Körpers fuhr und vier gekrümmte Finger zeigte, während der Zeigefinger nach oben deutete. Eine erhabene, respektvolle Gestik.

„Das Gemeinwesen ist verunsichert und fordert verzweifelt vom Konzil Klarheit!

Hast du dies bedacht, als du deine Worte wähltest, Daán?"

„Nie zuvor war ich mir meiner Worte derart, wie in diesem Augenblick!"

„Aber ist dir auch bewusst, dass du dich vor uns verantworten musst?"

„Ich bin bedauerlicherweise gezwungen, dem Konzil mitzuteilen, dass mir ein Fehler unterlaufen ist. Dass wir umkehren müssen, zum Planeten Sodion, denn wir haben etwas übersehen. Dessen bin ich mir sicher!"

„Es ist oft schwer für mich, dich zu verstehen, doch da du mein Freund bist, werde ich dir vertrauen und dich unterstützen. Doch sei gewarnt mein Freund, für uns alle hätte es unabsehbare Folgen, wenn du dich erneut irrtest!"

Doch Kórel erkannte die Ruhe, die Daán innewohnte. Eine Ruhe, die er nie zuvor in solcher Stärke in ihm vernommen hatte, die ihn beeindruckte und die auf ihn überging.

Beide gingen zum großen Saal, in dem das Konzil zu tagen pflegte, und noch immer war Kórel von Daáns innerer Ruhe zutiefst beeindruckt. Daán schien in diesem Augenblick von einer Aura umgeben, die Kórel nie zuvor begegnet war. Nicht einmal im Wissen seiner Ahnen, das er in sich trug, fand er es vor.

Wie immer saßen die Mitglieder des Konzils in einer großen Runde beieinander. Doch obwohl Daáns Platz ein anderer war, wies ihm Kórel diesmal demonstrativ den Platz neben sich zu, ungeachtet dessen, dass alle anderen darüber erstaunt waren.

„Ich bedaure zutiefst, vor dem Konzil zugeben zu müssen, einen Fehler begangen zu haben", begann Daán, während alle Anwesenden ihn prüfend ansahen und dessen er sich bewusst war. „Die Wirren des Krieges und seine unabsehbaren Folgen, sein unermessliches Leid für uns, mag mich dazu verleitet haben, diesen Fehler zu begehen."

Kórel staunte, als er die Worte seines Freundes vernahm. Mit allem hätte er gerechnet, nur nicht mit diesen offenen Worten. Nie zuvor hatte er seinen Freund Daán zugeben hören, er habe einen Fehler begangen! Für den Augenblick einer Sekunde bewunderte er seinen Freund, wusste er nur zu gut, was dieses Eingeständnis bedeuten konnte! Kórel erinnerte sich an die ungewöhnliche Ruhe, die Daán kurz zuvor ausgestrahlt hatte und in diesem Augenblick, da sie wieder zugegen war, kam sie ihm vertraut vor.

„Bist du nun endlich trotz deiner großen Worte, geneigt, uns deinen Rücktritt zu erklären, Daán", sprach Gódei mit unverkennbar hämischem Unterton.

„Vielleicht solltest du ihn ausreden lassen, Gódei", sprach Qeígon, sich durchaus bewusst, dass er die durchdringlich bösen Blicke Gódeis damit auf sich zog.

„All seine Worte, Qeígon, vermögen seine Inkompetenz nicht zu verdecken. Was soll also nun werden, Daán, der du offenbar allwissend bist?", höhnte er.

Sich nicht bewusst, wie nah er der Wahrheit mit seinen Worten gekommen war, stichelte Gódei unablässig weiter. Zum Unwillen derer, die Daáns Worte hören wollten, doch dessen war er sich ebenfalls nicht bewusst. In diesem Augenblick versagte ihm das Gemeinwesen den Dienst und stellte sich für sämtliche Beratenden spürbar auf die Seite Daáns. Auch Kórel, der dies nie erwartet hätte, vernahm die Umkehr des Gemeinwesens und abermals fühlte er sich bestärkt, seinem Freund aus einstigen Kindertagen, der so anders war als er, zu vertrauen.

„Ich bin mir wohl bewusst, Gódei, dass du nur zu gerne meinen Platz einnehmen möchtest und so sehr ich auch deinen Rat zu schätzen weiß, deine Worte sind dennoch fehl am Platz. Ich habe etwas übersehen und deshalb müssen wir zurückkehren zum Andromedanebel, zum Planeten Sodion. Ihr mögt in diesem Augenblick an mir zweifeln. Ich weiß, dass wir dort die Antwort finden werden; deshalb erbitte ich erneut euer Vertrauen!"

Alle Mitglieder des Konzils schwiegen und auch die Wahrnehmung des Gemeinwesens half diesmal Daán nicht. Er war zum ersten Mal nicht in der Lage, ihre ihm vertrauten Stimmen, die sonst allgegenwärtig waren, zu vernehmen. In ihm blieb alles stumm. Totenstill! Erstmalig in seinem Leben war er mit sich und seinen Gedanken allein. Dieses Alleinsein trieb ihn zur Furcht, denn es erdrückte ihn beinahe. Fast hätte er dem Drängen Gódeis nachgegeben, und etwas resigniert sah er in die Gesichter um sich herum, als er unverhofft die Anwesenheit seines Freundes und seiner Vorfahren wahrnahm. Sie nickten ihm aufmunternd zu, ohne dass die anderen sie ebenfalls sehen konnten.

„Dies ist also dein Ende, Daán. Stets war es dein Ansinnen, der große Führer aller zu sein! Nun sieh dich an! Nichts ist von dir übrig geblieben! Sei dir dieses Zeitpunktes immer bewusst, indem du deinen nun Rücktritt erklärst und den neu denkenden Platz bietest", sprach Gódei, sich seiner Worte sicher.

„Deiner Jugend mag es zuzuschreiben sein, dass du nicht Herr deiner Worte bist, Gódei, denn ich sagte lediglich, dass wir umkehren müssen. Wir werden den Hinweis auf unseren zukünftigen Weg und danach all unsere Antworten finden, die wir so dringlich suchen."

„Deine Worte vermögen dennoch nicht darüber hinwegtäuschen, dass sie den alten, längst vergessenen Weg der Riten beinhalten. Sie werden auch das Konzil nicht zu täuschen vermögen, dessen bin ich mir sicher", warf Gódei fast wütend in den Raum, wäre ihm dieses Gefühl offen erlaubt gewesen.

„Deine ständige Inkompetenz widert mich an und das Konzil wird einen Besseren finden, der die Legende richtig zu deuten weiß!"

Alle vernahmen Gódeis Worte, doch zu seiner Enttäuschung blieben zustimmende Worte aus.

„Sieh dich vor, Gódei! Die Worte Daáns mögen deine Zustimmung nicht finden, doch in diesem Augenblick bist du es, der den Regeln des Konzils nicht folgt. Du bist gewarnt, Gódei! Die Worte, mit denen du soeben versucht hast ein Mitglied aus dem Führungsgremium zu entfernen, könnten dich selbst eines Tages ausschließen, denn sie sind eines Mitgliedes des Konzils unwürdig. Sei gewarnt und sieh dich vor!"

Kórel war es, der sprach und für einen kurzen Augenblick hielt er inne. „Wir sind nicht einig, dennoch sprechen wir mit einer Stimme: Wir werden zurückkehren zu Sodion, und dieses Mal werde ich Daán begleiten." Niemand, nicht einmal Gódei wagte es, ein Wort gegen die Entscheidung zu richten. „In der Hoffnung, dass sich unser Schicksal zum Wohle aller wenden möge, werden wir von nun an Daáns Weg folgen – mit all seinen Besonderheiten! Jedem von uns sei es von nun an unter Strafe versagt, ein Wort gegen Daán zu erheben oder gegen seinen Weg, solange er über keinen besseren verfügt, der uns veranlasst ihre Ansicht zu überdenken!" Gódei war außer sich. Er versuchte, es die anderen nicht wissen zu lassen. Wäre er ein Mensch gewesen, wäre er vermutlich rot angelaufen, doch er war sich bewusst, dass er seine Gedanken den Mitgliedern des Konzils nicht offenbaren durfte. Nur sein Kopf, der sich von schräg rechts nach links bewegte, ließ erahnen, was in ihm rumorte. Immer wieder schafft es Daán, aber irgendwann würde er ihm zuvorkommen. Sich all seiner boshaften Gedanken bewusst, nagte das zum Schweigen verdammt sein an ihm. Die Worte Kórels hatten soeben für jeden Doraner vernehmlich, jedwede Kritik an Daán und seinen merkwürdigen, undurchschaubaren Anwandlungen untersagt!

Daán indes entging Gódeis Ansinnen nicht. Nur zu deutlich nahm er wahr, dass Gódei der Feind im Innern war, der ihm zu schaden gewillt war. Sicher nicht zu diesem Zeitpunkt, aber Daán würde von nun an auf der Hut sein. Er war im Begriff den Saal zu verlassen und sein Quartier aufzusuchen, als Chandunah, Maél sowie sein Vater Dílan ihm zustimmend zulächelten.

Die Doraner kehrten zum Planeten Sodion zurück, und Daán, der am Fenster seines Privatquartiers stand, dachte in diesem Augenblick nicht an seine Feinde. Seine Gedanken waren bei Daór. Erneut drang in sein Bewusstsein, dass er das bisherige Leben seines Kindes nicht hatte miterleben dürfen. Doch jetzt endlich gab es neue Hoffnung: für sein Volk, für das gesamte Universum, aber vor allem für ihn persönlich, der von nun an nicht mehr Teil des Ganzen war. Er würde alles daran setzen, seiner Aufgabe gerecht zu werden. Doch ungeachtet seinen Verpflichtungen dem Konzil gegenüber, gab es gleichwohl eine unbedingte Pflicht gegenüber Daór. Von nun an sollten die Worte seines Vaters und die seiner Freunde oberste Priorität besitzen und vielleicht führte dies auch zum Erfolg seiner Mission: zum Erhalt seiner Spezies. Erneut sah Daán bei diesen Gedanken seine drei neuen Gefährten lächeln und zustimmen. Er war sich dessen nicht bewusst, aber zum ersten Mal in seinem Leben hörte er die Stimmen des Konzils, die ihn bislang ständig und unaufhörlich begleitet hatten, nicht mehr. Daán spürte, dass sich etwas verändert hatte, etwas zum Guten, dessen war er sich sicher. Und er fühlte sich wohl. Erstmals seit langer Zeit fühlte er sich in sich ruhend. Er hoffte, dass ihn dieses Gefühl, das er genoss, sobald nicht wieder verlassen würde. Er musste es den anderen einfach nur verschweigen.

Daán war es wohlig warm, und er vernahm die neue Kraft in sich. Wieder spürte er diese eigenartige Flüssigkeit auf seinem Gesicht herunterlaufen. Doch diesmal war er nicht mehr der Unwissende, denn die vor langer Zeit verloren gegangene Erinnerung seiner Ahnen kehrte nun zurück und sagte ihm, dass es nur eines sein konnte: eine Träne!

Kundun

Ronald Rivera war äußerst nervös und angespannt, während er seinen feinsten Anzug anzog. Penibel war er darauf bedacht, jedwede Kleinigkeit zu vermeiden, die seinem Ansehen auch nur im Entferntesten hätte schaden können. Heute war für ihn ein ganz besonderer Tag und nichts, nicht das kleinste Bisschen durfte schiefgehen, denn heute würde er den Präsidenten treffen. Einen Augenblick dachte Rivera darüber nach, ob die Möglichkeit bestünde, dass der Präsident von seiner kleinen Unachtsamkeit, und deren Beseitigung erfahren haben könnte. Doch schnell verwarf er den Gedanken wieder. Es waren mehr als sechs Wochen seither vergangen und jetzt kam plötzlich die Aufforderung des Präsidenten zu diesem Treffen.

Ungewöhnlich ist es schon, dachte er, denn Robert Goren hatte ihm ausrichten lassen, dass er ein Treffen außerhalb des Weißen Hauses wünsche; unter Außerachtlassung jeglichen Protokolls.

Ein geheimes Treffen also. Was er wohl will? Warum geheim?

Ronald Rivera würde eine halbe Stunde früher am Treffpunkt sein und die Lage sondieren. Schließlich konnte man nie wissen. Er wollte auf alle Eventualitäten vorbereitet sein!

Das Waldstück, in dem sie sich treffen wollten, lag etwas außerhalb von Washington und der Treffpunkt selbst war gut gewählt für ein vertrauliches Gespräch.

Ronald Rivera fielen die drei Gestalten direkt auf, doch da sie einen Knopf im linken Ohr trugen, nickte er ihnen zu und sie nickten zurück.

Wie leicht sie doch zu erkennen sind, die Agents vom Secret Service: in ihren schwarzen Anzügen, die immer etwas weiter geschneidert waren, damit die auftretende Beule, die das Waffenholster von innen verursachte, nicht so hervorstach. Die stets glänzenden, blitzblank geputzten Schuhe und die spiegelverglasten Sonnenbrillen, die sie auch trugen, wenn es das Tageslicht nicht erlaubte, dachte Ronald Rivera. Er grüßte sie, obwohl er keinen von ihnen persönlich kannte. Die mit dem Schutz des Präsidenten beauftragten Agents blieben meist unter sich. Ein elitäres Klübchen, von dem er sich schon rein äußerlich unterschied, denn er trug weder eine Sonnenbrille noch einen schwarzen Anzug. Er bevorzugte blaue Anzüge und sah seinem Gegenüber gern direkt in die Augen. Der Ausdruck in den Augen verriet stets die Wahrheit.

Je mehr Zeit verstrich, desto nervöser wurde er. Unzählige Male zupfte er an seinem maßgeschneiderten Nadelstreifenanzug herum und rückte seine Krawatte zurecht, obwohl sie perfekt saß.

Wenige Augenblicke später sah er den mächtigsten Mann der Welt auf sich zukommen, der die ihn begleitendem Secret Service Agents anwies, Abstand zu halten.

„Mr. President! Es ist mir eine besondere Ehre, Sir!"

„Agent Rivera!", sagte Robert Goren, während er Rivera die Hand gab und ihm mit der anderen auf dessen rechten Arm tippte.

„Geht es der First Lady gut?"

„Selbstverständlich, Sir! Sie gewinnt zusehends neuen Lebensmut und befindet sich erfreulicherweise auf dem Weg der Genesung, Sir."

„Das freut mich zu hören", log Robert.

Beide gingen ein paar Schritte und die Secret Service Agents blieben außer Hörweite weiterhin wachsam.

„Sagen Sie, Ron, ich darf Sie doch Ron nennen. Gefällt Ihnen Ihre derzeitige Aufgabe?"

Etwas verwundert und verunsichert sah Rivera den Präsidenten an, ohne zu ahnen, dass er mit dem falschen sprach.

„Selbstverständlich ist es mir eine Ehre, für die First Lady sorgen zu dürfen, Sir! Sind Sie unzufrieden, Sir?"

„Nein, nein, nur keine Sorge!", Robert legte eine kleine Sprechpause.

„Ich frage mich nur, ob Sie für eine andere, sagen wir speziellere Aufgabe geeignet wären!"

Rivera sah Robert fragend an.

„Wie speziell, Sir?"

„Ich frage mich, wie weit Sie bereit sind zu gehen, wenn Ihr Land Sie braucht!"

Etwas erleichtert hörte Rivera die Worte Robert Gorens.

„Ich würde so weit gehen, wie mein Land es von mir fordern würde, Mr. President!"

„Nichts anderes habe ich von Ihnen erwartet! Ich wusste, dass ich mich auf Sie verlassen kann! Wie Sie wissen, befinden wir uns in schwierigen Zeiten und es gibt da ein Problem, das ich nicht persönlich lösen kann. Bei der Lösung dieses Problems werde ich Ihnen völlig freie Hand lassen. Doch ganz gleich, wie Sie dieses Problem beseitigen: Nicht die geringste Spur darf zum Weißen Haus, geschweige denn zu mir führen! Sie verstehen doch, oder?"

„Selbstverständlich Sir!"

„Zu unser beider Sicherheit habe ich bereits veranlasst, dass Sie aufgrund familiärer Schwierigkeiten auf unbestimmte Zeit beurlaubt sind. Es wird niemand unbequeme Fragen stellen. Um auf den Punkt zu kommen. Die Shuttles der NSW dürfen unter keinen Umständen starten! Es wäre mir eine persönliche Genugtuung, wenn sich die betroffenen Delinquenten mir nicht erneut in den Weg stellen können!"

„Ich verstehe Sir, aber sind Sie wirklich sicher?"

„Das bin ich! Wo soll es hinführen, wenn eine wichtigtuerische Organisation wie die NSW, es wagt, sich einer direkten Anweisung von mir zu widersetzen?"

Beide gingen schweigend zur Lichtung, die vor ihnen lag.

„Ich muss wohl nicht betonen, dass dieses Gespräch niemals stattgefunden hat!"

„Natürlich nicht Sir!"

„Enttäuschen Sie mich nicht, Ron! Lösen Sie mein Problem!"

Roberts Gesichtsausdruck war unverkennbar ernst.

„Keine Sorge, Sir! Es wird eine Weile dauern, doch gelingen wird es mit Sicherheit!"

Robert nickte.

„Ich bin es nicht, der sich Sorgen machen muss, wenn es misslingt!"

Ron beschlich für einen Augenblick ein ungutes Gefühl, denn diese Worte waren unmissverständlich. Unwillkürlich wurde der Griff seiner Hände um die Handgelenke verkrampfter. Jetzt nur nichts anmerken lassen, schoss ihm durch den Kopf. Man sagt nicht Nein zu einem Präsidenten, aber du bist tot, wenn es schiefgeht!

„Ich bin sicher, dass der unumstößliche Wille, Ihrem Land zu dienen, Sie zum Erfolg führen wird! Es wird nicht Ihr Schaden sein!"

Ronald Rivera nickte lächelnd und beide trennten sich ohne ein weiteres Wort. Er sah dem Staatsoberhaupt eine ganze Weile nach, bevor er sich auf den Heimweg begab.

Zurück in seinem Loft, das in unmittelbarer Nähe zum Weißen Haus lag, machte sich Ron sofort an die Arbeit. Er musste alles über die NSW wissen, ihm durfte nicht das geringste Detail entgehen. Sein Leben hing diesmal davon ab.

In Cape Kennedy herrschte ebenfalls geschäftiges Treiben. Immer wieder hatten auftretende kleinere Fehler den Start verschoben, der bereits vor drei Wochen hätte stattfinden sollen. Doch der Teufel steckte im Detail, deshalb leisteten alle höchst konzentriert ihren Teil der Arbeit. Jeder wusste, was von seiner Tätigkeit abhing. Niemand wollte ein Desaster. Wer nach Hause ging, tat dies nur kurz. Deshalb kehrte der eine oder andere übermüdet an seinen Platz zurück und ihnen unterliefen neue Fehler, die den Start weiterhin verschoben. Hierdurch verschafften sie Ronald Rivera unbewusst weitere Zeit, die er für seine Aufgabe zu nutzen wusste.

Jenny war hundemüde. Unermüdlich hatte sie mit ihren Gefährten am zweiten und dritten Raumschiff parallel gearbeitet. Gleichzeitig hatten die anderen Newcomer fleißig an den Gebäuden an der Oberfläche gearbeitet. Sie schätzte, dass es drei, vielleicht vier Jahre dauern würde, bis sie sich mit den geplanten sechs Raumschiffen auf den Weg machen konnten, einen Planeten zu finden, auf dem sie würden leben können. Ihr war nicht entgangen, dass die Stimmung trotz der baulichen Erfolge angespannt und gereizt blieb. Die Wohnbauten an der Oberfläche würden wieder Frieden und Zufriedenheit einkehren lassen. Hoffte sie zumindest.

Jenny stand der Sinn nach Ablenkung, deshalb wanderte sie durch die Gänge und sah sich um. So vieles hatten sie erreicht. Was war es also, das ihre Gefährten derart gereizt sein ließ?

Voller Sorge setzte sie ihren Weg fort, bis sie an einen Raum gelangte, dessen Tür halb offen stand. In ihm sah sie den kleinen Saros traurig und zusammengekauert sitzen. Soeben erst drei Jahre alt geworden, besaß er bereits die Größe eines zwölfjährigen Menschen. Er war derart in Gedanken versunken, dass er das Eintreten Jennys und das Schließen der Tür nicht wahrnahm.

Schweigend setzte sich Jenny zu ihm auf den Boden.

„So traurig junger Mann?"

Saros zuckte zusammen. „Commander! Es tut mir leid, ich habe Sie nicht bemerkt, ich …"

Stammelnd sah Saros sein großes Vorbild an. Jenny entging die einzelne Träne im Gesicht des Jungen nicht. Sie zog den Kleinen behutsam zu sich heran.

„Mein kleiner Freund. Willst du mir nicht sagen, was dich so arg bedrückt?"

„Och es ist nichts Besonderes. Sie haben schon genug um die Ohren", antwortete er ausweichend.

Jenny nahm Saros zu sich, sodass er auf ihren Beinen saß. „Genug ja, aber nie so viel, dass ich die Worte meines jüngsten Gefährten nicht würde hören wollen!"

„Aber mein Vater sagt, wir sollen Sie …"

„Vergiss für eine Weile die Worte deines Vaters. Wenn es dein Wunsch ist, wird er von unserem Gespräch nichts erfahren."

Etwas erleichtert sah Saros Jenny an.

„Also?"

Saros sah eine Weile schweigend auf die zehn Kugeln, die vor ihnen lagen.

Jenny folgte seinem Blick und registrierte sein trauriges Schweigen.

„Willst du mir nicht sagen, was diese Kugeln an sich haben, dass sie meinen kleinen Freund in tiefste Trauer stürzen?", fragte Jenny sanft.

Saros fühlte sich ertappt, holte tief Luft und seufzte laut.

„Bestimmt fünfhundert Mal habe ich versucht, sie ohne Berührung zu bewegen, doch es gelingt mir einfach nicht! Bestimmt fünfhundertmal, ganz bestimmt!"

„Niemand zweifelt an deinem Willen und an deiner Entschlossenheit Saros."

„Ach, Sie verstehen das nicht. Sie haben keine außergewöhnlichen Fähigkeiten. Sie sind eben nur ein Mensch", behauptete Saros und konnte seine Enttäuschung nicht verbergen.

„Sagt wer?"

„Ishan!"

„Ishan, der Sohn von Calrisian?"

Saros nickte schweigend und auch etwas ängstlich.

„Aber das wird wohl kaum alles sein, was er dir gesagt hat, oder?" „Er sagt, irgendwann wird sein Vater dafür sorgen, dass Sie uns verlassen und dass Ishan, wenn er erwachsen ist, Ihren Platz übernimmt und er diese Welt beherrschen wird."

„Ahh, sagt er das."

„Ja sagt er; und dass sein Vater Sie beim kleinsten Fehler zur Rechenschaft ziehen wird und dass ich niemals den Platz meines Vaters einnehmen werde, weil ich unfähig bin. Jedes Mal lacht Ishan mich aus, nur wegen dieser blöden Kugeln."

Der Feind im Innern, dachte Jenny, während sie Saros noch näher an sich heranzog und ihn mit ihren Armen fest umschloss. In diesem Augenblick wurde ihr einiges klar. Es war also doch nicht der Sauerstoffmangel gewesen, der sie hatte halluzinieren lassen, wie sie es damals vermutet hatte. Aber wie sollte sie das einem Dreijährigen erklären?

Jenny sprach immer noch mit gleichbleibend ruhiger Stimme, die Saros erreichte: „Weißt du, was dein Name bedeutet?" „Ja Sir!"

„Das ist gut! Vergiss niemals, dass du ein Geschenk bist! Ganz davon abgesehen, dass du der Erstgeborene bist. Nicht nur deines Vaters, sondern in unserer gesamten Gemeinschaft. Außerdem sagen Freunde nicht Sir zueinander, es sei denn, die Situation erfordert ein diszipliniertes hierarchisches Vorgehen, um jegliche Diskussion zu vermeiden. Verstehst du das?"

„Ja, ich verstehe. Mein Vater würde niemals erlauben, dass ich die Form nicht wahre und Sie duze."

„Ich muss ihn also erst um Erlaubnis fragen?", fragte Jenny in sanftem Ton, der Saros Zurückhaltung weichen ließ.

„Nein!", rief er entsetzt. „Sie doch nicht!"

Jenny lächelte Saros zu und ihr Lächeln ging auf ihn über. „Ähm, ich meinte, du doch nicht!"

„Da ich jetzt deine Erlaubnis habe, etwas persönlicher mit dir umzugehen, möchte ich dir sagen, dass du nicht außer Acht lassen darfst, dass du erst drei Jahre alt bist. Es wird in deinem Leben noch viele Dinge geben, die du nicht auf Anhieb beherrschen wirst."

„Ich bin drei nach Erdenzeitrechnung. Mein Vater sagt, in unserer Zeitrechnung bin ich schon fast erwachsen", entgegnete Saros voller Stolz.

„Sehne dich nicht zu schnell nach dem Erwachsensein. Nimm dir die Zeit, deine Jugend zu genießen, denn ungeachtet deines tatsächlichen Alters, weißt du nie, wann diese unbeschwerte Zeit vorbei ist!" Sanft streichelte Jenny seine Wange.

„Aber was mach ich mit Ishan?"

„Ist er ein Problem für dich, weil sein Name übersetzt, ›unsichtbare Macht, die die Welt beherrscht‹, bedeutet? Ishan ist wie sein Vater Soraner und Elia hat mir verraten, dass dies ein schnell aufbrausendes Völkchen ist. Sie geben schnell ihrer Wut nach und nutzten vermeintliche Schwächen eines anderen zu ihren Gunsten. Ihr Begehren nach Ansehen und Macht gleicht sehr dem der Menschen. Du solltest ihn nicht ganz so ernst nehmen, wie seine Worte es dich tun lassen."

„Aber er sagt, dass er alle Menschen vernichten wird, damit die Erde uns, beziehungsweise ihm gehört, und sein Vater wird sein ganzes Volk hierher holen. Die Soraner werden die Menschen zuerst versklaven, und wenn sie sie nicht mehr brauchen, werden sie ihre Sklaven töten. Er behauptet, dieser Planet gehöre seit jeher den Soranern. Es sei ihr Geburtsrecht, vererbt von ihrem Ahnen Uratmah.«

Uratmah schoss es Jenny durch den Kopf. Einer der Namen aus der Höhle auf Sodion. Eilig rief sie sich zur Ordnung, denn sie wollte nicht, dass Saros wahrnahm, wie verstörend seine Worte für sie waren.

„Ich weiß Saros. Sein Vater wartet nur auf eine Gelegenheit, mir seine Überlegenheit zu beweisen, genauso wie es Ishan bei dir tut. Aber nur, weil Ishan davon träumt, ein mächtiger Herrscher zu werden, muss es doch noch lange nicht zutreffen. Jedes Kind lässt doch ab und zu mal seiner Fantasie freien Lauf und Ishan gehört offenbar zu jenen, die gerne angeben. Lass ihn doch, wenn es ihm Spaß macht. Gönne ihm, zu träumen und gehe du deinen eigenen Weg!"

Jenny sah Saros milde und wohlwollend an. Sie hoffte, ihn so beruhigen zu können. Sanft streichelte sie dabei seine kleine Hand.

„Aber Sie, äh du, wirst doch keinen Fehler machen oder? Du bist doch der Commander!" Fragend und gleichzeitig voll Hoffnung sah er Jenny an.

„Saros, ich glaube, dass kein Wesen in unserem weiten, unergründlichen

Universum vollkommen ist. Es ist überhaupt nicht schlimm, etwas falsch zu machen. Wichtig ist nur, dass der, der Fehler begeht, aus ihnen lernt, sie nicht wiederholt oder fortsetzt, wenn er sie erkannt hat."

„Aber du wirst sicher keine Fehler begehen, oder?"

Saros sah Jenny erwartungsvoll an.

„Keine Fehler begehen? Ich glaube nicht, dass ich diesem Ansinnen auch nur ansatzweise gerecht werden könnte, denn ich bin, genau wie jeder andere von uns, fehlbar. Wer wäre ich, dass ich mich davon freisprechen könnte?"

„Darf ich dich etwas fragen?"

„Nur zu, Saros, nur zu! Du solltest niemals zögern Fragen zu stellen, denn jede Frage verdient eine Antwort!"

„Wirklich jede?"

„Ja, mein Freund, tatsächlich jede!"

„Hast du schon viele Fehler gemacht?"

Saros sah Jennys Lächeln nicht, als sie sagte: „Soll ich dir ein Geheimnis anvertrauen?"

„Ein Geheimnis?", fragte Saros aufgeregt und platzte fast vor Neugier. Mit leuchtenden Augen blickte er sein Idol an.

Jenny beugte sich vor zu seinem Ohr: „Ich hab irgendwann aufgehört sie zu zählen!"

„Echt?", fragte Saros ungläubig.

„Ganz sicher, mein junger Gefährte!"

Eine Weile saßen beide schweigend beieinander.

„Was wird mit Ishan?"

„Was ist mit ihm?"

„Er beweist mir unaufhörlich, dass ich der Schwächere bin, und dass ich ihm folgen muss, weil ich ihm unterlegen bin", erzählte Saros. Seine anfängliche Traurigkeit kehrte unüberhörbar in seine Stimme zurück. Niedergeschlagen blickte er zu Boden.

„Gelegentlich kann es ein Vorteil sein, sein Gegenüber glauben zu lassen, man sei ihm unterlegen. Aber bist du sicher, dass du der Schwächere bist? Vielleicht hast du es nur vorgezogen, ihm deine Stärke nicht zu zeigen."

„Aber die Kugeln", seufzte Saros, „du verstehst das eben nicht!"

„Ach ja, die Kugeln", seufzte Jenny. Sie presste ihre Lippen aufeinander und nickte bestätigend.

„Du bist ja auch nicht der, der sie bewegen muss", Saros zögerte eine Weile, „oder kann", fügte er zögerlich hinzu. Saros fürchtete, von Jenny gescholten zu werden, doch der Tadel blieb aus.

„Nichts ist, wie es scheint, mein junger Freund!" Er sah Jenny fragend an. „Versuche, die Kugeln zu bewegen, und bedenke, dass du niemals allein bist! Gleich, wo auch immer du dich befindest oder was du zu tun gedenkst!"

Angestrengt, in vollster Konzentration starrte Saros die große blaue Kugel an; wollte er es doch seinem Commander, der ihm so vertraut schien, nur zu gerne beweisen, dass er nicht unfähig war, wie Ishan es ihm wiederholt hatte fühlen lassen. Doch nichts tat sich und bekümmert sah Saros zu Boden, traute er sich doch nicht, seinem Idol ins Gesicht zu schauen.

Jenny erkannte die Enttäuschung. „Vielleicht solltest du dich nicht auf eine einzige der Kugeln beschränken. Du solltest versuchen, das Ganze zu sehen und es als solches behandeln."

„Wenn ich schon die eine nicht bewegen kann, wie soll ich dann gleich zehn bewegen? Ishan wird mich nur wieder auslachen und bei den anderen über mich herziehen. Er sagt, es ist so wie in diesem Film, den die Menschen die `Star Wars Saga` nennen. Wer es nicht beherrscht, wird nie was!"

„Ist dir Ishans Ansehen wirklich so wichtig oder könntest du das Geheimnis deiner Fähigkeiten vor ihm verbergen? Offensichtlich scheint es zwischen euch eine Art Feindschaft zu geben. Würdest du ihm alles sagen oder tun, nur um in seiner Gunst zu stehen? Ist er dein Feind, Saros?"

Saros zögerte etwas. „Nicht wirklich mein Feind, aber ich kann es nicht ausstehen, wenn er über mich lacht und von ihm geht etwas aus, das gefährlich ist. Ich weiß nicht, wie ich damit umgehen soll."

„Es ist gut, dass er nicht dein Feind ist. Aber du bist noch jung, die Zeit wird zeigen, was aus euch beiden wird. Solange du dir nicht sicher bist, ob er dein Freund oder Feind ist, ist es besser, dein Wissen und dein Vermögen um besondere Fähigkeiten vor ihm zu verbergen. Bis du dir irgendwann seiner Freundschaft sicher bist."

„Aber ich kann es doch nicht, und Freunde werden wir ganz sicher nicht!"

„Für wen würdest du es können wollen? Für Ishan?"

„Nein! Ich würde es für mich wollen."

Wütend über sich selbst trat Saros eine der Kugeln beiseite.

„Du verstehst das eben nicht, du bist eben nur ein ..."

„Ein Mensch?", unterbrach Jenny ihn ruhig und holte die Kugel zurück. Unwillig sah Saros ihr zu, wie sie im Schneidersitz, vollkommen in sich ruhend, vor den zehn Kugeln saß.

„Setz dich zu mir, Saros!"

Saros folgte, wenn auch widerstrebend.

„Wissen musst du, nichts ist, wie es scheint! Oft ist es besser, diese oder jene

Fähigkeit vor anderen zu verbergen!" Er sah Jenny fragend an, doch sein Blick offenbarte absolute Aufmerksamkeit. Sein Zorn war verflogen, hörte er doch Jennys ruhige, ihn durchdringende Stimme.

„Die Dinge, die ich tue, tue ich für unsere Gemeinschaft, auf dass wir unser Ziel erreichen, einen Planeten zu finden, auf dem wir in Frieden leben können. Dies ist mein Ziel, doch es spricht mich nicht frei von Fehlern. Jedoch liegen Fehler im Auge des Betrachters und deshalb tue ich, was ich für uns für richtig halte, unwissend, ob dem tatsächlich so ist. Ungeachtet aller möglichen Konsequenzen werde ich dies weiterhin tun, denn alles ist vorherbestimmt und nur zu einem kleinen Teil kann man das Vorherbestimmte verändern. Und nein, es ist nicht wie in dieser Saga, obwohl in ihr durchaus ein bisschen Wahrheit liegt. Diese Übung soll euch fordern, euch eure Fähigkeiten entdecken lassen. Alles in Universum besteht aus Elektrizität und sie verschafft uns Möglichkeiten. Diese gilt es zu entdecken und zu nutzen."

„Ishan behauptet, dass du uns verlassen wirst! Was wird dann aus mir? Aus uns?"

Jenny erkannte, dass Saros trotz seiner jungen Jahre seiner Zeit weit voraus war, erkannte er doch bereits die Zeichen der Zeit.

„Was Ishan meint, muss nicht unbedingt zutreffen, selbst wenn seine Spezies in der Lage sein sollte, in die Zukunft zu sehen. Nur allzu leicht verführt es den Sehenden, sich allmächtig zu fühlen, ohne es tatsächlich zu sein!" Verblüfft sah Saros Jenny an. Ihre Stimme hatte sich verändert, obwohl sie weiterhin diese Ruhe ausstrahlte, die ihm so sehr gefiel.

„Für eine gewisse Zeit werde ich euch verlassen. Aber Saros, es ist wichtig, dass du daran glaubst, dass ich zurückkehren werde. Du wirst deinem Vater folgen und später seinen Platz einnehmen! Du musst darauf vertrauen!"

„Wie kann ich darauf vertrauen, wenn ich nicht einmal in der Lage bin, diese blöden Kugeln zu bewegen?"

„Oje, so wichtig sind sie dir?"

„Ja!", brummte Saros mit dem Trotz eines Kindes. Doch als er den ruhigen, wohlwollenden Blick Jennys sah, legte sich seine Missstimmung wieder. Saros sah Jenny hoffnungsvoll, aber auch leicht ängstlich an, doch sie schwieg. „Bist du jetzt böse auf mich?"

„Nein", zerstreute Jenny sanft seine Furcht, „denn es ist das Vorrecht der Jugend ungeduldig zu sein."

Prüfend sah sie zur Tür, die weiterhin verschlossen war und es auch bleiben würde.

„Ich bin noch klein! Sagt mein Vater jedenfalls immer. Und weil ich klein bin, willst du mir nicht erklären, was ich wissen möchte, stimmt's? Also wird Ishan mich weiter ärgern."

„Ishan! Vergiss ihn. Auch wenn dem Grunde nach dein Vater recht hat, dass du zu jung bist, um dich mit den Sorgen der Zukunft zu plagen." Jenny lächelte.

„Wenn ich aber doch sehe, was sein wird? Niemand glaubt mir, und niemand will mir helfen! Ich fürchte mich, denn alle halten mich für gering!"

„Wenn ich dir helfe, kannst du das Geheimnis bewahren? Gegenüber jedem?"

„Wer würde mir, dem kleinen dummen Saros schon glauben?" Saros zog eine Grimmasse, sodass Jenny sich leicht wegdrehte, weil sie ihr Grinsen nicht unterdrücken konnte.

„Das war nicht meine Frage!"

„Was immer hier in diesem Raum geschehen ist, wird auch in ihm bleiben!", sagte der kleine mit fester Stimme.

„Ich bin mir bewusst, dass ich euch für gewisse Zeit verlassen werde, doch die Zeit, die mir bis dahin verbleibt, will ich dazu nutzen, dich einige Dinge zu lehren. Sieh auf die Kugeln, Saros. Wie viele von euch vermögen sie zu bewegen?"

„Niemand, außer Ishan!"

„Diese Übung wurde auserwählt, um herauszufinden, wer unter euch besonders ist."

„Dann ist also nur Ishan besonders unter uns?"

„Es liegt im Wesen des Einzelnen, sich durch Betrug eine Weile über Wasser zu halten, wie die Menschen sagen würden. Doch vertraue niemals deinen Augen, denn sie vermögen dich zu täuschen! Bleibe stets wachsam, Saros, denn nichts ist, wie es scheint; vieles bleibt im Verborgenen!"

„Also wird niemand von uns die Dinger je bewegen? Ist es unmöglich? Soll das die Lehre sein, die wir daraus ziehen sollen?"

„Willst du so leicht aufgeben? Höre meine Worte: Unser aller Existenz findet seinen Ursprung im Universum. Jener Unendlichkeit, derer die Meisten von uns sich nicht bewusst sind. Die Kraft jenes unerschöpflich mächtigen Universums ist in uns! Aber sie ist nicht nur in uns, sie umgibt uns. Die Energie, die Elektrizität von der ich vorhin sprach, die du in dir spürst, die dich leben lässt, leitet, das zu tun, wozu du vorgesehen bist; sie umgibt dich!" Saros hörte diese Worte und war fasziniert von ihnen. „Sie umgibt dich und es liegt an dir, so du dir ihrer bewusst bist, sie zu nutzen! Doch den meisten Wesen bleiben die Möglichkeiten verborgen, weil sie außerstande sind, das Wesentliche zu sehen! Es ist die Herausforderung, sich ständig neuen Dingen zu stellen, der Wille niemals aufzugeben, zu kämpfen, wo andere längst aufgeben. Der unbeugsame Drang, lernen zu wollen, eröffnet uns den Weg, besonders zu werden. Es ist nicht die Macht des Herrschens, die dich zum tatsächlichen Führer macht, dem andere dann folgen. Es ist das Wissen darum, dass du mit aller Macht, auf grausame Art oder nicht, herrschen könntest, es aber nicht tust. Gib anderen die Freiheit selbst zu entscheiden, welchen Weg sie gehen wollen. Wenn Ishan glaubt, die Bedeutung seines Namens sei Ohmen für die Zukunft, dann lass ihn. Würde er mit seinem Vater auf diesem Planeten gewaltsam herrschen, wäre es eine sehr kurze Herrschaft, denn die Menschen sind dann am stärksten, wenn ihnen das Wasser bis zum Hals steht. Auch wenn ich die Menschen nicht ausstehen kann, aber das haben sie echt drauf. Unterschätze niemals deinen Feind. Und was nun Ishan und dich betrifft: Es ist dein Wesen, deine innere Stimme, die dir sagt, was wird. Doch im Grunde wirst du ihr meist folgen, ohne zu wissen, wohin sie dich führt und wozu es dienlich ist. Du musst dir selbst treu bleiben. In allem, was du tust. Zur Not auch gegen jedwede andere Stimme. Es ist unmöglich, alles im Voraus zu kontrollieren." Eine Weile schwieg Jenny und wieder fiel Saros´ Blick auf die Kugeln. „Die Kugeln", seufzte Jenny und Saros sah sie fragend an. „Ich würde, wenn ich du wäre, das Nützliche mit dem Angenehmen verbinden! Ich würde mir vorstellen, da ich sie nicht berühren darf, wie es wohl aussähe, mit ihnen zu jonglieren. Einfach so! Nur um des Spaßes willen."

„Diese Energie, von der du sprichst, sie ist bestimmt nicht in mir." Betrübt wich der Knabe Jennys Blick aus und starrte vor sich hin.

„Sie ist genauso wenig in dir, wie du an sie glaubst oder wie du Ishan glauben kannst, ich sei nur ein Mensch ohne besondere Fähigkeiten. Wenn die Energie in dir zum Leben erwacht und du sie annimmst, spielt deine Herkunft keine Rolle. Nichts ist unwichtiger, als das Wesen selbst, denn es ist vergänglich! Einzig was du tust und ist unvergänglich. Aber denk dran: in der Ruhe liegt die Kraft!"

„Mich hat sie jedenfalls nicht gesucht und gefunden! Ich bin immer noch der kleine unscheinbare Nichtskönner."

„So sehr zweifelst du an dir? Ist es denn für dich derart unwahrscheinlich, das du etwas kannst, das andere nicht vermögen? Etwa so, wie ich einst dachte, nur ein gewöhnlicher Mensch zu sein, der sein Leben lang nichts anderes erfahren wird, als dass man auf ihm rumtrampelt?" Jenny schwieg eine Weile und sie sah den Blick Saros, der auf den Boden gerichtet war. „Es ist nicht ausreichend, nur das Einzelne zu sehen, versuche immer das Gesamtbild zu erfassen, Saros. Führe nicht um des Führens willen, sondern weil es der richtige Weg ist."

Als er seinen Namen hörte, sah er wieder zu Jenny, vor der sich zehn Kugeln im Kreis bewegten, ohne, dass sie den Boden berührten.

Fasziniert starrte Saros auf die kreisenden Kugeln. Wie die Erde die Sonne, umkreisten sie die größte unter ihnen.

„Den Ungläubigen bleibt nur die Dunkelheit, hat mein Vater mal gesagt."

„Es liegt viel Weisheit in den Worten deines Vaters", bestätigte Jenny, während sie die zehn Kugeln, wie von unsichtbarer Hand sanft zu Boden sinken ließ.

„Willst du die Dunkelheit des Unwissens hinter dir lassen, neuen Wegen folgen, vergiss alles Vergangene und gebe deinen Geist frei für die Wege des Lichtes."

Saros, der in diesem Augenblick um Jahre gealtert schien, sah noch etwas ungläubig zu Jenny und dann auf die Kugeln. Wie konnte das sein? War sie doch mehr als nur ein Mensch?

„Nichts ist, wie es scheint! Konzentriere dich auf das, was du tun willst. Ohne ein einziges Wort, denn es ist der Gedanke, der dich leitet und es ist dein Wille, der dich führt. Die Energie ist um dich herum und in dir, die beides zusammenfügt und ergänzt. In jedem Wesen, jedem Stein, jedem Gegenstand! Selbst in der Luft, die du atmest. Nichts wird sich dir widersetzen, wenn du dir ihrer bewusst bist und dir deinem Weg treu bleibst."

Der Knabe hörte Jennys Worte und wie in Trance sah er auf die zehn Kugeln, die vor ihm lagen. Er streckte seine Hand aus und war kurz davor, eine von ihnen in die Hand zu nehmen. „Hast du so wenig Vertrauen in dir, Saros? Nicht meinen Worten sollst du vertrauen! Du musst sie fühlen, diese unbändige, unerschöpfliche Energie in dir und auch jene, die dich umgibt! Die Kraft der leuchtenden Sterne im Universum, sie sind es, die auf dich übergehen! Verinnerliche jene unbändige Kraft, die dich alles versuchen und die alles gelingen lässt!"

Es war alles gesagt. Jenny schwieg. Währenddessen sog Saros ihre Worte nachhaltig wie ein Schwamm in sich hinein. Obwohl Jenny längst verstummt war, hallten ihre Worte in ihm nach. Er konnte kaum glauben, was er soeben gehört und gesehen hatte.

Dennoch ist es so, dachte er, ohne ein Wort zu verlieren. Konzentriert blickte er auf die Kugeln und vergessen war alles Vorangegangene. Da war kein Vater, der ihm sagte, er sei zu klein. Kein Ishan, der ihn auslachen konnte. Was konnte es schon schaden, es zu versuchen? Oder würde der Commander von ihm enttäuscht sein, wenn er es abermals nicht schaffen würde? Sich seiner unsicher, zögerte Saros erneut.

„Wenn die Energie dir wohlgesonnen ist, wird sie in diesem Augenblick sicher keinen Wert auf meine Meinung legen", flüsterte Jenny mit ausgeglichener Stimme. Erneut schwieg sie, und eine Weile verging, während Saros auf die Kugeln sah.

Das Ganze sehen, dachte er. Er vergaß Ishan und dessen Spott über ihn. Alles um ihn herum verschwamm zu einer großen Nebelsuppe. Eine innere Ruhe erfüllte ihn plötzlich. Es schien, als sei er allein im Raum, allein in der Unendlichkeit des Universums. Unaufhörlich vernahm er die Stimme Jennys in sich. ‚Fühle die Energie in dir, mache sie dir zu eigen. Lasse dich von ihr leiten, führe ihren Willen aus, so führt sie den deinen aus', hörte er sie in Gedanken.

Jetzt bewegten sich die zehn Kugeln, ohne dass er sie zuvor berührte. Saros bestimmte ihren Weg.

„Gut gemacht", lobte Jenny, während sie im Begriff war, schwerere Gegenstände aus den Schränken zu holen. „Nun versuche es mit diesen!" Zweifelnd sah Saros Jenny an. „Was ist? Zweifelst du etwa? Hast du nicht vor wenigen Augenblicken behauptet, ich sei nur ein Mensch? Und hattest du nicht genauso behauptet, du würdest diese Kugeln niemals bewegen können? Beweise dir, dass du nicht nur einem Zufall unterlegen bist!" Jenny provozierte Saros bewusst, doch der Junge erkannte nur den vermeintlichen Hohn. „Nun? War das etwa schon alles? Mehr kannst du nicht?" Obwohl er wütend über ihre Worte war, zögerte er. „Komm schon; was würde Ishan sagen, würde er dich derart hilflos dort sitzen sehen?"

Saros Wut nahm zu. Wie konnte es Jenny nur wagen, ihn auf seinen Erzfeind anzusprechen? Voller Wut schleuderte er die Gegenstände, die Jenny aus den Schränken hervorgebracht hatte, durch die Gegend. Jenny hatte Mühe, ihnen ungetroffen aus dem Weg zu gehen. Zerstört vom Aufprall an der gegenüberliegenden Wand, krachten die Einzelteile zu Boden. Als sei nichts gewesen, setzte sich Jenny auf den Boden. „Siehst du, Saros", sagte Jenny in vollkommen ausgeglichener Ruhe. „So leicht ist es, aus den falschen Gründen zu handeln. Wir verfügen über beide Seiten in uns. Vergiss das nicht!"

Entsetzt sah Saros auf die zerbrochenen Teile.

„Ich habe dich enttäuscht!" Beschämt blickte er auf seine Schuhe.

„Nein Saros, wie könntest du? Du hast deine Sache sehr gut gemacht. Bedenke doch, was du soeben geleistet hast. Doch lasse dir die letzten Sekunden eine kleine Lehre sein, denn im Herzen des Zornes liegen viele Mysterien. Warum erschlug Kain seinen Bruder Abel? Sieh dich also einfach vor und versuche dich zu beherrschen!"

„Wie erkenne ich den richtigen Weg?"

„So viele Fragen an nur einem einzigen Tag. Mein junger Freund, übe dich etwas in Geduld und versuche erst, das Gelernte zu verinnerlichen."

„Ich werde es versuchen, Sensei!"

„Nicht versuchen, Saros; tue es einfach. Eines noch! Es gibt keinen Grund mich Meister zu nennen!"

„Aber du bist doch mein Meister."

„Dein Meister? Du hast wohl zu viele Bücher der Menschen gelesen." Jenny lachte und mit ihrem Lachen steckte sie den Jungen an. Leicht schüttelte sie mit dem Kopf, erkannte sie sich doch selbst in ihm.

Fragend sah Saros Jenny an. „Vergiss nie Saros: Meister ist, wer erkennt, dass er ewig Schüler ist."

Jenny legte eine Pause ein.

„Für heute hast du genug gelernt, mein junger Schüler! Nutze den Tag für Dinge, die dich erfreuen und verinnerliche was du gelernt hast."

Voller Erwartung sah Saros Jenny an. „Wirst du meinem Vater vom heutigen Tag erzählen? Könnten wir es vielleicht für uns behalten, ja?", bettelte Saros unsicher.

„Warst du es nicht, der soeben noch sprach: Nichts, was in diesem Raum geschieht, wird ihn je verlassen? Wer bin ich, dass ich dagegen verstoßen würde?"

Jenny sah das Lächeln in Saros Gesicht, aber auch seine Erwartung.

„Dies wird für alle Zeit unser Raum sein, in dem ich versuchen werde, dich Weiteres zu lehren und nichts davon soll ihn verlassen! Doch jetzt komm zur Ruhe und fürchte dich nicht vor den Dingen, die kommen werden."

Sie sah Saros zweifelnden Blick.

„Du wirst an meiner Seite stehen, wenn es so weit ist. Glaube daran!"

Zufrieden und überglücklich zog Saros mit den Worten Jennys davon.

„Ich versuche es auch", dachte Jenny, „ich versuche es auch!"

Zurück in ihrem Quartier fand Jenny keine Ruhe. Zu bewegend waren die vergangenen Momente gewesen. Nur zu bewusst hatten ihr die Ereignisse der vergangenen zwei Stunden klargemacht, dass ihre Stellung gefährdet war. Aber sollte sie eingreifen? War es nicht das, was sie schon längst hatte kommen sehen? Jenny seufzte, während sie an Saros dachte, der ungeachtet aller Begebenheiten, an sie glaubte. Doch sie selbst kam nicht zur Ruhe; wie hätte sie dem Kleinen die Wahrheit sagen können? Einen Teil wusste er nun, doch die Zukunft? Sie würde zu schwer für ihn zu tragen sein. In diesem Augenblick jedenfalls. Sie nahm sich vor, ihn so viel zu lehren, wie es möglich war, in der Zeit, die ihr noch verblieb.

Jenny tauschte ihre Uniform gegen ein leichteres Gewand und ging zur Tür. Als diese sich öffnete, stand Drago vor ihr.

„Weißt du vielleicht, was mit Saros los ist? Er ist wie ausgewechselt!"

„Keine Ahnung. Vielleicht hat er etwas erlebt, dass ihn die angespannte Stimmung auf der Basis vergessen lässt!"

„Du siehst wie immer Gespenster Jenny; niemand ist angespannt!"

„Vielleicht ist dir, über die Freude unseres Erfolges im All, das Wesentliche entgangen?"

Drago überging diesen Hinweis beflissentlich.

„Wo willst du hin? Dazu noch in dieser befremdlichen Kleidung."

„Ich werde einen alten Freund besuchen, den ich lange Zeit nicht mehr gesehen habe!"

„Was für einen Freund? Wohin willst du genau? Wir werden dich begleiten!"

„Nein Drago, niemand wird mich nach Little China begleiten."

„Seit wann hast du Freunde im ehemaligen Chinatown?"

Jenny schwieg. Drago sah, dass sie ihre Waffe abgelegt hatte. „Du solltest nicht ohne Waffen an die Oberfläche gehen. Ich muss dich begleiten, wenn du wirklich ohne gehen willst!"

„Der Ort, den ich aufsuchen werde, verbietet jegliche Anwesenheit von Waffen. Du wirst mich nicht begleiten. Ich werde sicher sein in Little China, wie sonst an keinem anderen Ort."

„Jenny bitte, das ist äußerst leichtsinnig!"

„Warum sorgst du dich, obgleich doch nirgends eine angespannte und gereizte Stimmung zu erkennen ist?"

Betroffen sah Drago zu Boden. Er erkannte, dass es ein Fehler gewesen war, die Gegebenheiten zu überspielen. „Sorge dich nicht, ich werde zurückkehren und für euch da sein! Eine Weile jedenfalls noch!"

„Eine Weile?", wiederholte Drago irritiert, doch der angeschlagene Ton ließ Unglaubwürdigkeit erkennen. Jenny ließ ihn stehen und begab sich in ihrem Wagen auf nach Little China, dem Viertel Washingtons, in dem nur Chinesen lebten. Trotz aller Katastrophen hatte sie sich ihre Gewohnheiten und ihren Glauben bewahrt. Die Newcomer hatten sich nie darüber geäußert ob, beziehungsweise woran sie glaubten und Jenny hatte nicht nachgefragt. Sie trug ihren Glauben in sich, beging die Rituale stets in ihrem Quartier, wenn sie unbeobachtet blieb. Dass Drago und die anderen nicht wahrgenommen hatten, dass sie die Basis regelmäßig verließ, ohne anzugeben, wohin ihr Weg sie führte, war für Jenny ein weiteres Zeichen, dass sich die Lage und die Stimmung veränderten. Sie parkte ihren Wagen vor den Toren von Little China und ging zu Fuß langsam durch die Gassen. Im Dunkeln leuchteten die Lampions mit den chinesischen Schriftzeichen ihr entgegen und das Stimmengewirr war ihr nur zu vertraut.

Es war Frühjahr und die Chinesen feierten im Februar den Beginn des neuen Jahres. Dieses Jahr war ein besonderes: das des Jade-Drachens. Nur sehr selten waren die kostbare Jade und der edle Drachen vereint. Auf allen Wegen war der farbenprächtige Drache zu sehen und überall funkelte die seltene, auf Hochglanz polierte, grüne Jade. Als sei es ihre Muttersprache, bat sie den Chinesen in der Suppenküche auf Chinesisch um das Gericht, dass sie viele Jahre entbehrt hatte. Freundlich, fast unterwürfig, reichte er ihr die Nudelsuppe und die Stäbchen. Die Bezahlung jedoch wies er vehement mit einem wohlwollenden Lächeln zurück: „Es ist mir eine Ehre, Kundun!" Fragend sah Jenny ihn an. „Schon gut, Kundun, schon gut. Friede sei mit dir, in deinem Jahr des Jade-Drachen!"

Noch etwas verdutzt sah sie den Chinesen an, der sich ehrfürchtig vor ihr verneigte. Jenny nickte dankend zurück, und verbeugte sich ebenfalls, bevor sie weiterging. Es war ihr peinlich, doch hätte sie auf eine Bezahlung bestanden, hätte er sein Gesicht verloren. Niemand in diesem Viertel war reich an Geld; umso reicher allerdings an Freundlichkeit und innerem Frieden. Ihre Suppe genießend ging Jenny ihres Weges, bis sie den Ort erreichte, den sie aufsuchen wollte. Sorgsam stellte sie den leeren Suppenkarton beiseite und zog ihre Schuhe aus. Andächtig schritt sie barfuß die Stufen empor und erreichte die Gebetsmühlen, die sie nacheinander erklingen ließ. In Gedanken versunken, vom Klang der Mühlen erfüllt, gelangte sie an das majestätisch wirkende Tor, das sich, ohne dass sie um Einlass bat, geöffnet wurde. Kaum hatte sie den Innenhof betreten, schloss sich das doppelseitige Tor wie von Geisterhand. Vom lauten Knarren des alten Holztores unbeeindruckt, nahm Jenny die Schönheit des Innenhofes wahr. Einen langen Augenblick hielt sie inne und rührte sich keinen weiteren Millimeter.

„Du wirst bereits erwartet, Kundun!"

Es waren zwei Mönche der Shaolin, die sich ehrfürchtig vor ihr verneigten. Sie hatte die beiden kaum wahrgenommen, zu sehr war sie von der Schönheit des Tempels beeindruckt, der in burgunderrot, mit Gold verzierten Dächern aus einer anderen Zeit schien.

„Bitte, Kundun, wenn du uns folgen willst."

Kundun, ‚die Anwesenheit Buddhas', dachte Jenny, wie könnte ich dem je gerecht werden! Sie folgte den Mönchen schweigend, die sie ins innere Heiligtum des Tempels geleiteten.

Vor den drei Stufen, die zu dem Mann führten, der das Kloster leitete, befanden sich zwei Buddhastatuen, die Ehrfurcht geboten. Jenny hielt die Handflächen aneinandergepresst vor ihr Gesicht, wobei ihre Fingerspitzen ihre Stirn berührten. Sie verneigte sich tief zur rechten und zur linken Statue, die sie wohlwollend, innerlich wärmend ansahen, als seien sie lebendig.

Anschließend schritt sie die drei Stufen empor und kniete vor dem Mann nieder, der dort saß.

„Kundun! Sei willkommen in unserem bescheidenen Heim", begrüßte sie dieser, während er die anderen Mönche anwies, sie allein zu lassen. Als Jenny den Kopf erhob, blickte sie in ein freundliches, friedlich anmutendes Gesicht, das sanft lächelte.

„Suhe, mein Freund! Wie oft habe ich dich gebeten, mich nicht so zu nennen?"

„Ich weiß, Kundun, ich weiß!"

„Es ist schön dich wiederzusehen, mein Freund."

„Die Freude liegt ganz in mir, den Kundun hier zu begrüßen."

„Suhe!"

„Ich weiß, Kundun, ich weiß, und dennoch fügt sich das Schicksal der Notwendigkeit.

„Ich hatte gerade ein merkwürdiges Erlebnis. Trotz der schweren Zeit, in denen wir uns befinden, schenkte mir ein Chinese das Mahl; obgleich er eigentlich auf seine Bezahlung angewiesen war."

„Warum verwundert dich das?"

„Ich hätte ihm gerne etwas Gutes getan, hätte er sich doch mit der Bezahlung vielleicht etwas leisten können, was er ebenfalls entbehren musste!"

„Dennoch hast du ihm durch deine Anwesenheit mehr geschenkt, als er entbehren wird, denn die Anwesenheit Buddhas ist selten in diesen schweren Zeiten."

Jenny kannte Suhe bereits einige Jahrzehnte und in all diesen Jahren waren sie mehr als nur Freunde geworden. Suhe hatte nie ein Wort darüber verlauten lassen, dass er in dieser Zeit gealtert war, Jenny hingegen nicht. Für ihn, so erschien es Jenny, schien diese Begebenheit das Normalste der Welt zu sein. Sie hatte sich nie getraut, Suhe diesbezüglich zu befragen. Jenny genoss es, in Suhe einen väterlichen Freund gefunden zu haben, und obgleich zwischen ihren Treffen oft eine große Zeitspanne lag, so stand diese Zeit niemals zwischen ihnen.

Suhe und Jenny begaben sich ins Innere des Tempels und er bemerkte mit großer Freude, dass Jenny kein Gesetz der Riten außer Acht ließ. Auf ihrem Weg zum Meditationsraum begegneten ihnen Mönche, die sich ehrfürchtig vor ihnen verneigten und mit dem gleichen wohlwollenden Respekt erwiderten beide deren Gruß.

„Nun, Kundun, da wir abgeschieden sind und der Allmacht Buddhas unterliegen, magst du mir sagen, was dein Wunsch ist."

„Suhe, mein Freund, ich möchte dich um einen Gefallen bitten. Es ist mein Wunsch, dass du mir außerhalb von Washington ein Haus mit einem Grundstück kaufst. Abgelegen soll es sein und von niemandem begehrt."

Etwas verwundert über das Ansinnen seines Kunduns, sah Suhe Jenny an.

„Noch nie zuvor bist du mit einem solch weltlichen Anliegen an mich herangetreten! Doch so gerne ich dir diesen Wunsch erfüllen würde: Das Konto des Tempels schläft den ewigen Schlaf der Leere."

Jenny lächelte über die wohlgewählten Worte ihres Freundes.

„Doch auch um die Schlafenden muss man sich kümmern. Vielleicht ist dir sein Erwachen nur entgangen?" Sie lächelte bei diesen Worten, denn sie entsprachen der Ausdrucksweise, die sich Suhe stets von ihr wünschte, aber nicht die ihre war.

„Sein Erwachen mag mir entgangen sein, doch entgeht mir nicht die Sorge in deiner Stimme, Kundun. Du willst umziehen und es ist nicht freiwillig?"

Jenny zögerte.

„Kann ich die Dinge, die kommen sollen, ändern? Ich möchte nicht, ich habe Verpflichtungen, besonders einem kleinen Jungen gegenüber, aber diesmal scheint es mir nicht vergönnt zu sein, sie zu erfüllen."

„Du haderst mit dem Schicksal. Wir alle unterliegen Prüfungen!"

„Ungern würde ich ihn zurücklassen. Er ist noch so jung."

„Niemand kann seinem Schicksal entgehen, dennoch vermögen wir, es gelegentlich zu verändern."

„Ich weiß Suhe, aber es bereitet mir Sorgen."

„Nutze die Zeit, die dir bleibt, und lehre ihn, wie du es bereits begonnen hast. Alles Weitere wird sich fügen. Gehe den Weg, der dir vorbestimmt ist, sei er auch noch so schwer. Immer werden Gleichgesinnte an deiner Seite sein. Wenn seine Zeit gekommen ist; der kleine Saros ebenfalls."

Verwundert sah Jenny Suhe an. „Sag mir, Suhe, wer von uns beiden ist nun der Kundun?"

Jenny sah in das gleichbleibend wohlwollende Lächeln ihres Freundes.

„Es gibt immer nur den einen Kundun, wie du weißt. Ich bin einer der Gefährten, die dir den Weg bereiten. Wie es deine Vorgänger vor dir wussten, wirst auch du wissen, welcher Weg der Richtige ist. Du weißt, was du tun musst. Wärest du sonst hier?"

„Suhe, bitte!"

„Schon viele vor dir haben geleugnet, der Kundun zu sein, und dennoch sind sie es gewesen. Sie alle haben zu ihrer Bestimmung gefunden! Auch wenn die deine eine Besondere ist. Was ist dein zweiter Wunsch?" Jenny sah Suhe prüfend an. Er vermochte es immer noch, ihr gelegentlich ein wenig unheimlich zu sein. Sie breitete eine kleine Karte vor Suhe aus.

„Wenn du das Haus mit dem passenden Grundstück gekauft hast, wäre es gut, wenn du sämtliche Materialien dieser Liste dorthin verbringen könntest. Ich meine wirklich alle, denn es ist wichtig, dass keines fehlt. Allerdings hätte ich gerne ein neues Haus."

„Ich weiß, Kundun, ich weiß. Aber was ist nun dein zweiter Wunsch?", fragte Suhe, auf die vor ihm liegende Karte blickend.

„Wäre es dir möglich, dich am Ende des Jade-Drachens zu diesem Punkt zu begeben und mich in Empfang zu nehmen? Deine Aufgabe soll es sein, mich in das neue Haus zu bringen." Jenny zögerte etwas, „Auch dann, wenn ich dich nicht erkenne?"

Suhe sah Jennys fragende und zweifelnde Blicke. „Wie könnte es von Bedeutung sein, ob du mich erkennst? Du bist der Kundun! Es liegt an mir, dich zu erkennen. Wie es seit jeher Brauch ist, werden wir dich finden und dir zur Seite stehen. Das Haus wirst du bekommen, mit allem, was du begehrst. Empfangen werden wir dich zum Ende des Jade-Drachen. Sorge dich nicht, Kundun, wenn du nicht pünktlich dort sein wirst, Zeit ist relativ. Wir werden auf dich warten." Erstaunt sah Jenny Suhe an, während sie das hölzerne Tor des Tempels erreichten, das sich vor ihnen öffnete. „Es ist jene Furcht, die den Kundun menschlich macht. Sie ist es auch, die ihn von den Menschen trennt und erkennbar sein lässt. Nie war es sein Ansinnen nach der Macht zu streben, immer nur war es die Sorge um die anderen, die ihn leitete."

Jenny sah Suhe vollkommen ruhig an. All ihre Furcht und Sorgen schienen verflogen zu sein. Genau diese innere Ruhe, die sie ausstrahlte, war es, die Suhe und seine Brüder in diesem Augenblick niederknien ließ. „Erschreckend mag so mancher Augenblick in der Zukunft für dich sein. Doch sei dir gewiss, wir werden dich empfangen und begleiten." Jenny wurde verlegen und sie traute sich nicht, ihn zu unterbrechen. „Keiner wird dir nachfolgen. Wir wollen dir folgen. In den Untergang oder in das Leuchten der Sterne, dessen Kind du bist. Das Schicksal wird es wissen."

Jenny war zutiefst gerührt und bemüht ihre Tränen der Rührung zu verbergen.

„Du solltest nicht vor mir knien, Suhe. Ich bitte dich, erhebe dich."

Suhe erhob sich und sah Jenny in die Augen.

„Fürchte dich nicht vor der Dunkelheit, die dir begegnen wird. Denn du, der Kundun, der letzte aller Erleuchteten, wird die Dunkelheit verdrängen mit all seiner strahlenden Kraft."

„Suhe", sagte Jenny peinlich berührt und unsicher, während sie seine rechte Hand mit ihren beiden umfasste. „Ich bin mir nicht sicher, ob ich dem überhaupt gewachsen bin, nicht versage."

Suhe lächelte zuversichtlich und voller Wohlwollen.

„In all deinen Vorgängern lag diese Unsicherheit. Wie könntest du dir sicher sein? Es sind die Zweifel, die uns zu dem machen, was wir sind. Stets auf der Suche nach Antworten. Warst du es nicht, der gesagt hat, jede Frage verdient eine Antwort? Doch wer sagt, dass du es selbst bist, der sie dir geben muss? Es steht seit jeher geschrieben, dass der letzte Kundun das Licht der Sterne in sich trägt. Warum zweifelst du also an den Dingen, die das Schicksal für dich vorgesehen hat? Genügt dir das Wissen nicht, dass du das Kind der Sterne bist, das uns den Weg erhellen wird?"

Jenny hörte seine Worte, doch anstatt dass diese ihr Sicherheit gaben, wurde Jenny noch unsicherer und verlegener. Sie wusste nicht, wie sie reagieren sollte. Beschämt sah sie zu Boden.

„Große Worte, Suhe, sehr große Worte. Doch was, wenn ich nicht in der Lage bin, ihnen gerecht zu werden?"

Suhe neigte seinen Kopf etwas zur Seite und lächelte sie an.

„Sieh dich um, Kundun, sieh dich nur um."

Jenny sah sich um. Alle Mönche des Klosters hatten sich versammelt und blickten sie auf den Knien liegend an.

„Siehst du in ihnen nur den Hauch eines Zweifels? Jahrtausende gehen wir nun den Weg, der endlich ein Ende finden soll und wird! Sieh in ihre Gesichter und nimm ihre Zuversicht in dich auf, denn niemals hat ein Kundun seinen Weg allein beschreiten müssen."

„Ich sehe all eure Zuversicht; doch was, wenn ich versage? Was wird aus euch? Wie könnte ich erneut unter euer Antlitz treten, würde ich versagen?"

„Immer ist es die Sorge um die anderen, die dich leitet und leiten wird. Nichts anderes haben wir von dir erwartet!"

Erneut sah Jenny unsicher zu ihrem Freund Suhe.

„Gehe deinen Weg, Kundun, denn alle Zeichen der Zeit, seit ihrem Anbeginn haben sich bereits erfüllt, so wird sich auch das restliche erfüllen. Du wirst dem Leuchten der Sterne zu seinem Recht verhelfen! Wir werden es sein, die dir folgen, denn du, so steht es geschrieben, wirst der Letzte sein: der letzte aller Kundun!

Das Tribunal

Ben Gorens Gedanken kreisten um die Ereignisse der letzten Tage, als er die Häuserzeilen an seinem Wagenfenster vorüberziehen sah. Was mit Robert wohl geschehen war? ‚Das wollen Sie nicht wissen!', hatte der Commander gesagt, als Ben ihn doch nochmals angerufen hatte. Ja, dachte Ben, vielleicht ist es besser so.

Er widmete sich abermals den vor ihm liegenden Papieren. Die letzten drei Tage war er damit beschäftigt gewesen, viele Mitglieder aus der Regierung zu entlassen. Ben hatte ihnen die Wahl gelassen, entweder eine Anklage wegen Hochverrats oder den vorzeitigen Ruhestand hinzunehmen. Auch wenn ihn seine Unterschrift unter den Entlassungsurkunden ein wenig befriedigte, so blieb doch bittere Enttäuschung in ihm zurück.

Sein Gesetzesentwurf, der es in Zukunft verbot, Waffensysteme, gleich welcher Art, im All zu stationieren, war einstimmig vom Kongress angenommen und im Eilverfahren verabschiedet worden.

Der Präsident sah von weitem die Einfahrt zum Sanatorium McNamara und wandte sich an Marcus Evens: „Was Ihre Zukunft betrifft, Marcus, machen Sie sich darüber keine Sorgen. Ich werde ein gutes Wort für Sie einlegen!"

„Ich danke Ihnen, Mr. President, aber es wird ohne Sie nicht mehr sein wie früher."

„Das würde es auch mit mir nicht mehr. Nichts ist mehr wie früher."

Beide stiegen aus dem Wagen und Marcus wollte seinen Präsidenten ein letztes Mal begleiten, doch der sah ihn kopfschüttelnd an: „Diesen Weg muss ich allein gehen!"

Marcus nickte, ging zurück und lehnte sich an den Wagen. Traurig blickte er Ben nach, der nochmals Anzug und Krawatte zurechtrückte und sich mit den Fingern durch das kurz geschnittene Haar fuhr. Noch immer machte Marcus sich schwere Vorwürfe, nicht sofort auf sein Gefühl gehört zu haben. Nicht gehandelt zu haben, als es noch möglich gewesen war, das Schlimmste zu verhindern. Was jetzt, was würde werden? Wie würde es weitergehen?

Nancy Goren betrat soeben den Garten, als sie kaum glauben konnte, wen sie auf sich zukommen sah. Ungläubig blieb sie wie angewachsen stehen, während Bens Schritte immer schneller wurden. Dann begriff auch Nancy; rannte auf Ben zu, bis sich beide fest umklammert in den Armen lagen.

„Ben bist du es wirklich?"

„Nancy!", flüsterte er und drückte seine Frau fest an sich.

„Kannst du mir verzeihen, Nancy? Kannst du mir noch ein einziges Mal verzeihen, bitte?"

„Ich bin es, die dich um Verzeihung bitten muss."

Voller Freude lächelnd blickten sich beide in die Augen.

„Wie siehst du überhaupt aus? Woher stammen all diese Schrammen in deinem Gesicht und deine Hände, deine Finger? Wie dünn du geworden bist!"

Besorgt sah sie Ben an, während sie sein Gesicht sanft streichelte und ihr Freudentränen übers Gesicht kullerten.

„Das ist eine lange, sehr lange Geschichte."

„Weißt du Ben, wenn man eines hier besitzt, dann ist es Zeit. Lass uns reden, ich kenne da ein wundervolles Plätzchen am See, wo uns niemand stören wird."

Ihr Mann nickte und beide gingen Hand in Hand, wie frisch verliebte Teenager zu Nancys Lieblingsplatz am See.

Ben erzählte von den vergangenen neun Monaten. Er stockte unzählige Male, denn erst jetzt, in den Armen seiner geliebten Frau liegend, war es ihm möglich, seinen Gefühlen freien Lauf zu lassen. Ströme von Tränen unterbrachen seine Worte und Nancy weinte mit ihm.

Auch seine Gattin erzählte von ihren verstrichenen neun Monaten. Dabei verschwieg sie Ben nicht die geringste Kleinigkeit. Beide lagen sie, fest umschlungen, weinend im Gras und wollten einander nicht loslassen.

„Aber wo ist Robert jetzt?", wollte Nancy wissen.

„Ich weiß es nicht. Der Commander hat ihn auf meine Bitte hin mitgenommen. Ehrlich gesagt will ich es auch nicht wissen", sagte Ben Nancy anlächelnd. Eine Weile schwiegen sie. Beiden tat die Anwesenheit des anderen gut; beide fühlten sich einander so nahe, wie seit Langem nicht mehr. Plötzlich sprang Ben auf, um direkt vor Nancy auf die Knie zu sinken.

„Was hast du vor?"

„Nancy Goren! Willst du noch einmal meine First Lady werden? Würdest du mir, Ben Goren, erneut die Ehre erweisen?"

„Ben? Fragst du mich gerade, ob ich dich noch einmal heiraten will?"

„Ja Nancy! Ich will dich hier und jetzt bitten, mich nochmals zu heiraten und unser Ehegelöbnis erneuern! Willst du?"

„Oh Ben! Natürlich will ich!"

Sie fielen sich freudig in die Arme und küssten einander innig.

„Ich habe für morgen früh einen Flug für uns gebucht. Eric wird ebenfalls mitkommen!"

„Du hast einen Flug gebucht? Aber Ben, der Präsident muss keine Flüge buchen, er wird doch …"

„Nein, meine Liebste. Ab Morgen sind wir nur noch ‚Mr. und Mrs. Goren'."

„Bist du absolut sicher, dass du das willst?"

„Ich war mir nie sicherer als in diesem Augenblick!"

„Aber wo werden wir dann wohnen?"

Ihr Ehemann kramte hektisch in der Innentasche seines Jacketts und zog einen Umschlag heraus.

„Das lag gestern in der Post. Ein kleines Hochzeitsgeschenk des Commanders."

Nancy sah Ben fragend an, der ihr das Kuvert mit leicht zittrigen Händen überreichte.

„Schau ruhig hinein, mach schon, los", drängelte er ungeduldig.

Sie las, was in der Urkunde geschrieben stand. „Eine Pferderanch in Florida! Und wir sind ihre Besitzer?"

Ben nickte.

„Oh Ben, ich kann's kaum glauben! Woher weiß er denn, dass ich schon immer eine Pferdezucht aufbauen wollte?

„Ach weißt du Nancy, ich hab es mittlerweile aufgegeben danach zu fragen, woher er die Dinge weiß, die er weiß! Es ist eine kleine Ranch, aber sie gehört uns. Nur uns allein!"

„Klein?", Nancy sah in die Urkunde.

„Du nennst 3000 Morgen klein?"

Ben lachte schallend los und bog sich vor Lachen.

„Ben Goren, du bist unverbesserlich!", lachte Nancy und schlug ihm mit der Urkunde auf den Kopf.

„Nun, Nancy Goren, First Lady der Vereinigten Staaten von Amerika, wollen wir ein letztes Mal ins Weiße Haus und der Nation verkünden, was verkündet werden muss?"

„Ja Ben, lass uns gehen! Gehen wir gemeinsam in unser neues Leben! Aber würdest du mir bitte noch einen Augenblick geben?"

„Was hast du denn vor Nancy?"

„Nur einen Augenblick Ben, bitte."

Ben nickte und beobachtete, wie Nancy auf Ronald Rivera zuging, der im angemessenen Abstand etwas abseits stand.

„Agent Rivera – Ron."

„Ma'am."

„Ron, ich weiß, dass ich mit ein paar Worten nicht ansatzweise das ausdrücken kann, was ich sagen möchte. Die richtigen Worte müssten wahrscheinlich erst erfunden werden. Dennoch ist meine Dankbarkeit Ihnen gegenüber tief und aufrichtig."

„Keine Ursache, Ma'am. Es war mir eine Ehre, Ihnen zu dienen, und unsere Gespräche empfand ich ebenfalls als eine Freude."

Nancy ging noch einen weiteren Schritt auf Ronald Rivera zu.

„Wenn ich irgendetwas für Sie tun kann, dann scheuen Sie sich bitte nicht, uns auf unserer Ranch aufzusuchen, Ron. Sie werden dort stets willkommen sein."

„Das größte Geschenk habe ich bereits von Ihnen erhalten, Ma'am, denn es gibt nichts Wundervolleres, als Ihre Genesung. Und falls Sie mir einen Gefallen tun wollen, dann bitte, werden Sie glücklich."

Nancy hob ihre rechte Hand und berührte Ron sanft an der Wange und streichelte ihn sanft. „Ich werde Ihnen auf ewig dankbar sein!"

Verlegen nickte Ronald Rivera der First Lady zu. Nancy ging zurück zu ihrem Mann.

„Gibt es da etwas, das ich wissen sollte, Mrs. Goren?", grinste er.

„Nein, Mr. President. Auch einer First Lady ist es erlaubt, ein Geheimnis zu haben. Du eifersüchtiger Esel!"

Sechs Stunden darauf standen Ben, Nancy und Eric Goren im Oval Office. Die Kamera war bereits aufgebaut, die Lichter eingestellt und Marcus Evens stand etwas abseits der amerikanischen Flagge im Hintergrund. Mit verschränkten Armen hinter dem Rücken schaute er dem Treiben zu, schluckte mehrfach und versuchte krampfhaft Haltung zu bewahren. Nancy rückte nochmals die Krawatte ihres Gatten fürsorglich zurecht, strich behutsam darüber, um danach mit ihrer Handinnenfläche leicht auf seine Brust zu klopfen.

„Ich liebe dich, Mr. President!"

„Ich bin ja so stolz auf dich, Dad! Alle reden darüber." Eric stand in seiner weißen Galauniform der US-Navy neben ihnen.

„Wir sind beide stolz auf dich, Eric!"

Breit grinsend sah er seine Eltern an.

„Ihr wisst wohl beide nicht im Geringsten, wovon ich gerade rede, oder?"

Fragend sahen beide ihren Sohn an.

„Na, mein Dad wird als Held in die Geschichte eingehen! Als der Präsident, der die Welt vor Armageddon bewahrte."

„Wovon redest du nur, Junge?"

„Du solltest öfter Zeitung lesen, Dad!"

Breit grinsend legte Eric die Nachtausgabe der Washington Post auf den Schreibtisch im Oval Office: „Ben Goren vernichtet Star-Wars-Programm! Die Welt erhält eine zweite Chance!", stand dort in fett prangenden Lettern geschrieben.

„Na, wenn das kein starker Abgang ist!"

Sie reichten sich einander die Hände. „Wollen wir?"

Ben nahm zum letzten Mal an seinem Schreibtisch des Präsidenten Platz. Nancy und Eric befanden sich zur Rechten und Linken direkt hinter ihm, als er der Nation seinen Rücktritt bekannt gab und Jaden Forbes zu seinem Nachfolger erklärte. Dieser würde die Amtsgeschäfte mit sofortiger Wirkung übernehmen und noch am selben Abend vereidigt werden.

Ben, Nancy und Eric verließen um 19 Uhr das Weiße Haus ohne großes Aufsehen durch den Hinterausgang im Ostflügel. Begleitet vom lauten, nicht endenden Applaus sämtlicher Bediensteten, die in einer Reihe standen. Jedem von ihnen sagten alle drei noch ein paar persönliche Worte des Abschieds.

Die Gorens verließen ihr bisheriges Leben; ließen die Blitzlichtgewitterwelt, in der sie Jahrzehnte gelebt hatten, ohne ein Gefühl des Bedauerns zurück. Eine unter Schock stehende Nation brachte Verständnis für die Entscheidung des Ex-Präsidenten auf, nachdem sie mehr Details erfuhr über die Dinge, die sich ergeben hatten.

Von all dem anschließenden Medienrummel rund um die Ereignisse bekamen Ben und Nancy nicht viel mit. Sie genossen die Pferde und die Weite ihrer Ranch, vor allem aber deren Abgeschiedenheit, in der sie jetzt unbehelligt leben konnten.

Noch jemand war unentwegt beschäftigt: Suhe, Jennys bester Freund und Abt der Mönche.

Hocherfreut über das millionenfache Erwachen seines Kontos hatte er das von Jenny gewünschte Grundstück außerhalb von Washingtons schnell gefunden. Weit abseits gelegen und seit der großen Katastrophe brachliegend, erfüllte es alle Anforderungen. Das am See gelegene alte Herrenhaus war stark baufällig. Suhe und seine Brüder beschlossen, es vollständig abzureißen und im Stil der chinesischen Pagoden erneut aufzubauen. Das Ta in Dichtbauweise sollte mehrere Stockwerke hoch und reich verziert werden. Er hatte Jenny darüber in Kenntnis gesetzt und sie hatte ihnen einen von ihr gefertigten Grundriss geliefert, an den sich die 1340 Mönche peinlichst genau hielten. Da sie so viele waren und ihnen diese, wenn obgleich ungewohnte Arbeit Spaß bereitete, hörte man sie mit Fröhlichkeit singen, wenn man am Anwesen vorbeifuhr.

Selbst ihre Gebete sangen sie während der Arbeit, nur damit sie den Bau nicht unterbrechen mussten. Sie bauten und werkelten fast ohne Pause, als hätten sie nie zuvor etwas anderes getan.

Im Herbst des Jahres 2103 vollendeten sie ihr Werk. Das rötlich schimmernde achtstöckige Gebäude mit den zwei 2,50 Meter hochragenden, aus purem grünen Jade gefertigten Drachen vor der Treppe, spiegelte sich im Wasser des im herbstlichen Sonnenlicht glitzernden Sees. Zufrieden verneigten sich die Mönche vor den Drachen. Jenny wird das Herz aufgehen, wenn sie es sieht, dachte Suhe. Ein paar Wochen benötigten sie noch, um das Inventar hineinzuschaffen, danach würden sie warten. Warten auf Jenny.

Wie oft zuvor trainierte Jenny mit Saros, der sein Geheimnis in den letzten Monaten gut gehütet hatte. Nicht einmal sein Vater Drago wusste etwas von ihrem Training. Während sich Saros als gelehriger Schüler erwies, konnte Jenny ihm beim Wachsen zusehen.

„Ich würde zu gerne wissen, wie du das machst Saros."

„Wie ich was mache?"

„Du bist erst vier Jahre alt und erscheinst in der Größe eines Sechzehnjährigen. Wie machst du das?"

„Mein Vater sagt, ich habe nicht nur die Größe eines Sechzehnjährigen. Er sagt, es liegt in unserer Spezies. Wir sind nicht an Raum und Zeit gebunden."

„Es gibt also kein Alter bei euch?"

„Wir wissen, wer vor uns geboren wurde und wer nach uns, aber wir lernen von allen. Unsere Eltern sind nur unsere Begleiter auf einem langen Weg, dessen Ende niemand kennt. Außer dem Lord."

„Den Tod gibt es natürlich, aber er wurde lange nicht gefordert."

„Was heißt: Nicht gefordert?"

„Mein Vater sagt, unser Tod kann nur von dem gefordert werden, dem wir dienen. Er hat erzählt, dass es bis zu deiner Ankunft schien, als wären alle dem Tode geweiht. Es soll nur noch 250 von uns gegeben haben."

„Bis zu meiner Ankunft?"

„Dragos Vater hat dich gefunden, auf dem Mond Golam. Er brachte dich zu Ramsandar, seinem Herrn."

„Wer ist das?"

Saros lachte laut los. „Aber das musst du doch wissen! Du sprichst sogar wie seine Botschafter."

„Was? Wie meinst du das?"

„Na, deine merkwürdige, oftmals hochtrabende Ausdrucksweise. Um nicht zu sagen: überkandidelt." Grinsend schüttete Jenny den Kopf und Saros erklärte ihr: „Ramsandar war einst der Herrscher über das nördliche Universum. Es heißt, er habe ein Herz aus Stein und keine Seele besessen. Er ließ jeden schon für die geringste Verfehlung hinrichten. Drago sagt, als sein Vater dich zu Lord brachte, ließ er Dragos Vater beinahe töten. Dann tat mein Vater etwas, was nie zuvor vor dem Lord getan worden war. Er kniete nieder und erbat das Leben seines Vaters und auch deines. Erst danach nahm er dich bei sich auf."

„Du hast dir das ausgedacht, oder?"

Saros schüttelte mit dem Kopf. „Weißt du nichts mehr davon? Gar nichts?"

„Saros, ich weiß nicht mal, wo dieser Mond sich befindet, geschweige denn etwas von diesem Ramsandar."

„Golam ist der nördlichste aller doranischen Außenposten. Dem einzigen Volk, dem Ramsandar es je gestattete, sich frei zu entwickeln. Aufgrund deren Besonnenheit und ihrer sagenhaften Diplomatie verhinderten sie das Ausbrechen von Kriegen und legten jene Auseinandersetzungen bei, die noch kriegerisch geführt wurden. Voll tiefster Hochachtung nannte Ramsandar sie eines Tages: Die Wächter des Lichtes. Er bestimmte ferner, dass aus diesem Volke einst sein Nachfolger hervorgehen solle, doch bis dahin sollte es ihre Aufgabe bleiben, ihm als Botschafter zu dienen."

„Ganz ehrlich, Saros, ich verstehe überhaupt nichts."

„Dann weißt du tatsächlich nichts? Auch nicht das mit Drago und dir?"

Jenny traute ihren Ohren kaum und sah Saros fragend an.

„Eines Tages hatte Ramsandar einen seiner schlechten Tage, sofern man die anderen als gut bezeichnen konnte. Du hattest dich verletzt, obwohl Drago auf dich aufpassen sollte. Als Ramsandar ihn hinrichten wollte, zogst du dich an Drago hoch und bliebst stehen. Tobend vor Wut kam er auf euch zu, aber du bist nicht gewichen."

„Saros, ein Säugling kann nicht stehen oder stehen bleiben!"

„Naja, umgefallen bist du erst, als Drago vor dir kniete, was den Lord zunächst noch wütender werden ließ."

Jenny schüttelte lächelnd den Kopf. „Das ist ein Märchen!"

„Nein, ist es nicht!"

„Was passierte dann?"

„Ramsandar ließ von euch ab, als ein Bote den Raum betrat. Als er gegangen war, befahl Ramsandar allen, mit dir den Planeten unverzüglich zu verlassen. Der Vater meines Vaters, der auch Saros heißt, nahm dich mit und verschwand mit dir für einen ganzen Tag. Er kehrte zurück und befahl meinem Vater, die Rotgardisten sollten dich begleiten, dich zur Erde bringen und auf dich achtgeben. Einige Stunden darauf wurde der Planet zerstört, mit ihm Ramsandar und dessen verbliebenen Gefolgsleute."

Nachdenklich sah Jenny auf den Boden. All das sagte ihr nichts.

„Bist du sicher, dass es sich bei dieser Geschichte nicht eher um eine Legende handelt, die euch davon abhalten soll, sinnlos zu töten?"

„Das ist sie ganz sicher nicht."

Beide schwiegen eine Weile.

„Hast du schon mal getötet, Jenny?"

„Ja!"

„Was ist das für ein Gefühl?"

„Es ist kein Gutes. Nimm niemals eine Waffe in die Hand, wenn du nicht gewillt bist, sie auch zu benutzten. Versuche, solange du nur kannst, es zu vermeiden!"

„Wenn du so sehr dagegen bist, warum hast du es dann getan?"

„Um Schlimmeres zu verhindern!"

„Dann war es also gut, sie zu töten?"

„Jemanden zu töten, ist niemals gut. Doch die andere Variante, sie am Leben zu lassen, hätte für viele andere weiteres kommendes Unglück bedeutet. Es ist nicht schwer, den Abzug durchzuziehen und im Bruchteil einer Sekunde ein Leben auszulöschen. Doch umso schwerer ist es, damit leben zu müssen. Glaube mir, gut ist es niemals. Vergiss das nicht, Saros!"

Erneut schwiegen sie eine Weile.

„Was bedrückt dich wirklich?", fragte Jenny und blickte den Jungen ernst an. „Es gehen Gerüchte um!"

„Was für Gerüchte?"

„Es soll einen Prozess geben – gegen dich. Aber vermutlich ist es nur dummes Gerede."

„Nein, Saros. Er findet tatsächlich schon Morgen statt, aber du solltest dir keine Sorgen machen. Ein paar Tage werde ich schon noch bei dir sein."

„Was wird, wenn du aus unserer Gemeinschaft ausgeschlossen wirst? Das kannst du doch nicht zulassen! Was soll aus uns werden und was aus dir? Hast du keine Angst?"

„Angst, Saros, ist etwas, das dich schützt. Sie kann dich am Leben erhalten. Sie warnt dich vor Gefahren."

„Aber sie kann dich auch umbringen!"

„Ja, das ist eine Möglichkeit. Wenn sie dich beherrscht, kann sie das. Selbst wenn ich Angst habe vor den Ereignissen, die kommen, gibt es Dinge, die ich nicht zu ändern vermag. Begebenheiten, die ich hinnehmen muss, obwohl sie mir nicht gefallen. Denn ich gab einst einem guten Freund mein Wort, auf jemanden zu warten, der bisher noch nicht kam und ich fürchte, hier wird er mich nicht finden."

„Wenn der Prozess erst Morgen stattfindet, dann ist noch nichts entschieden, oder?"

„Weißt du, Saros, Macht, Glück, Wohlergehen und Zufriedenheit, sind Leihgaben. Du darfst sie eine Zeit genießen und es liegt ausschließlich in und an dir, sie positiv zu verwenden. Obwohl ich es stets versucht habe, ist es mir nicht gelungen, diesen oder jenen Fehler zu vermeiden. Es wird immer einen geben, der dir deine Position neidet und sie dir streitig machen will."

„Sollte ich deshalb schweigen? Von alldem hier, meine ich?"

„Denk nach. Wie würde Ishan reagieren, wenn er von dem hier wüsste. Wahrnehmen und erkennen müsste, wie weit du ihm voraus und überlegen bist?"

Schweigend schüttelte der Knabe den Kopf. Er konnte nicht verstehen, wieso seine Freunde den Commander bestrafen wollten.

„Aber du bist gut in dem, was du tust. Dein Denken, dein Handeln war stets gerecht. Wie kann man dir dennoch kleine Fehler anlasten?"

„Was nichts daran ändert, dass sie mir unterliefen und ich denke nicht, dass es nur Kleine waren. Anlasten kann sie mir der, dessen Bestreben es ist, alle Macht an sich zu reißen. Selten ist er allein, so wie in diesem Fall auch. Ich hoffe, dass es nie das deine wird, denn wissen musst du: Wenn du den Hügel erst einmal erklommen hast, die Macht besitzt und an der Spitze stehst, ist es dort oben sehr einsam. Es ist nicht leicht, ihr gerecht zu werden. Noch schwerer aber ist es, allen die Zufriedenheit zu geben, die sie sich wünschen."

„Kannst du sie nicht überzeugen?", bettelte der Junge. Mit den Dingen, die du mir beigebracht hast. Sie würden dich mit anderen Augen sehen. Ganz bestimmt!"

„Ich verstehe deine Angst. Doch manchmal kannst du jemandem die Augen mit Worten öffnen und er wird trotzdem blind bleiben. Wer nicht sehen will, wird nicht sehen."

„Du willst einfach aufgeben Jenny?"

„Nein! Ich werde nicht aufgeben. Unsere Wege trennen sich nur für eine Zeit!"

Jenny sah Saros Enttäuschung.

„Für eine Weile jedenfalls", versuchte sie ihn zu trösten.

Fragend sah Saros Jenny an, doch die legte nur den Zeigefinger auf ihren Mund. Saros schluckte seine nächste Frage runter.

„Trotzdem", sagte er plötzlich trotzig; „du bist gut, in dem, was du tust."

„Die Dinge, die kommen, können wir nicht ändern! Wirklich gut bist du nur, wenn du einmal mehr aufstehst, als du gefallen bist!"

Jenny sah Saros mit einem sanftmütigen, wohlwollenden Lächeln an.

„Genug für heute", beendete sie die Diskussion. Noch einmal umarmten und drückten sich beide. Jenny gab ihm einen sanften Kuss auf die Stirn und ging mit ihm zum Ausgang.

„Du hast mal gesagt, ich werde den Platz meines Vaters einnehmen und …"

„… und du wirst an meiner Seite sein! Ja, so wird es sein. Es wird sich lediglich ein bisschen verzögern. Das sollte dich nicht bekümmern. Dich, der du nicht an Raum und Zeit gebunden bist!"

Saros lächelte, doch die Traurigkeit in seinen Augen verschwand nicht.

Jenny fuhr mit ihren Fingern durch sein Haar: „Willst du etwa mit 16 Jahren schon graue Haare kriegen: Tu mir das nicht an, bitte!"

Beide lachten. Jenny umarmte Saros zärtlich und liebevoll. Eine Weile hielt sie ihn fest und Saros genoss die Geborgenheit.

Doch als sie sich trennten, war es Jennys Gesicht, das ernstere Züge zeigte: Ihr blieben noch neun Stunden voller Ungewissheit, bis das Schicksal seinen Lauf nehmen würde.

In ihr Quartier zurückgekehrt, nahm sie sich ein Buch, um zu lesen. Es gelang ihr nicht. Immer wieder musste sie an die Geschichte denken, die Saros ihr erzählt hatte. War das nun ein Märchen oder nicht? Wenn es keines war, warum hatte dann niemand zuvor ihr von diesen Ereignissen berichtet? Sollte sie David darüber befragen? Was würden ihr diese Informationen nützen, wenn man sie für schuldig befand und sie diesen Chip bekam. Sämtliche Informationen wären unwiderruflich verloren. Wozu also noch nach Antworten suchen? Jenny seufzte und beschloss, diese sternenklare Nacht unter freiem Himmel zu verbringen. Sie liebte das Funkeln der Sterne. Noch einmal wollte sie sie bewusst ansehen und ihre Schönheit wahrnehmen und genießen.

Ihr Wagen stand direkt vor dem neu errichteten Gebäude, das hoch in den Himmel ragte und aussah wie drei ineinander verkeilte Korkenzieher. Ganz oben glich die Kuppel einem Drachenkopf, der sich der Sonne entgegenstellte und stets mit ihr wanderte. An seiner Spitze wehte eine Fahne im seichten Wind, die einen Adler, der mit ausgebreiteten Flügeln einen Planeten schützte, zeigte. Dieser war umringt von drei weiteren, zwei Sonnen und zwei Monden. Jenny hatte die Flagge nach Davids Vorgaben entworfen. Die Antwort, warum sie ausgerechnet dieses Bild zeigen sollte, blieb er ihr jedoch schuldig.

Zu jeder Tageszeit wird dort das Licht der Sonne sein ohne, dass ich es erleben darf!, dachte sie wehmütig.

„Was machst du hier?", unterbrach Drago ihre Gedanken.

„Ich denke nach. Dass ich dort oben niemals einziehen werde! Niemals von ganz oben über die Weite der Sonora blicken darf!"

„Es ist noch nichts entschieden Jenny!"

„Ist es nicht? Calrisian will meinen Kopf. Er hat Mittel und Wege gefunden, ihn zu bekommen! Ich habe ihn unterschätzt, diesen Soraner. Er hat es gut verstanden, seine Absichten zu verbergen und hinter meinem Rücken Gefolgsleute zu finden. Ich hätte wachsamer sein müssen, nicht vertrauen dürfen."

„Er wird es nicht schaffen!"

„Warum sagst du das Drago? Glaubst du wirklich, er würde mich leichtfertig anklagen? Er ist sich seiner Sache absolut sicher, sonst würde er dieses Risiko nicht eingehen."

Schweigend standen sie beieinander. Während Jenny zu den Sternen blickte, sah Drago betreten zu Boden. „Wenn du wirklich gehen solltest, werden die Rotgardisten dich begleiten. Alle!"

„Niemand von euch wird mich begleiten", erwiderte sie ruhig.

„Jenny, es ist unsere Pflicht, ..."

„... meinen Befehlen zu folgen, Drago! Hast du das nicht stets betont? Die Rotgardisten werden meine Augen und Ohren sein, denn ich befehle euch, zu bleiben, wo ihr seid, bis ich euch etwas anderes befehle. Wenn es so weit ist, wirst du mich nach Washington bringen, an diesen Ort hier. Dort werde ich abgeholt."

Jenny zeigte Drago auf einer holografischen Karte den Ort, an dem Suhe sie erwarteten würde. „Danach wirst du zurückkehren und gut auf deinen Sohn achtgeben. Er wird dich dringender brauchen als ich."

Drago wollte etwas sagen, doch Jenny gebot ihm mit einer abwehrenden Handbewegung, zu schweigen. „Jetzt geh und bereite meine Verteidigung vor. Es wird für uns alle ein langer und harter Tag."

„Willst du morgen tatsächlich erscheinen?", fragte er erschrocken.

„Ich werde pünktlich sein Drago, sei du es auch!", gab sie zurück, stieg in ihren Wagen und raste mit Vollgas in Richtung Wüste auf und davon.

Am nächsten Morgen weckten die ersten Sonnenstrahlen Jenny. Ausgeglichen und ruhig fuhr sie zurück zur Basis. Ohne dass es jemand bemerkte, gelangte sie in ihr Quartier, wo sie die verbleibende Zeit benutzte, sich etwas frisch zu machen.

Beunruhigt stand Drago am Außeneingang und sah immer wieder auf die Uhr. Fünf nach neun. Der Prozess sollte um neun beginnen, doch er sah Jenny nicht. Hatte sie es sich vielleicht doch anders überlegt? Ist sie zur Vernunft gekommen?, dachte Drago.

„Ich habe Ihnen doch gesagt, dass sie kneifen wird!

„Calrisian!"

Fast flehend sah Drago in diesem Augenblick in Richtung Wüste, hoffte er doch, dass sein Nebenmann nur dieses eine Mal recht behielt.

„Ich wusste schon immer, dass sie ein Feigling ist!"

„Reden Sie etwa von mir?", unterbrach Jenny Calrisians Hochmut.

„Jenny!", Drago versuchte, seine Überraschung zu verbergen.

„Commander!" Calrisian grüßte verhalten.

„Worauf warten wir? Lassen Sie uns Ihre Show beginnen!"

Dem Vorsitzenden des Tribunals war diese Begegnung unendlich unangenehm. Verlegen drängte er sich an Jenny vorbei, die bewusst stehen blieb.

Sie betraten den Saal, dessen Plätze komplett belegt waren. Viele standen im hinteren Bereich. Auf dem Podest saßen fünf uniformierte Personen, die mit Calrisian das Urteil sprechen würden. Jenny sah sich um.

„Was macht Ishan hier?", wand sie sich an Drago.

„Er wurde heute Morgen zum Ankläger ernannt!"

„Ishan ist noch ein Kind!"

„Nein. Er ist der Sohn seines Vaters und als solchen solltest du ihn sehen und behandeln!"

„Ich soll mich vor einem Kind rechtfertigen?", fragte sie fassungslos.

„Ich sagte dir doch, dass du erst gar nicht erscheinen sollst."

Jenny holte tief Luft und schloss für einen kurzen Augenblick die Augen. Drago wusste es, dachte sie.

„Der Prozess möge beginnen. Ich erteile dem Ankläger das Wort."

Ishan erhob sich und mit zittriger Stimme begann er: „Der Commander wird angeklagt ..."

„Ishan, halte dich an das Protokoll. Ich glaube kaum, dass das dort steht", unterbrach sein Vater ihn barsch.

Er sah fragend zum Vorsitzenden und danach fast bittend zu Jenny, die ihm zunickte.

„Dem Angeklagten wird Folgendes zur Last gelegt: Im Jahre 2086 dem Senator Ben Goren geholfen zu haben, ohne hierfür die Erlaubnis der Gemeinschaft einzuholen; wissend, dass er kurz darauf Gouverneur werden würde. Ihm wird insbesondere vorgeworfen, dies aus reiner Geltungssucht getan zu haben und hierbei den Tod des Ilran leichtfertig in Kauf genommen und nicht verhindert zu haben.

Im Jahre 2088 demselben Gouverneur, trotz des Verbotes der Gemeinschaft erneut geholfen zu haben, sich und seinesgleichen vor der dem Einschlag des Apophis in Sicherheit zu bringen, indem sie ihn auf nicht geklärte Weise, vor der Katastrophe warnte.

Im Jahre 2088 eine Situation herbeigeführt zu haben, in der der Angeklagte das Leben des Dragon-Commanders Drago Solar bedrohte und erst im letzten Moment, wohl wissend, dass er beobachtet wurde, davon abließ, das Leben des Dragon-Commanders auszulöschen.

Im Jahre 2102 dem Präsidenten Ben Goren erneut geholfen zu haben, aus einer für ihn misslichen Situation zu entkommen und wieder in sein Amt eingesetzt zu werden. Obwohl der Angeklagte um die Verbrechen der Menschen an der Gemeinschaft wusste, nötigte er die Rotgardisten, seinem Willen zu folgen.

Des Weiteren, die Gemeinschaft darüber getäuscht und betrogen zu haben, ein Raumschiff bauen zu wollen, dass allen Gemeinschaftsmitgliedern das Verlassen der Erde zu ermöglichen. Aufgrund der besonderen Schwere der Verbrechen fordert die Anklage die Verbannung des Angeklagten in vollkommener Unwissenheit."

Sichtlich erleichtert, es hinter sich gebracht zu haben, setzte sich der Junge, den Blick Calrisians suchend, der ihm aufmunternd und lobend zunickte.

Jenny blies ihre Wangen auf und ließ die Luft wieder entweichen. Nach der Anklageverlesung ging es Schlag auf Schlag weiter. Nach jedem Punkt, den der Anklagevertreter vorbrachte, bemühte sich Drago, diesen zu entkräften. Schnell war für Jenny klar, dass er dies nur scheinbar tat. Viel zu häufig ließ er sich bereitwillig jeweils das Heft aus der Hand nehmen. Vier weitere Stunden gab sich ein Wort das andere und der Tag des Tribunals neigte sich dem Ende.

„Das Tribunal wird sich nun zur Beratung zurückziehen!"

Alle erhoben sich. Während sich das Tribunal in sein Beratungszimmer zurückzog, verließen auch Jenny und Drago den Raum. Beide sogen die frische, kühle Herbstluft der Sonora tief ein. Drago zeigte sich wütend: „Von wegen Beratung! Der hat doch schon längst alles entschieden, dieser Heuchler!" Drago gab sich zutiefst empört. „Warum tust du denn nichts, Jenny? Mach irgendwas."

„Was soll ich deiner Meinung nach tun?"

„Das ist kein Prozess, das ist eine Hinrichtung!"

„Drago, bitte, du kannst mit diesem Theater aufhören!"

„Wie meinst du das?"

Doch Jenny ging nicht auf seine Frage ein.

„Was willst du, Drago? Soll ich Calrisian im letzten Augenblick doch noch gerecht werden, der mich eh für selbstgefällig hält, und sein Urteil ignorieren? Oder erwartest du, dass ich sie kurz vor der Urteilsverkündung schlichtweg über den Haufen schieße? Ist es das, was du von mir erwartest?"

„Jenny, begreifst du nicht, Calrisian gewinnt immer mehr an Macht und er fordert deinen Kopf! Bitte ihn um Gnade oder wehre dich auf eine andere Art!"

„Calrisian fordert meinen Kopf, und du glaubst ein weinerliches Flehen ‚Bitte, bitte nicht', würde dafür sorgen, dass er ihn mir wieder aufsetzt?"

„Du kannst dir doch nicht alles aus der Hand nehmen lassen, wofür du gekämpft hast! Du bist gut in dem, was du tust und wir brauchen dich!"

„Ich sage dir, was ich schon zuvor deinem Sohn gesagt habe. Wirklich gut bist du nur, wenn du einmal mehr aufstehst, als du gefallen bist, Drago. Ich habe auch diesmal nicht die Absicht am Boden liegen zu bleiben! Und ‚ich' soll mir nicht alles aus den Händen nehmen lassen?"

Drago überhörte den Unterton in ihren Worten absichtlich, wich aber ihrem Blick aus. „Sie werden dir all deine Erinnerungen nehmen!"

„Ist es nicht besser, wenn Calrisian jetzt nach der Macht greift, als zu einem Zeitpunkt, an dem es unbedingt notwendig ist, dass die Gemeinschaft hinter mir steht? Möglicherweise ist besser, die Newcomer sehen zu lassen, wohin seine Machtergreifung führen wird, als zu einem Zeitpunkt, an dem jede Rettung zu spät kommt."

Erneut wollte Jenny Drago die Gelegenheit geben, ihr gegenüber die Wahrheit zu offenbaren, doch er sah sie nur zweifelnd an.

„Anscheinend bin ich nicht der Commander, der euch zu all dem führt, was ihr euch wünscht. In euren Augen bin ich offenbar jemand, der euch zu etwas führen möchte, das ihr nicht begrüßt. Vielleicht hätte ich einfach etwas mehr auf euch hören sollen. Irgendwann müssen wir alle unsere Rechnungen bezahlen!"

Drago stand ungläubig mit offenem Mund vor Jenny.

„Eventuell heißt das kleinere Übel tatsächlich Calrisian und ist die Vorbereitung auf das größere? Wer dem Leid begegnet, ist anscheinend eher bereit größere Opfer zu erbringen, um noch größeres Leid abzuwenden!"

„Du hast das alles gewusst?", ungläubig sah Drago Jenny an, der endlich begriff.

Jenny antwortete nicht.

„Ja!", wiederholte er, „du hast das alles gewusst. Aber woher?"

„Ich habe nicht gewusst, dass es ausgerechnet der Soraner ist, der nach der Macht greift. Nichts von alldem hier hätte ich verhindern können! Absolut nichts! Es liegt stets im Willen des Einzelnen, welchen Weg er geht. Auch wenn man es nicht von ihm erwartet."

Drago ging unruhig umher und schüttelte mit dem Kopf. Weiß sie den Rest auch?, fragte er sich. Bleib ruhig!, mahnte er sich.

„Wie kannst du es ertragen, um die Dinge zu wissen, und sie dennoch geschehen lassen?"

„Wer sagt dir, dass es leicht für mich ist, die Zukunft geschehen zu lassen? Glaubst du, dass es mir leicht fällt, erkennen zu müssen, dass es eure Absicht ist, die Erde ohne mich verlassen zu wollen?"

„Du weißt davon?", entfuhr es Drago entsetzt.

„Ja, Drago, das tue ich und ich weiß auch, dass es dein Vorschlag gewesen ist. Obgleich sich mir der Grund dafür nicht erschließt! Wie konntest du mir das antun? Wieso hast du mich verraten? Wie abgebrüht und hinterhältig du doch bist. Diese Show, deine vermeintlich hervorragende Verteidigung. Hältst du mich für so dumm?", platzte es aus Jenny schreiend heraus.

Schuldbewusst senkte Drago seinen Kopf.

„Über Jahrzehnte war dies mein Zuhause und du glaubst, es fällt mir leicht, die Zukunft unbeeinflusst zu lassen und gehen zu müssen? Es bricht mir das Herz, wenn du es genau wissen willst!" Jenny schwieg eine Weile, bevor sie weitersprach: „Tief in meinem Herzen sagt mir etwas, dass es einen guten Grund für deinen Verrat gegeben haben muss. Natürlich hätte ich mir gewünscht, dass alles anders gekommen wäre. Doch im Innern meiner Seele, von der du immer behauptet hast, du besäßest keine, gibt es mein eigenes Ich. Die Stimme eines uns wohlbekannten

Freundes, die mir versichert, dass die Dinge, die geschehen, vorbestimmt sind. Dass ich sie geschehen lassen muss, um eines fernen Tages zu mir finden zu können und auch, um den Einen zu finden, der eins mit mir sein wird!"

„Jenny, lass dir doch erklären ...", bat Drago leise und seine Stimme wurde zittrig, als er bemerkte, dass Jenny ihre Hand auf ihren Waffengriff legte.

„Ich will es nicht mehr wissen. Wovor fürchtest du dich, Drago? Glaubst du etwa, das Nehmen deines Lebens durch mich sei eine angemessene Vergeltung für deinen Verrat? Nein, das wäre es nicht. Es wäre nicht genug. Nicht heute wirst du diese Rechnung begleichen, doch sei dir gewiss, eines Tages wirst du sie bezahlen."

Drago schluckte und sah Jenny flehend an.

„Sie geben das Zeichen. Es geht weiter!", sprach Jenny ruhig, Dragos fragenden Blick geflissentlich übersehend.

„Bringen wir diese Farce zu Ende!", meine sie und drängte sich an ihrem früheren Freund vorbei.

Alle waren zurückgekehrt. Wie das Tribunal, blieben Jenny und Drago stehen: „Nach eingehender Beratung kommt das anwesende Tribunal zu folgender Entscheidung: Der Angeklagte wird seines Amtes enthoben! Das Tribunal verurteilt ihn zu lebenslanger Verbannung in Unwissenheit!"

Im Saal brach sofort ein Tumult aus. ‚Schiebung' und ‚Verrat' riefen einige, doch die Mehrheit applaudierte und trampelte mit ihren Füßen auf den Boden, sodass die Stimmen der Zweifler im Getöse untergingen. Ein Applaus, der Jenny mitten ins Herz traf, sie schlucken und sie den Tränen nahe sein ließ. Beherrsche dich, gib ihnen nicht diese Genugtuung, zwang sie sich zur Ruhe nach außen.

Mit dem Tribunal setzten sich auch Jenny und Drago wieder. Für wenige Wimpernschläge schloss sie die Augen. Ihre Kehle wie zugeschnürt, trocknete ihr Mund schlagartig aus. Sie ballte die Finger zur Faust und hieb damit leicht auf ihren Unterschenkel.

„Commander, äh, ich meine Verurteilter: Ihnen verbleiben drei Tage, um Ihre persönlichen Angelegenheiten zu regeln. Das Gremium erlaubt Ihnen, drei Koffer mit persönlichen Gegenständen mitzunehmen. Am dritten Tage von heute an werden Sie sich in der medizinischen Abteilung einfinden. Die Implantierung findet genau um neun Uhr morgens statt. Sollten Sie sich dort nicht freiwillig einfinden, so wird dieses Urteil in die Todesstrafe umgewandelt! Die Sitzung ist geschlossen!"

Das Tribunal erhob sich und einige wandten sich bereits zum Gehen, als Jenny ihre Fassung zurückerlangte.

„Ich danke Ihnen für diese Lektion, Calrisian!", rief Jenny in den Raum.

„Nun, Commander, ein letztes Mal will ich Sie so nennen", höhnte Calrisian triumphierend. „Was hat Sie diese Lektion denn gelehrt?"

„Zwei Dinge. Ishan ist der gelehrige Schüler seines Vaters. Mein Kompliment, Calrisian. Er ist wahrlich der Sohn seines Vaters!" Calrisian wertete dies als Kompliment und hob seinen Kopf voller Stolz. „Doch Sie sollten gut darauf achtgeben, dass die aufgehende Saat des Hasses und des Verrats nicht zuletzt eines Tages auf Ihrem eigenen Teller landet! Wäre doch zu schade mit ansehen zu müssen, wie Sie an den Früchten Ihrer Ernte ersticken!"

„Hochmut kommt vor dem Fall, Commander!"

„Dafür, dass Sie die Menschen derart hassen, zitieren Sie diese allzu gern und äußerst präzise, Calrisian, finden Sie nicht? Oder ist es einfach die Art ihrer Spezies, die den Menschen dermaßen gleicht?"

Klatsch! Das saß, doch Jennys Widersacher, versuchte sich zu beherrschen.

„Die Menschen, denen Sie in Ihrer überheblichen Arroganz bereitwillig geholfen haben, haben meinen Bruder in Nelles zuerst bei lebendigem Leib verstümmelt und danach zu Tode gequält!"

„Ich ahnte es schon! Doch Hass und Rache heilen keine Wunden!"

„Dennoch ist es mir eine Genugtuung, Sie, das Ebenbild eines Menschen, meines Feindes, gehen zu sehen!"

„Wie gesagt, Calrisian, achten Sie darauf, was einst auf Ihrem Teller landet!"

„Was war das Zweite, das Sie gelernt haben?"

Drago versuchte Jenny zu beschwichtigen: „Jenny, nicht!"

Er packte zu und hielt sie am Oberarm. Derart fest, dass es sie schmerzte. Ihr Blick fiel missbilligend auf seine Hand. Dann sah sie zu ihm, doch offenbar verstand Drago ihren Blick nicht.

„Nimm deine Hand von mir oder ich brech sie dir!", flüsterte sie. Jenny legte ihren Kopf etwas schief und sah ihn wartend an. Langsam löste er den Griff und zog die Hand zurück.

„Die Zweite, Calrisian: Die Zweite ist etwas, das ich mir für das nächste Mal merken werde, obwohl es mich zutiefst bestürzt!"

„Und was wäre das?"

„Wissen Sie, unter den von Ihnen über alle Maßen verhassten Menschen befand sich einst einer, der da sprach: ‚Diktatur ist der Traum von Macht, und Demokratie ist der ewige Traum von Freiheit'."

„Was wollen Sie mir in Ihrer unendlichen Weisheit damit sagen?", spottete Calrisian.

„Dass Demokratie in Ihrer Anwesenheit in keinster Weise praktikabel ist, und Sie sich vor dem Tag fürchten sollten, an dem ich sie nicht mehr praktizieren werde!"

„Leere Worte, Commander, leere Worte!", höhnte Calrisian und verließ den Raum, wenn schon mit einem ungutem Gefühl. Auch Jenny und Drago verließen den Raum.

„Bist du verrückt, Jenny? Für diese Worte hätte er dich zum Tode verurteilen können!"

„Nein, Drago, hätte er nicht, denn das Tribunal hatte sein Urteil bereits verkündet. Alles, was danach gesagt wird, darf nicht rückwirkend in das Urteil einfließen. Außerdem, was kümmert es dich? Du hast dein Ziel erreicht! Außerdem keinerlei Erinnerung zu besitzen, kommt irgendwie auf dasselbe hinaus. Das hast du wirklich perfekt hinbekommen!"

„Du willst es wirklich über dich ergehen lassen?"

„Zweifelst du etwa daran? Wer bin ich und welches Signal würde ich den anderen senden, würde ich mich über bestehende Gesetze hinwegsetzen? Es gilt für alle, nur nicht für mich? Ist es das, was du von mir erwartet hattest, Drago? Kennst du mich wirklich so wenig?"

„Du könntest dich in der Wüste verirren und niemals zurückkehren."

„Nein, Drago, das kann ich nicht. Genau das erwartet Calrisian von mir. Diese Handlung würde es mir unmöglich machen, jemals zurückzukehren! Alles ist gut, so wie es ist, denn ich möchte vorerst nicht mit dem Bewusstsein leben, dass ihr ohne mich fortgegangen seid! Das Schicksal wird wissen, wozu all dies dienlich ist."

Zweifelnd sah er den früheren Commander an. Sie sah die Traurigkeit in Elias Gesicht, der sich inzwischen hinzugesellt und ihre Worte mitgehört hatte, während sie weiter in der Tasche ihrer Uniform kramte.

„Willst du es mir unbedingt schwerer machen, als es schon ist? Hier ist die Liste der Dinge, die in die drei Koffer müssen. Würdest du sie bitte für mich einpacken?", wandte sie sich an Elia.

„Du willst es nicht selbst tun? Wo wirst du sein Jenny?"

„Ich? Ich werde mich von meinen Gefährten verabschieden, während du meine Koffer packen wirst. Packe sie gründlich, Elia! Ich vertraue dir erneut mein Leben an, denn von diesen Dingen hängt es ab. Nicht eines davon darf fehlen!"

„Jenny, bitte!"

Elia sah sie mit traurigen, glasigen Augen an. Er hob seine Hand und berührte sie sanft streichelnd am Oberarm. Jenny ließ es geschehen, doch es verschlimmerte ihre Wehmut. Einige Male schluckte sie und konnte einen Seufzer nicht unterdrücken.

„Ich werde pünktlich zurück sein, bitte sei du es auch." Ein letztes Mal wandte sie sich an Drago: „Vergiss den Ort nicht, an den du mich bringen sollst, hörst du! Das wirst du doch wohl noch schaffen, Drago, oder?"

„Jenny, bitte, ich …", flehte Elia.

Sie streichelte Elia sanft über sein trauriges Gesicht. „Sorge dich nicht, Elia, sorge dich nicht!"

Schweren Herzens stieg Jenny ohne ein weiteres Wort in ihren Wagen und fuhr davon, – den Sternen entgegen.

Nach einigen Stunden hielt sie an und stellte den Motor ab. Der Vollmond hätte in dieser Nacht nicht heller scheinen können und es schien, als würde er sie in seiner Pracht persönlich begrüßen. Voller innerer Ruhe sah sie ihn an und zu den über ihr funkelnden Sternen. Jenny machte es sich in ihrem Wagen bequem und fuhr den Sitz nach hinten in die Liegestellung. Einige Stunden verblieb sie in dieser Position und sah dem Funkeln der Sterne zu. Fast schien es, als warte sie auf eine Antwort.

„Na, Maél, das hab ich ja gründlich verbockt! Da haben mich die Menschen nicht kleingekriegt. Nein, jetzt sind es die anderen, jene, denen ich vertraute. Deine Menschenkenntnis ist wohl genauso miserabel wie meine in Bezug auf die Newcomer. Hättest du mich nicht ein klein wenig vorwarnen können? Ein kleines Bisschen nur? Wärst du doch jetzt nur an meiner Seite. Was würd ich dafür geben. Ich vermisse dich so sehr, und ich bedaure, was ich dir in unserem letzten Streit alles an den Kopf warf. Es war nicht so gemeint. Wie hätte ich ahnen können, dass es das letzte Mal sein würde, dass wir uns sehen? Ist das die Strafe dafür? Kannst du mir nicht verzeihen? Ich hab es doch nicht gewollt, das musst du doch wissen! Ich fürchte mich Maél; ich fürchte mich so sehr! Wenn sie mich nochmals in die Finger kriegen, diese Menschen, wird das mein Untergang sein! Bitte, Maél, komm zu mir zurück, bitte!"

Viele Stunden sah Jenny schweigend in den Nachthimmel hinein, doch eine Antwort gab es nicht. So schlief sie unter Tränen ein. In der darauffolgenden Nacht versuchte sie es erneut. Unablässig richtete sie ihre Worte zu den Sternen, abermals verhallten sie im Nichts. Resignierend saß Jenny in der letzten Nacht in ihrem Wagen und sie fragte sich, was sie tun sollte. Hatte Drago recht? Sollte sie sich dem Urteil entziehen?

Ich hab's verbockt! Wie konnte ich so dumm sein und daran glauben, dass sie mich mitnehmen. Du bist aber auch zu dämlich. Jetzt werden sie ohne mich fliegen und all das nur, weil du mir gesagt hast: Warte!, haderte sie mit sich selbst. Es ist das letzte Mal, dass ich bewusst an dich denken kann, Maél. Schon Morgen wird alles vergessen sein. Leider, wenn ich an dich denke, Gott sei Dank, wenn ich an meine Vergangenheit denke. Nur noch einmal möchte ich so gerne deine Stimme hören. Nur ein einziges Mal noch.

„Du hast es nicht verbockt, wie du es nennst, Jenny!"

Jenny zuckte zusammen und blickte erschrocken zur Seite. „David? Was tust du hier?"

„Wohl das Gleiche wie du."

„Ich habe dich nicht gerufen."

„Wirklich nicht? Ist es nicht sein Ebenbild, das ich nach außen trage?"

„Bist du gekommen, mir zu sagen, welche Fehler ich begangen habe, wie verrückt ich war, an das zu glauben, was er mir gesagt hat?" David saß neben ihr und schwieg. „Also willst du mir tatsächlich sagen, dass ich ein Versager bin? Das weiß ich schon. Ich muss ihn furchtbar enttäuscht haben. Er wird mir nie verzeihen!"

Jenny legte eine Pause ein und David sah eine Träne auf Jennys Wange. Eilig wischte sie sie fort. „Diese fünfzehn Zentimeter lange Nadel, die das Implantat in mich einführen soll, könnte der Computer nicht zufällig eine Funktionsstörung aufweisen und sie in mein Stammhirn eindringen lassen, sodass ich ..."

„Nein, Jenny, es wird keinesfalls eine Funktionsstörung geben! Meine Parameter lassen es unter keinen Umständen zu, dir Schaden zuzufügen. Dein Tod ist nicht die Lösung."

„Warum bist du also hier? Um dich zu verabschieden? Ist es kein Schaden, wenn sie mir alles nehmen? Ich werde nur noch die Hülle meiner selbst sein, wenn sie ihr Werk vollendet haben!"

„Ich bin hier, weil ich dir in diesem Augenblick von meinem Schöpfer sagen soll: ‚Chinlaa iudurah!'"

„Wir kommen in Frieden? Das willst du mir sagen, David?"

„Nein, Jenny, denn es bedeutet auch, ‚Gehe in Frieden'."

„Dein Schöpfer hat echt ´ne Vollmeise. Du hast nicht zufällig einen Grippevirus in dir, dass du mir ausgerechnet jetzt so einen Schwachsinn erzählst? Was soll ich deiner Meinung nach tun?"

„Du solltest tun, was ich dir soeben gesagt habe. Gehe in Frieden! Mein Schöpfer wünscht, das genau diese Worte: ‚Chinaui iudurah', die letzten sind, an die du denkst, bevor die Nadel in dich eindringt."

„Verdammt noch mal. Wer ist dein Schöpfer, dass er all dies bereits vorher wusste?" Sie war genervt und verlor die Fassung. Wütend sah Jenny David an.

„Weißt du das nicht? Du hast mich doch nach seinem Ebenbild geschaffen! Nicht ganz getroffen, aber ihm dennoch sehr ähnlich."

„Dann ist Maél dein Schöpfer?"

„Maél? Nein, das ist nicht sein Name."

Jenny konnte kaum glauben, was sie hörte, doch als sie David etwas fragen wollte, war der bereits verschwunden.

Jenny hätte gerne nochmals ein Zwiegespräch mit Maél gehalten, auch wenn er nicht anwesend war. Doch die aufgehende Sonne zeigte den dritten und letzten Tag an. Ihr Blick wandte sich wehmütig dem Sonnenaufgang zu. Wie schön die Sonne an diesem Tag ihr glutrotes Licht auf die Wölkchen warf, mit ihnen spielte und den

Himmel verzauberte. Jenny seufzte laut. Wehmütig, aber dennoch mit innerer Ruhe, startete sie ihren Wagen und fuhr ein letztes Mal zur Basis zurück.

Dort angekommen verblieb ihr noch eine Dreiviertelstunde. Sie nutzte die Zeit, um den Raum aufzusuchen, in dem sich David befand.

„Jetzt ist es wohl so weit, David!"

„Ja, Jenny, ich weiß!"

„Wenn ich gegangen bin, David, kann ich dich nicht doch dazu überreden, meinem Wunsch zu folgen?"

„Nein, Jenny! Alles wird kommen, wie es vorherbestimmt ist. Denke an das, was ich dir gesagt habe. Jenny, du darfst die Worte nicht vergessen!"

„Werde ich nicht, ich verspreche es dir."

Jenny fuhr mit ihren Fingern ein letztes Mal sanft über die Tasten des Eingabebordes, das sie so oft benutzt hatte: „Dann lebe wohl mein Freund!"

„Wir werden uns wiedersehen, Jenny. Vertraue darauf!" Jenny ging zur Tür. Doch sie konnte nicht umhin, sich ein letztes Mal umzudrehen. „Wer sich umdreht, kehrt zurück", flüsterte sie, bevor sie endgültig den Raum verließ und sich auf die medizinische Station begab.

Nie hätte sie es für möglich gehalten, dass ausgerechnet dies der Anlass dafür war, dass sie sie erstmals betrat.

Jenny sah sich um. Drago und Elia befanden sich ebenso im Raum wie Calrisian und drei seiner Gefolgsleute. Duran, der Arzt, bereitete bereits alles vor, als Jeran sich aus der Gruppe um Calrisian löste und auf Jenny zuging. „Ich weiß, Commander, es hilft Ihnen nicht mehr, aber Sie sollten wissen, dass diese Entscheidung nicht die meine war!"

„Schon gut! Sorgen Sie sich nicht. Was ich Ihnen persönlich noch sagen möchte. Ich habe Ilran sehr gemocht und seinen Verlust stets zutiefst bedauert." Jeran nickte ihr zu. Jennys Blick fiel auf Elia, der mit glasigen Augen auf den Boden starrte.

„Alles ist gut!", wiederholte Jenny ihre Worte an Elia gerichtet.

Als Duran das Zeichen gab, legte sich Jenny auf die Liege. Ihre Beine fühlten sich wie Pudding an und ihre Hände zitterten wie Espenlaub. Übelkeit stieg in ihr auf und ihre Atmung ging schwer. Auf der Liege fixierte er Jennys Arme, Beine, und zuletzt ihren Kopf.

„Sie werden keine Schmerzen fühlen, Commander. Ich versichere es Ihnen", sprach er ihr Mut zu, während er mehrfach schluckte.

„Sie ist nicht mehr unser Commander", fauchte Calrisian wütend dazwischen. „Gewöhnen Sie sich gefälligst daran!"

„Es wird schnell vorbei sein, Commander, ich verspreche es Ihnen, Commander, Sir!" Duran warf Calrisian einen wütenden Blick zu, der hätte töten können.

„Schon gut. Tun Sie, was Sie tun müssen."

Jenny sah die lange Nadel auf sich zukommen, begleitet vom leisen, monotonen Surren des Roboterarms. Sie spürte die tiefe Traurigkeit Elias, obwohl sie ihn nicht mehr sehen konnte. Tatsächlich kämpfte er in diesem Augenblick mit den Tränen, die er zu unterdrücken suchte.

„Nicht weinen, Elia!", bat sie in seine Richtung, doch eigentlich sprach sie es zu sich selbst.

Eine Nanosekunde, bevor die Nadel die rechte Unterseite ihres Kinns berührte, dachte sie an Maél. Chinlaa iudurah, hörte ihre innere Stimme, als sie spürte, wie die Nadel in sie eindrang und Jenny schließlich in die Bewusstlosigkeit fiel.

„Na endlich! Wurde auch Zeit!", ließ Calrisian verlauten. Elia wollte wütend auf ihn zugehen, doch Drago hielt ihn zurück.

„Der kriegt auch noch sein Fett weg", murmelte flüsternd Elia in Dragos Richtung.

„Halt den Mund, Elia!"

„Commander Solar!" Drago zuckte zusammen. Hatte Calrisian etwa Elias Worte gehört?

„Bringen Sie den Commander, ich meine natürlich den ehemaligen Commander, seinem letzten Wunsch entsprechend, an den Ort, den er Ihnen genannt hat. Aber beeilen Sie sich. Sobald Sie zurück sind, werden wir mit den Shuttles unverzüglich zu den Raumschiffen fliegen und diesen verfluchten Planeten endlich verlassen."

Staunend und zugleich entsetzt hörte Elia Calrisians Worte. „Worauf warten Sie noch? Beeilung! Ich hab nicht den ganzen Tag Zeit!"

Wie befohlen brachten Drago und Elia Jenny zu dem vereinbarten Treffpunkt. Suhe hatte einen alten Krankenwagen organisiert. Behutsam legte Elia Jenny auf die Liege, deckte sie fürsorglich zu und schnallte sie dort an.

„Gib gut acht auf sie, mein unbekannter Freund", bat Elia Suhe.

„Mein Name ist Suhe und dies sind meine Brüder."

Elia nickten ihnen freundlich, wenn auch traurig, zu und dem Abt entging dessen Traurigkeit nicht. Doch in den Augen Dragos sah er etwas anderes. Allerdings zog Suhe es vor, dieses Wissen für sich zu behalten.

„Sie wird in unserer Obhut bleiben, bis es an der Zeit ist, den Jadedrachen in seinem weißen Gewand der Unschuld zurückzuführen, zum goldenen Glanz des Lichts der Sterne. Nichts ist, wie es scheint!"

Elia verneigte sich vor Jenny und verließ mit Drago den Treffpunkt, während die Mönche in den Wagen stiegen und den Motor starteten.

„Hast du verstanden, was er gemeint hat?", fragte er ihn. „Nein, ist auch nicht wichtig Elia. Immerhin wissen wir, dass sie sich in Sicherheit befindet und dass sie dort gut aufgehoben ist!"

„Sie wird sich diesen Ort nicht ohne Grund ausgesucht haben, oder?", fragte Elia fast bittend. „Sicher nicht, aber was spielt das jetzt noch für eine Rolle. Jetzt lass uns endlich, wie Calrisian es befohlen hat, zurückkehren."

Drago und Elia gingen zum Wagen und Drago wollte bereits einsteigen, als Elia stehen blieb.

„Wir sollten bei ihr bleiben!"

„Was?"

„Wir können sie doch nicht einfach ihrem Schicksal überlassen. Es ist doch unsere Aufgabe, auf sie aufzupassen.

„Nein, Elia. Es war unsere Aufgabe. Sie hat es so gewollt. Was willst du tun? Händchen haltend die nächsten hundert Jahre an ihrem Bett sitzen? Sie wird dich nicht mal erkennen. Nie mehr!"

Verächtlich schüttelte Drago den Kopf.

„Du willst nicht wirklich mit Calrisian gehen, oder?"

„Natürlich werde ich das! Wäre Jenny die gewesen, wofür sie mein Vater einst hielt, hätte sie das hier verhindert und Calrisian vernichtet, bevor er die Gelegenheit gehabt hätte, ihr Schaden zuzufügen. Sie hat durch ihr Verhalten eindeutig bewiesen, dass sie nicht der Lord of Light ist. Ich werde endlich meine Frau und meinen Sohn heimbringen! Jetzt setz dich endlich in den Wagen! Los, bevor Calrisian noch ohne uns fliegt!"

Elia konnte kaum glauben, dass Drago Jenny derart verriet. Was sollte er tun? Mit ihr allein zurückbleiben? Nachdenklich und zutiefst deprimiert drehte er sich zum Krankenwagen um, in dem sich Jenny befand.

„Nun komm endlich verdammt!" Widerwillig setzte sich Elia zu Drago in den Wagen, der mit aufbrausendem Motor davonraste.

„Das ist nicht richtig. Es ist einfach nicht richtig!"

Drago schwieg und würdigte Elia keines Blickes.

Als sie zurückkehrten, war nichts mehr wie vorher. Beide betraten die Basis und ihnen schien eine spärliche grüne Notbeleuchtung entgegen. Alle liefen aufgeregt und panisch schreiend durcheinander.

Drago tippte auf seinen Kommunikator. „David? David, was ist los?", versuchte er es immer wieder.

Fragend sah er Elia an.

„Das brauchen Sie gar nicht erst versuchen, Solar!", nahm der neue Commander Calrisian die beiden in Empfang.

„David könnte doch die normale Beleuchtung wieder einschalten."

„Er hat sich abgeschaltet! Zumindest sieht es so aus. Genau in dem Augenblick, als Sie Jenny fortgebracht haben!"

Drago sah Elia an.

„Hören Sie, Drago, nichts für ungut, aber Sie müssen Jenny, äh, ich meine den Commander zurückholen! Jetzt sofort! Die Shuttlehangars sind verriegelt", versuchte der Oberkommandierende die Situation wieder in Griff zu bekommen.

Drago und Elia sahen einander an.

„Ich bedaure, Commander, aber Jenny wurde abgeholt und wir wissen nicht, wo sie sich befindet!" Misstrauisch sah Calrisian Elia an, der diese Worte eilig gesprochen hatte. Fluchtend zog der Soraner davon.

„Sie wusste genau, was sie tat!"

„Ja, Elia, das wusste sie offenbar. Ich bin hätte damit rechnen müssen, dass sie was im Schilde führt. Verdammt noch mal!"

„Ist das deine einzige Sorge? Du hast sie verraten und ich hätte dir niemals folgen dürfen!"

Drago schnellte herum und schlug Elia mit der Faust derart heftig, dass Elia zu Boden ging. „Wage das nicht noch einmal! Ich bin der Sharin!"

Elia rieb sich das schmerzende Kinn. Bist du nicht!, dachte er. Das Schicksal wird dich für deine Hybris strafen.

Während Jenny im Washingtoner Anwesen den Schlaf der Gerechten schlief, verwandte Drago viel Zeit darauf, seinen Sohn Saros zu trösten. Er versicherte ihm, dass sie sich in Sicherheit befand, doch das minderte die Tränen seines Kindes nicht.

Die Stunde Null

Liebevoll umsorgte Suhe Jenny. Mehrmals täglich sah er nach ihr, denn ihr Zustand bereitete ihm große Sorge. Seit drei Wochen lag sie jetzt schon regungslos in tiefer Bewusstlosigkeit. Fast schien es ihm, als wollte Jenny nicht aufwachen. Täglich setzte er sich zu ihr und meditierte. Stundenlang, manchmal den ganzen Tag und auch die gesamte Nacht. Mit sanfter Stimme las er ihr stundenlang vor. Nur selten zog er sich zum Nachdenken und Meditieren in sein eigenes Zimmer zurück. Er zweifelte an sich, suchte die Antwort im Gebet, aber fand sie darin nicht. Hatte er ihr den falschen Rat gegeben? Unzählige Male hörte er ihre Worte: ‚Ich werde nur noch der Schatten meiner selbst sein'. Auf seinen Rat hin hatte sich Jenny diesem Teil ihres Schicksals ergeben, doch was, wenn es der falsche Rat gewesen war? Suhe war nicht entgangen, dass seine Brüder, je länger Jenny sich in dieser Art von Tiefkoma befand, zunehmend beunruhigter wurden. Zwar führte Suhe seine Brüder, doch ihnen allen fehlte der Kundun. Obwohl die Zeit voranschritt, schien sie für die

Gemeinschaft der 1340 Mönche einfach stehen zu bleiben.

Es war der dritte Tag der vierten Woche, als Suhe um fünf Uhr in der Früh Jennys Zimmer betrat, um sie zu waschen und frisch einzukleiden. Wie immer sprach Suhe mit ihr, als könne sie ihm antworten. Wieder waren es dieselben flehenden Worte, sie möge endlich wach werden, während er die Vorhänge zur Seite zog, um die ersten Sonnenstrahlen in Jennys Zimmer einzulassen. Nichts schien sich verändert zu haben. Noch immer lag sie mit geschlossenen Augen in ihrem Bett und rührte sich nicht.

Als er das Ankleiden beendet hatte, er das Amulett, das Jenny trug und dessen Inschrift er nicht zu lesen vermochte, unter ihrer Kleidung verbergen wollte, griff Jenny mit ihrer Hand plötzlich nach der seinen und umklammerte sie fest.

Erschrocken, aber überglücklich sah er Jenny mit einer Träne im Auge sanftmütig an.

„Es ist alles in Ordnung, Kundun. Jetzt wird alles gut. Ganz ruhig, Kundun. Du befindest dich in Sicherheit", flüsterte er mit beruhigender Stimme und löste Jennys Griff vorsichtig und behutsam. Jenny schwieg. Es schien, als starre sie durch ihn hindurch. Doch Suhe erkannte, dass die anfängliche Leere in ihren Augen langsam der Furcht und der Suche wich.

„Ich werde mit der Zeit alles erklären, Kundun, doch jetzt werde ich dir dein Frühstück bereiten."

Jenny hörte ihn reden, doch seine Worte rauschten in weiter Ferne an ihr vorbei: Wovon redet er nur? Wer war dieser Mann? Wer oder was ist dieser Kundun? Langsam nahm ihr Gehirn wieder seine Tätigkeit auf. Schwerfällig drehte Jenny den Kopf in Richtung Fenster, wo sie die eindringenden Sonnenstrahlen sehen konnte. Sie kniff ihre Augen zusammen; zu stark blendete sie das Licht. Sie vermochte nur wenig von ihrem Zimmer zu sehen, trotzdem schien es ihr, als würden sie die ersten Eindrücke erschlagen und nach Reden war ihr schon gar nicht.

Einer, der hingegen extrem viel redete, ohne jedoch preiszugeben, was er tatsächlich dachte, war Jaden Forbes. Auch er war an diesem morgen früh auf.

Jaden Forbes war Mitte fünfzig und von kräftiger Statur. Seine Frau und die beiden Kinder hatte er in der großen Katastrophe verloren. Aus der anfänglichen tiefen Trauer war mit der Zeit extreme Verbitterung geworden, die er jedoch stets nach außen hin verbarg. Er gab der damaligen Regierung die Schuld, die seiner Meinung nach die Katastrophe hätte verhindern können. Von seinen Eltern zwar mit Strenge, aber dennoch liebevoll erzogen, wuchs er als jüngster seiner acht Brüder in der Bronx auf. Von seinen Brüdern lernte er schnell, seine Ellenbogen einzusetzen und die Straßen der Bronx lehrten ihn, dass nur der Stärkste überlebte. Wurde er zu Hause als Nesthäkchen liebevoll von seinen Eltern umsorgt, zeigte er sich draußen gegenüber Gleichaltrigen auf der Straße ganz anders. Hier herrschten andere Gesetze und er lernte sie schnell.

Zeige niemals Furcht. Verschaffe dir Respekt, notfalls mit Gewalt. Nimm dir, was du haben willst, aber lass dich nie dabei erwischen. Sie bekamen ihn nie zu fassen. Je älter er wurde, desto öfter überschritt er die Grenze zwischen Recht und Unrecht und mit der Zeit wurde er immer geschickter darin, sich nicht ertappen zu lassen. Er verschaffte sich mit aller Härte den Respekt, den er in der Bronx unter seinesgleichen benötigte, indem er seine Gegner das Fürchten lehrte. Im Laufe der Jahre wurde aus dem kleinen Straßengangster ein großer reicher und niemand in seiner Familie ahnte etwas davon. Nach außen hin immer der liebende Ehemann und liebevolle Vater, war er auf der anderen Seite der Mann im Hintergrund, der unsichtbar alle Fäden in der Hand hielt und ohne jeden Skrupel an ihnen zog.

Jaden Forbes war intrigant, verschlagen und er konnte eiskalt und berechnend sein, wenn es ihm nutzte. Als Apophis die größte Katastrophe aller Zeiten auslöste, verlor Jaden alles, was er besaß. Es blieb ihm nichts, weder Familie noch Reichtum.

Wie alle anderen musste er wieder von ganz unten anfangen. Doch für ihn hatte Apophis auch etwas Gutes. Sollte es jemals Spuren seiner kriminellen Tätigkeiten gegeben haben, so hatte Apophis diese vernichtet.

Ungeachtet dessen, was man von seinem Charakter halten mochte, war er ein Kämpfer! Schritt für Schritt boxte er sich in Ellenbogenmanier wieder nach oben, bis er schließlich Ende der Neunziger des letzten Jahrhunderts endlich festen Boden unter den Füßen hatte.

Mit vermeintlich blütenweißer Weste betrat er das politische Parkett und er tanzte den diplomatischen Walzer mit Bravour. Intrigant und in gewohnter Manier lehrte er seine Gegner, sich ihm nicht in den Weg zu stellen. Als geübter Redner zog er viele, die auf der Welle seines Erfolges mitschwimmen wollten, in seinen Bann. Er redete viel, ohne je Persönliches von sich preiszugeben.

Seit Jahren befand sich Jaden Forbes auf der Liste möglicher Kandidaten für das Präsidentenamt. Da der Präsidentschaftskandidat nicht mehr wie früher durchleuchtet, geprüft und gewählt wurde, war die Abdankung Ben Gorens für ihn ein absoluter Glücksfall und Segen. Über Nacht wurde er der mächtigste Mann der Welt.

Ben Goren hatte sein Amt geordnet hinterlassen. Doch viele Probleme waren geblieben, weshalb Jaden Forbes, der sich jetzt einige Monate im Amt befand, immer noch damit beschäftigt war, sich einen Überblick zu verschaffen. Er wusste, dass man ihn an den Taten seines Vorgängers messen würde, doch im Gegensatz zu dem Ex-Präsidenten war Jaden Forbes als Hartliner bekannt. Die meisten Amerikaner hofften, dass Forbes den Vereinigten Staaten wieder zu altem Ruhm verhelfen würde und viele waren überzeugt, dass er sich von einem Juri Antonow nicht auf der Nase herumtanzen ließe.

Juri Antonow, um den es in der Öffentlichkeit absichtlich stiller geworden war, schmeckte dieser Machtwechsel im Weißen Haus überhaupt nicht. Er hätte sich lieber mit dem Weichei, wie er Ben Goren gern abfällig nannte, angelegt. Wohlüberlegt zog sich Antonow augenscheinlich aus der Öffentlichkeit zurück. Innenpolitisch jedoch sorgte er dafür, dass die Bevölkerung der Freihandelszone nicht vergaß, dass es die Schuld der Vereinigten Staaten war, dass sie hungern mussten, während die Amerikaner angeblich zusehends reicher wurden.

Antonows Sicherheitsdienst sorgte dafür, dass diese Propaganda nur innerhalb der FHZ für die von ihm gewünschte Stimmung sorgte.

Obwohl zwei Jahre vergangen waren, seit er Ben Goren das Ultimatum gesetzt hatte, erhielt er weiterhin geheime Berichte über die vier Mitarbeiter, die er bei Will Peters in dessen Replikatorenfirma eingeschleust hatte. Seine Schläfer zeigten sich von ihrer besten Seite. Sie lernten fleißig alles, was ein guter Mitarbeiter wissen musste und führten sämtliche Befehle ohne ein Wort des Murrens aus. Will Peters war mittlerweile von ihrer Loyalität überzeugt, und da sie ihm Profit einbrachten, beförderte er sie einige Male. Mit jeder Beförderung erhielten die vier Verschwörer mehr Einblick in die Geheimnisse der Firma. Unermüdlich erfüllten sie ihm sämtliche Wünsche, denn sie hatten die Position, die sie brauchten noch nicht erreicht.

Jennys erste Mahlzeit nach langer Zeit bestand aus einer Brühe. Zögerlich ließ sie sich von Suhe füttern, doch mit ihren Augen fixierte sie sein Gesicht. Für Jenny war es eine bedrückende Stille. Sie wusste nicht, wie sie sich verhalten sollte, konnte sich die Situation, in der sie sich befand, nicht erklären. Suhe hingegen empfand die Stille voller Freude. Sie gab ihm seinen inneren Frieden zurück. Nach einer Weile sagte er: „Den Anweisungen aus deinem Brief habe ich entnommen, dass du in eine Situation gekommen bist, die dir alle Erinnerungen genommen hat."

Freundlich und mit einem milden Lächeln im Gesicht sah er Jenny in der Hoffnung auf eine Reaktion an. Doch Jenny reagierte noch immer nicht.

„Die Wege der Vergangenheit nicht zu kennen, kann ein Segen sein. Wir werden behutsam versuchen, dich auf den dir vorgegebenen Pfad zurückzuführen. Ich bin Suhe und du bist Jenny. Jenny Alvarez. Jedenfalls kennt dich die Welt unter diesem Namen. Wie es seit jeher bei uns üblich ist, suchten wir nach der Reinkarnation unseres alten Meisters, den wir in dir wiedererkannten. Seither sind Jahrzehnte ins Land gezogen und wir sind Freunde."

Jenny legte den Kopf etwas schräg zur Seite; eine Reaktion, die Suhe nicht entging und ihn erfreute.

„Du wirst schnell wieder zu Kräften kommen und hier bei uns bist du in

Sicherheit."

Suhe stellte die leere Schale beiseite. „Ich bin gleich zurück."

Jenny sah ihm nach, schwieg aber.

Nach einigen Minuten kehrte Suhe mit einer Schatulle in den Händen zurück, die er zunächst auf den Nachttisch neben Jennys Bett abstellte. Per Knopfdruck brachte er Jennys Bett in eine Position, die sie sitzen ließ. Vorsichtig legte er die Schatulle auf Jennys Bauch.

„Du hattest mich gebeten, sie dir zu bringen, wenn du erwacht bist. Ich werde dich jetzt eine Weile allein lassen."

Suhe schloss die Schatulle auf, ohne sie zu öffnen, nickte ihr zu und verließ den Raum. Jenny sah ihm fragend hinterher, sodann auf die Schatulle. Langsam glitten ihre Finger über das reich verzierte, weiche Holz. Zögerlich öffnete sie die Schatulle, in der sich viele kleine Zettel befanden. Als sie den Ersten herausnahm und ihn aufklappte, stand darauf: Ich bin Jenny Alvarez die Dritte, 25 Jahre alt.

Auf jedem der nachfolgenden Zettel befand sich eine weitere Information: Suhe ist ein Freund, ich kann ihm vertrauen. Jede Information fügte sich an eine weitere. Es vergingen gut vier Stunden, in denen Jenny nichts anderes tat, als die Zettelchen zu lesen, die ihr einen kleinen Teil ihrer Identität zurückgaben. Doch die Müdigkeit setzte Jenny Grenzen und so schlief sie mit dem letzten Zettel in der Hand ein. Sie träumte nicht und schlief nicht tief, doch vor ihrem inneren Auge las sie die Botschaften wie einen Film, und sie prägten sich ein. In den nächsten Tagen kam Jenny dank Suhe schnell zu Kräften. Obwohl sie noch immer schwieg, wurde Suhe seiner Monologe nicht müde. Ungezählte Male wiederholte er, was er für wichtig hielt.

Für Jenny hatte mit ihrem Erwachen eine Zeit der absoluten Unwissenheit begonnen, doch Suhe gab sich redlich Mühe, die Leere ihres Wissens zu füllen. Jenny tat instinktiv das, was sie schon immer getan hatte. Unersättlich sog alles Wissen auf. Während Übungen dafür sorgten, dass sich ihre Feinmotorik einstellte, verschlang sie jedes Buch, das Suhe ihr brachte. Sie vergaß zu schlafen, und wenn Suhe ihr ein Buch wegnahm und das Licht löschte, wartete sie eine Weile, bis sie sicher sein konnte, dass er nicht zurückkommen würde, und las sodann unter der Bettdecke weiter. Weiterhin sprach sie nicht mit Suhe, doch sie schenkte ihm ein freudiges Lächeln, wenn er ihr Zimmer betrat. Ab und zu saßen sie einfach beisammen und schwiegen gemeinsam.

Es war die zehnte Woche nach ihrem Erwachen, als der Winter Einzug hielt und der erste Schnee fiel. Jenny versuchte erstmals, ihr Zimmer zu verlassen. Um zwei Uhr in der Früh schloss sie leise hinter sich die Zimmertür und schlich lautlos durch das Gebäude. Sie war froh, dass ihr niemand begegnete. Sie wollte ungestört auf

Entdeckungstour gehen. Gleich, welchen Raum sie betrat, welche Halle sie durchschritt, das Licht ging an, ohne dass sie etwas tat. Jeder Raum zeigte sich anders: In dem einen waren es kunstvolle Gemälde, in einem anderen befanden sich Skulpturen, in einem weiteren gab es ausschließlich alte Bücher und noch ältere Schriftrollen. Lächelnd ließ sich Jenny in diesem Raum nieder und begann zu lesen. Als Erstes nahm sie die uralten Schriftrollen, die die Mönche vor der Vernichtung gerettet hatten. Obwohl sie nicht in ihrer Sprache verfasst waren, las und verstand sie deren Inhalt. Bei allem Wissen, das Jenny begehrte, sie fragte nicht danach, warum sie die chinesische Sprache, in der die Schriftstücke verfasst waren, lesen und verstehen konnte. Die Stunden bis zum Morgen vergingen wie im Fluge. Die Dinge begannen, ihr vertraut zu werden.

Als Suhe Jenny am Morgen nicht in ihrem Zimmer vorfand, begann, nervös und in Sorge in allen Räumen zu suchen. Er fand sie in der Bibliothek, vertieft in einer Schriftrolle. Obgleich es ihm sein Glaube verbot, sich schnellen Schrittes fortzubewegen, war er völlig außer Atem, als er den Lesesaal betrat. Erleichtert atmete Suhe tief durch, ging ohne ein Wort auf Jenny zu und setzte sich neben sie. Suhe sah, was sie las und beschloss sie nicht zu unterbrechen. Doch er konnte seine innere Freude nach außen kaum verbergen, zu deutlich war sein Lächeln und das Strahlen seiner Augen. Einige Minuten darauf blickte Jenny auf und sah auf die Bücherwand vor sich, in der sie weitere Illustrationen vermutete.

„Zeig mir den Kundun, Suhe!", lauteten die ersten Worte, die Jenny nach Wochen sprach. Wie vom Blitz getroffen sah Suhe Jenny an.

„Den Kundun?"

„Ja Suhe, den Kundun. Sag mir, wer von euch ist es? Was macht er und wo ist er?"

Total verblüfft sah er Jenny an. Ihm fehlten die Worte.

„Der Kundun", murmelte Suhe leise vor sich hin, bis er seine innere Sicherheit wiederfand. „Du bist der Kundun!", sagte er mit fester Stimme.

„Ich? Nein, ich bin nicht der Kundun! Ich bin Jenny."

„Du bist auch der Kundun!"

Jenny sah Suhe prüfend an, bis sie plötzlich in lautes Gelächter ausbrach.

„Ich bin das ganz sicher nicht!"

Doch an Suhes Reaktion merkte sie, dass er es tatsächlich ernst meinte. „Komm schon, Suhe. Ich weiß ja nicht mal, was genau das ist!"

„Der Kundun, Jenny, ist das geistige und früher auch territoriale Oberhaupt aller Buddhisten! Doch seit sich die Welt verändert hat, gibt es für ihn kein eigenes Land mehr. Dennoch bleibt er unser geistiges Oberhaupt!"

„Was genau heißt geistiges Oberhaupt?"

„Es bedeutet, dass deine Gedanken auch die unsrigen sind."

„Du meinst: Was immer ich denke, ihr denkt es auch?"

„Ja, so ist es!"

„Dann sag mir, Suhe, geht es dir gut?"

„Ja, jetzt geht es meinen Brüdern und mir wieder gut!"

„Na prima! Dann kann ich auf keinen Fall der Kundun sein!"

Verdutzt sah Suhe Jenny an.

Jenny sah in seinen Augen, dass er nach einer Erklärung verlangte.

„Wenn ich euer geistiges Oberhaupt wäre und angenommen, ihr verinnerlicht meine Gedanken ...", Jenny zögerte, setzte dann fort: „Dann hättet ihr alle geistigen Dünnschiss."

Einen Moment lang stutzte Suhe und brach dann in schallendes Gelächter aus und Jenny lachte mit ihm.

„Für den Augenblick erfreut es mein Herz, deine Stimme zu hören. Um die Gedanken und den geistigen Durchfall kümmern wir uns später. Jetzt jedoch werden wir zum ersten Mal nach langer Zeit wieder gemeinsam speisen."

Beide begaben sich auf den Weg zum Speisesaal, wo sie bereits erwartet wurden. Der riesige Speisesaal, der 1340 Mönche in sich aufnahm, war erfüllt von Applaus, den Jenny nicht einzuordnen vermochte, und sie schwieg peinlich berührt. Suhe wies Jenny den Platz vor Kopf zu. Reichlich verloren stand sie dort, während alle anderen ebenfalls standen. Keiner machte Anstalten sich zu setzen. Worauf warteten sie nur?, dachte Jenny und kratzte sich verlegen am Kopf.

Suhe erlöste Jenny schließlich aus ihrer misslichen Lage, indem er ihr durch Handzeichen zu verstehen gab, dass sie sich setzen sollte, was sie zögerlich tat. Die Mönche wandten sich ihr zu, verneigten sich und instinktiv erwiderte sie die Verneigung. Endlich setzten sich auch die anderen.

„Suhe", flüsterte Jenny leise, „das ist voll peinlich."

„Du wirst es noch lernen, Kundun, alles ist gut."

Sie aßen schweigend und Jenny fühlte sich zunehmend wohler und geborgen.

In den darauffolgenden Wochen und Monaten lernte Jenny all ihre neuen Gefährten kennen und schätzen, denn sie alle zeigten ihr geduldig den Weg zurück ins Leben. Die Mönche lehrten sie, was sie wissen musste und so kehrte Freude ein ins Haus des Jadedrachens. Nach vielen weiteren Monaten war es Jenny, die begann, andere zu lehren.

Der Kundun kehrte an seinen Platz zurück.

Das Jahr 2104 begann für Jenny und ihre Gefährten fröhlich. Erstmals seit Jahren wurde das buddhistische Neujahrsfest am 1. Februar des Jahres ausgerichtet und zelebriert. Jenny lernte weiterhin wie besessen. Naturwissenschaften, Technik und all die anderen Dinge, die ihr Suhe nach und nach zuführte.

Als das Neujahrsfest, das eigentlich Lichterfest hieß, am zehnten Tag seinem Ende zuging, zog Suhe Jenny zur Seite.

„Jenny, es ist an der Zeit, dass du noch einen anderen Teil in diesem Gebäude kennenlernst, der dir bisher verborgen geblieben ist."

Jenny sah Suhe fragend an.

„Ich bitte dich, mir zu folgen."

Jenny folgte ihm, verstand aber nicht.

Schweigend gingen sie gemeinsam in die untere Kellerebene. Es war ein langer, für Jenny nicht enden wollender Gang, und es beschlich sie mehr und mehr ein ungutes Gefühl.

„Bis hierhin darf ich dich begleiten. Den Rest des Weges musst du alleine gehen."

Jenny sah ihn fragend an: „Warum kommst du nicht mit, Suhe? Ich möchte nicht alleine gehen!"

„Es ist mir nicht erlaubt, Kundun!"

„Aber wenn ich es dir erlaube? Suhe ich, ich bin doch der Kundun."

„Auch wenn du der Kundun bist, dies ist eine Welt, die allein dir vorbehalten ist und die ich nicht betreten darf. Wir sehen uns Morgen!", sagte Suhe und ging schweigend davon, während Jenny ihm fragend nachsah.

In diesem Augenblick holte die Vergangenheit Jenny schneller ein als ihr lieb war.

Jaden Forbes tagte mit seinem Generalstab. Für ihn hatte das Jahr nicht gut angefangen, denn die Menschen in seinem Land wurden zunehmend unzufriedener. Will Peters hatte die Preise für die Nahrungsmittelsubstanzen, die den Replikatoren zugeführt werden mussten, dermaßen erhöht, dass es sich viele nicht leisten konnten, die Replikatoren regelmäßig aufzufüllen. Das wiederum hieß, dass Teile der Bevölkerung abermals hungern mussten. Die medizinische Versorgung ließ erheblich zu wünschen übrig, sodass sich hier und da immer öfter offener Widerstand gegen Forbes' Politik zeigte.

„Meine Herren, Sie sitzen nicht in meiner Regierung, um mich mit Phrasen totzuquatschen. Ich verlange von Ihnen endlich handfeste Lösungen! Sagen Sie mir, meine Herren, warum Tausende von Amerikanern hungern? Wir haben doch schließlich einen Vertrag mit diesem ..., wie heißt der gleich noch?"

„Peters, Mr. President, Will Peters!", half Brian O'Neel, der neue Stabschef.

„Wenn Sie schon wissen, wie er heißt, Brian, wissen Sie dann auch, was mit diesem Peters los ist?"

„Ich vermute, Sir, dass er sich an den alten Vertrag nicht mehr gebunden fühlt, den Ihr Vorgänger mit ihm abgeschlossen hatte."

„Sie vermuten? Verdammt noch mal, Brian, ich bezahle Sie nicht für

Vermutungen!", blaffte Forbes ihn an. Der Gescholtene sah ihn entgeistert an. Derart aufbrausend hatte er seinen Chef selten erlebt, doch dieser setzte noch einen oben drauf: „Tausend gute Patrioten warten nur darauf, Ihren Posten einzunehmen! Sollten Sie also den Wunsch verspüren, Ihren Posten behalten zu wollen, müssen Sie schon was Besseres liefern als Vermutungen."

Für ein paar Sekunden herrschte betroffenes Schweigen im Raum.

„Und Sie, meine Herren Generäle, brauchen gar nicht so blöd aus der Wäsche zu gucken. Ist Ihnen etwa eingefallen, wie wir an die Rohstoffe der Freihandelszone kommen können, die uns dieser Schwachmat von Antonow weiterhin noch verweigert? Wir müssen wieder Getreide in unserem eigenen Land anbauen. Weg von diesen dämlichen Automaten. Wer frisst schon gerne diese synthetische Scheiße. Also meine Herren, wie lauten Ihre Lösungen?"

„Wir könnten in die Freihandelszone einmarschieren, aber dazu benötigen wir die Unterstützung der Vereinigten Staaten von Europa. Wir müssten dort Stützpunkte errichten, um den Nachschub für das Militär sicherzustellen", schlug der Chef des Generalstabes vor.

„Spielen die Europäer da wirklich mit?"

„Könnte schwirig werden, Sir! Die sind noch immer verärgert über die Zerstörung ihrer Städte im damaligen Salafistenkrieg und nach Apophis haben wir sie im Stich gelassen, Sir!", gab Brian zu bedenken.

„Was, wenn wir einfach nochmals da einmarschieren?"

„In Europa, Sir?", fragte Brian voller Entsetzen.

„Ja natürlich, wo denn sonst?"

„Sir, die Vereinigten Staaten von Europa, wenn die sich mit der FHZ zusammentun, sind sie uns an Menschen- und Waffenmaterial weit überlegen", warf der Chef des Generalstabs ein.

„Mhm", brummte Forbes sichtlich verstimmt vor sich hin.

„Aber es ist doch richtig, dass die nicht nur von diesen Maschinen abhängig sind oder?"

„Das ist korrekt, Sir. Sie bauen Getreide an und betreiben erfolgreich Viehzucht", bestätigte der Direktor der CIA.

„Dann fragen Sie mal vorsichtig an, ob sie gewillt sind, mit uns Handel zu treiben. Möglicherweise sind sie anschließend nachsichtig, wenn wir uns dort ansiedeln."

General Henry Jackson glaubte nicht an eine derartige Lösung, widersprach aber nicht.

„Sie, Brian, Sie schaffen mir dieses Peters hierher; mitsamt seinem Stab. Er soll seine besten Leute mitbringen."

„Darf ich fragen, was Sie vorhaben, Sir?"

„Brian, nur um ihren Wissensdurst zu stillen. Ich werde ihm ein Angebot machen, das er nicht ablehnen kann!"

Den Stabschef überfiel ein plötzliches Magendrücken. Er war sicher, dass dies nichts Gutes bedeutete konnte, nickte aber zustimmend. Die vergangenen Monate hatten ihn gelehrt, dass Jaden Forbes kein Mann war, der Widerspruch schätzte. Alle schwiegen und sahen den neuen Präsidenten an.

„Worauf verdammt noch mal warten Sie noch? Los, los, Bewegung!"

Einige Tage später hatte Brian O'Neel die undankbare Aufgabe, dem Präsidenten mitzuteilen, dass die Vereinigten Staaten von Europa keinerlei Interesse an einer erneuten Handelsbeziehung mit den USA hatten. Jaden Forbes tobte vor Wut. „Bestellen Sie den europäischen Botschafter ein! Sofort, noch heute!", brüllte er.

„Verzeihung, Sir, aber die Vereinigten Staaten von Europa haben schon lange keine ständige Vertretung mehr in den Staaten", korrigierte ihn Brian leise.

Jaden Forbes hatte Mühe sich zu beherrschen. Er hasste es, wenn er seinen Willen nicht bekam, doch wenige Sekunden später hatte er sich wieder im Griff.

„Was ist mit diesem Schwachmaten, diesem Peters?", fragte er vollkommen ruhig, wie ausgewechselt.

„Der Termin mit Mr. Peters ist in einer Stunde, Sir."

„Gut. Gehen Sie!"

Brian O'Neel schloss die Tür des Oval Office hinter sich, plusterte seine Wangen auf und ließ die Luft langsam entweichen.

„So schlimm, Brian?", fragte General Jackson.

„Unerträglich, General! Von Tag zu Tag wird er schlimmer!"

„Sie brauchen Freunde, Brian, gute Freunde! Denn ohne kann in diesen Zeiten keiner von uns überleben, und in diesen Hallen schon gar nicht."

„Bieten Sie mir gerade Ihre Freundschaft an, Henry?"

Der General nickte. Brian sah ihn an.

„Jetzt, da Sie mein Freund sind, können Sie mir vielleicht sagen, warum mich langsam aber sicher das Gefühl beschleicht, mit einem Ben Goren besser dran gewesen zu sein?"

„Weil es die Wahrheit ist! Aber die sollten Sie in diesem Hause nicht laut sagen. Sie sollten immer daran denken, dass die Wände dieser heiligen Hallen Ohren besitzen! Nur denken und wenn es unbedingt sein muss, flüstern! Aber niemals hören lassen. Ich finde, wir sollten unsere neu besiegelte Freundschaft feiern! Haben Sie Lust auf ein frisches Ginnes?"

„Verzeihung? Wir haben erst elf Uhr!"

„Ach, kommen Sie schon. Ist ein guter altirischer Pub, gleich um die Ecke. Ich gebe Ihnen mein Wort, Sie werden überrascht sein."

Brian zögerte noch. Er stand auf und steckte seinen Pieper ein.

„In einer Stunde hat er den nächsten Termin und ich muss anwesend sein!", seufzte der Stabschef.

„Keine Sorge, mein Freund, den übernimmt Rivera für Sie! Er ist bereits gebrieft, und da Sie gerade unpässlich sind, hab ich ihm ihre Unterlagen gegeben. Er wird sie einfach abgeben und dafür den Anschiss vom alten einstecken", flüsterte Henry Brian ins Ohr.

„Sprechen Sie etwa von Ronald Rivera?"

„Yip."

„Den gibt's noch? Dachte alle Feds aus Gorens Ära, wären im Ruhestand?"

„Oh Brian, wie in aller Welt haben Sie es bloß ins Weiße Haus geschafft?"

„Wieso? Ich kann mich schließlich nicht auch noch um die Feds kümmern."

„Rivera ist schon lange kein Fed mehr. Goren hatte ihn damals zum Secret Service geholt. Zudem lassen wir ihn für den Stab Botengänge erledigen."

„Wenn schon, ist trotzdem nicht meine Hausnummer!"

„Rivera ist gefährlich und Ihre Feinde sollten Sie immer kennen!", erklärte Jackson ruhig. Brian sah ihn verdutzt an.

„Jetzt ist es meine Hausnummer!"

„Also was ist? Wollen wir gehen und gemütlich über alte Zeiten plaudern?"

„Nichts wie raus hier!", stimmte Brian zu.

Einige Minuten später saßen die beiden bei einem echten Ginness beisammen.

„Darf's vielleicht ein Sandwich dazu sein?", fragte der Wirt des Pubs, Jack O' Neel.

„So'n Ding aus McBlech? Bloß nicht danke."

„Nein, alles echt!"

Staunend sah Brian seinen Namensvetter an und danach zu Jackson. „Ist vollkommen legal geschmuggelt, dürfen Sie ruhig annehmen, Brian. Ein Hoch auf die US-Army!"

„Na, wenn das so ist, ein Hoch auf die Army und auf alle Iren, die stets zusammenhalten!"

Lachend stießen sie an und fünf Minuten darauf stand ein frisch zubereitetes Sandwich vor den beiden.

„Das Ding ist wirklich echt?"

„So wahr ich hier vor Ihnen stehe, Sir!"

Brian nahm das mit Thunfisch und Ei belegte Sandwich prüfend in die Hand. Der Duft frischen Thunfischs eroberte seine Nase. Er zögerte kurz, doch dann konnte er nicht anders. Genüsslich biss er hinein.

„Oh mein Gott!"

Kauend hielt er das angebissene Sandwich hoch und winkte leicht damit.

„Ja ja das sagen alle, wenn sie das erste Mal hier sind! Aber wissen Sie: Jack tut's auch!", neckte ihn der Wirt des Pubs.

„Man, ich hatte ganz vergessen, wie gut das schmeckt!"

Somit aßen der General und der Stabschef des Weißen Hauses etwas, das nur wenigen Menschen vorbehalten war: echte Lebensmittel.

„Wissen Sie, Brian, jetzt wo wir Freunde sind und das Brot miteinander geteilt haben, sollten wir die Förmlichkeiten weglassen. Sagen Sie Henry!" „Brian", kam kaum verständlich aus seinem vollgestopften Mund, während er nickte. Beide hoben ihr Glas und stießen so fest an, dass das schwarzfarbige Bier drohte überzuschwappen. Im Anschluss nahmen sie einen kräftigen Schluck vom köstlichen Gebräu.

„Goren hatte damals einen Freund, einen richtig guten Freund. Der hat sich um Probleme gekümmert.

„Ein Freund?", fragte Brian.

„Ja", bestätigte Henry, „einen, wie es ihn wohl kein zweites Mal auf Gottes Erden gibt. Wenn du den finden könntest, dann würden wir nicht in den nächsten Krieg hinein schlittern."

„Was is'n das für 'n Typ?"

„Er gehörte nicht zu den regulären Streitkräften. Er trug eine weiße Uniform mit jeder Menge Auszeichnungen. Weiß der Teufel, wofür die alle waren und er hatte einen Sondertitel."

„Welchen?"

„Warte, lass mich überlegen: Ich glaube, es war: First High Commander."

„Komm schon, du schwindelst mich an? Das ist doch ein Scherz. Was ist das denn für ein Dienstgrad?"

„Einer, der dir sagt: Du kannst mich begleiten, aber dich mir nie in den Weg stellen! Nicht mal der Alte darf das."

„Ist das dein Ernst?"

„Das ist mein voller Ernst, mein Freund!" „Klingt, als wäre er der zweite Präsident im Staat gewesen. Hältst du ihn wirklich für derart mächtig?"

„Wenn einer die Macht in sich trägt, dann er. Ich bin ihm mal begegnet an jenem Tag im Pentagon. Ich sage dir, ich kriege heute noch eine Gänsehaut, wenn ich nur daran denke."

„Hat dieser Mr. ‚ich darf und kann alles' auch einen Namen?

„Brian, sieh mich an!"

Brian hörte sofort auf zu kauen, als er den Befehlston hörte.

„Du solltest schleunigst lernen besser zuzuhören: Ich habe nie behauptet, dass er alles kann, aber er hat eine White Card und sein Name ist David, Callum David."

„Versuchst du mir gerade allen Ernstes zu erklären, dass es einen Menschen auf dieser Welt gibt, der ohne jegliche Überprüfung einfach ins Weiße Haus reinmarschieren kann, ohne dass es irgendwem erlaubt ist, ihn aufzuhalten?"

„Yip!"

„Sag mir sofort, wo ich den finde!"

„Keine Ahnung. Er ist abgetaucht, kurz nachdem Goren den Hut nahm. Aber ich weiß, dass ihm die Sonora gehört mit allen Hoheitsrechten! Seine Telefonnummer liegt im Safe des Pentagons."

„Du meinst: ein Staat im Staat? Echt?"

Henry nickte.

„Meinst du, er würde Forbes absetzen?"

„Nicht unbedingt. Aber ich bin mir sicher, dass er gegen einen Krieg wäre, der das Letzte bisschen Menschheit von der Erde tilgt. Auch wenn er die Menschheit nicht besonders leiden kann."

„Ich soll jemanden suchen, den ich nicht kenne, von dem ich nicht weiß, wie er aussieht, der die Menschen nicht leiden kann und von dem ich nicht weiß, wo er sich aufhält?"

„Genau!"

„Ach, und wie bitte soll ich das anstellen?"

„Abgesehen davon, dass es in den Streitkräften viele gibt, die dir helfen werden und dir zur Seite stehe, kann es einer ganz bestimmt: Rear-Admiral Erik Goren."

„Gorens Sohn ist schon Rear?"

„Wie in aller Welt hast du dich nur so lange auf deinem Posten halten können? Er ist der jüngste Offizier seines Ranges, den es jemals gab." Henry schüttelte grinsend den Kopf und nippte an seinem Ginnes. „Wenn du Erik dazu bringen kannst, mit dem Commander zu reden, haben wir eine echte Chance. Auf den kleinen Goren hört er mit Sicherheit, glaube ich jedenfalls."

„Glaubst du? Mann! Gott steh uns bei, wenn das schiefgeht!" „Wie gesagt, immer nur denken, nie laut reden!"

„Gut versuchen wir's. Aber wenn es schiefgeht ..."

„Wenn es schiefgeht, spielt das keine Rolle mehr, denn dann gibt es einen Krieg, den niemand überlebt."

„Gott steh mir bei!"

„Gott? Er hat Urlaub mein Freund. Gott macht Ferien, schon seit langer Zeit!"

Jenny sah sich um. Dunkelheit umfing sie, dennoch erkannte sie zahlreiche Türen rechts und links des Ganges. Etwas weiter hinten sah sie ein mittelgroßes Tor. Das steuerte sie an. Dort angekommen blieb sie stehen und sah sich um. Keine

Türklinke, kein automatischer Öffner, wie es ihn im Obergeschoss gab. Vor ihr befand sich eine kleine Glasscheibe, die ihr Interesse weckte. Trotz ihrer anklingenden Furcht kam es ihr bekannt vor, deshalb legte sie ihre rechte Hand auf die Glasscheibe. Hellblaues Licht begann ihre Hand zu scannen. Jenny zuckte erschrocken zurück und unterbrach den Scann. Die zunehmende Furcht ließ sie zögern. Warum sollte sie diesen Raum überhaupt betreten? Warum durfte niemand bei ihr sein, und was würde sie dort erwarten? Sie hatte die Gemeinschaft, die sie umgab lieb gewonnen, also warum sollte sie daran etwas ändern? Was, wenn sie einfach nicht hineinging?

‚Niemand kann seinem Schicksal entgehen, doch manchmal vermag man es verändern', hörte sie Su Hes Worte. Es ging ihr erstmals seit Monaten gut. Es würde besser sein, einfach zu gehen und alles beim Alten zu belassen. Jenny wandte sich zu gehen, doch erneut hörte sie Su Hes Stimme: ‚Das Schicksal eines Wesens bestimmt sich aus dem Gesamten, das ihn umgibt. Es liegt in ihm und es umgibt ihn. Nur beides zusammen ergibt den Weg, den es zu gehen hat.

Wenn ich nun aber den einen Teil liebe und den anderen fürchte?

‚Was wir sind, ist das Resultat unser Gedanken. In jedem von uns liegt das Licht und in jedem von uns liegt die Dunkelheit. Führt dich dein Weg in einen Bereich, der dir unbekannt ist, so wirst du in ihm finden, was du mit hineinnimmst'.

Jenny begab sich zurück zum Tor und legte entschlossen ihre Hand auf den Scanner. Diesmal zuckte sie nicht zurück, und Sekunden darauf erfasste jenes hellblaue Licht ihren gesamten Körper. Diese Prozedur dauerte etwa zwei Minuten. Es waren für Jenny mithin die längsten zwei Minuten, die sie je erlebt hatte. Dann öffnete sich das Tor und direkt nach ihrem Eintreten verschloss es sich sofort.

Vor ihr im Raum befand sich ein Sessel, davor ein großer Bildschirm und rechts unter ihm ein weiterer Scanner. Um sie herum gab es verschlossene Fächer ohne Griffe. Obwohl sich Jenny noch fürchtete, erschienen ihr die Situation und der Raum dennoch vertraut. Die Furcht wich langsam der Neugier.

Sie nahm Platz und hielt einen Moment inne. Was würde sie erwarten? Vorsichtig und zögerlich legte sie ihre rechte Hand auf den vor ihr befindlichen Scanner.

„Identifizieren Sie sich! Ihnen verbleiben 40 Sekunden!", ertönte eine blechern klingende Stimme.

„Ich", Jenny sprach unsicher. „Ich bin Jenny, Jenny Alvarez!", sagte sie mit fester werdender Stimme. Einige Sekunden geschah nichts.

„Stimmenidentifizierung abgeglichen und bestätigt!"

„Willkommen, Commander!"

Irritiert sah Jenny auf den Bildschirm, der langsam hochfuhr.

„Wer bist du und wieso nennst du mich Commander?"

„Ich bin David!"

„David?"

„Ja! Ich bin David, der Freund an deiner Seite, der dir den Rest deines dir fehlenden Wissens zurückgeben wird!"

„David, Freund an meiner Seite. Hast du ein Gesicht?"

Wenige Wimpernschläge darauf erschien Davids Hologramm und Jenny hatte das Gefühl, als würde ihr die Luft zum Atmen genommen.

„David!", kehrte Jennys Erinnerung zurück. Sie hauchte seinen Namen, ohne dass sie es bewusst wollte. Ihre rechte Hand versuchte David zu berühren, doch sie griff durch das Hologramm hindurch. „David? Mein David?"

„Willkommen zu Hause, Jenny. Willkommen zurück!"

Etwa zur selben Zeit bereiteten sich Jaden Forbes und Ronald Rivera auf den Empfang von Will Peters und dessen Stab vor. Jeder auf seine Art.

Jaden Forbes las noch das Dossier, das vor ihm lag und Ronald Rivera befand sich bereits auf dem Weg zum Oval Office.

Nochmals rückte er seine Krawatte zurecht. Es verblieben noch gut zehn Minuten Zeit, bis der Präsident ihn ins Oval Office hineinrief.

Ron mochte Forbes nicht und Forbes mochte ihn nicht. Ronald litt unter den ständigen Repressalien, seiner schlechten Laune, die er an ihm ausließ und er traute ihm keine fünf Meter weit über den Weg. Jaden Forbes war nun mal der Präsident. Obwohl er gewissenhaft und fehlerfrei arbeitete, befürchtete Rivera dennoch, dass Forbes ihn bei der nächstbesten Gelegenheit abservieren würde und er eine Möglichkeit finden musste, sich abzusichern. Rivera kannte Jaden bereits, lange bevor dieser Präsident wurde. Als der jugendliche Ron noch damit beschäftigt gewesen war, seine Clique in der Bronx zu versorgen, flüsterte man den Namen Jaden Forbes bereits aus Sicherheitsgründen ausschließlich hinter vorgehaltener Hand.

Jaden Forbes kannte Rivera dem Namen nach. Da beide um die Vergangenheit des jeweils anderen wussten, ging es hier längst nicht mehr um die bedingungslose Loyalität seinem Prinzipalen gegenüber. Für Ronald Rivera ging es ums nackte Überleben. Der Präsident ließ ihn stets spüren, dass er sein Augenmerk auf ihn gerichtet hatte und Ron rechnete täglich damit, dass er ihn verschwinden lassen würde, nur um seine eigene Vergangenheit zu verschleiern. Doch bis dahin würde Ron seine Position zu sichern und seine Haut zu retten wissen. Noch in Gedanken versunken, öffnete sich die Tür des Oval Office.

„Rivera! Kommen Sie schon!"

„Mr. President!"

„Haben Sie die Aufzeichnungsanlage abgeschaltet, Rivera?"

„Selbstverständlich, Sir!"

„Gut! Ich möchte nämlich keine bösen Überraschungen erleben!"

„Natürlich nicht, Sir."

„Halten Sie sich im Hintergrund. Damit wir uns nicht missverstehen. Ich will kein Wort von Ihnen hören!"

„Selbstverständlich, Sir."

Wenige Minuten später trafen Peters und seine Mitarbeiter ein.

Ronald Rivera hatte die Aufzeichnungsanlage abgeschaltet, doch in diesem Augenblick drückte er unbemerkt den Aufnahmeknopf seines Diktiergerätes, das er in seiner Hosentasche verbarg. „Mr. President, es ist mir eine Ehre!"

„Jaja, schon gut, Mr. Peters, nehmen Sie Platz. Diese Vier hier sind also Ihre fähigsten Mitarbeiter, ja?"

„Ja, Sir. Sie arbeiten seit Jahren für mich und haben sich stets bewährt. Niemand, abgesehen von mir natürlich, kennt die Firma so gut wie sie."

„Mr. Peters, lassen Sie uns gleich zur Sache kommen. Sie wissen meine Zeit ist begrenzt!"

„Selbstverständlich, Mr. President!"

Diesmal hatte Will Nachforschungen angestellt, soweit es ihm möglich war. Er würde nicht, wie damals völlig ahnungslos und unbedarft dem Präsidenten gegenübertreten. Peters wusste, dass dieser Präsident ein harter Hund war, wie er zu sagen pflegte, aber diesmal war er in der besseren Position. Robert Goren hatte seinerzeit alle Vorräte an Getreide und Fleisch hergegeben, nur um seinem Bruder eins auszuwischen und jetzt waren die Vereinigten Staaten auf seine Replikatoren angewiesen. Er, Will Peters, hatte das Monopol auf den Food 3000, der die Amerikaner ernährte. Was sollte also schon großartig passieren.

„Wenn ich das richtig in Erinnerung habe, haben Sie, Mr. Peters, mit meinem Vorgänger einen Vertrag geschlossen, der die Versorgung mit Nahrungsmitteln sicherstellt. Ist das korrekt?", fragte Jaden Forbes.

„Das ist es, Mr. President!"

„Mr. Peters, da wir doch beide um das Wohlergehen unserer amerikanischen Bevölkerung besorgt sind", begann Jaden Forbes vollkommen ruhig, um dann im nächsten Moment laut zu brüllen: „Wie in aller Welt kommt es dann, dass Tausende von Amerikanern hungern?", schrie er Peters an, der in sich zusammensank und aufgrund des barschen Tons zusammenzuckte. „Erweisen Sie mir also bitte die Ehre und erklären Sie mir das?", bat er jetzt mit ruhiger, aber mit bedrohlicher Stimme.

Peters wusste nicht, wie ihm geschah. Er hatte mit allem gerechnet, nur nicht mit einem derartig lauten Ausraster des Präsidenten und er vermochte nur schlecht mit Menschen umzugehen, die ihm gegenüberstanden und ihn anschrien. „Mr.

President, bitte, Sie müssen verstehen, die Zeiten, in denen der Vertrag einst zustande kam, waren andere. Sie haben sich geändert. Die Preise für die Rohstoffe der Nahrungssubstanzen wurden stark angehoben. Auch die Beschaffungskosten sind ins Unermessliche gestiegen. Ohne eine entsprechende Preiserhöhung wäre ich nicht in der Lage gewesen, die Firma weiterhin zu führen."

Jaden Forbes vernahm Will Peters Worte ohne jede Regung.

„Gentlemen, würden Sie mich bitte einen Augenblick mit Ihrem Chef allein lassen!", wandte sich Jaden Forbes zuckersüß an die eingeschüchtert da sitzenden Mitarbeiter von Food Dynamics.

Ronald Rivera begleitete die Männer zur Tür, verschloss sie unmittelbar hinter ihnen und stellte sich breitbeinig, mit seiner Hand an der Waffe, die sich unter seinem Jackett verbarg, davor.

„Kommen Sie her zu mir, Will, ich möchte Ihnen etwas zeigen."

Will Peters ging zu Jaden Forbes und stellte sich neben ihn direkt vor das große Fenster, das den Blick über den Springbrunnen hinweg, auf die Straße erlaubte.

„Sehen Sie da vorne die Obdachlosen vor dem Zaun liegen?"

„Ja, Sir. Doch ich verstehe nicht, worauf Sie hinaus wollen, Sir."

Kaum ausgesprochen traf Will Peters ein heftiger Hieb in den Magen. Jaden Forbes drängte den Industriellen in Richtung Schreibtisch zurück, schlug noch ein weiteres Mal nach, sodass Will zu röcheln begann. Mit seinem Unterarm an dessen Kehle presste er Will auf den altehrwürdigen Präsidentenschreibtisch.

„Du miese geldgierige kleine Sackratte! Was glaubst du eigentlich, wen du hier vor dir hast? Ich bin nicht dieser russische Penner Antonow, den du Verscheißern kannst! Hast du mich verstanden, du dreckige Schmeißfliege?"

Will Peters war nicht in der Lage zu antworten, denn Jaden drückte noch fester zu, sodass Wills Gesicht eine dunkelrote Farbe annahm.

„Wenn ich gleich deine Leute wieder reinkommen lasse, wirst du tun, was ich sage oder du tust überhaupt nichts mehr! Verstanden?"

Erst als Will Peters leicht nickte, löste Jaden Forbes seinen Würgegriff, stellte Peters vor sich hin, rückte dessen in Mitleidenschaft gezogenes Jackett und seine Krawatte zurecht und strich sanft klopfend darüber.

„Mach bloß keinen Fehler, Jungchen, oder ich verpass dir Betonfüße!"

Will Peters schluckte.

Forbes nickte Ronald Rivera zu und dieser ließ die Herren wieder eintreten. „Dem Namen nach sind Sie alle Russen. Ist das richtig?"

„Man muss eben sehen, wo man gute Fachkräfte herbekommt, Mr. President", sagte Peters leise.

„Sie habe ich nicht gefragt, Peters", fuhr Forbes ihn an und sah zu den Männern, die zustimmend nickten.

„Sagen Sie mir, meine Herren Fachkräfte, sehen Sie die Kostenfrage genauso wie Ihr Chef?"

Die Russen sahen kurz einander an: „Nun Sir, wenn Sie uns fragen …"

„Ich frage Sie, also legen Sie schon los!"

„Wir sind der Meinung, dass, wenn man einige Fremdsubstanzen hinzufügen kann, um die Grundsubstanz etwas zu strecken, …" Der Sprecher zögerte noch etwas.

„Was dann?"

„Dann können wir mit der gleichen Menge Basissubstanz alle amerikanischen Mitbürger zu einem wesentlich geringeren Preis versorgen", stammelte der Mann und knetete nervös seine Hände.

„Wie gering wäre dieser Preis?"

„Er wäre für jeden Amerikaner leicht erschwinglich, Mr. President!"

„Dessen sind Sie sich absolut sicher?"

„Ja Sir, wir sind uns sicher!"

„Mr. President! Darauf können Sie keinesfalls eingehen! Die Folgen wären unabsehbar!", beschwor der Magnat seinen Präsidenten.

„Schnauze, Peters!", brüllte Jaden Forbes Will an, während er auf die Mitarbeiter zuging und sich vor einem von ihnen bedrohlich aufbaute: „Wenn ihr mich verscheißert, tret ich euch so tief in den Arsch, dass ihr die Ersten seid, die mir im Stehen die Füße küssen können! War das deutlich genug meine Herren?"

„Ja, Sir. Vollkommen, Sir!", antwortete einer der Russen, während sein Oberkörper leicht nach hinten gebeugt zurückwich.

„Das können Sie nicht tun! Das ist immer noch meine Firma!"

„Hey Arschloch, was habe ich dir eben gesagt?"

Jaden Forbes ging auf Peters zu, blieb vor ihm stehen und tippte mit seinem Zeigefinger an dessen Stirn. „Wie kann ein derart hohlraumversiegelter Dämlack wie du an der Spitze einer Firma stehen, hm?"

Will Peters wurde aschfahl im Gesicht.

„Mein Stab wird sofort die Papiere aufsetzen, die besagen, dass du deine Firma an die Vereinigten Staaten abtrittst. Hast du Flachpfeife das jetzt endlich begriffen?"

„Bitte, Mr. President …"

„Was? Willst du dich etwa mit mir anlegen? Wie dämlich bist du denn, dass du nicht erkennst, wann Schluss ist, hm Jungchen? Ich schenke dir eine sizilianische Krawatte, wenn du nicht endlich deine verfluchte Schnauze hältst! Und jetzt verpiss dich aus meinem Haus!" Will Peters schluckte und schlich vorsichtig an Jaden Forbes vorbei, der bewusst keinen Millimeter zur Seite wich und sich erst wieder zu den anderen umdrehte, als Will bei ihnen stand.

„Dann wäre das also zu unser aller Zufriedenheit geklärt. Worauf warten Sie noch? Los los, an die Arbeit! Verschwinden Sie!"

Die fünf verließen das Oval Office, und Ronald Rivera begab sich ebenfalls zur Tür. „Mr. President."

„Ja ja schon gut. Sie dürfen gehen. Wenn ich auch nur ein einziges Wort hierüber auf dem Flurfunk höre, reiß ich Ihnen den Arsch auf! Machen Sie keinen Fehler!"

Ronald Rivera nickte schweigend, verließ das Oval, lehnte sich an die Wand und stellte das Diktiergerät ab.

„Aber dir ist soeben einer unterlaufen", murmelte er leise, hämisch grinsend, vor sich hin, während er sich auf den Weg machte, die Aufzeichnungsanlage wieder einzuschalten.

Jaden Forbes hatte Ronald Rivera soeben dessen Lebensversicherung beschert.

Bereits eine halbe Stunde später schickten die Russen ihren Bericht nach Kiew zu Antonow. Der belobigte und beförderte sie. Er wies sie an, die Auflagen, die ihnen Jaden Forbes vorgegeben hatte, zu erfüllen. Von jetzt an arbeitete die Zeit für Antonow.

Schweren Herzens weihte Will Peters die Russen in alle Geheimnisse seiner Firma ein und erklärte einige Tage später seinen Rücktritt aus gesundheitlichen Gründen, wie es in der Presse hieß.

Tatsächlich bekamen alle Amerikaner umgehend wieder Nahrung, jetzt allerdings ohne zu wissen, was sie da eigentlich aßen und dass ihre künstliche Nahrung ein zweites Mal gestreckt worden war.

Will Peters indes beschloss, in den Glades jagen zu gehen und sich dauerhaft dort niederzulassen. Doch bereits in der zweiten Woche hörte und sah ihn niemand mehr. Jaden Forbes mochte es nicht, wenn es Mitwisser gab und die Alligatoren in den Glades fraßen alles, was ihnen beschert wurde.

Die Monate zogen ins Land und Jenny war damit beschäftigt, all die Dinge von David zu lernen, die sie vergessen hatte. Nur über die Newcomer, die damit verbundenen Ereignisse sowie dass David sie festgesetzt hatte, verlor er kein einziges Wort.

Um zwischendurch abgelenkt zu sein, etwas Ruhe zu finden, bastelte sie an ihrem Wagen, der, wenn sie fleißig daran arbeitete, in vier Wochen fertig sein würde. Immer wieder dachte sie jedoch darüber nach, was David ihr alles erzählt hatte. Es gab also noch eine andere Seite von ihr. Sie wohnte eigentlich in der Wüste Sonora. Leider hatte er ihr unmissverständlich klargemacht, dass es unter den jetzigen Umständen für sie noch kein Zurück gab. Dort wäre sie allein und hilflos. Jenny nahm das hin, aber es ließ sie unzufrieden sein. Wiederholt fragte sie bei David nach und seine ständige Wiederholung von: „Diese Information steht zurzeit nicht zur Verfügung", ließ sie wütend werden und verstärkte das Gefühl der Unzufriedenheit. Doch ändern konnte sie daran nichts.

Vier Wochen und drei Tage später war es dann endlich soweit. Jenny saß in ihrem eigenen Wagen mit besonderer Ausstattung, die jedoch von außen nicht erkennbar war. Jenny beschloss eine kleine Spritztour zu machen und sie freute sich darauf, etwas von der Außenwelt zu sehen. Langsam fuhr sie durch Washington, doch nicht alles, was sie sah, gefiel ihr. Die einst so prächtige, glanzvolle Hauptstadt zeigte sich heruntergekommen und in den Gesichtern ihrer Bewohner spiegelte sich absolute Hoffnungslosigkeit. Je näher sie den Außenbezirken kam, desto mehr stapelte sich der Müll. Jenny musste mit ansehen, wie die Ärmsten der Armen darin nach Essbarem wühlten.

Die Hoffnung stirbt zuletzt, dachte Jenny, und das ist sie hier wohl schon! Jenny wendete ihren Wagen; für heute konnte sie den Anblick dieser bedauernswerten Geschöpfe nicht mehr ertragen.

Wieder zurück besprach sie mit Suhe, was sie gesehen hatte, doch dieser erklärte ihr, dass die Gemeinschaft der Mönche den anderen Menschen zum jetzigen Zeitpunkt nicht helfen konnte. Zwar verfügten sie über frische Lebensmittel, dennoch reichten diese nicht aus, um sie mit den anderen zu teilen. Bedrückt begab sich Jenny in ihr Zimmer. Für den Augenblick schien es keine Lösung zu geben.

Die Welt schrieb Mitte Juni 2104, als Jenny begann, unter ständigen Kopfschmerzen zu leiden. Ganz gleich was Suhe und seine Brüder auch versuchten, dieser hämmernde Schmerz wollte einfach nicht aufhören. Schlaflosigkeit stellte sich ein und je weniger Jenny schlief, desto schlechter ging es ihr. Suhe war gezwungen, Betäubungsmittel auf dem Schwarzmarkt zu kaufen, wohl wissend, dass Jenny strikt dagegen war, da niemand so genau wusste, was sie enthielten. Er mischte ihr das Medikament notgedrungen heimlich unter das Essen, obwohl es ihm zutiefst unangenehm war, sie zu hintergehen. Für einige Zeit besserte sich Jennys Zustand und sie erholte sich ein wenig.

Etwa zum selben Zeitpunkt tagte Juri Antonow mit vier weiteren Personen in Kiew unter strengster Geheimhaltung. Die zwei Kuriere und ihre Beschützer sollten sich mit ihrer besonderen Fracht auf den Weg in die Vereinigten Staaten von Amerika begeben.

„Halten Sie sich genau an die vorgegebenen Instruktionen und geben Sie gut auf Ihre Geschenke Acht. Wir wollen doch nicht, dass eines verloren geht!", befahl Antonow mit ironischem Unterton.

„Natürlich nicht General."

„Wenn Sie Ihre Geschenke übergeben haben, werden wir uns wiedersehen und unseren großen Erfolg feiern." „Es ist uns eine Ehre, General!"

„Gut! Dann wecken sie unsere Freunde, sie haben lange genug geschlafen!"

Die vier verabschiedeten sich und Juri Antonow konnte sicher sein, dass er niemanden von ihnen wiedersah, genauso wie seine Schläfer in den Vereinigten Staaten.

Der Kalender zeigte den 2. Juli 2104 an, als die Kuriere unter dem Deckmantel diplomatischer Immunität vollkommen unbehelligt in die Vereinigten Staaten einreisten. Schon am nächsten Tag würden sie bei ihren Genossen sein, von denen sie bereits erwartet wurden.

Noch jemand war unterwegs. Wie schon oft zuvor fuhr Jenny ziellos durch die Gegend. Ihre Kopfschmerzen hatten erneut eingesetzt und sie wollte sich mit dieser Fahrt ein wenig ablenken. Die Art ihrer Kopfschmerzen hatte sich in den letzten Tagen verändert. Aus dem Hämmern war ein Stechen geworden und immer wieder sah Jenny blitzartig Bilder, die sie nicht zuordnen konnte. Da sie sich diese Bilder nicht erklären konnte, schwieg sie darüber. Doch sie bereiteten ihr viele schlaflose Nächte. Sie suchte Zerstreuung in ihren nächtlichen Fahrten ohne Ziel, die meistens darin endeten, dass sie irgendwo ein abgelegenes Plätzen fand und stundenlang den Vollmond ansah.

Es war eine nasskalte Sommernacht und Jenny befand sich schon weit außerhalb Washingtons, als sie bemerkte, dass es ihr immer schlechter ging. Als der Schmerz in ihrem Kopf fast unerträglich wurde, fuhr sie rechts ran, ließ das Fenster herunter und wartete eine Weile.

Du musst zurück, sprach sie mit sich selbst und verfiel zunehmend in Panik. Irgendwie musst du zurück! Hastig wendete sie ihren Wagen und raste zurück in Richtung Washington.

Eigentlich wusste es Jenny besser, doch zu dieser Uhrzeit gab es nur noch wenig Verkehr. Jenny drückte fester aufs Gaspedal. Sie hatte Washington schon fast erreicht, als plötzlich Jennys Blitzbilder ihr die Sicht nahmen und sie den auf sich zukommenden Truck nicht wahrnahm. Es dauerte ein paar Sekunden, bis das ständig laute dröhnende Horn des Trucks zu Jenny durchdrang. In Panik versuchte Jenny eine Vollbremsung und verriss das Lenkrad. Auf der regennassen Fahrbahn hatte sie absolut keine Chance. Der Wagen geriet ins Schleudern, streifte die Begrenzungspfosten. Durch das heftige Schlingern verlor er, mit hohem Tempo die Bodenhaftung und überschlug sich mehrfach, bis er schließlich, nach scheinbar endlosen Sekunden auf dem Dach landete. Funken sprühten. Das laute Schleifen des Metalls auf dem Asphalt und das Bersten des Gases zerrissen die Ruhe der Nacht. Dann herrschte Totenstille!

Der Truckfahrer Gerry Rian sprang aus seinem Truck, rannte mit dem Handy am

Ohr um Hilfe rufend zu ihrem Wagen. Er sah nach Jenny, die kopfüber, blutüberströmt und schwer verletzt in ihren Gurten hing. Er berührte die Schwerverletzte vorsichtig am Arm, die nur stöhnende, leise Laute von sich gab. „Ganz ruhig, Miss, ganz ruhig. Hilfe kommt gleich! Ich werde bei Ihnen bleiben. Keine Sorge, alles wird wieder gut!"

Gerry redete unaufhörlich auf sie ein und zerquetschte dabei fast Jennys Hand.

„Wo bleiben die denn nur?", wiederholte er ständig nervös. Die Rettungskräfte schienen in dieser Nacht unendlich lange zu brauchen.

Als sie endlich eintrafen, rannte Gerry ihnen entgegen. „Kommen Sie! Kommen Sie schnell! Sie muss mich völlig übersehen haben. Sie hat mich einfach übersehen", stammelte er unablässig.

Nach einer Viertelstunde konnten die Rettungskräfte sie endlich aus ihrer misslichen Lage befreien. Als sie auf der Trage lag, versuchten sie, Jenny immer wieder anzusprechen.

„Miss? Hallo, Miss? Können Sie mich hören?"

Jenny reagierte nur zögerlich. Als ihre Worte einigermaßen verständlich waren, brabbelte sie nur wirres Zeug. Dennoch machte sich einer der Rettungssanitäter die Mühe ihre Worte aufzuschreiben.

„Wohin werden Sie sie bringen?", wollte Gerry wissen.

„Ins General Hospital in Washington, Sir!"

„Danke!" Während Jenny auf dem Weg in dem General war, beschloss Gerry, der noch unter Schock stand, an Ort und Stelle in seinem Truck zu übernachten.

Im General Hospital eingetroffen, wurde Jenny sofort in die Notaufnahme gebracht.

„Was haben wir hier? Kennen Sie ihren Namen? Hat sie irgendwas gesagt?", wollte ein Arzt wissen.

„Verkehrsunfall. Vitalzeichen schwach vorhanden. War kurz ansprechbar, hat aber nur wirres Zeug gestammelt, aus dem keiner schlau wird. Wir haben keine Papiere bei ihr gefunden!"

Eilig brachten sie Jenny in den Behandlungsraum.

„Also dann Jane Doe. Mal sehen, wie wir dir helfen können!"

Jenny hatte Glück im Unglück. Die stabile Konstruktion ihres Wagens hatte das Schlimmste verhindert. Doch da ihr Kopf schwer in Mitleidenschaft gezogen worden war, entschieden sich die Ärzte, Jenny, nach der Korrektur ihrer Knochenbrüche, ins künstliche Koma zu versetzen. Einige Stunden später lag sie in einem Einzelzimmer des General Hospitals, ohne etwas von dem, was um sie herum geschah, mitzubekommen.

Während Jenny schlief waren andere hingegen hellwach. „Ihr müsst noch bleiben. Wir brauchen euch noch!"

„Aber eigentlich sollten wir doch sofort nach Kiew zurückkehren."

„Wir schaffen es nicht ohne euch! Der Zeitplan ist eng und wir haben nur diese eine Chance!"

Die Kuriere nickten ihren Beschützern zu und blieben, um zu helfen.

Juri Malinov, der Anführer der Verschwörer, hatte die Produktion bereits vor einer Woche eingestellt und offiziell verlauten lassen, es handle sich nur um eine kurzfristige Produktionsschwierigkeit, die pünktlich zum 4. Juli, der in den Staaten ein Feiertag war, behoben sei. Hierdurch waren alle Amerikaner gezwungen, sich den Nachschub für ihre Replikatoren zur selben Zeit liefern zu lassen.

„Dass ihr diese riesen Fässer hier einfach so ins Land reinbringen konntet, ist einfach unglaublich", höhnte Malinov kopfschüttelnd.

„Diese überheblichen Amis wiegen sich eben in Sicherheit."

„Schon Morgen wird ihnen ihre Arroganz zum Verhängnis werden!"

„Hört auf zu quatschen und lasst uns lieber fahren. Wir haben noch viel zu tun und eine lange Fahrt vor uns. Ich möchte nicht zufällig in eine Kontrolle geraten."

Mit ihrer Unheil bringenden Fracht begaben sie sich auf den Weg zu der Hauptproduktionsstätte, die die gesamten Vereinigten Staaten mit Nahrung versorgte. Drei Stunden später waren sie fast am Ziel.

„Es wird schon fast hell, Juri."

„Keine Sorge, wir sind gleich da."

„Müssen wir mit Widerstand rechnen?"

„Nein! Wir sind die Einzigen, die Zugang zum inneren Bereich haben und die Schicht der Arbeiter wird erst um 7:30 Uhr beginnen."

„Dann haben wir noch gut drei Stunden. Könnte knapp werden!"

„Keine Sorge, wir sind gut vorbereitet. Alles wird laufen wie geplant. Wir werden genügend Zeit haben, um den Flughafen zu erreichen, und noch bevor es richtig losgeht, sind wir auch schon weg!"

Sie lachten.

An ihrem Ziel angekommen luden sie die zwanzig Fünfhundertliterfässer vorsichtig aus und fuhren sie ungesehen direkt in das Herzstück der Firma.

„Nun, meine Herren, sehen Sie sich um. Vor sich sehen Sie genau die 2500 Tanks, die die pure Arroganz am Leben hält. Bis in ein paar Stunden jedenfalls!" Erneut lachten sie.

„In jeden dieser Tanks müssen vier Liter von uns hinzugefügt werden, also lassen Sie uns anfangen. Bitte machen Sie keine Fehler! Ich würde nur ungern General Antonow gegenübertreten, wenn er schlechte Laune hat."

Alle lächelten, denn sie wussten genau, was Juri Malinov damit meinte. Doch die schlechte Laune ihres Generals würde sicher nicht ihr Problem sein.

Drei Stunden und zehn Minuten arbeiteten sie Hand in Hand bis die zwanzig Fässer, die sie mitgebracht hatten, bis auf den allerletzten Tropfen, geleert worden waren.

„Wir müssen uns beeilen, in zwanzig Minuten kommen die ersten Arbeiter!"

„Was jetzt?"

„Jetzt werden wir noch dafür sorgen, dass die Produktion wieder anläuft. Ihr werdet in der Zwischenzeit die leeren Fässer im Laster verstauen. Los, los!"

Pünktlich wie immer, um Viertel nach sieben, als sei dies ein ganz normaler Tag, steckte Malinov seinen Sicherheitsschlüssel in die Kontrollanlage und drehte ihn um. Wenige Augenblicke darauf hörte er die Motoren anlaufen. Die Produktion begann. Er sah auf seine Uhr. In genau fünf Stunden würden die Amerikaner ihr blaues Wunder erleben. Insgeheim war Juri froh, zu dieser Zeit nicht mehr in diesem Land sein zu müssen. Jetzt gab es kein Zurück mehr, aber das wollte ja auch keiner von ihnen.

Malinov eilte zum Laster und stieg hastig ein.

„Los! Los fahr schon!", forderte Malinov und der Transporter setzte sich Richtung stadtauswärts in Bewegung. Eine Dreiviertelstunde später stand der LKW in Flammen und brannte völlig aus, während ein Kleintransporter mit hoher Geschwindigkeit die Fahrt zum Washingtoner Flughafen aufnahm.

„Ich wünsche Ihnen einen schönen Unabhängigkeitstag, meine Herren."

Wieder lachten sie alle, doch den Rest ihrer Fahrt schwiegen sie.

Als die acht Terroristen ihr Fahrtziel erreicht hatten, den Kleintransporter in der Tiefgarage des Flughafens parkten, war die Auslieferung der frisch produzierten Nahrung bereits in vollem Gange. In aller Ruhe begaben sich die Saboteure zu ihrem Terminal und checkten ein. Voller Freude, dass sie nun endlich nach so langer Zeit ihre Heimat wiedersahen, wie auch im Gedanken an die bevorstehende Beförderung, die General Antonow persönlich vornehmen würde, ließen sie sich in ihre Sitze der betagten Topolew sinken.

Eine halbe Stunde später rollte die altersschwache Topolew auf die Startbahn und hob wenig später ab. Der Flug würde einige Stunden dauern, deshalb machten sie es sich ein wenig gemütlicher, um ein wenig Schlaf zu finden. Die schweißtreibende Arbeit forderte ihren Tribut.

Zwanzig Minuten später schreckte kreischendes Motorengeheul alle aus dem Schlaf. Die Menschen im Flugzeug schrien voller Panik, denn die Maschine befand sich im Sturzflug.

„Oh mein Gott", schrie Malinov. „Wir stürzen ab, oh mein Gott, wir stürzen ab."
Schreie und Stimmengewirr gellten durch das altersschwache Flugzeug, dessen

Passagiere ängstlich ihren letzten Sekunden entgegensahen.

Wenige Augenblicke darauf zerschellte die Maschine am Boden und ging unmittelbar in Flammen auf.

Der Catering-Service des Flughafens war als Erstes beliefert worden und der Pilot hatte einfach nicht widerstehen können, nach so langem Verzicht, noch vor dem Flug nach Kiew gierig zu speisen.

Unzählige Amerikaner teilten an diesem Tag Malinovs Schicksal. Abgesehen von den vielen Flugzeugen, die an diesem Tag vom Himmel stürzten, sorgten unzählige Autounfälle für weiteres Chaos und viele Tausende Tote. Schreiende Menschen liefen, teilweise brennend, andere verwirrt, quer über die Straßen. Andere taumelten, sinnloses Zeug vor sich her brabbelnd, stießen an Wände und Laternen, bis sie schließlich in sich zusammensanken, ihr Kreislauf versagte und starben.

Im Weißen Haus liefen die Telefondrähte heiß.

Jaden Forbes rief den ‚Nationalen Notstand' aus und wen auch immer er traf, schrie er an, forderte, ihm endlich die Ursache für diese Katastrophe zu benennen.

„Ihr seid aber auch wirklich zu gar nichts zu gebrauchen", fluchte er gefühlte tausendmal.

Hundertfach ging man im Krisenstab Schritt für Schritt alle Möglichkeiten durch, ohne dass man sich einig wurde. Gehetzt und gereizt schrien sie einander an. Rauften sich verzweifelt die Haare, und jedem stand das Entsetzen ins Gesicht geschrieben. Fassungslos sahen sie unablässig auf die großen Fernsehmonitore, die entsetzliche Bilder sterbender und schwer verletzter Menschen zeigten. Es dauerte ganze zehn Stunden bis Brian O'Neel schließlich den gemeinsamen Nenner fand.

„Hey Henry! Warte!", rief Brian laut, während er hinter dem betagten General herrannte, um ihn einzuholen.

„Jetzt nicht, Brian, du siehst doch, was hier los ist!"

„Halt, halt! Werden Army und Rettungskräfte mit anderen Lebensmitteln versorgt?", schrie Brian aus Leibeskräften.

Plötzlich herrschte Grabesstille im Raum.

„Was?" Henry Jackson drehte sich abrupt um und sah Brian entsetzt an.

„Werden sie getrennt versorgt?" „Ja natürlich. Die Army hat einen eigenen Stützpunkt dafür und produziert selbst, genauso wie ..."

Doch bevor Henry Jackson ausreden konnte, sah er Brian O' Neel in Richtung Oval Office rennen. Völlig außer Atem riss er die Tür auf und rief Jaden Forbes entgegen: „Die Lebensmittel!"

„Was?"

„Es sind die Lebensmittel! Es kann nicht anders sein. Es sind die Lebensmittel, Sir!"

„Aber dann müsste die Army ..."

„Die versorgen sich selbst, Sir"

„Oh mein Gott", murmelte Forbes, während er zum Hörer griff: „Stoppen Sie sofort die Lebensmittelverteilung!"

Doch der Mann am anderen Ende der Leitung stutze: „Sir?"

„Verdammt noch mal: Sind Sie taub? Stoppen Sie sofort die gesamte Auslieferung und zerstören sie alles, was ausgeliefert wurde!"

„Jawohl, Sir, sofort!"

„Brian!"

„Sir?" „Setzen Sie die Nationalgarde in Bewegung; die sollen uns eine Probe von diesem Scheißdreck besorgen. Alles andere sollen sie verbrennen!"

„Ja, Sir!", bestätigte Brian und er war schon fast draußen, als er Forbes hörte: „Brian!"

„Ja, Sir?"

„Gut gemacht, Junge!"

Brian nickte und verschwand genauso schnell, wie er gekommen war. Er traute seinen Ohren kaum.

Gut gemacht, Junge, dachte er, doch er hatte jetzt keine Zeit mehr noch weiter darüber nachzudenken.

„Brian!"

„Ja was!"

Diesmal war es Henry Jackson, der nach ihm rief: „Hast du den Commander endlich gefunden?"

„Welchen Commander?"

„Na, den Commander!"

„Nein. Ist wie vom Erdboden verschluckt. Keine einzige Spur von ihm. Nicht mal Eric Goren konnte mir helfen!"

„Konnte oder wollte er nicht?"

„Was weiß ich! Die Telefonnummer hat nichts gebracht. Ist keiner rangegangen", erklärte Brian und war auch schon wieder weg.

„Verflucht!", murmelte Jackson, „verflucht noch mal!"

Binnen weniger Stunden waren die Krankenhäuser hoffnungslos überfüllt. Ärzte und Schwestern rannten umher und taten ihr Bestes, die schon auf den Fluren liegenden Verletzten nach besten Kräften zu versorgen.

Nur Jenny bekam von alldem nichts mit. Eine der diensttuenden Ärztinnen betrat mit einem Pfleger Jennys Zimmer. „Bringen Sie unsere Jane Doe irgendwo anders unter; ich brauche dieses Zimmer!", sagte sie, während sie noch einmal hastig Jennys Krankenblatt überflog. Danach sorgte sie dafür, dass Jenny in ein paar

Stunden aus dem künstlichen Koma erwachen würde.

„Wenn sie wach wird und Ärger macht, stellen Sie sie wieder ruhig!"

„Wo soll ich denn mit ihr hin?"

„Was weiß denn ich!", fuhr sie den Pfleger an.

„Von mir aus räumen Sie eine Besenkammer frei und bringen Sie sie da unter!"

„Ist das Ihr Ernst?"

„Sehen Sie mich lachen? Hören Sie mein, Guter, ich habe jetzt absolut keine Zeit für irgendwelche Spinner, die behaupten, Außerirdische würden uns besuchen. Sehen Sie sich um! Ich hab hier weiß Gott genügend irdische Probleme. Also los, los, Bewegung! Ich kann auf das Zimmer nicht ewig warten!", fuhr sie den Pfleger an und verließ genervt das Zimmer. Der Pfleger tat, wie ihm geheißen, doch ihm war nicht wohl dabei, als er Jenny in den kleinen Raum ohne Fenster, in den gerade einmal ihr Bett hineinpasste, schob.

„Tut mir schrecklich leid, kleine Jane! Aber du hast es ja gehört! Ich werde versuchen, ein wenig auf dich achtzugeben, soweit das in diesem Chaos überhaupt möglich ist."

Noch einmal sah er kurz zurück, bevor er die Tür hinter sich schloss.

In all der Hektik, die in diesen Katastrophentagen anhielt, vergaßen die Ärzte eine Jane Doe, die vollgepumpt mit Haloperidol und anderen Beruhigungsmitteln in ihrem Kämmerchen lag. An diesem sowie an vielen weiteren Tagen darauf, wurden noch unzählige John und Jane Does eingeliefert, um die man sich kaum kümmern konnte. Welche Rolle spielte da schon diese eine mehr?

Da an diesem schicksalhaften 4. Juli 2104 Tausende von Menschen gestorben waren und in den darauffolgenden Tagen und Wochen Zehntausende hinzukamen, entschied man sich für Massengräber, die in den meist unbewohnten Vororten vieler Städte angelegt wurden. Doch Amerika sah sich noch einem anderen Problem gegenüber. Jene, die überlebt hatten, litten von nun an Hunger. Nichts war in den folgenden Wochen gefährlicher, als die plündernd umherziehenden Rotten ausgehungerter Menschen, die, je weniger sie mit der Zeit fanden, immer gewalttätiger wurden und vor nichts zurückschreckten.

Antonows grausamer Plan hatte perfide genau sein Ziel erreicht. Amerika versank mehr und mehr im Chaos. Je mehr Antonow über die Toten las, desto zufriedener wurde er.

„Jetzt müsst ihr, so wie ich damals, ganz von vorne anfangen. Niemand ist da, um euch Helden zu retten! Jetzt steht ihr vor dem Nichts und kein Geld der Welt kann euch raus helfen!"

Antonow hob sein Glas, obwohl er allein im Raum war. „Auf die Stunde null! Willkommen, ihr armseligen Gierhälse, zu eurem Anfang vom Ende! Ach hol euch doch alle der Teufel!", murmelte Antonow, grinste höhnisch, leerte sein Glas und warf es hinter sich gegen die Wand.

Der neue Herr im Hause

In den ersten Tagen und Wochen nach diesem terroristischen Anschlag war Amerika wie gelähmt. Ohne Unterbrechung war sämtliches medizinisches Personal damit beschäftigt, den nicht abbrechen wollenden Strom an Verletzten zu versorgen. Doch es waren derart viele, dass es zusehends schwieriger sie wurde, Medikamente und Verbandszeug zu beschaffen. Den Ärzten und Pflegern blieb nichts anderes übrig, als den Schwarzmarkt zu nutzen, wenngleich mit sehr gemischten Gefühlen, denn niemand von ihnen konnte sicher sein, dass darin enthalten war, was auf der Packung stand. Sie kauften zu horrenden Preisen und arbeiteten bis zur Erschöpfung. Das Militär gab ihnen sämtliche Notrationen und die für den Kriegsfall eingelagerten Trockennahrungsmittel.

Überall an den Hausruinen in den verschiedenen Städten hingen Suchmeldungen und Bilder von jenen, die vermisst wurden. In den öffentlichen Gebäuden gab es Aushänge mit den Namen derer, die identifiziert werden konnten. Tot oder lebendig.

Suhe und seine Brüder durchforsteten jedes Krankenhaus innerhalb und außerhalb von Washington. Auf der Suche nach Jenny bot sich ihnen überall dasselbe Bild: Verwundete, stark verbrannte, und sterbende, namenlose Menschen, die die Flure verstopften und auf Hilfe hofften. Obwohl zutiefst beunruhigt darüber, dass Jenny nicht zurückgekommen war, halfen er und seine Brüder, wo immer sie konnten. Krankenzimmer für Krankenzimmer schritten sie ab und halfen, nicht zuletzt auch in der Hoffnung, Jenny auf diese Art zu finden. Im General Hospital unterstützen sie die Pflegekräfte, doch selbst hier fanden sie Jenny nicht. Das kleine Kämmerchen, an dem sie mehr als zwei Wochen ungeachtet vorbeiliefen, war nicht als Krankenzimmer ausgewiesen. Das Schild Lagerraum war entfernt worden und nicht durch ein ICU-Schild, (Intensive Care Unit) ersetzt worden, nachdem Jenny dort hineingepfercht worden war. Deshalb gab es für die Mönche keine Notwendigkeit, diesen Raum zu betreten. Mit jedem Tag, der ergebnislos verstrich, verlor Suhe mehr und mehr an Mut. Der normalerweise ausgeglichene, in seinem Glauben ruhende Mönch, verlor sein inneres Gleichgewicht, und in so mancher Nacht flossen ungewollt Tränen über sein runzliges Gesicht. Auch wenn ihm stets bewusst blieb, dass sich lediglich das Schicksal erfüllte, das einen Kreis schloss, um einen anderen zu öffnen, so gab es für ihn als Mensch den Schmerz des bewussten Abschieds. Nicht ein Krankenhaus hatte sie ausgelassen, alle Feldlazarette durchsucht.

Kasernen durchforstet, bei Obdachlosen nachgefragt. Doch es gab nicht die geringste Spur von ihrem Kundun.

Tagelang zog sich Suhe zum Gebet zurück, bis schließlich die aufkeimende Wut der Depression, die wiederum der Akzeptanz wich. Noch einmal hörte er Jennys Stimme in sich: ‚Fürchtet nicht den Tod, denn es gibt ihn nicht. Die Energie, die meine Hülle verlässt, nimmt lediglich eine andere Form an. Deshalb trauert nicht um mich'. Suhe nickte und lächelte leicht, nahm das Schicksal an, wie es seit jeher Brauch seines Glaubens war und seine Brüder taten es ihm gleich.

Jaden Forbes indes versuchte, das Land trotz aller Umstände zu regieren. Er beließ die Nationalgarde auf den Straßen, um den Menschen ein Gefühl von Sicherheit zu geben. Die Soldaten sollten helfen, wo sie nur konnten. Gleichwohl wusste Forbes nur zu gut, dass dies zu diesem Zeitpunkt reine Augenwischerei war. Obwohl der nationale Notstand ausgerufen worden war und die Soldaten Befehl erhalten hatten, auf jeden, sich der Festnahme widersetzenden Plünderer zu schießen, versuchten sie nach Möglichkeit diesen Befehl zu umgehen. In den Augen der meisten Nationalgardisten waren bei dem Anschlag bereits genug Amerikaner getötet worden. Doch selbst wenn ihnen nichts anderes übrig blieb, als zu schießen, schreckte das die Plünderer nicht im Geringsten ab.

In einer herzergreifenden Ansprache an die Nation hatte Jaden Forbes allen Amerikanern sein tiefstes Mitgefühl ausgesprochen und er versprach, dass die Verantwortlichen dieses feigen Terroranschlages zur Verantwortung gezogen werden würden.

Jaden Forbes war ein begnadeter Redner. Die eigentlichen Probleme, die sich noch ergeben würden, verschwieg er beflissentlich. Auch dass die Ursache bei den Replikatoren lag, erwähnte er in der Ansprache nicht. Er wusste genau, dass es für dieses Jahr viel zu spät war, noch etwas anzupflanzen, sodass der Hunger unvermeidlich war. Das ließ sich übers Fernsehen aber schlecht verkaufen und die Masse war schon aufgebracht und verzweifelt genug. Der Stabschef Brian O'Neel stand vor der Tür zum Oval Office: „Kommen Sie rein, Brian."

Brian rückte seine Krawatte zurecht, strich sie noch einmal glatt und öffnete die Tür. „Mr. President!"

„Haben Sie Robert Goren gefunden, Brian?"

„Tut mir Leid, Sir, niemand weiß, wo er ist."

„Verdammt! Und wen soll ich jetzt zur Verantwortung ziehen? Die Amerikaner brauchen einen Schuldigen. Ich könnte ihn umbringen, diesen ...!"

Brian senkte seinen Blick. Wenn sein Chef schlechte Laune hatte, war es besser, ihn nicht zu provozieren.

„Dieser, wie war das noch gleich ... First-High-Comander? Was ist mit dem?"

„Ich bedaure, Sir, aber auch der ist wie vom Erdboden verschluckt."

„Himmelherrgott noch mal! Man kann doch nicht einfach so verschwinden! Wer hat den überhaupt zum FHC berufen?"

„Das Kabinett und der Generalstab, Sir. Es heißt, dass er bereits den letzten fünf Präsidenten zur Verfügung stand, Sir."

„Dann ist er hier nach Apophis aufgetaucht, ja?"

Brian fühlte sich bei dieser Art von Befragung und zu diesem Thema sichtlich unwohl. „Nicht direkt, Sir, ähm, ... soweit ich weiß, stand er Ben Goren schon zur Seite, als er noch Senator war." Brian korrigierte seinen Chef äußerst ungern, denn Forbes mochte es nicht, wenn man ihn berichtigte.

„Der muss ja uralt sein!"

„Informationen zu seinem Alter stehen uns leider nicht zur Verfügung, Sir."

„Gut lassen wir das. Für den Augenblick jedenfalls! Aber wenn sich die Gelegenheit ergibt, will ich mehr über diesen FHC wissen! Suchen Sie weiter nach ihm."

Brian atmete erleichtert auf.

„Hat das FBI-Labor schon was herausgefunden?"

„Sie sind noch immer bei der Analyse der Bestandteile, Sir."

„Machen Sie mächtig Druck, Brian, ich brauche Antworten!"

„Jawohl, Sir."

Während das Labor des FBI noch fieberhaft nach Antworten suchte und mit der Homeland Security Hand in Hand arbeitete, wich die Trauer der Bevölkerung der Wut. Immer mehr Menschen griffen nach dem Recht des Stärkeren. Der Mob zog plündernd durch die Straßen und schreckte jetzt auch vor Mord nicht mehr zurück. Wer etwas besaß, es aber nicht hergab, musste eben dran glauben. Nichts und niemand waren sicher.

Doch nicht nur die Amerikaner befanden sich in Schwierigkeiten. Auch in der Sonora wurde das Leben zusehends unerträglicher.

Calrisian führte seine Regentschaft mit eiserner Hand. Wer sich widersetzte oder wagte etwas zu sagen, das ihm nicht gefiel, wurde eingesperrt oder hingerichtet. Von den einst 6500 verblieben jetzt nur noch 5000 Newcomer und ihre Zahl nahm weiterhin ab. Es gab mittlerweile viele Dinge, die seinen einstigen Gefolgsleuten nicht gefielen. Sie hatten sich ein Leben unter seiner Führung anders vorgestellt und die Unzufriedenheit wuchs von Tag zu Tag.

Drago und Elia machten sich große Sorgen um Jenny. Ihnen war die Katastrophe im anderen Teil des Landes nicht entgangen und zu gerne würden sie nach Jenny sehen. Doch Calrisian hatte striktes Verbot erteilt, die Basis zu verlassen und jeder Versuch wurde von ihm bemerkt und bestraft.

Noch etwas beschäftigte die beiden, von dem sie noch nicht wussten, wie sie damit umgehen sollten. So sehr sie die Menschen als ihre Peiniger hassten, hatten sie von Jenny doch gelernt, dass es Situationen gibt, in denen man helfen musste. All das, was den Amerikanern fehlte, besaßen sie im Überfluss. Die Speicher, die Jenny damals hatte anlegen lassen, waren randvoll und die Bewohner der Basis verbrauchte niemals die gesamte neue Ernte. Aber wie sollten sie an Calrisian vorbeikommen?

Wie schon oft zuvor saßen Drago und Elia beisammen.

„Jenny hatte damals recht. Wir hätten den Einschlag von Apophis verhindern sollen. Sie hätte bestimmt eine Möglichkeit gefunden uns zu schützen. Dann wäre das alles jetzt nicht passiert!"

„Na, das sag mal Calrisian!", meinte Elia.

„Ja ja, ich weiß. Aber die da oben einfach verrecken zu lassen, ich weiß nicht! Was, wenn wir an deren Stelle wären? Jenny würde das nicht wollen", sagte Drago leise.

„Aber wie willst du Weizen, Gemüse und Fleisch an Calrisian vorbeischmuggeln? Dazu noch in solch großen Mengen!"

„Weißt du, Tiere haben die Angewohnheit sich ständig zu verlaufen und diese Säcke, in denen der Weizen ist, gehen ständig kaputt. Die sind auch nicht mehr das, was sie mal waren. Dann sind da noch diese gefräßigen Hasen, Mäuse und diese ekligen, glitschigen Schnecken. Die haben sich so fürchterlich vermehrt, die fressen einem aber auch alles weg!"

Elia lachte. „Du glaubst doch nicht wirklich, dass du damit durchkommst, oder?"

Drago schwieg.

Elia schüttelte den Kopf. „Oje, du glaubst tatsächlich daran!"

„Jenny nennt das ‚Improvisieren'."

„Ach, nennt sie das so!"

Nachdenklich schwiegen beide gut zehn Minuten.

„Calrisian wird uns umbringen, wenn er Wind davon kriegt!"

„Du musst noch viel lernen, Elia!"

„Wieso?"

„Einen Rotgardisten kann er nicht töten! Das kann nur Jenny!"

„Bist du dir absolut sicher, dass das so ist? Ich meine, weiß Calrisian das auch?"

„Ja, bin ich! Vertrau mir, Elia! Nein, Calrisian weiß das nicht und wir sollten ihn im Glauben seiner unbegrenzten Macht belassen!"

„Wenn du dir sicher bist, hätten wir Jenny nicht gehen lassen müssen. Warum haben wir diesen Aufstand dann nicht verhindert?"

Elia seufzte und wurde zugleich wütend. Er presste seine Lippen zusammen und ballte seine Hand zur Faust.

„Wenn dem so ist, warum töten wir nicht einfach Calrisian? Haben wir nicht das Recht dazu? Schließlich hat er 1500 von den Newcomern hinrichten lassen. Wie lange willst du dass noch dulden, Drago?"

„Ich habe einen Sohn, den ich schützen muss, Elia! Solange er nicht erwachsen ist, kann er ihn töten. Er ist mein einziger Sohn und zudem mein Erstgeborener, versteh doch!"

Entsetzt sah Elia auf Drago.

„Du opferst die Gemeinschaft für deinen Sohn?"

„Was denn für eine Gemeinschaft, Elia? Sieh uns doch an! Die Rotgardisten sind unter sich und die Mehrheit hält immer noch zu Calrisian."

„Aber du führst die Rotgardisten! Jedenfalls solltest du das!"

„Hör auf, Elia! Davon verstehst du nichts. Du hast keine Kinder."

„Ich schäme mich gerade, ein Rotgardist zu sein, Drago. Erst Jenny, jetzt die anderen!"

Wütend sprang Drago auf, presste Elia mit Wucht gegen die Wand und drückte ihm die Kehle zu.

„Halt endlich dein verfluchtes Maul, Elia, oder du wirst es bereuen!"

Er ließ von Elia ab und Elia hüstelte ununterbrochen. Der Gewürgte griff sich an den schmerzenden Hals und rieb ihn behutsam. Langsam kehrte die normale Gesichtsfarbe in sein Gesicht zurück. Er ballte die Faust in der Tasche seiner Uniform, unterließ es aber, seinen Vorgesetzten anzugreifen. Währenddessen tat Drago, als sei nichts gewesen und sprach mit normaler Stimme weiter: „Lass uns jetzt zunächst dieses Problem lösen. Wir brauchen einen Boten, einen der sich bei den Menschen sehen lassen kann. Einen, dem sie vertrauen werden", überging Drago die Situation, als sei nichts vorgefallen. Der eingeschüchterte Elia wollte keine weitere Auseinandersetzung provozieren. „Ach, und wer soll das bitte sein?", ließ er dennoch schnippisch verlauten.

„Wie wäre es mit Ben Goren? Er schuldet uns noch was. Also wirst du ihn um diesen Gefallen bitten."

„Ich?"

„Na klar, wer sonst? Wäre ich weg, würde Calrisian sofort Lunte riechen. Du musst einfach nur krank werden."

„Aber ich bin nicht krank!"

„Doch, bist du!"

„Nein, bin ich nicht!"

Drago ging auf Elia zu. „Doch, bist du. Du bist schon ganz grün im Gesicht. Das ist mit Sicherheit was ganz Ernstes!"

„Was?"

„Oh Man, sieht echt nicht gut aus. Der Doc wird dein Quartier mindestens für drei Wochen unter Quarantäne stellen müssen."

„Kannst du nicht jemand anderen nehmen?"

„Wieso? Kennst du etwa noch einen, der grün im Gesicht ist?"

„Wie willst du den Doc überzeugen?"

„Och, der weiß schon, dass er Morgen mit dir den sterbenden Schwan aufführen muss."

Elia zögerte weiterhin. „Wie soll ich hier rauskommen?"

„Im Osthangar steht Jennys altes Auto. Auf dem Weg zum Hangar und in ihm gibt es keine Kameras. Der Weg zu Gorens neuer Heimat ist bereits einprogrammiert."

„Was soll ich ihm sagen?"

„Alles, was er wissen muss, ist auf diesem Speicherchip hier. Wenn Jenny ihn richtig eingeschätzt hat, wird er keine weiteren Fragen stellen."

„Improvisieren, ja? Mir ist überhaupt nicht wohl dabei."

„Improvisieren!"

Am nächsten Tag lief alles, wie Drago es geplant hatte und Elia konnte sich 20 Stunden später um fünf Uhr in der Früh ungesehen auf den Weg machen. Einen weiteren Tag später erreichte er die Ranch Sonora, das Anwesen der Gorens in Florida.

Als er vor der Tür stand, zupfte Elia nervös an seiner Uniform. Er zögerte, kurz bevor er den Klingelknopf drückte.

„Verzeihung, Mr. President, erkennen Sie diese Uniform? Haben Sie vielleicht einen Augenblick Zeit für mich? Mein Name ist Elia, Sir." Elia war unsicher, denn es war das erste Mal, dass er mit einem Menschen sprach.

Ben Goren betrachtete sein Gegenüber kurz. „Der Commander schickt Sie?"

„Nicht direkt, Sir, aber so in etwa!"

„Nun, wie auch immer. Ein Freund des Commanders ist auch mein Freund! Also treten Sie ein, Sie sind willkommen!", überspielte Ben Goren Elias Unsicherheit. Beide gingen in das Wohnzimmer des Hauses.

„Was kann ich für Sie tun?"

„Dragon-Commander Drago Solar hat mich gebeten, Ihnen diese Aufzeichnung zu geben."

Ben Goren nahm den Datenträger, der die Form eines Obelisken besaß, und sah ihn nachdenklich an.

„Das hab ich schon lange nicht mehr gesehen."

Ben Goren legte den Chip in ein dafür vorgesehenes Gerät ein. Wenige Sekunden später zeigte sich Drago mittels Hologramm. „Mr. President, bitte entschuldigen Sie, dass ich nicht persönlich bei Ihnen sein kann, aber ich bin sicher, mein Freund Elia wird mich würdig vertreten. Die Umstände erfordern es, dass wir Sie bitten, Folgendes zu tun: ..."

Elia staunte nicht schlecht darüber, was sein Vorgesetzter forderte. Nach einer Dreiviertelstunde endete die Übertragung mit einer persönlichen Bitte Dragos. „Zum Schluss möchte ich Sie um einen persönlichen Gefallen bitten, Mr. President. Unser Commander, Callum David, heißt in Wirklichkeit Jenny Alvarez und ist verschwunden! Da ich derzeit außerstande bin, sie persönlich zu suchen, möchte ich Sie darum bitten, dies an meiner Stelle zu tun. Vielleicht wird es Ihnen möglich sein, wenn sich die Situation verbessert hat und die Lage wieder ruhiger geworden ist, sie zu finden. Elia trägt einen Kommunikator bei sich, über den Sie mich persönlich erreichen können. Er verfügt über das, was Sie eine sichere Leitung nennen. Ganz gleich, wie lange Sie benötigen, wenn der Commander zurückkehrt, soll dies nicht Ihr Schaden sein. Wie auch immer Sie entscheiden, wir danken Ihnen! Diese Informationen, über die Sie jetzt verfügen, nicht für jedermann bestimmt. Seien Sie bitte vorsichtig, wem Sie vertrauen und vor allem, was Sie ihm sagen! Ich danke Ihnen!"

Elia saß nachdenklich da. Drago hatte ihm verschwiegen, dass er Jenny vermisste. Ben Goren saß nachdenklich da und starrte auf den Boden. Sämtliche Erinnerungen an den Commander, die er längst vergessen glaubte, kehrten plötzlich zurück. Für ein paar Augenblicke verdeckte er das Gesicht mit seinen Händen. Er wandte sich wieder Elia zu und sah ihn an.

„Sie gehen ein hohes Risiko ein, um Ihren Commander wiederzubekommen!"

„Mit Verlaub, Sir, das ist nicht irgendein Commander. Die Rotgardisten leben ausschließlich dafür, dieses eine We ..., ähm diese eine zu beschützen. Sie muss zurückkommen, denn ohne sie sind wir nichts!"

Ben Goren sah Elia an: „Bemühen Sie sich nicht um eine Begründung. Ich weiß schon lange, dass Sie und Ihr Commander nicht von dieser Welt sind!"

„Sir?", Elia versuchte, sich dumm zu stellen.

„Dachten Sie, ich hätte die Fahrt mit dem Auto nach meiner Befreiung vergessen? Die Menschen verfügen bis heute nicht über eine solche Technik, und mit Verlaub, ich bin nicht blöd!"

Elia sah verlegen zu Boden, dann erneut zu Ben Goren. „Warum haben Sie nie etwas gesagt?"

„Commander Alvarez stand als FHC bereits all meinen Vorgängern zur Verfügung und sie ist seither offensichtlich nicht gealtert. Allerdings frage ich mich schon, wie sie es geschafft hat, äußerlich als Mann aufzutreten. Sei's drum.

Abgesehen davon gibt es Dinge, für die die Menschheit noch nicht reif genug ist. Auch ich habe mir das Blue Book angesehen. Ich mag Ihren Commander!"

Ben Goren stand auf, ging zu Elia und klopfte ihm auf die Schulter. „Ich weiß nicht, was geschehen ist, dass er verloren ging, aber ich werde Ihnen helfen. Wenn es an der Zeit ist, wird sich die Menschheit für Ihre Hilfe dankbar erweisen!"

Elia sah ihn verwundert an. Nie hätte er gedacht, dass ein Mensch so reagieren könnte.

„Sodann, mein Freund, lassen Sie uns anfangen. Wir haben schließlich nur drei Wochen Zeit bis Sie auf der Basis vermisst werden!"

Elia schmunzelte. Plötzlich verstand er, warum Jenny diesen einen Menschen besonders mochte.

In den darauffolgenden Wochen standen an der nördlichen Grenze der Sonora wiederholt dutzende Transportfahrzeuge, die vom nahe gelegenen Luftwaffenstützpunkt Davis aus anrückten und voll beladen wieder abfuhren. Ben Goren hatte seine alten Kontakte zum Militär reaktiviert und Eric Goren nutzte seine Position als Rear-Admiral, um seinen Vater tatkräftig zu unterstützen. Niemand stellte Fragen, niemand wollte welche stellen. Niemals fiel der Name Ben Goren. Hier und da gab es vereinzelte Gerüchte, die aber nie zu Jaden Forbes durchdrangen. Immer hieß es nur, der Ex, und alle waren dankbar dafür. Mit Ausnahme von Jaden Forbes, den es fast in den Wahnsinn trieb, nicht zu wissen, was genau vor sich ging. Wie er es doch hasste, nicht alles unter Kontrolle zu haben. Calrisian hatte genug damit zu tun, seine Untergebenen davon zu überzeugen, dass diese unbekannte Krankheit nicht auf alle anderen übergreifen würde. Er hatte Angst und genau aus dieser heraus befahl er, die Quarantäne aus Sicherheitsgründen, um weitere drei Wochen zu verlängern.

Nach außen hin ließ Ben das Gerücht streuen, dass die Europäer Erbarmen mit der hungernden US-Bevölkerung zeigten. Niemand machte sich die Mühe, dies zu hinterfragen oder zu dementieren. Doch Ben Gorens Suche nach Jenny blieb erfolglos. So bedrückt er darüber war, er nahm sich vor, nicht aufzugeben und weiterzusuchen. Noch nie hatte er aufgegeben und gerade jetzt würde er es ganz sicher nicht tun. Doch an so manchem Tag saß er verzweifelt in seinem Haus. Wenn alle Hoffnung für ihn verloren schien, dann gab Nancy ihm wieder Kraft.

„Von dem Tage an, als dieser Commander in unser Leben trat, wusste ich, dass ich dich stets mit ihm würde teilen müssen. Ich trank aus Eifersucht und Angst, dich ganz an ihn zu verlieren. Heute weiß ich, dass dieser Commander ein besonderer Mensch ist und so, wie er uns nicht im Stich gelassen hat, dürfen wir es jetzt auch nicht tun! Wenn ich dich hier verzweifelt sitzen sehe, hoffe ich, dass du ihn bald findest! Ich möchte ihm noch vieles sagen. Die Dankbarkeit, die ich nie ausdrücken konnte, die er vermutlich gar nicht hören mag, aber sagen will ich es gerne. Wir stehen das zusammen durch, bis er wieder hier ist. Glaub mir, du wirst ihn finden. Wenn es einer kann, dann ganz sicher du!"

Unermüdlich suchte Ben Goren weiter.

Die Rotgardisten waren nicht die Einzigen, die das Treiben auf der Erde beobachteten.

In den Wirren der Geschehnisse fand niemand Zeit, die Bilder des Hubble-Weltraumteleskops auszuwerten und das All zu beachten. Sie verschwanden in den Wirren der Zeit in irgendeinem Archiv, obwohl sie Erstaunliches gezeigten.

„Wo bleibst du, Daán? Das Konzil wartet!"

„Kórel, wann wirst du lernen, dass Zeit relativ ist?"

„Eile dich! Sie sind bereits ungeduldig", forderte Kórel schmunzelnd.

Gemeinsam betraten sie den Besprechungsraum des Konzils.

„Wir grüßen euch."

„Lasst uns also festlegen, wie wir weiter vorgehen wollen", sagte Kórel.

„Sórei hat mich aufgrund der Daten, die wir ihm haben zukommen lassen, gebeten, der obersten Führung mitzuteilen, dass ein Krieg dieser ‚Menschen', wie sie sich nennen, ausgeschlossen erscheint", gab Daán bekannt.

„Wie sollten sie auch", äußerte Gódei abfällig, „sie verfügen nicht über die notwendigen Mittel dazu! Sind wir hierher gereist, nur um diese armseligen Kreaturen zu beobachten?"

Alle schwiegen.

„Ist die Basis auf dem Mond errichtet?" „Sie ist voll einsatzfähig", bestätigte Qeígon, der Vertreter der technischen Kaste. „Die geringe Schwerkraft bereitet uns wie erwartet keine Probleme."

„Die Nahrungsmittel, die die Menschen benötigen, wachsen ebenfalls wie erwartet", erklärte Quógei, der Vertreter der wissenschaftlichen Kaste.

„Ist es möglich, das Transportwesen der Menschen zu verändern, Qeígon?"

„Was ist dein Wunsch, Daán?"

Daán zögerte eine Weile. „Wenn wir unsere Portale nach und nach bei ihnen einrichten, glaubst du, sie würden sie nutzen?"

„Wenn wir ihnen sagen, dass es für die Erdatmosphäre besser ist, keine Flugzeuge mehr zu nutzen, werden sie sicher diese Möglichkeit annehmen. Nicht zuletzt, da sie Zeit sparen und sie auf alle ihnen bekannten Beförderungsmittel verzichten können. Aber wir sollten die Portale nicht sofort einführen. Zu viele Veränderungen mit einem Schlag überfordern sie und lassen sie misstrauisch werden. „Ist es des Weiteren möglich", wollte Daán wissen, „herauszufinden, wie sie sich in ihrer Intelligenz unterscheiden, und ich möchte, dass wir außerdem ihre DNA testen."

„Was veranlasst dich zu glauben, diese Spezies könnte über Intelligenz verfügen? Ihr Verhalten lässt jedenfalls nicht darauf schließen!", erklang schnippisch Gódeis Stimme.

Daán überging dessen Provokation beflissentlich.

Qeígon überlegte eine Minute. „Wenn es dein Wunsch ist, wird es so sein, Daán!"

„Ich danke dir, Qeígon."

Sie berieten darüber, wie sie im Einzelnen vorgehen sollten und Gódei wurde immer ungehaltener. „Wir sollten sie versklaven und ihnen zeigen, wer der Herr im Hause ist! Was können sie schon ausrichten gegen uns!"

Alle im Gremium schwiegen. Bis auf Kórel, der sich erhob und auf Gódei zuging, bis er unmittelbar vor ihm stand. „Abgesehen davon, dass du schon fast redest wie diese Menschen, und es eher dem soranischen Volk als unserem entspricht, Sklaverei auszuüben: Das Konzil hat über diese Frage bereits entschieden! Du wirst dich fügen!"

Gódei sah erst zu Boden und dann zu Kórel. „Selbstverständlich, Kórel, was immer das Konzil befiehlt!", äußerte er kleinlaut.

Auf der Erde standen die FBI-Agents Grass und Conner vor Brian O'Neel's Büro. „Dürfen wir eintreten?", fragten sie.

Brian war zum ersten Mal erfreut, die Feds zu sehen. „Bitte kommt ruhig rein. In diesen Zeiten habe ich das FBI gerne zu Besuch!"

„Warum so förmlich, Brian? Sie sagen doch sonst auch Feds zu uns!"

„Ach kommt schon, Jungs. Müssen wir uns wirklich mit solchen Banalitäten aufhalten? Habt ihr, was Forbes will?"

„Haben wir!"

„Sehr gut! Lasst uns gehen; er wartet schon!"

Auf dem Weg zum Oval Office tauschten sie die neuesten Behördeninterna und einige private Dinge aus. Brian und die Agents kannten sich bereits seit Jahren und sie mochten einander, auch wenn sich ihre Behörden nicht grün waren. Wenn sie unter sich waren, zählte das nicht mehr.

„Mr. President, die Herren vom FBI!"

Der Präsident atmete sichtlich auf, als er die Beamten erblickte. Das konnten nur die Informationen sein, auf die er sehnlichst wartete.

Der Sonderermittler Grass nahm militärische Haltung an, als er den Bericht herunterrasselte: „Mr. President, die Analyse ergab, dass es sich bei der den Lebensmitteln beigemengten Substanz, um eine Mischung aus LSD und flüssigem Crack handelt."

„LSD und Crack? Was ist denn das?"

„Es sind Drogen, die etwa Anfang und Ende des 20. Jahrhunderts hier in den Staaten entwickelt wurden. LSD wurde Mitte des 20. Jahrhunderts zu Forschungszwecken von der CIA benutzt. Crack war gegen Ende des 20. Jahrhunderts eine Billigdroge."

Eine Weile schwiegen alle.

„Wollen Sie mir damit sagen, dass irgendein Amerikaner diesen Scheiß produziert und in die Replikatoren gemischt hat?"

„Die Bestandteile des LSD sind identisch mit der damaligen Produktion, die von der CIA damals genutzt wurde, aber das flüssige Crack ..."

Der Ermittler stoppte kurz seinen Bericht, als er sah, dass dem Präsidenten nicht gefiel, was er hörte.

„Nun reden Sie schon und lassen Sie sich nicht alles aus der Nase ziehen!"

„Sir, es hat in den USA niemals flüssiges Crack gegeben. Derjenige, der es entwickelt hat, muss ein besonders begnadeter Chemiker sein."

„Was wollen Sie mir jetzt damit sagen, Agent Grass?"

Grass zögerte etwas und schluckte. „Dass er hier bei uns seine Ausbildung absolviert hat, Sir."

„Es war also doch einer von uns, ja?"

„Nein, Sir. Die Bestandteile des flüssigen Cracks weisen darauf hin, dass es nur in der Freihandelszone hergestellt worden sein kann. Genauer gesagt in Russland, Sir! Nach dem, was ich nachlesen konnte, waren es die Russen, die Mitte des 21. Jahrhunderts die Flüssigform erfanden."

Unruhig lief Jaden Forbes hin und her.

„Die Russen! Verdammt! Wissen Sie vielleicht, wer?"

Agent Conner mischte sich nun ein und trat an die Seite seines Chefs. „Nein, wir wissen das noch nicht. Auf jeden Fall muss derjenige an die notwendigen Rohstoffe herankommen. Das wiederum geht nur mit Genehmigung von höchster Stelle."

Jeff Conner wusste genau, welche Bedeutung in seinen Worten lag. Er fühlte sich unwohl, verschränkte seine Arme hinter dem Rücken und sah betreten zu Boden. Sein Chef half ihm aus der Klemme und ergriff das Wort: „Sir, unter allem Vorbehalt, wir haben eine Vermutung. Juri Antonow ist Chemiker, und er lebte etliche Jahre in den USA! Er hat einen Grund. Seine Frau verstarb an der Infektion Sars III und ihm fehlten damals die finanziellen Mittel für den Impfstoff. Vielleicht hat er es nie verwunden, dass er seine Frau aus Geldnot verlor."

Erneut lief Jaden Forbes unruhig hin und her und versuchte, sich nach außen nicht anmerken zu lassen, dass ihm das Gehörte nicht gefiel. Von einer Sekunde auf die andere sagte er: „Ich danke Ihnen meine Herren! Bitte forschen Sie weiter nach."

Alle verließen den Raum.

Kaum dass sich die Tür zum Oval Office geschlossen hatte und Jaden Forbes alleine war, ging er zu einem Regal und fegte wütend sämtlichen Inhalt herunter. Nachdem er sich wieder beruhigt hatte, griff zum Hörer seines Telefons: „General Jackson?"

„Ja, Sir?"

„Jackson, befehlen Sie Defcon 2!"

„Sind Sie sicher, Sir?"

„Ich wiederhole: Befehlen Sie Defcon 2!"

„Jawohl, Sir, bestätige: Defcon 2!"

Wenige Minuten darauf wurden die Streitkräfte aller Waffengattungen in Alarmbereitschaft versetzt. Auch die Reserveoffiziere wurden einberufen. Auf Befehl von Jaden Forbes wurden umgehend alle Russen und Bewohner der Freihandelszone interniert. Jeder, der sich nicht legitimieren konnte, kam nach Guantanamo Bay, Kuba, besser bekannt als ‚Gitmo'. Die Anlage, die trotz des einstigen Erlasses von Präsident Obama nie offiziell geschlossen wurde, wurde vollgestopft mit Menschen russischer Herkunft. Schuldig oder nicht. Niemand fragte, was dort wirklich geschah, denn die Amerikaner hatten, was sie wollten. Einen Schuldigen und ein Feindbild.

Für das Militär hieß Defcon 2 die Vorbereitung eines Krieges. In den fünf Ringen des Pentagons ging es hoch her; besonders im äußersten, dem Fünften, dem sogenannten E-Ring. Was an Operationen geplant wurde, hier musste es vom Stab des Unified Combatant Command, der sämtliche Streitkräfte bereichsübergreifend befehligte, genehmigt werden.

Jaden Forbes verlangte Ergebnisse, sodass sie alle unter enormem Druck standen. Übereilt entschieden sie die Flugzeugträger USS-Enterprise, USS-Hornet und die USS-Ronald-Reagan auslaufen zu lassen, begleitet von sechs U-Booten der neuen Arizonaklasse.

Natürlich gab es Gerüchte, doch die Amerikaner glaubten nicht ernsthaft an einen kommenden Krieg. Sie hofften auf eine Drohgebärde gegenüber der Freihandelszone, die sie als gerechtfertigt empfanden. Jedenfalls wollten sie es glauben. Doch manchen, der bereits einen Krieg miterlebt hatte, beschlich die beklemmende Angst drohenden Unheils.

Antonows geheimen Nachrichtendienst entgingen die Aktivitäten der Amerikaner nicht. Doch Antonow wollte nicht an einen neuen Krieg glauben. Auch er hielt es eher für eine Drohgebärde. In seinen Augen waren die Amerikaner noch viel zu sehr geschwächt. Da er sich jedoch nicht absolut sicher sein konnte, ordnete er für sein Militär ebenfalls die Mobilisierung an.

Abermals tagte das Konzil auf dem Mutterschiff der Doraner, denn ihnen waren die Ereignisse auf der Erde nicht entgangen. Da sie den Menschen technisch gesehen weit voraus waren, waren sie bestens informiert. Alle via Satellit gesendeten Nachrichten speicherte der Hauptcomputer an Bord des Mutterschiffes sofort und übermittelte sie an das Konzil.

„Wir müssen diese Auseinandersetzung zwingend verhindern", erklärte Daán.
„Warum sollten wir das tun?", meinte Gódei missmutig.

„Wenn wir diesen unsäglichen Krieg verhindern, besteht die Möglichkeit, die Menschen eventuell als Verbündete für uns zu gewinnen. Wir müssen diese Chance zu unseren Gunsten nutzen."

„Daán, ich bitte dich. Du willst diese Barbaren doch nicht etwa zum Verbündeten! Sollen sie sich gegenseitig umbringen. Sie werden von ihrem eigenen Krieg derart geschwächt sein, dass es ein Leichtes für uns sein wird, diesen Planeten zu übernehmen!"

„Gódei, beachte die Direktive des Konzils. Es ist nicht unsere Absicht, diese Welt zu übernehmen."

„Dennoch sind es Barbaren. Im gesamten Universum gibt es nicht eine einzige Spezies, die gegen sich selbst bereit ist, Krieg zu führen. Somit ist ein Bündnis mit diesen Menschen vollkommen undenkbar!"

Das Gremium schwieg, während das Gemeinwesen ihnen signalisierte, dass viele Gódeis Meinung waren.

„Ich stimme zu, wenn du sagst, dass das Verhalten der Menschen nicht als klug und weise anzusehen ist. Tatsache ist dennoch, dass wir nicht wissen, wie intelligent diese Spezies in Wirklichkeit ist. Was würde sein, wenn wir das Ergebnis dieses Krieges abwarten, sie uns freundlich empfangen und mit der Zeit herausfinden, dass wir ihnen dieses Leid hätten ersparen können? Was wird sein, wenn sie nicht so dumm sind, wie es ihr Verhalten derzeit annehmen lässt?"

Sie berieten endlos weiter, und da das Gemeinwesen keine Einigung signalisierte, empfahl Kórel schließlich eine Pause einzulegen.

„Daán, auf ein Wort", bat Kórel und ging mit seinem Freund auf den Flur vor dem Konferenzraum: „In gewisser Weise muss ich Gódei zustimmen. Du verteidigst diese Wesen, als hättest du ein besonderes Interesse an ihnen. Es fällt mir schwer, dir zu folgen!" Daán schwieg.

„Wenn es dein Wille ist, dass das Gemeinwesen Gódei unterstützt, dann schweige nur weiter, Daán! Es wäre nicht das erste Mal, dass wir ein anderes Volk dazu bewegen uns zu folgen. Was ist nur los mit dir? Du kennst diese Spezies doch nicht!"

„Ich folge dir, soweit du sagst, dass ich sie nicht kenne. Doch ich folge dir nicht bei allem anderen. Wir haben eine Verpflichtung, doch niemand erinnert, dass je gesagt wurde, dass wir diese Verpflichtung durch Unterdrückung erfüllen müssen!

Unsere Ahnen vollzogen die schändliche Sklaverei. Ich denke, es ist genug! Wenn wir nicht imstande sind, bessere Wege zu finden als diesen, sind wir dann wirklich anders als diese Barbaren? Was sie unbestritten sind, aber ..." Daán zögerte. Er sah aus dem Fenster und dann erneut zu Kórel. „Ich kann die Möglichkeit nicht ausschließen, dass Daór dort unten lebt! Was, wenn er diesen Krieg nicht überlebt?"

Kórel überlegte eine Weile.

„Deshalb also die DNA-Kontrolle an den Portalen!"

„Wenn wir die Menschen überzeugen, dass alle anderen Verkehrsmittel für sie nicht mehr von Vorteil sind, dann wird er mit der Zeit gezwungen sein, eines unserer Portale zu benutzen. Abgesehen davon gibt es Náran die von ihm gewünschte Möglichkeit, diese Spezies genauer zu untersuchen und die Ergebnisse zu unserem Vorteil zu nutzen."

Kórel erkannte das Flehen in Daáns Augen, als er dies sagte.

„Das ist etwas, das wir dem Gemeinwesen auf keinen Fall mitteilen können und du weißt das! Du hast noch immer keine Beweise für Daórs Anwesenheit. Du hättest früher mit mir reden sollen, Daán. Ich bin mir nicht sicher, ob es uns noch gelingen wird, das Gemeinwesen zu überzeugen."

Daán legte seinen Kopf nach schräg rechts, zog ihn dann langsam nach links herunter, und die Farben, die Daán zeigte, gaben Kórel zu verstehen, dass ihm die gesamte Situation mehr als unangenehm war. Ein Einblick in sein Befinden, den Daán nur selten gewährte.

Beschwichtigend lenkte Kórel ein: „Versuchen wir es und unter uns: Ich würde zu gerne wissen, ob du abermals recht hast!", schloss er aufmunternd.

Einen Monat später befand sich die Menschheit auf der Schnellstraße Richtung Krieges. In einer Ansprache an die Nation hatte Jaden Forbes erklärt, das einige der in Gitmo verhörten Personen gestanden hätten, dass die Freihandelszone, insbesondere die Russen, Urheber des grausamen Anschlages gewesen seien.

Ob diese Geständnisse durch die Verhörmethoden in Gitmo herbeigeführt worden waren, oder ob sie der Wahrheit entsprachen, interessierte dabei niemanden. Die Amerikaner wollten ihre Rache! Jaden Forbes wusste das und war bereit sie ihnen zu geben. Eine Stunde später tagte er erneut mit allen hohen Militärs.

„Gibt es noch eine Möglichkeit, die Europäer zu bewegen, uns zu erlauben, Stützpunkte zu errichten?"

„Ich bedaure, Mr. President, die Europäer haben unmissverständlich klargemacht, dass sie mit den Lebensmittellieferungen bereits mehr als genug getan haben. Außerdem ist die angespannte Lage im eigenen Land ein Problem, das zum jetzigen Zeitpunkt auf keinen Fall einen Krieg zulässt!"

„Was ich wissen will: Unterstützen die Europäer möglicherweise die Freihandelszone?"

„Nein, Sir, auf keinen Fall! Im Gegenteil, die Vereinigten Staaten von Europa haben sich heute Nacht für neutral erklärt!"

„Mhm", ließ Jaden Forbes verlauten. „Sind alle Schiffe in Position?"

„Jawohl, Sir!"

„Also gut, meine Herren, erhöhen Sie auf Defcon 1! Wenn irgend möglich, sorgen Sie dafür, dass dieser Schwachmat von Antonow anfängt!"

„Bestätige Sir, Defcon 1!"

Jaden Forbes verließ eiligen Schrittes und erhobenen Hauptes den Konferenzraum, während den meisten Generälen unwohl war.

Doch Antonows Nachrichtendienst übertraf sich selbst. Aus dem Überraschungsangriff, den Jaden Forbes plante, wurde nichts. Antonow fuhr ebenfalls alle Geschütze auf, die er zu bieten hatte. Er würde nicht davor zurückschrecken, Atomwaffen und Wasserstoffbomben zu verwenden - und er besaß davon wesentlich mehr, als die Amerikaner. Antonow war sich dessen durchaus bewusst, doch er dachte gar nicht daran, als derjenige in die Geschichte einzugehen, der den III. Weltkrieg begann. Antonow gab Befehl, dass nur nach Beschuss durch die Amerikaner, dieser erwidert wird. Sie belagerten sich einige Tage, ohne dass etwas geschah. Die Welt bekam noch eine kleine Verschnaufpause.

In der Sonora sahen die meisten Newcomer auf der Basis die Entwicklung auf der Erdoberfläche mit großer Besorgnis. Zwar mochten sie die Menschen weiterhin nicht, aber sie waren im Augenblick genauso an diesen Planeten gebunden, wie die ihnen verhassten Erdbewohner.

Drago, Elia und zwölf weitere Rotgardisten gingen gemeinsam zu Calrisian.

„Calrisian, Sie müssen den Kronrat einberufen!", forderten sie.

„Es heißt immer noch Commander Calrisian!"

„Calrisian, wenn Sie den Kronrat nicht einberufen, wird es unser aller Schaden sein!"

Calrisian ärgerte sich über Dragos Weigerung, ihn Commander zu nennen. Bedrohlich ging auf ihn zu. „Nun, Sie kleiner Wichtigtuer. Warum sollte ich das tun?"

„Die Menschen sind bereit, Atomwaffen einzusetzen, und diese schaden auch uns!" „Das ist doch Blödsinn! Atomwaffen können uns nicht schaden. Niemand von uns verliert sein Leben! Sollen die sich doch selbst vernichten! Dann müssen wir uns wenigstens nicht mehr in diesem Loch verstecken!"

Drago sah in die Runde seiner Gefährten und sie nickten ihm zu. „Aber Nahrung haben wir dann keine mehr! Es war für uns schon schwer genug, uns auf die

Nahrung der Menschen umzustellen, wenn sie jetzt alles Leben auf der Erde vernichten, können wir kein nichts mehr anbauen."

„Ach hören Sie schon auf! Was uns einmal gelungen ist, gelingt uns auch ein zweites Mal! Abgesehen davon kann ich den Kronrat nicht einberufen."

Irritiert sahen Drago und die anderen Calrisian an:

„Ich habe ihn vor wenigen Minuten aufgelöst, da ich keinerlei Verwendung für ihn habe. Außerdem hat Ishan soeben die gesamte Basis codiert abgeriegelt, kommen Sie also nicht auf dumme Gedanken."

Entsetzt sah Drago zu den anderen. „Stellen Sie ihn neu auf!", forderte er mit festerer Stimme.

„Nein mein Freund, auch dazu besteht keinerlei Notwendigkeit."

Drago fehlten die Worte.

„Sonst noch was? Sie dürfen gehen!"

Betroffen sahen sich die Rotgardisten an. Was sollten sie tun? Meutern, Calrisian töten? Es blieb ihnen nichts anderes übrig als zu gehen, denn ihn zu vernichten, machte in diesem Augenblick wenig Sinn. Sie konnten die Basis ohne den Entriegelungscode nicht verlassen und den besaß er allein.

„Wenn David uns wenigstens die Satelliten geben würde. Das wird nicht gut ausgehen!", meinte einer der Rotgardisten.

Drei weitere Tage vergingen, die Welt schrieb den 1. September 2104, als Jaden Forbes mit General Henry Jackson und einigen anderen im unterirdischen Bunker des Weißen Hauses zusammensaß.

„Also was ist? Hat er irgendetwas gemacht?"

„Nein, Sir, wir belagern uns nur gegenseitig. Nichts rührt sich."

„Verdammt!"

Jaden Forbes dachte nach; dann dachte er laut: „Wenn wir Antonow kleinkriegen, stehen uns alle Ressourcen der Freihandelszone zur Verfügung. Wir sind dann nie wieder auf irgendjemanden angewiesen."

Keiner der Anwesenden wagte, etwas zu sagen.

„Zeigen wir ihm, wer der Herr im Hause ist!"

Der Offizier der Marines, der den Football, wie der Koffer mit den Abschusscodes genannt wurde, an seinem Handgelenk gefesselt mit sich trug, stellte ihn auf den Schreibtisch des Präsidenten. Jaden Forbes öffnete ihn, griff in die Innentasche seines Jacketts und holte eine Karte heraus, die sechs zehnstellige Nummern enthielt. Die anderen im Raum taten es ihm gleich.

„Meine ist die Fünfte von oben!"

„Die Fünfte von oben, bestätige, Sir", sagte Jackson und gab die Nummer in den

Computer ein.

„Brian O' Neel, Stabschef, meine ist die Vierte von unten!"

Erneut gab Jackson diese Nummer ein.

Dieser Vorgang wiederholte sich noch drei Mal.

„Mr. President! Es fehlt noch die Bestätigung durch den Scan Ihrer Iris!"

Jaden Forbes ging zu dem Computer, der sich in dem silbernen mittelgroßen Koffer befand. Er setzte sich direkt davor und legte sein Kinn auf die dafür vorgesehene Schale. „Sind Sie absolut sicher, Sir?", Henry Jackson versuchte, ein letztes Mal ihn aufzuhalten.

Forbes sah ihn an. „Wenn Sie glauben, Ihrer Aufgabe nicht mehr gewachsen zu sein, General, dann sagen Sie es jetzt!"

Jackson schwieg. Für einen Augenblick dachte er an den FHC, der als Einziger durch sein Veto diesen Wahnsinn noch hätte aufhalten können. Doch trotz aller Bemühungen den Commander aufzuspüren, es gab nirgendwo eine Spur von ihm.

Eine Minute darauf bestätigte die Iris von Jaden Forbes' linkem Auge den Einsatzbefehl von Atomwaffen. Weitere drei Minuten danach hatten die US-Flugzeugträger und U-Boote ihre Befehle und alle Kommandanten hörte man sagen: „Gott steh uns bei!" Manch einer bekreuzigte sich, aber niemand von ihnen verweigerte den direkten Befehl ihres Oberkommandierenden.

Das geschäftige Treiben an Bord der amerikanischen Flugzeugträger entging den Kommandanten der russischen Schiffe nicht. Nachdem sie Antonow informierten, fuhren auch sie ihre Waffensysteme hoch. Landesweit öffneten sich in der Freihandelszone und in den USA die Raketensilos.

Der Kommandant der USS-Enterprise sah seinen ersten Offizier an. „Schlüssel gleichzeitig drehen in drei, zwei, eins."

Im nächsten Moment erstrahlten grelle Blitze über dem Schiff und vernichteten das berühmteste Schiff der US-Navy. Detonationen und das Getöse berstenden Stahls durchstach die Stille des Meeres. Laute Schreie der Menschen, die als lebendige Fackeln über das Deck torkelten, stiegen gen Himmel. Sie versuchten die Reling zu erreichen, um sich in die vermeintlich rettenden Fluten zu stürzen. Viele von ihnen brachen nach wenigen Schritten zusammen, ohne dass ihnen geholfen werden konnte. Der Gestank verbrannten Menschenfleisches, beißenden Rauches und schmelzenden Kabeln nahm die Sicht und die Luft zum Atmen. Die Explosionen mitgeführter Munition beschleunigte die Vernichtung auf allen Schiffen. Viele weitere an Bord wurden von herabstürzenden Teilen erschlagen und zerquetscht. Trümmerteile versperrten den unter Deck befindlichen Matrosen den rettenden Weg nach draußen. Das sintflutartig eindringende Wasser besiegelte unbarmherzig ihr grausames Schicksal.

Die USS-Enterprise bäumte sich mit dem Heck nach unten ein letztes Mal auf, bevor sie zu sinken begann. Das gleiche Schicksal ereilte die USS-Hornet, die USS-Ronald-Reagan sowie die sie begleitenden sechs U-Boote der Arizonaklasse.

Ebenfalls nicht verschont blieben die drei russischen Schiffe und deren Unterwasserbegleitung. Auf ihren Schiffen spielten sich identische Szenen ab. Auch ihr Schicksal war unausweichlich.

Zur selben Zeit hörten und spürten die Menschen in den Vereinigten Staaten von Amerika und in der Freihandelszone Detonationen, die sich niemand erklären konnte. Ganze Ortschaften verschwanden vom Angesicht der Erde. Genauer gesagt, wurden in diesem Augenblick der maximal 60 Sekunden dauerte, 99 Prozent aller auf der Welt befindlichen Atomwaffen und Raketen in ihren Silos vernichtet.

Danach herrschte gespenstische Ruhe. Alle menschlichen Kommunikationseinrichtungen schwiegen, ohne dass sich die Menschen erklären konnten, wieso.

Die Menschheit diesseits und jenseits des Atlantiks hielt den Atem an, denn dreißig Minuten später waren am Himmel unzählige kleiner Shuttles zu sehen.

Die Doraner hatten entschieden!

Die Shuttles landeten überall auf der Welt gleichzeitig. In Washington, Buenos Aires, Paris, Berlin, Kiew, Beijing, Tokio und in andern Hauptstädten der Welt. Insgesamt landeten 29 Shuttles, jeweils begleitet von zehn weiteren, die in der Luft verblieben.

Fremdartig sahen sie aus; diese zierlich und fast durchsichtig wirkenden, bläulichen Wesen, die aus den Shuttles heraustraten. Sie standen einfach so da und sagten nichts. In der Luft verbliebene doranische Kampfgleiter schützten die Botschafter der Doraner durch einen bläulich-gelben Lichtkegel, der die jeweilige Person vollständig erfasste. Einige Menschen erlitten vor Aufregung einen Herzinfarkt. Viele blieben stumm vor Erstaunen und Ehrfurcht, vielleicht auch aus Entsetzen. Niemand wusste wohl in diesem Moment, wie er sich verhalten sollte. Immer mehr Menschen sammelten sich um die Landeplätze, doch keiner von ihnen traute sich, auf den vor ihnen stehenden Doraner zuzugehen.

Die Doraner hatten zuvor dafür gesorgt, dass die Landungen sowie alles, was gesprochen werden sollte, weltweit übertragen wurden. Daán stand vor dem Platz des Weißen Hauses und sah in die ihn umgebende Menge. Noch immer schwieg er und regte sich nicht, ganz so, als wartete er auf etwas.

Eine Frau bahnte sich aus der Menge vorsichtig den Weg. Eigentlich tat sie dies, um mehr sehen zu können. Doch als sie Daán sah, war sie dermaßen hingerissen von ihm, dass sie einfach nicht anders konnte. Sie ging langsam auf ihn zu. Schritt für Schritt ging sie auf ihn zu, ohne den Blickkontakt zu ihm zu verlieren; als würde sie auf ein Zeichen von ihm warten, wann sie stehen bleiben sollte. Schließlich stand sie gerade noch sechzig Zentimeter von ihm entfernt, als sie innehielt. Eine Mischung aus Aufregung, Angst und Ehrfurcht ließ sie schweigen. Die Menge starrte gebannt auf die beiden. In diesem Augenblick, so sehr die Menge auch fasziniert war, wollte wohl niemand mit Jane Philipps tauschen. Doch alle waren gespannt, was sie wohl als Nächstes tat. Vor allem fragte sich jeder, wie der Fremde darauf reagierte. Waren diese sie friedlich oder nicht? Höchste Anspannung lag in der Luft.

Jane wusste nicht, was sie sagen sollte. Weiterhin zögerte sie und dachte nach. Was sollte sie sagen? Sie war nur eine einfache Hausfrau aus Embassy Row und keine Politikerin. Für einen Augenblick ärgerte sie sich über ihren eigenen Mut. Die richtigen Worte wollten ihr einfach nicht einfallen. Alles, was ihr einfiel, schien irgendwie nicht das zu treffen, was sie für angemessen hielt.

Kaum jemand in der Menge wagte laut zu atmen, geschweige denn ein Wort zu sagen.

Fieberhaft überlegte Jane, was sie tun sollte, doch ihr Kopf schien wie leer gefegt, kein einziges Wort fiel ihr ein.

Vorsichtig streckte sie ihre rechte Hand aus.

Daán sah Jane Philipps an und zögerte. Nach einer Weile hob er langsam seinen linken Arm und ließ die Hand über der von Jane schweben, ohne den Blickkontakt zu ihr zu verlieren. Ein leises Raunen ging durch die Menge. Er ließ seine Hand auf ihre sinken und einen Augenblick später sahen die Menschen, wie sich die zuvor durchsichtige, bläulich-gelb schimmernde Gestalt des Ankömmlings in etwas verwandelte, das ihnen vertraut war. Er wandelte sich in eine fast menschliche Gestalt. Wenn auch ohne Haare, mit größeren Ohrlöchern, aber ohne Ohrmuschel. Mit kalkweißer Haut stand er in seinem dunkelblauen, durchgehenden Anzug vor Jane und der Menge, durch die ein „Ah" und „Oh" ging, danach aber sofort wieder schwieg. Während Daán seine Gestalt verwandelte, konnte die Menge sehen, wie sich das Farbenspiel in ihm veränderte.

Er sah in die Menge und dann zu Jane. „Chinlaa iudurah", sprach er mit sanfter Stimme. „Ich begrüße Sie alle in meiner Sprache. Chinlaa iudurah", wiederholte er und legte mit diesen Worten die Handfläche seiner linken Hand vor seinen rechten Schulteransatz und verneigte sich währenddessen leicht. Es war der Gruß, mit dem sich die Doraner üblicherweise mit größtem Respekt untereinander grüßten. „In Ihrer Sprache bedeutet es: Wir kommen in Frieden!"

Eine ganze Minute verging, bis die Menge endlich begriff, was dieses fremde Wesen ihnen soeben gesagt hatte. Doch dann gab es für die Menge kein Halten mehr. Sie warfen ihre Mützen und Hüte in die Luft, katschten und jubelten. Vergessen war all ihre Angst und Anspannung.

Überall auf der Welt, in die die Doraner diese Szenen übertragen hatten, wiederholte sich das gleiche. Die Welt war ihrer Vernichtung entkommen und begrüßte jene fremden Wesen als ihre Erlöser. Daáns Plan ging auf.

Vergessen waren die fast zehntausend Opfer, die beide Seiten zu beklagen hatten. Sowohl Jaden Forbes als auch Juri Antonow waren froh, dass es nicht Millionen geworden waren. Auch wenn die beiden ärgsten Kontrahenten nichts gemeinsam hatten, saßen sie mit ihren Militärberatern vor ihren Bildschirmen. Der eine in Washington, der andere in Kiew. Dabei hätten die Staatsoberhäupter eigentlich nur aus dem Fenster schauen müssen. Doch wie angewachsen, ja fast wie hypnotisiert, saßen beide vor ihren Bildschirmen. Keinen einzigen Augenblick dieser Szenerie wollten sie verpassen, genau, wie der Rest der Welt es ihnen gleichtat. „Ich freue mich sehr, dass Sie den Weg zu uns gefunden haben!", begann Jane unsicher, mit leichtem Zittern Stimme. Das Lächeln aus tiefstem Herzen war ein ehrliches und unterstrich das Wohlwollen ihrer Worte.

Gebannt schwieg die Menge. Man hätte eine Stecknadel noch weit über die Pennsylvania-Avenue hinaus, fallen hören können, doch diesmal war es nicht die Angst, sondern die Neugier, die die Menge schweigen ließ. Daán war erstaunt und gerührt zugleich. Ihm war das Zittern in Janes Stimme, aber auch ihre Herzlichkeit, die sie ausstrahlte nicht entgangen. „Mein Name ist Daán. Es war ein langer, sehr weiter Weg zu Ihnen. Es lag in meinem Bemühen, ihre Sprache so gut wie möglich zu erlernen. Bitte verzeihen Sie mir, wenn ich …"

„Nein, nein", antwortete Jane etwas hastig. „Sie machen das wirklich gut!"

„Ich danke Ihnen! Ihnen allen! Meine Gefährten und ich würden …", Er unterbrach bewusst einige Augenblicke, ohne dabei die Menge aus den Augen zu verlieren. „Wir würden uns freuen, wenn Sie geneigt sind, uns zu erlauben, uns eine Weile hier niederzulassen!", setzte er fort. Obwohl es keine Spur davon in ihm gab, zeigte er in Stimme und Gestik, nach außen hin der Menge, eine nicht übersehbare Unsicherheit.

Für einen Moment hielt die ganze Welt inne und schwieg Einige wunderten sich über seine merkwürdige Ausdrucksweise, doch niemand empfand sie als unangenehm. Daán blieb ruhig, zeigte ansonsten keinerlei Regung nach außen. Doch dann rief einer aus der Menge: „Sie haben uns vor einem Krieg bewahrt, heißen wir sie willkommen." Wenige Augenblicke später gab es auf der gesamten Welt nur ein einziges Bild: eine jubelnde Menge! Die Menschen umarmten sich, obwohl sie einander nicht kannten. Einige begannen sogar, vor Freude zu tanzen.

Ohne es nach außen zu zeigen, verspürte Daán Erleichterung über die Reaktion der Menschen. Denn er wusste genau, dass eine gegenteilige ein sofortiger Angriff, der im Orbit stationierten Kampfgleiter gefolgt wäre. Ein Kompromiss, den Daán mit dem Konzil schweren Herzens hatte eingehen müssen.

Somit ahnten die Menschen zu diesem Zeitpunkt nichts von der drohenden Besatzung, der sie soeben entgangen waren. Das Gemeinwesen teilte Daán auf mentalem Wege mit, dass sich die Kampfgleiter in diesem Augenblick auf die Mondbasis auf der von der Erde abgewandten Mondseite zurückzogen.

Auf der gesamten Welt folgten die anderen doranischen Diplomaten Daáns Beispiel und gaben einem Menschen, der sich unmittelbar vor ihnen befand, die Hand. Oder vielmehr, sie berührten die des Menschen kurz, sodass sie dieselbe Gestalt annehmen konnten, wie sie Daán angenommen hatte. Eigentlich hätte dieser Augenblick für alle einer des Triumphes sein müssen, doch da gab es zwei Wesen, die völlig außer sich waren. Gódei, der das ganze Treiben vom Mutterschiff der Doraner aus mit ansehen musste, tobte: „Diesmal hast du Glück gehabt, Daán, doch es wird dir nicht unablässig zur Seite stehen! Ich werde da sein, wenn es dich verlässt!"

Außer ihm war es Jenny, die sich plötzlich mit all ihren noch verbliebenen Kräften aufbäumte. Sich gegen die Infusionen zu wehren versuchte oder vielmehr wehrte sich das, was von ihr noch übrig geblieben war. Der Pfleger, dem diese Jane Doe damals so leidgetan hatte, war zufällig in diesem Augenblick anwesend. Der Zustand von ihr entsetzte ihn, denn sie war kaum noch ein Schatten ihrer selbst. Von dem vor ihm liegenden Häufchen Elend hätte er diese heftige Reaktion nicht für möglich gehalten. Sie schlug mit ihren dünnen Ärmchen wild um sich, riss sich die Infusionsnadel heraus. Mit den abgemagerten Beinen strampelte sie sich von der Bettdecke frei und versuchte, sich aufzurichten, um aufzustehen. Doch es gelang ihr nicht. Laut schreiend rannte er aus der Kammer, um den diensthabenden Arzt zu holen. Nach etlichen Metern traf er auf Judy Winters, die Jenny damals hatte verlegen lassen.

„Dr. Winters! Sie müssen sofort kommen! Jane Doe, sie ist aufgewacht und sie wehrt sich gegen ihre Fixierung. Sie reißt alles ab." „Welche Jane Doe?"

„Kommen Sie, kommen Sie Doktor. Sie müssen ihr helfen!"

Da Dr. Winters nicht mehr wusste, um wen es sich handelte, folgte sie dem Pfleger. Dr. Judy Winters sah, dass Jenny tobte und sich aus ihren Fesseln befreit hatte.

„Wir dürfen sie nicht reinlassen. Wir dürfen sie nicht ...", hauchte Jennys Stimme leise.

Dr. Winters sah noch einmal in Jennys Krankenblatt, doch anstatt sich über ihren Zustand, in dem sie sich befand aufzuregen, sagte sie nur: „Hören Sie, ich weiß nicht, was sie uns dazu sagen versucht. Was immer es auch ist, ich habe keine Zeit für einen solchen Schwachsinn!"

„Aber sie sind doch geland...", versuchte der Pfleger zu sagen, doch Dr. Winters fiel ihm barsch ins Wort: „Stellen Sie sie ruhig. Geben Sie ihr Haloperidol und Lorazepam! Das wird wohl reichen. Kommen Sie mir nicht nochmals mit solchen Kleinigkeiten. Ich habe weiß Gott Besseres zu tun!"

Jenny fiel zurück in den Dämmerzustand und ihre Nahrung bestand weiterhin aus Infusionsflüssigkeit.

Sowohl Jaden Forbes als auch Juri Antonow konnten nichts gegen die Fremden tun, denn dieses Mal hatte das Volk entschieden. Es wollte die Ankömmlinge hier auf der Erde. Doch beide misstrauten den Fremden. Sie folgten nicht der ausgebrochenen Euphorie, der die gesamte Menschheit erlegen war. Etwas dagegen unternehmen konnten sie nicht, wollten sie die Bevölkerung ihres Landes nicht gegen sich aufbringen. Jeder versuchte auf seine Art, trotz der Anwesenheit der Außerirdischen seine Macht zu festigen.

Über Abgesandte nahmen die Länder der Welt Kontakt zu den Doranern auf, die unmittelbar vor ihren Amtssitzen, Häuser aus dem Boden wachsen ließen. Häuser, die mehrere Hundert Meter hoch und schlank in den Himmel ragten und an deren Spitzen sich ein Drachenkopf befand. Überall auf der Welt erschien dieses äußerliche Bild. Niemand ahnte, dass das, was sie sahen, nur einem Teil der tatsächlichen Größe entsprach. Obwohl diese Gebilde von außen bedrohlich aussahen, fürchtete sich kein Mensch. Denn ihre Bewohner waren die Doraner, die, wie sie behaupteten, in Frieden gekommen waren. Die Menschheit wollte ihnen glauben, denn sie war sich bewusst, dass sie vor ihrer endgültigen Vernichtung bewahrt worden waren. Niemand wollte zu diesem Zeitpunkt hinterfragen, was die Fremdlinge taten oder zu tun gedachten.

Das Konzil, mit Ausnahme von Daán, hielt sich weiterhin aus Sicherheitsgründen auf dem Mutterschiff auf. Alle Botschafter der Doraner waren angewiesen worden, die Existenz des Konzils den Menschen gegenüber nicht zu erwähnen. Die doranischen Botschafter, die von nun an auf der Erde leben sollten, unterstanden Daán und erstatteten ihm Bericht. Daán seinerseits traf sich in seiner Botschaft mit den Mitgliedern des höchsten Gremiums des Gemeinwesens, die holografisch erschienen. „Daán, das Konzil hat dein Handeln mit großem Wohlwollen beobachtet. Du hast unsere Erwartungen bei Weitem übertroffen. Dein Verhalten gegenüber den Menschen am ersten Tag hat uns unseren Zielen wesentlich näher gebracht. Das Konzil ist zuversichtlich, dass wir unser Vorhaben leichter erreichen werden, als wir es je vermutet hätten. Wieder einmal hast du deiner Kaste der Diplomaten größte Ehre erwiesen!"

„Ich danke dir Kórel, und ich danke dem Konzil für diese Ehrung!"

„Erstaunlich ist, obwohl wir bereits zwei Wochen hier sind, dass noch niemand gefragt hat, warum wir es sind", sagte Qeígon.

„Ich gebe zu bedenken, dass ihr Ansinnen nach Frieden und durch uns abgewandte Katastrophe der Motivationsgrund gewesen sein dürften, uns derart freundlich zu empfangen", erwiderte Daán.

„Dennoch sollten wir skeptisch und auf der Hut sein!", wandte Gódei ein.

„Wir werden wachsam bleiben, Gódei, dessen sei dir gewiss!", erwiderte Kórel.

„Die Menschen auf dieser Welt, sie leiden unverkennbar. Obwohl nun Frieden herrscht, hungern sie dennoch!", sagte Daán. „Deshalb rate ich dem Konzil an, ihnen die dringend benötigten Lebensmittel zu geben. Diese Geste wird die Verbundenheit der Menschen zu uns unweigerlich vertiefen."

„Doch zunächst müssen wir damit beginnen, für unsere eigene Sicherheit zu sorgen! Da es den Menschen an Arbeit und Lohn fehlt, sollten wir endlich beginnen, sie zu rekrutieren. Damit wir unser Selbst sicher sein können, darf von diesen Rekrutierten keinerlei Gefahr ausgehen. Es wird daher unabdingbar sein, das wir es sind, die ihren Motivationsimperativ bestimmen."

„In Gódeis Worten liegt Weisheit", bestätigte Kórel. „In ihrer Anzahl sind die Menschen uns weit überlegen. Auch wenn sie niemals unseren Standard von Loyalität, Moral und Technik erreichen werden, so müssen wir dennoch sicherstellen, dass sie uns treu ergeben sind. Jeglicher Widerstand muss ausgeschlossen sein, wenn wir unsere Ziele erreichen wollen! Daán, das Konzil beauftragt dich, deine ersten Implantanten auszuwählen, die den Sicherheitsdienst führen werden. Jeder doranische Botschafter soll über mindestens zwei von ihnen verfügen, soweit die Eignung des Menschen es zulässt. Daán, sei dir dessen stets bewusst", betonte Kórel, „die anderen deiner Kaste werden dein Handeln zum Vorbild nehmen und dir folgen! Deshalb beginne unverzüglich und suche den Ersten aus! Es ist der ausdrückliche Wunsch des Konzils, dass du erfolgreich bist!"

„Ich fühle mich geehrt durch das Vertrauen des Konzils. Noch heute werde ich beginnen, die Bewerber auszuwählen. Eingeladen wurden sie bereits."

„Es gereicht dir zur Ehre, dass du erneut den Willen des Gemeinwesens vorausgesehen hast und vorbereitet bist", lobte Kórel zustimmend nickend.

Daán missfiel diese Situation, doch vor dem Konzil wollte er dies nicht zeigen. Ein Wunsch der obersten Führung duldete kein Versagen. Wer weiß, dachte er, vielleicht trägt es auch etwas Gutes in sich. Das Konzil oder besser die Hologramme seiner Mitglieder, verließen Daán. Er schien sogar ein wenig erleichtert, konnte er sich doch immer der Anwesenheit und des Beistandes des Gemeinwesens gewiss sein. Niemals würde er allein sein, denn bei all seinen Entscheidungen war es stets anwesend. Selbst wenn es sich nicht direkt einmischte.

In der Sonora herrschte helle Aufregung. Elia rannte von Tür zu Tür eines jeden Quartieres der Rotgardisten und verkündete, dass die Doraner gelandet waren.

Sämtliche Rotgardisten quetschten sich in Dragos Quartier. „Jetzt muss Calrisian die Tore öffnen! Die Doraner werden uns nach Hause bringen!"

„Du musst mit ihm reden, Drago", rief ein anderer. „Sie haben recht, Drago", befürwortete Elia die anderen. „Du musst mit ihm reden – sofort."

Drago sah in etliche erwartungsvolle Augenpaare.

„Also gut, ich werde mit ihm reden. Wartet hier!"

Elia und Drago machten sich auf den Weg zu Calrisians Unterkunft.

„Calrisian, die Doraner sind hier!"

„Das weiß ich schon, Drago. Und?"

„Wir werden die Doraner aufsuchen und sie bitten, Jenny zu finden und uns nach Hause zu bringen."

„Trauern Sie etwa immer noch Ihrem alten Commander hinterher. Der ist doch längst tot."

„Ich erwähnte nichts von Trauer, Calrisian. Aber wir alle möchten nach Hause!"

„Ach, und Sie meinen, nur weil ich die Doraner darum bitte, werden Sie tun, was ich wünsche? Wie dämlich sind Sie eigentlich? Die Doraner sind nicht ohne Grund hier. Wie soll ich denen unsere Anwesenheit erklären? Zumal ich als Soraner nicht wirklich erfreut bin, auf diese arrogante Spezies zu treffen."

„Wie wäre es mit der Wahrheit, Calrisian?", forderte Elia.

„Was verstehst du, Jungchen, denn schon von der Wahrheit? Ihr wart dämlich genug, wie eine Horde kleiner Küken hinter dem falschen Lord herzulaufen. Aber irgendwann werdet ihr erkennen, was Sache ist. Meine Antwort lautet, nein! Und jetzt verschwindet!"

Verdutzt verließen Drago und Elia Calrisian.

„Was meint er denn damit, Drago?"

„Ich weiß es nicht, Elia, aber irgendwas stinkt hier ganz gewaltig."

„Glaubst du, er hat recht und die Doraner bringen uns nicht nach Hause?"

„Natürlich werden sie. Sie kennen die Rotgardisten und auch unsere Funktion. Die Frage ist, warum Calrisian ihnen auszuweichen versucht, und wen er für den richtigen Lord hält."

„Können wir nicht einfach zu ihnen gehen?"

„Nette Idee, Elia, wenn Calrisian nach unserem Kabinettstückchen nicht alle Tore zusätzlich magnetisch versiegelt hätte."

„Hm, zu blöd. Was jetzt?"

„Wir müssen Augen und Ohren offenhalten und versuchen, die Formwandler auf unsere Seite zu ziehen, damit wir ihn belauschen können. Glaub mir, Elia, hier stimmt was nicht! Wenn ich nur wüsste, was. – Hätte ich mich bloß nie auf ihn eingelassen!"

Es war vier Uhr in der Früh, als Jane Philipps den Audienzsaal Daáns betrat. „Daán, kann ich Ihnen ein Frühstück zubereiten lassen? Ich weiß, Sie werden heute einen langen Tag haben."

„Ich danke Ihnen, Miss Philipps, aber das wird nicht notwendig sein. Sie müssen lernen zu verstehen. Wir leben mit dem, was uns umgibt in einer Art Symbiose. Die Entwicklung unserer Spezies entbehrt diese Notwendigkeit, der Sie noch unterliegen."

„Sie essen also nie?", fragte Jane irritiert.

„Alles, was wir benötigen, erhalten wir von dem Gebäude, das uns umgibt!" Daán sah sie wohlwollend an.

„Was soll ich jetzt tun?", fragte sie verunsichert.

„Nun, Jane, lassen Sie uns mit unserem Werk beginnen! Führen Sie bitte den ersten Bewerber hinein."

„Wie Sie wünschen", bestätigte Jane etwas verunsichert, und zog sich zurück.

Daán sprach an diesem Tag mit Hunderten von Bewerbern. Je nach Tauglichkeit teilte er sie in die vorgesehenen Ränge des vom Konzil gewünschten Sicherheitsdienstes ein. Doch einen, der sie zu führen vermochte und der zudem als Implantant geeignet war, fand er nicht. Am späten Abend zeigte Daán noch immer keine Müdigkeit. Daán traf auf Lilly Andersen, die sich als Pilotin für das doranische Shuttleprogramm bewarb.

„Sie sind Pilotin?"

„Jawohl, Sir!"

„Sagen Sie mir, Ms. Andersen, mit welchen Fluggeräten haben Sie Erfahrung?"

„Mit allen, die die Menschheit zu bieten hat. Sir. Die meisten Erfahrungen habe ich allerdings mit Kampfjets." „Halten Sie es für möglich, nach entsprechender Schulung eines unserer Shuttles zu fliegen?", fragte Daán neugierig und beobachtete Lilly Andersen genauestens. „Jawohl, Sir! Im Prinzip sind doch alle Fluggeräte gleich und mit etwas Übung wird auch das gelingen!", erwiderte sie selbstsicher.

„Melden Sie sich morgen früh. Dann werden wir sehen."

„Danke, Sir", sagte Lilly erleichtert, doch dann zögerte sie etwas. „Möchten Sie mich vielleicht an Ihren Gedanken teilhaben lassen?", fragte Daán.

Lilly war verwundert, fasste sich aber schnell wieder.

„Sir, darf ich Ihnen meinen Flügelmann vorstellen? Ich hätte ihn gerne an meiner Seite."

„Erklären Sie das. Was bitte ist ein Flügelmann?", fragte Daán, während er auf sie zuging.

„Ein Flügelmann, Sir, ist ein Partner, der einen bei allen Flugmanövern begleitet."

„In unseren Shuttles ist nur Platz für einen Piloten, Ms. Andersen. Ein weiterer ist nicht erforderlich", erklärte Daán, während er prüfend um Lilly Andersen herumging und sie nervös machte.

Lilly fasste Mut.

„Er wird Ihnen, abgesehen davon, dass er ein ganz hervorragender Pilot ist, ganz sicher gute Dienste in Ihrem Sicherheitsdienst leisten, Sir. Meine ich, Sir."

Lilly Andersen drückte sich sehr vorsichtig und mit ausgesuchter Höflichkeit aus, denn die Jobs bei den Doranern waren heiß begehrt. Deshalb versuchte sie, sich der Ausdrucksweise ihres neuen Arbeitgebers anzupassen.

Prüfend sah Daán Lilli Andersen an und legte dabei seinen Kopf etwas schief. „Wenn Sie Ihrer Sache derart sicher sind, dann stellen Sie ihn mir vor, Ihren Flügelmann."

„Danke Sir, vielen Dank!"

Einen Augenblick später betrat Liam McAllen den Raum.

„Daán, es wäre mir eine Ehre, Ihnen dienen zu dürfen, Sir!"

Daán war zögerlich, ließ es sich aber nicht anmerken.

„Da Sie eine derart bezaubernde Fürsprecherin haben, wollen wir es versuchen. Melden Sie sich beide morgen früh."

Beide nickten untertänig und verließen den Raum. Draußen vor der Tür des Konferenzsaales grinsten sie breit und umarmten sich. Gut und gerne 800 Menschen hatte er an diesem Tage kennengelernt. Doch nur 380 von ihnen hatte er als Sicherheitsbeamte oder Piloten für geeignet befunden. Daán war unzufrieden mit sich, denn noch immer hatte er jenen nicht gefunden, der diese 380 würde führen konnte. Obwohl ihn manche Geschichte, die er an diesem Tag gehört hatte, zutiefst bewegte, war der richtige noch nicht unter ihnen gewesen und somit hatte er die Erwartungen des Konzils nicht erfüllt. Zudem war er sich bewusst, dass Gódei ihn genauestens beobachtete.

Jane Philipps betrat den Raum.

„Waren das jetzt alle für heute, Mrs. Philipps?", fragte Daán.

„Einen haben wir noch. Er steht schon seit heute Morgen da draußen und er möchte unbedingt heute noch vorgelassen werden, Sir!"

Obwohl Daán langsam ermüdete, willigte er ein: „Also gut, Mrs. Philipps, diesen einen noch. „Wie Sie wünschen, Sir!"

Daán saß in seinem Sessel, der eine ungewöhnliche Form besaß. Er schien mit keinem Teil des Bodens in Kontakt zu stehen. Eine große, breite Lehne erstreckte sich weit nach oben, rechts und links eine Armlehne. Unter und über ihm klafften zwei riesige Löcher, aus denen bläulich-gelbes Licht schien. Da Daán leicht ermüdet war, lehnte er sich zurück, sogleich passte sich der Sessel passte perfekt seiner Körperform und Haltung an.

Ein mittelgroßer Mann im feinsten maßgefertigten Nadelstreifenanzug und passender Krawatte betrat den Raum, ließ zunächst aber kein Wort verlauten. Er stand einfach nur da und schwieg. Nervös rückte er abermals Krawatte und Anzug zurecht.

Leicht gelangweilt fragte Daán: „Sind Sie gekommen, um zu schweigen? Meine Zeit ist begrenzt!"

„Mit Verlaub, Sir, ich dachte, ich warte, bis es mir erlaubt ist zu sprechen, Sir!"

Plötzlich, wie elektrisiert voll neuer Energie, stand Daán auf und ging auf jenen Mann zu, bis er unmittelbar vor ihm stand. Daán musterte ihn, während er unzählige Male nachdenklich um ihn herum ging. Dieser Mann hatte etwas an sich, das sein Interesse weckte.

„Erlaubnis erteilt", betonte Daán mit ruhiger, erhabener Stimme. „Erzählen Sie mir etwas über sich. Warum sollte ich gewillt sein, Sie in den Sicherheitsdienst aufnehmen?"

Der Mann wollte gerade überschwänglich loslegen, als Daán sagte: „Wählen Sie Ihre Worte mit Bedacht, denn auserwählt wird, wer Besonderes zu bieten hat!"

Der Mann zögerte.

„Haben Sie es sich etwa anders überlegt?", Daán provozierte und setzte ihn bewusst unter Druck.

„Nein, Sir, aber ich warte erneut auf Ihre Erlaubnis zu sprechen, Sir!"

Daán musterte ihn abermals. „Erlaubnis erteilt!"

Jetzt begann der Mann, der eine ausgeprägte Vorliebe für maßgeschneiderte Anzüge besaß, aus seinem Leben zu erzählen und er benötigte Stunde um Stunde. Aufmerksam hörte Daán zu, ohne den Mann zu unterbrechen.

Verwundert über dessen Worte sah Daán ihn ohne Unterlass an. Ein derartiges Maß an Ehrlichkeit hatte er den ganzen Tag über nicht erlebt. Unzählige Male hatten ihm die Menschen umgarnt, wie toll sie es doch fänden, für die Doraner zu arbeiten. Sie hatten ihm viele Dinge erzählt, die Daán längst nicht alle glaubte. Aber dieser Mann, er schien etwas Besonderes zu sein. Erneut musterte der doranische Botschafter sein Gegenüber eindringlich. Unentwegt lief er im Raum hin und her sowie um seinen Gesprächspartner herum, während die Person starr auf der Stelle stand und weiterredete.

Weitere Stunden vergingen und Daán hörte nach wie vor aufmerksam zu. Doch er hörte kein: ‚Die Doraner sind ja so großartig und wie pflichtbewusst würde ich für Sie arbeiten'. Erst, als es schon fast wieder hell wurde verstummte der Mann. Daán ging auf ihn zu, bis er erneut direkt vor ihm stand.

„Begleiten Sie mich!"

„Wohin, Sir?", fragte der Mann verunsichert.

„Bedarf es dieser Frage?"

„Nein, Sir, natürlich nicht", erwiderte der letzte Bewerber eilig und Daán wies ihm den Weg.

Hinter Daáns Stuhl führte ein Weg zu einer Empore, die wiederum zu einem riesigen Fenster führte, das einen Blick über einen Großteil Washingtons erlaubte. Vier Meter hoch über dem Boden stehend, konnten sie direkt auf den großen Obelisken und den Sonnenaufgang sehen, der sich soeben anbahnte.

„Ich denke, es ist für mich von Vorteil, Ihren Namen zu wissen, finden Sie nicht?"

Den Mann durchfuhr es heiß und kalt. Er schluckte mehrfach und seine Gesichtsfarbe wechselte zu aschfahl. Wie hatte ihm ein solch fataler Fehler unterlaufen können?

„Verzeihung Sir", bat er, während er betroffen zu Boden sah. „Mein Name ist Rivera, Sir! Ronald Rivera."

„Also Ronald Rivera. Sehen Sie nach draußen und sagen Sie mir, was Sie sehen!"

Rivera war erneut verunsichert. „Ich sehe, …"

Daán blickte ihn fragend an und Rivera spürte seinen Blick, ohne dass er den Doraner ansah. Dieser Blick besaß etwas Durchdringendes, das dafür sorgte, dass Rivera sich ausgeliefert und unbehaglich fühlte.

„Ich sehe eine Welt, die dem Untergang geweiht ist!" „Das ist es, was Sie sehen? Ich will Ihnen sagen, was ich sehe. Ich sehe einen Sonnenaufgang, der gleichbedeutend ist mit dem Aufbruch, in dem sich Ihre Welt befindet. Das Leben auf ihr sowie das Ihre wird sich verändern. Von diesem Augenblick an, in dem Sie hier mit mir stehen und hinaussehen!"

Ronald Rivera hatte ein flaues Gefühl in der Magengegend. Hatte er etwas falsch gemacht?

„Wissen Sie, Agent Rivera, ich glaube, dass Ihre Welt eine zweite Chance bekommen sollte. Finden Sie nicht?"

„Wenn Sie es sagen, Sir. Ich glaube nur nicht, dass diese Welt ihre Chance auch wahrnehmen wird. Sir!"

„Dann sorgen Sie dafür, dass sie es tut, Agent Rivera!"

„Wer hört schon auf mich?", meinte er resigniert.

„Wenn die Doraner Ihnen helfen, dieser Besondere zu sein, auf den sie hören? Der eine, der sie führt? Gleichzeitig in seinem Handeln aber auch den Wünschen der Doranern dienlich ist?"

„Wie sollte ich das bewerkstelligen, Sir? Ich bin nur ein Einzelner und ich bin weiß Gott nichts Besonderes!"

„Glauben Sie wirklich, dass uns hierfür die Möglichkeiten verborgen sind? Ihre Selbstzweifel sind für mich zwar erfrischend, doch Ihre Zweifel an uns erstaunen und enttäuschen mich."

Ronald Rivera zuckte zusammen. Daáns Ton, mit dem er diese Worte sprach, verfehlte seine Wirkung nicht.

„Ich helfe Ihnen gerne, aber ich weiß nicht, wie es mir gelingen kann, Ihre Wünsche durchzusetzen."

„Wir sind bereit, Ihnen ein Geschenk geben, das Ihr Leben für Sie unverstellbar verändert, wenn Sie es wollen", erklang Daáns sanfte Stimme.

„Ein Geschenk?"

„Es wird dafür sorgen, dass Sie all Ihre Sinne, um ein Tausendfaches besser nutzen können. Ihr Gedächtnis ist nahezu unbegrenzt! All diese Dinge können Sie zum Wohle der Menschheit und auch zu unserem nutzen!", erklärte Daán, während er sich grazil und anmutig durch den Raum bewegte.

„Was muss ich tun, Sir?"

„Náran ist der bedeutendste und gelehrteste Mediziner, über den die Doraner je verfügten. Er ist der fähigste seiner Kaste. Er setzt Ihnen ein Nano-Virus-Implantat ein, das wesentliche Bereiche Ihres Gehirns miteinander verbindet, die Ihnen bisher nicht zugänglich sind. Somit können Sie tun, was Sie für nötig befinden, um Ihre Welt vor dem Abgrund zu bewahren. Sie werden Fähigkeiten besitzen, wie sie nie zuvor ein Mensch besaß. Unter meiner Führung werden Sie, weitere infrage kommende Kandidaten bestimmen, die Ihnen folgen werden!"

Rivera überlegte eine Weile. Dann endlich erkannte er die große Chance, die in diesem Angebot lag. Plötzlich durchströmte ihn Adrenalin, sein Herz begann zu rasen und sein Gesicht zierte ein freudiges Lachen. Am liebsten hätte er in diesem Augenblick Daán spontan umarmt, was er selbstverständlich unterließ.

„Begleiten Sie mich auf die medizinische Ebene. Náran wird alles Weitere veranlassen.

Beide begaben sich auf die höher gelegene Ebene. Náran wartete bereits auf sie. Auch das Implantationsverfahren hatte er bereits vorbereitet.

„Ich bin Náran, der Leiter der medizinischen Kaste. Es besteht keinerlei Grund zur Furcht. Der gesamte Ablauf wird für Sie vollkommen schmerzlos sein", erklärte er betont freundlich.

Rivera nickte, während Daán hinter einer Scheibe im Nebenraum den weiteren Vorgang beobachtete.

Ronald legte sich auf eine Liege. Sein Kopf wurde vom Mediziner fixiert und zwei kleine blinkende, metallene Dreiecke wurden jeweils rechts und links an seinen Schläfen befestigt. Unruhig und verängstigt, versuchte Rivera sich umzusehen. Unbeweglich stillhalten zu müssen, war für ihn der blanke Horror und zu befremdlich erschien ihm die Situation. Náran begab sich zum holografisch dargestellten Eingabebord des medizinischen Computers und gab die erforderlichen Befehle ein. Wenige Augenblicke später setzte sich die Steuerungseinheit in Bewegung und eine 30 Zentimeter lange, hauchdünne Nadel bahnte sich ihren Weg zu einer vorprogrammierten Stelle unterhalb Riveras Unterkiefer. Während dieser sein Herz immer rasender pochen spürte und glaubte, es könne augenblicklich zerspringen, dauerte es nur wenige Wimpernschläge, bis das Implantat seinen vorgesehenen Platz direkt im Gehirn erreichte. Prüfend sah Náran auf die holografische, dreidimensionale Darstellung der menschlichen Schaltzentrale. Der frisch implantierte Mensch zeigte zur Freude von der zwei Doraner keinerlei Abstoßungsanzeichen. Doch Rivera atmete schnell und ungleichmäßig. Für einen Augenblick sah es fast aus, als bekäme er einen Herzinfarkt. Seine Augäpfel rasten von einer Seite zur anderen und Riveras Kopf lief hochrot an.

Daán, der bislang hinter der Scheibe gesessen hatte, senkte seinen Kopf von schräg rechts nach unten links und für kurze Zeit spiegelten alle Farben sein ursprüngliches Aussehen wieder. Höchst zufrieden erhob er sich und ging zu seinem neuen Schützling.

Zustimmend nickte er Náran zu, berührte behutsam Riveras Stirn sowie dessen Herz und sprach danach mit samtweicher, fast väterlich anmutender Stimme: „Es besteht kein Grund zur Furcht, Agent Rivera! Sie werden sich in wenigen Minuten an die neuen Aktivitäten Ihres Gehirns gewöhnt haben. Sie haben keinen Schaden erlitten. Seien Sie sich dessen gewiss. Vertrauen Sie mir! Ihre Verwirrung wird gleich ihr Ende finden und schon bald werden Sie die Fähigkeiten unseres Geschenkes zu schätzen wissen."

Kaum hatte Daán Rivera an Stirn und Herz berührt und die Worte ausgesprochen, senkten sich Herzschlag und Blutdruck auf das normale Maß. Náran löste Ron aus der Fixierung. Der Implantant stand wankend auf, bis er nach und nach eine gerade Haltung annehmen konnte. Er sah zu Daán, der wesentlich größer war als er selbst, auf. Seine linke Handfläche berührte seinen rechten Schulteransatz und er verneigte sich tief vor Daán. „Ich grüße Sie, Daán! Es ist mir eine Ehre, Ihnen dienen zu dürfen. Ich stehe Ihnen uneingeschränkt zur Verfügung und erwarte Ihre Befehle", sprach Rivera mit einer noch tieferen Verbeugung.

Daán erwiderte den Gruß mit derselben Haltung, jedoch ohne sich zu verbeugen. „Mit Ihrer Hilfe werden wir von nun an gemeinsam die Geschicke Ihrer Welt in die richtigen Bahnen lenken, Agent Rivera! Ich bin davon überzeugt, dass Sie uns von größtem Nutzen sein werden!"

Wenige Augenblicke später informierte der doranische Botschafter das Konzil über die erfolgreiche Implantation. Auch das Konzil zeigte sich erfreut: „Wir werden die Entwicklung deines Implantanten mit großem Interesse verfolgen, Daán!"

Daán besaß seinen ersten Implantanten. In seinem tiefsten Innern war er stolz darauf. Ein Gefühl, über das er eigentlich nicht verfügen durfte und welches er wohlbedacht zu verbergen wusste.

Das Gesundheitsprogramm

Ronald Rivera stand vor Daán und hatte noch einige Probleme. Nur mit Mühe konnte er seine Umgebung korrekt wahrzunehmen. Vorsichtig rieb er die Augen und schloss sie danach für einen Augenblick. Náran beobachtete Rivera aufmerksam. Ständig wechselte sein Blick zwischen Rivera, der holografischen Darstellung dessen Gehirns und Daán, der zustimmend nickte.

„Sie werden sich erst an das Implantat gewöhnen müssen, Agent Rivera. Doch ich bin zuversichtlich, dass Sie es schon bald nicht mehr zu missen bereit sind", erklärte Daán ruhig und fast freundschaftlich fügte er hinzu: „Ihre Welt wird für Sie von nun an in einem völlig anderen Licht erscheinen."

„Ich danke Ihnen, Daán!", sagte Ronald Rivera untertänig.

„Gehen Sie jetzt nach Hause und ruhen Sie sich aus. Wir werden uns morgen früh wiedersehen. Es gibt viel zu tun und wir sind Ihnen für Ihre Hilfe außerordentlich dankbar!"

Nachdem Rivera gegangen war, standen die Doraner beisammen und redeten miteinander: „Er hat es erstaunlich gut überstanden, findest du nicht, Daán?"

„Ich stimme dir zu, Náran; du hast deiner Kaste heute eine Ehre erwiesen, derer wir uns noch lange erinnern werden."

„Ich danke dir, Daán", sprach Náran, während er sich vor Daán verneigte. „Wird er sich bewusst sein, dass es keine Umkehr seines neuen Motivationsimperatives geben kann?", fügte Náran fragend hinzu.

„Diese Information ist für die Nutzung des Implantats unerheblich und unseren Zwecken nicht dienlich. Nun werden wir sehen, was sie uns Erstaunliches zu bieten haben, diese Menschen!"

Ronald Rivera fuhr nach Hause und ließ sich erschöpft auf sein Sofa fallen. Wenige Augenblicke später schlief er ein.

Es war mitten in der Nacht, als Rivera erwachte. Von draußen fiel nur das fahle Licht einer Reklametafel in seinen Loft ein. Obwohl es nicht viel hergab, konnte Rivera alles, was ihn umgab, so gut sehen, als sei das Licht in seinem Loft eingeschaltet. Er knipste die kleine Lampe, die sich neben seinem Sofa befand, an und fühlte sich grell geblendet. Eigenartig!, dachte er und sah sich um. Auf dem Couchtisch stand eine Vase mit den Blumen vom Vortag. Diese Farben!, staunte er, denn sie erschienen für ihn hundertmal prächtiger, als je zuvor. Neugierig setzte er sich auf, nahm eine Blume aus der Vase, um daran zu riechen. Obwohl er jeden dritten Tag frische gelbe Rosen kaufte, war ihm dieser besondere Duft, den er jetzt wahrnahm, noch nie derart deutlich geworden. Sein Implantat assoziierte ihm, inmitten eines Rosenfeldes zu stehen.

„Ist ja irre", murmelte er leise vor sich hin und wiederholte den Genuss des Duftes.

„Mal sehen, ob ...", sagte er laut, sprang auf, schnappte seine Jacke und verließ schnellen Schrittes den Loft.

Rivera atmete tief ein, als er vor seinem Haus stand. Alles erschien ihm in tieferen Farben. Vor sich hin grinsend, fröhlich pfeifend, ging er durch die Straßen. Er sah sich die Menschen, die er sonst kaum beachtete, genauer an. Die Musik und das Lachen drangen in Überlautstärke in sein Gehör. Rivera erschien es, als sei er in den Wohnungen, aus denen es erklang, anwesend. Alles war für ihn klarer, deutlicher zu hören und zu sehen. Drei Stunden lief er durch die Straßen. Erst als ihm kalt wurde, beschloss er, in eine Bar einzukehren, um sich ein synthetisches Bier zu gönnen.

„Immer rein mit dir, mein junger Freund! Komm setz dich und feiere mit uns!", rief ein Mann, der in der Nähe des Eingangs saß.

Leicht irritiert und anfänglich abweisend wollte Ron direkt an die Bar gehen. Doch der angetrunkene ältere Herr ließ sich nicht abwimmeln: „Halt, Halt, hiergeblieben!", säuselte er mit lallender Stimme, zog Rivera an dessen Ärmel näher zu sich und den anderen am Tisch sitzenden: „Du wirst doch mit uns feiern wollen, schließlich sind wir gerettet worden!"

„Gerettet?", fragte Rivera.

„Man, Junge! Lebst du hinterm Mond? Die ..., äh, wie heißen die noch?"

„Doraner", rief jemand aus der umstehenden Menge.

„Äh, ja! Sag ich doch. Sie haben uns vor diesem schrecklichen Krieg und vor unserer Vernichtung bewahrt. Jawohl, sie haben uns gerettet! Oder etwa nicht?", lallte er mehr, als dass er klar sprach. Er Rivera ein Bier. Ron nahm das ihm Glas und erhob es.

„Jawohl! Das haben sie!", rief er laut und setzte sich zu den anderen. „Lasst uns auf sie trinken! Auf die Doraner, für die ich ab Morgen arbeiten darf!", tostete Rivera mit unüberhörbarem Stolz in der Stimme. Der Applaus, den er bekam, überraschte ihn und war zugleich wohltuender Balsam für seine Seele.

Stunde um Stunde machten sich die Anwesenden einen Spaß daraus, Rivera regelrecht abzufüllen, doch eigenartigerweise zeigte er keinerlei Anzeichen, betrunken zu werden. Die halbe Nacht feierten sie und erst, kurz bevor die aufgehende Herbstsonne den Tag erhellte, begab sich Rivera auf den Heimweg.

Gerade noch rechtzeitig, denn ihm verblieben nur zwei Stunden, bis er seinen neuen Dienst anzutreten hatte. „Ist ja irre", murmelte er freudig grinsend, „einfach irre!"

Noch einmal rückte er seine Krawatte zurecht und zupfte an seinem Anzug, bevor er Daáns Konferenzraum in der Botschaft betrat. Abermals grüßte Rivera in derselben Weise wie am Tag zuvor.

„Willkommen, Agent Rivera. Ich habe Sie bereits erwartet. Wie ist Ihr Befinden?"

„Danke, Daán, es geht mir hervorragend!"

„Ich habe mir erlaubt, ein Büro für Sie einzurichten. Bitte!" Daán wies seinen ersten Implantanten durch Handzeichen an, ihm zu folgen. Sein neues oder genauer gesagt, sein allererstes eigenes Büro, lag etwa zweihundert Meter vom Konferenzraum entfernt. Ausgestattet mit dem modernsten sprachgesteuerten Computer, der durch doranische Technik tausendfach leistungsfähiger war, als es die menschliche Technik hergab; einem Fernseher und etwas das Rivera sofort faszinierte. Bläulich glitzernd schimmerte es, seine leichte Durchsichtigkeit ließ auf der anderen Seite dahinter einen Balkon und die Skyline von Washington erkennen. Neugierig ging Ronald Rivera darauf zu und berührte die fremde Materie.

„Wir nennen es eine energetische Spiegelung. Sie können ruhig hindurchgehen."

Vorsichtig betrat Rivera den Bereich dahinter. Anstatt in die Tiefe zu stürzen, stand er auf einem Balkon, dessen Boden durchsichtig war, ihn dennoch trug. Vorsichtig ging er unsicher rückwärts zurück.

„Es besteht kein Grund zur Furcht, er trägt Sie. Es ist unzerstörbar!"

Rivera sah Daán staunend an, doch bevor er etwas sagen konnte, sprach Daán weiter: „Sie übernehmen ab sofort den Doranischen Sicherheitsdienst." Daán wies mit einer langsamen Handbewegung auf den Schreibtisch. Ronald klappte das kleine schwarze Lederetui auf. Auf der einen Seite zeigte es eine goldene Marke mit den eingravierten Worten DSD-Special-Agent. In der anderen Seitenhülle befand sich ein Foto von ihm mit seinem Namen darunter.

„Sie verfügen über besondere Befugnisse. Es ist mein ausdrücklicher Wunsch, dass Sie diese ausgiebig nutzen!"

„Es gibt bereits die Polizei, das SWAT, das FBI; wozu eine weitere Behörde?"

Daán sah seinen Implantanten prüfend an. „Bedarf es dieser Frage?"

„Verzeihung, selbstverständlich nicht, Daán!", bat Rivera peinlich berührt.

„Darf ich fragen, was das ist?", lenkte er ab.

Rivera wies auf ein kleines, silbernes Gerät mit einem Durchmesser von etwa zehn Zentimetern.

„Das, Agent Rivera, ist Ihr SATKOM - Satellitenkommunikationssystem. Wir haben uns erlaubt, es der Atmosphäre Ihres Planeten anzupassen. Sie werden es stets bei sich tragen. Ich wünsche Ihre uneingeschränkte Verfügbarkeit. Es wird Ihnen eigenständig beschreiben, wie es funktioniert. Sie werden feststellen, dass es Ihnen hervorragende Dienste leisten wird."

Daán schwieg, als er sah, dass Rivera sein SATKOM wortlos einsteckte und seinen Computer einschaltete. „Womit soll ich anfangen, Daán?"

„Es ist mein Wunsch, dass Sie alle Menschen, die in den Sicherheitsdienst aufgenommen wurden und in Zukunft werden, eingehendsten überprüfen. Es ist unvorteilhaft, wenn Ihnen dabei etwas entgeht, Agent Rivera! Sie haben bis Morgen Zeit."

Abermals nickte Rivera ergeben.

„Wie viele haben Sie denn schon eingestellt?"

„Nur 380."

Nur?, dachte Rivera.

Missmutig sah Rivera auf seinen Computerbildschirm und Daán entging dieser Blick nicht.

„Nutzen Sie Ihr Implantat. Sie müssen lernen, es zu beherrschen. Diese Aufgabe wird eine gute Übung hierfür sein", erklärte Daán mit wohlwollend sanft klingender Stimme.

Ohne eine Antwort abzuwarten, verließ er den Raum. Der Doraner ging in seinen Konferenzraum und ließ sich, nachdem er die Tür mittels einer Handbewegung über sein Computerbord geschlossen hatte, auf seinem Stuhl nieder. Bereits während er sich zurücklehnte, wurde der gesamte Raum von hellblauem, gelblich schimmerndem Licht erfüllt. Wenige Augenblicke darauf war von der ursprünglichen Gestalt Daáns nichts mehr zu sehen. Er verschmolz mit dem im Raum befindlichen Licht und wurde mit ihm eins.

Rivera hingegen, weiterhin missmutig, begann die bereits gespeicherten Dateien seiner neuen Untergebenen zu studieren. Gelangweilt murmelte er unbewusst vor sich hin: „Schneller." Der Computer ließ die Dateien in einem schnelleren Tempo über den Bildschirm laufen. Erstaunt erkannte Ron, dass er auch mit dieser Geschwindigkeit mühelos schritthalten konnte. Erneut forderte er „Schneller" und er wiederholte es noch drei- oder viermal, bis die Dateien nur so an ihm vorbeiströmten und Widererwarten nahm er all diese Informationen ohne Schwierigkeiten auf. Danach hackte er sich in die Computer sämtlicher Behörden und ergänzte die Dateien. Der Führungsagent merkte sich jedes Gesicht, jeden Namen, jedes einzelne Detail zur jeweiligen Person und er vergaß die Zeit.

Am nächsten Morgen saß er immer noch in seinem Büro, als Daán ihn aufsuchte.

Wie elektrisiert sprang Rivera auf und verneigte sich sofort vor ihm.

„Ich denke, es wird gehen, Daán."

„Sie denken?", erwiderte Daán prüfend.

„Es wird gehen! Sind wirklich hervorragende Leute darunter." „Schon besser", lobte Daán zufrieden und verließ Riveras Büro. Rivera holte tief Luft. Gerade noch mal gutgegangen, dachte er.

Da sich unzählige ehemalige Militärs unter den zukünftigen Mitarbeitern befanden, nutzte Rivera dies und berief die entsprechenden Personen, ihrem Rang entsprechend, zu Ausbildern. Diese wiederum drillten ihre Untergebenen mit aller Härte, wie sie es vom Militär her gewohnt waren: Ohne Disziplin funktionierte eben nichts; auf diese Art siebten sie jene, die dem Druck nicht standhielten, aus. Rivera, der immer größeren Gefallen an seiner Arbeit fand, wusste das und ließ die Offiziere gewähren. Daán blieb ebenfalls im Bilde. Von Ron unbemerkt, hatte er seinen Implantanten stets im Blick und nichts, absolut nichts entging ihm.

Ungeachtet wie hart der Drill der Ausbilder auch war, spornte sie die hervorragende Bezahlung an. Die Lebensmittel, dessen Hergabe die Doraner normalerweise an eine kleine Gegenleistung der entsprechenden Politiker band, waren für alle Bediensteten des DSD kostenlos. Es gab keinen Wunsch, der ihnen unerfüllt blieb.

Die meisten Staatsoberhäupter dieser Welt fügten sich der geänderten Situation. Nach und nach gaben sie sich ein Stelldichein in den doranischen Botschaften des jeweiligen Landes. Bei jeder Audienz, die die Doraner abhielten, versicherten sie den Landesvätern, dass eine gegenseitig wohlwollende Beziehung für alle ein Gewinn sein wird.

Die Menschen glaubten ihnen. Jedes Mal, wenn ein Präsident jene magischen Worte: „Sie sind uns willkommen" aussprach, verfielen die Menschen dem Jubel, für den es jetzt endlich einen Grund gab. Selbst Juri Antonow fügte sich dem Willen des Volkes, versprach erhebliche Verbesserungen für die Menschen in der Freihandelszone. Vor allem für sich, denn eine nicht geringe Menge Geldes und Lebensmittel, flossen in seine eigene Tasche und in private Speicher.

Sogar die arabischen Staaten, die sonst auf der strikten Ausführung ihres Glaubens pochten, empfingen die Doraner mit Freuden. Oder besser, sie wurden von den Doranern empfangen. Denn die Doraner bestellten ihre Gegenüber ein. Sie verließen ihre Botschaften mit Absicht nicht. Sie waren sich ihrer Überlegenheit den Menschen gegenüber bewusst und spielten diese gekonnt aus.

Stellte die Anwesenheit der Doraner zwar den Glauben der Menschheit infrage, waren vor allem die Lebensmittel sowie die immerwährende zuvorkommende, freundliche Art, mit der die Botschafter auftraten, ausschlaggebend dafür, dass sie sich öffneten und die Bevölkerung in ihrem Gebiet freier leben konnten. Niemand stellte die Glaubensfrage offen. Die Doraner waren anwesend und aufgrund der derzeitigen Notlage musste man sich mit den neuen Gegebenheiten arrangieren.

Die Staatsoberhäupter, Scheichs, Kalifen; wie immer sie sich nannten, trafen sich gern mit den Ankömmlingen; hungerte doch zwei Drittel der Weltbevölkerung. Nur gelegentlich zeigte sich ein Zweifler, doch die Doraner hatten nicht die Absicht, auch nur den geringsten Zweifel an ihrer Position zuzulassen.

Jaden Forbes war einer dieser wenigen Querdenker. Was sollte er jetzt tun? Er gehörte zu jenen, die die mögliche Existenz außerirdischer Lebensformen immer für unmöglich gehalten hatten. Jetzt haderte er mit sich selbst. Er war der Präsident der Vereinigten Staaten von Amerika! Sollte er etwa zu diesen Fremden gehen und zum Bittsteller werden? Warum kamen sie nicht zu ihm? Die Lebensmittel, die sie vermeintlich von den Europäern erhalten hatten, reichten noch über den nächsten Winter und bei Rationierung auch bis zur nächsten Ernte. Warum sollte er so etwas tun, wie zu Kreuze kriechen? Wie konnten drei Viertel der Weltbevölkerung kritiklos sagen: ‚Ja prima, alles klar'? Jaden fürchtete um seine Macht. Ausweichend ließ er sich aus gesundheitlichen Gründen mehrfach entschuldigen.

Mit Argusaugen beobachtete Rivera die Ausbildung seiner Mitarbeiter. Hier und da missfiel ihm der Umgangston als zu lasch. Ein anderes Mal stieß ihm das Verhalten der Freiwilligen auf. Gelegentlich verärgerte ihn das schlechte Sitzen der neuen schwarzen Uniformen, auf denen vier Planeten in einem großen Kreis abgebildet waren. Nichts schien ihm gut genug zu sein. Bis zum Erbrechen ließ er Übungen wiederholen. Bis er entweder eine perfekte Ausführung sah oder einige ihrer Teilnehmer daran zerbrachen und den Dienst quittierten.

Lilly Andersen und Liam McAllen waren Piloten mit Leib und Seele. Voller Neugier und Stolz versuchten sie, von den Doranern zu lernen. Angetrieben von der Hoffnung den Mars oder sogar den Saturn eines Tages mit eigenen Augen sehen zu dürfen, blieben sie unermüdlich. Seit zwei Monaten studierten sie bereits die Shuttles der Doraner, aber sie wurden nicht schlau aus ihnen. Jedes Mal, wenn sie glaubten, einen Schritt vorangekommen zu sein funktionierte es doch nicht. Aber ganz gleich, wie nah Lilly und Liam der Verzweiflung kamen, fluchten und schimpften, ihre Faszination für das Neue und die Möglichkeiten, die sich hierdurch boten, trieb sie an. Neben all ihren kleinen Niederlagen entdeckten sie täglich andere Dinge, die sie faszinierten.

„Sieh dir das an, Liam, sieh doch nur", hörte er von Lilly in diesen Tagen gefühlte hundertmal. Jeden Tag versuchten sie eines der Geheimnisse zu lüften und die Vielzahl jener Möglichkeiten, des für sie wie ein Käfer aussehenden Gebildes, entsprach der Anzahl ihres Scheiterns.

Unbemerkt beobachte Daán die beiden. Überhaupt schien er überall und nirgends zu sein. Stets tauchte er dort auf, wo ihn niemand erwartete. Genauso unverhofft verschwand er wieder.

„Möglicherweise könnte es dienlich sein, wenn Sie sich lösen würden, von dem, was Ihnen bisher als richtig erschien", riet Daán langsam und bedächtig. In der, ihm ureigenen Art, die jeden, der ihm gegenüberstand, in seinen Bann zog.

„Daán!"

„Wir haben Sie nicht bemerkt, bitte sehen Sie es uns nach, dass wir Sie nicht sofort begrüßt haben."

Daán gebot Liams Worten mit einer grazilen Handbewegung seiner rechten Hand Einhalt.

„Öffnen Sie sich einer neuen Welt des Fliegens! Vergessen Sie das Gelernte. Lösen sie sich von Funktionen und Schwerkraft sowie von Ihrer Art der Befehlsgebung!"

Daán betrat den ihm vertrauten Shuttle. Lilly und Liam stellten sich erwartungsvoll hinter ihn. Mit einer Handbewegung von links nach rechts rief er das Startprogramm des Shuttles auf und es reagierte unverzüglich, indem alle Systeme hochfuhren.

„Versuchen Sie es weiter!", sagte Daán wohlwollend. „Geben Sie nicht auf, geben Sie niemals auf! Wie mir scheint, sind sie doch nicht alle gleich, diese Fluggeräte!"

Kaum ausgesprochen verschwand Daán genauso schnell, wie er gekommen war.

Autsch, dachte Lilly und wandte sich Liam zu.

„Hast du das gesehen, Liam?", fragte Lilly begeistert. Kaum ausgesprochen versuchte sie es selbst.

Das Shuttle reagierte auf Lillys Bewegung, aber mehr tat es auch nicht. Sie blieben nach wie vor ratlos.

Ronald Rivera kam Daán entgegen.

„Es ist Zeit, Daán", sagte Rivera und tippte mahnend mit einem Finger auf seine Uhr. Daán nickte und Rivera begleitete ihn zur Tür des Konferenzraumes, die sich unmittelbar nach Daáns Hindurchgehen vor ihm verschloss. Während Rivera draußen Wache stehend, dafür sorgte, dass niemand eintreten konnte, setzte sich Daán auf seinen Stuhl. Noch während er seinen Platz einnahm, erschienen die anderen Mitglieder des Konzils via Hologramm: „Wir grüßen dich, Daán."

Daán zeigte erneut die für die Doraner typische Bewegung seines Kopfes von schräg rechts nach unten links.

„Von welchen Fortschritten kannst du uns berichten, Daán?"

„Es freut mich, dem Konzil mitzuteilen, dass der Sicherheitsdienst einsatzbereit ist!"

„Welche Fortschritte lässt dein Implantant erkennen?"

„Mein Implantant, Agent Ronald Rivera, er zeigt außerordentliche Fähigkeiten. Aufgrund der ihm von uns geschenkten Möglichkeiten ist der Sicherheitsdienst bereits auf 5000 Freiwillige angewachsen, deren Ausbildungsergebnisse unseren Wünschen entspricht." „Bist du dir dessen absolut sicher, Daán?", wollte Gódei wissen.

„Mein Implantant bewies in hervorragender Weise, dass er unser Geschenk zu nutzen weiß."

„Ist es dein Wunsch uns noch Weiteres wissen zu lassen?", fragte Kórel, der Daán unablässig beobachtete. Daán zögerte leicht.

„Die Piloten ...", begann Daán vorsichtig. „Die Shuttlepiloten hingegen scheinen sich nur beschwerlich in unserer Technik zurechtzufinden."

„Hattest du etwa etwas anderes erwartet, Daán?", erneut zeigte sich Gódei ungehalten.

„Wie konntest du erwarten, dass sie dem gewachsen sind?"

„Gódei, es liegt an uns, ihnen ausreichend Zeit geben! Wir müssen ihnen helfen, indem wir die Systeme auf ihre Bedürfnisse umschreiben, ohne dass wir die Kontrolle verlieren. Ich bin überzeugt, es ist uns dienlich, wenn wir uns innerhalb dieser, uns neuen Welt, frei bewegen können!"

Alle Anwesenden schwiegen eine Weile.

„Wir sind nicht einer Meinung, doch wir sprechen mit einer Stimme: Die Shuttleprogramme werden unverzüglich umgeschrieben. Doch sollen sie derart programmiert sein, dass die Menschen diesen Planeten nicht verlassen können, bevor wir es ihnen nicht gestatten!"

Mit diesen Worten Kórels zog sich das Konzil zurück. Daán lehnte sich erleichtert zurück.

Nach der Umprogrammierung erlernten Lilly Andersen und Liam McAllen erlernten erneut das Fliegen. Bei jedem Flug war Daán zugegen. Er baute das verloren gegangene Selbstvertrauen seiner zwei Piloten wieder auf. Liam und Lilly wussten zwar um das Verbot, nicht allein fliegen zu dürfen, doch sie dachten nicht weiter darüber nach. Ihnen eröffnete sich eine Welt des Fliegens und der Geschwindigkeit, von der sie nicht einmal ansatzweise zu träumen gewagt hatten. Sie fühlten sich geehrt, die ersten Shuttleführer der Doraner zu sein. Dass Daán sie mit jedem Flug kontrollierte, nahmen sie nicht wahr, während ihm nichts entging. Er beobachte seine Piloten, die mit jedem weiteren Flug ihre hervorragenden Flugfähigkeiten bewiesen. Doch Daán sah auch die Menschen in ihnen. Es bereitete ihm besondere Freude, den beiden im Umgang miteinander zuzusehen. Vor allem aber wollte er die Welt sehen, in der sie lebten. Diesen, wie er fand, schönen Planeten erkunden. Er konnte einfach nicht genug bekommen, von der Welt und den Menschen. Es gefiel ihm sehr, was er sah.

Jaden Forbes hingegen gefiel nicht, was er sah: Überall auf der Welt veränderte sich die Lage zum Positiven. Die Menschen hungerten nicht mehr. Überall wurden die Doraner freudig begrüßt und umjubelt. Kein Politiker wand etwas dagegen ein, seine Macht mit den Doranern teilen zu müssen. Seine Generäle hatten ihn gedrängt, sich zumindest der Form halber bei den Doranern sehen zu lassen, doch Jaden Forbes weigerte sich weiterhin. Er konnte nicht aus seiner Haut. Was sollte er jetzt tun? Sich entschuldigen zu lassen, würde nicht auf ewig funktionieren. Irgendwann würden ihn die Amerikaner fragen, warum ihnen all die positiven Veränderungen vorenthalten blieben. Denn in Amerika tat sich schlicht und ergreifend: Nichts!

Wie oft zuvor saß Jaden im Oval Office und aß sein Sandwich von einem schlichten Teller mit dem Logo des Weißen Hauses darauf, wie er es gewohnt war. Er suchte nur selten das Esszimmer auf. Er mochte diese protzige Tafel mit signierten Stoffservietten und goldenem Besteck nicht. Die Nahrungsaufnahme war für ihn mehr notwendiges Übel, zumal es ihm an Gesellschaft fehlte, die das Essen angenehmer gestaltet hätte.

Sinnierend sah er aus dem Fenster auf den Springbrunnen vor dem Weißen Haus. Plötzlich sprang er aus seinem Sessel, ging zum Telefon und nahm den Hörer ab.

„Jackson! Kommen Sie sofort zu mir!" Henry Jackson, der mit der Anwesenheit der Fremden überhaupt nichts anfangen konnte und ihnen ebenfalls nicht traute, erschien wenige Minuten später im Oval Office.

„Mr. President!"

„Setzen Sie sich, Jackson! Sagen Sie, wie gut können Sie mit Goren?"

„Sir?"

„Los, sagen Sie schon!"

Leicht verlegen sah er zu Jaden Forbes.

„Naja, Sir. Ich bin ihm einmal begegnet."

„Lassen Sie sich doch nicht alles aus der Nase ziehen, man. Was halten Sie von ihm?"

Henry Jackson hielt sich zurück. Wie sollte er sagen, dass er, obwohl er einst Gegner von Ben Goren gewesen war, mittlerweile die Überzeugung in sich trug, dass der Expräsident besser nicht ausgeschieden wäre?

„Sir, ich glaube, er hat nicht unbedingt alles falsch gemacht!", drückte er sich betont vorsichtig aus. Jaden Forbes entging Jacksons Unterton.

„Also gut! Fahren Sie zu ihm und sagen Sie ihm, dass ich möchte, dass er mit den Doranern redet."

Jackson stutzte und zog den Kopf leicht zurück. Doch Forbes interpretierte sein Stutzen falsch.

„Seien Sie nicht so zögerlich, Jackson. Er wird uns schon nicht gleich in die Pfanne hauen!"

Jackson stutzte erneut und zog die Augenbrauen hoch.

„Sagen Sie ihm, dass er unsere Nation vertritt und das Bestmöglichste für uns rausholen soll. Geben Sie ihm zu verstehen, dass ich kein nein akzeptiere!"

„Aber, Sir, ...," wollte Jackson einwenden, doch Jaden Forbes würgte ihn ab: „Na los, gehen Sie schon!"

Warum nicht einen Ex-Präsidenten schicken, dachte sich der Präsident. Der macht was her. Und wenn er auf die Nase fällt, sein Problem!

Noch am selben Tage flog eine Sondermaschine des Militärs nach Florida. Obwohl Henry Jackson in seiner bisherigen Karriere einiges erlebt hatte und gewohnt war, stand er am nächsten Morgen reichlich verunsichert vor der Tür des Anwesens des ehemaligen Präsidenten. Zögerlich spielte er mit seiner Kopfbedeckung. Drehte diese mit den Fingern unzählige Male im Kreis, bevor er sich endlich entschloss, den Klingelknopf zu drücken. Nachdem Henry der Empfangsdame an der Tür jede Erklärung schuldig geblieben war, erschien schließlich Ben Goren.

„General, was kann ich für Sie tun?"

„Sir, Mr. President, Sir! Der Präsident schickt mich! Er möchte Sie um etwas bitten."

Ben Goren war genervt und er wandte sich bereits mit dem Rücken zum General, als er sagte: „Dann kommen Sie schon! Aber machen Sie es kurz, ich habe noch was vor!" „Jawohl, Sir."

Im Wohnzimmer des Hauses erklärte Jackson sein Anliegen.

„Ich? Ich soll da hingehen? Kommt gar nicht infrage, soll er das doch selbst tun!"

„Aber Sir, Sie wissen doch, wie er ist!"

„Ja, General, ich weiß, wie er ist! Gerade deshalb werde ich das nicht tun! Außerdem habe ich mit Politik nichts mehr am Hut."

„Bitte, Sir", bat Jackson fast flehend. „Er wird kein nein akzeptieren, Sir!"

„Ach! Wird er das nicht? Was will er denn machen? Wird er mich umbringen, wie er es bereits mit anderen getan hat? Denken Sie etwa, ich weiß nichts von seinen Machenschaften? Wer bitte wird ihn aus dem Volk wohl noch unterstützen, wenn er sich das wagt?" Ben Goren tobte.

„Bitte, Mr. President! Ich führe nur Befehle aus!"

„Jaja, ich weiß schon. Das tun Menschen wie Sie doch immer oder etwa nicht, General?"

„Aber was soll ich denn tun, Sir?"

„Ich weiß nicht, was Sie jetzt tun sollen, Jackson. Aber ich kann Ihnen sagen, was

Sie hätten tun sollen. In der Verfassung der Vereinigten Staaten von Amerika steht geschrieben: ‚... und wenn die Regierung der Vereinigten Staaten diesen ihren Pflichten zum Wohle aller nicht nachkommt, ist es die Pflicht eines jeden, diese Regierung, notfalls mit Gewalt abzuberufen und eine neue Regierung zu bilden'. Die Amerikaner da draußen hungern und verrecken elendig, weil sich Mr. President zu fein ist, bei den Doranern vorstellig zu werden. Mir wird speiübel, wenn ich nur dran denke! Für wie blöd hält der mich eigentlich?"

Betroffen sah der General zu Boden. Ihm wurde in diesem Moment bewusst, dass jeder Soldat die Verfassung der USA auswendig kannte und dass er jämmerlich versagt hatte.

„Wo sind Sie gewesen, General? Wo?"

Jackson stand auf und sah Ben direkt ins Gesicht.

„Ich muss zu meinem größten Bedauern einräumen, dass ich nicht an meinem Platz war und gehandelt habe, wie ich es hätte tun sollen, Sir! Aber jetzt ..., jetzt bin ich es! Sir!", beteuerte Jackson. Er salutierte in strammer Haltung vor dem Expräsidenten. Obwohl Ben weiterhin wütend auf und ab ging, blieb er kurz stehen, um den Gruß des Generals zu erwidern.

„Niemand zog in Betracht, sich dieser endgültigen Vernichtung der Welt entgegenzustellen. Können Sie mir verraten, warum ausgerechnet ich jetzt diesen Schwachmaten vertreten soll? Einen Teufel werde ich tun! Vergessen Sie's!"

„Ich gehe nicht davon aus, dass Präsident Forbes mit Ihrem Auftreten bei den Doranern positive Absichten hegt. Glaube ich jedenfalls, Sir."

Ben Goren beugte sich zu Jackson runter, der sich erneut auf dem Sofa niedergelassen hatte: „Warum zum Teufel soll ich dieses hinterhältige Spiel dann mitspielen, General, hm?", flüsterte Ben Goren bedrohlich.

Jackson, der innerlich immer kleiner wurde, fasste sich nach wenigen Augenblicken wieder.

„Weil das Streben nach Glück auch ein verbrieftes Recht in der Verfassung ist, Sir."

Nochmals beugte sich Ben zu Jackson.

„Sagen Sie mir, General: Wenn das schiefgeht, werden Sie dann erneut den Schwanz einziehen?"

Jackson war kaum noch in der Lage etwas zu sagen. Er schluckte mehrfach, denn eine solche Ausdrucksweise hätte er ihm niemals zugetraut. Nie hätte er gedacht, dass dieses angebliche Weichei einen solchen Druck auf ihn auszuüben vermochte.

„Ich bete zu Gott, dass dies nicht geschieht! Aber falls doch, werde ich auf sicher der richtigen Seite stehen Sir. Auf Ihrer!", fügte er eilig hinzu.

Ben Goren war durchaus beeindruckt. Nie zuvor hatte ein General der Army sich eine derartige Blöße gegeben. Doch Ben ließ sich nichts anmerken.

„Sie sollen nicht auf meiner Seite stehen, General. Stehen Sie auf der Seite Ihrer Landsleute, nie auf der eines Einzelnen!"

„Wir können es doch wenigstens versuchen, Sir, bitte."

„Ich weiß nicht", murmelte Ben, während er unruhig auf und ab lief. Danach schwiegen beide und die Luft war zum Zerreißen gespannt.

„Du solltest gehen, Ben!"

„Nancy!"

Nancy Goren ging auf ihren Mann zu, während sich Henry respektvoll erhob und grüßte.

„Du bist auch ein Amerikaner, so, wie all die anderen, die das Streben nach Glück mehr als verdienen." Sie schritt auf ihren Gatten zu, der sie ungläubig ansah. Sie hatten bei ihrer Ankunft auf der Ranch vereinbart, dass er niemals in die Politik zurückkehrt.

Nancy beugte sich zum Ohr ihres Mannes und flüsterte nur für ihn hörbar: „Du hast noch eine Aufgabe zu erfüllen! Eventuell können sie dir dabei helfen. Wer weiß!"

Ben wusste sofort, was sie meinte. Er sah seine Frau an und streichelte ihr sanft übers Gesicht. „Was würde ich nur ohne dich tun?!"

„Auf das Glück warten und zusehen, wie es an dir vorüberzieht", grinste Nancy und verließ den Raum.

„Also gut, General! Ich werde diesen Daán Morgen in seiner Botschaft aufsuchen und dann werden wir weitersehen."

„Ich danke Ihnen, Sir! Ganz Amerika wird es Ihnen nicht vergessen, Sir!", sagte Jackson und hielt ihm seine Hand hin.

Ben ergriff sie.

„Geben Sie acht auf sich, Jackson. Auf sich und auf uns alle!"

Am nächsten Morgen empfing Daán Ben Goren in der Botschaft, nachdem er ihn absichtlich lange hatte warten lassen. Ben Goren legte die Ereignisse der letzten Jahre äußerst anschaulich dar. Daán hörte ihm interessiert zu, ohne ihn zu unterbrechen. Abermals erstaunte ihn die Ehrlichkeit dieser Menschen, die er nicht erwartet hatte.

„Sie sind nicht der Präsident der Vereinigten Staaten von Amerika?"

„Nein, Sir! Ich hatte lediglich die Ehre, es eine Zeit zu sein."

Daán bewegte sich auf Ben zu, ohne sich sein Missfallen anmerken zu lassen. „Sie sind befugt, die Absprachen, die wir soeben besprachen, vor dem amerikanischen Volk zu vertreten?"

„Ich denke, der Präsident wird dem wohl zustimmen."

„Sie denken?", fragte Daán zunehmend ungehalten.

„Nun, er hat mich geschickt! Welche Einwände sollte er geltend machen?"

„Ich verstehe! Ich werde Ihre Bitten überdenken! Ich danke Ihnen, Mr. Goren."

Daán erwartete, dass Ben ging, und ließ sich in seinen Stuhl nieder. Doch Ben blieb schweigend stehen.

„Wären Sie so freundlich, mich an Ihren Gedanken teilhaben lassen, Mr. Goren?"

Ben zögerte. Daán hatte ihn schwer beeindruckt, aber sollte er in diesem Moment wirklich eine persönliche Bitte äußern? Wie wird dieser Fremde darauf reagieren, hatte er Daán doch soeben wissen lassen, dass er nur ein Bote war?

Daán entging nicht, dass Ben Goren sich im Zwiespalt befand.

„Gelegentlich erweist es sich als hilfreich, etwas lauter zu denken."

Bei diesen Worten musste Ben sofort schmunzeln, doch er zögerte. „Ich weiß nicht, Daán."

„Versuchen Sie es", motivierte Daán Ben, während er sich interessiert von seinem Stuhl erhob und auf ihn zuschritt.

„Ich … ich weiß nicht, ob dies der richtige Moment dafür ist, da Sie doch den Präsidenten erwartet hatten und ich Sie enttäuscht habe. Eigentlich handelt es sich auch um eine ganz persönliche Bitte an Sie, Sir."

Ben Goren stockte, während sich Daán sich ihm langsam, mit seinem Blick prüfend, näherte.

„Ich versichere Ihnen, Sie sind es nicht, der enttäuschte. Was ist Ihr Anliegen, mit dem Sie zögern, es mir es mit mir zu teilen?" Prüfend, aber sanftmütig sah Daán ihn an. Niemand zuvor hatte sich getraut, eine Bitte an ihn zu richten. „Wovor fürchten Sie sich Mr. Goren? Es besteht kein Grund zur Furcht. Wir werden stets bemüht sein den Wünschen der Menschen nachzukommen, solange unsere Interessen dem nicht im Wege stehen!"

Ben Goren beruhigten diese Worte. Den Nachsatz überhörte er.

„Daán", begann er vorsichtig. „Ich habe gehört, dass die Doraner auf der ganzen Welt fast unmögliche Dinge vollbringen. Ich weiß nicht, ob ich Sie darum bitten darf, aber ist es Ihnen möglich, einen ganz bestimmten Menschen ausfindig zu machen?"

Verwundert sah ihn Daán an. Doch bevor Daán etwas erwidern konnte, griff Ben Goren eilig in die Tasche seines Jacketts und hielt ihm einen unscheinbaren Zettel hin.

„Ihr Name ist Jenny. Jenny Alvarez!", sagte Ben Goren schnell. „Nach meinen Informationen wurde sie ins General Hospital eingeliefert, aber nie entlassen. Wenn man nach ihr fragt, will keiner etwas wissen."

Ben hielt es für besser, den Namen Callum David nicht zu erwähnen. Er vermutete, dass Jenny nicht ohne Grund untergetaucht war.

„Aus welchem Grund sollte ich Ihrem Wunsch folgen? Was ist derart Besonderes an ihr, das es mir erlaubt, Zeit auf ihre Suche zu verwenden?"

„Wenn sie sich dort tatsächlich befindet, ist sie seit über einem Jahr dort. Ich werde das Gefühl nicht los, dass sie dringend Hilfe benötigt!", begründete Ben Goren aufgebracht. Hinterfragend sah Daán sein Gegenüber an.

„Ich sehe dennoch keine unbedingte Notwendigkeit, dass wir uns mit diesem Fall befassen", gab sich Daán völlig desinteressiert und drehte Ben den Rücken zu. Gleichwohl er durchaus interessiert war, sich aber nichts anmerken lassen wollte.

„Daán, verstehen Sie doch bitte. Sie ist ein ganz besonderer Mensch!"

Daán wandte sich Ben zu, denn die Impulsivität dieses Mannes forderte ihn geradezu heraus.

„Erklären Sie das!"

„Sie hat uns immer geholfen!"

„Taten das nicht bereits viele vor ihr?"

„Ich meine in Situationen, in denen die Menschheit ihrem Ende entgegen sah. Sie stand stets zur Verfügung. Wie aus dem Nichts!"

„Noch immer sehe ich keine Besonderheit darin."

„Daán, bitte!"

„Ich bin mir Ihrer flehenden Worte durchaus bewusst, dennoch wird jenen, denen ich zur Rechenschaft verpflichtet bin, nichts ferner liegen, als ausgerechnet diese eine Person zu finden! Es muss ein ausgesprochen dringender Grund vorliegen, der sie dazu bewegt, die Suche für notwendig zu erachten." Daán gab Ben Goren den Zettel zurück.

„Bitte! Was soll ich Ihnen sagen?"

Doch Daán reagierte nicht darauf.

Ben Goren suchte verzweifelt nach den passenden Worten. „Sie ist 25 Jahre alt und sie sieht auch so aus. Aber das stimmt nicht, denn seit über fünfzig Jahren oder wer weiß wie lange schon, steht sie den Menschen zur Seite. Vor allem mir." Ben Goren sah zu Boden und so entging ihm, dass der Doraner sich ihm erstaunt erneut zuwandte.

Ohne seinen Blick zu heben, fuhr Ben fort: „Sie tat es, obwohl sie die Menschen nicht leiden kann. Aber wenn es Ihnen unmöglich ist, sie zu finden dann muss ich allein weitersuchen."

Ben Goren brach seine Worte ab und ging ohne Daán eines weiteren Blickes zu würdigen, zur Tür.

„Ich erinnere nicht, Sie entlassen zu haben!"

Daán vollzog eine Handbewegung mit seiner linken Hand. Bevor Ben durch die Tür gehen konnte, verschloss sie sich vor ihm. Verwundert drehte sich Ben zu Daán.

„Unter Umständen sind jene, denen ich Rechenschaft geben muss, eher geneigt

Ihnen zu folgen, wenn Sie nicht verschwiegen davonlaufen und es am nötigen Respekt fehlen lassen!"

„Daán, so war das in keiner Weise gemeint, ich dachte nur …"

Sein Gesprächspartner würgte ihn mit einer Handbewegung ab.

„Sie wären mehr als ungehalten, kämen sie zur Überzeugung, dass Sie nicht gewillt sind, mir die nötige Achtung zu erweisen. Achtung, die es verlangt, meine Frage zu beantworten." „Daán, bitte! Geben Sie mir eine Chance. Ich wollte sicherlich nicht respektlos erscheinen, doch es liegt mir viel an dem Commander!"

„Commander?", wiederholte Daán, stutzig geworden.

Ben Goren zögerte.

„Meine Zeit ist begrenzt. Erklären Sie mir, warum ich tun soll, wozu ich Ihrer Meinung nach vermeintlich nicht in der Lage bin!"

Wortlos stand Ben Goren eine Weile da und Daán beobachtete ihn ohne Unterlass.

„Also, wo fange ich an: Vor der großen Katastrophe mit dem Asteroiden, den wir Apophis nennen, begab sich …"

Zwei Stunden hörte Daán aufmerksam zu und beobachtete Ben Goren. Daán entging nichts. Kein Wort, keine Geste, keine Mimik von Ben.

„Sie sind sicher, dass diese Jenny keine Menschen mag?", fragte Daán provozierend.

„Sie mag es noch so gut zu verbergen wissen, aber ja, ich bin sicher, dass sie uns nicht mag! Warum auch immer das so ist. Aber ihre Gefährten mögen uns wohl noch viel weniger. Ich bin ihnen, vor allem ihr diesen Gefallen schuldig."

„Ihre Gefährten?", fragte Daán erstaunt und prüfend, seinen Blick nicht von Ben Goren lassend.

Ben zögerte.

„Warum soll ich Ihrer Bitte folgen? Trotz Ihres kläglichen Versuches, wesentliche Dinge vor mir zu verbergen!"

Ben Goren fühlte sich ertappt. Dann aber holte er tief Luft: "Der Commander unterstützte nach meinen Unterlagen unterstützte zuerst …" Ben zögerte, abermals, setzte dann aber fort. Bill Clinton!"

„Wer war Bill Clinton?"

„Er war ebenfalls ein Präsident der USA."

Daán sah Ben Goren misstrauisch an und zwang ihn, seinen Blick zu erwidern.

Zögerlich fuhr Ben fort. „So etwa …, etwa in der zweiten Dekade, Sir!" Daán sah ihn noch eindringlicher an.

„Des, äh … vorletzten Jahrhunderts."

Ben begann zu schwitzen und wurde zusehends nervöser. Hilflos wie ein kleines

Kind, spielte er mit dem Zettel, auf dem Jennys Name stand. „Aufgrund gewisser Umstände ist dieser Commander, äh ich meine Jenny Alvarez, der First High Commander USA. Sie steht in ihrem Rang höher als der Präsident und wäre sie auffindbar gewesen, wäre es nicht zu diesem Beinahe-Overkill gekommen, den Sie mit Ihrer Ankunft Gott sei Dank verhindert haben!"

Daán wandte sich von Ben Goren ab und schmunzelte.

„Ihr Präsident, dieser Mr. Forbes, weiß er um all diese Dinge?"

„Ich glaube nicht."

„Wer oder was hat dann diesen Commander in diese doch beachtliche Position versetzt?"

Ben Goren fasste sich wieder, zögerte aber etwas. „Das war das Militär und der Kongress. Aus Sicherheitsgründen, damit der jeweilige Präsident keine Diktatur errichten kann, nachdem die Verfassung aufgrund der katastrophalen Zustände nach Apophis geändert worden war. Wissen Sie, es gibt das sogenannte Blue Book."

„Erklären Sie das!"

„In ihm stehen sämtliche Geheimnisse. Alle, die es in den Vereinigten Staaten von Amerika je gegeben hat! Die aus Gründen der nationalen Sicherheit der breiten Öffentlichkeit verborgen bleiben."

„Dieses Buch, wo befindet es sich jetzt, Mr. Goren?", fragte Daán in völliger Ruhe.

„Es ist irgendwann verloren gegangen. Ich weiß auch nicht genau wann. Jedenfalls ist es weg", fügte er eilig hinzu.

Ben hatte seiner Meinung nach schon viel zu viel erzählt, wenngleich er ganz bestimmte Dinge, hatte unter den Tisch fallen lassen. Auf keinen Fall wollte er seine Vermutung preisgeben, dass er glaubte, der Commander sei der neue Besitzer des Blue Books.

„Sie sind sich absolut sicher, dass sie 25 Jahre alt ist, ja?"

Ben räusperte sich und verlor seine Gesichtsfarbe. Fühlte er sich doch wie ein Kind beim Kekse stibitzen, ertappt.

„Ja, Sir! Äh nein, wohl eher doch nicht Sir! Sie sieht jedenfalls so aus. Äußerlich meine ich", eierte Ben durch Daáns rhetorisches Minenfeld.

Schmunzelnd sah Daán aus dem einzigen Fenster des Raumes und ließ seinen Blick schweigend über Washington schweifen. „Es ist Ihnen erlaubt zu gehen, Mr. Goren!"

Ben sah verwundert zu Daán hinüber.

„Ich werde sehen, was ich für Sie tun kann!"

Der ehemalige Präsident ging, aber wohl war ihm nicht, denn für seinen Geschmack hatte er Daán viel zu viel preisgegeben.

Daán liebte es Rätsel zu lösen und die Geschichte, die er soeben gehört hatte, gab ihm ein manches auf. Der vorgeschobene Expräsident hatte seine Neugier geweckt. Obwohl er Bens Geschichte nicht vollkommen schlüssig fand. Ganz gleich, wer diese mysteriöse Jenny Alvarez war. Daán nahm sich vor, hinter ihr Geheimnis kommen. Außerdem sah er es als eine gute Möglichkeit an, seinen Implantanten im Hinblick auf dessen Tauglichkeit und Ergebenheit zu testen. Daán stellte sich etwa einen Meter vor seinen Stuhl und vollzog mit seiner linken Hand eine Bewegung von links nach rechts.

„Agent Rivera, ich wünsche Ihre Anwesenheit!"

„Natürlich, Daán", bestätigte Rivera, obgleich die Uhr vier Uhr in der Früh anzeigte.

Wenige Minuten später stand Ron wie gewünscht vor Daán.

„Soweit ich erinnere, waren Sie damals ein Mitglied des Secret Service, Mr. Rivera?"

„Ja, Daán."

„Sind Ihnen dabei Dinge begegnet, die Ihnen heute noch dienlich sind?"

„Es könnte möglich sein, Daán."

„Korrigieren Sie Ihre Worte unverzüglich, Agent Rivera!"

Ronald Rivera zögerte.

„Wie könnte es den Doranern dienlich sein, wenn Sie sich Ihrer Sache nicht sicher sind?", tadelte der Doraner.

„Ich bitte um Verzeihung, Daán!", bat Rivera sich verneigend.

„Sie haben noch viel zu lernen, Agent Rivera. Sie sind gehalten, Ihr Implantat besser zu nutzen, denn ich bin nicht gewillt, etwaige Unzulänglichkeiten auf Dauer hinzunehmen!", fügte Daán hinzu. „Es ist mein Wunsch, dass Sie folgendes Problem erfolgreich lösen …"

„Ich verstehe, Daán."

„Suchen Sie außerdem nach diesem Blue Book. Ich wünsche es unverzüglich zu lesen."

Ronald Rivera war schon fast an der Tür, als er Daáns Worte hörte: „Ich erinnere nicht, Ihnen die Erlaubnis des Entfernens erteilt zu haben!"

Rivera lief kalkweiß an. Schuldbewusst drehte er sich um.

„Anschließend werden Sie Folgendes tun: …"

„Wie Sie wünschen, Daán!", sagte Rivera und blieb abwartend stehen.

„Worauf warten Sie noch, die Zeit drängt!"

Unverzüglich begab sich Ronald Rivera auf den Weg ins Weiße Haus. Zwangsweise empfing ihn Jaden Forbes ohne jede Voranmeldung.

„Sie haben sich also verändert, Rivera! Sieh an, sieh an!"

„Es war an der Zeit, Mr. President."

„Man, Sie sind wie eine Scheißhausfliege: Sie kleben einem am Arsch und man wird sie nicht los! Wie dem auch sei: Was wollen Sie jetzt so Dringendes von mir, dass Sie das Nein meiner Sekretärin nicht akzeptieren?"

„Mr. President, Sir, der doranische Botschafter des amerikanischen Staatenbündnisses Daán, wünscht Ihre Anwesenheit!", teilte Ronald Rivera in aller Förmlichkeit mit, die vorangegangene Bemerkung ignorierend.

„Ach tut er das?"

„Ihre Anwesenheit wird morgen früh erwartet, Sir!"

„Ich bestimme meine Termine selbst! Was geschieht, wenn ich da Morgen nicht erscheine? Was könnte er schon tun? Ich bin der Präsident der Vereinigten Staaten, sagen Sie ihm das! Und jetzt raus!"

„Sie sollten sich das reiflich überlegen, Sir!"

„Sonst was?", schrie Jaden Forbes ungehalten und bedrohlich auf Rivera zukommend.

„Wollen Sie mir etwa drohen, Rivera? Sie ticken wohl nicht mehr ganz sauber!"

„Nein, Sir, natürlich nicht! Nicht im Geringsten. Es ist nur so: Die Doraner, Sir, sie mögen Lügen und Intrigen überhaupt nicht! Oder das Absenden von Boten, die nicht sind was sie auf Befehl von oben vorgeben zu sein, Sir!"

Jaden Forbes schritt auf Ronald Rivera zu, bis nur noch wenige Zentimeter sie trennten.

„Du kleiner Scheißer! Was willst du mir damit sagen? Glaubst du etwa, nur weil wir aus demselben Viertel stammen, gibt dir das das Recht, auf eine herablassende Art mit mir zu reden? Versuch das noch mal und dein neues Zuhause wird Six Feed under sein."

Rivera blieb unbeeindruckt vor Jaden stehen und zucke mit keiner Wimper. „Sie sollten überdenken, wer Ihre Freunde sind!"

„Wer meine Freunde sind? Sind Sie noch ganz dicht?"

„Wenn Sie Präsident bleiben wollen schon. Sie sollten sich Ihre nächsten Schritte mit Bedacht gehen!"

Forbes brüllte Rivera an: „Wenn ich Präsident bleiben will? Sie sind ja völlig durchgeknallt!"

Rivera griff in seine Hosentasche und drückte dort den Knopf seines Diktiergerätes: „... ich schenke dir eine sizilianische Krawatte, wenn du nicht endlich deine gottverfluchte Schnauze hältst.

Zwei Minuten lief das Band, dessen Inhalt laut hörbar war und die Szene mit Will Peters von damals wiedergab.

„Schalten Sie das ab! Sofort, Sie verdammter Schweinehund!"

Rivera genoss diesen Triumph, auf den er schon lange gewartet hatte.

„Daán erwartet Sie morgen früh in der doranischen Botschaft oder die Amerikaner werden erfahren, dass Sie es vorziehen, Ihre Gegner an Alligatoren zu verfüttern!"

Ronald Rivera ging vollkommen gelassen zur Tür des Oval Office: „Ach, noch was, Mr. Forbes, seien Sie pünktlich! Daán wird äußerst ungehalten, wenn man ihn warten lässt!"

Rivera verließ das Weiße Haus und er registrierte, dass die Menschen, die ihm entgegenkamen, tuschelnd vor ihm Platz machten.

Am nächsten Tag erschien Jadén Forbes unwillig in Daáns Konferenzraum. Daán verblieb in seinem Sessel und würdigte ihn keines Blickes, als Jadén Forbes sagte: „Ich bin der Präsident der Vereinigten Staaten Daán!", und er ließ seine Worte hoch erhobenen Hauptes verlauten.

Daán ignorierte diese Geste der Arroganz.

„Ich bin mir dessen bewusst, dennoch wundert mich Ihre nicht unerhebliche Verspätung, die Sie mir sicher zu erklären wissen!"

Jadén Forbes wurde etwas kleinlauter: „Ja, also wissen Sie, Staatsgeschäfte! Sie verstehen!"

„Tue ich das?" Daán sah sein Gegenüber musternd an und sah, wie Jadén Forbes schluckte. „Nun, wie auch immer", meinte Daán, während er langsam und grazil durch den Raum schritt. „Sie sind sicherlich gewillt, mir zu erklären, welche Ihrer Staatsgeschäfte derart dringlich gewesen sind, dass Sie die Not der Bevölkerung Ihres Landes gewillt waren beflissentlich zu übersehen und hinzunehmen."

„Ja äh. Also wissen Sie ..."

„Mir ist durchaus sehr daran gelegen ...", überging Daán sein Stammeln, „... dass Sie Präsident bleiben!"

Erleichtert und sich seiner Sache wieder sicherer, atmete Jadén Forbes auf.

„Wenn Sie bereit sind, sämtliche Bedingungen zu akzeptieren!"

„Bedingungen?" Forbes erblasste.

Daán sah Jadén Forbes ohne jeden Ausdruck einer Regung an.

„Nichts liegt mir ferner, als die amerikanische Bevölkerung auf Ihre Unzulänglichkeiten aufmerksam zu machen. Doch falls dies Ihr ausdrücklicher Wunsch sein sollte, werde ich mich, wenngleich es mir widerstrebt, Ihrem Wunsch selbstverständlich nicht in den Weg stellen!"

Jadén Forbes wusste nicht, wie ihm geschah.

„Ich bin gewillt, Ihrem Schweigen zu entnehmen, dass es in Ihrem eigenen Interesse liegt, mich zu unterstützen!"

Jadén Forbes rang nach Luft. Er hörte sich selbst sagen: „Selbstverständlich,

Daán! Selbstverständlich!"

Eine geschlagene Stunde lang diktierte Daán dem Oberhaupt der USA seine Wünsche bezüglich des zukünftigen Verhaltens des Präsidenten. Immer, wenn Jaden Forbes einen Einwand vorzubringen versuchte, konfrontierte Daán ihn mit den Unzulänglichkeiten seines Lebens, die Ronald Rivera Daán vorher hatte wissen lassen und die Forbes stets vor der Öffentlichkeit verbarg.

„Trotz all unserer Differenzen, die wir erfreulicherweise ausräumen konnten, hat es mich gefreut, Sie kennenzulernen. Meine Gefährten werden Ihre uneingeschränkte Zustimmung mit Wohlwollen zur Kenntnis nehmen. Es ist Ihnen erlaubt zu gehen!", teilte Daán, sich auf seinem Stuhl zurücklehnend mit.

Forbes verließ niedergeschlagen die doranische Botschaft: Nie zuvor hatte es jemand auch nur im Ansatz gewagt, derart mit ihm umzugehen.

Daán lernte an diesem Tag den ersten Menschen kennen, den er als vollkommen inakzeptabel empfand. Sein Implantant hingegen hatte ihn gut und umfassend beraten. Der Präsident hatte, wenngleich mehr wider, als willig, allen Angeboten zugestimmt. Daán war mit sich und seinem Implantanten zufrieden. Das Konzil würde es ebenfalls sein.

Am nächsten Tag stellte sich Ronald Rivera bereits vor dem Hellwerden bei Daán ein.

„Sind Sie vorbereitet, Agent Rivera?"

„Selbstverständlich, Daán! Sie warten schon ungeduldig darauf, dass es endlich losgeht!"

„Gereichen Sie Ihrer Spezies zur Ehre und beginnen Sie! Erstatten Sie mir regelmäßig Bericht!"

Unverzüglich begab sich Ronald Rivera zum Ausbildungscamp der Freiwilligen im DSD, das weit außerhalb von Washington lag. 5000 Männer und Frauen standen bereits in Uniform auf dem riesigen Platz in reih und Glied, jeweils eine Armlänge vom Nebenmann entfernt.

Als Rivera sich der Truppe näherte, nahmen sie unaufgefordert Haltung an.

„Dies ist ein besonderer Tag, Ladys und Gentlemen!", begann Rivera seine Rede, während er durch die Reihen schritt und jeden Einzelnen prüfend musterte. „Heute werden Sie den Amerikanern zeigen, wie stark Ihre Einsatzbereitschaft ist. Denken Sie daran: Sie sind dazu bestimmt, den Menschen in den Straßen und Häusern zu helfen! Seien Sie außerordentlich freundlich und stets zuvorkommend. Menschen, die Sie hilflos oder verletzt auffinden, werden Sie unverzüglich in die nächstgelegenen Krankenhäuser verbringen lassen! Sollten sich für Sie Schwierigkeiten ergeben, informieren Sie Ihre Teamleader. Diese informieren dann mich! Halten Sie die Befehlskette strikt ein! Treffen Sie keine eigenmächtigen

Entscheidungen! Haben Sie alle Ihre Instruktionen erhalten?"

„Jawohl, Sir!", donnerte es über den Platz.

„Hervorragend – halten Sie sich daran!" Rivera legte bewusst eine kurze Redepause. Stolz und hoch erhobenen Hauptes schritt er souverän durch die Reihen, bis er schließlich wieder vor der Truppe stand. „Ihr Verhalten am heutigen Tage wird Ihr weiteres Schicksal entscheiden! Für Sie und mich sind die nächsten Stunden, eine alles entscheidende Bewährungsprobe! Erlauben Sie sich keine Fehler, Ladys und Gentlemen! Dies wird für uns alle eine sehr anstrengende Aufgabe! Dennoch werden Sie sich stets unter Kontrolle haben, freundlich und hilfsbereit bleiben! Kontrollverlust ist ein Fehler! Denken Sie daran: Ich verzeihe keine Fehler! Zeigen Sie jetzt, was Sie gelernt haben. Zeigen Sie Ihre Fähigkeiten, wachsen Sie über sich hinaus!" Rivera blickte in freudig angespannte Gesichter. „Dieser Tag, Ladys und Gentlemen, er gehört uns und wird in die Geschichte eingehen!" Ron blickte in die Menge. „Wem gehört dieser Tag?"

„Uns!", hallte es zurück.

„Ich kann sie nicht hören!"

„Dieser Tag gehört uns, Sir!", donnerte es über den Platz.

„Na also, geht doch!", rief der Befehlshaber grinsend. Er gab das Startzeichen und so rückten sie ab, ‚seine' 5000 Männer. 1500 Lkws rollten mit unüberhörbarem Lärm, auf Washington zu und nahmen die zugewiesenen Positionen generalstabsmäßig in den jeweiligen Straßen ein.

Die Menschen auf den Straßen erschraken anfänglich, blieben ängstlich, aber auch neugierig stehen. Doch als sie sahen, dass die Männer und Frauen in ihren ungewöhnlichen Uniformen, sich in den Straßen zu verteilen begannen, außer einer Handfeuerwaffe, keine weiteren Waffen trugen, wich ihre Angst. Sie beobachteten das vor sich gehende Schauspiel. Das war es tatsächlich, denn Rivera hatte seine 5000 entsprechend angewiesen, es zu veranstalten und Eindruck zu schinden.

„Wie kann ich Ihnen helfen, Sir? Miss, Ma'am? Ich werde Sie jetzt in ein Krankenhaus bringen lassen." Überall hieß es: „Ich werde mich sofort darum kümmern, haben Sie keine Sorge, es wird Ihnen geholfen!" Den ganzen Tag über hörte man diese Sätze und die Freiwilligen schienen zu vergessen, was das Wort Müdigkeit bedeutete. Haus für Haus schritten sie ab. Sie klopften an jede Tür: „Doranischer Sicherheitsdienst, Sir! Benötigen Sie Hilfe? Können wir etwas für Sie tun? Verfügen Sie über genügend Lebensmittel? Ist Ihr Wasser noch ausreichend?" Von allen Straßen hallte wider: „Sorgen Sie sich nicht! Wir werden uns sofort darum kümmern!"

Andere Einheiten benutzten die mitgebrachten Laster zur Entsorgung des Mülls, der sich fast überall meterhoch stapelte und bis zum Himmel stank. Bis spät in die

Nacht räumten sie den Schutt, den der Anschlag am 4. Juli hinterlassen hatte, weg. Sie taten es diesem, am nächsten und an vielen weiteren Tagen darauf. Mit jeder vergehenden Woche, an dem es hieß: „Doranischer Sicherheitsdienst, wie kann ich ihnen helfen?", wurden sie von den Menschen freudiger empfangen und umjubelt. Ein Schauspiel, das sich auch die Medien, voll des Lobes, nicht entgehen ließen.

Daán stand vor den holografisch übertragenen Bildern und hörte aufmerksam dem Nachrichtensprecher zu, während Rivera zurückhaltend an der Seite des Eingangs stand: „Ein besonderes Schauspiel war heute in allen Washingtoner Straßen zu sehen: Der neu gegründete ‚Doranische Sicherheitsdienst', DSD, ergriff heute am frühen Morgen, Besitz von Washington D.C. Erfreulicherweise teilte der Sprecher des DSD, Ronald Rivera, mit, dass sich diese, von dem Doranischen Botschafter des amerikanischen Staatenbündnisses Daán initiierte Aufräumaktion in nächster Zeit in allen Städten wiederholen wird. Falls Sie gerade zusehen Daán: Seien Sie sich einer dankbaren amerikanischen Nation gewiss! Präsident Jaden Forbes begrüßte diese Aktion ausdrücklich und bat in einer Ansprache alle Amerikaner um ihre Mithilfe. Er erklärte: Erneut zeige sich, wie sehr sich die Ankunft der Doraner als Glücksfall für die gesamte Menschheit erweise."

„Sie sehen mich höchst erfreut darüber, Agent Rivera, dass Sie endlich begonnen haben, Ihre Fähigkeiten, die Ihnen unser Geschenk zur Verfügung stellt, sinnvoll zu nutzen. Ich werde Sie dem Konzil für eine Belobigung vorschlagen. Setzen Sie Ihre erfolgreiche Arbeit in den nächsten Wochen fort. Es ist wichtig, dass die Bevölkerung den Doranischen Sicherheitsdienst weiterhin mit Wohlwollen begegnet und seinen Anweisungen in Zukunft Folge leisten wird! Fahren Sie nach Hause. Ich benötige Ihre Dienste heute nicht mehr!", erklärte Daán seinem Implantanten zunickend.

„Ich danke Ihnen, Daán!", sagte Ron sich verneigend und verließ den Raum. Vor der Tür des Konferenzraumes hob Rivera seinen rechten Arm, ballte seine Hand zu einer Faust und zog sie ruckartig nach unten. „Yes!", rief er laut und eilte aus der Botschaft.

Kaum dass Daán allein war, zeigte sich Kórel.

„Dein Implantant hat sich erneut bewährt, Daán! Das Gemeinwesen sieht die Ereignisse mit großem Wohlwollen. Die Implantanten der anderen Gefährten werden von nun an den Weisungen des deinen unterstehen. Auch in ihren Handlungen werden dir die anderen folgen. Das Gemeinwesen hat sich geschlossen hinter dir versammelt und das Konzil beglückwünscht dich zu deinem Erfolg! Erneut gereichst du deiner Kaste zur Ehre. Mit größtem Interesse werden wir deine weiteren Handlungen verfolgen!"

Noch ehe Daán etwas erwidern konnte, verschwand Kórel.

Daán stand inmitten des Raumes, den Kopf von schräg unten rechts nach links bewegend, spiegelten alle Farben seines Seins seine Zufriedenheit.

Als Ronald Rivera am nächsten Morgen, um vier Uhr in der Früh, zum Dienst erscheinen wollte, hatte er ungeahnte Schwierigkeiten, die Botschaft zu erreichen. Er versuchte sich durch die Massen zu bahnen, die vor der Botschaft eine mehr als zwei Kilometer lange Schlange bildeten.

„Herrschaften, – bitte!"

Es bereitete ihm Mühe, sich Gehör zu verschaffen. Niemand reagierte auf seine Worte. Kopfschüttelnd setzte er zwei Finger an seine Zunge und blies hindurch, sodass ein lauter Pfiff zu hören war. Schlagartig herrschte Stille.

„Darf ich fragen, was Sie hier wollen, Ladys und Gentlemen?", fragte er höflich, obwohl er gereizt war.

Die Menge schwieg zunächst, doch einer aus der Reihe schrie ihm dann entgegen: „Ein paar von uns haben sich wohl gedacht, Sie könnten vielleicht noch ein wenig Verstärkung für Ihren Sicherheitsdienst gebrauchen!"

Lautes Gelächter brach aus.

„Nur ein paar – ja?", wiederholte Rivera grinsend.

„Also gut, warten Sie hier! Dann werde ich ein ‚paar' Helfer organisieren!"

Abermals lachte die Menge, als er die Botschaft betrat.

Wenige Minuten später tauchten 1000 Freiwillige auf, die die Menge sofort zu sortieren begannen. Doch so emsig sie an diesem Tag arbeiteten, die Schlange wurde und wurde einfach nicht kürzer. Mit jeder Stunde, die verging, kamen neue Freiwillige hinzu, die sich zum Dienst für den DSD meldeten.

Rivera meldete via SATKOM bei Daán: „Entschuldigen Sie bitte, Daán, aber wir haben hier ein Problem! Wir ...", wollte Rivera fortsetzen.

„Dann lösen Sie es!", unterbrach Daán ihn und beendete die Verbindung.

Rivera seufzte und begab sich zurück in die Menge. So war er eben, sein Daán.

Innerhalb von zwei Wochen verfünffachte sich die Größe des Doranischen Sicherheitsdienstes in den Vereinigten Staaten von Amerika. Ronald Rivera sorgte akribisch dafür, dass die anderen Implantanten, die für die Sicherheit der doranischen Botschafter in den anderen Ländern sorgten, genauestens seine Anweisungen befolgten. Deshalb erhielt er nicht nur eine Belobigung. Ab sofort durfte er sich in einem eigenen Shuttle fliegen lassen. Sein Pilot hieß Liam McAllen.

Die doranische Führung folgte Nárans Bitte, für die menschlichen Bediensteten menschliche Ärzte mit deren Betreuung zu beauftragen. Unter ihnen befand sich Judy Winters, die die Führung des Ärztestabes übernahm.

Die Kaste der Mediziner unterrichtete die Ärzte sowohl in Heilung als auch in der Technik, die die Doraner zur Verfügung stellte. Unheilbare Krankheiten wurden geheilt, einige virologische tauchten nie wieder auf. Auch die Portale wurden eingeführt. Diese boten den Menschen die Möglichkeit, innerhalb weniger Minuten, von einem Kontinent zum anderen zu reisen. Die Benutzung herkömmlicher Flugzeuge wurde verboten. Nur wenige Menschen blieben beim Fortbewegungsmittel Auto. Die meisten nutzten die komfortable, schnellere Reisemöglichkeit, die ihnen die Doraner boten. Dass für den einen oder anderen Reisenden die Reise etwas länger dauerte, als für andere blieb vorerst unentdeckt oder wurde zumindest nicht hinterfragt. Die Menschen in aller Welt genossen ihre neu gewonnene Freiheit in vollen Zügen. Sie dankten es den Doranern. Vor allem aber dankten sie es Daán. Ganz gleich wo Daán auftauchte, um eine Rede zu halten, wurde er von Tausenden empfangen, die ihn bejubelten. Lilli Andersen flog ihn von Ort zu Ort. Sie beobachtete die Menschen, vor allem aber Daán. Dieser verhielt sich ihr gegenüber wohlwollend und begann sie zu schätzen. Dass einige Menschen spurlos verschwanden und nie wieder auftauchten, fiel zunächst niemandem auf. Allerdings tauchten mit der Zeit die ersten Gerüchte auf.

Wie schon oft zuvor hatte Daán Ronald Rivera gebeten, ihn mitten in der Nacht aufzusuchen.

„Daán, wie kann ich Ihnen dienlich sein?"

„Haben Sie etwas über Jenny Alvarez herausgefunden?"

„Ja, Daán, sie befindet sich nach wie vor im General Hospital!"

„Welche Gedanken verleiteten Sie, mir keinen Bericht zu erstatten?", erwiderte Daán ungehalten.

Betroffen sah Ronald Rivera zu Boden: „Ich hatte angenommen, dass diese Angelegenheit keine besondere Priorität hat und deshalb …"

„Wie könnte es keine Priorität haben, mir dienlich zu sein und meine Befehle auszuführen?", erwiderte Daán kurz angebunden.

„Ich bitte Sie zutiefst um Entschuldigung, Daán. Ich kann mir diesen Fehler nicht erklären", gab Rivera kleinlaut von sich und verneigend.

„Seien Sie gewarnt, Agent Rivera! Enttäuschen Sie mich nicht erneut! Was ist das Ergebnis Ihrer Ermittlungen?"

„Der diensthabende Arzt hat mir mitteilen lassen, dass Jenny Alvarez nicht in das von uns gesuchte Profil passt!"

Daán stand auf und ging langsam um Rivera herum.

„Sie haben es sich mitteilen lassen?"

„Ja", bestätigte Rivera, sich keiner Schuld bewusst. Doch er merkte, dass Daán mehr als nur ungehalten war.

„Von welchem Profil reden Sie? Ihre Aufgabe war es, sie zu finden und mir zu berichten!"

„Aber, Daán, ich bin davon ausgegangen, dass Sie Jenny Alvarez für den

Sicherheitsdienst gewinnen wollten und deshalb ..."

Eine Geste Daáns gebot Ron zu schweigen.

„Sie haben sich nicht persönlich davon überzeugt, wie es ihr geht?" Daán blieb ruhig, doch seine Ruhe hatte etwas Bedrohliches. „Ich hatte mich unmissverständlich ausgedrückt!", sagte Daán mit eindringlicher Stimme und fügte hinzu: „Oder sind Sie anderer Meinung?", während er auf seinem Stuhl Platz nahm.

„Selbstverständlich, Daán. Sie sollten mich mehr ins Vertrauen ziehen, worum es hier überhaupt geht!"

Daán wechselte seine Gesichtsfarbe.

„Sie enttäuschen mich und erwarten dennoch mein Vertrauen?"

Rivera hatte das Gefühl, ihm würde jeden Augenblick die Luft wegbleiben: „Ich werde gleich morgen früh ..."

„Das werden Sie nicht! Informieren Sie unverzüglich meine Pilotin. Sie soll das Shuttle für Morgen vorbereiten!"

„Aber, Daán, Sie können nicht persönlich dort vorstellig werden." „Ich erinnere nicht, Sie um Ihre Meinung gebeten zu haben! Gehen Sie!"

Am nächsten Tag, um sechs Uhr früh, landete Daáns Shuttle auf dem Dach des General Hospitals in Washington.

„Daán, darf ich fragen, was wir eigentlich hier wollen?", versuchte Lilly Andersen herauszufinden.

„Wir suchen jemanden!"

„Wen?"

Daán, der für seine körperlichen Verhältnisse, ziemlich zügig über das Dach lief, blieb abrupt stehen und sah seine Pilotin ohne Worte, aber dennoch bedrohlich an.

„Verzeihung, Sir! Ich wollte nicht ..."

„Daán, ich grüße Sie", unterbrach der Arzt die angespannte Situation. „Wenn Sie uns doch nur vorher Bescheid gegeben hätten, wir hätten Ihnen entsprechende Vorbereitungen getroffen."

„Vorbereitungen?", erwiderte Daán herabwürdigend.

Der Arzt schluckte.

„Was können Sie mir sagen über Jenny Alvarez?"

„Sir, sie passt nicht in das von Ihnen gewünschte Profil. Sie ist für keinerlei Interesse für Sie!"

„Ist das so?"

„Miss Alvarez ist psychotisch. Zudem leidet sie unter Wahnvorstellungen. Sie kann auf keinen Fall von Interesse für die Doraner sein!"

„Worauf begründet sich Ihre Diagnose?", Daán blieb ungehalten und Lilly Andersen, die das sich anschließende Verhalten bereits von Daán kannte, ging wortlos zwei Schritte zurück.

Erneut blätterte der Arzt in Jennys Krankenblatt: „Ach ja, da ist es!", meinte er und fing milde an zu lächeln.

„Sie müssen sich das Mal vorstellen: Sie wurde zu uns nach einem Unfall eingeliefert und redete wirres Zeug über Außerirdische, die bei uns landen würden. Die wir nicht reinlassen sollen. Was immer das auch bedeuten soll! Paranoide Schizophrenie, ganz eindeutig. Das ist doch völliger Schwachsinn!" „Ist es das!", sprach Daán mit ruhiger, dennoch bedrohlicher Stimme.

Lilly Andersen schmunzelte, als sie sah, wie sich die Gesichtsfarbe Daáns von leicht Rosa in Kalkweiß verwandelte. Sie ging weitere zwei Schritte zurück, ohne Daán aus den Augen zu verlieren.

„Ja, äh ‚04 war es das wohl", versuchte sich der Arzt zu retten. „Außerdem war ich nicht der aufnehmende Arzt!"

„Seien Sie mir an dieser Stelle bitte behilflich: Wenn ich über Ihre Zeitrechnung korrekt informiert bin, befinden wir uns in dem Jahr, das Sie ‚05 nennen. Ist das korrekt?" Der Arzt nickte eifrig, obwohl sein rot angelaufenes Gesicht deutlich verriet, dass er peinlich berührt war und sich unwohl fühlte.

„Sie hätten sie also längst entlassen können!"

„Nein, das hätten wir nicht! Warum sollten wir auch?"

„Ihnen sind im letzten Jahr also keinerlei Veränderungen in Ihrer Welt aufgefallen?"

„Ja doch sicher, aber es geht ihr gerade nicht gut. Ihr wirres Gefasel hat sich noch verstärkt. Sie muss erst zu Kräften kommen. In einem halben Jahr können Sie sie haben!", antwortete er schnell.

Daán stutzte und Lilly runzelte ihre Stirn, ihren Kopf senkend.

„Gibt es etwa ein Problem, Daán?" „Nein, Doktor! Ich habe kein Problem!"

Daán schwieg eine Weile und setzte danach fort: „Ich frage mich, welcher Gedanke es sein mag, der Sie leitet anzunehmen, ich würde Ihnen diese Frist gewähren!"

Daán bekam keine Antwort.

„Ich möchte sie unverzüglich zu sehen!" Daáns Stimme klang jetzt barsch und fordernd. Doch es geschah nichts.

„Worauf warten Sie? Ich sagte unverzüglich!", forderte Daán erneut. „Sie liegt direkt hier in diesem Raum! Aber Sie sollten doch noch ein oder zwei Tage warten! Oder so", stammelte der Arzt, der es anschließend vorzog, mit hochrotem Kopf schnellstens das Weite zu suchen.

Lilly betrat den Raum zuerst, Daán folgte ihr.

„Oh mein Gott!", entwich ihr kaum hörbar. Die frühere Soldatin, die als solche, einiges gewohnt war, begann heftigst zu würgen. Doch Daán hörte sie und ihm entging ihr ungewöhnliches Verhalten nicht. Er drängte sie beiseite. Lilly sah zu Daán und konnte sehen, wie er seinen Kopf langsam von schräg rechts nach links bewegte. Seine Farben wechselten ständig von einem tiefen Rot-Violett, in ein Dunkelblau. Lilly hatte eine derart heftige Reaktion bei ihm noch nie zuvor gesehen. Langsam schritt Daán auf Jennys Bett zu, streckte seine Hand nach ihr aus. Doch kurz bevor er Jennys Körper berührte, zog er seine Hand ruckartig zurück. Erneut wechselten seine Farben in ein rötlich-violett.

„Ich werde meine bisher positive Meinung über die Menschen wohl revidieren müssen", hauchte er leise.

„Daán, Sie ..."

Daán verbot ihr durch seine Handbewegung jedes weitere Wort.

„Das ist unfassbar! Welch unsäglicher barbarischer Wahnsinn! Wie können Sie es wagen, mit Ihresgleichen derart umzugehen!"

„Daán, bitte ...", Lilly suchte verzweifelt nach Worten. „Das ist eine absolute Ausnahme und ich habe nie zuvor etwas Derartiges gesehen. " „Sie nennen das eine Ausnahme? In meinem ganzen Leben, und glauben Sie mir, ich lebe schon sehr lange. In meinem ganzen Leben, nicht ein einziges Mal, im gesamten Universum, ist mir ein derart erbärmliches, grausames Dahinvegetieren begegnet!"

Lilly sah auf Jenny und dann zu Boden. Konnte sie Daán doch nur zu gut verstehen, denn zum ersten Mal in ihrem Leben schämte sie sich für ihre eigene Spezies.

„Lassen Sie mich mit ihr allein! Nehmen Sie die drei Koffer dort mit und bitten Sie Náran, sich unverzüglich in der Botschaft einzufinden!"

„Daán ..."

„Gehen Sie – unverzüglich!"

Lilly ging schweigend und sehr nachdenklich zum Shuttle und informierte Náran, der sofort reagierte. „An Ihrem linken unteren Kontrollpult befindet sich ein Knopf mit diesem Zeichen. Drücken Sie darauf. Wenn Daán sich mit der Patientin an Bord befindet, fliegen Sie langsam und äußerst behutsam. Sie dürfen auf keinen Fall den Interdimensionsmodus benutzen! Haben Sie das verstanden?"

„Ich habe verstanden!"

„Wenn Sie eintreffen, wird alles vorbereitet sein!"

Náran verschwand vom holografischen Bildschirm des Shuttles.

Erwarten wirst du uns, aber ob du auch darauf gefasst bist?, dachte Lilly, der immer noch übel war.

Daán stand an Jennys Bett und zigmal sah er sie von Kopf bis Fuß an. Doch je länger er hinschaute, desto unerträglicher schien ihr Anblick für ihn zu werden. Bis aufs Skelett abgemagert, sah sie kaum noch menschlich aus. Jedwedes Leben schien aus ihr gewichen zu sein. Die Haut ledrig angespannt, zeichneten hervorstehende Wangenknochen ihr unwirkliches Gesicht. Langsam ließ Daán seine rechte Hand Jennys ausgemergeltem Körper berührten. Übervorsichtig, als könne seine Berührung mit einem einzigen seiner Finger, sie jederzeit zerbrechen. Daán zuckte plötzlich erschrocken zusammen und unterbrach die Berührung genauso ruckartig. Hatte er sich getäuscht? Vorsichtig berührte er Jenny nochmals. Da war sie wieder, diese sich leichte, sich auf ihn übergehende Energie. Wie konnte das möglich sein? Daán hatte bereits viele Menschen berührt, wenn er zu seinen Ansprachen ging, aber das? Doch er wusste, dass es eine Stelle an Jennys Körper gab, an der er sich noch einmal selbst überprüfen konnte. Falls sie noch irgendwie in der Lage war, etwas zu denken, sei es auch noch so schwach, dort konnte er es wahrnehmen. Daán ging zu Jennys Kopf und legte behutsam seine rechte Hand auf ihre Stirn. Erneut übertrug sie ein wenig Energie auf ihn. Diesmal spürte er es wesentlich deutlicher. Daán wartete eine Weile. Dann entschied er, etwas von seiner Energie auf Jenny zu übertragen. Während er dies tat, legte er seinen Kopf etwas schräg und Daáns Hand folgte seinem Befehl.

Zunächst nahm Daán keinen Gedanken von Jenny wahr, doch er wartete. Es dauerte eine Zeit, bis er begriff, dass Jenny nicht, wie er es erwartet hatte, dachte. Abermals wagte er einen Versuch. Was er nun empfing, kannte er, obschon es schon lange, sehr lange Zeit zurücklag. Jenny träumte. Der Doraner gab ihr noch mehr von seiner Energie. So gelang es ihm, zu erkennen, was Jenny träumte. Jenny träumt von Maél.

„Ohh", entfuhr es Daán. Verunsichert brach den Vorgang sofort ab. Vorsichtig nahm er Jenny, beziehungsweise das, was von ihr noch übrig geblieben war, hüllte sie in eine Decke und trug sie eilig zum Shuttle.

Lilly wollte Daán helfen und ging eilig auf ihn zu.

„Wagen Sie es nicht!", zürnte Daán und ging direkt ins Shuttle, dessen hintere Sitze bereits zu einer Liege ausgelegt waren. Lilly sah Daán schweigend und zutiefst betroffen zu. Sie traute sich nicht, ein einziges Wort zu sagen.

Behutsam und führsorglich legte der Botschafter Jenny auf die vorbereitete Liege. Er ging einen Schritt nach vorne zu Lillys Steuerpult, vollzog mit seiner linken Hand eine Bewegung von rechts nach links. Als die Steuerungseinheit erschien, tippte er auf einen bestimmten Punkt auf dem Display. Im nächsten Moment umgab Jennys Körper ein bläuliches Licht, das sie fixierte und wärmte.

„Worauf warten Sie, Miss Andersen? Die Zeit drängt!"

Lilly setzte sich und wiederholte Daáns Handbewegung in entgegengesetzter Richtung. Einen Augenblick später hob das Shuttle fast lautlos ab und bahnte sich seinen Weg zur Botschaft. Während des gesamten Fluges blickte Daán unentwegt auf Jenny. Er sagte nicht ein einziges Wort.

„Landung in zehn Sekunden!"

Nárán erwartete sie bereits und wenige Augenblicke später befand sich Jenny in Náráns Behandlungsraum, den Lilly nicht betreten durfte.

„Daán?" Nárán sah Daán fragend an.

„Ich weiß, Nárán. Ich konnte diesen Anblick zunächst ebenfalls nicht ertragen. Du musst sie retten! Um jeden Preis, unbedingt!"

Nárán befestigte an Jennys Schläfen zwei verschiedenartig blinkende Dreiecke. Unmittelbar darauf wurde ein virtuelles Bild auf den Monitor an der Wand übertragen, der Jennys gesamten Körper zeigte. Der doranische Mediziner gab einige Befehle ein und wenig später schwebte Jennys gesamter Körper etwa dreißig Zentimeter oberhalb der eigentlichen Liege. Jenny umgab bläulich gelbes Licht, das ihren Körper trug. Der Arzt blickte unzählige Male auf das virtuelle Bild ihres Körpers. An so vielen Stellen des Hologramms begannen rote Signale aufzuleuchten. Eine ganze Weile betrachtete Nárán schweigend dieses Bild.

„Sie ist dem Tode weitaus näher als dem Leben, Daán!"

„Ich weiß!", bestätigte Daán erstaunlich ruhig.

„Wäre es nicht gnädiger, sie aus diesem grausamen Zustand zu entlassen?"

„Ohne jeden Zweifel stimme ich dir zu, Nárán! Doch ich bin der Überzeugung, dass du diesen Gedanken nicht in dir tragen würdest, hättest du gesehen, was ich gesehen habe!"

Fragend blickte Nárán zu Daán. „Gesehen? Was hast du gesehen, Daán – und wo?" „Ich habe es in ihr gesehen", erwiderte Daán, während er auf seinen Freund zuging, vor ihm stehen blieb. Er hielt ihm seine linke Handinnenfläche nach oben zeigend hin.

Nárán erwiderte dies mit seiner rechten Hand. Als sie sich berührten, übertrug Daán die gesehenen Bilder in das Bewusstsein seines Gegenübers.

Nárán schwieg, als Daán seine Hand langsam zurückzog. Er schwieg lange. Sehr lange! Nach fast zehn Minuten fragte er: „Wie ist das möglich?"

„Ich weiß es nicht! Aber du, mein Freund, wirst sie mit allen Mitteln, die uns zur Verfügung stehen, am Leben erhalten. Was auch immer du benötigst, sei dir bewilligt. Doch gib ihr ihr Leben zurück, damit ich herausfinden kann, was uns verborgen bleibt!"

„Ich werde es versuchen, Daán."

Daán sah Nárán eindringlich an: „Das war keine Bitte, mein Freund! Tue es!"

Lilly Andersen rief währenddessen über SATKOM aufgeregt bei Liam an: „Wir müssen uns sehen, Liam!" Lilly war aufgebracht und aufgewühlt.

„Was ist passiert, Lilly?"

„Nicht jetzt, Liam. Wir treffen uns in drei Minuten im Galaxy.

Drei Minuten später landete Liams Shuttle auf dem Dach des Galaxy, direkt neben Lillys, die vor ihm angekommen war. Das Lokal war brechend voll, doch Liam sah Lilly sofort.

„Was ist passiert, Lilly?"

„Setz dich, Liam, setz dich!", drängte sie ihn.

„Ich bin ganz Ohr."

Lilly erzählte ihm jede Einzelheit der Ereignisse. Je mehr sie erzählte desto betroffener und verlegener wurde Liam, doch er vermied es, Lilli zu unterbrechen.

Sie erzählte weiter und sie weinte dabei. Immer wieder übermannten sie ihre Gefühle. Schon seit Jahren hatte Liam seine Freundin nicht mehr weinen sehen. Aber in diesem Augenblick war ihm ähnlich zumute und er wusste sie kaum zu trösten.

„Du hättest diesen Ausdruck in seinem Gesicht sehen sollen. Ich weiß gar nicht, wie ich das beschreiben soll ... Ich glaube, in ihm ist etwas zerbrochen. Ich bin mir nicht sicher, aber wenn er Gefühle hätte, dann könnte man das so nennen!"

„Hältst du es für möglich? Ich meine, es heißt doch, sie haben keine!"

„Du hättest ihn sehen sollen! Dieses blanke Entsetzen in seinem Gesicht!"

„Hältst du es für möglich, dass er uns sein Vertrauen entzieht?", wollte Liam wissen.

„Keine Ahnung. Ich glaube, wir sollten anfangen zu beten!"

„Zu beten?"

„Ja, Liam, beten! Dass Jenny Alvarez die nächste Nacht, den nächsten Tag, Wochen und Monate übersteht und dann zu dem wird, was früher mal ein Mensch war. Ich will mir gar nicht ausmalen, was die Doraner tun werden, wenn sie nicht überlebt. Er hätte sie nicht mitgenommen, wäre nicht etwas Besonderes an ihr."

Liam stand auf, zog seine Freundin hoch und nahm sie in den Arm. „Ja, Lilly, beten wir. Hoffen wir, dass Náran seinem Ruf erneut gerecht wird. Wenn es einer schaffen kann, dann wohl er!"

Einige Tage später nahm Daán Kontakt zu Ben Goren auf.

„Mr. President, würden Sie mir die Ehre erweisen, mich aufzusuchen?"

„Daán, welche Freude, von Ihnen zu hören. Aber wenn Sie erlauben, ich bin kein Präsident mehr und diese förmliche Anrede ist meines Erachtens nicht erforderlich."

„Ist es für Sie möglich, mich heute noch aufzusuchen, Mr. Goren? Wenn Sie erlauben, werde ich Sie abholen lassen."

„Einverstanden, bis gleich also."

Daán beendete die Verbindung und wies Ronald Rivera entsprechend an. Ben hoffte indes inständig, dass Daán Jenny gefunden hatte. Einige Minuten darauf traf

Ben Goren ein und Daán begrüßte ihn äußerst freundlich.

„Mr. Goren, wenn Sie erlauben, würde ich Ihnen gerne etwas zeigen. Würden Sie mich bitte begleiten?"

„Sehr gerne, Daán. Bitte nach Ihnen."

Daán führte Ben auf die medizinische Station, in jenen Bereich, in dem Jenny im Todeskampf lag. Der frühere Präsident schlich langsam auf sie zu und wurde kreidebleich im Gesicht. Mehrfach versuchte er, das in ihm aufkeimende Würgen zu unterbinden. „Oh mein Gott", hauchte er leise. Er streckte seine Hand nach Jenny aus. Noch bevor er sie berühren konnte, spürte er plötzlich Daáns festen Griff.

„Bitte nicht!"

Ben holte tief Luft und seufzte.

„Es entzieht sich meinem Verständnis, etwas derartig Barbarisches zu begreifen, Mr. Goren. Besteht für Sie die Möglichkeit, mir diesen erbärmlichen Zustand eines Menschen zu erklären?"

„Daán ... mir fehlen die Worte, glauben Sie mir bitte. Ich bin außerstande, Ihnen eine plausible Erklärung für diese Grausamkeit zu geben."

Zutiefst betroffen schluckte Ben erneut und Daán sah seine glasigen Augen. „Wissen Sie, vor vielen, vielen Jahren musste ich einen Krieg erleben. Kriege sind immer grausam und offenbaren stets das Schlechteste im Menschen. Doch etwas Derartiges musste ich bisher dennoch nie zuvor ertragen. Ich schäme mich zutiefst, ein Mensch zu sein. Einer Spezies anzugehören, die zu etwas derart Unmenschlichem fähig ist", sprach Ben leise. Er schluckte und diesmal konnte er die Tränen, die über seine Wangen rannen, nicht zurückhalten.

„Was würden Sie jetzt an meiner Stelle tun, Mr. Goren? Ich bin geneigt, mein Wohlwollen der Menschheit gegenüber zurückzuziehen. Es sei denn, Sie geben mir einen Grund der Besänftigung!"

„Ich würde den behandelnden Arzt mit aller Härte zur Rechenschaft ziehen. Glauben Sie mir. Ich würde ihn einsperren und den Schlüssel wegwerfen."

„Ihre Spezies wäre also nicht aufgebracht, täte ich dergleichen, zu gegebener Zeit auf meine Art?"

„Daán: Wüssten die Menschen von diesem Verbrechen, bin ich mir sicher, dass ihre Wut und Entrüstung, jenen gelten würde, die es begangen haben. Es gäbe mit Sicherheit einen Aufschrei nach Vergeltung."

„Ich danke Ihnen, Mr. Goren."

„Wird sie überleben, Daán?"

„Zum jetzigen Zeitpunkt entzieht sich das leider unserer Kenntnis, Mr. Goren! Doch zugunsten Ihrer Spezies will ich darauf hoffen."

„Bitte sorgen Sie gut für sie, ja. Außerdem bitte ich Sie, mich auf dem Laufenden zu halten, Daán. Ich habe ihr extrem viel zu verdanken. Das Leben meines Sohnes und nicht zuletzt mein eigenes!"

„Seien Sie sich gewiss – das werde ich!", sprach Daán mit sanfter Stimme. Noch einmal sah Ben auf den ausgezehrten, skelettartigen Körper.

„Darf ich gehen, Daán? Ich bin außerstande, es länger zu ertragen!"

„Selbstverständlich, Mr. Goren. Agent Rivera wird Sie zurückbringen. Falls Sie es wünschen, ist es Ihnen jederzeit erlaubt, hierher zurückzukehren."

„Vielen Dank, Daán."

Kurz darauf ließ Ben Goren einen nachdenklichen Daán zurück. Wenige Minuten später schilderte Ben Nancy unter Tränen, was er hatte mit ansehen müssen.

Widerstände

Wieder einmal beriet sich das Konzil der Doraner in Daáns Botschaft.

„Das Portalsystem ist von den Menschen, wie von uns erwartet, positiv angenommen worden."

„Hast du etwa etwas anderes erwartet, Qeígon?", warf Gódei ein, ohne eine Antwort zu erwarten.

„Anscheinend sind diese Menschen nicht so dumm, wie du glaubtest, Gódei!", lenkte Quógei die Aufmerksamkeit auf sich. „Erste Forschungsergebnisse zeigen, dass sich einige von ihnen in ihrer Intelligenz von den anderen erheblich unterscheiden!"

„Ist es dein Wille, dem Konzil mitzuteilen, dass du demselben Irrglauben wie zuvor Daán, unterliegst. Dass die Menschen sich irgendwann mit uns auf einer Stufe befinden können?" Erneut war es Gódei, der seine Unzufriedenheit nicht verbergen konnte.

„Das ist eher unwahrscheinlich. Sie werden, selbst wenn wir sie in großem Maße fördern, wohl noch Jahrhunderte benötigen, bis sie eine annehmbare Stufe des Intellekts erreichen."

„Dennoch sind die Menschen offensichtlich nicht dumm genug, uns alles, was wir ihnen vorgeben, schweigend hinzunehmen", wandte Daán ein.

„Erkläre das, Daán!", forderte Kórel auf.

„Mein zweiter Pilot Liam McAllen wollte von meinem Implantanten wissen, warum sich innerhalb des Portalprogrammes die gleichen Flüge zu einem bestimmten Zielort in ihrer Zeit unterscheiden. Ronald Rivera berichtete mir gestern, dass innerhalb des Freiwilligencorpses die Frage gestellt worden sei, wo dieser oder jene von ihnen verblieben sei."

„Dann solltest du deine Großzügigkeit, dein mir unverständliches Wohlwollen den Menschen gegenüber, endlich einschränken und deinem Implantanten es verbieten, diese Fragestellung zuzulassen", provozierte Gódei.

„Wie du weißt, trägt er den ausschließlichen Imperativ in sich, den Doranern zu dienen und sein Implantat erlaubt ihm eine Beantwortung derartiger Fragen nicht, Gódei!" erwiderte Daán gelassen. „Doch sein Motivationsimperativ verpflichtet ihn, mir derartige Umstände unverzüglich mitzuteilen. Dieser Verpflichtung ist er nachgekommen. Gleichwohl rate ich dem Konzil dringend an, die Forschungen betreffend der Intelligenz und Reproduktionsfähigkeit zu verlangsamen, um unsere Position nicht zu gefährden."

Eine Weile schweigen alle.

„Wir werden in Zukunft vorsichtiger vorgehen. Die Implantanten werden angewiesen, Vorkommnisse dieser Art unverzüglich zu melden!", beendete Kórel die

Sitzung des Konzils.

Daán hielt einen Augenblick inne. Abermals hatte Gódei gezeigt, dass er kein Freund war. Daán fragte sich, ob sich dies je ändern würde. Er erhob sich und begab sich auf die Ebene über ihm, um Náran aufzusuchen, der sich um Jenny kümmerte. Vorsichtig berührte Daán Jennys Hand und wieder spürte er diese Energie, die sich auf ihn übertrug.

„Sie scheint besser auszusehen! Wie geht es ihr heute?"

„Sie kämpft."

„Das ist gut!"

„Gegen mich!"

„Gegen dich? Woher nimmt sie die Kraft dafür?"

„Ich weiß es nicht, mein Freund! Doch was immer ich tue, es stärkt sie eine Weile und dann senkt sich ihr Kreislauf wieder. Ohne einen dafür ersichtlichen Grund! Es scheint, als will sie die Chance, die du ihr zu geben bereit bist, nicht annehmen!"

„Ich habe in den Büchern der Menschen gelesen, dass es buddhistischen Mönchen gelungen ist, ihr Leben ohne jede Einwirkung von außen zu beenden." Náran sah seinen Freund erstaunt an. „Du liest die Bücher der Menschen?"

„Es gibt kaum noch eines, das mir nicht zur Verfügung stand."

„Aber wozu soll das dienlich sein?" „Was die Menschen uns sagen, wenn sie uns gegenüberstehen, bringt uns nicht immer die Klarheit bringen, die wir uns wünschen. Doch was von ihnen geschrieben worden ist, zeichnet ein Bild von ihnen, das diese oder jene Frage zu beantworten in der Lage ist!"

„Ich verstehe. Doch solltest du Gódei nichts davon wissen lassen. Er wird sein Wissen dazu verwenden, das Gemeinwesen zu seinen Gunsten gegen dich aufzubringen!"

„Sollte dies sein Bestreben sein, so hat er wohl bereits mehr von den Menschen angenommen, als ich es je gewillt sein werde!"

Daán sah in Nárans Gesicht die Andeutung eines Lächelns.

„Vielleicht sollten wir unsere Jenny selbst befragen. Findest du nicht, Náran?"

„Du glaubst, dass sie dazu in der Lage ist?"

Daán ging näher an Jenny heran, legte seine eine Hand auf Jennys Stirn, seine andere auf ihr Herz. Zwei Minuten verharrte er in dieser Position. Währenddessen übertrug er seine Energie auf Jenny und Náran staunte nicht schlecht, als Jenny tatsächlich ihre Augen öffnete. Sie blinzelte und obwohl sie sich sehr bemühte, sah sie Daán doch nur stark verschwommen.

„Bist du also endlich zurückgekehrt, mein Freund?", murmelte Jenny sehr langsam stockend und mit leiser Stimme.

Daán und Náran stutzten.

„Ich bedaure versagt zu haben und ich bitte dich um Verzeihung, ob meiner letzten Worte an dich, am Tage, als du gingst."

Die beiden Doraner sahen, dass ihr das Sprechen schwerfiel und Daán sah Náran hilfesuchend an. Was sollte er jetzt sagen? Jedes falsche Wort konnte dazu führen, dass Jenny bemerkte, dass sie keine Ahnung hatten, wovon sie eigentlich redete.

„Warum glaubst du, versagt zu haben?"

„Willst du damit etwa sagen, dass du dein eigenes Handeln vergessen hast?"

„Das habe ich nicht", erwiderte Daán ruhig. „Doch deine Botschaft ... Ich habe viele Jahre gesucht. Doch ich habe niemanden von deiner Art gefunden und niemand – niemand ist gekommen! Ich habe Jahrzehnte gewartet, eine unendlich lange Zeit." Jennys Stimme wurde leiser. Nach einer längeren Pause setzte sie fort: „Hast du endlich eingesehen, dass es längst an der Zeit für mich ist, zu gehen! Du hättest mich hier nie allein zurücklassen dürfen mit diesen Mon ... Es war damals schon an der Zeit!"

„Mit diesen was?", versuchte Daán nachzuhaken. „Willst du denn schon wieder mit mir streiten, mein Freund? Du weißt doch genau, dass sie die Erben, ...", Jenny brauchte eine Pause. „Die Erben sind von Uratmah!", hauchte Jenny ihre Worte nur noch.

„Ich weiß", gab Daán vor.

„Wirst du mich nun endlich zur nächsten Ebene geleiten, mein Freund?"

„Ich werde dich begleiten, Dao..., - Jenny", korrigierte sich Daán eilig. „Dein Weg, er beginnt gerade erst! Doch von heute an wirst du ihn nicht mehr alleine gehen!"

„Lass mich gehen. Lass mich endlich gehen! Maél!" Daán ging wieder zu Jennys Kopf und legte erneut seine Hände auf Kopf und Stirn: „Ich bedaure, aber das kann ich unmöglich zulassen!", flüsterte er, bevor Jenny zurück in den Tiefschlaf versank.

„Daán?", sprach ihn Náran an. Daán stand noch immer, mit seinem Blick in Jennys Gesicht versunken da und schwieg.

„Daán!" Daán sah Náran an.

„Du wirst das Konzil informieren müssen. Noch heute!"

„Ich weiß. Doch was genau soll ich ihnen sagen? Das Gemeinwesen hat sich nicht verändert. Erneut werden sie mir nicht glauben!"

„Daán, mein Freund. Vielleicht ist es noch nicht an der Zeit, das Konzil über deinen Glauben zu informieren, doch unbestritten werden sie dir das hier glauben."

Náran hielt ein kleines Röhrchen hoch in dem sich ein zwei Zentimeter großer, länglicher Stift befand.

„Was ist das?", wollte Daán wissen.

„Ich habe es in ihrem Gehirn gefunden! Es ist ein Implantat!"

„Ein Implantat? Ist es etwa von uns?" „Nein, ist es nicht! Es besteht aus Iridium sowie einer Mischung aus Sodiomit und Titan. Eine Mischung, die wir allein aus Sicherheitsgründen nicht verwenden. Es ist viel zu instabil und gefährdet den Implantanten in höchstem Maße."

Interessiert hörte Daán Náran zu.

„Wo genau hast du es denn gefunden?"

„Unmittelbar in ihrem Erinnerungszentrum!"

„Aber soweit ich informiert bin, verfügen die Menschen über keinen festgelegten Bereich, der ihre Erinnerungen speichert!"

„Ich weiß, Daán, ich weiß. Deshalb gibt es mir Rätsel auf."

„Gibt es weitere Dinge, die du mir mitteilen willst, Náran?" „Es gibt noch einige, für mich unerklärliche Dinge. Aber diese werde ich erst genauer studieren müssen!"

„Erhalte ihr Leben, Náran! Du musst sie am Leben erhalten. Um welchen Preis auch immer!"

„Daán, ich würde gerne versuchen ..."

„Was immer es ist, es sei dir erlaubt!", unterbrach Daán, während er sich auf den Weg zur Tür befand. „Eine Frage noch: Hat sie sich reproduziert?"

„Nein, hat sie nicht!"

Daán wollte gerade den Raum verlassen, als Náran hinzufügte: „Sie hätte es auch nicht gekonnt. Selbst wenn sie gewollt hätte."

Daán schloss die Tür nochmals von innen mittels einer Handbewegung. „Was willst du damit sagen?"

„Ich habe die Haut ihres Körpers analysiert. Die Haut ihres Rückens zeigt in den tieferen Schichten schwere Vernarbung. Es sind sehr viele Narben! Ihre Reproduktionseinheit ist ebenfalls nicht funktionsfähig! Sie wurde zerstört."

Daán sah Jenny an.

„Wie sind diese Narben deiner Meinung nach wohl entstanden, Náran?"

„Ich bin mir nicht sicher, Daán. Doch erinnere den Tag, an dem wir hier herkamen. Die Menschen sind beseelt von Gewalt."

„Gewalt? Du hältst es für möglich, dass ...?"

„Ich bin mir nicht unumstößlich sicher, aber es wäre eine logische Erklärung."

„Aber möglicherweise gibt es eine andere Erklärung dafür, eine natürliche vielleicht? Wie sollte sie derart zu Schaden gekommen sein?"

„Für den Augenblick ist es mir versagt, dir keine sichere Erklärung geben zu können, mein Freund!" „Dann wird sie es uns selbst erklären müssen!" „Ich kann mir nicht vorstellen, dass sie das tun wird. Freiwillig meine ich."

„Erhalte du sie am Leben. Ich werde einen Weg zu ihr finden. Ich muss ihn finden!" Wenig später berief Daán das Konzil erneut ein und schilderte ihr ausführlich, was auf der medizinischen Station vorgefallen war. Dass er dabei viele

Dinge verschwieg, ließ er sich nicht anmerken. Zumindest war er der Meinung, dass ihm dies gelungen sei. „Das Konzil beauftragt dich, das Geheimnis, das dieser Mensch in sich trägt, zu offenbaren. Obwohl wir uns nicht einig sind, sprechen wir doch mit einer Stimme, wenn wir dir sagen: Ergründe diesen einen Menschen. Was dir dazu notwendig erscheint, sei dir gewährt! Das Konzil wird deine Bemühungen mit großem Interesse verfolgen", ordnete Kórel an.

Doch er blieb, während die anderen bereits die Botschaft Daáns verlassen hatten.

„Es wird dir kein zweites Mal gelingen, das Konzil zu täuschen, Daán!"

„Kórel, ich ..."

„Was du auch in diesem Augenblick für nötig erachtest, dem Konzil zu verschweigen, sei gewarnt! Es muss etwas außerordentlich Wichtiges sein, das du glaubst, das Konzil nur die halbe Wahrheit mitteilen zu dürfen! Finde sie heraus, diese andere Hälfte der Wahrheit. Mein Freund, wage dies kein zweites Mal!"

Noch bevor Daán etwas sagen konnte, war auch Kórel verschwunden.

Gódei war anderweitig beschäftigt. Er machte mit seiner linken Hand eine Handbewegung von rechts nach links: „Mr. Jenkins bereiten Sie das Shuttle vor!"

„Wohin fliegen wir, Gódei?"

„Mein Befehl war eindeutig!"

„Jawohl, Gódei!"

Wenige Augenblicke später saß Gódei mit seinem Implantanten in seinem Shuttle.

„Fliegen Sie mich nach Sugar Grove, West Virginia!" Jenkins gab die Koordinaten in das Steuerpult ein und gab Schub, sodass sich das Shuttle in Bewegung setzte und Geschwindigkeit aufnahm.

„Flugzeit 3 Minuten 10! Aber was zum Teufel wollen Sie in diesem Nest, in dem sich Fuchs und Hase ‚Gute Nacht' sagen?"

„Ich teile die Nachlässigkeiten meines Gefährten Daán nicht. Wenn ich das Bedürfnis verspüre, Ihnen mitzuteilen, was ich dort zu tun gedenke, werden Sie es erfahren. Falls Sie weiterhin mein Implantant bleiben wollen, rate ich Ihnen, in Zukunft diese unangemessenen persönlichen Bemerkungen unterlassen!"

„Ich bitte um Verzeihung, Gódei!"

Jenkins zog es vor, bis zur Landung zu schweigen. Er wusste nur zu gut, dass Gódei anders war als Daán. Und er ahnte, dass Gódei gefährlich werden konnte.

Als sie mit ihrem Shuttle landeten, befanden sie sich inmitten von Echelon.

Die Idee zu den Echelon-Anlagen war ursprünglich einer Gemeinschaft der westlichen Staaten entsprungen. Unter anderen waren daran beteiligt: das Vereinigte Königreich, (England), Kanada, Australien und die Vereinigten Staaten von Amerika.

Die Gemeinschaft errichtete insgesamt 120 Anlagen, die miteinander in Verbindung standen.

In den 1960er Jahren errichtet, sollte es dem Abhören des Ostblocks dienen. Später, nach dem Kalten Krieg und dem Fall der Mauer in Berlin sowie des gesamten kommunistischen Ostblocks, diente es anfangs des 21. Jahrhunderts im Besonderen der Terrorabwehr. Die größte Teilanlage dieser gigantischen Abhörstation befand sich im 21. Jahrhundert in England, andere Teile befanden sich Mitte des 21. Jahrhunderts auch in Deutschland und in der Schweiz. Doch bereits in den zwanziger Jahren des 21. Jahrhunderts hatten die Amerikaner die Europäer eingeholt und in Sugar Grove, West Virginia, eine Anlage errichtet, die alles bisher da gewesene in den Schatten stellte: Unter eintausend, im Durchmesser messenden Kuppeln verborgen, fingen die Amerikaner alle Nachrichten auf. Gleich ob Funk, Telefon Internet oder Straßenkameras. Ihnen entging nichts. Sugar Grove beherbergte von nun an die größte der insgesamt 120 Anlagen dieser Art. Zwar leugneten die Amerikaner zu Beginn der 1990er Jahre, dass die Überprüfung eingehender Daten auch private Bereiche beinhalten würde, dennoch gab es immer wieder Gruppierungen, die die Richtigkeit dieser Angaben bezweifelte. Whistleblower wie Edward Snowden gaben ihnen Recht! Was gesagt oder geschrieben wurde, Big Brother nahm alles auf und hörte mit. Obwohl der Geheimnisverrat des Geheimdienstmitarbeiters Edward Snowden im Jahr 2013, die Öffentlichkeit empörte, änderte sich nichts. Im Gegenteil. Die NSA sorgte dafür, dass Echelon perfektioniert wurde. Nichts und niemand konnte Echelon entgehen!

Snowdens Ausreise von Moskau über Kuba nach Venezuela wurde verworfen und Snowden russischer Staatsbürger. Während die Anlagen in England, Kanada und Australien Apophis nicht überstanden, war Echelon in den Vereinigten Staaten von Amerika weitestgehend unbeschadet geblieben. Die Deutschen und die Schweizer vernachlässigten ihre Stationen. Sie nutzten sie kaum noch, bis sie sie schließlich aus Kostengründen vollständig abschalteten. Die europäischen Staaten hatten mit ihren eigenen Problemen zu kämpfen und so rotteten die Anlagen vor sich hin. Doch Amerika hatte nie aufgehört, mitzuhören. Jetzt gehörte die Anlage in den USA dank Jaden Forbes den Doranern. Überall auf der Welt ließen sie die Echelon-Anlagen wieder aufleben und instand setzen. Obwohl Gódei längst nicht so beliebt war, wie sein Gefährte Daán, widersetzte sich ihm ebenfalls niemand. In den Ländern, in denen es zuvor keine Echelon-Anlagen gegeben hatte, führte Gódei sie ein. Er sorgte dafür, dass seine Mitarbeiter gut bezahlt wurden. Wer mit Geld nicht ruhig zu stellen war, in dessen Vergangenheit wühlte Gódei unablässig. Dank der Technik, die ihm zur Verfügung stand, fand oder erfand er etwas, um denjenigen unter Druck zu setzen. Beim Auffinden dieser Tatsachen zeigte sich der Soraner extrem erfindungsreich. Gódei war vom Konzil beauftragt worden, eventuelle Widerstände, die aufgrund der häufiger werdenden Nachfragen zu befürchten standen, mittels Echelon aufzuspüren. Etwas, das ihm sehr dabei half, war SATKOM. Jene Kommunikatoren, die die Doraner, großzügig wie sie sich gern gaben, an die Bevölkerung verteilen ließen und die veralteten Telefonanlagen der Menschen ersetzten.

„Gódei! Es ist mir eine Ehre! Wenn Sie uns doch nur vorher informiert hätten, dann ..."

„Dann wäre es keine Überraschung gewesen! Eine spontane Inspektion ist wohl kaum geeignet, wenn ich sie vorher anmelde!"

„Wenn Sie mir bitte folgen wollen, Gódei!", bat der Wachhabende. Gódei grüßte den Commander der Anlage nur kurz angebunden. Der Soraner konnte sich gewiss sein: Alle innerhalb dieser Anlage waren ihm treu ergeben. Er hatte sie allesamt implantieren lassen. Aber diese Implantanten folgten nicht dem Imperativ, den Doranern zu dienen. Nein, diese viertausend trugen den Imperativ ihm zu dienen, und nur ihm! Das Konzil ahnte nichts davon, denn auch Gódei hatte mit der Zeit gelernt, sowohl sein Handeln, als auch diesen oder jenen Gedanken vor dem Konzil zu verbergen. Dabei half ihm vor allem seine soranische Herkunft. Das Konzil würde ihn nicht danach fragen, solange alles zu dessem Zufriedenheit verlief.

„Gibt es etwas Auffälliges?" „Im Augenblick nicht. Zumindest nicht innerhalb der Vereinigten Staaten."

„Doch außerhalb gibt es sie?"

„Nichts wirklich Besonderes. Juri Antonow beschwert sich mal wieder, dass er nicht die gleiche Aufmerksamkeit durch die Doraner erhält, wie die Amerikaner von Daán."

„Wenn dies nun nichts Besonderes ist, warum erwähnen Sie es dann?"

„Na bei dem kann man nie wissen. Der wäre glatt in der Lage einen zweiten 4. Juli zu veranstalten!"

„Mir erschließt sich der Inhalt Ihrer Aussage nicht."

„Wenn Sie mich fragen. Fragen Sie mich?", unterbrach der Commander plötzlich.

„Bedarf es dieser Frage? Ihr Implantat gebietet Ihnen, mich über wichtige Dinge unverzüglich zu informieren. Muss ich seine Funktionsfähigkeit etwa infrage stellen?"

Schnell schüttelte der Zurechtgewiesene den Kopf.

„Wenn Antonow das wiederholt, dann wären nicht nur die Amerikaner gefährdet, Gódei."

„Nichts könnte er tun, das uns gefährden könnte", spottete Gódei verächtlich.

Ungläubig sah der Commander von Echelon seinen höchsten Vorgesetzten an.

„Aber, Gódei, wissen Sie denn nicht, dass er an allem die Schuld trägt? Wenn der das noch mal macht, er könnte uns alle vernichten. Was bliebe den Doranern dann? Wie könnte es Ihnen dienlich sein, wenn er uns ausrottet? Glauben Sie mir, der hat alle nötigen Waffen dazu. Auch wenn Sie die Atomwaffen vernichtet haben. Er findet eine Möglichkeit dazu, wenn er will!"

Gódei hörte dem Commander aufmerksam zu. Er verbarg jedoch seine innere Erregung. Er dachte gerade darüber nach, wie er Juri Antonow für seine Zwecke benutzen konnte.

„Sonst noch etwas?"

„Nein nichts, Gódei!"

Gódei wollte bereits gehen, als er die Worte des Commanders hörte: „Da kommt gerade was rein!"

„Besteht die Möglichkeit mitzuhören?", fragte Gódei. „Selbstverständlich, Gódei", erwiderte er und stellte auf Mithören: „Liam?"

„Ja, Lilly?" „Daán braucht mich heute nicht mehr! Wir treffen uns mit den anderen in der Subway unter dem Lincoln-Memorial. Die anderen werden auch da sein! Sie erwarten deine Anweisungen."

„Sag das Treffen ab, Lilly!"

„Aber sie wollen nicht länger warten, Liam. Sie sind nicht länger bereit, das Handeln der Doraner einfach hinzunehmen! Es sind mittlerweile zu viele, die einfach verschwinden! Sie wollen jetzt etwas gegen die Doraner unternehmen! Wenn du mich fragst, sie haben recht!"

„Sag das Treffen ab, Lilly! Solange Daán mit dieser Alvarez beschäftigt ist, ist er abgelenkt und wir sind auf der sicheren Seite!"

„Bist du sicher, Liam?"

„Die Zeit arbeitet für uns, Lilly. Wir brauchen noch mehr Zeit für die Vorbereitungen."

Gódei schwieg.

„Wünschen Sie, dass wir das Konzil sowie das Freiwilligencorpse informieren, Gódei?"

„Das werde ich selbst tun!"

„Wie Sie wünschen, Gódei, wie Sie wünschen."

Zufrieden flog Gódei zurück zum Mutterschiff. Endlich hatte er etwas in der Hand. Gegen Daán. Doch vorerst, beschloss Gódei, würde er schweigen. Er wollte Daán ins offene Messer laufen lassen. Er gedachte erst zuschlagen, wenn es für Daán keine Möglichkeit mehr gab, sich herauszuwinden.

Jeden Tag sah Daán mindestens dreimal nach Jenny. Unermüdlich vergewisserte er sich ihrer Fortschritte, die sie endlich zeigte.

„Wird sie es schaffen, Náran?"

„Es sieht so aus, mein Freund!"

„Sie sieht fast wieder aus wie ein Mensch", meinte Daán.

„Dennoch bin ich nunmehr geneigt zu glauben, dass sie keiner ist!"

„Erkläre das, Náran!"

„Die Menschen verfügen lediglich über eine Doppelhelix, ihre DNA-Stränge verlaufen spiralförmig zueinander. Wir verfügen über eine entsprechende Vierfachhelix. Diese ergab aus unserer Verschmelzung mit den Soloni, die wir vor Jahrmillionen vollzogen. Aber Jenny …"

Náran sah erneut das Hologramm von Jennys Körper an. Mit einer Handbewegung rief die Helixanzeige auf. „Komm und sieh es dir mit eigenen Augen an!"

Daán stellte sich an Nárans Seite.

„Deine Jenny oder wie du sie auch nennen willst, sie besitzt eine Fünfte! Siehst du, hier." Der Arzt wies auf eine bestimmte Stelle.

Daán senkte seinen Kopf von schräg rechts nach links und wechselte in alle Farben, die ihm zur Verfügung standen.

„Wozu glaubst du, ist diese Fünfte, die uns von ihr unterscheidet wohl dienlich?"

„Ich weiß es nicht, mein Freund, ich weiß es wirklich nicht. Nie zuvor ist mir eine Spezies begegnet, die eine Fünffachhelix besaß. Noch weniger vermag ich erklären, wozu diese Abnormität dienlich sein könnte. Galten wir doch bisher als die höchst entwickelten Wesen im gesamten Universum. Über die Soloni entwickelten wir uns einst zu dem, was wir heute sind: Den Wächtern des Lichtes und niemand bezweifelte dies jemals. Wozu also eine solche Veränderung? Wodurch ist sie wohl zustande gekommen? Ich frage mich, Daán, wie könnte sie uns als Spezies dienlich sein? Unabhängig davon habe ich festgestellt, dass sie 97 Prozent ihrer Gehirnkapazität benutzt. Auch dieser Wert liegt über dem unsrigen." Daán sah seinen Freund erstaunt an. „Wir nutzen lediglich 85 % ihrer Möglichkeiten."

„Zum ersten Mal in meinem langen Leben muss ich gestehen, dass ich mich außerstande sehe, dir deine Fragen zu beantworten. Doch zu bedenken gebe ich dir, dass wir uns im Krieg mit den Soranern befinden. Offen gesagt, angesichts dessen, was du mir soeben erklärtest, kann ich mich des Eindrucks nicht erwehren, dass das Schicksal es wieder einmal fügt. Möglicherweise ist dies in unserem Sinne!"

„Inwiefern?", wollte Náran wissen.

„Ich weiß es nicht, mein Freund, es ist nur ein Gefühl!"

„Ein Gefühl?", wiederholte Náran zweifelnd.

„Ja, mein Freund, es ist ein Gefühl. Ich kann es dir hier und jetzt nicht erklären, doch bin ich sicher: Die Zeit wird es beweisen!"

„Wenn du es mir nicht zu erklären vermagst, wirst du das Konzil informieren?"

„Ich kann nicht erneut vor das Konzil treten, ohne im Besitz eindeutiger Beweise zu sein. Ich bin mir bewusst, dass ich mir keine weiteren Fehler erlauben darf!"

Náran sah Daán an: „Ich kenne deine missliche Lage. Doch ich dir zeigen was ich noch gefunden habe."

Der Botschafter sah ihn fragend an.

Erneut hielt Náran ein kleines Röhrchen hoch, in dem sich ein Implantat befand, das nicht größer war als ein Viertelzentimeter.

„Ich fand es in ihrem Nacken, in der tiefsten Schicht ihrer menschlichen Haut!"

„Du hast noch eines gefunden?"

„Ja, und dieses Mal ist es eines von uns!"

„Von uns", wiederholte Daán erstaunt.

„Es ist eine sehr veraltete Technik. Aber ja, es ist eindeutig von uns!"

„Wie sollte das möglich sein?" Ungläubig starrte er auf das winzige Stückchen Technik.

„Ich sehe mich nicht in der Lage, diesen Umstand erklären zu können. Vielleicht hat es etwas mit Maél zu tun. Du wirst das Konzil zurate ziehen müssen, sonst wirst du dieses Geheimnis niemals ergründen können!"

„Ob in ihm vielleicht jene Botschaft enthalten ist, von der sie sprach?"

„Nein, ich habe es bereits untersucht. Es enthält ausschließlich Informationen über genetisches Erbgut. Ich halte es für möglich, dass es ihr implantiert wurde, um dauerhaft ein menschliches Erscheinungsbild zu erzeugen. Sicher bin ich mir jedoch nicht, mein Freund. Du wirst nicht umhinkommen, das Konzil zu befragen."

„Ich würde es bevorzugen, wenn dieses Geheimnis unter uns bliebe."

„Sei gewarnt, Daán, wenn du dich von dem Konzil abzuwenden versuchen solltest, wird es dein Untergang sein! Damit wäre es der ihrige ebenfalls!", warnte Náran auf Jenny deutend. Daán überlegte eine Weile. „Nichts kann mich je dazu bewegen, mich vom Konzil abzuwenden! Doch unsere Gesetze erlauben, nur den Einzelnen zu informieren, anstelle des gesamten Gemeinwesens!"

„Der Weg, auf den du dich begibst ...", mahnte Náran, „ist ein sehr gefährlicher! Sieh dich vor!" „Sie wird sich also verändern, jetzt, da sie dieses mysteriöse Implantat nicht mehr trägt. Wie viel Zeit wird mir bleiben, um ihr Geheimnis zu lüften und ihr zu sagen, wer sie wirklich ist?"

„Ich bin mir nicht ganz sicher. Vielleicht ein Jahr. Eventuell auch zwei. Wie gesagt, Daán: Ich bin mir nicht sicher!"

Daán ging zur Tür und war bereits im Begriff hindurchzugehen, als er fragte: „Wie ist es dir gelungen, dass sie ihr neues Leben angenommen hat?"

Náran zögerte etwas.

„Ich habe mir erlaubt, ihrem Körper Grundenergie zuzuführen. Es benötigte eine ganze Menge davon, bevor ihr Körper sich regenerierte."

„Du hast ihr Grundenergie zugeführt? Aber wessen?"

Náran zögerte erneut. „Deine!", erklärte er zögerlich.

Ungläubig sah Daán ihn an. Abermals spiegelten seine Farben seine Erregung wider. Seine zierliche Hand ließ er eine kreisende Bewegung tun. Er ging auf Jenny zu und berührte sie. „Meine!"

„Erinnere dich, du sagtest: Was immer auch nötig ist, es sei dir erlaubt!"

„Ich bin mir meiner Worte bewusst!" Daán blickte auf Jenny und sein Gesicht umschmeichelte ein zufriedenes, warmes Lächeln. „Meine also. Meine Grundenergie. Und sie lebt noch!"

„Aber, Daán, du sagtest ..."

„Ich weiß, mein Freund! Erneut hast du bewiesen, dass du zurecht Führer deiner Kaste bist. Sorge weiter gut für sie und lasse es ihr an nichts fehlen. Informiere mich über jede noch so kleine Veränderung!"

Daán dachte an die Begegnung mit Chandunah, Maél und seinem Vater Dílan. Er erinnerte sich, dass er sprach: ‚Das Wissen seiner Ahnen nicht in sich tragend'. Würde die fünfte Doppelhelix vielleicht als Ausgleich dienen, wenn Daór nicht das Wissen ihrer Ahnen in sich trug? Welche Fähigkeiten sind ihm gegeben? Warum erschien er im weiblichen Aussehen eines Menschen? Daán war sicher, dass er die von Náran geschätzten zwei Jahre dringend benötigte, um sein Kind alles zu lehren, was es wissen musste. Nur wo sollte er beginnen? Dies war eine Herausforderung, der nie zuvor ein Doraner ausgesetzt gewesen war. Äußerst behutsam würde er vorgehen müssen, andere Wege gehen, als seine Ahnen zuvor gegangen waren. Ganz wie es ihm Dílan bezeugt hatte. Er begann leicht zu schmunzeln, denn er besaß bereits den ersten Beweis, dass er sein Kind Daór gefunden hatte: Die Grundenergie, die sie aufnahm, konnte nur innerhalb der Ahnenreihe weitergegeben werden. Doch er musste absolut sicher sein, deshalb beschloss er abzuwarten, wie Jenny sich verhalten würde.

Es waren diese Fragen, die Daán dazu bewegten, den Umstand, dass Daór möglicherweise nicht über das Wissen seiner Ahnen verfügte, dem Konzil zu verschweigen. Diese Begebenheit wäre derart unglaublich, dass er Gefahr lief, dass ihm der oberste Rat sein Vertrauen entzog. Daán beschloss, persönlich auf dem Mutterschiff zu erscheinen. Er wies er Lilly Andersen an, ihn dorthin zu fliegen. Aufgrund der besonderen Ereignisse hob er die Beschränkungen, denen die Shuttles unterlagen auf. Lilly Andersen war der erste Mensch nach der Katastrophe, der den Erdorbit verlassen und das Mutterschiff betreten durfte.

„Gibt es einen besonderen Anlass, Daán? Ich meine noch nie durften wir mit unseren Shuttles das Mutterschiff anfliegen?"

„Mit unseren Shuttles?", wiederholte Daán tadelnd.

Unsicher blickte Lilly hinter sich zu Daán.

„Verzeihung, ich wollte nur sagen …" „Sie werden sich ausschließlich innerhalb des Shuttlehangars aufhalten. Bis Ihnen etwas anderes erlaubt wird! Sollten Sie diesem Befehl nicht Folge leisten, wird es für Sie Konsequenzen haben! Ernsthafte Konsequenzen!"

„Ich dachte nur, wenn ich schon mal anwesend bin, dass ich mich etwas …"

„Mein Befehl ist eindeutig und nicht diskutabel!"

„Selbstverständlich, Daán, Verzeihung. Wie Sie wünschen!"

Daán verließ das Shuttle und suchte Kórel auf. Hinter verschlossenen Türen berichtete er dem Führer des Konzils von den Ergebnissen Nárans. Mehr als vorsichtig, doch mit fester Stimme fügte er hinzu: „Ich bin mir sicher, dass ‚Er' es ist!"

„Aber sagte Náran nicht, dass das Wesen weiblich ist?"

„Das Wesen, das vor ihm liegt, hat den äußerlichen Anschein des weiblichen! Doch sie trug zwei Implantate in sich: ein Fremdes und eines von uns!"

„Wo auch immer dieses fremde Implantat hergekommen sein mag, wir werden es später herausfinden. Aber woher stammt das Unsrige? Wie sollte das möglich sein?" Kórel stand nachdenklich am Fenster und blickte hinaus. Merkwürdig, dachte er und schüttelte leicht mit dem Kopf.

„Wie es scheint, stammt es von Maél."

„Maél hat diesen Planeten niemals besucht und er verstarb vor über 800 Jahren! Wie sollte das möglich sein?", gab er zu bedenken. Beide schwiegen.

„Der fünfzehnte Vater meines Vaters erzählte einst von einer Sage!", erinnerte sich Kórel. „Er erzählte, dass seinem zwanzigsten Vater seines Vaters einst erzählt worden war, dass es in besonderen Fällen, wenn es die Umstände erforderten und das Schicksal es für notwendig erachtete, es möglich sein sollte, dass es einem von uns, der schon lange auf die nächste Ebene hinübergegangen war, erlaubt worden war, in eine andere zurückzukehren!"

Beide schwiegen. In diesem Augenblick erfragten beide nun doch den Rat des Gemeinwesens, obwohl das Konzil nicht zugegen war.

„Aber niemand", begann Daán schließlich, „niemand erinnert offenbar, dass dies jemals eingetreten ist! Niemandem von uns war es jemals möglich, sich in einer anderen Ebene aufzuhalten. Dazu noch über eine längere Zeit. Das Gemeinwesen erinnert nicht, dass er, wäre es ihm erlaubt worden, auch zu Handlungen fähig zu sein."

„Wenn aber es der Wahrheit entspricht, dass Jenny Alvarez Daór ist. Wenn sie sich nun in einer solchen Notlage befand, die diese Maßnahmen zum Schutze ihrer selbst erforderten, wäre es unverzeihlich, würden wir uns dieses Gedankens verschließen!"

Daán schwieg. Er mochte sich in diesem Augenblick nicht vorstellen, was Kórels Worte bedeuteten und welche Konsequenzen sich daraus ergeben würden.

„Sind wir nicht Uratmah gleich, wenn wir bereit zu glauben sind, dass das Schicksal den Schwächsten und Erbarmungswürdigsten unter uns, zu vergessen würde?", fragte Kórel.

„Dennoch erweisen wir dem Schicksal Respekt, indem wir nicht in die Zukunft sehen und sie beeinflussen!", wandte Daán ein.

„Doch steht nirgends geschrieben, dass uns eine Verpflichtung obliegt, die uns gebietet, zu dem, was sich ergibt oder ergeben wird, zu schweigen und es hinzunehmen!"

Abermals schwiegen sie eine lange Zeit. Ihre Blicke fielen auf die Zigtausend Sterne, als könnten sie ihnen Antwort geben. „Hat sie es wirklich gesagt? Hat sie, die Menschen seien die Erben Uratmahs?"

„Sie hat es! Eigentlich nicht zu mir, sie sprach es zu Maél!" „Uratmah – der Lügner! Nicht auszudenken, wenn es der Wahrheit entspricht", sinnierte Kórel. Doch so leise er auch diese Worte flüsterte, das Gemeinwesen hörte seine Worte.

Nach einer Weile hörte Daán Kórel sagen: „Uratmah, der Lügner, besiegte einst Chandunah und er verhöhnte Chandunah", er zitierte die Überlieferunh: „Nie wirst du sicher sein, auch wenn ich dir dein Leben schenke, da du mein Bruder bist! Besiegt habe ich dich, am Boden liegst du und nie wieder wird es dir möglich sein, dich erneut zu erheben. Beherrschen werde ich die Dunkelheit und du, du wirst in ihr versinken!"

Voller Anspannung sah Daán seinen Freund an. Seit jeher waren die genauen Ereignisse um Chandunah und seinem Kampf gegen Uratmah ein Geheimnis geblieben.

„Dennoch wird der kommen, dem nichts verborgen ist und bleibt. Jener, der geboren ist mit dem Wissen der allwissenden Pyramide. Am Boden liegend wird er sich dennoch erheben. Ob ich nun des Lebens bin oder ob ich sterbe! Nichts ist die Dunkelheit ohne das Licht! Doch der, der nach mir kommen wird, er wird Licht und Schatten zugleich sein! Du Uratmah, der ewige Lügner, wirst keinen Ort mehr finden, an dem du dich niederlassen kannst!", setzte Daán das Zitat aus der Legende fort.

„Das Gemeinwesen, Daán, es hat bestimmt, dass es deine vordringliche Aufgabe ist, das Geheimnis um Jenny Alvarez zu lüften! Doch es erwartet von dir, dass dies lückenlos geschieht! Was dazu erforderlich ist, ist dir bewilligt. Jedoch beachte, und dessen sei dir stets bewusst, die Zeit drängt! Das Gemeinwesen wünscht diesen unsäglichen Krieg unverzüglich zu beenden. Es wünscht des Weiteren eine Antwort darauf, wie lange es dauern mag, bis es dir gelingen wird, uns die Antworten zu geben, die wir dringend benötigen."

„Náran ist der Ansicht, dass es, nun da sie nicht mehr über das Implantat verfügt, das ihr ein menschliches Aussehen gab, es nicht mehr all zu lange dauern wird, bis sie sich verändert. Ein paar Monate vielleicht, möglicherweise aber auch etwas mehr. Doch wenn ich ihr Alter bedenke, befürchte ich, dass sie entsprechend ihrer hier bereits gelebten Jahre, den ersten Inosan vollziehen könnte. Ich bin mir nicht sicher, ob die Zeit ausreichend sein wird, sie derart an mich zu binden, dass ich den Inosan verhindern kann."

„Es bleibt dir nicht viel Zeit, sie auf den rechten Weg zurückzubringen!"

„Wenn es mir nun aber nicht gelingt, Kórel? Vollzieht sie den Inosan, wird sie niemals einen Zugang zum Gemeinwesen finden. Ohne die Geborgenheit und die Kraft, die es ihr schenkt, wird sie den ihr bevorstehenden Aufgaben niemals gewachsen sein! Wenn sie tatsächlich der Schlüssel zur Lösung unserer Probleme ist, wie du es vermutest."

„Das Konzil erwartet von dir, dass du handelst! Wie du zu handeln gedenkst, ist dir überlassen, wenn du nur dein Ziel erreichst. Doch von sei dir bewusst, unser aller Schicksal liegt in deinen Händen. In diesem Wissen erinnere, das Konzil duldet keine Fehler. Diene dir selbst und begehe keine! Es muss dir gelingen!"

Daán wandte sich zu gehen.

„Daán, noch etwas: Bis zu dem Tag, an dem du über jeden Zweifel erhaben bist, dass sie es wirklich ist, wirst du ihr keinerlei Informationen über uns geben. Kein Wort über die Umstände, die uns hierher geführt haben. Nicht ein Wort über das Konzil! Keines über das Gemeinwesen, soweit es seine Macht erklärt."

„Wie soll es mir dann möglich sein, sie an uns heranzuführen? In derart kurzer Zeit! Das kannst du nicht wollen, Kórel?"

„Du wirst dich meinen Anweisungen fügen! Ich bin überzeugt, du wirst die richtigen Entscheidungen treffen!"

Daán begann, sich unbehaglich zu fühlen.

„Daán", Kórel ging versöhnlich auf seinen Freund zu. „Auch wenn diese Situation mehr als ungewöhnlich ist und niemand erinnert, dass es sie je zuvor gegeben hat: Du bist nicht allein!"

Daán nickte wortlos und begab sich zu seinem Shuttle, das ihn zurück zur Erde brachte. Auch während des Fluges von etwa zehn Minuten schwieg Daán.

„Alles in Ordnung, Daán?", wollte Lilly wissen, doch Daán reagierte nicht, denn vor wenigen Augenblicken hatte sich etwas in ihm und um ihn herum verändert.

Daán fühlte sich zum ersten Mal seit seiner Ankunft auf der Erde unwohl. Erstmals in seinem langen Leben umgab ihn das Gefühl der Einsamkeit, denn er vernahm die Stimmen des Konzils nicht. Dieser Begebenheit verwirrte und ängstigte ihn. Daán war mit sich und seinen Gedanken allein, obwohl Kórel ihm anderes versichert hatte. Auch die Anwesenheit des Gemeinwesens spürte er nicht.

Niemand, dachte Daán, niemand erinnert mehr die Zeit, in der die Stimmen des Konzils nicht allgegenwärtig waren.

Abermals stand er auf der Empore und sah die Skyline von Washington. Doch er konnte sich dieses Ausblicks nicht erfreuen. Er begann sich zu fürchten, denn er verstand nicht, warum das Konzil ihn allein ließ. Seine Furcht vergrößerte sich bei dem Gedanken daran, dass, wenn er nicht den richtigen Zeitpunkt nutzen würde, Daór sich niemals in das Gemeinwesen würde einfügen können. Wenn ich mich nun irre und diese Möglichkeit verstreicht, dachte er weiter, werde ich sie dann für immer verlieren? Ihr Leben wird beendet sein, noch bevor es begonnen hat. Unruhig begann, Daán hin und her zu laufen. Der sonst so toughe Doraner blieb verunsichert. Wie wird sie sich verhalten? Offensichtlich ist aus ihr jede Hoffnung entwichen. Was, wenn sie herausfindet, dass es für einen Doraner den freiwilligen Weg der Wandlung gibt? Daáns Gedanken verselbstständigten sich weiter, ohne dass er auch nur eine einzige Antwort fand. Diese Furcht, dachte Daán, ich empfand sie zuletzt, als ich in den Bergen von Kalre abzustürzen drohte. Was für ein eigenartiges Gefühl es doch ist, mit meinen Gedanken ganz allein zu sein!

Lilly begrüßte Liam im Galaxy stürmisch und umarmte ihn vor Freude.

„Du wirst nicht glauben, wo ich gerade war!"

„Lilly, ganz ruhig. Du bist ja völlig außer Atem. Also wo warst du?"

„Auf dem doranischen Mutterschiff!", jubelte Lilly und begann leicht zu tänzeln.

Ungläubig starrte Liam Lilly an, ohne ein Wort zu sagen.

„Halloooo, Erde an Liam!"

„Du schwindelst!"

„Nein!", widersprach Lilly mit breitem Grinsen.

„Das sollten die anderen auch hören! Sie sind unten." In 120 Metern Tiefe befand sich unter dem Galaxy ein Labyrinth aus Gängen und Räumen, die der Widerstand im Laufe des letzten Jahres geschaffen hatte. Ausgestattet mit der neuesten Technik, die sie den Doranern verdankten, wurden hier die neuesten Berichte gesammelt, die ganz und gar nicht positiv für die Doraner waren. Doch bisher konnte der Widerstand, der von Lilly Andersen und Liam McAllen geführt wurde, den Doranern nichts Konkretes nachweisen. Doch die immer wiederkehrenden, gleichlautenden Geschichten von verschwundenen Menschen machte es der Widerstandsbewegung leicht, sich zu vergrößern.

Abgeschirmt durch eine drei Meter dicke Beschichtung aus Titan und Kupfer, hofften sie, vor Lauschangriffen sicher zu sein. Außerdem war der Zugang durch einen DNA-Scanner gesichert und überall befanden sich Wärmesensoren und Kameras.Trotz aller Vorsichtsmaßnahmen entging ihnen in der Aufregung heute die Anwesenheit Ronald Riveras. Er hielt sich in einer dunklen Nische im Galaxy auf und suchte die oberen Räumlichkeiten nach Judy Winters ab, die er zuvor ins Galaxy hatte hineingehen sehen. Daán hatte ihn angewiesen Dr. Judy Winters zu beobachten, und mehr über sie herauszufinden. Er hatte nicht vergessen, dass sie die behandelnde Ärztin gewesen war, die es unterlassen hatte, dieser Pflicht gegenüber Jenny nachzukommen. Da dies für Daán unerklärlich blieb, hatte er auf eine lückenlose Überwachung von Judy Winters bestanden.

Ronald Rivera konnte sich ihr plötzliches Verschwinden nicht erklären, denn es gab keinen weiteren Ausgang. Er wartete eine geschlagene Stunde, ohne dass auch nur die geringste Spur von ihr gab. Hierdurch alarmiert zog er sich ungesehen aus dem Galaxy zurück und begab sich auf dem Weg zu Daán.

„Lilly, lass hören, erzähl schon!" Gespannt saßen alle um Lilly herum.

„Also: Daán hatte wie immer angeordnet, das Shuttle klarzumachen. Aber diesmal hat er nicht gesagt, wohin wir fliegen. Er hat, bevor ich starten konnte, etwas an meiner Steuerkontrolle verändert und dann, ..." Lilly unterbrach vor Aufregung. „... dann sind wir tatsächlich in den Orbit geflogen und nach etwa zehn Minuten waren wir da. Ich sage euch: Es ist sooo riesig. Es leuchtet bläulich und es pulsiert, regelmäßig, als hätte es ein Herz. Je näher wir ihm kamen, desto imposanter zeigte es sich. Dass müssen Hunderte von Decks übereinander oder auch hintereinander sein!"

„Da oben ist ein riesiges Raumschiff, das aussieht, wie ein Hochhaus?"

„Nein. Von weitem sah es eher sehr lang gezogen und etwas wellig aus. Ich konnte nicht lange genug hinsehen, um abschätzen, wie groß es in seiner Länge oder Breite ist. Dieses Schiff übernahm ab einem bestimmten Abstand einfach die Kontrolle und beförderte das Shuttle in seine Position."

„Erzähl schon, wie sah es von innen aus? Was hast du gesehen?"

„Sorry Leute!", winkte Lilly ab und nahm einen kräftigen Schluck aus ihrem mit Wasser gefüllten Glas.

„Ich hatte strikte Anweisung von Daán, den Shuttlehangar nicht zu verlassen, bis mir etwas anderes erlaubt ist! Daán hat sogar mit ernsten Konsequenzen gedroht. Da geht irgendwas Wichtiges vor sich. Ich habe ihn noch nie derart nachdenklich und in sich versunken gesehen! Aber ich bin mir sicher: Da läuft was!"

„Du hältst es für möglich", mischte sich Damian, das Computergenie unter den Widerständlern, in das Gespräch ein: „Du hältst es für möglich, dass wir irgendwann da rauf dürfen?"

„Schon möglich, ich weiß es nicht!"

„Oh man, nur zu gerne würde ich mich in den Computer dieses Giganten reinhacken. Meine Finger werden schon ganz kribbelig!" Damian und bewegte seine zehn Finger aufgeregt auf und ab.

„Komm wieder runter, Damian! Noch ist es nicht so weit. Ich möchte viel lieber wissen, was Daán dazu veranlasst hat, das Mutterschiff aufzusuchen. Rivera hat mal beiläufig erwähnt, dass sie sich sonst immer in Daáns Botschaft treffen."

„Du vertraust doch nicht etwa diesem Rivera, oder?", wollte Damian wissen.

„Nein. Aber es ist wichtig, dass er glaubt, mir vertrauen zu können! Jedenfalls …", fuhr Lilly fort, „es muss extrem wichtig gewesen sein. Denn als wir zurückgeflogen sind, war Daán irgendwie verändert. Ich weiß auch nicht. Er hat nicht mal auf meine Frage reagiert. Als wäre ich gar nicht da! Oder er nicht."

„Hältst du es für möglich, dass es mit dieser Frau zu tun hat? Vielleicht ist sie gestorben?"

„Daán hat ‚ne Frau?"

„Typisch Damian! Sperr gefälligst deine Lauscher richtig auf!"

Alle lachten und Damian wurde etwas verlegen.

„Nein", setzte Lilly fort, „das glaube ich nicht. Judy hätte uns doch darüber informiert!"

„Hat einer von euch daran gedacht, Judy zu informieren?", wollte Damian wissen.

Lilly und Liam sahen sich fragend an: „Du hast doch, oder?"

„Ich? Ich dachte du."

„Männer!"

Einige Wochen später wurde es ein Paar Menschen tatsächlich erlaubt, das Mutterschiff anzufliegen. Selbstverständlich nur einem handverlesenen Personenkreis. Den Piloten der Doraner, ihren Implantanten, eine gewisse Anzahl von Ärzten und natürlich Teilen des Sicherheitsdienstes aus dem Freiwilligencorpes. Unter ihnen befanden sich auch Informanten des Widerstandes.

Es war der 7. August 2105, als Daán am frühen Mittag die Pressevertreter und einige Politiker verabschiedete.

Wie so oft stand er auf der Empore und sah nachdenklich hinaus. Zwar hörte Daán die Stimmen des Konzils wieder, doch wenn er über Jenny nachdachte, verstummten sie sofort. Er hatte sich vergewissert, dass Kórel den inneren Kreis des Konzils informiert hatte. Also warum schwiegen sie und ließen ihn allein?

Währenddessen eilte eine Frau schnellen Schrittes den Gang entlang, der zu Daáns Empfangsraum führte. Ronald Rivera, der sich einige Meter vom Eingang entfernt befand, versuchte noch sie aufzuhalten. Doch sie ignorierte ihn einfach, schob ihn beiseite und rauschte unverkennbar wütend an ihm vorbei.

„Daán, warum wurde ich nicht informiert? Sie können mich nicht einfach übergehen!"

Daán drehte sich verwundert um und schritt langsam ohne ein Wort die Empore herunter.

„Wieso wurde ich nicht informiert! Das ist unglaublich!", brüllte sie erneut.

Daán stand völlig ruhig vor ihr.

„Halten Sie Ihr Auftreten für angemessen, Dr. Winters?"

„Das ist eine absolute Frechheit! Ich bin zuständig für die medizinischen Belange der Menschen!", tobte Judy Winters lauthals weiter.

„Das beantwortet meine Frage nicht!"

Irritiert sah Judy Winters Daán an. Daán blieb ruhig. „Vielleicht ist es Ihnen ein Anliegen, mich teilhaben zu lassen an Ihrem Wissen, das mir bis jetzt verborgen geblieben ist?"

„Ich rede von Jenny Alvarez! Sie hätte auf meine Station gemusst. Welches Interesse haben Sie überhaupt an ihr? Ich bin für sie verantwortlich!"

Daán gab Rivera, der achselzuckend, mit hilflos fragendem Blick an der Tür stand, ein Zeichen, sich nicht einzumischen.

„Sind Sie das?"

„Ja, bin ich. Sie haben kein Recht ..."

„Ihr Verhalten ist vollkommen inakzeptabel, Dr. Winters! Welche Rechte ich besitze ...", begann Daán ruhig, aber sehr eindringlich. „Meine Rechte, Dr. Winters überschreiten die Ihren bei Weitem. In etwa dem Maße, wie Sie die Ihren gerade in unangemessener Weise überschreiten!"

Judy Winters' Gesichtsfarbe veränderte sich von Hochrot in ein kalkweiß. Wie sie es hasste, wenn er diesen Ton anschlug. Dazu noch diese entsetzlich ruhige Art. Verriet sie ihr doch nichts über ihr Gegenüber, was sie zunehmend provozierte und wütender werden ließ.

„Daán, Jenny Alvarez fällt in meinen Zuständigkeitsbereich! Nicht auszudenken, wenn dieser Náran einen gravierenden Fehler macht!" Judy Winters wollte nicht nachgeben. Wie immer glaubte sie sich im Recht. Souverän schritt Daán einmal langsam um Judy Winters herum. Diese Geste ließ sie noch nervöser werden.

„Sie arbeiten für uns?"

„Aber das wissen Sie doch, Daán!"

„Umso mehr irritiert mich Ihr Glaube, Sie dürften Ihren Zuständigkeitsbereich eigenständig festlegen!"

„Aber, Daán, ich wollte doch nur sagen ..."

„Fällt nicht alles, was Sie tun, in meinen Bereich?", würgte er sie ab.

Judy Winters begann, sich unwohl zu fühlen.

„Da es mein Verständnis offensichtlich übersteigt: Sind Sie an dieser Stelle gewillt, mir erklären, was Sie unter Verantwortung verstehen, Dr. Winters?", forderte Daán mit bedrohlichem Unterton.

„Ich verstehe nicht ganz, Daán."

„Jenny Alvarez unterlag doch bereits einmal Ihrem Verantwortungsbereich! Inwieweit sind Sie Ihrer Verantwortung damals nachgekommen?"

„Ich weiß wirklich nicht, worauf Sie hinauswollen, Daán! Ich kenne keine Jenny Alvarez und ein derartig verheerender Zustand wäre mir doch wohl in Erinnerung geblieben!"

„Wenn Sie Jenny Alvarez nicht kennen, woher haben Sie dann Kenntnis von ihrem Namen und ihrem Zustand?" Abermals schritt Daán um sie herum, um sie weiter zu verunsichern.

„Ja, also, ich ... ich habe es von den anderen Medizinern gehört, die sich darüber unterhielten. Dass sie bei Ihnen sein soll, meine ich."

„Von wem genau?"

„Ich kann mich im Augenblick nicht an den Namen erinnern, Daán."

„Eigenartig! Waren Sie es nicht, die sich bei ihrer Einstellung damit rühmte, ein unermessliches Gedächtnis zu besitzen?"

Judy Winters schluckte.

Daán schwieg eine Weile, um den Druck auf Judy zu erhöhen.

„Vielleicht sollte ich Ihnen beim Nachdenken etwas behilflich sein. Sie, Dr. Winters, kennen Jenny Alvarez sehr wohl. Aber eher unter dem Namen: Jane Doe! Sie, Dr. Winters, ...", sprach Daán weiter, während er unablässig langsam um Judy Winters herumschlich. „Sie hatten es vor mehr als einem Jahr für nötig befunden, besagte Jane Doe in einen Raum einzupferchen, der gerade groß genug war, dass ein Bett darin Platz fand! Einen Raum ohne Fenster und eines menschlichen Lebens absolut unwürdig!"

„Vor mehr als einem Jahr? Daán, wissen Sie eigentlich, wie viele Jane und John Doe's es damals gab? Sie haben ja gar keine Ahnung, welcher Herausforderung und Verantwortung ich damals gerecht werden musste, bei dieser entsetzlichen Katastrophe. Es gab Tausende von ihnen."

Daán unterbrach sie mit einer einzigen ruckartigen Handbewegung: „In Ihrer nicht endenwollenden Aufopferung, das Leben eines jeden Einzelnen erhalten zu wollen: Waren Sie es etwa nicht, die die Anweisung gab, jene Jane Doe ruhigzustellen? Weil Sie, ich darf zitieren, ‚Keine Zeit für solche Spinner' zu haben glaubten? Wo also, Dr. Winters, befand sich Ihr Verantwortungsgefühl, als es Ihrem Zuständigkeitsbereich oblag, dieses eine Leben in seinem Kampf mit dem Tod zu unterstützen?"

„Das ist lange her. Sie haben mich eingestellt und Sie ...", versuchte Judy Winters ihre Betroffenheit zu überspielen.

„Das beantwortet meine Frage nicht. Nein, ich habe Sie nicht eingestellt. Das war Gódei und zudem offensichtlich ein Fehler!"

„Wer auch immer, ich bestehe darauf, dass Jenny Alvarez in ..."

„... der Obhut von Náran verbleibt! Ich danke Ihnen für Ihre Zustimmung!"

„Daán, bitte, ich ..."

„Es ist an der Zeit, dass Sie diese Botschaft umgehend verlassen! Sollten Sie ein solch untragbares Verhalten erneut zeigen, bin ich überzeugt, dass Sie es bereuen werden. Im Gegensatz zu Ihnen vergesse ich nie etwas!" Betroffen ging Judy Winters zur Tür: „Wird sie überleben, Daán?"

„Ich bin nicht geneigt, Ihr vermeintliches Interesse zu befriedigen! Entlassen Sie mich aus Ihrer unerträglichen Gegenwart. Unverzüglich!"

Aufgebracht verließ Judy Winters die Botschaft.

„Agent Rivera!", rief Daán seinen Implantanten. „Sie werden sie weiterhin observieren!"

„Soll ich sie vielleicht ..."

„Nein, noch nicht! Beobachten Sie Dr. Winters lückenlos! Achten Sie darauf, dass sie es nicht bemerkt. Informieren Sie mich ausführlich!"

„Wie Sie wünschen, Daán!"

Umgehend begab sich Ronald Rivera auf den Weg, Judy Winters zu folgen, deren Weg ihn erneut direkt zum Galaxy führte, in dem sie sich mit den anderen traf. Obwohl Ron sich unmittelbar hinter ihr befand, war Judy Winters plötzlich abermals verschwunden. Unermüdlich suchten seine Blicke das Galaxy ab, doch sie blieb auch diesmal unauffindbar.

Aufgebracht erzählte sie den anderen von den Ereignissen.

„Er hat mich voll abblitzen lassen! Ich konnte nichts aus ihm rauskriegen!"

„Wird sie jetzt auf deine Station verlegt?" „Nein, wird sie nicht! Er hat mir gedroht! Mir!" Judy Winters war kaum zu beruhigen. Sie lief umher, bekam ein immer röter werdendes Gesicht und fuchtelte wild mit ihren Armen.

„Du hättest uns sagen müssen, dass du sie kennst, Judy." Lilly hatte Bedenken.

„Ach was, kennen. Hast du eine Ahnung, wie viele damals eingeliefert wurden? Wie viele von diesen Doe's entlassen worden oder gestorben sind, ohne dass ich davon erfuhr?"

„Trotzdem, Judy, gab es damals sicherlich nicht viele, die von Außerirdischen gesprochen haben. An diesem Tag meine ich."

„Was willst du damit sagen, Liam?", fauchte sie wütend.

„Er will damit sagen, dass Daán dich vorgeführt hat und du ihm voll auf den Leim gegangen bist!", antwortete Lilly für Liam.

„Ihr hättet mich ja vorwarnen können!"

„Ich hatte dir geschildert, wie sie ausgesehen hat. Und bei aller Liebe, Judy, sie sah unbeschreiblich erbärmlich aus. Das, was von ihr noch übrig war, sah absolut nicht danach aus, als hätte sie auf deiner Prioritätenliste ganz oben gestanden! Sehr zu unserer Schande, muss ich gestehen!"

„Himmel, jetzt fang du nicht auch noch an!"

„Wenn es aber doch so ist! Du musstest diesen grausamen Anblick ja nicht ertragen, Judy! Sie sah aus wie ein lebender Zombie. Ich habe heute noch Albträume davon und ich könnte kotzen, wenn ich nur daran denke!", rastete Lilly aus.

„Aber die Frage, die uns eigentlich interessieren sollte, ist: Hat er was gemerkt?" Liam versuchte, die erhitzten Gemüter abzulenken und zu beschwichtigen.

„Nein! Hat er ganz sicher nicht! Er hat mich einfach rausgeworfen!"

„Eine weitere Frage lautet: Warum ein derart intensives Interesse an einem einzelnen Menschen?", wandte Damian ein.

„Er wird einfach nur Mitleid mit ihr gehabt haben", meinte Judy und die anderen nickten.

„Mitleid? Na, wenn das mal richtig ist!", sinnierte Damian laut.

„Was willst du damit sagen Damian?", wollte Lilly wissen.

„Nun, meine Lieben: Sollte es euch etwa entgangen sein, dass bereits 97 % der Menschheit dem Charme der Doraner erlegen sind? Das heißt, etwa 3,2 Milliarden Menschen glauben was sie sehen und die Doraner wissen dies genau. Aber bei all ihrem Wohlwollen, das sie die Menschheit vorgaukeln, sollen ausgerechnet die Doraner Mitleid mit einem von uns haben? Von ihnen heißt es doch, dass sie über keinerlei, ich betone, über keine Gefühle verfügen. Mitleid ist ein Gefühl, sogar ein sehr heftiges. Aber selbst, wenn sie auch in diesem Punkt gelogen haben, - Gefühle für einen von uns? Warum ausgerechnet für diesen einen?"

„Seit wann kümmerst du dich um Gefühle, Damian?"

„Wie kannst du mich, trotz meiner großen Liebe zu dir, nur derart enttäuschen, Liam?", witzelte Damian und griff mit beiden Händen an sein Herz. „Mag sein, dass es in meiner Welt nur Einsen und Nullen gibt, und glaubt mir, es ist eine faszinierende Welt der unbegrenzten Möglichkeiten, die …"

„Damian!"

„Schon gut, schon gut! Also: Meine Welt aus 1 und 0 ist denen der Doraner, wenn sie tatsächlich über keine Gefühle verfügen, sehr ähnlich. Vielleicht gelingt es mir gerade deshalb regelmäßig ihre Codes zu knacken und …"

„Damiaaaan!", schrien Lilly und Liam im Chor.

Damian zog eine Grimasse und fuchtelte mit seinen Händen herum. „Ja ja, was ich sagen will: Vielleicht haben sie in ihrer Welt voller Nullen und Einsen eine Zwei gefunden! Wer weiß?"

„Das ist doch absurd!", widersprach Liam.

„Wie du meinst!", antwortete Damian, während er auf dem Weg zu seinem Computer befand. „Aber das sagte man auch seinerzeit über Echelon. Aber hey, Leute, das ist eure Welt! Ich verzieh mich dann mal! Jaja ... immer wieder sind es 1 und 0! Oder vielleicht doch ‚ne 2? Aber was soll's, wir sind ja sowieso allein in diesem unendlichen Universum!", frötzelte er.

Eine Weile schwiegen alle.

„Das glaub ich nicht! Was sollten sie schon an ihr Besonderes finden?", meinte Judy

„Was, wenn er doch recht hat? Schließlich haben wir uns ja auch Jahrtausende lang für die Krönung der Schöpfung gehalten. Damit lagen wir ja wohl völlig daneben, wie sich jetzt gezeigt hat", gab Lilly zu bedenken.

Liam sah seine Freundin an: „Hattest du denn den Eindruck, sie ist etwas Besonderes, als du sie gesehen hast?"

Lilly zögerte, überlegte eine Weile. „Besonders war sie schon: besonders arm dran! Nie werde ich diesen Anblick vergessen! Aber ich weiß nicht, was Daán getan hat, als er allein mit ihr in diesem Raum war."

„Vielleicht hat es ihm aber auch nur wieder einmal gefallen, seine Überlegenheit zu zeigen."

„Hoffen wir, dass du recht behältst, Liam!"

Ronald Rivera stand mit bedrücktem Gesichtsausdruck vor Daán, während sich dieser auf seinem Stuhl befand.

„Sie sind absolut sicher, dass Ihnen Dr. Winters nicht anderweitig abhandengekommen sein kann?"

„Ich versichere Ihnen, Daán, das ist unmöglich, denn das Galaxy verfügt über keinen Notausgang. Eigentlich dürfte es so gar nicht geführt werden. Es gibt keinen anderen Weg nach draußen, nicht mal durch ein Fenster."

„Gehen Sie der Sache auf den Grund! Diese Angelegenheit besitzt von nun an höchste Priorität! Ziehen Sie Personen Ihres Vertrauens hinzu. Es ist mein Wunsch, dass es sich hierbei ausschließlich um Implantanten handelt!"

„Wir verfügen nicht über derart viele Implantanten, Daán."

„Dann beschaffen Sie sich welche!"

„Natürlich, Daán, wie Sie wünschen!"

„Náran wird Ihnen bei der Suche behilflich sein."

Ronald Rivera verließ den Raum, während Daán sich in seinen Privatbereich zurückzog. Er versuchte, etwas zu entspannen und Grundenergie in sich aufzunehmen, die er dringend benötigte.

Viele Stunden vergingen und es ging bereits auf Mitternacht zu, als Daán gestört wurde.

„Náran?"

„Ich bitte dich, mich umgehend aufzusuchen! Wir haben ein Problem!"

„Welcher Art?"

„Sie ist weg, Daán! Jenny ist weg! Ich kann sie nicht finden!"

Beunruhigt erhob sich Daán und eilte, so schnell er konnte, auf die sich über ihm befindliche Ebene.

„Wie konnte das geschehen, Náran? Dieser Bereich ist hermetisch abgeriegelt. Es sollte ihr unmöglich sein, diesen Bereich zu verlassen. Wo also ist sie hin?"

„Ich weiß es nicht, Daán. Ich war für eine Weile im großen Saal bei den anderen Objekten und ..."

„Sie ist keines deiner üblichen Objekte! Das weißt du doch!"

Missgünstig sah Daán den Arzt an, der schuldbewusst schwieg und zu Boden sah.

„Meine Anweisung an dich war unmissverständlich!", schimpfte Daán weiter, während er einige Befehle in den Computer eingab, der sofort die gesamte Botschaft abriegelte.

„Ich will zu deinen Gunsten annehmen, dass sie tatsächlich noch derart geschwächt ist, wie du es mir heute Mittag mitteiltest."

Daán verließ Nárans Untersuchungsraum, stand auf dem Flur und sah sich um. Jenny war nirgends zu sehen. Langsam ging er den Flur in die eine Richtung entlang, danach in die andere, bis er schließlich vor einer Wand stand. Nachdenklich betrachtete er das pulsierende Gewebe, durchzogen von Adern. Abermals fühlte er sich allein. Erneut hörte er die Stimmen des Konzils nicht, obgleich er auch versuchte, es um Rat zu fragen. Wo konnte sie nur hingegangen sein? Wie ist es ihr gelungen zu entkommen? Langsam berührte er mit seiner rechten Hand die Wand vor ihm. Erstaunt entglitt ihm ein: „Ohh." Mit seiner linken Hand griff er an eine bestimmte Stelle im Wandbereich, der etwas unterhalb seiner Hüfte lag. Einen Augenblick später gab das Gewebe einen Durchgang frei, dem Daán folgte. An seinen Privatbereichen vorbeigehend, landete Daán schließlich in seinem Konferenzraum. Kaum hatte er diesen betreten, verschloss sich der Durchgang sofort.

Daán sah Jenny mit dem Rücken zu sich stehend. Die vor ihr befindliche Wand neugierig untersuchend, war sie in ihre Gedanken versunken. Mit einer Handbewegung verschloss Daán den Haupteingang zum Konferenzraum. Jenny bemerkte Daán nicht, der leise in die Mitte des Raumes ging. Ihre Hand berührte das Gewebe und sie fühlte die Wärme, die es abgab. Fasziniert beobachtete Jenny, wie sich das Farbenspiel der Wand veränderte. Sie konnte sich die Vorgänge nicht erklären, doch sie zogen sie in ihren Bann und ließen sie ihre Umgebung völlig vergessen.

Daán stand weiterhin wortlos in der Mitte des Raumes und beobachtete Jenny und ihr Handeln genau. Er sah die Reaktion des Symbionten, der in allen Farben zu leuchten begann. Jenny verharrte eine Weile in dieser Position, in der ihre rechte Hand ihn berührte. Zu sehr war ihr dieses Gefühl vertraut und nach langer Zeit, nach so langer Zeit, gab es endlich wieder etwas, das sie genoss. Plötzlich bemerkte sie Daán. Sie fuhr erschrocken herum und presste sich dem Rücken fest an die Wand und ließ es ihre Hände gleichtun.

Jenny war noch sichtlich geschwächt. Ihr Augenlicht hatte zwar an Stärke gewonnen, war aber noch nicht hundertprozentig wiederhergestellt. Daán schwieg. Er wollte ihr die Möglichkeit geben, sich zu beruhigen und ihre Furcht zu verlieren.

Misstrauisch ging sie nach einer Weile langsam auf ihn zu. Um Daán herum und nochmals um ihn herum, ohne ein Wort zu sagen. Bis sie schließlich vor ihm stehen blieb, und ihn musterte. Mit ihrer rechten Hand fuchtelte sie vor seinem Gesicht herum, ohne ihn zu berühren. Daán rührte sich nicht, zeigte keinerlei Veränderung in seinen Gesichtszügen. Sie legte ihren Kopf leicht schief und zog die Augenbrauen hoch. Erneut umrundete sie ihn, sah ihn zigmal von oben bis unten an und blieb erneut stehen. Vorsichtig streckte sie ihre Hand aus, bis ihr Zeigefinger Daán berührte. Als sie merkte, dass sie auf körperlichen Widerstand stieß, zog sie ihren Finger blitzartig zurück. Erschrocken eilte sie ein paar Schritte zurück, bis sie an die Wand stieß und sank zu Boden. Daán, der im Begriff war, auf sie zuzugehen, wich ebenfalls zurück, als er sah, dass sich Jenny noch mehr zusammenkauerte.

Es verging etwa eine halbe Stunde. Daán wartete und schwieg. Jenny tat es ihm gleich. Während Daán voller innerer Ruhe Jenny beobachtete, wusste sie nicht, wie sie sich in dieser Situation verhalten sollte. Spielten ihr ihre Augen einen Streich? Oder träumte sie das nur? Was sollte sie jetzt tun? Wer war diese Gestalt vor ihr? Fieberhaft dachte sie darüber nach. Plötzlich meinte sie: „Dann bin ich also tot, ja?"

Daán bewegte seinen Kopf von schräg rechts nach unten links, während er seine Farben wechselte. „Nein, das bist du nicht!"

„Was machst du dann hier?"

„Was ich hier mache?", wiederholte Daán.

„Du hättest mich gehen lassen sollen. Hast du denn noch nicht genug Schaden angerichtet? Du gabst mir dein Wort! Aber nein, was ist passiert, du hast mich hängen lassen, mich zurückgelassen. Einfach so! Also warum bist du jetzt hier? Was willst du denn noch von mir? Und überhaupt, warum verziehst du dich nicht einfach wieder!", überschlugen sich Jennys Worte, während sie ihre Stirn auf ihre Knie sinken ließ und dadurch die Reaktionen ihres Gegenübers nicht sehen konnte.

Daán ließ Jenny reden, ohne zu verstehen, wovon sie sprach. Nur zu gerne hätte er in diesem Augenblick das Konzil zurate gezogen, doch in seinem Kopf herrschte Stille. Absolute Stille.

Jenny schwieg ebenfalls wieder.

Daán überlegte, ob er zu ihr hingehen sollte, als Jenny plötzlich meinte: „Bist du sicher, dass ich nicht tot bin?"

„Ja", antwortete Daán, der endlich begriff, dass Jenny nicht erkannte, wer vor ihr stand. „Aber wo bin ich dann?" „Du bist hier bei mir!", erwiderte Daán vorsichtig. „Jaaaa", zog Jenny das Wort lang. „Das bereichert mein Wissen doch ungemein!"

Doch Daán erreichte, was wer wollte, Jenny sah sich um. Verunsichert versuchte sie, ihre Umgebung wahrzunehmen und diesen Ort irgendwie zuzuordnen.

„Ich bin also in der Psychiatrie", seufzte sie ganz leise vor sich hin. Sie erinnerte sich an ihre Worte, die sie bei ihrer damaligen Einlieferung nach dem Unfall gestammelt hatte.

Daán hörte sie trotzdem. Irritiert sah er Jenny an, während er sich rückwärtsgehend auf seinen Stuhl zubewegte. Jenny registrierte dies aber nicht. Ihre Stirn lag bereits wieder auf ihren Knien und sie hielt die Augen geschlossen.

„Erkläre das!", forderte Daán sie auf.

Jenny stutzte, denn Maél hätte ihr gegenüber niemals diese Worte gewählt.

„Ohh. Sie sind also nicht ..." Erneut sah sich Jenny um. Alles erschien ihr vertraut und war doch auch fremd. „Wie lange habe ich geschlafen? Einhundert – zweihundert Jahre?"

„Erkläre das!", wiederholte Daán.

Jenny ließ ihre Stirn erneut kurz auf ihre Knie sinken.

„Wenn ich mich hier so umsehe ... Wie mir scheint, haben sich die Menschen weiterentwickelt, und ich kann mir nicht erklären, wann sie das getan haben."

„Erkläre das!", sprach Daán abermals.

Jenny war genervt. „Mit Verlaub, Sie haben keine Haare auf dem Kopf, keine Ohrmuscheln. Sie sehen aus, als hätte Sie der Tod gerade noch mal ausgesch... äh, als seien Sie ihm gerade noch einmal entkommen, wollte ich sagen."

„Ich bin kein Patient, falls du das meinst."

„Aber Sie sehen trotzdem echt beschissen aus, Mann!", rutschte es Jenny heraus. Irritiert sah Daán sie milde und abwartend an, doch sie deutete seinen Blick falsch. „Also doch Psychiatrie, na super!", fluchte Jenny vor sich hin. „Erkläre das", provozierte Daán erneut, während er sie genauestens beobachtete. Ihm entging nichts. Nicht die kleinste Regung, die Jenny bewusst oder unbewusst sehen ließ „Tja", meinte Jenny zögerlich, „ wenn ich mich hier so umsehe: weiche, warme Wände, keine Fenster, bis auf das eine da oben bei Ihnen. Keine Möbel oder Gegenstände, an denen man sich verletzen kann. Ach nee, halt stopp, wenn ich es so recht bedenke, hier sind überhaupt keine Möbel vorhanden. Ich sitz hier nämlich auf dem Boden!" Daán wunderte sich über Jennys Wortwahl und schmunzelte ein wenig. Bei all den Menschen, die ihm bisher begegnet waren, waren ihm derartige Äußerungen und Formulierungen bisher nicht begegnet.

Daán zögerte. Wie sollte er darauf reagieren? Würde er eindringlicher werden, schwieg sie vielleicht wieder. Er erinnerte sich an die Worte, die Jenny bei ihrer Einlieferung ins General Hospital gesagt hatte. Deshalb versuchte er, an diese anzuknüpfen, in der Hoffnung, dass Jenny es verstehen würde.

„Du befindest dich hier in der doranischen Botschaft für die amerikanische Föderation. Wir, die Doraner, sind von weit hergekommen und ..."

„Achja? Machen Sie nur so weiter: Psychiater lieben solche Geschichten!" „Wir sind auf unserem Weg ...", erzählte Daán unbeirrt weiter. Jenny hörte ihm nur gelangweilt zu, obwohl ihr tatsächlich kein einziges Wort entging. „Ja, nee, is' schon klar Meister!", höhnte Jenny zwischendurch. „Meister?" Daán stutzte. Doch Jenny überging seine Frage. „Erkläre das!", forderte Daán sanft, während er sich erneut über ihre Art und Weise zu sprechen wunderte. Jenny ließ ihren Kopf abrupt auf ihre Knie sinken. Kann der auch noch was anderes sagen, außer: erkläre das?, dachte sie und schwieg eine Weile nachdenklich. „Wissen Sie, Meister, in gewisser Hinsicht kann ich Sie ja so richtig gut verstehen. Ich habe mich auch immer besonders wohlgefühlt ...", unterbrach Jenny bewusst, bevor sie fortsetzte, „... als Napoleon!"

Daán, der sich auf Jenny zuging, stutzte. Ohne, dass sie es sah, schmunzelte er. Er begriff in diesem Augenblick, dass sie ihm kein einziges Wort glaubte und ihn aufzog.

„Vielleicht möchtest du dir genauer ansehen, wo du dich befindest?", fragte er, während er ihr seine Hand reichte. Jenny sah ihn an und sie starrte regelrecht auf seine Hand. Auf seine hauchdünnen langen Finger, umgeben von fast durchsichtiger weißlich schimmernder Haut.

„Wozu soll das wohl gut sein? Ich weiß es doch schon!", entgegnete sie widerwillig.

„Wir werden sehen", entgegnete Daán in absoluter Ruhe, die Jenny auf merkwürdig angenehme Weise berührte.

„Wenn Sie es also unbedingt wollen."

„Ja, ich will!", äußerte Daán bestimmt, während er Jenny hochzog.

„Also wohin?", fragte sie wenig begeistert. Beide standen vor dem, einer

Wendeltreppe ähnlichen Aufgang zur Empore, ohne Treppenstufen und Daán wies Jenny den Weg mit einer Handbewegung. Doch Jenny blieb nach wie vor misstrauisch.

„Muss ich? Was wenn ich nun nicht will?"

Daán schmunzelte, ohne das Jenny dies mitbekam. Ihr unerwarteter Trotz und Widerwille amüsierten ihn.

„Es wäre durchaus hilfreich, wenn du nicht alles als Bitte ansehen würdest", erklärte er vorsichtig, dennoch bestimmt.

„Sollte ich nicht?", erwiderte Jenny, der Daáns Unterton durchaus nicht verborgen blieb.

„Nein!" Erneut wies er ihr den Weg und eher widerwillig folgte sie Daán auf die Empore. „Was siehst du?"

Jenny sah nach draußen und sie zögerte.

„Hm, ich bin also immer noch hier", seufzte Jenny.

„Du bist enttäuscht?"

„Ich will nach Hause."

„Nach Hause?", fragte Daán prüfend, keinen Blick von ihr lassend. „Weißt du denn, wo es sich befindet, dein Zuhause?

„Es ...", begann Jenny sinnierend, „... befindet sich dort, wo das Licht einst keinen Schatten hinterließ."

„Erkläre das!", wurde Daán hellhörig. Jenny verdrehte ihre Augen.

„Das würden Sie nicht verstehen."

„Versuche es!" Daán wollte sie nicht aus dieser Situation entlassen.

Jenny schwieg. Es vergingen einige Minuten, bis Jenny schließlich sagte: „Wissen Sie Meister. Ist ja alles schön und gut, was Sie mir da erzählt haben. Aber seien wir doch mal ehrlich: dass Außerirdische in der Lage sind, durch das Universum zu fliegen, schön und gut. Dass sie den Weg zu unserer blauen Murmel finden, auch gut. Auch dass Sie mal nachsehen wollen, was hier so los ist, geht ebenfalls. Aber sich hier niederzulassen?", betonte Jenny fast verächtlich. Daán sah Jenny verwundert an. „Sie mögen ja noch so sehr von Außerirdischen träumen. So schön diese blaue Murmel aus dem Weltraum betrachtet ja auch ist: Seien wir ehrlich, Sie wollen sich hier niedergelassen haben? Wer's glaubt!"

Jenny schwieg, runzelte ihre Stirn und warf Daán einen zweifelnden, teils mitleidigen Blick zu. „Nur mal angenommen, selbst wenn alles dagegen spricht. Mal angenommen, diese Wesen oder meinetwegen auch Sie, wenn Sie so wollen. Sie hätten, all die dafür nötige Intelligenz vorausgesetzt, diese Reise hierher unternommen. Sie hätten mal nachsehen wollen, was es hier gibt. Ist ja bis hierhin noch verständlich, setzt man Neugier und Intelligenz voraus. Aber, wer auch immer diese Entscheidung traf, sich hier auf der Erde niederzulassen, der muss doch echt einen an der Waffel haben! Solch einen Vollidioten kann es im ganzen Universum nicht geben!", platzte es aus Jenny kopfschüttend heraus.

Daán legte vorsichtig seine linke Hand auf Jennys Schulter. Doch kaum hatte er sie berührt, fiel Jennys Blick missfallend auf seine Hand und so zog er sie sofort zurück. Er schwieg, obwohl ihn Jennys Reaktion sehr verwunderte. Überhaupt waren ihr Verhalten und ihre Worte für ihn mehr als ungewöhnlich. Seit mehr als einem Jahr hielten sich die Doraner bereits hier auf, aber niemals zuvor hatte er derartige Worte vernommen. Prüfend, aber dennoch auch sehr wohlwollend, sah er Jenny an.

„Wenn es aber nun so ist? Was würdest du ihnen sagen?"

Jenny zögerte: „Sie wollen allen Ernstes wissen, was ich denen sagen würde?"

„Ja", erwiderte Daán.

Jenny schüttelte den Kopf: Und danach kommen sofort die Jungs mit der Zwangsjacke, dachte sie.

„Es ist doch immer dasselbe mit euch Newcomern", murmelte sie kaum hörbar vor sich hin. Doch Daán entgingen ihre Worte nicht. Er wunderte sich über das Wort Newcomer. In keinem Buch der Menschen, das er gelesen hatte, war ihm dieses Wort begegnet. Er ließ sich seine Verwunderung jedoch nicht anmerken.

„Was würdest du ihnen sagen, Jenny?"

Jenny zögerte abermals, doch dann meinte sie: „Ich würde ihnen sagen, dass sie Vollidioten sind und dass sie einen schweren Fehler gemacht haben. Dass sie ihre sieben Sachen packen und verschwinden sollen, bevor es zu spät ist. Dämlich, wie sie sind, sich hier niederzulassen. Haben Sie sich die Menschen vielleicht mal angesehen? Diese Krönung der Schöpfung? Sie können sagen, was Sie wollen. Sollte sich jemals eine besondere Intelligenz hierher verirren, mag dies so sein, verirren kann sich schließlich jeder einmal. Aber sich hier niederlassen, so dumm ist keiner! Sie wüssten wohl kaum, worauf sie sich einließen: Vollidioten eben!"

Schweigend stand Daán neben Jenny und ihr beider Schweigen dauerte minutenlang. Während sie gedankenversunken aus dem Fenster über die Skyline Washingtons blickte, konnte er den Blick nicht von ihr lassen.

„Ich lebe schon sehr lange, Jenny. Außerordentlich lange sogar. Um genau zu sein, es sind 9000 Jahre. Bei alldem, was ich bisher erlebt habe in den Weiten des Universums, musste ich viele Entscheidungen treffen. Wohl auch diese, mir diese blaue Murmel, wie du diese Welt nennst, anzusehen. Aber nie, niemals hätte ich auch nur ansatzweise in Erwägung gezogen, ein Vollidiot zu sein."

Jenny senkte ihren Blick. „Ups!"

Abermals schmunzelte Daán ob ihrer Reaktion und wohl auch über das Ups. Das zweite neue Wort, das er heute lernte und dessen Bedeutung er erahnte.

„Du wirst noch vieles lernen müssen, Jenny", versicherte Daán weiterhin schmunzelnd, während er sah, wie sich Jenny suchend umsah.

„Wonach suchst du?" „Ich? Ähm, nur nach dem Erdloch, in das ich mich verkriechen kann!" „Erkläre das!", provozierte Daán Jenny, ihm war ihre Verlegenheit durchaus nicht entgangen. Auch nicht, dass sie sich gerade zu retten versuchte. Beides amüsierte ihn. „Na ja, also, wenn Sie wollen, dann können Sie doch sehr vergesslich sein, oder?"

„Könnte ich das?" „Jup, wenn Sie schon ein Vollidiot sind, ..., dann macht das doch auch nicht mehr viel aus", fügte Jenny eilig korrigierend versuchend hinzu, bemerkend, dass sie sich soeben um Kopf und Kragen redete.

„Ist das so?", schmunzelte Daán. Jenny sah ihn halb schräg von der Seite an. „Öhm etwa nicht?" Daán ließ sie warten. „Auch nicht so ein kleines Bisschen? Ein ganz klitzekleines Bisschen vielleicht?", meinte Jenny, den Blick Daáns meidend. Sie schielte vorsichtig zu Daán, der, ihren Blick wahrnahm, aber keine Regung kundtat.

„Och, nun kommen Sie schon, Meister. Sie verlangen, dass ich hier die Hosen runterlasse und das, obwohl ich nicht mal Ihren Namen kenne! Was ist das denn eigentlich für eine Art? Geht ja mal gar nicht so was. Haben Sie denn gar keine Manieren?", versuchte Jenny lächelnd abzulenken. Doch er reagierte nicht. „Hören Sie, können wir nicht noch mal von vorne anfangen? Bitte."

Daán zögerte. „Ich bin also ein Vollidiot, ja?"

Jenny windete sich: „Ja – nein. Nicht so wirklich. Ein bisschen vielleicht. Oder so."

„Soso!"

Sie sah Daáns Blick und sie kam nicht umhin, sich ihm zuzuwenden.

„Also gut! Ich bitte Sie, wie immer Sie auch heißen, ich bitte Sie höflichst um Verzeihung!"

Daán sah Jenny an. Es war ein wohlwollender Wärme ausstrahlender Blick, den er ihr zukommen ließ und sie spürte beides, doch er schwieg weiter. „Obwohl es eigentlich die Wahrheit ist!", setzte Jenny fort. Daán konnte nicht umhin, zu schmunzeln. Diesmal sah Jenny es. Sie ist unglaublich, dachte er, doch er ließ sich nichts anmerken. „Ich hab mich jetzt entschuldigt, aber ich weiß immer noch nicht, wie Sie heißen. Sie sind ein Flegel!", lachte sie los.

„Ein Flegel?"

„Ach Mensch, nun kommen Sie schon. Wollen Sie mich etwa ewig zappeln lassen?"

„Mensch?"

„Himmelherrgott. Sie wissen genau, was ich meine!"

„Weiß ich das? Obwohl ich doch ein Vollidiot bin?"

Jenny seufzte.

„Also gut ...", begann sie. „Wenn Sie weiterhin den Schwachmaten spielen wollen. Bitte, dann werde ich nie Ihren Namen erfahren. Oder sind Sie vielleicht doch keiner? Beweisen Sie sich manchmal anderen gegenüber einfach nur gerne Ihre Überlegenheit? Obwohl das nicht nötig ist, wenn Sie tatsächlich von da oben kommen."

„War das eine Entschuldigung?"

Jenny verzog die Mundwinkel hin und her.

„In gewisser Weise. Ja, es ist eine, glaub ich."

Daán, etwas von Jenny abgewandt, schmunzelte erneut.

„Mein Name ist Daán! Aber du, Jenny, wirst noch einiges lernen müssen, was den Umgang mit mir betrifft.

„Aber nicht alles heute! Oder?", fragte Jenny etwas zögerlich.

„Nein, Jenny. Nicht heute. Dennoch wird sich von heute an dein gesamtes Leben verändern."

„Sie machen mir gerade Angst. Ich hasse Veränderungen!"

„Es besteht kein Grund zur Furcht. Der Weg, den du von nun an gehen wirst, ist derjenige, den du schon vor langer Zeit hättest gehen sollen."

„Wie soll ich das denn bitte verstehen?"

„Es ist nicht an der Zeit, diese Frage zu beantworten!" Daáns Stimme klang sanft, ließ aber dennoch keine weitere Frage diesbezüglich zu.

Jenny sah Daán an: „Sie tragen es wirklich in sich, ja?"

Verwundert sah Daán Jenny an.

„Was trage ich in mir?"

„Na das Licht der Sterne!"

Daán lächelte Jenny an.

„Du magst die Sterne?"

Jenny sah sehnsüchtig nach oben.

„Was würd ich dafür geben, könnte ich dort oben sein."

„Vielleicht bist du deinem Ziel näher als du glaubst! Gib dir selbst etwas Zeit!"

Mir hoffentlich auch, dachte Daán, ahnte er doch, dass es ein schwer Weg werden würde. Für beide.

Am Abgrund

„... und wenn du lange genug in einen Abgrund blickst, ...

... dann blickt der Abgrund auch in dich hinein!" (F. Nietzsche)

Einige Tage später standen Daán und Jenny auf der Empore und sahen hinaus.

„Hab ich also Ihnen zu verdanken, ja?"

„Was?"

„Dass ich noch lebe, meine ich."

„Ja!", erwiderte Daán ruhig, doch er ließ Jenny keinen Augenblick aus den Augen, während sie weiter nach draußen sah.

„Hätten Sie lassen sollen! Hätte schon gepasst!" Prüfend sah Daán Jenny an: „Was leitet deine Gedanken in diesem Augenblick: Furcht, Wut, Trauer oder Verzweiflung?"

Doch Jenny schwieg.

Daán wartete eine Weile.

„Ich möchte gerne wissen …"

„Möchten Sie nicht!", würgte Jenny ihn kurz angebunden ab. Daán war unsicher, wie er mit dieser Situation umgehen sollte. Niemand hatte es bisher gewagt, sich derart zu äußern. Doch er schwieg.

„Ich werde mir eine Wohnung suchen müssen. Morgen denke ich."

„Eine Wohnung?"

„Klar! Ich kann schließlich nicht ewig hierbleiben." „Doch kannst du. Es gibt keinen Grund, der dagegen spricht."

„Das sehe ich aber ganz anders. Ich werde mir ganz sicher eine Wohnung suchen. Ich brauche einfach einen Ort, an den ich gehöre!"

„Erkläre das!" Jenny war von diesen Worten erneut genervt. Konnte er nicht ein einziges Mal etwas so stehen lassen, wie sie es sagte? Daán entging dies nicht. Doch Jenny schwieg weiter. „Ich warte", betonte Daán. „Hören Sie, Daán. Sie haben gesagt, dies ist die doranische Botschaft. Und ich, ich steh nun mal nicht auf Politiker und all die Menschen, die sie sich um sie versammeln. Ich will nichts mit denen zu tun haben! Wenn Sie sich unbedingt auf diese Heuchler einlassen wollen. Bitte sehr nur zu! Aber ohne mich!" Jenny atmete schnell und verriet ihm damit ihre Aufregung. Verkrampft biss sie sich anschließend auf die Lippen.

Daán schwieg. Einen Augenblick später sah Jenny aus dem Fenster und versuchte sich etwas zu beruhigen, während sie die glutrote Sonne langsam aufgehen sah. Sie liebte diesen atemberaubenden Anblick.

„Sehen Sie das, Daán?" Jenny zeigte auf die aufgehende Sonne. „Das ist eines der wirklich seltenen, wunderschönen Dinge auf dieser gottverfluchten blauen Murmel. Nur leider haben es die Menschen verlernt, solch Zauberhaftes an sich heranzulassen und hinzusehen." Danach schwieg Jenny. Beide genossen, wie die Sonne ihr morgendliches Lichtspiel entfaltete. „Ich weiß nicht, was Sie vorhaben und zu tun gedenken, tun Sie's. Nur tun Sie es bitte ohne mich."

Schweigend und verwundert sah Daán sie an. Einen derartigen Widerstand hatte er nicht erwartet. Überhaupt hatte sich in diesen beinahe zwei Jahren, die er auf der Erde verbracht hatte, ihm niemand derart widersetzt. Vor allem nicht in dieser Form. Er nahm ihren Widerstand für den Augenblick hin. Doch keinesfalls war er bereit, Jenny gehen zu lassen!

„Würdest du mir bitte folgen", bat Daán ruhig.

„Wohin?", wollte Jenny wissen.

„Bedarf es dieser Frage?", erwiderte Daán, ohne tatsächlich eine Antwort zu erwarten.

„Ja!"

Daán, der sich bereits auf dem Weg nach unten befand, drehte abrupt um: „Nein! Es bedarf ihrer nicht!", korrigierte er Jenny barsch, die nur dastand und Daán fragend ansah.

„Worauf wartest du?"

Jenny runzelte die Stirn und widerwillig murmelte sie: „Ach, was soll's", und folgte Daán. Er führte sie unterhalb der Empore durch einige Gänge, bis beide schließlich vor einer Tür standen, die Daán öffnete. „Bitte!" Misstrauisch sah Jenny ihn an, dessen Hand in den Raum wies. Sie holte tief Luft, stieß einen lauten Seufzer aus. Missmutig sah sie sich in dem geräumigen, ovalförmigen Raum um. In ihm stand ein Bett und oberhalb davon befanden sich einige Fächer, die in die Wand eingelassen waren. Zu ihrer Linken gab es eine Duschkabine. „Och nö. Nicht schon wieder ‚ne Abstellkammer", seufzte Jenny. „Es gibt ja nicht mal ein Fenster!" Ohne ein Wort ging Daán zur Wand, an der das Bett stand. Er berührte das Gewebe kurz mit seiner Handfläche, während er seine Farben wechselte. Einen Wimpernschlag später befand sich an der Stelle ein energetisch gespiegeltes Fenster mit einem Ausblick sowohl auf die Washingtoner Skyline als auch nach oben auf den Sternenhimmel.

„Wie cool ist das denn bitte", entwich ihr staunend mit etwas geöffnetem Mund statt eines Dankes. Jenny sah auf das Bett, auf den Schrank und die davor stehenden Koffer. „Sind das meine?"

„Ich denke schon", erwiderte Daán.

Abermals sah Jenny sich um und ging auf Daán zu: „Hören Sie bitte, Daán: Überlegen Sie es sich doch noch mal. Ich kann auf keinen Fall hier bleiben. Ich …" Es war Daáns Handbewegung, die Jenny verstummen ließ.

„Ich diskutiere nicht mit dir!"

Noch ehe Jenny etwas sagen konnte, schritt er davon und die Tür verschloss sich hinter ihm.

Kopfschüttelnd stutzend sah Jenny auf die Tür, hob fragend ihre Arme und ließ sie wieder fallen. Hm, dachte sie, bevor sie sich entschloss, sich aufs Bett zu legen.

Eigentlich wollte über so vieles Jenny nachdenken, doch bevor sie einen klaren Gedanken fassen konnte, schlief sie ein.

Es war bereits später Nachmittag, als Jenny erwachte. Einen Augenblick unsicher, sah sie sich um. Dann fiel ihr ein, wo sie sich befand. Noch immer verschlafen saß sie auf dem Bett, als sie sich die Hose ansah, mit der sie bekleidet war.

Orange, igitt, dachte Jenny, wer in aller Welt trägt Orange? Sie stand auf, hob zwei der drei Koffer aufs Bett und öffnete sie. Nachdenklich stand Jenny davor. Die Dinge in den Koffern sagten ihr nichts. In dem einen befanden sich Kleidungsstücke. In dem anderen eine Uniform, zwei Waffen, ein Amulett und noch ein paar andere Gegenstände, die sie nicht zuordnen konnte. Sanft strich sie über das militärische Kleidungsstück in Weiß. Ist das wirklich meine?, dachte sie. Doch dann ließ sie von diesem Koffer ab.

Jenny entschied sich für Jeans und ein T-Shirt, kleidete sich an und verschloss den ersten Koffer. Nachdenklich stand sie vor dem Zweiten. Sie nahm eine der Waffen heraus und sah sie genauer an. Wie leicht sie in der Hand liegt, dachte Jenny. Eigenartig, wie für meine Hand gemacht! Aber wofür habe ich sie gebraucht? Brauche ich sie jetzt? Nachdenklich blickte sie aus dem Fenster. Ist Daán gefährlich für mich? Hat er die Absicht mir zu schaden? Nervtötend ist er ja, dachte Jenny grinsend weiter. Aber das wird wohl schon alles sein, was er zu töten bereit ist.

Sie legte ihre Waffe zurück, nahm das Amulett heraus und betrachtete es eine Weile. Sie fuhr mit dem Daumen sanft darüber: „Eigenartige Schriftzeichen. Was sie wohl bedeuten? Von wem hab ich das bloß? Wenn ich mich doch nur erinnern könnte", murmelte sie vor sich hin. „Verdammt!", fluchte sie leise.

Jenny legte sich das Amulett um und ließ es unter ihrem Shirt verschwinden. Als sie auf die Tür zuging, öffnete sich diese von allein. Jenny folgte dem Gang, der sich vor ihr befand.

Daán hatte soeben Ronald Rivera neue Anweisungen gegeben und dieser wollte gerade gehen, als er Jenny unterhalb der Empore bemerkte. Daán folgte Rons Blick und ging wortlos auf Jenny zu. Seine Hand deutete ihr an, dass sie sich nach vorne begeben sollte. Doch Jenny runzelte die Stirn, sah Daán zögerlich fragend an, unterließ es aber etwas zu sagen. Fixierend blickte sie auf Riveras Waffe und es gefiel ihr nicht, dass er eine trug. Widerwillig folgte Jenny Daáns zweiter Aufforderung, bis sie schließlich vor Rivera standen.

„Agent Ronald Rivera, das ist Jenny Alvarez!"

Rivera streckte ihr seine Hand entgegen, doch Jenny hatte nicht im Geringsten die Absicht, diese freundliche Geste zu erwidern. Vorwurfsvoll warf sie Daán einen Blick zu, doch der legte nur seinen Kopf etwas schräg zur Seite und schwieg. Zumindest in Worten.

Jenny schluckte und seufzte leicht und gab Rivera dann doch die Hand. „Agent Rivera", grummelte sie leicht.

Ron nickte zuerst Jenny, danach Daán zu und verließ den Raum, dessen Tür Daán sofort hinter ihm schloss.

„Sind Sie eigentlich von allen guten Geistern verlassen?", platzte es aus Jenny heraus. „Sind Sie total wahnsinnig geworden? Sie können doch nicht einfach bewaffnete Menschen hier rumlaufen lassen! Sie ..."

Doch Daán stand bereits vor ihr: „Vorsicht, Jenny, du läufst Gefahr, Grenzen zu überschreiten, deren Überschreitung ich nicht dulden werde!"

Jenny schluckte den Rest ihres Satzes herunter und versuchte sich zu beruhigen.

„Er dient unserer Sicherheit!", erklärte Daán ruhig, wenn auch bestimmt.

„Ach ja? Aber was ist, wenn er plötzlich ..., wenn er es sich anders überlegt?"

„Machst du dir etwa Sorgen um mich, Jenny?"

„Nein, tu ich nicht!"

Daán, der zu seinem Stuhl ging, schmunzelte. „Wie können Sie denn nur so ruhig bleiben? Was wenn er nun doch ...?"

„Wird er nicht! Und jetzt setz dich!"

Jenny sah sich um, aber sie erspähte nirgends im Raum einen Stuhl.

„Sehr witzig, Daán! Wohin denn?"

„Wie mir scheint entgeht dir das Offensichtliche", sprach Daán, während er auf eine Art kleine Rundbank wies, die sich direkt neben ihm befand, den Boden aber nicht zu berühren schien.

Jenny zögerte.

„Worauf wartest du?" Langsam bewegte sich Jenny auf diese merkwürdige Sitzgelegenheit zu, deren Anfang sich offenbar hinter Daán befand. Fragend sah Jenny hinter Daán, doch sie fand keine Erklärung. Sie schluckte mehrfach und ihr Magen begann zu grummeln.

„Sie ist unbewaffnet", versicherte Daán schmunzelnd.

Jenny sah misstrauisch unter die Bank und nur äußerst vorsichtig ließ sie sich auf ihr nieder. All ihre Befürchtungen traten nicht ein. Diese ungewöhnliche Sitzgelegenheit trug sie tatsächlich.

Ohne dass Daán erkennbar etwas tat, drehte er sich mitsamt Stuhl in Jennys Richtung: „Du wirst lernen müssen, zu vertrauen, Jenny!"

„Wem? Doch nicht etwa diesem Rivera!"

„Mir!", betonte Daán ruhig.

„Na Sie kommen vielleicht auf Ideen. Wir kennen uns gerade mal ganze vier Tage. Obwohl kennen mag ich das nicht nennen."

„Dessen bist du dir sicher?"

Jenny wunderte sich über seine Frage.

„Ja bin ich! Auch wenn mein Gedächtnis gerade einem Schweizer Käse gleicht. Jemand wie Sie hätte sicher einen bleibenden Eindruck hinterlassen."

„Es freut mich sehr, das zu vernehmen", sprach Daán schmunzelnd.

Doch Jenny machte das eher wütend: „Hören Sie auf mich zu verscheißern, Daán!"

„An deiner Ausdrucksweise werden wir ebenfalls noch etwas arbeiten müssen!"

„Achja? An Ihrer wohl auch. Sonst noch ‚nen Wunsch?"

„Ja", sagte Daán, während er ihren Tonfall beflissentlich überhörte. „Ab Morgen wirst du den doranischen Sicherheitsdienst koordinieren!"

„Werd ich das? Den Teufel werd ich!"

„Du wirst!", korrigierte Daán ruhig.

„Will ich aber nicht."

„Das steht nicht zur Diskussion!"

Jenny hatte große Mühe sich zu beherrschen. Sie verstand ihn nicht und auch nicht, warum sie das tun sollte.

„Liegt es in Ihrer Absicht mir zu sagen, wozu das gut sein soll?"

„Schon besser", lobte Daán, ohne sich von Jennys Worten aus der Ruhe bringen zu lassen.

„Wenn es dir solches Unbehagen bereitet, dass sich bewaffnete Menschen in meiner Nähe befinden, ist dies deine Gelegenheit, sie in meinem Sinne zu kontrollieren!"

„Ich? Tzz."

„Ist das für dich dermaßen unvorstellbar?", wollte Daán wissen. „Ja, Daán, das ist es! Mein Gehirn ist ein Schweizer Käse. Ich weiß nicht, was in den letzten Monaten mit mir passiert ist, geschweige denn, was in den letzten Jahren ablief! Ich bin ganz sicher kein Mensch, der bereit und in der Lage ist, andere Menschen zu führen! Weder in ihrem Sinne noch in meinem. Ich kann so etwas nicht!" „Ich bin zuversichtlich, dass du dich mit der Zeit erholen wirst. Bis dahin wirst du meine Anweisungen genauestens befolgen!"

„Ach, werde ich?" Wie kommt er bloß dazu, über mein Leben zu bestimmen, dachte sie, traute sich aber nicht, es laut zu sagen.

„Wirst du!"

„Daán, seien Sie doch bitte vernünftig. Das geht nie im Leben gut. Ich und diese Mon … Jedenfalls: Sie sollten sich lieber jemand anderes suchen! Ihre Welt ist nicht die meine!" Jenny sah ihn bei diesen Worten flehend an. Ihr viel keine Möglichkeit ein, wie sie sich wehren konnte. Einfach gehen konnte sie ebenfalls nicht. Wohin auch?

„Das sehe ich anders. In diesem Augenblick kann ich alles zu tun, außer deiner Vernunft folgen!" „Ist mir egal, was Sie können oder nicht. Das wird nicht funktionieren. Niemals!" „Selbstverständlich wird es das. Es ist hilfreich, wenn du es unterlässt, gegen mich zu kämpfen. Ich bin nicht dein Feind!"

Jenny sah nachdenklich zu Boden und verzog den Mundwinkel.

„Wieso haben Sie überhaupt einen Sicherheitsdienst? Ganz offensichtlich sind Sie den Menschen doch weit überlegen?" „Dennoch können wir Widerstand nicht völlig ausschließen."

„Sie fürchten sich vor den Menschen und Sie lassen sich ausgerechnet von jenen beschützen, die Sie fürchten? Das ist ja eine tolle Logik! Echt super!"

„Das genügt!"

„Jaja", wehrte sie ab. „Schon gut. Aber was hab ich jetzt damit zu tun?"

„Ich erinnere nicht, das Wort Furcht benutzt zu haben." „Na, prima, dann brauchen Sie mich doch nicht!"

„Jenny!"

„Was? Woher wollen Sie überhaupt wissen, dass Sie mir trauen können?"

„Ich weiß es einfach!"

Jenny schüttelte den Kopf: „Tolle Logik, zweiter Teil!"

„Sieh dich vor, Jenny!" „Daán, ich bitte Sie. Nach vier Tagen glauben Sie, das zu wissen? Das sind 96 Stunden oder 5760 Minuten oder auch 345600 Sekunden. Sie wollen mir nicht ernsthaft erzählen, dass Ihnen das für eine Beurteilung reich." Unruhig begann sie, hin und her zu laufen. Sie fühlte sich in die Enge getrieben und wusste nicht weiter. Jenny sah Daáns erstaunten Blick.

„Was ist jetzt wieder?"

„Nichts!"

„Sie lügen!"

„Ich lüge? Letzte Warnung, Jenny, es ist unklug, gewisse Grenzen zu überschreiten!" Jenny wehrte ab: „Also gut, wie Sie wollen!" Zufrieden lehnte sich Daán etwas zurück und er wollte Jenny gerade etwas sagen, als sie meinte: „Aber Sie mogeln!"

Daán legte seinen Kopf leicht schief, während er sie missbilligend ansah.

„Wieso gehen Sie überhaupt unumstößlich davon aus, dass dieser Sicherheitsdienst auf mich hört?", wechselte Jenny eilig das Thema.

„Weil ich es ihnen sagen werde. Ich bin überzeugt, dass es dir gelingen wird, dich durchzusetzen!"

„Ihre Überzeugung hätt' ich gern. Sie werden mir auf der Nase herumtanzen."

„Dann sorge dafür, dass sie es nicht tun!"

Jenny seufzte. Ihr war gar nicht wohl bei dieser Sache und ihr Magen beschwerte sich zusehends lauter.

„Allerdings gibt es da noch ein Problem. Ich ich bin nicht in der Lage hinter jemandem herzurennen. Genau genommen bin ich nicht mal so schnell, wie ein Fünfjähriger. Was soll ich tun, wenn jemand flüchtet? Soll ich etwa hinter ihm herrufen: ‚Halt, stehen bleiben oder der Blitz wird dich treffen?'"

Daán sah Jenny an.

„Ich bin sicher, Náran ist in der Lage, deine kleine vorübergehende Unzulänglichkeit unverzüglich zu beseitigen!"

Man, dachte Jenny, der gibt aber auch keinen Millimeter nach. Wie komm ich bloß aus dieser Kiste wieder raus? Was meint er mit ‚vorübergehend'? Sie raufte sich leicht durch die lang gewachsenen Haare. Dann meinte sie: „Nein danke! Er wird ganz sicher nicht an mir rumexperimentieren! Es gibt Dinge, die kann man nicht beseitigen. Man muss einfach mit ihnen leben. Daán, bitte! Ich bin dem nicht gewachsen. Es wird mir nicht möglich sein, Ihre Erwartungen zu erfüllen."

„Du wirst, denn du bist nicht allein, Jenny. Um präziser zu sein: Du wirst nie mehr allein sein!"

Doch so sehr Daáns Worte sie beruhigen sollten, Jenny ging es nicht besser. „Ich werde dir behilflich sein, deine Gedächtnislücken zu schließen. Setz dich bitte wieder und höre mir aufmerksam zu."

Daán begann eine sehr lange Ausführung über all die Dinge, die in den letzten Jahren auf der Erde geschehen waren. Er ließ nichts aus und Jenny hörte aufmerksam zu. Dabei vermied es Daán, Namen von anderen Doranern zu verwenden und selbstverständlich auch, das Konzil zu erwähnen. Je länger Daán redete, desto vertrauter wurde seine Stimme für Jenny. Die Stunden vergingen wie im Flug und es war bereits tiefste Nacht, als Daán seine Aufklärung beendete.

„Ich denke, das genügt für heute. Wir werden ohnehin eine Menge Zeit miteinander verbringen. Du bedarfst noch der Ruhe. Ich erwarte dich morgen früh um neun Uhr."

Jenny nickte und suchte ihr Zimmer auf.

Müde und nachdenklich legte sie sich auf ihr Bett. „Wenn das mal gut geht!", dachte sie, bevor sie erschöpft einschlief.

Am nächsten Morgen war Jenny auf die Minute pünktlich. Diesmal hatte sie sich entschieden, die Uniform und ihre Waffe zu tragen.

Liam und Lilly waren ebenfalls auf dem Weg zu Daán. „Weißt du, was los ist?", fragte Lilly. „Keine Ahnung. Es muss besonders wichtig sein, wenn er uns alle zu sich zitiert!"

Der Gang war bereits voller Menschen. Die höchsten Ränge des DSD hatten sich versammelt. Lilly und Liam drängelten sich nach vorne, wo Ronald Rivera stand. „Hey

Rivera, wissen Sie, was los ist? Wieso ist die Tür zu?" „Sie werden sich noch einen Augenblick gedulden müssen, McAllen, wie alle anderen auch", meinte Rivera unterkühlt. Er mochte weder Liam noch Lilly.

„Guten Morgen, Jenny." Daán freute sich, Jenny zu sehen.

„Ich grüße Sie, Daán!"

Daán wunderte sich sowohl über Jennys Förmlichkeit als auch über ihre Uniform. „Du wirst deine Waffe nicht benötigen, Jenny."

„Wir werden sehen!", meinte sie kurz angebunden.

„Es besteht kein Grund zur Furcht, und auch keiner nervös zu sein."

„Bin ich nicht!", behauptete sie, obwohl sie unruhig an ihrer Kleidung herumzupfte.

Daán schmunzelte. „Noch etwas, Jenny: Was ich auch sage, du wirst es unterlassen, mir zu widersprechen!"

„Daán, ich ..."

„Ab sofort!"

Daán sorgte dafür, dass sich die Tür öffnete, während Jenny zu seiner Rechten stand.

Als Jenny die Menschenmenge einströmen sah, griff sie instinktiv mit ihrer rechten Hand an ihre Waffe. Doch einen Wimpernschlag später spürte sie Daáns Hand auf ihrer rechten. „Nicht!", befahl er kaum hörbar. Als er sicher war, dass Jenny nachgab, führte er Jenny behutsam vor seinen Stuhl, wo beide stehen blieben. Augenblicklich verstummten alle Stimmen im Raum.

„Das ist Jenny Alvarez! Miss Alvarez wird ab sofort die Koordinierung des Sicherheitsdienstes übernehmen."

Ein Raunen ging durch die Menge, verstummte aber prompt, als sie Daáns missbilligenden Blick sahen.

„Rivera – was soll denn das?", flüsterte Liam.

„Halten Sie den Mund, McAllen!"

„Sie bekleidet ab sofort den Rang eines Commanders." Jenny starrte Daán ungläubig an und am liebsten hätte sie lauthals dazwischengefunkt, aber aufgrund der vorangegangenen Worte Daáns, traute sie sich nicht.

„Sie ist ausschließlich mir unterstellt!", setzte Daán fort. „Gehen Sie stets davon aus, dass ihr Wunsch der meine ist!"

Jenny traute ihren Ohren nicht. Wie konnte er so etwas sagen? „Agent Rivera, Sie werden ihr falls nötig, helfend zur Seite stehen!"

„Selbstverständlich, Daán!"

„Ich danke Ihnen allen. Sie können Ihren Dienst wieder aufnehmen!"

Die Menge begab sich murmelnd nach draußen. Viele schüttelten den Kopf, andere fluchten leise.

„Sie haben das gewusst, Rivera? Sie lassen sich einfach irgendwen vor die Nase setzen?" „An Ihrer Stelle wäre ich vorsichtig, McAllen. Sie steht auch vor Ihrer Nase! Nur um ihre Neugierde zu befriedigen: Ja natürlich ich wurde vorab informiert."

„Warum Sie haben uns nichts gesagt?", fragte Liam wütend.

„Ich bin nicht Ihr persönlicher Nachrichtendienst, McAllen!"

Ungläubig sah Liam erst zu Rivera und dann zu Lilly, die aber schwieg.

„Was ist, McAllen? Haben Sie nichts zu tun? Sie haben ihn doch gehört. Nehmen Sie Ihren Dienst wieder auf! Unverzüglich!" Lilly zog Liam weg, als sie sah, dass er etwas erwidern wollte.

Die Tür verschloss sich wieder, und Jenny holte tief Luft: „Das ist …"

„Nicht diskutabel!", schnitt Daán ihr das Wort ab.

Jenny schloss für einen Moment die Augen. Ihr Herz pochte schnell und ließ das Blut durch ihre Adern rauschen. Adrenalin elektrisierte sie. Sie erkannte, dass er ihr gar keine andere Wahl ließ, als mitzuspielen.

„Aber wie und womit soll ich jetzt anfangen?"

Daán drehte sie um: „Damit!"

Jenny war entgangen, dass Daán eine Art Büro im Seitenbereich des Konferenzraumes eingerichtet hatte. Die Menschenmenge hatte verdeckt.

„Ich soll hier arbeiten? Hier direkt bei Ihnen?"

„Wie ich bereits sagte: Wir werden eine Menge Zeit miteinander verbringen. 345600 Sekunden sind einfach entschieden zu wenig, findest du nicht?"

Wieder schloss Jenny ihre Augen. Sie gab sich Mühe, sich zu beherrschen. Zieht er mich jetzt auf oder meint er das ernst, fragte sie sich.

„Aber ich werde alles mitkriegen, was Sie hier so verzapfen und …" „Dessen bin ich mir bewusst. Du wirst zuhören und lernen. Schweigend!"

„Ja, schon kapiert!"

Daán schwieg. Auch er würde alles mitbekommen, was Jenny tat.

„Was jetzt?"

Daán ging zu dem Schreibtisch.

„Das ist dein SATKOM. Er ermöglicht dir, mich direkt zu erreichen. Auf einer sicheren Leitung und er ist unabhängig von den anderen. Du wirst ihn immer bei dir tragen. Ich bestehe darauf!"

Jenny betrachte ihn kurz. Zwei Streichholzschachteln groß, dünn wie fünf Blatt feinsten Papiers. Was sie alles können, dachte Jenny staunend und steckte ihn wortlos ein.

„Du wirst ausschließlich mir Bericht erstatten. Dies gilt im Bezug auf alle Doraner, Jenny!"

Jenny nickte. „Gut. Was soll ich als Erstes tun?"

„Zuerst wirst du dich mit jedem Bediensteten des Sicherheitsdienstes vertraut machen. Danach wirst du ihn inspizieren und ihn beobachten."

„Wie viele sind es denn?"

„Im Augenblick sind es etwa 50000."

Jenny blies langsam die Luft aus: „Na klasse – das wird Monate dauern!", murmelte sie entsetzt und setzte sich vor den Computer. Sie rief die Sicherheitsdateien auf, während sich Daán zufrieden zurückzog. Wo bin ich hier bloß reingeraten?, dachte Jenny.

Es war später Nachmittag, als Jenny den Computer ausschaltete und gehen wollte.

„Wohin willst du?", wollte Daán wissen, der unbemerkt den Raum wieder betreten hatte.

„Zu Rivera! Ich hab Hunger!" Noch bevor Daán etwas sagen konnte, war Jenny auch schon weg.

Vergiss nicht zurückzukommen, dachte Daán.

Jenny klopfte an Riveras Bürotür und öffnete diese: „Agent Rivera, haben Sie ..."

Doch noch bevor sie ihren Satz vollenden konnte, sprang Rivera hastig auf: „Ma'am."

Jenny stutzte.

„Ma'am? Mann, Rivera, sagen Sie bloß nicht Ma'am zu mir! Ich bin noch keine 90." „Ja, Ma'am! Äh ..." „Sieht so aus, dass wir sehr viel miteinander zu tun haben. Sagen Sie bitte Jenny. Oder Commander, wenn Sie unbedingt wollen. Bloß nicht Ma'am. Was ich fragen wollte: Haben Sie lust, mit mir Essen zu gehen? Ich fall fast um vor Hunger!"

„Ja sicher, Commander. Gerne. Ich kenne da ein hervorragendes Restaurant!"

„Also los, worauf warten wir?"

Die beiden liefen etwa fünfzehn Minuten. Jenny genoss es, an der frischen Luft zu sein. Schließlich standen sie vor einem chinesischen Restaurant.

„Ist das Erste gewesen, das wieder aufgemacht hat. Nach der Ankunft der Doraner, meine ich. Es ist das Beste in ganz Washington!", versicherte Ron.

„Na dann los!"

Beide saßen am Fenster und hatten bereits ausgesucht, als der Kellner kam. Zu Riveras großem Erstaunen bestellte Jenny in tadellosem, fließendem Chinesisch.

„Sie sprechen Chinesisch?"

„Yip!"

„Wo haben Sie das gelernt?"

„Keine Ahnung. Hab ich vergessen." Während Ronald Rivera es vorzog, mit der

Gabel zu essen, benutzte Jenny Stäbchen und sie aß mit ihnen, als wäre es nie anders gewesen.

„Dann erzählen Sie mal, Agent Ron. Wie sind Sie zu den Doranern gekommen?"

„Also, Commander ..."

„Mann Rivera sind Sie etwa immer so steif? Fällt es Ihnen so schwer, Jenny zu sagen?"

„Daán würde es missbilligen!"

„Würde er?"

„Ja, Commander, würde er. Glauben Sie mir, das wäre gar nicht gut. Für uns beide, meine ich!"

„Mhm", wollte Jenny gerade loslegen, doch sie sah Riveras bittenden Blick. „Also gut, wie Sie meinen. Vorerst jedenfalls." Rivera war seine Erleichterung anzusehen.

„Erzählen Sie mir ein bisschen über sich."

„Commander, ich ..." Jenny hörte aufmerksam zu und sie unterbrach Rivera nicht. Während Ron erzählte genossen beide das Essen und besonders Jenny, die sich jeden Bissen auf der Zunge zergehen ließ.

„Wenn wir zurück sind, können Sie mir die Standort- und Einsatzpläne des Sicherheitsdienstes zeigen. Morgen möchte ich das dann gerne aus der Nähe sehen. Wie viele Autostunden sind es, bis wir da sind?"

„Autostunden? Commander, wir werden ein Shuttle benutzen!"

„Ein Shuttle?"

„Sicher. Die Doraner haben mir ein eigenes zur freien Verfügung gestellt!"

„Können Sie dieses Ding auch fliegen?"

„Nein, das macht Liam McAllen für mich. Er ist mein Pilot!"

„Ihr Pilot. Fliegt McAllen auch Daán?"

„Nein. Daáns Pilotin ist Lilly Andersen."

„Eigenartig! Mir müssen diese Namen entgangen sein, als ich mir die Dateien der Sicherheitsbediensteten angesehen habe. Andererseits habe ich das Gefühl, diese Namen schon mal gehört zu haben. Wenn ich mich nur erinnern könnte, in welchem Zusammenhang das war." Verärgert über diese Erinnerungslücke schüttelte sie den Kopf. „Seien Sie nicht so hart gegen sich selbst. Geben Sie sich etwas mehr Zeit! Es wird Ihnen irgendwann wieder einfallen, wenn Sie völlig gesund sind. Die Namen der Piloten, denen es erlaubt ist, die Doraner zu fliegen, befinden sich in einer besonders gesicherten Datei."

Jenny dachte nach.

„Ich kann sie Ihnen zeigen, wenn wir zurück sind." „Gut", bestätigte Jenny. „Dann lassen Sie uns zahlen. Es ist spät geworden."

„Wir müssen nicht zahlen, Commander. Wir sind Angehörige des DSD. Die

Doraner kümmern sich darum!"

„Etwa persönlich?"

„Nein, ich meine natürlich die Buchhaltung."

„Hat seine Vorteile beim DSD zu sein, was?"

„Ja, das hat es", versicherte Rivera lächelnd, als sie das Lokal verließen. Sie liefen langsam zur Botschaft zurück.

„Sind Sie zufrieden mit diesem Ding in Ihrem Kopf?"

„Oh ja, Commander! Es funktioniert hervorragend. Auch das hat seine Vorteile. Es leistet mir unglaubliche Dienste!"

Wieder zurück begaben sich beide direkt in Riveras Büro.

„Dann lassen Sie mal sehen."

Doch bevor sie beginnen konnten, zeigte sich Daán auf dem Bildschirm von Riveras Computer: „Agent Rivera, befindet sich Commander Alvarez bei Ihnen?"

„Ja, Daán, sie ist bei mir!"

„Was tun Sie gerade?"

„Wir gehen die Lagepläne durch und wir wollten uns die Dateien der ..." „Richten Sie ihr aus, dass diesem Tag noch weitere folgen werden. Ich wünsche ihre Anwesenheit in einer Stunde!" Einen Augenblick später war Daán vom Bildschirm verschwunden.

„Was war das denn?", wollte Jenny wissen.

„Das, Commander, das war seine Art mitzuteilen, dass ihm etwas missfällt!"

„Ups!"

„Ups?", wiederholte Rivera ungläubig. Jenny grinste.

„Lassen Sie uns weitermachen. Er wird sich schon wieder beruhigen."

Rivera rief weitere Dateien auf, aber Jenny ging dies alles zu langsam. „Schneller", befahl sie und wiederholte es mehrfach.

Ronald Rivera staunte nicht schlecht, als Jenny den Computer mit höherer Geschwindigkeit laufen ließ, sodass er trotz seines Implantates alsbald Mühe hatte, mitzuhalten. Es gab mittlerweile Tausende von Dateien und zu jeder hatte Rivera etwas zu sagen.

Es verging die erste Stunde, eine Zweite und Dritte folgten ihr. Beide vergaßen die Zeit. Abermals forderte Jenny den Computer auf, die Geschwindigkeit zu erhöhen. Beide bemerkten nicht, dass Daán schweigend in der Tür stand.

Plötzlich erlosch der Bildschirm. Daán hatte ihn, von beiden nicht bemerkt abgeschaltet.

„Ey!", rief Jenny.

„Ey?", wiederholte Daán vorwurfsvoll.

„Daán! Wir ...", begann Jenny, während Rivera schuldbewusst aufsprang und sich vor ihm verneigte. Jenny kam nicht mehr dazu noch etwas zu sagen, denn durch seine Gestik wies Daán sie unmissverständlich an, den Raum zu verlassen.

Jenny drehte sich noch einmal zu Rivera um: „Rivera, wir ..."

„Kein weiteres Wort!", befahl Daán, während er mit seiner Hand auf ihrem Rücken sie nach draußen schob und Rons Bürotür schließen ließ.

Rivera sah beiden nach, obwohl sie längst außer Sichtweite waren. „Upps!", meinte er leise und grinste.

„Daán ..."

„Kein Wort!"

Schweigend folgte sie ihm in den Konferenzraum.

„Ich erinnere nicht, dir den Befehl erteilt zu haben, alles an diesem Tag zu erledigen!", begann Daán.

„Naja", begann Jenny vorsichtig, „vierundzwanzig Stunden können schon verdammt kurz sein und ..."

„Genug!", würgte er sie ab.

Jenny schwieg und sah zu Boden, während Daán auf sie zu ging und etwa zwei handbreit vor ihr stehen blieb. Er wartete eine Weile. „Sieh mich an, Jenny."

Doch Jenny weigerte sich. Daán half etwas nach, indem er ihr Kinn anhob. „Sieh mich an, Jenny!" Daáns Stimme klang wieder ruhig, sanft und versöhnlich. „Ich bin zutiefst bewegt, von deiner Art, die Dinge anzugehen, doch dein Gesundheitszustand erlaubt dir dies noch nicht!"

„Daán, ich fühle mich gut!"

„Dennoch bist du noch nicht vollständig genesen."

Jenny sah Daán an, ohne etwas zu sagen. Nie hätte sie eine derartige Fürsorge von ihm erwartet.

„Diese Inspektion, die du für Morgen angesetzt hast – du wirst sie verschieben!"

„Woher wissen Sie davon? Wir haben es doch gerade erst beschlossen."

Doch Daán sah sie nur milde an.

„Du wirst sie verschieben auf nächste Woche!"

„Wieso auf nächste Woche? Daán, falls es Ihnen entgangen sein sollte, wir haben heute erst Montag. Ich könnte die Zeit sinnvoll nutzen."

Daán schwieg. Seine Hand deutete auf die Bank neben seinem Stuhl. Jenny setzte sich.

„Zeit, Jenny, Zeit ist relativ."

„Ja ich weiß, hat Einstein schon vom Stapel gelassen." „Einstein?", fragte Daán.

„Hat vor Ihrer Zeit gelebt, wird Ihnen wohl kaum begegnet sein."

Daán schmunzelte.

„Deine Versuche mir aus dem Weg zu gehen, werden erfolglos bleiben, Jenny!", wechselte Daán das Thema und wurde ernster.

Jenny schloss die Augen. Ob es wohl irgendwas gibt, das ihm entgeht?, dachte Jenny.

„Nein, Jenny, mir entgeht nichts!", meinte Daán, der Jenny beobachtet hatte.

Das ist ja nicht zum Aushalten!, dachte Jenny. Wie macht der das nur? Ob er Gedanken lesen kann?

„Nein, ich kann keine Gedanken lesen."

Jenny verdrehte die Augen.

„Entspricht es tatsächlich deinem Empfinden, dass ich derart schwer zu ertragen bin?"

„Nein, Daán! Es ist nur …", brach Jenny ab und schwieg.

Daán wartete eine Weile.

„Vielleicht solltest du damit beginnen, mich an deinen Gedanken teilhaben zu lassen", sprach er mit einer für Jenny fast schon bedenklichen Ausgeglichenheit in seiner Stimme.

Jenny zögerte und schwieg nachdenklich. Er ist so ganz anders! So anders, als …, dachte sie. Aber anders als wer eigentlich? Wenn mir doch nur sein Name wieder einfallen würde!, haderte sie, doch ihre Erinnerung gab ihr keine Antwort auf diese Frage. „Ich habe Zeit", unterbrach Daán ihre Gedanken. „Glaube mir, ich habe sehr viel davon."

„Ach Mensch, Daán. Es ist nur …"

„Mensch?", wiederholte Daán sowohl erstaunt, als auch etwas ungehalten.

„Sie nerven!", platzte es aus Jenny raus.

„Ich weiß." Daán blieb ruhig und innerlich schmunzelnd.

„Ich weiß einfach nicht, was Sie von mir erwarten. Ich kann mich nicht an die kleinste Kleinigkeit erinnern. Sie wollen, dass ich einfach so weitermache, als wäre nichts gewesen! Ich weiß ja nicht mal richtig, wer ich bin, geschweige denn, wer Sie sind!"

Jenny schwieg erneut und versuchte krampfhaft in Daáns Gesichtsausdruck etwas zu erkennen, das ihr weiterhalf, doch Daán gab keinerlei Einblicke frei.

„Warum gibst du uns dann nicht ein wenig mehr Zeit?"

„Uns?"

„Ja, Jenny, uns!"

„Wieso, haben Sie etwa auch gerade ,nen Sieb im Kopf?"

„Jenny!"

„Ja schon gut. Aber wie würden Sie sich wohl an meiner Stelle fühlen oder was würden Sie tun?"

„Ich an deiner Stelle? Ich – ich würde tun, was ich dir sage. An deiner Stelle würde ich unverzüglich zu lernen beginnen, besser zuzuhören und hinzuhören! Denn ich, Jenny, ich bin nicht dein Feind. Was deine Gefühle betrifft, ich würde sie mit jemandem teilen, der nicht mein Feind ist!"

„Sie haben gut reden. Einfacher gesagt als getan."

„Gib dir eine neue Chance und uns etwas mehr Zeit!"

„Was wird aus mir, wenn das, was Sie sich da so fein ausgedacht haben, nicht funktioniert? Was, wenn ich mein Gedächtnis nie wieder zurückkehrt."

„Diese Frage stellt sich nicht!", sagte Daán bestimmt, während er aufstand und vor Jenny stehen blieb.

„Tut sie nicht?"

„Nein, Jenny!", erwiderte Daán, während er sie zu sich hochzog und ihr Gesicht vorsichtig berührte. „Sie stellt sich nicht, weil das für dich nicht vorgesehen ist. Du wirst sehen. Habe ein klein wenig Vertrauen! Aber jetzt wirst du schlafen gehen. Wir werden Morgen weitersehen. Für heute ist es genug." Diesmal ließ Jenny die Berührung zu und sie spürte, wie sanfte Wärme sie durchfloss.

„Daán, ich …"

„Gute Nacht, Jenny!", betonte Daán eindringlich. „Wollte ich gerade sagen!", antwortete sie, während sie den Raum grinsend verließ.

Sicher, dachte Daán amüsiert, sicher wolltest du das. Er sah ihr nach, nahm Platz auf seinem Stuhl. Wenige Augenblicke später verschmolz er mit dem Licht im Raum.

In den darauffolgenden Tagen verbrachten beide viele Stunden miteinander. Auch wenn Jenny nicht auf Anhieb alles verstand, was Daán ihr zu erklären versuchte, so hörte sie doch interessiert und aufmerksam zu. Mit der Zeit empfand sie seine Art als nicht mehr ganz so sehr nervend. Jenny begann, ihren Widerstand nach und nach aufzugeben und sich in seiner Nähe wohlzufühlen. Wenn Jenny allein war, dachte sie viel über Daán nach. Seine Art mit ihr umzugehen hatte etwas merkwürdig Anziehendes auf sie. Ihr entging nicht, das Daán mit den anderen Menschen wesentlich förmlicher umging. Doch der Grund dafür erschloss sich ihr nicht. Trotzdem sie fand zunehmend Gefallen an Daán und seiner ureigenen besonderen Art.

Daáns Wunsch entsprechend ließ Jenny die Dinge etwas langsamer angehen, jedenfalls empfand sie das so. Er ließ sie gewähren, obwohl er etwas ganz anderes unter langsamer verstand. Doch niemals ließ er sie aus den Augen.

Ronald Rivera unterstützte Jenny nach Kräften, obwohl ihm vieles zu schnell ging. Wenn Daán nicht in der Nähe war, nutzten sie dies gnadenlos aus.

Was die Inspektionen der Truppenverbände des Freiwilligencorps betraf, zog Jenny es vor, einen Wagen zu benutzen. Sie wollte weder von Liam McAllen noch von Lilly Andersen geflogen werden. Sie mochte beide nicht und von Vertrauen konnte keine Rede sein. Ohne Unterlass dachte Jenny darüber nach, woher sie diese Namen kannte, ohne jedoch zu einem Ergebnis zu kommen. Sie war oftmals den ganzen Tag unterwegs und ihr gefiel nicht, was sie sah. Das Freiwilligencorpes stellte mittlerweile eine beachtliche Armee dar. Abgesehen davon, dass ihr derart viele Bewaffnete nicht behagten, entging ihr nicht, dass dieses oder jenes Gesicht plötzlich verschwand und nicht mehr aufzufinden war. Da sie keine andere Erklärung dafür fand, glaubte sie, ihr Gedächtnis spiele ihr abermals einen Streich und ließ die Angelegenheit auf sich beruhen.

Als sie wieder einmal allein unterwegs war, suchte Ronald Rivera Daán auf.

„Agent Rivera, was kann ich für Sie tun?"

Rivera zögerte noch eine Weile.

„Daán, würden Sie mir eine Frage erlauben?" „Erlaubnis erteilt!"

Erneut zögerte Rivera. „Ich würde gerne wissen, ob Commander Alvarez ebenfalls ein Implantant ist."

Daán stand auf und ging erstaunt auf Rivera zu, ließ sich aber nach außen nichts anmerken.

„Erklären Sie das!"

„Ich arbeite jetzt einige Wochen mit ihr zusammen, und die Geschwindigkeit, mit der sie Informationen aufnimmt, ist selbst für einen Implantanten erstaunlich!" Ron versuchte sich so vorsichtig wie möglich auszudrücken. Implantanten stellten für gewöhnlich keine Fragen an ihre Herren.

Daán ging langsam hin und her, ohne dabei Rivera aus den Augen zu verlieren.

„Vergisst sie etwas von den Dingen, die sie zuvor in dieser außerordentlichen Geschwindigkeit aufgenommen hat?"

„Nein, das ist es ja." „Sehr gut!", sinnierte Daán. „Erklären Sie mir, Agent Rivera: Wie könnte es wohl den Doranern dienlich sein, Ihnen diese Frage zu beantworten?", forderte er, ohne eine Antwort zu erwarten.

Betreten sah Rivera zu Boden und schwieg.

„Sie werden Commander Alvarez unter keinen Umständen darauf ansprechen. Sie werden mich informieren, wenn Ihnen weitere Dinge auffallen. Das gilt ebenfalls, wenn Commander Alvarez beginnen sollte, über ihre Vergangenheit zu sprechen. Sie werden ausschließlich mit mir über derartige Vorkommnisse sprechen! Es ist Ihnen gestattet, zu gehen!"

Nachdenklich sah Daán aus dem Fenster. Es beginnt!, dachte er.

Einige Stunden darauf befanden sich Liam, Lilly und Judy mit Damian unterhalb des Galaxys.

„Daán verbringt erstaunlich viel Zeit mit dieser Alvarez", begann Liam.

„Ja, und wenn sie gerade mal nicht bei ihm ist, dann hat sie ihre Augen und

Ohren überall. Ich hab schon dauernd das Gefühl, sie stünde hinter mir", setzte Lilly fort.

„Ich hab sie neulich in einer von Daáns Fernsehübertrag gesehen. Kennt einer von euch diese Uniform, die sie trägt? Welche Waffengattung trägt weiß? Das müsst ihr doch wissen. Ich meine, ihr beide seid doch bei der Army gewesen."

„Navy, Damian, Navy!", protestierte Lilly.

„Keine Ahnung, Damian. Auch das Truppenverbandszeichen hab ich nie zuvor gesehen", meinte Liam.

„Sie trägt ‚ne beeindruckende Menge Lametta. Ich frage mich, wofür das alles steht", sinnierte Lilly. „Außerdem, ich für meinen Teil, ich mag sie nicht!", setzte sie fort. „Sie gewinnt zunehmend an Einfluss auf Daán. Das könnte für uns gefährlich werden!"

„Vielleicht ist sie ein Implantant, so wie Rivera", meinte Damian.

„Wohl eher nicht. Wäre sie einer, könnte sie Daán nicht beeinflussen. Sieh dir Rivera doch bloß an! Ja Sir, nein Sir, wie Sie wünschen, Daán. Schlimmer geht's nimmer!" Liam schüttelte mit dem Kopf. „Wenn ich je so ein Speichellecker werde, erschießt mich bitte."

„Wenn ihr ihren Einfluss verhindern wollt, dann habt ihr eigentlich nur eine Möglichkeit: Sie muss bei Daán in Ungnade fallen."

„Ach, sag bloß! Hast du vielleicht auch schon eine Idee, wie wir das anstellen sollen, Damian?", fragte Lilly.

„Das müsst ihr selbst herausfinden, Leute. Ihr seid viel näher dran als ich."

In den darauffolgenden Wochen studierte Daán Jenny noch genauer. Während er am Tage Politiker empfing, die etwas von den Doranern haben wollten und dabei trotzdem versuchten, mehr ihre persönlichen Interessen durchzusetzen, saß Jenny an ihrem Schreibtisch und hörte schweigend zu. Was sie nicht daran hinderte, sich ihren Teil zu denken. Manches Mal dachte sie: Die versuchen dich gerade voll über den Tisch zu ziehen, oder auch: netter Versuch Leute. Aber beobachtete auch, dass Daán, so sehr er auch die Menschen zu mögen schien, diese Art von Spielchen durchschaute. Er ließ sich nur darauf, wenn es zu seinem Vorteil war. Der Botschafter blieb stets darauf bedacht, die doranischen Interessen zu vertreten. Dennoch gab er den Menschen stets das Gefühl, etwas erreicht zu haben. Tatsächlich aber war es immer die doranische Seite, die gewann.

Daán entgingen Jennys Reaktionen ebenfalls nicht. Er sah oft ihr verstecktes Schmunzeln und ab und zu erlaubte sie sich, ihre Augen zu verdrehen.

An diesem Abend unterhielten sich beide abermals ausführlich und Daán erklärte Jenny das System der Kasten.

„Sie werden einfach da reingeboren?"

„Ja."

Nachdenklich sah Jenny aus dem Fenster „Mal angenommen ...", Jenny zögerte.

„Was?"

„Mal angenommen, ich wäre einer von Ihnen ..."

Daán stutzte und er fragte sich, ob dies eine Erinnerung sein konnte.

„Eine äußerst interessante Vorstellung, Jenny."

„Was, wenn ich aber gar kein Diplomat sein will? Vielleicht gefällt mir ja was anderes viel besser!"

„Diese Option besteht für dich nicht! Du bist in die Kaste der Diplomaten geboren, mit dem Wissen deiner Ahnen und mit dem ersten Tag deines Lebens wirst du entsprechend geführt!"

„Mhm. Aber wenn ich nun eine absolute Niete als Diplomat bin? Ich meine, ich steh nicht auf große Reden schwingen und schon gar nicht für dieses Rumgeschleime. Ehrlich gesagt: Wäre ich doranischer Politiker bei den Menschen, käme es mir fast in den Sinn, sie zu bedauern!"

„Fast?" Daán schmunzelte.

„Aber auch nur fast! Ich würde kaum die Geduld aufbringen, sie gewähren zu lassen, wie Sie es tun!"

„Geduld wirst du lernen müssen, Jenny!"

„Och, ich bin doch schon dabei. Wissen Sie, Daán, jeden Tag bete ich zu Gott, er möge sie mir schenken, am besten sofort!"

Daán sah ohne ein Wort aus dem Fenster und versuchte sich nichts anmerken zu lassen. Auch er hatte in der Zwischenzeit Gefallen an ihrer Art gefunden.

„Mal ernsthaft, Daán. Was wenn ich keine der Interessen der Doraner durchsetzen könnte? Das würden Sie doch nicht wollen. Was, wenn ich völlig unfähig wäre? Versagen würde?"

Daán sah Jenny an. Diese Frage brachte ihn in Schwierigkeiten, hatte Kórel ihn doch angewiesen, das Konzil nicht zu erwähnen.

„Was würden Sie tun? Schießen Sie mich dann zum Mond?"

„Zum Mond?"

„Ist so eine Redensart. Kann ich dann was anderes werden?"

„Nein!"

„Nein, Sie schießen mich nicht zum Mond oder nein, ich kann nichts anderes werden?"

„Du verbleibst in der Kaste, in die du geboren wurdest und was die Niete betrifft, ich werde es mit Sicherheit zu verhindern wissen!"

„Will ich gerade wissen, wie Sie das wohl anstellen würden?"

„Nein!"

Dieses Nein sorgte bei Jenny spontan für ein flaues Gefühl im Magen. Damit hatte sie nicht gerechnet.

„Was werden Sie tun, Daán, wenn die Menschen beginnen, Widerstand zu leisten?", wechselte Jenny das Thema.

„Das werden sie nicht!"

„Das werden sie sogar mit Sicherheit irgendwann! Sie werden sich von den Doranern nehmen, was sie brauchen! Solange werden sie die Doraner dulden. Danach, wenn sie euch nicht mehr brauchen, werden sie damit beginnen, Sie zu bekämpfen. Glauben sie mir, Daán, sie werden es tun! Wenn sie nicht bereits damit begonnen haben, würde mich das doch sehr wundern."

„Woher nimmst du diese Erkenntnis? Warum sollte das so sein?"

„Weil sie es bisher immer so gehalten haben. ‚Wer heute dein Freund ist, kann schon Morgen dein Feind sein!'"

Nachdenklich sah Daán Jenny an.

„Kehrt deine Erinnerung zurück, Jenny?"

„Teilweise, würde ich sagen. Nicht viel, aber ein klein wenig."

„Das ist gut! Wirklich ausgesprochen gut!"

„Hoffen wir, dass Sie recht haben, Daán, dass sie sich ein einziges Mal anders verhalten!"

„Zweifelst du etwa daran? Ich bin sicher, sie sind uns dankbar."

„Wissen kann sowohl Segen als auch Fluch sein. Die Menschen sind äußerst lernfähig und sie nutzen ihr Wissen meistens eigennützig."

Daán wunderte sich über ihre Worte, schwieg aber.

Zwei Monate zogen ins Land und Jenny antwortete oft mit ‚ich weiß es nicht' auf Daáns Fragen. Zigmal Brachte ihr Unvermögen, sich nicht erinnern zu können, an den Rand der Verzweiflung. Jennys Vertrauen zu Daán wuchs. Doch gerieten sie stets aneinander, wenn es darum ging, dass sie der Meinung war, Daán vertraute den Menschen allzu leichtfertig. Obwohl Jennys Worte Daán nachdenklich stimmten, immer wieder bewies er ihr, dass er der Stärkere von beiden war. Sie hasste diese Augenblicke, in denen sie gegen ihn vermeintlich verlor.

In der Silvesternacht 2105, kurz vor Mitternacht, sprengte der Widerstand einen Shuttlehangar, der etwas außerhalb von Washington eingerichtet worden war, in die Luft. Fünfzehn Freiwillige, die zur Bewachung eingeteilt waren, verloren dabei ihr Leben. Dieser Angriff traf den DSD derart unvorbereitet, dass niemand wusste, was er tun sollte. Für einen derartigen Vorfall gab es keinerlei Vorsorgemaßnahmen und dementsprechend fehlten jetzt die Handlungspläne. Kaum hatte Daán Nachricht davon erhalten, zitierte er Ronald Rivera zu sich.

Wie konnte Ihnen ein derartiger Fehler unterlaufen? Offensichtlich sind Sie trotz

Ihres Implantats außerstande, Ihren Aufgaben gerecht zu werden! Ihre Inkompetenz ist unverzeihlich!"

„Daán ... ich ...", versuchte der Implantant den Ansatz einer Rechtfertigung.

„Schweigen Sie! Finden Sie die Täter! Unverzüglich! Bringen Sie mir diese Saboteure lebend! Wagen Sie es nicht erneut zu versagen!"

Rivera fühlte sich, wie ein geprügelter Hund und verschwand. Jenny sah Daán an.

„Kein Wort, Jenny! Nicht ein einziges Wort!"

Jenny holte tief Luft, seufzte und schwieg. Doch in diesem Augenblick gab es kein Gefühl des Triumphes in ihr. Im Gegenteil, Daán tat ihr leid. Wie tief musste er in diesem Moment von den Menschen enttäuscht sein?

„Würdest du mich bitte allein lassen!"

Jenny verließ wortlos den Raum. Unmittelbar hinter ihr verschloss sich die Tür, die zu Daáns privaten Räumlichkeiten den Gang freigab. Langsam ließ sie sich auf den warmen Boden sinken und hockte in sich zusammengekauert an der Wand. Sie wusste nicht, wie sie sich jetzt verhalten sollte. Tiefe Traurigkeit übermannte sie, und während sie ihren Kopf auf ihre Knie sinken ließ, tropften die ersten Tränen auf den Boden.

Wenige Augenblicke später fanden sich die Mitglieder des Konzils bei Daán ein.

„Das Konzil bedauert deine uns unerklärliche Fehleinschätzung des menschlichen Verhaltens. Das Gemeinwesen fragt sich, ob du weiterhin geeignet bist, unsere Interessen auf dem amerikanischen Kontinent zu vertreten", erklärte Kórel. Die Art, wie er dies sagte, untersagte Daán den Versuch einer Rechtfertigung.

„Ganz offensichtlich bist des Weiteren nicht in der Lage, deinen Implantanten zu kontrollieren und in unserem Sinne anzuweisen", fügte Gódei hinzu. „Dein Wohlwollen gegenüber den Menschen hat dich jede notwendige Sorgfalt und Vorsicht vergessen lassen. Ich empfehle dem Konzil die Prüfung, ob Daán in seiner Position innerhalb des Konzils weiterhin verbleiben soll!", setzte er fort.

Daán hörte Gódeis Worte und es fiel ihm schwer, seine Gedanken, die er gerade in sich trug, nicht erkennen zu lassen. Befürchtete er doch zurecht, dass diesmal das Konzil Gódeis Ausführungen folgen und man ihn auf das Mutterschiff abberufen würde. Ihm bliebe es für immer versagt, auf die Erde zurückkehren.

„Das Konozil sollte zunächst die geringfügige Zeit bedenken, die es Daán bisher erlaubt war, Umgang mit den Menschen zu pflegen!"

„Jenny", rief Daán entsetzt. „Du wirst unverzüglich diesen Raum verlassen!"

Doch Jenny, die den Raum durch den zweiten Eingang unterhalb der Empore erneut betreten hatte, ignorierte die Worte Daáns und setzte fort: „545 Tage, sechs Stunden und drei Minuten sind kaum eine angemessene Zeit, die es selbst dem weisen Konozil ermöglichen könnte, eine fremde Spezies, auf einem ihr fremden

Planeten richtig einzuschätzen!"

„Du wirst unverzüglich schweigen, Jenny!", befahl Daán erzürnt.

„Nein, Daán. Ich wünsche ihre Worte zu hören", widersprach Kórel.

„Ich lebe schon, sagen wir einfach, außergewöhnlich lange auf diesem Planeten. Zu meinem Bedauern muss ich eingestehen, dass ich trotzdem nicht in der Lage bin, diese Spezies einzuordnen. Sie ist sowohl in dem, was sie sagt als auch in ihrem Verhalten stets widersprüchlich und im ständigen Wandel. Ich denke, die Menschen werden sicherlich keinem Maßstab, wie ihn die Doraner gewohnt sind anzulegen, gerecht. Wie hätte es also Daán gelingen sollen, in so kurzer Zeit unfehlbar zu handeln? Obgleich dies ohne jeden Zweifel seinem Wunsch entsprach. Diese Spezies ist Meister darin, ihre wahren Beweggründe und Absichten perfekt zu verbergen. Wenn Daán nicht in der Lage ist, in die Zukunft zu sehen, ergab sich für ihn kaum die geringste Chance, eine derartige Entwicklung vorherzusehen."

„Doch sein Implantant, der so wie du ein Mensch ist, hätte ihn vor einer solch möglichen Entwicklung warnen müssen! Es ist seine oberste Pflicht, dennoch unterließ er es. Daán hat seinen Implantanten nicht unter Kontrolle. Er bewies somit eindeutig seine Unfähigkeit, die richtige Wahl treffen zu können. Er hat das Vertrauen des Konzils in nie da gewesener, schändlicher Weise enttäuscht und verwirkt!", wetterte Gódei. Es missfiel ihm, dass es Jenny erlaubt worden war, sich einzumischen.

„Ist das so, hat er das?", fragte Jenny ohne eine Antwort zu erwarten. Sie stellte sich vor mitten in die Runde des Konzils. „Mit der durch Apophis verursachten Katastrophe verschwanden wichtige Unterlagen und Aufzeichnungen, die es Daán mit Sicherheit ermöglicht hätten, eine genauere Betrachtung der Spezies Mensch zu vollziehen. Wer weiß, unter günstigeren Umständen wäre er zu einer ganz anderen Beurteilung gekommen. Er hätte das Konozil anderslautend beraten. Doch diese Informationen standen ihm nicht zur Verfügung. Das lässt sich nicht ändern. Was Ronald Rivera betrifft: Vielleicht ist die Entscheidung, einen Menschen zu implantieren, vom Konozil voreilig getroffen worden. Ich befürchte, dass ein NVI nicht derart verträglich ist, wie euer Vorstand glaubt, denn offenbar hat das Implantat Agent Riveras Erinnerungsvermögen eingeschränkt!"

„Erkläre das, Jenny", forderte Kórel sie auf.

„Das kann sie nicht! Sie …", begann Gódei.

„Ich erinnere nicht, dir das Wort erteilt zu haben!", fuhr Kórel ihn an.

Jenny hingegen bemühte sich, die Ruhe selbst zu sein.

„Wäre sein Erinnerungsvermögen vollständig intakt, hätte er sich sicher daran erinnert, dass es Lilly Andersen und Liam McAllen waren, die es sich vor einigen Jahren erlaubten, gegen den ausdrücklichen Befehl des Präsidenten der Vereinigten

Staaten zu handeln. Sie starteten zwei Spaceshuttles und flogen zur damals noch existierenden ISS. Dieses Unterfangen endete in einem Desaster und nur ein winziger Umstand sorgte dafür, dass beide sich nicht an Bord befanden!"

„Worauf willst du hinaus? Wozu ist diese Information dem Konzil dienlich?", wollte Kórel wissen.

„Wäre sein Implantat intakt, hätte Rivera niemals die Einstellung der beiden in den DSD zugelassen. Er hätte gewusst, dass, wer einmal einen Befehl derart dreist missachtet, es erneut tut. Auf diese Gefahr hätte er Daán, dem er treu ergeben ist, hingewiesen. Unabhängig davon, was das weise, unfehlbar umsichtige Verhalten betrifft, das das Konozil Daán abverlangt: Ist es den Doranern in ihrem eigenen oder im Verhalten einer anderen Spezies schon einmal begegnet, dass ein Befehl nicht befolgt worden ist? Wenn sich dieses Gremium entschließt, ihn bereits aufgrund eines derart kleinen Zwischenfalls abzuberufen, dann ist die Menschheit den Doranern weit überlegen. Die Menschen sind abgebrüht, erfindungsreich und intrigant. Vor allem aber sind sie lernfähig!"

„Das Konzil dankt dir für deine unerwartet offenen Worte, doch nun bittet es dich, den Raum zu verlassen!", bat Kórel sichtlich angetan.

Jenny verneigte sich leicht vor Kórel und verließ schweigend den Raum.

„Ihre Worte sind in dem Konzil unangemessen und können kaum Grundlage unserer Entscheidung sein!", erklärte Gódei aufgebracht.

„Sehen wir ihr nach, dass sie sich vor dem Konzil nicht zu verhalten weiß. Dennoch liegen in ihren Worten Wahrheit und Weisheit. Weisheit lag auch in Daáns Entscheidung, ihr die Führung des DSD anzuvertrauen. Dein Implantant wird angewiesen, sich unverzüglich bei Náran einzufinden! Bestätigt sich die Fehlerhaftigkeit des NVIs, wird er ein Implantat der neueren Generation erhalten. Es ist dir von nun an erlaubt Daán, den Commander in größere Zusammenhänge einzuweisen. Wir sprechen dir erneut unser Vertrauen aus und werden dein zukünftiges Handeln mit Interesse verfolgen."

Daán war erleichtert, als das Konzil ihn verlassen hatte. Nachdenklich saß er in seinem Stuhl. Er diese Spezies unterschätzt und war der trügerischen Ansicht erlegen, die Menschen würden sich ihm aus Dankbarkeit nicht widersetzen. Ein Fehler, der ihm kein zweites Mal unterlaufen würde.

Jenny befand sich derweil in ihrem Zimmer, sah nachdenklich aus ihrem Fenster und betrachtete in sich versunken, das Funkeln der Sterne. Eigenartig hatten sie ausgesehen, diese anderen um Daán. Woran erinnerte sie es bloß? Warum verlangten sie von ihm eine derartige Perfektion, die an eine Unfehlbarkeit grenzte? Von welchen Interessen war die Rede gewesen? Ein wenig ärgerte sie sich über sich selbst, denn ihre Einmischung war mehr eine Spontanentscheidung. Schon wieder ein riesiges Fettnäpfchen, in das ich getrampelt bin, dachte sie. Daán wird stinksauer auf mich sein! Gedankenversunken seufzte Jenny. Plötzlich spürte Jenny zwei Hände auf ihrer Schulter und zuckte ruckartig zusammen. An der sie sofort durchfließenden Wärme erkannte sie Daán. Ohne sich zu ihm umzudrehen, meinte sie: „Vergessen Sie's einfach! War eine blöde Idee", wehrte Jenny ab und blickte auf den Boden. Sanft drehte Daán sie zu sich um.

„Vergessen? Ich bin dir zu großem Dank verpflichtet, Jenny. In einer Art, die du zurzeit nicht ermessen kannst!", erklang Daáns sanfte Stimme.

Erstaunt sah Jenny Daán an.

„Warum nur meinst du, mich fürchten zu müssen? Es besteht kein Grund zur Furcht. Glaubst du, mir sei die Traurigkeit in deinen Augen entgangen? Willst du mich nicht an deinen Gedanken teilhaben lassen?"

Jenny schloss für einen kurzen Augenblick ihre Augen und schluckte.

„Daán, ich ..., ich kann nicht. Noch nicht!"

„Ich werde da sein. Vertraue darauf. Dein Gedächtnis ist zurückgekehrt?", wechselte Daán das Thema, um Jenny nicht weiter zu bedrängen.

„Nein, Daán, ist es bedauerlicherweise nicht!"

„Woher stammen dann die Informationen über meine Piloten?"

„Ach das ... Ich las es in einer von Riveras Randnotizen, als ich die Dateien in seinem Computer durchsah!"

„Du bewegst dich auf einem äußerst schmalen Grat, Jenny. Wenn das Konzil herausfindet, dass du es belogen hast, wird es Konsequenzen fordern."

„Ich habe es nicht belogen, Daán. Mir ist nur ein winziges Detail der Wahrheit, ähm, entfallen."

Prüfend doch mit sanftem Blick, sah er Jenny an: „Zu deinem eigenen Wohlergehen ist es besser, wenn dir kein weiteres mehr entfällt. Haben wir uns verstanden?", warnte Daán, während seine Hand ihre Wange leicht berührte, sie streichelte und etwas von seiner Energie auf sie überging. Eine Geste die Jenny für einen Augenblick all ihre Fragen vergessen und sich wohl und geborgen fühlen ließ.

„Es heißt übrigens Konzil, nicht Konozil."

Jenny sah Daán an und lächelte.

„Konozil – sag ich doch."

Jenny unterstützte Ron, der inzwischen ein neues Implantat erhalten hatte, bei der Suche nach den Attentätern. Daán, verlangte unverzüglich Ergebnisse.

Das neue Jahr 2106 begann für die Amerikaner mit Angst und Schrecken, denn jetzt lernten sie die andere Seite des bis dahin beliebten Freiwilligencorps kennen. Schwer bewaffnete Einheiten durchkämmten die Straßen Washingtons, jeder wurde kontrolliert. Während dieser Kontrollen gingen die Soldaten nicht sonderlich zimperlich mit den Menschen um. Der bloße Verdacht reichte bereits aus, um inhaftiert und verhört zu werden. Rivera zeigte, dass er jede existierende Verhörtechnik beherrsche und auch er unterließ dabei jedes Feingefühl. Er nutzte die ihm zur Verfügung stehende doranische Technik sowie sein neues Implantat, das mehr und mehr Besitz von ihm ergriff. Es unterdrückte jedwedes Gefühl und Moral.

Die Ermittlungen zogen sich hin, denn Lilly und Liam sabotierten die Ergebnisse, wo sich die Gelegenheit dazu bot. Beide sorgten dafür, dass echte Beweise verschwanden und Damian kümmerte sich darum, dass falsche auftauchten und für echt gehalten wurden.

Es war der 23. Februar 2106, als Jenny aus ihrem Wagen heraus mittels SATKOM eine Verbindung zu Rivera herstellte. „Rivera, ich übermittle Ihnen einige Daten zu einem Verdächtigen!"

„Commander, wo sind Sie?"

„Ich bin auf dem Weg nach Columbia Heights. Informieren Sie Daán und bringen Sie Verstärkung mit!"

Jenny brach die Verbindung ab und gab Gas, während Rivera Daán informierte.

„Bringen Sie ihn mir lebend, Rivera! Achten Sie vor allem aber auf die Sicherheit von Commander Alvarez!"

Jenny erreichte Columbia Heights wenige Minuten später. Sie stand auf dem großflächigen Platz und sah zur Sicherheit nochmals auf ihren SATKOM: 1.73 m groß, kurzes braunes Haar, braune Augen, sportliche Figur. Prüfend sah sie sich um, doch weit und breit zeigte sich keine Menschenseele. Ihr Blick fiel auf die überdachte Promenade, erfasste den Handy-Shop, über dem in verwitterten Buchstaben T-Mobile stand, ging auf die verwaiste alte Spielhalle über und stoppte bei Ritas. Einer kleinen Pinte, die vor einem Jahr neu eröffnet hatte und allseits beliebt war. Jenny lief langsam darauf zu und hörte die Musik, die nach außen drang. Sie hatte das Ritas fast erreicht, als sich die Tür öffnete und ein Mann ins Freie trat. Währenddessen vernahm sie im Hintergrund, dass sich Rivera im Landeanflug befand. Jenny sah zu dem Mann und erkannte sofort, dass er der Gesuchte war. Ihre Blicke trafen sich. Als er Jennys weiße Uniform sah, rannte er in Richtung des alten Handyshops los. Jenny versuchte mitzuhalten, doch es gelang ihr nicht. Sie war nicht in der Lage zu rennen. Er sprintete auf einen Wagen zu, der vor dem Copy & Print Shop geparkt stand. Der Verdächtige hatte bereits den Wagen erreicht. Völlig außer Atem blieb sie stehen, zog ihre Waffe und zielte auf ihn. Eine Sekunde später fiel der Mann tödlich getroffen zu Boden. Erschrocken stutzte Jenny und sah verwundert ihre Waffe an. Sie hatte nicht gefeuert und keinen Schuss gehört. Erneut sah sie zu dem am Boden liegenden Toten. Da sie nicht weit von ihm entfernt stand, konnte sie erkennen, wie sich rings um ihn herum eine Blutlache bildete. Verunsichert und in Panik sah Jenny hektisch hinter sich, doch es schien niemand außer ihr da zu sein. Rivera kam mit mehreren Freiwilligen von der rechten Seite angerannt: „Warum haben Sie ihn erschossen Commander? Daán wollte ihn lebend!", fauchte er Jenny an.

„Ich habe ihn nicht getötet Rivera! Ich war das nicht!"

„Das wird Daán gar nicht gefallen! Sie werden das erklären müssen! Fliegen Sie mit uns zurück, Commander!"

„Nein, ich fahre zurück. Ich muss nachdenken!"

Rivera unterließ es zu widersprechen, gab den Freiwilligen einige Befehle und flog danach ab. Er hatte jetzt die undankbare Aufgabe Daán zu informieren. „Mein Befehl war eindeutig und unmissverständlich!" „Ich bin mir dessen bewusst, Daán. Der Commander beteuert, er habe nicht geschossen!"

„Sie halten diese Aussage für inkorrekt?"

„Ich weiß nicht Sir. Außer dem Commander war niemand zu sehen", drückte sich Rivera vorsichtig aus.

„Ich verstehe! Überprüfen Sie den Toten und informieren Sie mich!"

Rivera ging und eine halbe Stunde später traf Jenny endlich bei Daán ein, der sofort die Tür hinter ihr verschloss.

„Ich schätze es nicht, wenn meine Befehle missachtet werden!"

„Daán, ich versichere Ihnen, dass ich nicht geschossen habe", begann Jenny vorsichtig.

„Falls dem so ist, welche Erklärung wird dann den Ereignissen gerecht?"

„Ich kann es nicht erklären. Ich weiß nur, dass ich nicht der Schütze gewesen bin!"

„Leugnen wird dir nicht helfen, Jenny!", sprach Daán mit bedrohlicher Stimme.

„Aber ich kann nicht zugeben, was ich nicht getan habe, Daán."

„Obwohl außer dir niemand vor Ort war?"

„Noch mal, Daán: Ich war das nicht!"

„Denke darüber nach, während du dich zurückziehst. Ich rate dir dringendst davon ab, weiterhin zu leugnen!"

Jenny zog sich zurück, doch sie konnte keinen klaren Gedanken fassen, denn noch nie hatte sie Daán dermaßen barsch und bedrohlich erlebt. Ich bin im falschen Film, dachte sie, ich bin im falschen Film! Das darf alles nicht wahr sein.

Auch Daán stellte Überlegungen an, doch er konnte Jenny aufgrund der gegebenen Umstände nicht glauben. Er war gezwungen, das Konzil zu informieren.

„Sie leugnet es?", fragte Kórel noch einmal.

„Bedauerlicherweise ja", antwortete Daán. „Das wundert mich nicht", begann Gódei. „Es liegt in der Natur dieser unterentwickelten Spezies, stets einen anderen Schuldigen zu suchen! Eine untragbare Lüge. Du wirst zugeben Daán, dass du dich erneut geirrt hast! Dein Wohlwollen gegenüber Alvarez und die Duldung ihrer dreisten Handlungsweise zeigen, dass sie deiner Kontrolle vollkommen entglitten ist! Da dies unbestritten ist, schlage ich vor, dass du die Kontrolle zurückgewinnst, indem du sie implantierst!" Daán bemühte sich, sein Entsetzen zu verbergen. Bittend sah er zu Kórel.

„Unterliegt sie noch deiner Kontrolle, Daán?" Kórel sah seinen Freund prüfend an.

„Ihr ist sicherlich ein Fehler unterlaufen. Aber ja, ich habe weiterhin die Kontrolle über sie."

„Das bezweifle ich, Daán!" Gódei gab sich längst nicht geschlagen. „Liam McAllen berichtete mir, dass du ihr ständiges Widersprechen duldest. Ohne Unterlass stellt sie sich dir entgegen. Worin besteht also deine Kontrolle, Daán?", spottete Gódei.

„Dass es mehr in deinem Sinne ist, diese Spezies zu unterjochen, ist mir bewusst, Gódei. Dennoch bestand ihr Widersprechen mehr darin, mich vor einem möglichen Widerstand der Menschen zu warnen. Und wie sich zeigt, doch zu recht. Findest du nicht?"

„Ich bin nicht bereit, deine Ansicht zu teilen Daán, denn es war ..."

„Das genügt, Gódei. Es war der Fehler des Konzils, deine Warnung nicht ernst genug zu nehmen! Daán, ich erwarte dich morgen früh mit ihr auf dem Mutterschiff! Ich selbst werde prüfen, wie es um ihre Loyalität bestellt ist oder ob es anderer Maßnahmen bedarf. Du bist gehalten, sie über meine Absichten nicht zu informieren!"

„Selbstverständlich, Kórel!"

Nachdenklich lehnte sich Daán zurück. Was wird Jenny tun? Wirde sie bestehen? Was sie Morgen tun wird, entscheidet ihr weiteres Schicksal. Wenn Kórel sich für anderweitige Maßnahmen entschied, werde ich sie nicht vor diesen Unannehmlichkeiten bewahren können, dachte er. Es war ihm derzeit unmöglich, dem Konzil Jennys Identität zu beweisen, denn noch gab es keine äußerliche Veränderung. Inständig hoffte Daán, dass Jenny ein einziges Mal in der Lage sein würde, nicht zu widersprechen.

Am nächsten Morgen bat Daán Jenny ohne jede Vorwarnung, ihm zu folgen.

„Wohin?"

„Obwohl es dieser Frage nicht bedarf", tadelte er, „es war doch dein dringlicher Wunsch, das Mutterschiff zu sehen." Daán zeigte sich ruhig, obwohl er alles andere war. Sie befanden sich auf dem Weg zum Shuttle, an dem Lilly Andersen sie bereits erwartete.

„Ernsthaft?"

„Jenny!", warnte Daán.

„Ich hab nix gesagt." Doch als sie Lilly sah, machte sie stehenden Fußes kehrt und lief schnurstraks in die entgegengesetzte Richtung. Doch ehe sie sich versah, stand Daán schon vor ihr: „Darf ich fragen, wohin du zugehen gedenkst?"

„Daán, ich werde auf keinen Fall in dieses halbierte Osterei steigen. Das fällt runter und dann …!" In Jenny brach Panik aus. Sie begann, am gesamten Körper zu zittern. Schweißperlen bildeten sich auf ihrer Stirn.

„Wird es nicht!"

„Wenn sie es fliegt, schon!"

„Jenny, ich werde mich direkt neben dir befinden. Das Mutterschiff wird kaum geneigt sein, zu dir zu kommen."

„Nicht?" Jenny verzog ihren Mundwinkel, konnte aber ihre Angst nicht überspielen und biss sich auf die Lippen.

Keinen weiteren Widerstand duldend, wies Daán ihr erneut den Weg zum Shuttle. Mit einem äußerst unguten Gefühl setzte sie sich neben Daán, das sich wenig später erhob.

Jenny hielt sich mit ihrer rechten Hand krampfhaft an der Armlehne fest. Ihr Magen stieß undefinierbare Geräusche aus, während sie aus dem Fenster sah. Daán spürte ihre Furcht, legte seine Hand auf die ihre. Jennys Versuch sich seiner Berührung zu entziehen, misslang. Er hielt sie fest, ohne ein Wort zu sagen. Jennys Magen protestierte lautstark dagegen. Ihre Angst verlor sich jedoch erst, als das Shuttle den Orbit erreichte und sie die Sterne sah.

Fasziniert sah sie das Mutterschiff näherkommen. Ein Lächeln huschte über ihr Gesicht, welches Daán nicht entging.

Nachdem sie gelandet waren, folgte sie Daán, während die Pilotin beim Shuttle verblieb. Jenny sah sich um und sie konnte sie gar nicht genug von diesem Mutterschiff bekommen. Blick wechselte ständig von rechts nach links, oben und unten und wieder zurück. Jenny bestaunte die gewölbten Wände, die nach oben hin großzügig gerundet waren und sie an altrömische Rundbogen erinnerten. Nur waren sie längst nicht so starr und sie schienen, wie von Blutbahnen durchzogen, wie in der Botschaft zu pulsieren. Die Höhe bis zur Decke schätzte sie auf dreizehn Meter, den Durchmesser des Ganges auf sieben.

Daán führte Jenny zu einem Besprechungsraum, in dem sie bereits von Kórel erwartet wurden.

„Setzen Sie sich, Commander Alvarez", befahl Kórel förmlich, ohne sich vorzustellen.

Fragend sah sie zu Daán, der sich neben Kórel stellte. Als Daán nickte, setzte sie sich.

„Daán hat mich über den gestrigen Vorfall informiert und ich bedaure das Ergebnis zutiefst."

Jenny schwieg.

„Auch wenn dieser Mensch einer der Täter gewesen sein sollte, fügt sein Tod dem Ansehen der Doraner erheblichen Schaden zu. Diesen können wir nur mindern durch eine Klärung der Umstände."

Jenny schwieg.

Kórel sah Jenny an: „Es ist Ihnen erlaubt sich äußern, Commander."

„Sir, ich bin mir des erheblichen Schadens, den sein Tod verursacht, durchaus bewusst. Ich versichere Ihnen, dass ich nicht der Schütze gewesen bin, Sir!"

„Agent Rivera hat ausgesagt, dass Sie auf ihn gezielt haben."

„Ja Sir, das ist korrekt. In der Absicht, seine Beine zu treffen, damit er nicht mit seinem Wagen flüchten konnte. Doch bevor ich schießen konnte, fiel er bereits getroffen zu Boden. Ich war es nicht, der ihn tötete, Sir! Ich habe ihn nicht getötet, Sir!"

Kórel schwieg und sah Daán an. Daán zeigte jedoch keine Regung.

„Sagen Sie mir, Commander: Wie weit geht Ihre Loyalität zu Daán?"

Jenny stutzte. „Sir?"

„Sind Sie bereit, Daáns zweiter Implantant zu werden?"

Jenny spürte den Druck, den Kórels Worte auf sie ausübten, und sie wusste ihn kaum auszuhalten. Mehrfach schluckte sie, versuchte sich sofort wieder zu fangen.

„Sein Implantant?", wiederholte sie vorsichtig, während sie sich langsam erhob. Jenny bewegte ihren Kopf langsam von schräg rechts nach unten links und ihre Gesichtsfarbe veränderte sich leicht. Jenny ging einen Schritt auf Kórel zu: „Kórel, wenn Sie erlauben?"

Daán zuckte zusammen und sah verunsichert zu Kórel, doch diesmal zeigte er keinerlei Reaktion. „Wenn Sie es Daán weiterhin gestatten, mich alles zu lehren, wozu Daán in der Lage ist, zu lehren, dann, Kórel, werde ich auch ohne ein NVI der beste Implantant Daáns sein, als ihn das Konozil für ihn je zu finden in der Lage ist."

Jenny verneigte sich leicht und ging einen Schritt zurück.

Kórel schwieg, während er Jenny prüfend ansah. Nach einer Weile ging er auf sie zu und tat etwas für einen Doraner Ungewöhnliches: Er reichte ihr seine Hand mit der Handinnenseite nach oben. Verunsichert blickte Jenny Daán an, er reagierte nicht. Vorsichtig berührte sie Kórels Hand, während dieser sofort mit seiner anderen ihre Hand bedeckte und sie erst nach einer ganzen Weile wieder losließ.

„Warte draußen!", befahl Kórel ruhig.

Jenny sah zu Daán, der zustimmend nickte.

„Doch bleibe in der Nähe, Jenny!"

„Selbstverständlich, Daán." Jenny verließ den Raum mit einem für sie eigenartigen Gefühl, das die Berührung Kórels ausgelöst hatte und das sie nicht erklären konnte.

„Eigentlich, Daán, wollte ich dich jetzt fragen, was dich bewogen hat, meine Anweisungen zu ignorieren."

„Kórel ich versichere dir, ich habe deinen Namen nicht verlauten lassen."

Doch Kórel hob seine Hand und Daán verstummte.

„Ich weiß, Daán. Hast du gesehen, was sie getan hat? Besteht die Möglichkeit, dass sie dich bei einer dieser Bewegungen beobachtete? Hat sie das schon einmal gemacht?"

„Nein, Kórel. Sie hat mich zwar dabei gesehen, doch habe ich es nie zuvor bei ihr gesehen. Ich war ebenso erstaunt wie du."

„Eine Bewegung, die einem Menschen das Genick brecken würde", sinnierte Kórel leise.

Beide schwiegen eine Weile.

„Das mit der Konozil muss ein Versehen gewesen sein", meinte Daán. „Ich hatte sie bereits entsprechend korrigiert."

„Nein mein Freund, das war es sicher nicht! Fehlt es dir an Erinnerung?"

„Ich kann dir nicht ganz folgen, Kórel."

„Dann will ich dir behilflich sein. Als wir in ihrem Alter waren, wie oft glaubst du, hat Dílan wohl unseren kleinen Sprachfehler zu korrigieren versucht? Tausendmal? Zweitausendmal? Bereits als sie unaufgefordert vor dem Konzil sprach, ist ihr dieser Fehler unterlaufen. Doch ich bezweifle, dass er ihr das bewusst ist." „Willst damit sagen, dass du ebenfalls glaubst, sie könnte tatsächlich Daór sein?" „Ich bin mir nicht ohne jeden Zweifel sicher, Daán. Maél könnte ihr etwas erzählt haben, falls es ihm möglich gewesen ist, seine Ebene zu verlassen. Doch wird er kaum ‚Konozil' gesagt haben. Zudem, auch ich habe diese Energie wahrgenommen, von der du gesprochen hattest."

„Was die anderweitigen Maßnahmen betrifft, wirst du sie ergreifen?"

„Nein, denn sie wählte ihre Worte mit Bedacht. Du wirst sie lehren! Doch lehre sie gut und mit gebotener Eile. Befürchte ich doch, dass dir nicht die Zeit zur Verfügung steht, von der wir beide gehofft hatten, dass du sie hast!"

Daán war erleichtert.

„Dennoch wirst du die Wahrheit herausfinden. Über den Toten als auch bezüglich des Schützen. Prüfe sie eingehend, bevor du erneut vor das Konzil trittst."

„Was soll ich dem Konzil mitteilen?"

„Überlasse das Konzil mir. Alles Weitere wird sich finden."

„Ich danke dir, Kórel."

„Lass sie nicht länger warten."

Daán sah Jenny am großen Aussichtsfenster stehen. Er beobachtete sie eine Weile. Sie stand ohne Regung da und sah zu den Sternen. Schließlich berührte sie vorsichtig das virtuelle Glas und hielt inne. Daán sah, dass sie kurz ihre Augen schloss und innigst seufzte.

„Sehnsucht?", fragte Daán.

Jenny schwieg, doch sie holte tief Luft und atmete sie hörbar langsam aus.

„Wir müssen zurück!"

„Können wir nicht noch ein bisschen bleiben? Bitte."

„Du wirst noch oft genug hier sein. Doch jetzt ist es Zeit zurückzukehren."

Noch einmal sah Jenny zu den Sternen und seufzte abermals. Beide gingen zurück zum Shuttle und Jenny ereilte dieses beklemmende Gefühl, als es sich in Bewegung setzte.

Kaum im Orbit wollte Lilly wissen: „Sagen Sie, Commander, was haben Sie auf dem Mutterschiff gemacht?"

„Konzentrieren Sie sich auf den Flug!", würgte Daán sie barsch ab. Jenny war erleichtert, zu keiner Antwort gezwungen zu sein. Sie redete nach wie vor nicht gerne mit ihr.

Die Worte, die Kórel in der Zwischenzeit für das Konzil fand, verärgerten Gódei zutiefst. Er musste sich eingestehen, Daán ein weiteres Mal unterlegen zu sein.

Am späten Nachmittag traf Lilly die anderen im Galaxy.

„Was ist, sag schon. Sind wir sie endlich los?", wollte Liam wissen.

„Ich weiß nicht, aber ich befürchte nicht!"

„Du hast sie doch zum Mutterschiff geflogen. Was ging denn da vor?"

„Verdammt ich weiß es nicht, Liam. Daán hat mich abgewürgt und sie hat nicht ein einziges Wort gesprochen."

„Was machen wir jetzt?", fragte Liam.

„Wir werden sehr gut auf uns aufpassen", mischte sich Damian von weiter hinten ein.

„Wie meinst du das?" Lilly sah zu ihm rüber.

„Rivera hat soeben den Befehl erhalten, alle Protokolle erneut zu prüfen, und genau das tut er gerade. Er überprüft in diesem Augenblick, wo ihr zwei Hübschen gewesen seid!"

„Er wird nicht lockerlassen, Liam! Der nicht!"

„Mist!"

Ronald Rivera bemühte sich redlich. Zigmal las er Wort für Wort jeder Aussage.

Es schien, als seien sämtliche Protokolle vollkommen in Ordnung. Doch seine innere Stimme ließ ihn zweifeln. Wenn etwas derart perfekt war, war meistens etwas faul. Eine Erfahrung, die ihn manchen Fall beim FBI hatte lösen lassen und abgesehen davon, wollte er Jenny einfach glauben!

Daán forderte Jenny gefühlte hundertmal auf, die Situation erneut zu schildern. Er hoffte, in ihren Schilderungen eine Begebenheit zu finden, die sie entlastete. Bis sein Implantant oder er selbst etwas Gegenteiliges herausfanden, musste er davon ausgehen, dass sie aus Selbstschutz log.

Dagegen wehrte sich Jenny heftig. Gelegentlich tobte sie regelrecht. Lief mit hochrotem Kopf vor ihm umher und suchte nach den richtigen Worten. Daán sorgte mit seiner ihm ureigenen Art dafür, dass diese Heftigkeit den ihm gefallenden Rahmen nicht sprengte.

„Woher wusstest du, dass unsere Führung ein Konzil ist, Jenny?"

Jenny sah ihn fragend an.

„Keine Ahnung. Werd' ich wohl irgendwo aufgeschnappt haben."

„Von wem?"

„Weiß ich nicht mehr. Irgendwo halt. Ist das denn wichtig?"

Daán schwieg. Die Menschen jedenfalls wussten noch nichts vom Konzil und Náran hatte ihm bereits versichert, keine derartige Äußerung getan zu haben. Auch während Jenny ihn damals vor dem Konzil verteidigt hatte, verwandte niemand das Wort Konzil.

„Du solltest dich etwas ausruhen. Ich bin sicher, dass du dich zu gegebener Zeit der Wahrheit erinnern wirst."

„Aus welchem Grund sollte ich denn lügen?"

„Außer dir war niemand zu sehen! Selbst wenn dort jemand gewesen ist, mit welcher Intention sollte er dich für einen Mord büßen lassen, den du nicht begangen haben willst?"

„Das weiß ich doch auch nicht!", seufzte Jenny achselzuckend. „Ich war es nicht, der geschossen hat. Ehrlich nicht."

Etwa zehn Tage später wies Rivera den besten Computerspezialisten aus dem Freiwilligencorpes an, sämtliche Computerverbindungen zu überprüfen.

„Das wird aber drei bis vier Wochen dauern, Sir."

„Ich gebe Ihnen acht Tage!"

Abermals gab Daán nicht nach. Erneut drängte er Jenny, ihre Schuld endlich einzugestehen. „Schuld verflüchtigt sich nicht, indem man sie verleugnet."

„Aber wie soll ich beweisen, was ich nicht getan habe. Daán – wie?"

Daán schwieg.

„Wieso glauben Sie mir nicht? Ich dachte, Sie sind mein Freund! Wenn Sie eher auf mich gehört hätten, dann wäre dieser Anschlag wohl kaum passiert!", platzte es aus ihr heraus. Sie schlug mit ihrer Faust leicht gegen die Wand.

„Vorsicht, Jenny! Der Widerstand ist nicht das Thema. Abgesehen von deinem mir unerklärlich Eigenen."

„Sollte er aber!" „Das hilft dir nicht, Jenny. Diese kleine Widerstandsbewegung ist allenfalls in der Lage einen Hangar in die Luft zu sprengen. Die Menschen sind nicht im Besitz einer Waffe, die einem Doraner oder ihren Gebäuden schaden können! Damit sind sie keine nennenswerte Bedrohung für uns."

„Dessen sind Sie sich absolut sicher?"

„Ja!"

„Wie kann man nur so dämlich sein! Sie machen mich noch wahnsinnig!", brach es wütend aus ihr heraus.

„Du überschreitest Grenzen, Jenny!", drohte Daán. Danach drehte er sich um und sah aus dem Fenster. Er hoffte, hierdurch die Situation etwas entschärfen zu können.

„Wieso habe ich das Gefühl, dass Sie mir nicht zuhören, Daán? ‚Du wirst lernen müssen zuzuhören', waren das nicht damals Ihre Worte?"

Doch Daán reagierte nicht.

Jenny dachte kurz nach. Sollte sie? Oder doch besser nicht?

„Sie sind also absolut sicher, dass sich auf dieser Welt keine Waffe befindet, die Ihnen oder ihrem Gebäude schaden kann. Sind Sie das, ja?", provozierte Jenny, während sie sich genau hinter Daán positionierte.

„Ja, ich bin mir sicher!", sprach Daán mehr als ungehalten, während er sich zu Jenny umdrehte. Einen Wimpernschlag später berührte Jennys Waffe seine Stirn.

„Sind Sie sich da absolut sicher?!"

Daán hörte das unverkennbare Surren, das unmissverständlich anzeigte, dass sich die Waffe auflud.

„Dein Verhalten ist vollkommen inakzeptabel!"

„Sprach die Maus zur Katze. Jaja ich weiß!"

„Das wird Konsequenzen haben! Ernsthafte Konsequenzen!" „Oh, dessen bin ich mir sicher!" Verkniffen und die Augen voller Zorn blickte sie in Daáns Gesicht. Langsam zog sie die Waffe zurück, drehte sich etwas nach rechts zur Seite und feuerte in die rechte untere Ecke, etwa zwei Meter von Daáns Sessel entfernt.

Einen Augenblick später klaffte ein eineinhalb Meter breites Loch in dieser Ecke. Die Selbsterhaltungstechnik des Gebäudes begann unverzüglich damit, es langsam zu reparieren. Daán starrte ungläubig darauf.

„Geht also nicht, nein? Ein allerletztes Mal: Ich habe nicht geschossen! Gelingt es

Ihnen jetzt, Ihre Ignoranz zu bewältigen? Hier!", fauchte sie, ohne ihn zu Wort kommen zu lassen. Jenny drückte ihre gesicherte Waffe mit Wucht in Daáns Hand und eilte bereits zum Ausgang. Versteinert und geschockt starrte Daán auf das Teil in seiner Hand. Dann wieder auf die riesige Lücke im Boden.

„Was soll ich jetzt damit machen?"

„Was Sie damit machen sollen?", Jenny drehte sich nochmals zu ihm um. „Tzz! Geben Sie es Ihrem Qeígon-Jin, damit er was zu tun hat! Überreichen Sie sie ihm persönlich, wir wollen schließlich nicht, dass sie den Menschen in die Hände fällt. Sie könnten glatt auf die Idee kommen, dank der von den Doranern so großzügig erhaltenen Technik, diese Waffe nachbauen!"

Daán schwieg.

„Sie können mir natürlich auch in den Rücken schießen, falls Ihnen gerade danach sein ist!"

Bevor Daán reagieren konnte, war Jenny bereits weg.

Nachdenklich sah Daán erst auf die Waffe und danach erneut auf das Loch, das sich nur langsam zu schließen begann.

Sechs Minuten später befand sich Daán bereits bei Qeígon auf dem Mutterschiff.

„Sie hat wirklich Qeígon-Jin gesagt?"

„Ja, hat sie. Wie kann sie von ihm wissen?"

„Ich sehe mich außerstande, dir diese Frage zu beantworten. Qeígon-Jin war mein Vater."

„Dein Vater", wiederholte Daán nachdenklich, während Qeígon mit der Untersuchung der Waffe begann.

„Daán, das weißt du doch!"

„Ja. Kórel trägt den Namen seines Vaters!"

„Auch das hat sich in den letzten Jahrtausenden nicht geändert. Was ist denn nur los mit dir?"

„Jenny benutzte Kórels Namen, als sie mit ihm sprach. Sie kannte Maél. Dennoch erschließt sich mir der Zusammenhang nicht. Maél wird es ihr nicht gesagt haben."

Qeígon sah von der Waffe auf. „Wenn ich es recht bedenke: Kórel, Qeígon-Jin und Maél, sie alle waren einst Mitglieder des Konzils. Vor uns meine ich. Das kann sie gar nicht wissen. Obwohl, diese Waffe dürfte sie ebenfalls nicht besitzen! Doch dieses Rätsel lege ich besser in deine weisen Hände, mein Freund!"

Daán informierte umgehend Kórel und kehrte danach zur Botschaft auf der Erde zurück. In den darauffolgenden Tagen bemühte Daán sich sehr um Jenny, doch sie weigerte sich strikt, darauf einzugehen. Es herrschte absolute Funkstille zwischen beiden. Jenny schwieg und sie zog sich immer mehr in sich zurück.

Drei Tage später berief Qeígon das Konzil ein, das in Daáns Botschaft zusammenfand.

„Was willst du uns mitteilen, Daán?", fragte Gódei.

„Ich habe das Konzil einberufen, Gódei. Ich habe die Waffe untersucht!"

„Eine Waffe der Menschen", meinte Gódei verächtlich. „Sie wird genauso unterentwickelt sein, wie die Menschen selbst es sind!"

„Jenny hat auf keinen Fall mit dieser Waffe auf den Verdächtigen geschossen!"

„Womit sich erneut zeigt, wie unfähig sie doch allesamt sind."

„Das kann ich nicht bestätigen, Gódei. Ganz im Gegenteil, sie funktioniert außerordentlich gut. Nur kann Jenny damit unmöglich auf den Verdächtigen geschossen haben."

„Wärst du gewillt, das Konzil derart zu unterrichten, dass es dir zu folgen vermag?"

„Sieh dich vor, Gódei", mahnte ihn Kórel.

„Wenn Jenny mit dieser Waffe den Mann getötet hätte, wäre die Asche, die von ihm übrig geblieben wäre, vom Wind verweht worden, lange bevor sie einen Schritt auf ihn zugemacht hätte!", erklärte der Technikspeziallist.

Das Konzil schwieg. „Ja, diese Waffe ist durchaus in der Lage einen Doraner zu töten. Mehr noch: Sie weist mit unserer Waffentechnik erhebliche Gemeinsamkeiten auf, ist der unsrigen aber bei Weitem überlegen! Ich kenne keine Spezies mit einer besseren Waffe!"

Während ein Raunen durch das Konzil fuhr, war Daán sichtlich erleichtert, dass er Kórel verschwiegen hatte, dass er mit dieser Waffe bedroht worden war.

„Dein Implantant wird angewiesen, den wahren Schützen umgehend zu finden. Während wir damit beginnen werden, Jenny etwas genauer zuzuhören. Es ist deine Aufgabe, Daán, herauszufinden, wie sie eine Waffe entwickeln konnte, die den unsrigen derart erschreckend überlegen ist."

Daán stellte eine Verbindung zu Jenny her, nachdem das Konzil verschwand: „Ich wünsche deine Anwesenheit", erklärte er kurz angebunden und beendete die Verbindung sofort im Anschluss.

„Oh man, nicht schon wieder."

Jenny holte tief Luft. Sie hatte die Nase gestrichen voll. Dementsprechend gereizt und entnervt erschien sie bei Daán. Als der ihr gerade sagen wollte, zu welchem Ergebnis Qeígons Untersuchungen kamen, nahm Jenny ihre Waffe zurück und tobte sofort: „Wissen Sie was, Daán: Es reicht! Ich kündige! Mit sofortiger Wirkung!"

Daán stutzte erstaunt, blieb aber ruhig.

„Diese Möglichkeit steht dir nicht zur Verfügung!"

Jenny schüttelte mit dem Kopf. Das durfte alles nicht wahr sein!

„Gut, wie Sie wollen! Dann nehme ich eben Urlaub!", Jenny sich zu beruhigen, was ihr aber misslang.

„Es ist mein Wunsch, dass du hier ...", setzte Daán an.

„Nicht alle Wünsche gehen in Erfüllung, Daán!", würgte sie ihn ab. „Meine Sachen befinden sich bereits in meinem Wagen und ich werde jetzt verschwinden!"

Jenny ging zur Tür.

„Wohin willst du?"

„Ich gehe an einen Ort, an dem ich mir sicher sein kann, dass man mich versteht und mir zuhört!"

„Ich gebe dir drei Tage! Nicht länger!"

„Machen Sie drei Jahre draus!", schrie Jenny laut, während sie auf dem Weg nach draußen Liam McAllen fast umrannte.

Daán bewegte seinen Kopf von schräg rechts nach unten links und zeigte alle Farben. Diese Situation missfiel ihm. Doch als Liam den Raum betrat, sah Daán bereits wieder aus, als sei alles in Ordnung.

„Folgen Sie ihr unauffällig und berichten Sie mir unverzüglich!"

„Ja, Sir!", bestätigte Liam, ohne den eigentlichen Grund für seine Anwesenheit vorbringen zu können.

„Worauf warten Sie noch?"

Zwei Stunden folgte er Jenny, ohne dass sie ihn bemerkte. Sie war aufgewühlt, fuhr kreuz und quer durch die Gegend und hatte den Kopf voller anderer Dinge. Noch immer war sie wütend auf Daán. Vor allem darauf, dass er nicht ansatzweise gewillt war, ihr zu glauben. Hatte er nicht gesagt, er sei nicht ihr Feind? Sie solle ihm vertrauen? Wie sollte sie jemandem vertrauen, der nicht gewillt war, ihr Vertrauen zu erwidern? Zutiefst verletzt drückte sie aufs Gaspedal.

Irgendwann hielt sie den Wagen an, stieg aus. Tief atmete sie die kalte Luft ein. Sie betrat das Grundstück, auf dem sie mit Suhe und seinen Brüdern gelebt hatte. Ungesehen folgte Liam in gebührendem Abstand. Jenny ging weiter auf das Grundstück und erstarrte plötzlich zu Stein. Was sie sah, konnte sie kaum ertragen.

Überall auf dem Gelände lagen die Leichen ihrer Freunde, die sie nur noch an den rotorangefarbenen Kutten erkannte. Wohin ihr Blick wanderte, überall befanden sich Skelette. Einige fremde Tote begruben, die Leichen der Mönche unter sich. Der Gestank nahm ihr den Atem und der grauenhafte Anblick ließ sie erzittern. Vorsichtig bahnte sie sich den Weg durch das nicht enden wollende Leichenfeld. Sie begann mehr und mehr zu würgen. Beißender Geruch drang in den Atem und der Gedanke an das unermessliche Leid ihrer Freunde ließ ihre Beine zu Pudding werden. Während sich Jenny vorsichtig umherschlich, kontaktierte Liam Daán.

„Wo befinden Sie sich, McAllen?"

„Weit außerhalb von Washington, Sir. Scheint eine Art Tempel zu sein oder so was in der Art."

„Achten Sie darauf, dass ihr nichts zustößt! Ich mache Sie persönlich dafür verantwortlich!"

„Verzeihung, Sir, ich befürchte, das ist es bereits!"

„Erklären Sie das!"

Doch Liam erklärte nichts. Er drehte seinen SATKOM um, der die Bilder übertrug.

„Bringen Sie sie zurück! Unverzüglich!"

Als Liam das Grundstück betrat, sah er wie Jenny an einen Baum gelehnt, sich mehrfach übergab und sich die Seele aus dem Leib kotzte. Mit zitternden Beinen und Wackelpudding in den Armen, versuchte sie sich schließlich am Baum abzustützen. Jennys Kopf war gedankenleer. Sie war zu geschockt, um einen klaren Gedanken zu fassen. Der Boden unter ihren Füßen schien wie ein Schiff bei starkem Seegang zu wanken. Tränen rannen in Strömen über ihr Gesicht, doch sie war unfähig einen Laut von sich zu geben. Unablässig schrie ihre innere Stimme, doch trat kein Mucks nach außen.

Es dauerte eine halbe Stunde, bis sie sich fasste und zum Holzlager rüber ging. Liam sah, dass sie begann, eine riesige Fläche mit den Holzscheiten auszulegen. Aneinandergelegt und in die Höhe aufgeschichtet. Er ging auf sie zu, er wollte ihr helfen.

„Wagen Sie das nicht! Verziehen Sie sich McAllen, bevor ich ..."

Liam wich ein paar Schritte zurück, verließ das Grundstück aber nicht.

Mit größter Vorsicht legte Jenny jeden einzelnen ihrer Freunde oder das, was von ihnen übrig geblieben war, als könne sie die Toten noch verletzten, oder ihnen wehtun, auf das Holzgerüst. Im Geiste zählte sie mit.

Jenny erinnerte sich an Su Hes Worte, dass die Vorräte über die sie einst verfügten, nicht ausreichen, um sie mit anderen zu teilen. Offensichtlich hatte der wütende Mob sich die Lebensmittel mit Gewalt genommen. Überall lagen Messer und andere Waffen herum. Suhe und seine Brüder mussten einer extremen Übermacht unterlegen sein.

Wäre ich doch nur hier gewesen, dachte Jenny, während sie die nächsten sterblichen Überreste eines ihrer Freunde mit schweren Schritten, langsam zum Stapel trug und ihn sorgsam darauf gleiten ließ.

Erneut wollte Liam helfen, als er erkannte, dass sie ihre Kräfte langsam verließen

„Wagen Sie es nicht, auch nur einen einzigen von ihnen zu berühren! Verschwinden Sie endlich, bevor ..."

Drei Stunden vergingen, bis die sterblichen Überreste der Mönche schließlich alle auf dem Holzstapel lagen. Die anderen hatte Jenny unbeachtet liegen lassen.

Sie zog ihre Waffe, holte tief Luft und hielt sie an. Danach feuerte sie siebenmal auf den vor ihr befindlichen Berg aus Holz und Leichenteilen, der sofort lichterloh brannte. Weitere zwei Stunden vergingen. Jenny stand nur da und starrte auf das Feuer. Unzählige Male versuchte sie, sich Su Hes Gesicht vorzustellen, doch es wollte ihr nicht gelingen. Dichte, beißende Rauchschwaden nahmen ihr den Atem und trieben ihr die Tränen erneut ins Gesicht. Doch Jenny wandte ihren Blick nicht ab und unterdrückte den Husten. Noch immer wollte sich Su Hes Gesicht nicht vor ihren Augen zeigen, doch seine Stimme erklang in ihrem Innern: ‚Du wirst der letzte Kundun sein!', hörte sie. Jedes Mal, wenn er diese Worte sprach, hatte sie daran gezweifelt. Jetzt wusste Jenny, warum er es gesagt hatte.

Voller Unruhe wies Daán Lilly Andersen eilig an, sein Shuttle vorzubereiten. Er gab ihr die Koordinaten im Voraus. Er wollte keine Zeit mehr verlieren, nachdem Liam nicht mit Jenny zurückgekehrt war und er auch nicht auf das Signal seines SATKOM reagierte. Lilly ahnte, dass etwas passiert sein musste, doch Daán schwieg sich darüber aus.

Liam schritt auf Jenny zu: „Ich würde gerne wissen, was hier wohl passiert ist. Waren es Freunde von Ihnen?", fragte er leise. „So, das würden Sie gerne", flüsterte Jenny gefährlich leise. Es vergingen einige Augenblicke ohne eine erkennbare Regung. Plötzlich wirbelte sie ruckartig herum. Mit all ihren, noch verbliebenen Kräften schlug sie auf Liam ein. In diesem Moment besaß Jenny eine von Wut und Zorn gesteuerte unsagbare Kraft, die den völlig überraschten Liam daran hinderte, sich zu wehren. Er hatte absolut keine Chance.

„Die ... die ... haben sie ... einfach ... abgeschlachtet. Alle eintausend ... dreihundert ... und vierzig. Harmlose, niemandem schaden wollende Mönche. Mönche!", stammelte sie, während sie wie im Blutrausch weiter auf Liam eindrosch. Ihn mit ihren Füßen trat, obwohl er bereits halb tot am Boden lag und nur noch leise röchelte. Dann ließ sie schließlich von ihm ab. „Ihre gottverdammte Spezies! Nicht einen von ihnen habt ihr verschont! Nicht einen Einzigen! Verflucht sollt ihr sein, bis euch dasselbe Schicksal ereilt!"

Jenny spuckte angewidert vor Liam aus, ließ ihn liegen und eilte zum Hangar, in dem ein zweiter Wagen stand. Sie wusch sich am dortigen Waschbecken und zog sich um. Während sie immer wieder hustete, holte sie ihre Koffer aus dem Wagen, mit dem sie hergekommen war. Mit den Koffern im neuen Auto stieg sie ein. Als sie das leise Surren des Motors hörte, schloss sie kurz die Augen. Verschwinde von hier, dachte sie. Hau ab, bevor sie dich einholen können. Jenny wollte nur fort von diesem Ort des Grauens, den sie einst so sehr geliebt hatte. Kurz darauf setzte sich der Wagen in Bewegung und Jenny nahm nur unterbewusst wahr, dass die Sonne begann, mit den dunklen Wolken der vergehenden Nacht zu spielen. Kaum hörbar glitt der Wagen durch die Dämmerung des Tagesanbruchs und bahnte sich unaufhaltsam seinen Weg.

Nach etlichen Kilometern sah Jenny einen Truck auf sich zukommen. Sie ließ ihr Fenster runterfahren. Als der Truck mit ihrem Auto auf gleicher Höhe war, warf sie ihren SATKOM mit voller Wucht in seine Richtung. Das SATKOM blieb auf dem Dach des Trucks liegen. Wenige Augenblicke später war der Truck bereits außer Sichtweite.

Drei Minuten später landete Daáns Shuttle direkt auf dem Grundstück. Ungläubig sah Daán sich um und auch Lilly konnte kaum fassen, was sie sah. „Oh mein Gott", stieß sie aus, während Daán auf die noch glimmende Glut sah.

„Liam!", schrie Lilly plötzlich und rannte auf ihn zu. Sie kniete sich neben ihn und traute sich kaum ihn zu berühren.

„Liam? Kannst du mich hören? Sag doch was. Bitte bitte sag doch was!"

Liam stöhnte und hauchte. „Alvarez, sie ..."

„Wo ist sie, McAllen? Wo?", drängte nun Daán.

„Sehen Sie denn nicht, dass er halb tot ist. Wir müssen ihn sofort in ein Krankenhaus bringen!"

„Also gut", murmelte Daán kaum hörbar, jedoch mit widerwilligem Unterton. Seine einzige Sorge galt in diesem Augenblick Jenny. Liam McAllen interessierte ihn nicht.

Lilly hob Liam vorsichtig auf und trug ihn ins Shuttle. Bevor Daán ihr in das Shuttle folgte, sah er noch einmal über das Grundstück. Auf die noch glimmende Glut, die umherliegenden Leichen, die Waffen und schloss seine Augen. Langsam begann er, Jenny zu verstehen. Er erahnte die grausigen Ereignisse und ihren erlittenen Schmerz des Verlustes, den er selbst nur zugut kannte. ‚Ich gehe an einen Ort, an dem ich sicher sein kann, dass man mich versteht', hörte er ihre Worte in sich. Er sorgte sich um Jenny und um den Konflikt, der nun in ihr zu kämpfen begann. Daán befürchtete, dass Jenny dem Hass erlag und erneut jede Hoffnung verlor. Ein Umstand, der dazu führen konnte, dass sie den Weg der Wandlung erkennen und seinem Ruf folgte. Er musste sie wiederfinden! Unbedingt und unverzüglich, wollte er Schlimmeres verhindern.

Wortlos begab er sich ins Shuttle, das Lilly sofort startete, um vier Minuten später auf dem Dach des General Hospital zu landen.

Ronald Rivera traf ebenfalls kurze Zeit darauf im General ein.

Während Lilly sich um Liam sorgte, instruierte Daán seinen Implantanten. „Sie werden sie über ihren SATKOM orten können. Bringen Sie Commander Alvarez unverzüglich zu mir zurück. Die Anwendung von Gewalt ist Ihnen ausdrücklich untersagt! Gehen Sie behutsam mit ihr um, äußerst behutsam. Sollte sie sich weigern Sie zu begleiten, werde ich Ihnen persönlich behilflich sein. Finden Sie etwas über dieses Grundstück und seine Bewohner heraus. Ich will wissen, was sie dort wollte und was dort passiert ist. Diese Angelegenheit hat absolute Priorität! Informieren Sie mich unverzüglich, wenn Sie etwas herausgefunden haben!"

„Selbstverständlich, Daán. Bin schon weg!"

Einige Minuten später meldete sich Rivera bereits: „Sie ist auf dem Weg nach Kanada, Sir!"

„Kanada? Finden Sie heraus, ob sie dort jemanden kennt, und fliegen sie ihr nach!"

„Selbstverständlich, Daán."

Daán schöpfte neue Hoffnung. Jenny würde schon bald wieder bei ihm sein, dessen war er sich sicher. Doch er irrte sich.

Jenny fuhr mit Vollgas genau in die entgegengesetzte Richtung. Dem Sonnenaufgang entgegen, mit Tränen in den Augen!

Begriffe und Bedeutungen

ASD: Allgemeiner Sicherheitsdienst der Newcomer

Daán: Ableitung von Daniel; aramäisch: Gott ist mein Richter.

Daór: Altirisches Adjektiv (dj:Ur), Liebe

Dílan: Kurdisch: Dil: „Herz/Liebe", an: = Bringer = Liebesbringer

Doran: Heimatplanet der Doraner, Abl. Dorian: das Geschenk

DSD: Doranischer Sicherheitsdienst

Feds: Abwertende Kurzbezeichnung für die Agents des FBI

FISA: US Foreign Intelligence Surveillance Act, ein ausschließlich für das FBI geheim erlassener Haftbefehl

FISC: US Foreign Intelligence Court, geheim tagendes Gericht, das den FISA-Beschluss erlässt.

Inosan: Übergang eines droranischen Kindes zur Jugend

Ishan: Unsichtbare Macht, die die Welt regiert

Jaden: Hebr. AT: „yadown": dankbar.

Kundun: Die Anwesenheit Buddhas

Maél: Altirisch: der Prinz

NSW: New Space Ways, Nachfolgeorganisation der NASA

P.O.T.U.S.:
President of the United States (Bezeichnung die der Secret Service benutzt.)

Salafisten: Arab.: Salaf: Vorgänger, Altfordere. Vom Westen so bezeichnete ultraradikale islamische Anhänger der Salafiyya.

Sharin: Arab: Engel der Nacht, die Göttliche(n) = Führer der Rotgardisten, (Leibgarde des Lord of Light)

Uratmah: Ableitung von „Atma", Meditationsform: Die Suche nach dem Ich

USS: Unitet Security Service (Jennys Organisation)

USSS: United States Secret Service